새로 읽는 보한집

| 역자 |

■ 신영주

성균관대학교 한문교육과 및 동 대학원 한문학과를 졸업하였다. 한국고전번역원 국
역위원으로 활동하였고, 현재 성신여자대학교 사범대학 한문교육과 교수로 재직하
고 있다. 저역서로 『곽희의 임천고치』, 『동기창의 화선실수필』, 『선화화보』 등이 있다.

새로 읽는 보한집

찍은날 2024년 6월 20일
펴낸날 2024년 6월 28일

지은이 최자
옮긴이 신영주
펴낸이 조윤숙
펴낸곳 문자향
신고번호 제300-2001-48호
주소 서울 양천구 목동서로 186(목동) 성우네트빌 201호
전화 02-303-3491
팩스 02-303-3492
이메일 munjahyang@kakao.com

값 45,000원

ISBN 978-89-90535-63-4 03810

※ 잘못된 책은 본사나 구입하신 서점에서 교환해 드립니다.

새로 읽는 보한집

저자 최자
역자 신영주

문자향

■ 일러두기

1. 간단한 주석은 어휘 옆에 부기한다.
2. 독자의 이해를 돕기 위해 각 장에 제목과 해제를 붙인다.
3. 표점 가공한 원문을 장마다 번역문 뒤에 붙인다.
4. 시의 풀이 순서, 독음, 축자 풀이, 압운, 평측, 구식句式을 부기한다.
5. 풀이 순서는 여러 가지가 있을 수 있으나, 부득이 하나만 제시한다.
6. 시구의 배열 순서에 따라 앞 글자를 우선하여 풀이한다.
7. 재독자再讀字, 부사, 조동사, 의문사, 부정사 등을 우리말에 따라 풀이하여, 한문 어순 및 대우법에 맞지 않는 풀이 순서가 표기될 수 있다.
8. 축자 풀이는 지면 형편상 축약하여 기록한다.
9. 평측은 일반적 관례에 따라 ○(평성), ●(측성)으로 표기한다.
10. 압운은 ◎(평성운), ◉(측성운)으로 표기하고, '평수운'에 따라 압운한 운자를 밝힌다.
11. 평성이나 측성이 우선하는 자리에 측성이나 평성이 쓰였을 때는, 기호에 강조점(Ỗ, ●)을 표시한다.
12. 평성이나 측성의 자리에 측성이나 평성이 쓰였을 때는, 기호에 강조점(Ỗ, ●)을 표시한다.
13. 평측 구식은 근체시의 기본 구식 32식을 기준으로 제시한다.
14. 평수운 운자표와 근체시 기본 구식은 부록에 첨부한다.
15. 격언이나 변려문 등도 원문, 풀이 순서, 독음, 축자역을 부기한다.

최자와 『보한집』

1.

조위(1454~1503)가 「필원잡기서」에서 이렇게 말하였다. "고려조 5백년 동안에 문학을 하는 많은 선비가 배출되었다. 세상에 유고를 남긴분만 해도 수십여 명에 이른다. 인재가 풍성하다고 할 만하다. 그러나 당시에 조정과 민간에서 벌어진 일과 훌륭한 신하와 어진 선비들의 언행을 기술하여 후세에 전한 사람은 드물었다. 홀로 학사 이인로의 『파한집』과 태위 최자의 『보한집』이 지금껏 시인들에게 담론할 거리를 보태주어 사대부들에게 사랑받고 있다."[1)]

『보한집』이 『파한집』과 함께 고려 문학을 대표하는 저작으로 특별하게 인식되었음을 알 수 있다. 비록 "논한 내용이 전부 장구를 가다듬고 꾸미는 일에 관한 것이라서, 국가를 경륜하는 본보기로 취할 만한 내용이 없다."라고 비판 어린 말을 덧붙여놓기는 했지만, 시문학비평에서 그 공이 높다는 사실은 분명하게 인정하였다.

이 책의 내용은 대부분 당대 시인과 시의 소개이고 비평이다. 문학과 직접 관련이 없는 흥미로운 사실과 일화 및 신이한 이야기도 섞여있다. 곧 시화를 중심으로 필기와 패설 성격의 기록이 별다른 구분없이 다양하게 섞여 있다. 저술 성격을 시문 비평서로 한정할 수 없는 이유이다.

최자는 자기 주변에서 생산된 문예 취향에 수렴되는 여러 가지 흥

---

1) 조위, 『매계집 필원잡기서筆苑雜記序』.

미로운 이야기 재료를 발굴하여 문인 사회에 제공하고자 하였다. 그 목적을 이인로는 '파한破閑'이라는 말로 압축해서 규정하였다. 이인로의 '파한'은 한가함[閑]에 이른 상태를 깨트린다는 뜻을 갖는다.[2] 스스로 욕망을 내려놓고 세상을 벗어나 궁극의 한가함에 이른 자의 무료함을 잠시 달래주고, 좌절로 세상에서 밀려나 부득이하게 한가함에 이른 자의 병든 마음도 치료해준다는 것이다. 최자도 이런 취지를 계승하여 그 속편을 만들고 그 이름도 '속파한'으로 하였다.[3] '보한補閑'이라는 이름은 간행 직전에 바뀐 것이었다.

이장용은 발문에서 최자가 생각한 '보한'의 뜻을 이렇게 전하였다. "숭경 연간(1212~1213)에 대간 이미수(이인로)가 평소 적어놓은 글을 정리하여 대강 평론을 보태고 이름을 '파한'이라고 하였다. 그런데 지금 참정 최공(최자)은 그 속편을 엮고서 '보한'이라고 이름 붙였다. 대개 '한閑'은 일없이 소요함을 일컫는데, 한가할 때 한묵을 다루면 완전한 한가함에 이르지 않아서 '파破'라고 한 것이다. 그렇다면 이는 진짜 깨트리는 것이 아니라, 조용하게 읊조려 자연의 온화한 기운을 북돋아 끌어내어 한가한 때의 맛을 보충하는 것일 뿐이다. 그래서 '보補'라고 하였다. 그렇다면 참정이 제목을 정한 뜻이 높다고 하겠다."[4]

최자는 한가한 때의 맛을 보충하기 위해서 버려지고 잊힌 채로 남은 여러 이야기를 애써 수습하였다. 이렇게 하여 마침내 근체시 여러 수를 찾아내어 수록하였고, 승려와 부녀자가 창작한 시 중에서도 담소할 거리로 삼을 만한 것을 찾아내어 함께 수록하여 마침내 이 책

---

2) 이세황, 「파한집발」.
3) 최자, 「속파한집서續破閑集序」(『동문선』).
4) 이장용, 「보한집발」. 박현규(2002), 「중국 국가도서관장본 『보한집』과 고려 이장용 발문」, 『한민족어문학』 40, 한민족어문학회.

을 완성한 것이다.[5] "자질구레한 말[瑣言]을 모아 한가한 시간을 보낼 때 쓰려는 것"(상-1)이라는 그의 말은 저술 취지가 어디에 있는지를 보여준다.

최자와 『보한집』이 이룬 학술 성취는 이미 여러 연구자가 제출해놓은 논저에 자세히 소개되어 있어 참고할 수 있다. 이 글에서는 최자의 가계와 관직 이력을 소개하고 『보한집』 집필과 간행 경위를 소개한다.

2.

최자의 가문은 해주 최씨海州崔氏이다. 좌복야와 예빈 승동정을 지낸 최민崔敏과 시어사 김서정金瑞廷의 따님 강릉 김씨 사이에서 1188년에 태어나 1260년 9월 3일(양)에 세상을 떠났다. 향년 73세이다. 초명은 종유宗裕이다. 출사한 초기에는 이름이 안安이었다. 자는 수덕樹德이고, 말년 호는 동산수東山叟이다. 시호는 문청文清이다.

첫째 부인은 장흥 임씨長興任氏이다. 재신 임효순任孝順의 따님으로, 3남을 두었다. 장남은 최유후崔有侯[6]이다. 밀직 부사와 문한 학사를 지냈다. 차남은 최유비崔有㧑[7]이다. 동경 유수와 판관을 지냈다. 삼남은 충헌공忠憲公 최유엄崔有渰이다. 수첨의정승 판선부사에 오르고 대령부원군大寧府院君에 봉해졌다.

둘째 부인은 죽산 박씨竹山朴氏이다. 직장동정直長同正 박육장朴育章의 따님이다.

조부는 지홍주사사知洪州事使와 전중 내급사를 지내고 감찰어사에

---

5) 최자, 「보한집서」.
6) 『고려사』에 '유후有侯'로 되어 있고, 「문청공전」에 '유후有候'로 되어있다.
7) 『고려사』에 '유비有㧑'로 되어 있고, 「문청공전」에 '유비有埤'로 되어있다.

오른 최윤인崔允仁이다. 증조는 예부 상서 최약崔瀹이고, 고조는 양평 공良平公 최사제崔思齊이다. 5대조는 문화공文和公 최유선崔惟善이고, 6대 조는 문헌공文獻公 최충崔冲이다.

최자의 가계를 간략하게 표로 제시한다.

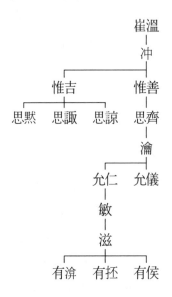

3.

최자의 행적과 관직 이력을 확인할 수 있는 기록이 많지 않다. 『보 한집』, 『고려사』, 「문청공전」[8] 등의 기록을 간추려 연보 형식으로 소 개한다.

- 1188년(무신), 명종 18, 1세
- 1212년(임신), 강종 1, 25세

---

8) 「문청공전文淸公傳」은 윤소종尹紹宗이 지은 것으로, 『해주최씨가장海州崔氏家藏』에 실 려있다.

-어릴 때 지은 시와 부를 보고 감탄한 진화와 김인경이 추천하여 동
궁 시절의 고종을 보좌하는 시학사侍學士가 되었다.[9]

-6월에 최홍윤이 지공거를 맡고 금의가 동지공거를 맡은 과거에 급
제하였다.

-과거급제 후에 내시원內侍院에 들어갔다.

-상주 사록尙州司錄, 곧 상주 서기尙州書記에 보임되었다.

-상주 사록의 고과 성적이 뛰어나, 종9품 국학 학유國學學諭로 상경
하였다.

-이때부터 10년 동안 학관學官에 머물러 있으면서 다른 곳으로 옮겨
가지 못하였다.

-급전도감 녹사給田都監錄事가 되었다. 허언국許彦國의 「우미인초가虞
美人草歌」와 이규보의 「수정배시水精盃詩」에 화답하여 지은 시가 이규
보에게 인정받았다.(중-7) 이규보는 "이백과 두보가 다시 나타나도
이보다 더 뛰어나지는 못할 것이다.[李杜復起, 無以加此.]"라고 크게 칭
찬하고, 집정자 최우에게 추천하여 마침내 문한文翰을 맡게 되었다.
"누가 공을 이어서 문한을 맡을 수 있겠소?"라고 묻는 최우에게, 이
규보는 "학유 최안崔安"을 추천하였다.[10] 최안은 최자의 두 번째 이
름이다. 최우는 당시에 문장으로 명성을 얻은 이수李需, 이백순李百
順, 하천단河千旦, 이함李咸, 임경숙任景肅 등과 최자의 재주를 시험하
기 위해 서書와 표表를 짓게 하고 이규보에게 평가를 맡겼다. 이때
열 차례 시험에서 최자가 다섯 번 1등을 차지하고 다섯 번 2등을 차
지했다고 한다. 최우는 다시 최자의 이재吏才를 시험하려고 급전도

---

9) 고종은 1212년에 강종이 즉위하면서 태자에 책봉되어 동궁에 거처하기 시작하
였고, 1213년에 강종을 뒤이어 즉위하였다.
10) 『해주최씨가장 문청공전文淸公傳』.

감 녹사에 제수한 것이었다.

−급전도감 녹사 직책을 성실하게 행하여, 국자감 정8품 사문박사四
門博士가 되었다.

• 1232년(임진) 고종 19, 45세

−한림원 지제고가 되었다.

• 1233년(계사) 고종 20, 46세

−최린崔璘, 권술權術과 함께 문안사가 되어 금나라 하남河南에 파천
한 애종哀宗을 문안하였다.

−이후 첨사부 승詹事府丞과 중서 주서中書注書가 되었다.

−제주 태수濟州太守가 되었다. 이규보는 제주 태수 최안崔安에게 두
차례 감귤을 받고 사례하는 시 6수를 남겼다.

−정언正言, 지제고知製誥가 되었다.

−사간司諫이 되었다.

−호부 낭중戶部郎中이 되었다.

−종5품 국자 직강國子直講이 되었다.

• 1241년(신축) 고종 28, 54세

−겨울에 상주 목사尙州牧使로서 팔관회 하표賀表와 동지 하표를 올렸다.

• 1242년(임인) 고종 29, 55세

−원정元正에 하표를 올렸다.(하−16)

−동지冬至에 상주 목사尙州牧使로서 하장賀狀을 올렸다.(하−18)

• 1244년(갑진) 고종 31, 57세

−2월에 변산 불사의방不思議房에 방문하였다.

−봄에 상경하였다.

−이후 전중 소감殿中少監, 보문각 대제寶文閣待制가 되었다.

−충청도 안찰사가 되었다.

-전라도 안찰사가 되었다.

-종4품 국자 사업國子司業이 되어 공거貢擧를 담당하였다.

-조정대부朝正大夫에 오르고 대부경大府卿과 지제고知製誥가 되었다.

• 1247년(정미) 고종 34, 60세

-봄에 순문경상안동도지휘병마사巡問慶尙安東道指揮兵馬使가 되었다.(하
-20)

-4월에 상경하여 종3품 국자 좨주와 보문각 학사가 되었다.(상-36)

4월에 태복 경으로서 시와 부로 정순鄭淳을 뽑고, 십운시로 염수정
廉守貞 등 90명을 뽑고, 명경으로 5명을 뽑았다.

6월에 통의대부通議大夫에 오르고 정3품 국자감 대사성과 한림 학
사가 되었다.

11월에 지어사대사知御史臺事가 되었다.

12월에 은청광록대부銀靑光祿大夫에 올랐다.

• 1248년(무신) 고종 35, 61세

-1월에 김지대가 경상 안무사慶尙安撫使로 있는 사성司成 최자에게 정
조를 축하하는 하장을 올렸다.[11](하-20)

-1월에 문창 우상文昌右相(상서 우복야)과 정당 문학이 되었다.(중-5, 하-20)

-좌복야 한림학사승지左僕射翰林學士承旨가 되었다.

• 1249년(기유) 고종 36, 62세

-추밀원 부사가 되었다.

-11월에 최우崔瑀(최이)가 졸하였다.

• 1250년(경술) 고종 37, 63세

-2월에 추밀원 부사로서 중서사인 홍진洪縉과 함께 사신으로 북조北

---

11) 『동문선 상경상안무사최사성자하정장上慶尙安撫使崔司成滋賀正狀』.

朝(몽고)에 파견되었다.

–금자광록대부金紫光祿大夫에 오르고 지문하성사 이부상서 보문각태
학사 판삼사사 태자소부知門下省事吏部尙書寶文閣太學士判三司事太子少傅
가 되었다.

- 1252년(임자) 고종 39, 65세

–4월에 추밀원 부사로서 지공거를 맡아 을과 유성재柳成梓 등 3명,
병과 7명, 동진사 23명, 명경업 5명, 은사恩賜 6명을 선발하였다.

–참지정사 집현전태학사 판예조 태자소사參知政事集賢殿太學士判禮曹太
子少師가 되었다.

–몇 차례 벼슬을 옮겨 금자광록대부金紫光祿大夫에 오르고 수태사 개
부의동삼사 문하시랑守太師開府儀同三司門下侍郞이 되었다.

- 1254년(갑인) 고종 41, 67세

–4월에 수태위守太尉가 되었다. 『보한집』을 정서하여 최항崔沆에게 올
렸다.

- 1255년(을묘) 고종 42, 68세

–7월에 이장용李藏用이 『보한집』에 발문을 붙였다. 이때 간행한 것으
로 추정된다.

- 1256년(병진) 고종 43, 69세

–10월에 중서평장사中書平章事가 되었다.

–수태사 문하시랑 동중서문하평장사 판이부사守太師門下侍郞同中書門
下平章事判吏部事가 되었다.

- 1257년(정사) 고종 44, 70세

–4월에 최항이 졸하였다.

- 1258년(무오) 고종 45, 71세

–3월에 최의崔誼가 처형되었다.

- 최씨 정권이 무너진 후에, 최자가 평장사로서 혼란을 수습하는 역할을 하였다.[12)
- 6월에 평장사로서 지공거를 맡아 장한문張漢文 등 33명을 선발하였다.
- 12월에 동중서문하평장사 수문전태학사 감수국사 판이부한림원사 同中書門下平章事修文殿太學士監修國史判吏部翰林院事가 되었다.

● 1259년(기미) 고종 46, 72세
- 12월에 세 차례 사전謝箋을 올린 후 문하시랑평장사로 치사하였다. 이때 스스로 동산수東山叟라고 불렀다.

● 1260년(경신) 원종 1, 73세
- 7월에 졸하였다.

최자는 『보한집』 외에 가집家集 10권을 남겼다.[13)] 최해의 기록에는 『최상국집崔相國集』 8권과 『속파한』 3권을 남겼다고 되어있다.[14)] 가집과 『최상국집』이 같은 저술인 듯하다. 그 권수는 서로 차이가 있다. 현재 전하지 않는다.

4.

『보한집』은 『파한집』을 보완할 필요가 있다는 최우의 뜻에 따라 최자가 엮어냈다. 『파한집』이 당대 자료를 두루 망라하지 못하였다고 생각한 최우가 최자에게 속집을 엮어 보충하라고 한 것이다. 따라서 최자가 이 책을 엮은 저술 취지도 "파한破閑"에 있다. 그래서 저술을 완

---

12) 윤기, 『무명자집 영동사詠東史·기오백오其五百五』.
13) 『고려사 최자전崔滋傳』.
14) 최해, 『동인지문오칠』 권8.

성한 처음에 그 이름을 『속파한』이라고 한 것이었다.

최자가 이 책을 엮기 위해 자료를 수집할 적에 여러 곳에 수소문하였고, 실제로 여러 사람이 자료를 제공하였다. 최자가 전하는 옛 시를 수집하는 모습은 여러 곳에서 확인할 수 있다. 예컨대 지추 손변孫抃은 태조 왕건의 시를 제공하면서 수록해야 마땅하다고 권유하였다.(상-1) 손변은 1248년에 추밀원부사 신분이었고, 1251년 5월에 세상을 떠났다. 곧 이 무렵에 최자가 이 책을 집필하고 있었음을 알 수 있다. 자료 수집과 집필이 시작된 초기에 해당할 것으로 짐작한다. 또 왕륜사王輪寺 삼중자三重子도 좀먹은 책 한 권을 소매에 넣고 와서 전해주었다. 광종 때 시중 벼슬을 지낸 문정공 최승로崔承老가 대궐 안에서 창작한 시 원고다. 최자는 이 중에서 시 4수를 골라내어 수록하였다.(상-3)

이 책을 집필하기 시작한 시점을 정확하게 특정하기는 어렵지만, 1248년을 전후한 시기에 집필 작업을 시작 내지 진행하고 있었다. 이후 이를 처음 완성한 시기는 최우가 집정하던 때에서 벗어나지 않았을 듯하다. 늦어도 집정자 지위에 오른 최항의 요청에 따라 정서한 본을 내놓기 전에, 최자는 이미 『속파한』이라고 이름 붙인 완성된 본을 가지고 있었다. 「속파한집서」(『동문선』)는 저술을 처음 완성했을 때 작성해놓은 것이다.[15] 이 서문에서, 이장용 집에 소장한 정서鄭敍의 『잡저雜著』 3권을 함께 묶어서 한 질의 저술을 완성했음을 밝혔다. 그리고 이 책을 정서하여 올릴 때, 한 차례 수정 보완을 가하였을 것이

---

15) 최자가 작성한 서문은 두 가지가 있다. 하나는 『동문선』에 실린 「속파한집서」이다. 이는 처음에 편찬한 1차 완성본에 붙여놓았던 것인 듯하다. 다른 하나는 간행본에 실린 「보한집서」이다. 이는 1254년에 다시 정서하여 최항에게 올릴 때, 변화한 상황을 반영하여 일부 내용을 수정한 것이다.

다. 여기에 1254년 4월에 기존의 것을 수정한 서문을 붙여서 마무리 하였다.

그런데 이듬해 7월에 이장용이 발문을 작성하여 보태기 전까지도 보완이 추가로 이루어졌다. '상-12'와 '중-2'에서 이를 확인할 수 있다. '상-12'에서는 종백과 문생의 관계를 이야기하면서 임경숙과 유경의 사례를 들었다. 유경이 사마시를 주관하여 1255년 5월에 급제자 방을 내걸고 임경숙을 찾아간 일을 소개하였다. '중-2'에서는 최항의 문학 활동과 창작 능력을 칭송하였다.[16] 여기에 갑인년(1254) 계하(6월)에 창작한 시가 포함되어 있다. 서문을 작성한 1254년 4월 이후에 추가한 내용들이다. 정서한 본을 내놓은 뒤에도, 간행 직전까지 계속하여 보완이 이루어졌음을 알 수 있다.

정확한 시점을 특정하기는 어렵지만, 어떤 호사가가 21가지 시 품격을 품평한 글을 최자에게 건네주면서, "보한補閑의 재료로 삼을 만하니, 그대는 이를 후편에 수록하십시오."라고 부탁하는 모습도 보인다.(하-1) 저술을 거의 마무리하던 시기의 일이다. "속파한"으로 명명한 1차 완성본을 다시 보완하고 "보한"으로 이름을 바꾼 뒤에 해당할 것이다. 자료 수집과 보완이 최후까지 지속되었음을 보여준다.

5.

『보한집』은 초간본, 재간본, 삼간본이 존재한다. 현재 우리에게 널리 알려진 본은 삼간본이다.

이 책은 처음에 최우의 뜻에 따라 집필이 시작되었지만, 최우 생전

---

16) 이종문(1986), 「최항의 시에 대하여」, 『어문논집』 26, 안암어문학회.

에 계획처럼 간행으로 이어지지는 못하였다. 이 책이 막 완성되었거나 진행 중이었던 1250년 11월에 최우가 세상을 떠난 것이 원인이 되었을 가능성이 있다. 간행할 만한 여건이 되지 못하여 가지고만 있다가, 마침내 최항의 지시에 따라 정서하여 올린 것이다.

최자는 1254년에 간행을 위해 최종 원고를 정서하고 4월에 서문을 작성하였다. 이때 제출한 원고에 이듬해 1255년 7월에 이장용이 작성한 발문이 추가되었다.[17] 이때 간행한 초간본이 존재한다면, 간행 시점은 늦어도 최항이 1257년 4월에 세상을 떠나기 전이었을 것이다.

재간본은 성종 시기에 간행이 이루어졌다. 홍문관 부제학 김심金諶은 성종 24년(1493) 12월 28일에 차자를 올려 임금에게 이렇게 아뢰었다. "듣건대, 지난번 이극돈李克墩이 경상감사가 되고 이종준李宗準이 도사가 되었을 때, 간행한 『유양잡조』, 『당송시화』, 『유산악부』 및 『파한집』, 『보한집』, 『태평통제』 등 서적을 진상했습니다."[18] 이극돈은 1492년 1월에 경상도 관찰사에 제수되어 2월에 부임하였고, 1493년 2월까지 재임하였다. 이종준도 같은 시기에 경상 도사로 근무하였다. 『파한집』과 『보한집』을 간행하는 작업을 1492년 2월 이후에 시작하였고, 늦어도 1493년 12월 이전에 인쇄까지 마무리한 사실을 이로써 알 수 있다. 성종은 이 가운데 『당송시화』, 『파한집』, 『보한집』 등을 홍문관에 내려보내어 역대 연호와 인물 출처에 관한 사실을 주로 달아서 올리게 했다고 한다.[19] 이때 간행한 『보한집』이 재간본에 해당한다.

박현규(2002)의 보고에 따르면, 중국국가도서관이 소장하고 있는

---

17) 박현규(2002).
18) 『성종실록』 24년(1493) 12월 28일.
19) 『성종실록』 24년(1493) 12월 28일.

3권 3책의『보한』(善15542)이 재간본일 가능성이 있다. 이것이 기존의 본을 복각한 후각본의 특징을 띠고 있어, 초간본일 가능성이 적다는 것이다. 따라서 만약 이 책이 세 차례 간행되었을 뿐이라고 한다면, 이것이 재간본일 수밖에 없다. 또한 이것이 복각한 본이라면, 초간본을 원본으로 하였을 것이다.

삼간본은 이후원李厚源이 조속趙涑의 집에 있던 본을 가져다가, 경주 부윤 엄정구嚴鼎耇에게 맡겨『파한집』과 함께 경주에서 간행한 것이다. 홍주세가 이 일을 이렇게 기록하였다. "『파한집』은 고려 학사 이인로가 엮었다. 이 책을 엮은 뒤로 이제 3백여 년이 흘러 남은 것이 전혀 없다. 완남군完南君 상공 이후원이 조속의 집에서 이 책을 얻어 몹시 아끼다가 후세에까지 오래 전할 방법을 모색하였다. 때마침 동경 윤에 제수된 엄정구 공이 떠나기에 앞서 상공을 찾아뵙고 작별 인사를 하였다. 그때 상공이 즉시 이 일을 부탁하니, 엄공이 흔쾌히 수락하였다. 동경에 부임한 뒤에 곧 간행하는 일을 맡겨 몇 달이 지나지 않아서 작업을 마무리하였다. 상공이 마침내 새로 간행한 본을 선물하면서 발문을 청하였기에, 내가 사양할 수 없어 삼가 책을 받아 읽었다. 그런데 미처 원고를 작성하기 전에 상공이 다시 고려 태위 최자가 엮은『보한집』을 보내주면서 함께 발문을 작성하라고 하였다. 이것도 조속의 집에서 가져다가 동경에서 간행한 것이다. 상공이 처음부터 끝까지 주장하여 완성하였다."[20]

엄정구는 1657년(효종 8) 12월에 경주 목사에 제수되었다. 홍주세의 말대로라면, 이듬해 1658년에 간행이 이루어졌을 것이다.

이후 1818년 중춘에 운석 조인영趙寅永이 필사하여 북경의 학자 유

---

20) 홍주세,『정허당집 중간이한집발重刊二閑集跋』.

희해劉喜海에게 보낸 본[21]과 1911년에 조선고서간행회에서 『파한집』과 함께 활판 양장본으로 간행한 본이 현재 전해진다.

6.

이 번역서는 한시를 자신의 힘으로 읽어내고 싶어 하는 독자 요구에 부응하기 위해 시 원문에 '독음', '평측', '압운', '해석 순서', '축자역', '구식句式'에 관한 정보를 추가했다.

'평측'은 시에 부여한 고저와 장단의 운율을 이해하는 데 요구되는 기본 정보에 해당한다. '해석 순서'와 '축자역'은 시어 짜임과 그 본의를 정교하게 이해하는 것에 도움을 줄 수 있다. 이를 통해 시인의 작시 의도에 접근할 수 있다면, 독자 스스로 더욱 적실한 언어를 찾아내어 더욱 완성도 높은 번역을 만들어낼 수도 있으리라 생각한다.

다만 평측을 분명하게 나누어 확정하기 어려운 한자가 적지 않아 본문에 제시한 평측에 오류가 없지 않을 것이다. 해석 순서도 변칙적 글자 배열과 도치가 자주 발생하는 한시 특성상 한 가지로 확정하기 어려운 부분이 적지 않았다. 하지만 부득이 하나의 순서를 택하여 제시할 수밖에 없었다. 합의된 규칙이 있는 것이 아니기에, 그때그때 우리말로 옮기기 편한 순서를 택하였다. 따라서 이 순서는 우리말로 옮기는 선후를 임의로 제시한 것일 뿐이다. 원문의 짜임을 규정하여 제시한 것은 아니다. 예컨대, 대우 형식일 때 되도록 그 짜임이 잘 드러나는 순서를 택하여 표기하기는 했지만 그렇게 하지 못한 곳도 있다. 출구와 대구가 정확하게 짝을 이루어 호응하지만, 해석 순서가

---

21) 중국국가도서관 소장 필사본 『보한집』(善本 03902).

18

일치하지 않을 수 있는 것이다.

이런 몇 가지 정보를 추가한 것은, 한문을 전공하지 않은 독자가 스스로 한시를 읽는 경험을 할 수 있도록 가능한 문턱을 낮추어보려는 시도이다. 시가 지닌 대강의 운율감과 글자 사이의 유기적 배열을 이를 통해서 어느 정도라도 엿볼 수 있기를 바랄 따름이다. 이에 관한 다양한 이견이 있을 것임도 분명하다. 독자 제현의 따끔한 지적을 바란다.

7.

이 책의 번역은 『파한집』 번역과 함께 시작되었다. 대학원 동학들과 함께 『파한집』을 윤독하고 번역도 시작할 무렵부터, 틈틈이 혼자서 이 책도 읽어나갔다. 두 책이 고려시대 시문학을 대표하는 저작이어서 함께 읽어볼 욕심을 내본 것이었다. 그렇게 하여 이제 6년 남짓한 시간이 쌓이고 나서야 비로소 부족하나마 원고를 완성하게 되었다. 아무래도 두렵고 부끄러운 마음이 앞선다. 이리 묻고 저리 묻고 거듭하여 되새기면서 난해한 곳들을 풀어보려고 노력은 해보았으나, 시 속에 응결된 감정선과 화법, 분위기 등 미묘한 흐름과 느낌을 살려내는 일은 절대 녹록하지 않았다. 절묘하게 사용한 전고와 표현을 놓치고 착각하여 엉뚱하게 번역해놓은 곳이 아마도 여전히 여기저기 숨어있을 것이다. 그렇지만 더 미루기도 어려운 형편인지라, 그저 볼 만한 부분도 없지는 않을 것이 아니겠는가 하고 스스로 위로하면서, 두려운 마음을 무릅쓰고 내어놓는다.

2024년 5월 흑성산 아래 낙락헌에서 신영주는 쓴다.

차례

21

22

補閑集

보한집

권 상

상1. 태조의 기도문 「개태사화엄법회소」

"부처 위엄으로 보호하시고, 하늘께서 힘으로 부축해주소서"

지추知樞 손변孫抃[1] 이 태조가 친히 지은 시를 내게 보여주면서 말했다.

"『보한』에 수록해야 마땅하지 않겠소?"

"이 책은 자질구레한 말[瑣言]을 모아 한가한 시간을 보낼 때 쓰려는 것일 뿐입니다. 성전聖典을 엮는 것이 아닙니다만……."

내가 답변하자, 지추가 다시 이렇게 말하는 것이었다.

"유신儒臣이 제왕 말씀을 엮어서 기록하는 일을 사양함이 옳겠소?"

이 말을 듣고 나서 서둘러서 책 첫머리에 이를 기록한다.

태조가 창과 방패를 들고 처음에 나라를 세우던 시절에 음양陰陽 술법과 부도浮屠에 마음을 두었었다. 참모 최응崔凝[2]이 이런 이유로 간언하였다.

"전하는 말에 '전란을 당한 중에도 문덕文德을 닦아서 민심을 얻어야 한다'라고 합니다. 제왕은 군대를 동원해서 전쟁을 치르는 순간에도, 반드시 문덕을 닦아야 합니다. 부도와 음양 술법에 기

---

1) 손변孫抃(?~1251)은 초명이 습경襲卿이다. 예부 시랑 등을 거쳐 1248년 전후에 추밀원 부사를 지냈다. 이후 수사공 상서좌복야로 있다가 1251년 5월에 세상을 떠났다.

2) 최응崔凝(898~932)은 태조에게 총애받아 지원봉성사知元奉省事, 광평 낭중廣評郎中, 내봉경內奉卿 등을 지냈다. 태조 묘정에 배향되었다.

대어서 천하를 얻었다는 말은 듣지 못했습니다."

태조가 이렇게 답하였다.

"그대 말을 짐이 어찌 이해 못하겠소? 다만 우리나라는 산수가
신령하고 기이하면서 외진 곳에 자리 잡고 있지 않소? 이 때문에
지역 사람들의 특성이 부처와 신을 좋아하고 이에 기대어 복과
이익을 빌고 싶어 하는 것이오. 게다가 지금은 전란이 아직 끝나
지 않아 안위를 확신할 수 없는 때라서, 조석으로 경황이 없고 두
려워서 어찌할 바를 모르는 형편이오. 그래서 혹시 부처와 신이
가만히 도움을 베풀어주고 산수가 신령하게 호응해주어서, 아쉬
운 대로라도 그럭저럭 효험이 있지 않을까 하고 기대하는 것일
뿐이오. 어찌 이를 나라를 다스리고 민심을 얻는 큰 도리로 생각
해서 그런 것이겠소? 전란이 진정되고 생활이 안정된 뒤에는 정
말로 풍속을 변화시킬 수 있고 교화를 아름답게 이룰 수 있을 것
이오."

장흥 5년 갑오년(934)에 백제를 공격해서 크게 승리하고 하내河內의
30여 군을 복속시켰다.[3] 또 발해 백성들이 모두 와서 귀순하였다. 이
에 담당 관리에게 명하여 개태사開泰寺[4]를 창건하여 화엄 도량으로 삼

---

3) 태조가 934년에 군사를 거느리고 운주運州(홍성)를 공격하여 견훤甄萱에게 승리하
였다. 이때 웅진熊津 이북 30여 성이 소문을 듣고 항복했다고 한다. 『고려사 태
조 17년(934)』.
4) 개태사開泰寺는 태조가 백제를 평정한 뒤에 논산 황산黃山에 창건한 사찰이다. 936년
에 착공하여 940년 12월(음)에 낙성하였다. 이때 낙성화엄법회落成華嚴法會를 열
고 태조가 직접 소문疏文을 지었다. 현재의 개태사는 1428년에 위치를 약간 옮
겨 새로 지은 것이다. 『고려사 태조 23년(940)』.

게 했다. 이어서 발원하는 글을 태조가 손수 짓고 써서 주었다.
그 글은 대략 아래와 같다.5)

"온갖 근심을
살면서 겪었지만

生遇百罹 ○●●○
1 4 2 3　생우백리
｜살면서｜만나지만｜백 가지｜근심을｜

이렇게 많은 고난은
감당하기 어렵네.

未堪多難 ●○○●
4 3 1 2　미감다난
｜못한다｜감당하지｜많은｜고난을｜

현도군6)이
전란에 휩싸이고

兵纏兎郡 ○○●●
1 4 2 2　병전도군
｜병란이｜휘감고｜현도군을｜

진한7)도
재난에 휘둘려,

災擾辰韓 ○●○○
1 4 2 2　재요진한
｜재난이｜뒤흔들어｜진한을｜

백성들이 그렁저렁도
살지 못하고

人莫聊生 ○●○○
1 4 2 3　인막료생
｜사람이｜못하고｜그럭저럭｜살지를｜

벽이 멀쩡한
집이 없어라.

室無完堵 ●○○●
1 4 2 3　실무완도
｜집에｜없다｜멀쩡한｜담장이｜

【중간 생략】

······

하늘에 고하여
맹세컨대

證天有誓 ●○●●
2 1 4 3　증천유서
｜증명하여｜하늘에｜하건대｜맹세를｜

큰 악당들을
베고 평정하여,

剗平巨孼 ●○●●
3 4 1 2　잔평거얼
｜베고｜평정하여｜큰｜악을｜

---

5) 태조가 지은 「개태사화엄법회소開泰寺華嚴法會疏」이다.
6) 현도군玄菟郡은 한사군漢四郡의 하나로 설치했던 지역이다. 한반도 북부 지역에
해당한다.
7) 진한辰韓은 한반도 남부에 있던 삼한三韓의 하나이다. 강원도 일부 지역과 경상
북도 지역이 이에 해당한다.

도탄에 빠진
백성을 구해내고

拯塗炭之生民 ●●●●○○
6 1 1 3 4 4 증도탄지생민
|구해내고|도탄 속|어사|생민을|

향리에서 맘껏
농사짓고 양잠케 하리라.

恣農桑於鄉里 ●○○○○●
6 4 5 3 1 1 자농상어향리
|놓아둔다|농사|양잠하게|에서|향리|

위로 부처 힘에
의지하고

上憑佛力 ●○●●
1 4 2 3 상빙불력
|위로|기대고|부처|힘에|

다음으로
하늘 위엄에 기대어,

次仗玄威 ●●○○
1 4 2 3 차장현위
|다음으로|기대어|하늘|위엄에|

20여 년간[8] 물과 불로
공격하는 속에서

二紀之水擊火攻 ●●○●●●○
1 2 3 4 5 6 7 이기지수격화공
|두|12년|어사|물|공격|불|공격에|

화살과 돌을
나도 무릅쓰고,

身蒙矢石 ○○●●
1 4 2 3 신몽시석
|몸으로|무릅쓰고|화살과|돌을|

천 리 밖 남녘과 동녘을
정벌하느라

千里之南征東討 ○●○○○○●
1 2 3 4 5 6 7 천리지남정동토
|천|리|어사|남녘|정벌|동녘|토벌에|

방패와 창을
베개로 삼았었다오.

親枕干戈 ○●○○
1 4 2 3 친침간과
|친히|베고 잤다|방패와|창을|

병신년(936)
가을 9월에

丙申秋九月 ●○○●●
1 1 3 4 5 병신추구월
|병신년|가을|구|월에|

숭선성[9]
곁에서,

於崇善城邊 ○○●○○
5 1 1 1 4 어숭선성변
|에서|숭선성|곁|

백제와
더불어

與百濟 ●●●
3 1 1 여백제
|더불어|백제와|

---

8) 기紀는 12년이다. 2기紀는 24년이 된다.
9) 숭선성崇善城은 숭선군崇善郡의 성이다. 현재의 구미 선산善山 지역에 해당한다.
   선산 동쪽 지역에서 고려가 후백제를 상대로 결전을 벌여 승리하였다.

군병이
교전할 적에,
한번 외치자
흉적이 기와처럼 무너지고
다시 북 치니
역당이 얼음 녹듯 사라졌네.
개선하는 노랫소리
하늘에 퍼지고
환호 소리가
대지를 흔들었어라.

兵交陣 ○○●
1 2 3　　병교진
|군병이|서로|진 칠 때|

一呼而兇狂瓦解 ●○○○○●●
1 2 3 4 4 6 7　　일호이흉광와해
|한번|외쳐|어사|흉적|기와처럼|흩어지고|

再鼓而逆黨氷消 ●●○●●○○
1 2 3 4 4 6 7　　재고이역당빙소
|또|북 쳐|어사|역당|얼음처럼|녹았다|

凱唱浮天 ●●○○
1 2 4 3　　개창부천
|개선하는|노래|떠오르고|하늘 위로|

歡聲動地 ○○●●
1 2 4 3　　환성동지
|환호하는|소리가|진동하였다|땅을|

【중간 생략】 ……

풀숲에 숨은
도적들과
시내 골짜기의
하찮은 악당들은,
뉘우치고
스스로 변하여
귀순할 뜻을
이윽고 품었다오.
나는 간악한 자를
누르고 제거해서
약자를 구하고
기운 것 바로 세울 생각으로,

萑蒲寇竊 ●●●●
1 2 3 3　　관포구절
|왕골|부들 밭의|도적들과|

溪洞微凶 ○○●○○
1 2 3 3　　계동미흉
|시내|골짜기의|하찮은 악당이|

改悔自新 ●●●○
1 2 3 4　　개회자신
|고치고|뉘우쳐|스스로|새로워지고|

尋懷歸順 ○○○●
1 4 2 2　　심회귀순
|이윽고|마음에 품었다|귀순을|

某也志在於搦奸除惡 ●●●●○●○○○●
1 1 3 9 8 5 4 7 6　　모야지재어닉간제악
|나는|뜻|있어|에|막고|악|없앰|악|

濟弱扶傾 ●●○○
2 1 4 3　　제약부경
|구하고|약자를|부축하니|기운 것을|

31

추호도 잘못　　不犯秋毫 ●●○○
침범하지 않고　　4 3 1 2　불범추호
　　　　　　　　│않고│범하지│가을│터럭만큼도│

풀 한 치도　　　不傷寸草 ●○●●
훼손하지 않았네.　4 3 1 2　불상촌초
　　　　　　　　│않았다│해치지│한 치의│풀도│

【중간 생략】　　……

지켜주신 부처께　答佛聖之維持 ●●●○○○
보답하고　　　　6 1 2 3 4 4　답불성지유지
　　　　　　　　│보답하고│부처│성인이│어사│유지함을│

도우신 산 신령께　酬山靈之贊助 ○○○○●●
은혜 갚으려,　　6 1 2 3 4 4　수산령지찬조
　　　　　　　　│갚으려│산│신령이│어사│도움을│

담당 부서에　　　特命司局 ●●○○
특별히 명하여　　1 4 2 2　특명사국
　　　　　　　　│특별히│명하여│담당 부서에│

불사를　　　　　刱造蓮宮 ●●○○
창건케 하면서,　1 4 2 2　창조련궁
　　　　　　　　│새로│세우면서│사찰을│

마침내 산 이름을　乃以天護爲山號 ●●○●○○
'천호'라고 짓고　1 4 2 2 7 5 6　내이천호위산호
　　　　　　　　│이에│로써│천호│삼고│산│이름을│

절 이름을　　　　以開泰爲寺名 ●○○●●○
'개태'라 일컫는다오.　3 1 1 6 4 5　이개태위사명
　　　　　　　　│로써│개태│삼는다│절│이름을│

【중간 생략】　　……

바라건대　　　　所願佛威庇護 ●●●○●●
부처 위엄으로 보호하시고　2 1 3 4 5 5　소원불위비호
　　　　　　　　│바는│원한│부처│위엄으로│비호하고│

하늘께서 힘으로　天力扶持 ○●○○10)
부축해주소서."　1 2 3 4　천력부지
　　　　　　　　│하늘│힘으로│부축하고│지켜줌이다│

【아래 생략】　　……

청태 2년(935)에는 신라 경순왕敬順王이 우리 조정에 귀순하여[11] 글을 올렸다. 그 내용은 대략 이렇다.

"우리 신라에는 재앙과 난리가 곧이라도 발생할 것 같고, 나라 운수도 이미 다했습니다. 이런 때에 다행히 훌륭한 천자를 뵙게 되었으니, 조정 신하로서 예를 갖추기를 원합니다."

청태 3년(936)에는 백제왕 견훤甄萱이 우리 조정에 귀순하였다.[12] 이에 태조가 남궁南宮에 머물 수 있게 윤허하였다. 하지만 그 아들 신검神劍은 죄를 다스려 벌하였다.[13]

나중에 봉어奉御로 있던 최원崔遠이 표문表文을 올려서 이 일을 경하하였다. 그 내용은 대략 아래와 같다.

"신검은 스스로
멸망하는 길로 갔으니
그 죄가 천지에
용납될 수 없겠으나,
신라 경순왕은
스스로 와서 귀순했으니[14]

神劍之自取滅亡 ○●○●●●○
　　1　3　4　7　5　5　　신검지자취멸망
|신검이| 어사 |스스로| 취하니 | 멸망을 |

蓋爾罪不容天地 ●●●●○○●
　　1　2　3　7　6　4　4　　개이죄불용천지
|대개| 그 | 죄 | 못하나 |용납되지| 천지에 |

羅王之自來賓服 ○○○●○○●
　　1　2　3　4　5　6　6　　라왕지자래빈복
|신라| 왕 | 어사 |스스로| 와서 | 귀순하니 |

---

10) □변려문이다. 압운을 맞추지 않았다.
11) 경순왕敬順王(?~979)은 927년에서 935년까지 재위한 신라 제56대 마지막 왕이다. 견제하는 견훤을 피해 935년에 고려에 투항했다.
12) 견훤甄萱(867~936)은 후백제를 세우고 892년에 왕위에 올랐으나, 935년 봄에 왕위를 다투던 아들 신검에 의해 금산사金山寺에 유폐되었다. 같은 해 여름에 달아난 견훤은 왕건에게 의탁하여 남궁南宮에 머물게 되었다.
13) 신검神劍은 견훤의 장자로 후백제 제2대 왕이 되었다. 견훤을 유폐시키고 935년에 고려를 상대로 벌인 전투에서 대패하여 나라를 잃고 말았다.
14) 빈복賓服은 복종하여 귀순함을 이른다.

변방[15] 멀리까지
성덕이 미친 것입니다.

由盛德遠屆遐荒　○●●●○○
7　1　1　3　6　4　4　유성덕원계하황
|비롯됐다|성덕이|멀리|미침에서|변방에|

【중간 생략】　……

지혜로운
나라 관리들은

智邦之簪紳也　●○○○○●
1　2　3　4　4　6　지방지잠신야
|지혜로운|나라|어사|관리들은|어사|

상국 고려로 몰려와
벌써 귀순하였고,

曾輻湊於上國　○●●○●●
1　5　6　4　2　2　증폭주어상국
|일찍|바큇살처럼|모여들고|에|상국|

전란 일으킨
반역한 무리는

逆子之兵革也　●●○○●●
1　2　3　4　5　6　역자지병혁야
|반역|자의|어사|병기|갑옷은|어사|

이제 남녘에서
와해되었습니다.

今瓦解於南方　○●●○○○
1　5　6　4　2　2　금와해어남방
|지금|기와처럼|무너졌다|에서|남방|

이웃 나라 위급한 사정을
폐하께서 듣고

而陛下聞隣之急　○●●○○○●
1　2　2　7　4　5　6　이폐하문린지급
|어사|폐하가|듣고|이웃|어사|급함|

곧장 가서
구원하신 것은

徑往救之　●●●○
1　2　4　3　경왕구지
|곧장|가서|구함은|그들을|

인자하고
용맹함이요,

仁勇也　○●●
1　2　3　인용야
|어짊과|용맹이고|어사|

이웃 왕이
와서 귀순함에

隣王來附　○○○●
1　2　3　4　린왕래부
|이웃|왕이|와서|따름에|

간곡히 대우하고
친절을 다하신 것은

曲待悉親　●●●○
1　2　4　3　곡대실친
|곡진히|대하고|다함은|친절을|

---

15) 하황遐荒은 먼 변방 외진 곳을 이른다.

지혜롭고
미더움이요,

智信也 ●●●
1 2 3　지신야
｜지혜와｜믿음이고｜어사｜

견훤의 작은 혐의를
잊고서

忘萱小嫌 ○○●●
4 1 2 3　망훤소혐
｜잊고서｜견훤의｜작은｜혐의를｜

은혜와 믿음으로
대접하신 것은

接以恩信 ●●○●
1 4 2 3　접이은신
｜대접하길｜으로 함은｜은혜와｜믿음｜

관대하고
인자함이요,

寬仁也 ○○●
1 2 3　관인야
｜관대함과｜어짊이고｜어사｜

여러 반역자
목을 베어

誅諸逆子 ○○●●
4 1 2 2　주제역자
｜목 베어｜여러｜반역한｜자를｜

피폐한 백성을
위무하신 것은

慰撫殘民 ●●○○
3 4 1 2　위무잔민
｜위로하고｜어루만짐은｜쇠잔한｜백성｜

의리가 밝고
어짊이 넉넉함입니다.

義明而仁洽矣 ●○○○●●
1 2 3 4 5 6　의명이인흡의
｜의｜밝고｜어사｜인｜넉넉함이다｜어사｜

이를 후세에 전할

以此爲帝王垂統之五常
1 1 10 3 3 5 5 7 8 8
●●○●○●○●○○
이차위제왕수통지오상
｜이로써｜삼으면｜왕이｜전승할｜어사｜오상｜

제왕 오상16)으로 삼는다면
어찌 자손만대가

胡不有子孫遵先於萬世
1 9 9 2 2 8 7 6 4 4
○●●●○○○●●●17)
호불유자손준선어만세
｜어찌｜없을까｜자손이｜따름｜선왕｜에｜만세｜

선왕 뜻 따르지 않겠습니까?"

【아래 생략】 ……

---

16) 오상五常은 임금이 갖춰야 하는 다섯 가지 떳떳한 도리이다. 곧 앞에서 말한 '인용仁勇', '지신智信', '관인寬仁', '의명義明', '인흡仁洽'을 이른다.

17) ㅁ변려문이다. 압운을 맞추지 않았다.

태조는 문장文章과 필법筆法에 풍부한 재능을 타고났다. 다만 이런 재능은 제왕에게는 여사餘事에 해당할 뿐이니, 찬미할 만한 일은 아니다. 신서信書와 훈서訓書[18] 및 최원이 올린 표문을 보면, 태조의 성덕盛德을 알 수 있다.

孫知樞抃, 以太祖聖製, 示予曰 "宜載『補閑』." 對曰 "此書欲集瑣言, 爲遣閑耳, 非撰盛典也." 知樞曰 "爲儒臣, 辭撰聖訓可乎?" 聞之, 蹶然載諸編首. 太祖當干戈草創之際, 留意陰陽·浮屠. 參謀崔凝諫云 "傳曰 '當亂修文, 以得人心', 王者雖當軍旅之時, 必修文德, 未聞依浮屠陰陽, 以得天下者." 太祖曰 "斯言, 朕豈不知之? 然我國山水靈奇, 介在荒僻, 土性好佛神, 欲資福利. 方今兵革未息, 安危未決, 旦夕恓惶, 不知所措. 唯思佛神陰助, 山水靈應, 儻有效於姑息耳. 豈以此爲理國·得民之大經也. 待定亂居安, 正可以移風俗美敎化也." 長興五年甲午, 征百濟大克, 獲河內三十餘郡. 及渤海國人皆歸順, 乃命有司, 刱開泰寺, 爲華嚴道場. 親製願文手書, 略曰 "生遇百罹, 未堪多難. 兵纏兔郡, 災擾辰韓, 人莫聊生, 室無完堵.【云云】證天有誓, 剗平巨孼, 拯塗炭之生民, 恣農桑於鄕里. 上憑佛力, 次仗玄威, 二紀之水擊火攻, 身蒙矢石, 千里之南征東討, 親枕干戈. 丙申秋九月, 於崇善城

---

18) 신서信書와 훈서訓書는 태조가 승하하기 전에 자손을 위해 10가지 유훈을 담아서 지은 「훈요訓要」를 이른다. 「훈요십조訓要十條」로 불린다. 내용이 두 부분으로 나뉜다. 앞부분은 서론에 해당하는 신서이고, 뒷부분은 유훈 10조를 담은 훈서이다. 『고려사 태조 26년(943)』.

邊, 與百濟兵交陣. 一呼而兇狂瓦解, 再鼓而逆黨氷消. 凱唱浮天, 歡聲動地. 【云云】蓳蒲寇竊, 溪洞微凶, 改悔自新, 尋懷歸順. 某也志在於搤姦除惡, 濟弱扶傾, 不犯秋毫, 不傷寸草. 【云云】答佛聖之維持, 酬山靈之贊助, 特命司局, 刱造蓮宮. 乃以天護爲山號, 以開泰爲寺名. 【云云】所願佛威庇護, 天力扶持. 【云云】" 淸泰二年, 新羅敬順王來朝上書, 略曰 "本國禍亂將構, 曆數已窮. 幸觀天子之光, 願作庭臣之禮." 三年, 百濟王甄萱入朝, 上許住南宮, 討其子神劍之罪. 後奉御崔遠表賀, 略曰 "神劍之自取滅亡, 蓋爾罪不容天地. 羅王之自來賓服, 由盛德遠屆遐荒. 【云云】智邦之簪紳也, 曾輻湊於上國, 逆子之兵革也, 今瓦解於南方. 而陛下聞隣之急, 徑往救之, 仁勇也. 隣王來附, 曲待悉親, 智信也. 忘萱小嫌, 接以恩信, 寬仁也. 誅諸逆子, 慰撫殘民, 義明而仁洽矣. 以此爲帝王垂統之五常, 胡不有子孫邊先於萬世? 【云云】" 太祖文章筆法, 天縱多能. 然此帝王家餘事, 不足歸美. 觀信書·訓書及崔遠表, 其盛德可知. ┌

※ 지추 손변의 권유에 따라 태조가 남긴 발원문 「개태사화엄법회소」를 수록하여 소개했다. 첫머리에 놓은 것은 예우에 해당할 것이다. 아울러 태조의 성덕을 칭송한 최원의 표문도 함께 수록하여, 신라와 백제를 병합하여 통일 국가를 완성한 태조의 찬란한 공업을 드러내고자 하였다.

상2. 광종의 과거 시행을 보고 함원전에 나타난 현학

"헌앙한 저 학은 양의 정기를 타고났으니"

광종은 우아한 선비 기풍[儒雅]을 숭상하여 현량賢良과 문학文學으로
인재를 선발하였다. 당시에 현학玄鶴이 함원전含元殿[1]에 날아와서 춤
을 춘 일[2]이 있어, 문사들이 모두 찬贊과 송頌을 지었다. 학사 조익趙
翼도 송을 지어 읊었다.

헌앙한 저 학은	伊鶴軒昻 ○●○◎
	1 2 3 3 이학헌앙
	ㅣ저ㅣ학이ㅣ헌앙하여ㅣ
양의 정기를 타고났으니[3]	稟精于陽 ●○○◎
	4 3 2 1 품정우양
	ㅣ타고나니ㅣ정기를ㅣ에서ㅣ양ㅣ
흰 깃털이	有白斯羽 ●●○◎
	4 1 2 3 유백사우
	ㅣ있음이ㅣ흰ㅣ이ㅣ깃털이ㅣ
떳떳한 네 모습이요	則惟汝常 ●○●◎
	1 2 3 4 즉유여상
	ㅣ곧ㅣ오직ㅣ너의ㅣ떳떳함이고ㅣ
백색 황색도 아닌	匪白匪黃 ●●●○
	2 1 4 3 비백비황
	ㅣ아니고ㅣ흰색도ㅣ아니고ㅣ황색도ㅣ

---

1) 함원전含元殿은 궁궐 내의 전각이다. 1138년에 정덕전靜德殿으로 개칭했다. 『고려
　사 인종 16년(1138)』.
2) 과거를 처음 시행한 광종 9년(958) 5월에 현학玄鶴이 함덕전含德殿에 모여들었다
　고 한다. 『고려사 오행지五行志』.
3) 학鶴은 양조陽鳥이다. 부구공浮丘公, 『상학경相鶴經』, "학은 양에 속하는 새이면서
　음에서 논다.[鶴者陽鳥也, 而遊于陰.]"

검은색이 네 옷이라 　玄乃衣裳 ○●○○
　　　　　　　　　　1 2 <u>3</u> <u>3</u>　현내의상
　　　　　　　　　　|검은색이| 너의| 의상이다|

학 빛깔이 　　　　　之禽之色 ○○○●
　　　　　　　　　　1 2 3 4　지금지색
　　　　　　　　　　|이| 새의| 이| 색은|

그 자태 얼마나 상서로운가? 　厥表何祥 ●●○○
　　　　　　　　　　1 2 3 4　궐표하상
　　　　　　　　　　|그| 겉모습이| 얼마나| 상서롭나|

우리 임금님 덕이 　　惟我后德 ○●●●
　　　　　　　　　　1 2 3 4　유아후덕
　　　　　　　　　　|오직| 나의| 임금님| 덕이|

어느 제왕보다 뛰어나서 　過百皇王 ●●○○
　　　　　　　　　　4 1 <u>2</u> <u>2</u>　과백황왕
　　　　　　　　　　|뛰어나서| 백| 임금보다|

문과 도를 높여 　　崇文重道 ○○●●
　　　　　　　　　　2 1 4 3　숭문중도
　　　　　　　　　　|높이고| 문을| 중시하여| 도를|

현량을 서둘러 뽑아 쓰실 때 　急用賢良 ●●○○
　　　　　　　　　　1 4 <u>2</u> <u>2</u>　급용현량
　　　　　　　　　　|서둘러| 쓰려는데| 현량을|

깃이 순색인 현학이 　仙翰色純 ○●●●
　　　　　　　　　　1 2 3 4　선한색순
　　　　　　　　　　|신선| 학| 깃털의| 색이| 순수하여|

그 상서로움에 걸맞게 　厥祥允當 ●○○◎
　　　　　　　　　　1 2 3 4　궐상윤당
　　　　　　　　　　|그| 상서로움에| 진실로| 마땅하니|

엄숙 화목한 함원전에 나타나 　含元肅穆 ○○●●
　　　　　　　　　　<u>1</u> 1 3 4　함원숙목
　　　　　　　　　　|함원전의| 엄숙하고| 화목한 데서|

하늘 보며 높이 선회했어라 　望天高翔 ●○○○
　　　　　　　　　　2 1 3 4　망천고상
　　　　　　　　　　|보며| 하늘을| 높이| 날았다|

빛나는 문명의 덕 보고 왔으니 　覽文德輝 ●○●○
　　　　　　　　　　4 1 2 3　람문덕휘
　　　　　　　　　　|보았으니| 문명의| 덕이| 빛남을|

주나라 봉황이런가?[4]	豈周鳳凰 ●○○◎
	1 2 3 3　기주봉황
	|아마|주나라|봉황인가|

주나라 봉황이런가?[4]　豈周鳳凰 ●○○◎
1 2 3 3　기주봉황
｜아마｜주나라｜봉황인가｜

절도 있게 마시고 쪼아서　飮啄率度 ●●●●
1 2 4 3　음탁솔도
｜마시고｜쫌에｜따르니｜법도를｜

그 깃 모습이 화사하도다　羽儀載光 ●○○◎
1 2 3 4　우의재광
｜깃털｜모습이｜이에｜빛난다｜

모든 복이 전부 찾아와　諸福畢至 ○●●●
1 2 3 4　제복필지
｜여러｜복이｜모두｜이르러｜

사방이 번창하고　四方其昌 ●○○◎
1 1 3 4　사방기창
｜사방이｜그｜번창하고｜

아, 만 년이 지나도록[5]　於萬斯年 ○●○○
1 4 2 3　오만사년
｜아｜만 번｜하도록｜이｜해를｜

큰 복이 다함이 없으리라　景祚無疆 ●●○◎[6]
1 2 4 3　경조무강
｜큰｜복이｜없다｜끝이｜

한림 학사 쌍기雙冀[7]가 봄에 치르는 과거를 주관했을 때도, "현학

---

4) 봉황은 국가 문명이 갖추어지고 제왕의 덕이 빛날 때 내려와 춤춘다고 한다. 순임금 때 나타나 춤추었고, 주 문왕 때 기산岐山에 나타나 울었다. 가의, 「조굴원부弔屈原賦」, "봉황이 천 길 높은 곳에서 돌아서 날다가, 덕이 빛남을 보고서 내려오네.[鳳凰翔于千仞兮, 覽德輝而下之.]"『국어 주어周語』, "주나라가 일어남에 봉황이 기산에서 울었다.[周之興也, 鸑鷟鳴於岐山.]" "악작鸑鷟"은 봉황을 이른다.

5) 『시경 하무下武』, "아, 이 해를 만 번 지내도록, 어찌 도움이 있지 않겠는가?
[於萬斯年, 不遐有佐.]"

6) □송찬頌讚이다. 하평성 '양陽' 운에 맞추어 '昻, 陽, 常, 裳, 祥, 王, 良, 當, 翔, 凰, 光, 昌, 疆'으로 압운하였다.

7) 쌍기雙冀는 후주後周 관료로 고려에 사신 왔다가 병으로 돌아가지 못하고 귀화한 인물이다. 고려 광종에게 총애받아 출사하였다.

이 상서로움을 드러내네[玄鶴呈祥]"라는 말을 시제詩題로 출제하였다.[8]

光宗向儒雅, 舉賢良文學. 時玄鶴來儀於含元殿, 文士皆作贊頌. 學
士趙翼頌曰 "伊鶴軒昂, 稟精于陽. 有白斯羽, 則惟汝常. 匪白匪黃,
玄乃衣裳. 之禽之色, 厥表何祥? 惟我后德, 過百皇王. 崇文重道, 急
用賢良. 仙翰色純, 厥祥允當. 含元肅穆, 望天高翔. 覽文德輝, 豈周
鳳凰? 飮啄率度, 羽儀載光. 諸福畢至, 四方其昌. 於萬斯年, 景祚無
疆." 學士雙冀, 典試春闈, 亦以"玄鶴呈祥", 爲詩題.

---

8) 한림 학사 쌍기가 건의하여 광종 9년(958)에 과거제도를 처음 시행하였다. 이때
부터 몇 차례 그가 지공거를 맡아 과거를 주관하였다. 시험은 시·부·송과 시무
책을 짓는 것으로 치렀다. 또 이와 별개로 명경업과 의업醫業·복업卜業 등도 따로
시험하여 전문가를 선발하였다.

상3. 문정공 최승로가 궁중에서 읊은 시 다섯 수

"가을바람이 절로 옥소리로 연주해주네"

왕륜사王輪寺[1]의 삼중자三重子[2]가 좀먹은 책 한 권을 소매에 넣고 와서 내게 보여주었다. 광종 시기에 시중侍中을 지낸 문정공 최승로崔承老[3]가 대궐 안에서 이러저러하게 창작한 시 원고다. 국초에 창작한 시가 다행히 없어지지 않고 지금까지 전해진 것이다. 그중에 4운시(율시)와 절구시 네 수를 여기에 소개한다.

「장생전[4] 뒤에 핀 백엽 두견화(진달래꽃)를 보고서 왕명에 응하여 짓다[長生殿後百葉杜鵑花應製]」에서 이렇게 읊었다.

지난해에 붉은 난간에
가득 피더니
꽃다운 그 자태
오늘도 여전하다오
다만 이 꽃이 거듭하여
만 번을 피도록

去年曾是滿朱欄　●○○●●○◎
1 2 3 7 6 4 5　거년증시만주란
지난｜해｜일찍｜이더니｜가득｜붉은｜난간에

今日芳姿又一般　○●○○●●○
1 1 3 4 5 6 7　금일방자우일반
오늘도｜꽃다운｜자태｜또｜한｜가지다

但願此花開萬轉　●●●○○●●
1 7 2 3 4 5 6　단원차화개만전
다만｜바란다｜이｜꽃｜피기｜만｜번 하도록

---

1) 왕륜사王輪寺는 개경 송악산 기슭에 있던 큰 사찰이다. 태조 2년에 10개 사찰과 함께 창건되었다. 『고려사 태조 2년(919)』.
2) 삼중자三重子는 승려 법계인 삼중대사三重大師이다. 중대사中大師보다 높고 선사禪師와 수좌首座보다 낮다.
3) 최승로崔承老(927~989)는 신라 경순왕이 고려에 투항할 때 아버지 최은함崔殷含과 함께 귀순하였다. 태조에게 총애받아 출사하여 문하수시중門下守侍中에 올랐다.
4) 장생전長生殿은 개경 궐 내에 있던 전각이다. 1009년에 천추전이 소실되어 헌애 왕태후獻哀王太后 황보씨皇甫氏가 거처하였다.

미천한 신이 오래오래
성군의 기뻐함을 모시고 싶어라

微臣長奉聖人歡	○○ŏ●●○◎5)
1 2 3 7 <u>4</u> <u>4</u> 6	미신장봉성인환
미천한	신	오래	받들길	성군	기쁨을

「동쪽 연못에 새로 자란 대나무[東池新竹]」에서 이렇게 읊었다.

비단 꺼풀6) 처음 벗고서
분가루 마디7) 드러내

錦籜初開粉節明	●●○○●●◎
1 2 3 4 5 6 7	금탁초개분절명
비단	꺼풀	처음	벗어	분	마디	분명하고

낮게 수렛길에서
녹음을 이루고 있어라

低臨輦路綠陰成	○○●●●○◎
1 4 2 3 5 6 7	저림련로록음성
낮게	임해	수레	길에	푸른	그늘	이룬다

임금께서 노실 때
구태여 궁정 음악8) 연주하랴?

宸遊何必將天樂	○○ŏ●○○●
1 2 3 4 7 5 6	신유하필장천악
임금	놂에	어찌	꼭	받들까	하늘	음악

가을바람이 절로
옥소리10)로 연주해주네

自有金風撼玉聲	●●○○●●◎9)
1 4 2 3 7 5 6	자유금풍감옥성
절로	있어	가을	바람	울린다	옥	소리

「백제에서 진상한 흰 까치를 기리다[百濟進白鵲讚]」에서 이렇게 읊었다.

희고 흰 눈 색깔로
날고 울기를 잘하니

皚皚雪色好飛鳴	○○●●●○◎
<u>1</u> <u>1</u> 3 4 7 5 6	애애설색호비명
희고 흰	눈	빛깔로	잘하니	날고	울기

---

5) ▫평기평수平起平收 구식을 사용하였다. 상평성 '한寒' 운에 맞추어 '欄, 般, 歡'
   으로 압운하였다.
6) 금탁錦籜은 대나무를 감싸고 있는 꺼풀을 아름답게 일컫는 말이다.
7) 분절粉節은 대나무 마디 표면에 분비되어 묻어 있는 백색 분말이다.
8) 천악天樂은 천상 음악이다. 궁정에서 사용하는 음악을 이른다.
9) ▫측기평수仄起平收 구식을 사용하였다. 하평성 '경庚' 운에 맞추어 '明, 成, 聲'으
   로 압운하였다.
10) 옥성玉聲은 대나무가 바람에 흔들려 부딪는 소리이다.

겨우 열흘 거리

강남에서 왔어라

來自江南僅十程 ○●○○●●◎
1 4 2 2 5 6 7　래자강남근십정
오길 에서 하여 강남 겨우 열흘 길이다

네 깃털이

몹시 깨끗하고 밝아

看爾羽毛偏潔朗 ○●●○○●●
4 1 2 3 5 6 7　간이우모편결랑
보니 네 깃 털 몹시 깨끗하고 밝아

응당 복을 불러

우리 세상을 맑게 하리라

只應來瑞我時淸 ●○○●●○◎ 11)
1 2 4 3 5 6 7　지응래서아시청
다만 응당 불러 복을 우리 시대 맑힌다

「당나라(중국)에 보낸 글을 장려하고 겸하여 내고(임금 창고)의 술과 과일을 꺼내어 하사하신 것에 사례하다[謝宣獎入唐文字兼頒內庫酒果詩]」에서 이렇게 읊었다.

천재일우로

다행히 지존을 만나

多幸千年遇至尊 ○●○○●●◎
2 1 3 4 7 5 5　다행천년우지존
많아 행운 천 년 만에 만나 지존을

못난 신도 벼슬에 올라서

중서성에 있네

不才忝職在西垣 ○○●●●○○
2 1 4 3 7 5 5　불재첨직재서원
없이 재주 더럽혀 벼슬 있다 서원에

감히 여러 선비와

문장이 대등하길 바라진 못해도

文章敢望同諸彦 ○○●●○○●
1 1 3 4 7 5 6　문장감망동제언
문장 감히 바랄까 같길 여러 선비에

총애만은 깊었노라고

후손에게 자랑할 수 있어라

寵渥須誇示後昆 ●●○○●●◎
1 1 3 4 7 5 6　총악수과시후곤
총애는 응당 자랑해 보인다 후 손에

몹시 깊이 감명하여

눈물만 흐르고

銘感極來徒有淚 ○●●○○●●
1 1 3 4 5 7 6　명감극래도유루
감명 몹시 밀려와 단지 흐르니 눈물

___

11) □평기평수 구식을 사용하였다. 하평성 '경庚' 운에 맞추어 '鳴, 程, 淸'으로 압운하였다.

기쁨도 사무쳐서
도리어 할 말 잊네
이내 보답하고는 싶어도
끝내 이루기 어려워
남산에 빌고
성은에 감사할 뿐이라오

喜歡深處却無言 ●○○●●○
1 1 3 4 5 7 6   희환심처각무언
기쁨│깊은│데서│도리어│없다│할 말

尋思報答終難得 ○○●●○○●
3 4 1 1 5 7 6   심사보답종난득
찾고│생각하나│보답을│끝내│어려워│얻기

但祝南山拜聖恩 ●●○○○●●○⑫
1 4 2 2 7 5 6   단축남산배성은
단지│빌고│남산에│절한다│성군│은혜에

또 중양절 연회에서 광종이 지은 시가 있다. 주필走筆로 아름다움을 칭송한 시이다. 이를 보면 광종이 시 짓는 솜씨가 민첩할 뿐 아니라, 아름다운 문채까지 갖추고 있음을 알 수 있다. 당시는 서쪽(거란)[13]에서 전란이 아직 끝나지 않았을 때라 배움에 힘쓸 겨를이 없었는데도, 시 짓는 솜씨가 이렇게 뛰어난 것이었다. 하물며 그 이후로는 태평한 시기가 오래 지속되었기에, 대대로 군왕이 연회에 참석하여 지어낸 「황죽黃竹」과 「백운白雲」[14] 같은 뛰어난 시가 적지 않다.

다만『보한』에는 전부 공경대부나 고승과 일사逸士가 창작한 시를 소개했을 뿐이니, 제왕이 지어낸 시를 어떻게 함께 실어서 평론할 수 있겠는가? 다른 책에 따로 실어서 저 은하수처럼 우뚝하게 우러러 보이게 해야 마땅하다.

---

12) ▯측기평수 구식을 사용하였다. 상평성 '원元' 운에 맞추어 '尊, 垣, 昆, 言, 恩'으로 압운하였다.
13) 당시에 고려 서쪽에서 거란이 패권을 장악하여 요遼를 세웠다. 금호金虎는 서방을 상징하는 금金과 호虎이다.
14) 「황죽黃竹」은 주나라 목왕穆王이 황대黃臺 언덕에서 노닐고 평택萍澤에서 사냥할 때, 눈보라가 몰아쳐 추위에 떨고 있는 사람들을 위로하기 위해 3장으로 지어낸 시이다. 「백운白雲」은 목왕이 곤륜산 요지瑤池에서 연회를 벌일 때, 함께 있던 서왕모西王母가 지은 노래이다.『목천자전穆天子傳』.

45

王輪寺三重子, 其袖一蠹篇來示予, 乃光宗代侍中文貞公崔承老禁中雜著詩藁也. 惜其國初文字, 幸不湮沒到于今. 取其中四韻絶句四首, 載之.「長生殿後百葉杜鵑花應製」云"去年曾是滿朱欄, 今日芳姿又一般. 但願此花開萬轉, 微臣長奉聖人歡."「東池新竹」云"錦籜初開粉節明, 低臨輦路綠陰成. 宸遊何必將天樂? 自有金風撼玉聲."「百濟進白鵲讚」云"皚皚雪色好飛鳴, 來自江南僅十程. 看爾羽毛偏潔朗, 只應來瑞我時淸."「謝宣獎入唐文字兼頒內庫酒果詩」云"多幸千年遇至尊, 不才忝職在西垣. 文章敢望同諸彦, 寵渥須誇示後昆. 銘感極來徒有淚, 喜歡深處却無言. 尋思報答終難得, 但祝南山拜聖恩."又有重陽讌御製, 走筆頌美詩. 以此知光廟弄翰捷疾, 煥乎有文. 方其時, 金虎不儇, 未暇嚮學, 而宸翰猶若是. 況大平已久, 世世君王, 當淸燕之際,「黃竹」「白雲」之作, 不爲不多. 然『補閑』所載, 皆卿大夫·高僧·逸士所作. 豈宜與天章同列而評? 當別部收錄, 卓其雲漢之瞻望.

※ 광종 시기에 시중을 지낸 최승로의 시집을 열람한 뒤에, 4수를 골라 소개하였다. 이어서 중양절에 광종이 주필로 창작한 시를 여기에 소개하지 않는다고 하면서, 제왕의 시문을 함께 수록하지 않는 이유를 설명하였다. 아마도 최승로 시집에 중양절 연회에서 창작한 광종의 시도 함께 실려 있었던 것이 아닌가 한다. 이 책의 뒤에 임금의 어제시를 아예 싣지 않은 것은 아니지만, 어제시를 소개할 목적보다는 다른 시인과 시를 소개하기 위해 함께 실어놓은 것들이다.

상4. 신라 유민 동경 노인이 왕융에게 올린 시

"상원에는 안개에 꽃 피어 이제 다시 봄이어라"

성종은 15년(996) 8월에[1] 수레를 타고 동경(경주)에 행차하여 사면령을 내렸다. 아울러 담당 관리에게 기이한 재능을 갖추고도 시골에 파묻혀 지내는 인재를 남김없이 찾아내라고 명하였다. 또 의로운 사내, 절개 있는 부인, 효도하는 자식, 순종하는 자손도 동경 안팎에서 찾아내어 등록한 뒤에, 마을 입구에 정표를 세우고 차등 있게 물품을 내려주게 하였다.

그때였다. 신라 경순왕이 우리 조정에 귀순하던 날에 함께 따라 나오지 않았던 사람이 나타났다.[2] 이미 등에 검버섯이 핀 노인으로, 여전히 벼슬을 얻지 않고 흰옷 차림으로 지내는 자였다. 그가 시를 지어서 내상內相(한림 학사) 왕융王融[3]에게 올렸다.[4]

하늘[5]이 빛을 발하면서
뭇별을 운행하듯

九天光動轉星辰　●○○●●○○
１１３４７５５　구천광동전성신
구천이 빛 발하며 운행하듯 별들을

---

1) 『고려사』에 성종 16년(997) 8월(음)의 일로 기록되어 있다.
2) 이 노인은 이름이 전하지 않아 동경노인東京老人으로 불린다. 신라 경순왕을 따라 고려에 투항하지 않고 시골에 숨어 여생을 보낸 신라 유민이다. 성종은 997년 8월에서 9월 사이에 경주를 순행하여 옛 신라에서 종사하던 현자를 찾고 충신과 효자를 표창하였다. 이에 감동한 동경노인이 시 두 수를 지어 바친 것이다. 『고려사 성종 16년(997)』.
3) 왕융王融은 955년에 새로 즉위한 후주後周 세종世宗을 축하하는 사신이 되었다. 이후 966년부터 977년까지 12차례에 걸쳐 과거를 주관하였다.
4) 『동문선』에 「임금 수레가 동경에 행차했을 때 내상 왕융에게 올리다[駕幸東京獻王內相融]」라는 제목으로 실려있다. 동경노인東京老人이 창작한 시로 되어있다.
5) 구천九天은 하늘이다. 하늘이 중앙과 팔방의 구야九野로 구성된다고 보아 이렇게

47

해 깃발과 용 깃발 앞세워

바닷가로 순행하시네

잎이 누런 계림은

삭막해졌으나*

상원6)에는 안개에 꽃 피어

이제 다시 봄이어라

| 日旆龍旗竝海巡 | ●●○○●●◎ | 일패룡기병해순 |
| 1 2 3 4 6 5 7 | | 해 기와 용 기로 따라 바닷가 순행한다 |

| 黃葉鷄林曾索漠 | Ŏ●○○○●● | 황엽계림증삭막 |
| 1 2 3 3 5 6 6 | | 누런 잎의 계림은 이미 삭막하고 |

| 烟花今復上園春 | ○○Ŏ●●○◎7) | 연화금부상원춘 |
| 1 2 3 4 5 5 7 | | 안개 꽃 피어 지금 또 상원에 봄이다 |

원주* 【우리 태조가 떨치고 일어났을 때, 꼭 천명을 받들 사람임을 알아본 신라 최치원이 이런 글을 지어 올렸다. "계림은 누런 나뭇잎이요, 곡령(개경 송악산)은 푸른 소나무다.[鷄林黃葉, 鵠嶺靑松.]" 신라 왕이 이 말을 듣고서 싫어하였다. 최치원은 즉시 가족을 이끌고 가야산 해인사로 들어가 은거하다가 그곳에서 생을 마쳤다. 올린 글을 보면 그가 사리 판단이 명석함을 알 수 있다. 신라인들이 크게 감복하여 공이 예전에 살던 곳을 '상서장上書莊'8)이라고 불렀다. 나중에 고상한 선비 이능봉李能逢, 오세재吳世才, 안순지安淳之가 서로 잇달아서 그곳에 살았다.】

그 노인이 또 이렇게 읊었다.

충신 효자를 정표하여

마을을 빛내고

은자를 찾아다니느라

구학에서 떠들썩 명을 전한다오

| 閭閻光彩旌忠孝 | ○○Ŏ●○○● | 려염광채정충효 |
| 1 1 3 3 7 5 6 | | 여염을 빛내 정려하고 충신 효자를 |

| 丘壑喧傳訪隱淪 | Ŏ●○○●●◎ | 구학훤전방은륜 |
| 1 1 3 4 7 5 5 | | 구학에 떠들썩 명 전해 찾는다 은자 |

이른다. 또는 아홉 층으로 이루어졌다고 보아 구중천九重天이라고도 한다.

6) 상원上園은 고려 궁궐 내의 동산을 이른 것으로 보인다.

7) ㅁ평기평수 구식을 사용하였다. 상평성 '진眞' 운에 맞추어 '辰, 巡 ,春'으로 압운하였다.

8) 상서장上書莊은 경주 금오산 북쪽의 문천蚊川 가에 있다. 고려 태조가 일어나자 진성왕 8년(894)에 최치원이 이곳에서 시무時務 10여 조를 작성하여 올렸다고 하여 이렇게 불린다. 『신증동국여지승람 경주부慶州府』.

주나라 노인[9]을 따라
옛날에 나오진 못했으나
새로 갖춘 한나라 위의를
다행히 지금 보네[11]

縱昔未隨周老往　●●ŏ○○●●
　1 2 7 5 3 4 6　종석미수주로왕
│비록│옛날│못했으나│따라│주│노인│가지│

幸今親覩漢儀新　●○ŏ●●○◎[10]
　1 2 3 7 4 5 6　행금친도한의신
│다행히│지금│친히│본다│한│위의│새로움│

성종이 동경(경주)에서 돌아오는 길에 흥례부(울산)를 지나다가 대화
루大和樓[12]에 올랐다. 이곳에서 뭇 신하들에게 베풀어준 잔치에서 주
고받은 시가 세상에 전해진다.

┘成宗十五年八月, 車蓋幸東京, 頒赦. 凡有奇才異能隱滯丘園者, 勅

有司搜訪無遺. 又收籍內外義夫節婦孝子順孫, 旌表門閭, 錫物段有

差. 時有敬順王入朝日不來者, 己鮐背矣, 猶爲白衣. 作詩獻內相王

---

9) 주나라 노인[周老]은 이로二老로 일컬어지는 백이伯夷와 태공太公이다. 경순왕을 따
　라 고려에 귀의한 자들을 빗대어 말한 것이다. 백이는 주왕紂王을 피해 북해 가
　에 살다가 문왕이 일어나자 "어찌 그에게 가지 않으랴? 나는 서백이 노인을 잘
　봉양하는 사람이라고 들었다."라고 하였다. 또 태공은 주왕紂王을 피해 동해 가
　에 살다가 문왕이 일어나자 "어찌 그에게 가지 않으랴? 나는 서백이 노인을 잘
　봉양하는 사람이라고 들었다."라고 하였다.『맹자 이루상離婁上』, "두 노인은 천
　하 대로인데 문왕에게 돌아갔다.[二老者, 天下之大老也, 而歸之.]"
10) □평기측수 구식을 사용하였다. 상평성 '진眞' 운에 맞추어 '淪, 新'으로 압운하였다.
11) 한나라 위의[漢儀]는 한관위의漢官威儀이다. 한나라 관제가 위의를 갖춘 것을 이른
　다. 곧 한나라 광무제 시기에 새롭게 위의를 정비했듯이, 고려도 새롭게 위의를
　갖추었다고 빗대어 말한 것이다.『후한서 광무제기光武帝紀』, "사예司隸와 요속僚
　屬을 갖춘 모습을 보고서 모두 몹시 기뻐하였다. 늙은 관리들이 혹 눈물을 흘리
　면서 말하였다. '오늘 한나라 제도가 위의를 갖춤을 다시 볼 줄 몰랐다.'"
12) 대화루大和樓는 울산 옛 경계에서 서남쪽으로 5리 떨어진 곳에 있었다. 태화강 북
　쪽 강변 바위 벼랑에 대화사大和寺가 있고, 그 서남쪽에 대화루가 있었다고 한다.
　권근,「대화루기大和樓記」.

49

融云"九天光動轉星辰, 日旆龍旗竝海巡. 黃葉鷄林曾索漠,【我太祖作興, 新羅崔致遠, 知必受命, 上書有'鷄林黃葉·鵠嶺靑松'之語. 羅王聞而惡之, 卽帶家隱居伽耶山海印寺終焉. 其鑑識之明, 見於上書中. 羅人深服之, 乃以公昔所居, 名爲上書莊. 後高士李能逢·吳世才·安淳之, 相繼而寄居.】烟花今復上園春." 又云"閭閭光彩旌忠孝, 丘壑喧傳訪隱淪. 縱昔未隨周老往, 幸今親覩漢儀新." 上自東京, 還過興禮府, 御大和樓, 宴群臣有唱和, 流傳于世.

상5. 명장 강감찬을 장려한 현종의 시

"그때 강군의 계책을 쓰지 않았다면, 온 나라 모두가 오랑캐 되었으리라"

인헌공 강감찬姜邯贊[1]은 대평 7년 임오년(982)에 갑과 장원으로 선발되었다. 그리고 현종 통화 27년 기유년(1009)에 한림 학사가 되었다. 그해 11월이다. 거란 성종聖宗[2]이 직접 군사를 거느리고 침입하여 전란이 벌어졌다. 결국 임금(현종)이 금성錦城(나주)[3]으로 피신하고, 하공진河拱辰이 나가서 항복을 청하였다.[4] 거란 성종이 이에 군사를 돌려서 돌아가게 되었다.

당시에 시행한 계책은 전부 강감찬이 낸 것이었다. 임금은 아래 시를 지어 공을 장려하고 위로해주었다.

경술년(1010)에	庚戌年中有虜塵	○●○○●●○
	1 1 3 4 7 5 6 경술년중유로진	
	경술ㅣ년ㅣ중에ㅣ있어ㅣ오랑캐ㅣ먼지가	
거란이 거병하여		
창과 방패로	干戈深入漢江濱	○○○○●●○
	1 2 3 7 4 4 6 간과심입한강빈	
한강까지 침입했어라	방패ㅣ창이ㅣ깊이ㅣ들어왔다ㅣ한강ㅣ가로	

---

1) 강감찬姜邯贊(948~1031)은 초명이 강은천姜殷川이다. 삼한벽상공신三韓壁上功臣에 오른 강궁진姜弓珍의 아들이다. 1010년에 거란군이 서경西京을 공격하자 여러 신하가 항복을 논했는데, 강감찬은 아군 수가 적어서 적군을 대적하기 어려우니, 우선 예봉을 피해서 남쪽으로 피신하라고 건의했다.

2) 거란 성종聖宗은 요나라 6대 황제 야율융서耶律隆緖(972~1031)이다. 982년에 즉위하였다. 993년, 1010년, 1018년에 세 차례 고려를 침공했다.

3) 금성錦城은 나주羅州의 별호이다. 현종은 1011년 1월 13일에 나주에 이르러 열흘 가까이 머물렀다.

4) 하공진河拱辰(?~1011)이 1010년 12월 30일(음)에 호부 원외랑 고영기高英起와 함께 표문表文을 받들고 거란 진영에 가서 강화를 청하였다.『고려사 현종 1년(1010)』.

그때 강군의 계책을
쓰지 않았다면
온 나라 모두가
오랑캐 되었으리라[6]

當時不用姜君策　○○●●○○
1 1 7 6 3 3 5　당시불용강군책
당시｜않았다면｜쓰지｜강군의｜계책을

舉國皆爲左衽人　●●○○●●○[5]
1 2 3 7 4 4 6　거국개위좌임인
온｜나라가｜모두｜되었다｜좌임한｜사람

지금 세상에 이런 말이 전해진다.

"어떤 사신이 밤에 시흥군에 갔다가 큰 별이 민가에 떨어지는 광경을 목격하였다. 관리를 보내어 살펴보게 하니, 그 집에서 부인이 마침 한 사내아이를 출산했다는 것이었다. 기이하다고 생각한 사신은 그 집에 청하여 아이를 데리고 가서 길렀다고 한다. 그 아이가 바로 강공이다. 강공이 재상이 되었을 때다. 감식안이 있다는 송나라 사신이 왔다가 공을 보고 이렇게 말했다.

'문곡성文曲星[7]이 보이지 않은 지 오래였소. 어디로 갔는지 궁금하던 차요. 그런데 인제 보니 공이 바로 문곡성이오.'

말을 마치고서 즉시 층계 아래로 내려가 예를 갖추었다고 한다."

【이야기가 몹시 황당하다. 하지만 예부터 사대부 사이에 전해오는 이야기다. 또 임 상국任相國[8] 집에 기록도 남아있어 여기에 소개하는 것이다.】

---

5) □측기평수 구식을 사용하였다. 상평성 '진眞' 운에 맞추어 '塵, 濱, 人'으로 압운하였다.

6) 좌임左衽은 옷 오른쪽 섶을 왼쪽 섶 위로 여미는 오랑캐 복식을 이른다.

7) 문곡성文曲星은 문운文運을 주관한다는 문창성文昌星을 이른다.

8) 임 상국任相國은 임극충任克忠(?~1171)으로 보인다. (상-29 참조)

姜仁憲公邯贊, 大平七年壬午, 擢甲科第一人. 顯宗統和二十七年己酉, 爲翰林學士. 是年十一月, 契丹聖宗親將兵而至. 上幸錦城, 以河拱辰請降, 丹帝還師. 凡策皆出姜邯贊, 上以詩慰獎曰"庚戌年中有虜塵, 干戈深入漢江濱. 當時不用姜君策, 擧國皆爲左袵人."今俗傳云"有一使臣, 夜入始興郡, 見大星隕于人家. 遣吏往審之, 其家婦適生男子. 使心異之, 因求其子而養, 是爲姜公. 及爲相. 宋使有鑑識者, 來見公曰"文曲星不現久矣, 不知何在, 今公卽是."乃下階禮之."【此說甚荒唐, 然今古搢紳相傳. 又任相國宅有記, 故載之.】

상6. 자손을 훈계한 최충의 시

"집안에 대대로 좋은 물건은 없고, 오직 전하는 지극한 보배는"

문헌공 최충崔冲[1]이 두 아들에게 늘 이렇게 타일렀다.

"선비가 세력에 기대어서 나가면, 끝이 좋은 경우가 드물다. 학문과 행실을 닦아서 이로써 벼슬에 나갈 수 있어야 너희에게 복이 생기는 것이다. 나는 다행히 학문과 행실을 닦아서 높은 지위에까지 오를 수 있었다. 생을 마칠 때까지 청렴하고 근신할 것을 다짐한다."

이어서 곧 「자손을 훈계하는 글[訓子孫文]」을 지어서 전해주었다. 그런데 중간에 신중하게 지키지 못해서 원본을 잃어버리고 말았다. 그속에 시 두 수가 실려 있었다. 한 수는 아래와 같다.

집안에 대대로 좋은 물건은 없고	家世無長物 ○●○○○ 1 2 5 3 4　가세무장물 ｜집안에｜대대로｜없고｜좋은｜물건이｜
오직 전하는 지극한 보배는	唯傳至寶藏 ○○●●◎ 1 5 2 3 3　유전지보장 ｜오직｜전한다｜지극한｜보장을｜
금수 비단 같은 문장과	文章爲錦繡 ○○○●● 1 1 5 3 3　문장위금수 ｜문장이｜되고｜금수 비단｜

---

1) 최충崔冲(984~1068)은 자가 호연浩然, 호가 성재惺齋이다. 목종 때 과거 급제하여 문하시중에 올랐다. 1055년 7월에 내사령內史令에 제수되고, 그해에 치사하였다. 십이공도十二公徒의 하나인 문헌공도를 세우고 후학을 양성하여 해동공자海東孔子로 불린다.

규장[2] 옥 같은	德行是珪璋 ●●●○○
덕행이라오	1 1 5 3 3 덕행시규장
	|덕행이 |이다 |규장 옥|
오늘	今日相分付 ŏ●○○●
분부한 바를	1 1 3 4 4 금일상분부
	|오늘 |서로 |분부하니|
훗날까지	他年莫散忘 ○○●●○
잊지 말고	1 2 5 3 4 타년막산망
	|다른 |해에도 |말고 |흐트러져 |잊지|
조정에서	好支廊廟用 ŏ○○○●
훌륭하게 쓰여서	1 5 2 2 4 호지랑묘용
	|잘 |쓰여서 |조정의 |쓰임에|
대대로	世世益興昌 ●●●○○[3]
더욱 번창하여라	1 1 3 4 5 세세익흥창
	|대대로 |더욱 |흥하고 |창성하라|

　문헌공의 손자인 중서령 최사추崔思誠[4]가 「검소할 것을 훈계하는 글[訓儉文]」을 지어서 아들 평장사 최진崔溱[5]에게 전해주었다. 그리고 최진의 손자가 그 글을 가져와서 내게 보여준 일이 있다. 벌써 30여 년 세월이 지난 일이다.

　"우리 할아버지 영공께서는 　　吾祖令公 常用木器
항상 나무 그릇을 사용하셨다."

---

2)　규장珪璋은 옥으로 제작한 기물이다. 고결한 덕을 상징한다. 『회남자 무칭훈繆稱
　訓』, "수놓은 비단 차림으로 묘당에 오름은 문채를 귀히 여김이요, 규장을 앞에
　둠은 질실을 숭상함이다.[錦繡登廟, 貴文也, 珪璋在前, 尙質也.]"
3)　ㅁ측기측수 구식을 사용하였다. 하평성 '양陽' 운에 맞추어 '藏, 璋, 忘, 昌'으로 압
　운하였다.
4)　최사추崔思誠(1036~1115)는 초명初名이 최사순崔思順이고, 자는 가언嘉言이다. 문헌
　공 최충崔冲의 손자이고, 이자겸李資謙의 장인이다. 벼슬이 수태사 중서령守太師中
　書令에 이르렀다.
5)　최진崔溱은 최사추의 아들로 태자빈객, 병부 상서 등 벼슬을 거쳐 문하시랑평장
　사에 올랐다.

이 여덟 글자가 기억날 뿐이다. 나머지는 전부 잊었다. 그 두루마리 글이 지금 누구에게 전해졌는지 모르겠다.

崔文憲公冲有二子, 常戒之日 "士以勢力進, 鮮克有終, 以文行達, 乃爾有慶. 吾幸以文行顯, 誓以淸愼終于世." 乃作「訓子孫文」傳之, 中葉不謹, 失其本. 有二詩, 其一日 "家世無長物, 唯傳至寶藏. 文章爲錦繡, 德行是珪璋. 今日相分付, 他年莫散忘. 好支廊廟用, 世世益興昌." 文憲公之孫中書令思諏, 作「訓儉文」, 遺子平章漆, 漆之孫持示予. 今已三十餘年, 但記 "吾祖令公常用木器" 八字, 忘其餘. 不知其卷子今誰傳之.

상7. 최충과 그의 두 아들을 칭송한 김행경

"천 자루 붓을 닳게 한대도 다 말하지 못하리라"

문헌공(최충)은 성종이 즉위한 지 25년째가 되는 을사년(1005)[1]에 예조에서 치른 과거에서 갑과 장원으로 급제하였다. 이후로 벼슬이 내사령[2]에 올랐다.[3] 장남 문화공 최유선崔惟善[4]은 현종 22년 경오년(1030)에 어전에서 치른 시험에서 을과 1등을 차지하였다.[5] 문종 7년[6] 신축년(1061)에 내사성이 중서성으로 명칭이 바뀜에 따라, 부자가 모두 중서령[7]에 제수된 것이 되었다. 차남 최유길崔惟吉[8]은 문음門蔭(음서)으로 출사한 뒤에 몇 차례 자리를 옮겨 수사공守司空[9]과 좌복야[10]에

---

1) 성종은 981년에 즉위하고, 17년이 지난 997년에 38세 나이로 붕어하였다. 성종이 즉위한 뒤로 25년째가 되는 해는 목종 8년(1005)이다.

2) 내사령內史令은 성종 때 3성 6부제가 시행되면서 설치된 내사성內史省의 장관이다. 종1품 관직이다. 1061년에 내사성이 중서성으로 바뀌면서 장관 칭호가 중서령中書令으로 바뀌었다.

3) 최충崔冲(984~1068)은 1055년 7월에 내사령內史令에 제수되고, 그해에 치사하였다.(상-6 참조)

4) 최유선崔惟善(?~1075)은 최충의 장남이다. 1030년에 을과 1등으로 급제하여 한림원에 들어갔다. 이후 형부 상서 등을 거쳐 문하시중에 오르고, 사후에 수태위 중서령에 추증되었다.

5) 1030년 4월에 현종은 문덕전文德殿에서 복시覆試를 보여 최유선 등에게 급제를 주었다. 복시는 감시에 합격한 자에게 임금이 친히 보이던 시험이다. 『고려사 현종 21년(1030)』.

6) 내사성을 중서성으로 개칭한 시기는 문종 15년 신축년(1061)이다. '문종 7년'은 오기로 보인다.

7) 중서령中書令은 중서성의 장관이다. 종1품 관직이다.

8) 최유길崔惟吉은 최충의 차남이다. 수사공 섭상서령守司空攝尙書令에 올랐다.

9) 수사공守司空은 정1품 벼슬의 사공司空을 수직守職으로 맡음을 이른다. 수직은 현재 직급보다 높은 관직을 맡는 것이다. 대개 명예직으로 제수되었다.

10) 좌복야左僕射는 상서성 정2품 관직이다. 상서 좌복야尙書左僕射를 이른다.

오르고 상서령[11]을 겸하여 맡았다.

문종 22년[12] 정미년(1067)에 임금이 국가 원로들에게 잔치를 베풀어 준 일이 있다. 이때 문화공 형제가 문헌공을 부축하여 함께 참석하였다. 당시에 사람들이 이 모습을 보고서 훌륭한 일이라고 칭송하였다. 한림 학사 김행경金行瓊[13]도 아래 시를 지어서 이 일을 축하해주었다.

자색 인끈에 황금 인장 쓰는[14]	紫綬金章子及孫 ●●○○●●◎
벼슬 높은 자식 손자가	1 2 3 4 5 6 7　자수금장자급손
	자색｜인끈｜황금｜인장의｜아들｜및｜손자가
구장[15]을 든 원로를 모시고서	共陪鳩杖醉皇恩 ●○○●●○○
임금 은혜에 함께 취하네	1 4 2 2 7 5 6　공배구장취황은
	함께｜모시고｜구장｜취한다｜임금｜은혜에
상서령이	尙書令侍中書令 ●○●●○○●
중서령을 모시고[16]	1 1 3 7 4 4 6　상서령시중서령
	상서｜령이｜모시고｜중서｜령을
을과 장원이	乙狀元扶甲狀元 ●●○○●●◎
갑과 장원 부축하였어라[17]	1 2 2 7 4 5 5　을장원부갑장원
	을과｜장원이｜부축한다｜갑과｜장원을
역사에 드물게 오직 네 사람이	曠代唯聞四人到 ●●○○●○●
이루었다고 하는데	2 1 3 7 4 5 6　광대유문사인도
	드물어｜때에｜오직｜듣는데｜네｜명｜이름

---

11) 상서령尙書令은 상서성 장관이다. 종1품 관직이다.

12) 즉위년을 포함하여 계산하면 "문종 22년"이 된다. 다음 장(상-8)의 "현종 22년" 도 마찬가지다.

13) 김행경金行瓊은 1061년에 한림 학사가 되었다. 이후 병부 상서 등을 거쳐 1087년 에 문하시랑 동중서문하평장사에 올랐다.

14) 자수금장紫綬金章은 자색 인끈과 황금 도장이다. 인끈은 도장에 꿰는 끈이다. 지 위 높은 벼슬아치가 사용하는 물건이다. 『한서 백관공경표百官公卿表』, "상국 과 승상은 모두 진나라 관직이다. 황금 인장에 자색 인끈을 쓴다.[相國丞相, 皆 秦官, 金印紫綬.]"

15) 구장鳩杖은 손잡이 위에 비둘기 모양을 조각한 지팡이다. 치사한 원로에게 국왕 이 하사하였다.

16) 상서령은 최유길이고, 중서령은 최충이다.

17) 을과 장원은 최유선이고, 갑과 장원은 최충이다.

지금 한 집안에	一門今有兩公存 ●○○●●○○
	1 2 3 7 4 5 6　일문금유량공존
두 분이나 계신다오[18]	한 가문에 지금 있다 두 공이 계심이
가정에서 총재[19]를 잇는 것도	家傳冢宰猶爲罕 ○○●●○●○
	1 4 2 2 5 7 6　가전총재유위한
드문 일이지만	집에 전함도 총재 외려 인데 드문 일
대를 이어 장원에 오름은	世襲魁科最可尊 ●●○○●●○
	1 4 2 2 5 7 6　세습괴과최가존
가장 높일 일이로다	대대로 이어 장원 가장 만하다 높일
며칠 만에 사대부 사이에	幾日搢紳相藉藉 ●●●○●●●
	1 2 3 3 5 6 6　기일진신상자자
자자하게 얘기되고	몇 일에 사대부 간에 서로 자자하고
오늘 아침엔 거리에서	今朝街路更喧喧 ○○○●●○◎
	1 2 3 3 5 6 6　금조가로갱훤훤
더욱 떠들썩 이야기하네	오늘 아침엔 거리 더욱 떠들썩하다
잇달아 공업을 세워	聯翩功業流青史 ○○○●○○●
	1 1 3 3 7 5 5　련편공업류청사
역사에 전하리니	잇달아 공업 세워 전하니 청사에
천 자루 붓을 닳게 한대도	雖禿千毫不足言 ○●○○●●◎[20]
	1 4 2 3 7 6 5　수독천호부족언
다 말하지 못하리라	비록 뭉개도 천 붓 못한다 충분히 말

文憲公於成宗在位二十五年乙巳, 擢第春官, 爲甲科第一, 位至內史
令. 其子文和公惟善, 當顯宗二十二年庚午, 爲御試乙科獨元. 文宗
七年辛丑, 改內史爲中書, 父子皆拜爲中書令. 次子惟吉, 以門蔭累

---

18) 두 분은 최유선과 최유길이다. 국가 원로에게 베푼 연회에서 상서령 아들이 중
서령 아버지를 모시거나 장원 아들이 장원 아버지를 모신 경우가 이전까지 4차
례 있었다. 두 사람이 각각 이에 해당한다.
19) 총재冢宰는 상서령과 중서령을 이른다.
20) ㅁ측기평수 구식을 사용하였다. 상평성 '원元' 운에 맞추어 '孫, 恩, 元, 存, 尊,
喧, 言'으로 압운하였다.

遷, 守司空左僕射, 攝尙書令. 及二十二年丁未, 上賜宴國老, 文和公兄弟扶持文憲公入赴, 當時以爲盛事. 翰林學士金行瓊, 作詩賀之曰 "紫綬金章子及孫, 共陪鳩杖醉皇恩. 尙書令侍中書令, 乙狀元扶甲狀元. 曠代唯聞四人到, 一門今有兩公存. 家傳家宰猶爲罕, 世襲魁科最可尊. 幾日搢紳相藉藉, 今朝街路更喧喧. 聯翩功業流靑史, 雖禿千毫不足言."

상8. 최유선의 현달한 미래를 상징한 머리빗

"취하여 써서 머리에 두어야 마땅하니, 어찌 갑 속에 놓아두랴?"

중승[1]을 지낸 정서鄭敍[2]는 『잡서(과정잡서)』에서 시중 최유선崔惟善의 「규방 여인의 마음[閨情]」이라는 시를 소개하였다.

또 머리빗[梳]이라는 시를 소개하였다.

꾀꼬리 우는 새벽

시름 속에 비 내리더니

날 개어 나부끼는 초록 버들에서

봄이 왔음을 보네

黃鳥曉啼愁裏雨	○●●○●●
1 1 3 4 5 6 7	황조효제수리우
황조 새벽에 울어 시름 속 비 오고	
綠楊晴弄望中春	●○○○●○○
1 2 3 4 5 6 7	록양청롱망중춘
초록 버들 개어 희롱하니 보는 중 봄이다	

또 「머리빗[梳]」이라는 시를 소개하였다.

취하여 써서

머리에 두어야 마땅하니

어찌 갑 속에

놓아두랴?

入用宜加首	●●○○●
1 2 3 5 4	입용의가수
들여 써서 응당 얹어야지 머리에	
何曾在匣中	○○●●○
1 2 5 3 4	하증재갑중
어찌 일찍이 놓았던가 갑 속에	

이어서 이렇게 말하였다.

---

1) 중승中丞은 어사대의 종4품 관직 어사 중승御史中丞이다.
2) 정서鄭敍는 호가 과정瓜亭이다. 처형이 인종비 공예태후인 까닭에 인종에게 총애
   받았다. 『과정잡서瓜亭雜書』와 「정과정곡鄭瓜亭曲」을 남겼다.

"재능이 풍부할 뿐만이 아니라, 신하로서 최고 지위에 오를 자임을 이로써 알 수 있다."

지금 시중(최유선)이 남긴 시집을 보면, '머리에 꽂는다[加首]'라는 시구와 유사한 것이 매우 많다. 정서는 어떤 이유로 이 한 연을 골라내서 그가 신하로서 최고 지위에 오를 줄을 알 수 있다고 말했을까?

처음에 시중 공이 현종 22년 태평 10년(1030)에 어전 앞에 나아가서 복시를 치를 때 일이다.[3] 임금이 시종하는 신하에게 말했다.

"나라를 빛내는 문장 솜씨에는 꽃과 달을 읊어내는 솜씨도 그 끝에 끼어 있다. 짐은 이 솜씨를 함께 시험하고 싶다. 민첩하게 지어냄을 볼 것이다."

먼저 이런 제목을 내어 부賦를 짓게 하였다.

"임금은 배와 같네"　君猶舟
　　　　　　　　　　1 3 2　군유주
　　　　　　　　　　|임금은| 같다| 배와|

이윽고 부를 다 짓고 답안지에 한창 옮겨 적을 무렵에 이르러, 또 아래의 시 제목을 내걸었다.

"임금님 동산에　御苑種仙桃　●●●○○
신선 복숭아나무를 심네"　1 2 5 3 4　어원종선도
　　　　　　　　　　　　|임금| 동산에| 심다| 신선| 복숭아를|

---

3) 최유선崔惟善은 1030년 4월 12일(음)에 현종이 문덕전文德殿에서 보인 복시覆試에서 을과 장원으로 급제하였다.(상-7 참조)

공은 즉시 제목에 맞게 지어서 곧바로 명지名紙(답안지)[4]에 써 내려갔다.

임금님 동산에
새로 심은 복숭아

御苑桃新種 ●●○○●
1 2 3 4 5 어원도신종
|임금|동산에|복숭아를|새로|심으니|

신선 동산[5]에서 옮겨온
신선 복숭아라

移從閬苑仙 ○○●●◎
4 3 1 1 5 이종랑원선
|옮겨온|에서|낭원|신선 복숭아이다|

붉은 땅[6]에
뿌리 내리고

結根丹地上 ●○○●●
5 4 1 2 3 결근단지상
|맺고|뿌리를|붉은 땅|위에|

자색 궁정[7]에
그림자 비추는데

分影紫庭前 ●○●○◎
5 4 1 2 3 분영자정전
|나누는데|그림자를|자색|궁전|앞에|

가는 잎새는
그림 같고

細葉看如畫 ●●○○●
1 2 3 5 4 세엽간여화
|가는|잎은|보기에|같고|그림|

무성한 꽃은
불타는 듯하여

繁英望欲然 ○○●●◎
1 2 3 5 4 번영망욕연
|무성한|꽃은|보기에|듯하여|타려는|

중서성 나무[8]처럼
품격이 높고

品高鷄省樹 ●○○○●
1 5 2 2 4 품고계성수
|품격이|높고|계성의|나무처럼|

동물 모양 향로의 향연과
향을 겨루네

香接獸爐烟 ●●●○◎
1 5 2 2 4 향접수로연
|향기가|접한다|짐승 향로|향연에|

---

4) 명지名紙는 과거 시험의 답안지이다. 첫머리에 자기 본관과 성명과 생년 등을 적고 부·조·증조 및 외조의 성명과 관직 등을 적고 종이를 덧대어 봉한다.
5) 낭원閬苑은 신선이 거주하는 낭풍閬風의 동산이다. 곤륜산에 있다고 한다.
6) 단지丹地는 궁궐이다. 고대에 궁궐 바닥을 붉게 장식하여 이렇게 이른다.
7) 자정紫庭은 자색으로 장식한 제왕 궁정을 이른다.
8) 계성鷄省은 중서성의 별칭이다. 촉한 때 궁전에서 기르는 닭이 깃들던 나무[鷄棲樹]가 있었는데, 하후헌夏侯獻과 조조曹肇가 국가 기밀을 담당한 유방劉放과 손자孫資를 이 나무에 빗대어 일컬었다. 『자치통감강목 촉한蜀漢』 후주(238년 12월).

하늘이 가까워
이른 봄에 무성하고

새벽이 맑아
이슬도 깨끗하여라

응당 서왕모[9]가
바친 것이리니

임금님 수명에
천 년을 더하시리라

天近先春茂　ⓞ●○○●
1 2 4 3 5　천근선춘무
|하늘이| 가까워| 앞서| 봄에| 무성하고|

晨淸帶露鮮　○○●●◎
1 2 4 3 5　신청대로선
|새벽이| 맑아| 맺어| 이슬을| 싱그럽다|

是應王母獻　ⓞ●○○●
1 2 3 3 5　시응왕모헌
|이것은| 응당| 서왕모가| 바친 것이니|

聖壽益千年　●●○◎○[10]
1 2 5 3 4　성수익천년
|성군| 수명에| 보탠다| 천| 년을|

　시와 부가 모두 임금 뜻에 걸맞았기에, 임금이 손수 채점하여 장원
으로 삼았다. 이어 한림원에 소속시키라고 명하면서 곧장 7품 직책
을 내려주었다. 다음 해 경진년(1040)에 예부 원외랑에 오르고, 장고
掌誥[11]를 겸직하였다. 이후 몇 차례 더 자리를 옮겨 중서령에 올랐다.
세상을 떠난 뒤에는 문종 묘정에 배향되었다. 곧 신하로서 최고 지위
에 오를 조짐을 이 시가 정확히 맞힌 것이었다.

⏌鄭中丞敍『雜書』載, "崔侍中惟善「閨情」詩云 '黃鳥曉啼愁裏雨, 綠楊
　晴弄望中春.' 又「梳」詩云 '入用宜加首, 何曾在匣中.' 非特才華贍給,
　足以知位極人臣也." 今觀侍中集中, 如"加首"之句頗多, 鄭何取此一
　聯, 知位極人臣也? 始公於顯廟二十二大平十年, 赴簾前試. 上謂侍

---

9)　왕모王母는 곤륜산에 있다는 전설 속 신선 서왕모西王母이다.
10)　□측기측수 구식을 사용하였다. 하평성 '선先' 운에 맞추어 '仙, 前, 然, 烟, 鮮, 年'
　　으로 압운하였다.
11)　장고掌誥는 임금의 고명誥命을 작성하는 지제교知製敎 등의 직책을 이른다.

臣曰"華國文章, 花月亦與其末. 朕欲幷試, 要其捷疾." 先放賦題"君猶舟", 及賦畢就方寫, 乃署詩題"御苑種仙桃". 公卽應題, 直書名紙曰"御苑桃新種, 移從閬苑仙. 結根丹地上, 分影紫庭前. 細葉看如畫, 繁英望欲然. 品高鷄省樹, 香接獸爐烟. 天近先春茂, 晨淸帶露鮮. 是應王母獻, 聖壽益千年." 詩與賦俱稱旨, 御手批爲牓元, 詔入翰林, 直除七品. 明年庚辰, 爲禮部員外郎·兼掌誥, 累遷至中書令. 卒, 配饗於廟庭, 則其位極人臣之兆, 惟此詩的矣. 「

※ 최유선의 시 세 수를 소개하였다. 정서가 『과정잡서』에 수록한 2수와 1030년 복시에서 답안으로 제출한 1수이다. 정서는 이 가운데 「머리빗」 시를 보고서 최유선이 신하로서 최고의 자리에 오를 것임을 예견했다. 실제로 이 예견이 적중했다고 한다. 과장에서 제출한 시는 최유선을 출세하게 해준 그의 대표시이다.

상9. 고려 명문가로 성장한 이자연의 경원 이씨

"집안 자제 중에서 셋이 재상이요"

경원慶源(인주) 이씨李氏는 국초부터 대대로 고위 관직에 올랐다. 창
화공昌和公 이자연李子淵[1]에 이르러 아들 이호李顥[2]가 경원백慶源伯이 되
고, 세 아들 이정李頲·이의李顗·이안李顔도 모두 재상이 되었다.[3] 3녀
가운데 장녀는 인예태후仁睿太后(문종비)[4]가 되고, 나머지 두 분도 함께
궁주宮主가 되었다.[5] 동생인 복야 이자상李子祥[6]은 두 아들 이예李預[7]
와 이오李顤[8]가 재상이 되었다. 손주들도 모두 종실 자제와 혼사를 맺
었다. 이 집안처럼 번창한 임금의 인척 가문은 고금에 드물다.

---

1) 이자연李子淵(1003~1061)은 상서 우복야 이한李翰의 아들이다. 1024년 과거에 장
   원 급제하였다. 1052년에 세 딸이 모두 문종비가 되어 확고한 정치 기반을 얻었
   다. 이후 문하시중 판상서이부사에 오르고, 경원군 개국공慶源郡開國公에 봉해졌
   다. 3,000호 식읍도 받았다.
2) 이호李顥는 이자연의 여섯째 아들이다. 경원백慶源伯에 추봉되었다. 이자겸李資謙
   과 장경궁주長慶宮主가 아들딸이고, 예종비 순덕왕후順德王后가 손녀이다.
3) 이정李頲은 이자연의 장남이다. 이의李顗는 4남이고, 이안李顔은 8남이다.
4) 인예태후仁睿太后(?~1092)는 문종비 인예순덕태후仁睿順德太后이다. 이자연의 장녀
   이다. 처음에 입궐하여 연덕궁주延德宮主로 불리다가, 문종 6년(1052) 2월에 왕비
   에 책봉되고, 선종 3년(1086) 2월에 태후에 책봉되었다. 10남 2녀를 두었다. 장
   남이 순종, 차남이 선종, 3남이 숙종, 4남이 의천義天이다.
5) 이자연의 장녀가 문종비가 되면서 나머지 두 딸도 함께 궁주가 되었다. 둘째는
   인경현비仁敬賢妃이고, 셋째는 인절현비仁節賢妃이다.
6) 이자상李子祥은 이자연의 동생이다. 상서 우복야에 추증되었다.
7) 이예李預는 이자상의 장남이자, 선종비 정신현비貞信賢妃의 부친이다. 중서시랑평
   장사에 올랐다. 정신현비의 딸이 예종비 경화왕후敬和王后이다.
8) 이오李顤(1042~1110)는 이자상의 차남이다. 과거 급제로 벼슬길에 올라 문종에서
   예종까지 여섯 왕을 섬겼다. 시호는 문량文良이다. 불교에 심취하고 특히 『금강
   경』을 좋아하여 스스로 "금강거사金剛居士"라고 불렀다.

처음에 이의가 간원에서 근무할 때다. 당시에 음양가들이 저마다 도참(예언서)의 말에 따라서 부족한 지기地氣를 보충해야 한다고 주장하였다.[9] 이 일로 임금이 의견을 묻자, 이의가 대답하였다.

"음양설은 『주역』에 뿌리를 두었으나, 『주역』에는 지리地理에 따라 부족한 기운을 보충한다는 말이 없습니다. 후대에 괴이하고 허황한 자들이 왜곡해서 주장하는 것이고, 문자까지 지어내서 사람을 미혹하기에 이른 것입니다. 하물며 도참의 말은 괴이하고 허황해서 하나도 취할 점이 없습니다."

임금이 마음속으로 옳게 여겼다. 이정, 이의, 이오의 자손들은 지금 특히 높은 벼슬에 올라 세상에 알려졌다.

창화공은 장원으로 급제(1024)하고 재상 지위에 오른 뒤에 과거를 맡아 인재를 선발하였다. 평장사 최석崔奭[10], 평장사 김양감金良鑑, 참정 최사훈崔思訓·박인량朴寅亮, 학사 최택崔澤·위제만魏齊萬 등이 모두 공이 선발한 문생이다.

어떤 이가 이런 시를 남겼다.

집안 자제 중에서[11]
셋이 재상이요

庭下芝蘭三宰相	○●○○○●●
1 2 3 4 5 6 6	정하지란삼재상
뜰 아래 지초 난초 중 셋이 재상이요	

---

9) 태조는 승려 도선道詵의 도참설을 따랐다. 도선은 풍수지리로 국가 미래를 예언한 도참설을 말하면서, 기운이 쇠한 곳에 사찰 등을 세워 기운을 보충할 수 있다는 비보설裨補說을 주장했다.

10) 최석崔奭(1026~1121)은 초명이 최석崔錫이다. 평장사 최유청崔惟淸의 아버지이다. 이자연이 지공거를 맡은 1051년 과거에 을과 장원으로 급제하여 좌습유가 되었다. 이후 형부 시랑, 좌간의대부 등을 거쳐 동중서문하평장사를 지냈다. 시호는 예숙譽肅이다.

11) 지란芝蘭은 집안을 빛내는 자제를 뜻한다. 진晉나라 사안謝安이 자식 조카들에게

문하 문생 중에[12]
열 분이 공경이라네

慶源李氏, 自國初世爲大官. 至昌和公子淵, 有子曰顯, 爲慶源伯, 頲·
顗·顔三子, 皆爲宰相. 一女是仁睿太后, 兩女俱爲宮主. 弟僕射子祥,
有二子, 曰預曰顙, 爲宰相. 其孫皆婚宗室. 貴戚之盛, 今古罕比. 初
顗在諫垣, 時陰陽者流, 各執圖讖, 互言裨補. 上問之, 顗對曰"陰陽
本乎『大易』, 『易』不言地理裨補. 後世詭誕者曲論之, 以至成文字惑衆
人. 況圖讖荒虛怪妄, 一無可取." 上心然之. 頲·顗·顙子孫, 今尤顯
達. 昌和公以龍首, 入黃扉, 掌試得人. 崔平章奭·金平章良鑑·參政崔
思訓·朴寅亮·學士崔澤·魏齊萬等, 皆門生. 有人作詩云"庭下芝蘭三
宰相, 門前桃李十公卿."

"자제子弟가 사람의 일과 무슨 관계가 있다고 출중하게 되기를 바라는 것인가?"
라고 물었다. 조카 사현謝玄이 "비유컨대 지란芝蘭과 옥수玉樹가 집안의 섬돌과 뜰
에서 자라기를 바라는 것과 같습니다."라고 하였다. 『진서 사현전謝玄傳』.
12) 도리桃李는 후배나 문생을 이른다. 당나라 적인걸狄仁傑은 문생이 많아 장상 여
러 명을 무측천에게 추천할 수 있었다. 그러자 어떤 사람이 "천하의 복숭아나무
와 오얏나무가 전부 공의 문하에 있다."라고 하였다. 『고금사문류취 도리재문桃
李在門』.

상10. 을해년 상서방과 계해년 처사방

"응당 상서방을 차지해야지, 처사방에는 오르지 말게나"

문헌공 최충崔冲이 과거(1035)를 주관하여 14인을 선발하였다.[1] 그 중에서 을과로 급제한 김무체金無滯·이종현李從現·홍덕성洪德成 세 사람이 똑같이 상서에 제수되었다. 또 이상정李象廷·최상崔尙·최유부崔有孚가 서로 잇달아 참정이 되었다. 김숙창金淑昌·김정金正·김양지金良贄·오학린吳學麟도 아울러 학사가 되었다. 세상 사람들은 이때의 합격자 명단을 '상서방尙書牓'이라고 부른다.

대강 9년 계해년(1083)에 치른 과거에 합격한 사람 중에는 높은 지위에 오른 자가 없다.[2] 게다가 이자현李資玄[3]과 곽여郭輿[4]는 모두 벼슬을 버리고 처사로 지냈다. 당시 사람들은 이때의 합격자 명단을 '처사방處士牓'이라고 부른다.

그러자 익살스러운 어떤 승려가 과거를 준비하는 수험생에게 장난삼아서 이렇게 말했다.

---

1) 최충崔冲(984~1068)은 정종 원년(1035)에 지공거로 과거를 맡아 을과 4인, 병과 4인, 동진사 6인, 명경업 1인을 선발했다.(상-6 참조)
2) 문종 37년(1083)에 중서 시랑 최석崔奭이 지공거를 맡고 시강 학사 박인량朴寅亮이 동지공거를 맡아, 음정陰鼎을 포함한 을과 2인과 병과 6인, 동진사 6인, 명경업 3인, 은사恩賜 1인을 선발했다.
3) 이자현李資玄(1061~1125)은 이자연李子淵의 손자이자, 이의李顗의 아들이다. 시호는 진락眞樂이다. 과거 급제하고 출사한 뒤에 벼슬을 버리고 청평산 문수원文殊院에서 지냈다. 『고려사 이자현전李資玄傳』.
4) 곽여郭輿(1058~1130)는 과거 급제 후에 내시內侍에 소속되고, 홍주사洪州使로 나갔다가 예부 원외랑이 되었으나, 금주金州(김해)로 물러나 은거하였다. 예종이 즉위후에 불러 궐내에 머물게 하니, 검은색 두건에 학창의鶴氅衣 차림으로 출입하여 금문우객金門羽客으로 불렸다. 『고려사 곽여전郭輿傳』.

상서방을
응당 차지해야지
처사방에는
오르지 말게나

須占尙書牓　○●●○
1 5 2 2 4　수점상서방
| 모름지기 | 점해야지 | 상서의 | 방을 |

休登處士科　○○●○
5 4 1 1 3　휴등처사과
| 말라 | 오르지 | 처사의 | 과거 방에 |

崔文憲公典試, 所貢十四人. 乙科三人金無滯·李從現·洪德成, 同拜尙書. 李象廷·崔尙·崔有孚, 相繼爲參政. 金淑昌·金正·金良贄·吳學麟, 竝爲學士, 世號尙書牓. 大康九年癸亥, 同牓, 無達官. 李資玄·郭輿, 皆棄官爲處士, 時號處士牓. 有一滑稽僧, 戲擧子云 "須占尙書牓, 休登處士科."

상11. 문하 문생이 번창한 양숙공 임유와 영렬공 금의

양숙공良淑公 임유任濡[1]는 네 차례 과거에서 선발한 문생을 문하에 두었다. 그중에 문정공(조충), 문안공(유승단), 문순공(이규보), 두 추밀 한 광연韓光衍·진화陳澕, 사성 유충기劉冲基, 아경 윤우일尹于一이 모두 동 년同年이다. 또 평장사 김창金敞, 추밀 이중민李中敏, 형제 사이인 복야 최종재崔宗梓와 승선 최종번崔宗藩, 경卿에 오른 왕이王儞·김규金珪·갈 남성葛南成 세 사람도 운치가 풍부한 사람들이다.

지금에 와서는 참지정사 최린崔璘, 지문하성사 홍균洪鈞, 수사공 좌 복야 손변孫抃, 추밀원사 조수趙脩, 우복야 한림학사 이순목李淳牧, 우 승선 한림학사 윤유공尹有功, 형부 상서 학사 송국첨宋國瞻, 병부 상서 학사 김효인金孝印, 좌간의대부 위위경衛尉卿·하천단河千旦 및 내가 모 두 영렬공(금의)[2]의 문생이 되었다. 문하가 번창하여 세상 사람들이 추 앙하고 있다.

┘ 任良淑公濡門下四牓, 文正公·文安公·文順公·韓陳兩樞密·劉司成

---

1) 임유任濡(1149~1212)는 초명이 임극인任克仁이다. 인종비 공예태후恭睿太后(1109~1183)
   가 누나이다. 문하시랑평장사에 올랐다. 네 차례 과거를 주관하여 조충趙冲, 이
   규보李奎報, 김창金敞, 유승단俞升旦 등 뛰어난 인재를 문하에 두었다. 양숙공良淑
   公은 시호이다.
2) 영렬공英烈公은 금의琴儀(1153~1230)의 시호이다. 초명은 금극의琴克儀이다. 명종
   14년(1184) 과거에서 장원 급제하였다. 이때 문극겸文克謙이 지공거를 맡고, 임민
   비林民庇가 동지공거를 맡았다.

冲基·尹亞卿于一, 皆同年. 又有金平章敏·李樞密中敏, 崔僕射·承宣
昆季, 王儞·金珪·葛南成三卿, 亦多韻人. 今時參知政事崔璘·知門下
省事洪鈞·守司空左僕射孫抃·樞密院使趙脩·右僕射翰林學士李淳
牧·右承宣翰林學士尹有功·刑部尙書學士宋國瞻·兵部尙書學士金
孝印·左諫議大夫衛尉卿河千旦及子, 皆英烈公門生, 時論推盛. 「

상12. 부자의 의를 맺는 종백과 문생

"문생의 문하생을 기쁘게 보네"

문생門生은 종백宗伯을 부모 모시는 예로써 모신다. 당나라 배호裵
皥1)는 세 차례 과거를 주관했는데, 나중에 그 문생 마윤손馬胤孫2)이 과
거를 주관하고 나서 새로 선발한 문생들을 거느리고 찾아가 인사한
일이 있다. 그때 배호가 절구로 시 한 수를 지었다.3)

세 차례 과거를 주관하여 | 三主禮闈年八十 ○●●○○●●
| 1 4 2 3 5 6 7 삼주례위년팔십
나이 여든에 | |세 번|주관해|예부|과거|나이|팔|십|

문생의 문하에서 | 門生門下見門生 ○○○○●●○
| 1 1 3 3 7 5 5 문생문하견문생
다시 문생을 본다네 | |문생의|문하에서|본다|문생을|

우리나라의 학사 한언국韓彦國4)도 문생을 거느리고 문숙공文淑公 최
유청崔惟淸5)에게 찾아가서 인사한 일이 있다. 그때 공은 이런 시를
지었다.

---

1) 배호裵皥는 당나라 광화 3년(900)에 급제하고, 오대 시대에 한림 학사, 예부 시랑
   등을 지냈다. 세 차례 과거를 주관하여 재상 마예손馬裔孫과 상유한桑維翰 등 많
   은 인재를 선발했다.
2) 마윤손馬胤孫은 마예손馬裔孫(?~953)을 이른다. 자는 경선慶先이다. 중서 시랑, 평
   장사에 올랐다.
3) 『구오대사 배호전裵皥傳』에 시가 인용되어 있다.
4) 한언국韓彦國(?~1173)은 1172년에 동지공거로 과거를 주관했다. 1173년에 무인 척
   결을 위해 계사의 난에 동참했다가 실패하여 무인에게 죽임을 당하였다. 최유청
   崔惟淸의 묘지명에는 한영韓楹으로 기록되어 있다.
5) 최유청崔惟淸(1095~1174)은 자가 직재直哉이다. 중서시랑평장사에 올랐다. 1144년
   에 동지공거를 맡아 김돈중 등 26인을 선발하였다.

줄지어 찾아오니
내 얼마나 영광인가?
문생의 문하생을
기쁘게 보네

綴行來訪我何榮 ●○○○●○○
2 1 3 4 5 6 7 철항래방아하영
이어｜줄｜와｜찾아｜내｜얼마나｜영광인가

喜見門生門下生 ●●○○○●○
1 7 2 2 4 4 4 희견문생문하생
기쁘게｜본다｜문생의｜문하생을

양숙공良淑公(임유)[6]은 3대 임금의 외숙으로서【의종, 명종, 신종 3대이다.】
지위가 총재에 이르렀다.[7] 문하의 문정공 조충이 사성으로 있을 때
과거를 주관한 뒤에, 선발한 문생을 이끌고 고원誥院으로 찾아가서 양
숙공에게 인사를 올렸다. 이인로가 시를 지어 이 일을 축하해주었다.

십 년 황각[8]에서
국가 태평을 보좌하고
네 차례 과거 열어
문생을 독차지했어라[9]
예부터 국가 선비는
국가 선비로 보답해선지
문생을 뽑으니
다시 문생을 얻어 왔구나

十年黃閣佐昇平 ○○◎●●○◎
1 2 3 3 7 5 5 십년황각좌승평
십｜년을｜황각에서｜보좌하며｜태평을

四闢春闈獨擅盟 ●●○○○●◎
1 4 2 2 5 7 6 사벽춘위독천맹
네 번｜열어｜춘위｜홀로｜차지한다｜회맹

國士從來酬國士 ●●○○○●●
1 1 3 3 7 5 5 국사종래수국사
국사는｜종래부터｜갚으니｜국사로

門生今復得門生 ○○◎●●○◎[10]
1 1 3 4 7 5 5 문생금부득문생
문생이｜지금｜다시｜얻는다｜문생을

---

6) 양숙공良淑公은 임유任濡(1149~1212)의 시호이다. (상-11 참조)
7) 공예태후의 아들 다섯 중 셋이 의종毅宗, 명종明宗, 신종神宗이다.
8) 황각黃閣은 재신들이 정사를 보는 중서문하성을 이른다.
9) 천맹擅盟은 맹약하고 결의結義하는 일을 독차지함을 이른다. 좌주座主는 과거에서
선발한 문생과 부자 형제 같은 의리를 맺는데, 그가 여러 차례 좌주를 맡아서 이
렇게 말한 것이다.
10) ☐평기평수 구식을 사용하였다. 하평성 '경庚' 운에 맞추어 '平, 盟, 生'으로 압운
하였다.

양숙공의 맏아들 평장사 임경숙任景肅은 네 차례 문병文柄(시관)을 맡았기에,[11] 몇 해가 지나지 않아서 이미 요직에 올라 허리에 서각대犀角帶[12]를 찬 문생이 10여 명이나 되었다. 그중에 장군將軍이 3명이고, 낭장郎將도 1명이었다. 예전에도 이런 경우가 있다는 말은 들어본 적이 없다.

문생인 운각 학사芸閣學士(보문각 학사) 유경柳璥[13]은 급제(1240)하고 16년이 지났을 때(1255), 사마시(진사과)를 주관하여 급제자 방을 내건 다음 날에 평장사를 찾아뵙고 인사하였다. 평장사가 태사太師 벼슬에서 물러나 치사한 때였다. 그때 평장사의 조카 중에 두 명이 재상이고 두 명이 추밀이었다. 또 여러 사촌 동생과 생질도 모두 경卿과 대부大夫의 지위에 올라 있었다. 이들이 네 차례 과거에서 선발한 문생들과 줄을 나누어 섬돌 앞에 늘어서 있었다. 유경이 문생들을 이끌고 그 사이로 들어가 뜰 아래에서 절을 올린 것이었다. 평장사는 당 위에 앉아있었고, 영관伶官[14]이 악곡을 연주하였다.

이 광경을 구경한 사람 중에 축하하면서 감탄하지 않은 자가 없다. 심지어 눈물을 흘리기까지 하였다. 한림 임계일林桂一[15]이 시를 지어 축하해주었다.

---

11) 임경숙은 1238년에 동지공거를 맡아 지순池珣 등 33명을 선발했다. 1240년과 1244년과 1250년에는 지공거를 맡아 각각 장천기張天驥 등 18명, 위순魏珣 등 43명, 김응문金應文 등 40명을 선발했다.
12) 서각대犀角帶는 무소뿔로 장식하여 관복官服 위에 착용하던 허리띠이다.
13) 유경柳璥(1211~1289)은 1255년 5월에 사마시를 주관하여 시와 부로 왕윤王胤 등 34인을 선발하고, 십운시十韻詩로 이수경李受庚 등 54인을 선발하고, 명경明經으로 4인을 선발했다.
14) 영관伶官은 음악을 담당하는 악공樂工의 별칭이다.
15) 임계일林桂一은 가계와 행적 등이 자세히 전하지 않는다.

<table>
<tr><td>

양부 재상16)이
뜰에서 절을 올리고
한 시대 준걸들이
문하에 모여서
빼어난 문생17)과 자손을
앉아서 보니
전에 없는 성대한 일이
대대로 이어졌어라

</td></tr>
</table>

兩府鈞台拜庭下　●●○○◑◐◑
1 2 3 3 7 5 6　량부균대배정하
양｜부의｜재상이｜절하고｜뜰｜아래서

一時英俊集門前　◐○◕●●○○
1 2 3 3 7 5 6　일시영준집문전
한｜때의｜영웅들이｜모여｜문｜앞에

坐看桃李孫枝秀　◐○◕●●○○
1 7 2 2 4 5 6　좌간도리손지수
앉아｜보니｜도리와｜자손｜가지｜빼어남

盛事希聞繼世傳　●●○○●●◎18)
1 2 4 3 6 5 7　성사희문계세전
성한｜일｜드물게｜듣기｜이어｜대｜전한다

門生之於宗伯, 執父子禮. 唐裴皞三知貢舉, 門生馬胤孫掌試後, 引新牓門生往謁. 裴作一絕云"三主禮闈年八十, 門生門下見門生." 本朝學士韓彦國, 率門生謁崔文淑公惟淸, 公作詩云"綴行來訪我何榮, 喜見門生門下生." 良淑公爲三代帝舅,【毅·明·神宗三代.】位冢宰. 門下趙文正公, 以司成典試, 領門生往謁誥院. 李仁老作詩云"十年黃閣佐昇平, 四闢春闈獨擅盟. 國士從來酬國士, 門生今復得門生." 良淑公之家嗣平章事景肅, 四提文柄, 不數年門下腰犀者, 十餘人. 中有三將軍一郎將, 前古未聞. 芸閣學士柳璈, 自登第十六年, 典司馬試署牓, 明日往謁. 時平章以大師懸車. 有姪兩宰兩樞, 諸從弟姪甥, 亦皆卿大夫, 與四牓門生, 分列階前. 柳率門生入拜庭下, 平章坐堂上, 伶官奏樂. 觀者莫不慶嘆, 以至泣下. 翰林林桂一以詩賀云"兩府鈞台拜庭下, 一時英俊集門前. 坐看桃李孫枝秀, 盛事希聞繼世傳."

---

16) 양부兩府의 재상은 중서성과 중추원의 재추宰樞를 이른다. 평장사의 조카 중에 2명은 중서성 재상이고, 2명은 중추원 재상이다.

17) 도리桃李는 후배나 문생을 이른다.(상-9 참조)

18) □측기측수 구식을 사용하였다. 하평성 '선先' 운에 맞추어 '前, 傳'으로 압운하였다.

상13. 자손을 훈계한 문숙공 최유청의 시

"몸을 일으켜 도를 행하여 임금님을 높이거라"

예숙공譽肅公 최석崔奭[1]은 선조(증조부 최준옹)가 태조를 보좌하여 공신이 되었다. 공은 과거에 장원으로 급제하고 평장사에 올랐다. 공의 아들 문숙공文肅公[2] 최유청崔惟淸이 남도南都(한양)에서 유수로 근무할 때, 두 아들은 도성(개경)에 남아 있었다. 공(최유청)이 시를 지어 이들을 훈계하였다.

집안에 청렴결백을 전할 뿐 남긴 물건이 없고	家傳淸白無餘物 ○○○●○○●
경서 만 권이 겨우 남아 있으니	只有經書萬卷存 ●●○○●●◎
너희 뜻대로 나누어 부지런히 읽어서	恣汝分將勤讀閱 ●●○○○●●
몸을 일으켜 도를 행하여 임금님을 높이거라	立身行道使君尊 ●○○●●○◎[3]

이어서 스스로 이런 주석을 붙여놓았다.

"임금이 존귀해지면 국가가 다스려지고, 국가가 다스려지면 가

---

1) 최석崔奭(1026~1121)은 초명이 최석崔錫이다. 예숙譽肅은 시호이다.(상-9 참조)
2) 문숙공文肅公은 문숙공文淑公의 오기인 듯하다.
3) □평기측수 구식을 사용하였다. 상평성 '원元' 운에 맞추어 '存, 尊'으로 압운하였다.

77

정이 안정되고, 가정이 안정되면 자신이 편안해진다. 자신이 편안해진다면, 그 나머지는 더 바랄 것이 없다."

과연 두 손자는 우아한 선비 기풍[儒雅]을 갖추어 재상 지위에까지 올랐다. 장손은 정안공靖安公 최당崔讜[4]이다. 지금 판추判樞로 있는 최린崔璘[5]이 바로 그의 손자이다. 동생은 문의공文懿公 최선崔詵[6]이다. 지금 시중으로 있는 최종준崔宗峻[7]과 복야로 있는 최종재崔宗梓[8]와 승선으로 있는 최종번崔宗蕃[9]이 모두 그의 아들이다.

복야(최종재)가 시중(최종준)[10]의 시에 화답하여 이렇게 읊었다.

삼대가	三代平章後 ○●○○●
	1 2 3 3 5 삼대평장후
평장사를 지낸 뒤에	삼 대가 평장을 지낸 뒤에
오직 형님이	唯兄拜侍中 ○○●●○
	1 2 5 3 3 유형배시중
시중에 제수되었네	오직 형이 제수되었다 시중에

---

4) 최당崔讜(1135~1211)은 최유청의 장남이다. 1199년에 동중서문하평장사로 치사하였다. 이후 쌍명재雙明齋를 마련하고 기로회耆老會를 조직하여 시와 술을 즐겨 지상선地上仙으로 불렸다. 시호는 정안靖安이다.

5) 최린崔璘은 최당의 손자이다. 아버지는 상서 최신윤崔臣胤이다. 금의琴儀의 문생으로 문하시랑평장사에 올랐다. 시호는 문경文景이다.

6) 최선崔詵(1138~1209)은 최유청의 차남이다. 문하시랑평장사에 올랐다. 희종熙宗 묘정에 배향되었다. 시호는 문의文懿이다.

7) 최종준崔宗峻(?~1246)은 최선의 차남이다. 1201년 과거에 장원급제하였다. 좌승선, 지문하성사 등을 거쳐 문하시중에 올랐다. 시호는 선숙宣肅이다.

8) 최종재崔宗梓는 최선의 셋째 아들이다. 위위경, 동북면 병마사를 거쳐 우복야에 올랐다.

9) 최종번崔宗蕃은 최선의 넷째 아들이다. 승선을 지냈다.

10) 시중侍中은 중서문하성의 종1품 관직 문하시중을 이른다. 증조부 최준옹부터 최종준을 비롯하여 최유청·최당·최선까지 3대 4인이 문하시랑 평장사에 올랐고, 최종준이 문하시중에 올랐다.

崔譽肅公奭, 其先佐太祖有功. 公擢第狀元, 爲平章事. 其子文肅公惟淸, 留守南都日, 有二子在輦下. 公以詩訓之日"家傳淸白無餘物, 只有經書萬卷存. 恣汝分將勤讀閱, 立身行道使君尊."因自注日"君尊則國理, 國理則家安, 家安則身安, 身安則餘無所求."二嗣果以儒雅, 位宰相. 長日靖安公諲, 今判樞璘卽其孫. 弟日文懿公詵, 今侍中宗峻, 僕射宗梓, 承宣宗蕃皆其子. 僕射和侍中詩日"三代平章後, 唯兄拜侍中". 又有三壻, 皆爲相. 一是龍頭, 二同受鉞, 爲上副元帥. 世世積善, 慶流子孫, 靑紫滿朝, 盛矣哉. 文肅公家集行於世, 故唯載訓子一篇.

상14. 간언하는 최유선을 장려한 문종

"간쟁을 함이 충성이요 좋아함만 따름은 아첨이라"

문종이 즉위한 뒤로 11년이 지난 청녕 2년 병신년(1056)의 일이다. 비로소 흥왕사興王寺[1]를 창건하기 시작하면서 아주 크고 웅장한 규모로 만들 생각이었다. 그러자 그때 지주사知奏事로 있던 문화공文和公 최유선崔惟善이 간언을 올렸다.

"옛날 당나라 태종은 신성하고 영민하고 용맹함이 수천 년 이래로 견줄 자가 드뭅니다. 그런데 백성을 승려로 만드는 도첩을 허락하지 않았고, 사찰과 도관 신축도 허락하지 않았습니다. 오직 고조高祖의 뜻을 받들고 계승하여 왕업을 더욱 공고하게 만들었을 뿐입니다. 이 일은 역사에 전하여 칭송되고 있습니다. 지금은 폐하께서 선대 군왕이 축적한 왕업을 계승하여 천하가 점차 완성되어 가고 있습니다. 이런 때야말로 진실로 씀씀이를 아끼고 백성을 사랑해야, 완성한 나라를 유지하고 지켜서 후대의 군왕에게 전해줄 수 있을 것입니다. 어찌하여 백성 재산을 쏟아붓고 백성 힘을 쥐어짜서 급하지 않은 비용에 충당하느라, 나라 근본을 위태롭게 만들려고 하십니까? 신은 속으로 의아한 마음이 듭니다."

이에 문종이 다정한 말로 이렇게 답변하였다.

---

1) 흥왕사興王寺는 개경 덕수현德水縣(풍덕) 북쪽 경내에 있는 덕적산德積山 남쪽에 2,800칸 규모로 창건한 문종의 원찰願刹이다. 1056년에 착공하여 1067년에 낙성하였다.

"경의 말은 진실로 충정 어린 것이오. 다만 짐이 오랫동안 염원하던 일들이 이미 이루어진 마당에 이를 도로 그만둘 수는 없소."

나중에 한가로워진 때에 모실 기회가 있어 당시 정사에 관해 논하게 되었다. 문종이 조용하게 위로하고 장려하면서 말했다.

간쟁을 함이 충성이요
좋아함만 따름은 아첨이라

諫諍是忠從好佞 ●●●○○●●
1 1 4 3 6 5 7　간쟁시충종호녕
|간쟁이|이고|충|따름이|좋음|아첨이다|

최공이 즉시 답했다.

나라 세워 전하긴 외려 쉽고
이룬 것 지킴은 어려워라

創垂猶易守成難 ●○○○●○○
1 2 3 4 5 5 7　창수유이수성난
|창업해서|전함|외려|쉽고|수성은|어렵다|

비록 순임금 때와 하나라 때에 군신이 주고받은 갱가賡歌[2]라 해도 어찌 이보다 더 훌륭하겠는가?

┐
文宗在宥十一, 淸寧二年丙申, 始創興王寺, 甚欲宏壯. 時文和公爲知奏事, 諫曰 "昔唐太宗神聖英武, 數千百年已來, 罕有倫比. 不許度人爲僧, 不許創立寺觀. 遵述高祖之志, 益固王業, 史傳美之. 今陛下

---

2) 갱가賡歌는 서로 화답하여 시를 주고받음을 이른다. 또는 그 시를 이른다. 순임금과 고요皐陶가 갱가를 주고받았다. 또 하나라 태강太康의 다섯 아우가 우임금의 교훈을 담아서 부른 노래가 있다. 『서경 익직益稷』, 『서경 오자지가五子之歌』.

承祖宗積累之功, 天下向成. 固宜節用愛人, 能持盈守成, 以傳於聖嗣也. 奈何罄民財竭民力, 以供不急之費, 欲危邦本耶? 臣竊惑焉." 上優詔答曰"卿言誠忠. 朕夙願已成, 不可迴革."異日侍淸閑, 論時政. 上從容慰獎曰"諫諍是忠從好佞."公卽對曰"創垂猶易守成難." 雖虞·夏之賡歌, 何以加此? ┌

상15. 글을 지어 용을 혼쭐낸 이영간이 남긴 시

"서늘한 가을 저녁 풍경이 가장 좋으니"

참정 이영간李靈幹[1]은 「나주 법륜사[2]에서 적다[題羅州法輪寺]」에서 이렇게 읊었다.

서늘한 가을 저녁 풍경이 가장 좋으니	秋凉晩景最相宜 ○○●●●○○ 1 2 3 4 5 6 7 추량만경최상의 가을|찬|저녁|풍경|가장|서로|맞으니
한 번 절간에서 묵을 때마다 한 번 기뻐하네[3]	一宿蓮房一展眉 ●●○○●●○ 1 4 2 2 5 7 6 일숙련방일전미 한 번|자면서|절에|한 번|편다|눈썹을
깊은 밤에 북두성[4]이 찬란하고	星斗夜深光燦爛 ○●●○○●● 1 1 3 4 5 6 6 성두야심광찬란 성두가|밤|깊어|빛이|찬란하고
누대를 지나는 달빛 그림자 들쭉날쭉 비추는데	樓臺月轉影參差 ○○●●●○○ 1 1 3 4 5 6 6 루대월전영참치 누대에|달|지나|그림자|들쑥날쑥하다
밤새워[5] 자애로운 불등[6]이 밝게 빛나고	六時永耀慈燈朗 ○●●●○○● 1 1 3 4 5 6 7 륙시영요자등랑 밤에|길이|빛나는|자애로운|등|밝고

---

1) 이영간은 호랑이와 장기를 두거나 용에게 곤장을 치는 등 행적이 기이한 인물이다. 참지정사參知政事에 올랐다. 『신증동국여지승람 담양도호부潭陽都護府』.

2) 법륜사法輪寺는 나주 서쪽 경계에서 1리 밖에 있던 사찰이다. 『신증동국여지승람 나주목羅州牧』.

3) 전미展眉는 기쁘고 즐거워서 두 눈썹 사이가 펴짐을 이른다.

4) 성두星斗는 일곱 개 별로 이루어진 북두성北斗星을 이른다.

5) 육시六時는 하루, 혹은 하루 절반(밤, 낮)을 이른다. 불가에서 하루를 여섯으로 나누어 육시라고 하였다. 또 하루를 12시로 나누기도 한다.

6) 자등慈燈은 불등佛燈이다. 불법佛法을 의미한다.

만고에 길이 전하는

부처 자취가 기이하여라

좋은 인연 맺음은

어떤 일인가?

심향[7]을 살라 공양하여

부처를 스승으로 삼는 것이네

萬古長存聖跡奇 ●●○○●●◎
　1　1　3　4　5　6　7　만고장존성적기
|만고에| 길이| 남은| 성인| 자취| 기이하다|

結得良緣何事也 ●●○○○●●
　3　4　1　2　5　6　7　결득량연하사야
|맺어| 얻음| 좋은| 인연| 어떤| 일인가| 어사|

爇心香供佛爲師 ●○○●●○◎[8]
　3　1　1　4　5　7　6　설심향공불위사
|살라| 심향| 공양하고| 부처를| 삼다| 스승|

　어떤 사람은 이 시의 낙구(7, 8구)에 사용한 시어가 정교하지 못한 데다, '야也'자를 사용하여 더욱 거칠고 촌스럽게[疎野] 되었다고 말한다. 하지만 그렇지 않다.

　공이 임금을 따라 박연朴淵[9]에 가서 노닐었을 때다. 갑자기 비바람이 몰아치고 앉아있던 바윗돌까지 들썩여서 임금이 마음속으로 놀랐다. 이에 공이 칙서를 작성하여 연못에 던져 넣으면서 용에게 죄를 따지고 벌을 내리려고 하였다. 그러자 즉시 깨달은 용이 자기 등을 드러내어 곤장을 맞았다고 한다.

　그렇다면 공이 작성한 문장은 헤아릴 수 없을 만큼 신묘한 것임을 알 수 있다. 어찌 시 속에 포함된 이처럼 작은 한 글자의 공졸工拙을 가지고서 공의 솜씨를 헤아릴 수 있겠는가?'

---

7) 심향心香은 마음의 향이다. 향을 살라 공양할 때와 다르지 않은 정성스러운 마음을 빗댄 말이다.
8) ㅁ평기평수 구식을 사용하였다. 상평성 '지支' 운에 맞추어 '宜, 眉, 差, 奇, 師'로 압운하였다.
9) 박연朴淵은 개경 동북쪽의 천마산과 성거산 사이에 있는 폭포다. 기우제를 지내던 주요 장소이다. 또한 그 경관이 아름다워 많은 사람이 유람하였다.

李參政靈幹「題羅州 法輪寺」云 "秋凉晚景最相宜, 一宿蓮房一展眉. 星斗夜深光燦爛, 樓臺月轉影參差. 六時永耀慈燈朗, 萬古長存聖跡奇. 結得良緣何事也? 爇心香供佛爲師." 或以此詩落句語未工, 使"也"字尤疎野, 非也. 公從上遊朴淵, 風雨暴作振座石, 上心動. 公乃作勅書投淵, 數龍之罪欲罰之. 龍卽感悟, 出其脊受杖, 則公之爲文, 其神乎不可測也. 豈以此么麽詩中一字之工拙, 度於公也.

사행길에 오른 사신의 비장한 시

"문명의 아침을 앉아서 기다리려니, 하늘 동쪽에서 붉은 해가 뜨려 하네"

문종 대강 7년 신유년(1081)이다. 양평공良平公 최사제崔思齊[1]가 사신이 되어 송나라로 들어가는 배 위에서 이렇게 읊었다.

천지에 어찌
경계가 있으랴만

天地何疆界 ○●○○●
1 2 3 4 5   천지하강계
|하늘과|땅에|어찌|지경|경계 있으랴|

산하가
각기 다를 뿐

山河自異同 ○○●●◎
1 2 3 4 5   산하자이동
|산과|강이|스스로|다르고|같다|

송나라가 멀다고
그대는 마오[2]

君毋謂宋遠 ○○●●●
1 5 4 2 3   군무위송원
|그대는|말라|이르지|송이|멀다고|

돌아보니
돛에 바람이 가득하여라

回首一帆風 ○●●○◎[3]
2 1 3 4 5   회수일범풍
|돌려 보니|머리를|한|돛에|바람이 찼다|

보궐 진화陳澕[4]는 서장관이 되어 금나라로 들어가서 이렇게 읊었다.

---

1) 최사제崔思齊(?~1091)는 최유선의 아들이다. 1054년 과거에 급제하였다. 1081년 에 사은사가 되어 송나라에 다녀왔다. 중추원사 등을 거쳐 동중서문하평장사에 올랐다. 시호는 양평良平이다.
2) 춘추시대 송나라 양공襄公의 어머니가 쫓겨나 하수河水를 건너 강 북쪽 친정으로 돌아가 아들을 그리워한 고사를 인용하였다. 『시경 하광河廣』, "누가 하수가 넓다고 하나? 갈댓잎 하나로 건널 수 있네. 누가 송나라가 멀다고 하나? 발돋움하여 내가 바라볼 수 있네.[誰謂河廣, 一葦杭之. 誰謂宋遠, 跂子望之.]"
3) ㅁ측기측수 구식을 사용하였다. 상평성 '동東' 운에 맞추어 '同, 風'으로 압운하였다.
4) 진화陳澕는 판병부사를 지낸 진준陳俊의 손자이다. 호는 매호梅湖이다. 1200년에 치른 국자감시에서 장원이 되고, 얼마 후 문과에 급제하여 한림원에 들어갔다. 서장관으로 금나라에 다녀온 뒤에 지제고, 정언, 보궐 등을 지내고 지공주사知

서쪽 문명	西華已蕭索 ○○●●○
이미 쓸쓸해지고	1 2 3 4 4　서화이소삭
	|서쪽|문명은|이미|쓸쓸하고|
북쪽 변경[5]	北寨尙昏蒙 ●●●○○
아직 혼몽하여라	1 2 3 4 4　북채상혼몽
	|북쪽|변경은|아직|혼몽하다|
문명[6]의 아침을	坐待文明旦 ●●○○●
앉아서 기다리려니	1 5 2 2 4　좌대문명단
	|앉아서|기다리니|문명의|아침을|
하늘 동쪽에서	天東日欲紅 ○○●●◎[7]
붉은 해가 뜨려 하네	1 2 3 5 4　천동일욕홍
	|하늘|동쪽에서|해가|되려 한다|붉게|

계사년(1233) 봄에 우리 조정에서, 금나라 황제가 하남河南에 파천했다는 소식을 들었다.[8] 이에 기거주 최린崔璘과 내시 권술權述과 나를 금나라 행재소로 보내어 안부를 묻게 하였다. 당시에 달단韃靼을 지나는 길[9]이 가로막혀 있었다. 그래서 나무로 길을 이어가면서 철산포鐵山浦[10]를 지난 뒤에 요동 해주진海州津[11]에 도착하였을 때다. 권술이 이런 시를 읊었다.

公州事로 나가 순직하였다. 쌍운주필雙韻走筆로 이규보와 병칭되었다.

5) 서화西華는 북송北宋을 이르고, 북채北寨는 몽고蒙古를 이른다. 황경원, 「매호집서」, "서화는 선송을 이르고, 북채는 몽고를 이른다.[西華, 先宋之謂也. 北寨, 蒙古之謂也.]"

6) 문명文明은 만물이 생장하면서 이룬 문채와 광명한 빛을 이른다. 인간의 문명을 뜻한다.『주역 건괘乾卦』, "현룡이 밭에 있다는 것은, 천하가 문명해지는 것이다.[見龍在田, 天下文明.]"

7) □평기측수 구식을 사용하였다. 상평성 '동東' 운에 맞추어 '蒙, 紅'으로 압운하였다.

8) 금나라 황제는 애종哀宗을 이른다. 몽고군에게 변경汴京이 함락되어 하남河南으로 파천하였다.

9) 달단韃靼은 금나라의 19로路 가운데 하나인 달단로韃靼路를 이른다. 현재 몽고 지역에 해당한다.

10) 철산포鐵山浦는 평안북도 철산의 포구이다.

11) 해주진海州津은 해주의 나루이다. 해주는 요녕성 해성시海城市 일대의 옛 이름이다.

하늘이 사해를 | 九天移四海 ●○○●●
바꾸어놓아서 | 1 1 5 3 3　구천이사해
| 구천이 | 옮겨놓아 | 사해를 |
뗏목 타고 | 悲乘槎去路 ○○○●●
슬프게 길을 나서니 | 1 3 2 5 4　비승사거로
| 슬프게 | 타고서 | 뗏목을 | 가니 | 길을 |
만 리 먼 길을 | 憑誰問萬里 ○○●●●
뉘에게 물어야 할까? | 2 1 5 3 3　빙수문만리
| 기대어 | 누구에게 | 묻나 | 만 리 길을 |
안개 파도에 | 烟波迷所之 ○○○●○[12]
갈 길이 혼미하여라 | 1 2 5 4 3　연파미소지
| 안개 | 파도에 | 헷갈린다 | 바를 | 갈 |

　내가 몇 해 전에는 추밀원부사로 있으면서 사신이 되어 몽고에 갔었다.[13] 그때 흥중부興中府[14]에 이르러 숙박하는 사이에 한 사찰에서 벽에 적힌 절구시 한 수를 보았다. 그 시는 아래와 같았다.

사방이 전부 | 四野盡爲狐兎窟 ●●◐○○●●
여우 토끼 소굴이 되고 | 1 2 3 7 4 5 6　사야진위호토굴
| 사방 | 들이 | 전부 | 되고 | 여우 | 토끼 | 굴 |
개와 양의 오랑캐 하늘을[15] | 萬邦猶仰犬羊天 ●○◐●●◎
만방이 외려 우러러보네 | 1 2 3 7 4 5 6　만방유앙견양천
| 만 | 나라 | 외려 | 우러러본다 | 개 | 양의 | 하늘 |
인간 낙원은 | 人間樂國是何處 ○○●●◐○●
어디쯤 있으려나? | 1 1 3 4 7 5 6　인간락국시하처
| 인간의 | 즐거운 | 나라 | 인가 | 어느 | 곳 |

---

12) ㅁ오언고시이다. 압운을 맞추지 않았다.
13) 최자는 1250년 2월(음)에 중서사인 홍진洪縉과 함께 몽고에 갔다.
14) 흥중부興中府는 요녕성 조양시朝陽市 일대의 옛 지명이다.
15) 견양천犬羊天은 개와 양이 차지한 오랑캐 나라 하늘을 이른다. 몽고를 낮춰 빗댄 말이다.

이런 때에 태어난 내 생을
깊이 탄식할 뿐이어라

深歎吾生不後先 ○●○○●●16)
　　　6 7 1 2 5 3 4　심탄오생불후선
｜깊이｜한탄한다｜내｜태어남을｜못해｜뒤나｜앞에｜

최사제의 시에는 천 리를 멀다고 여기지 않고서 조근朝覲하러 가는
뜻이 있다. 그러나 진화는 막좌幕佐 신분으로 금나라에 조회하러 가
면서도 북쪽 변방이 혼몽하다고 일컬었다. 이는 예가 아니다. 권술은
시에서 갈 길이 모호하여 답답해진 심경을 말하기는 했으나, 그래도
분문奔問하는 의리를 그대로 품고 있다. 흥중부에 남은 절구시 한 수
는 나그네가 적어놓은 것이다. 그 말한 뜻이 너무 높다고 한들, 어찌
허물이 되겠는가?

文宗大康七年辛酉, 崔良平公思齊, 使入宋. 船上云 "天地何疆界?
山河自異同. 君毋謂宋遠, 回首一帆風." 陳補闕澕, 以書狀官入大金
云 "西華已蕭索, 北寨尙昏蒙. 坐待文明旦, 天東日欲紅." 癸巳春, 朝
家聞大金皇帝, 播遷河南. 遣起居注崔璘·內侍權述及子, 詣行在問安.
時因轘軘路梗, 以木道過鐵山浦, 至遼地海州津. 權有詩云 "九天移
四海, 悲乘槎去路. 憑誰問萬里? 烟波迷所之." 子於前歲, 以副樞使
蒙古. 抵宿興中府, 見一寺壁上書一絶云 "四野盡爲狐兔窟, 萬邦猶
仰犬羊天. 人間樂國是何處, 深歎吾生不後先." 崔有朝觀不遠千里之
意. 陳以幕佐入朝, 稱北寨昏蒙, 非禮. 權詩言雖迷悶, 義存奔問. 興
中一絶, 是客子所題, 言高何罪?

---

16) □측기측수 구식을 사용하였다. 하평성 '선先' 운에 맞추어 '天, 先'으로 압운하였다.

상17. 예종에게 직언하고 춘천으로 좌천된 상서 최약

"도성 하늘 돌아보니 벌써 꿈속 일로 느껴지네"

예종은 나라를 다스릴 때 장구章句를 숭상하였고, 노닐면서 연회를 벌여 즐기기를 좋아하였다. 당시에 나의 증조부인 상서 최약崔瀹이 윤각綸閣에 있으면서 글을 올려 대략 이렇게 아뢰었다.[1]

"옛날에 당나라 문종文宗이 시에 뛰어난 시학사詩學士를 따로 두려고 했습니다. 그러자 재상 이각李珏이 이렇게 아뢰었습니다.

'시인은 경박한 자가 많고 사리를 이해하는 식견도 어둡습니다. 이들이 자문에 응하는 역할을 맡았다가, 성상의 총명을 흔들어놓을까 걱정입니다.'

이에 문종은 즉시 그 일을 멈추었습니다.[2] 제왕은 경서의 학문을 좋아해서 날마다 고상한 선비[儒雅]들과 경서와 역사서를 토론해야 마땅합니다. 아울러 이들에게 국정의 도리를 자문하여 백성을 교화하고 풍속을 변화시키기에 겨를이 없어야 합니다. 어찌 아이들이 좋아하는 조충雕蟲을 일삼고 문장에 능한 경박한 신하들과 빈번하게 어울려 풍월을 읊고 노래하느라, 본래 타고난 순수하고

---

1) 예종은 1116년 여름 4월에 서경에 가서 대동강에 배를 띄워 연회를 벌였다. 이 때 좌우 신하들과 시를 주고받았다. 최약崔瀹이 지제고知制誥 신분으로 따라갔다가 간언한 것이다. 『고려사 최약전崔瀹傳』.

2) 『자치통감 문종文宗』, "상이 시를 좋아하여 시학사를 두려고 했었다. 이에 이각이 '요즘 시인은 부박하여 이치에 무익합니다.'라고 아뢰자, 곧 중지하였다.[上好詩, 嘗欲置詩學士. 李珏曰 '今之詩人浮薄, 無益於理.' 乃止.]"

올바른 본성까지 잃게 해야 하겠습니까?"

예종은 이 말을 너그럽게 받아들였다. 그런데 그때 문장을 담당하는 어떤 신하가 틈을 엿보아 이렇게 아뢰었다.

"이른바 고상한 선비[儒雅]라는 자가 따로 어디에 있는 것이겠습니까? 최약은 풍월을 노래하는 재주가 부족해서 남들과 시로써 수창하기를 좋아하지 않습니다. 그래서 이런 말을 하는 것일 뿐입니다."

예종이 노하여 춘주(춘천) 부사로 좌천시켰다. 증조부가 막 길을 나설 때, 다른 사람이 지어준 시의 운에 맞추어 이렇게 읊었다.[3]

우리 집이 대대로 나라 은혜를 입었기에	吾家世受盛朝恩 ○○●●●○◎
	1 2 3 7 4 5 6　오가세수성조은
	우리｜집｜대대로｜입어｜성군｜조정｜은혜
충성 청렴의 가풍을 지켜서 실추하지 않고	欲繼忠淸不墮門 ●●○○○●◎
	7 3 1 2 6 5 4　욕계충청불타문
	싶어｜이어｜충성｜청렴｜않고｜실추｜가문을
작은 반딧불이나마 태양 같은 성군께 보태려 하여	但把螢輝增聖日 ●●○○○●●
	1 4 2 3 7 5 6　단파형휘증성일
	단지｜들어｜반디｜빛｜보태고｜임금｜햇빛에
표주박 식견[4]으로 시문의 근원을 감히 논했어라	敢將蠡測議詞源 ◉○●●●○◎
	1 4 2 3 7 5 5　감장려측의사원
	감히｜갖고｜표주박｜식견｜논했다｜사원

---

3) 『동문선』에 「춘주 수령으로 나가며 증별시에 화답하다[出守春州和人贈別]」라는 제목으로 실려있다.

4) 표주박 식견[蠡測]은 표주박으로 바닷물을 측량한다는 말이다. 얕고 비루한 식견으로 사물을 헤아림을 빗대었다. 여蠡는 표주박이다. 『한서 동방삭전東方朔傳』, "대롱으로 하늘을 엿보고, 표주박으로 바다를 측량한다.[以筦窺天, 以蠡測海.]"

다만 풍월의 공 세우지 못해
부끄러워하면서

도성 하늘5) 돌아보니
벌써 꿈속6) 일로 느껴지네

깜짝 놀라 흐른 땀 마르기 전에
다시 감격 눈물 흘리니

붉은 덮개 수레7)를
타고서 귀양 오게 하셨어라

自慚風月無功業　●○○●○○●
　　1　7　2　2　6　4　4　　자참풍월무공업
|혼자|부끄러워하고|풍월에|없음을|공적|

回望雲霄已夢魂　○̆●○○●●○̆
　　1　4　2　3　5　6　6　　회망운소이몽혼
|돌려|보니|구름|하늘|이미|꿈결 같다|

駭汗未收還感淚　●●○●○●●
　　1　2　3　4　5　4　5　　해한미수환감루
|놀란|땀|전에|식기|다시|감격|눈물 흘리니|

謫來猶得駕朱轓　●○○̆●●○○8)
　　1　2　3　7　6　4　5　　적래유득가주번
|귀양|옴에|외려|얻었다|탐을|붉은|수레|

睿宗御宇, 尙章句, 好遊宴. 時曾王父尙書崔瀹, 在綸閣. 乃上書, 略
曰"昔唐文宗欲置詩學士, 宰相奏曰'詩人多輕薄, 昧於識理. 若承顧
問, 恐撓聖聰.'文宗乃止. 帝王當好經術, 日與儒雅討論經史, 諮諏
政理, 化民成俗之無暇. 安有事童子之雕蟲, 數與輕蕩詞臣, 吟風嘯
月, 以喪天衷之淳正耶?"上優納. 有一詞臣承隙曰"所言儒雅, 別是
何人? 瀹短於風月, 不樂人唱和, 故有此言."上怒, 左遷爲春州副使.
方上道, 和人贈別云"吾家世受盛朝恩, 欲繼忠淸不墮門. 但把螢輝

5) 운소雲霄는 구름이 떠 있는 하늘이다. 임금이 있는 궁궐을 빗댄 말이다.

6) 몽혼夢魂은 꿈이다. 꿈속에서 인간 영혼이 육신을 벗어나 활동한다고 생각하여
이렇게 이른다.

7) 주번朱轓은 양쪽 바람막이를 붉게 칠한 고관의 수레를 이른다. 좌천되면서도 주
번을 타는 부사副使의 직을 맡게 되었다는 말이다. 『한서 경제기景帝紀』, "녹봉이
2천 석인 장리는 양쪽 바람막이를 붉게 하고, 녹봉이 1천 석에서 6백 석인 자
는 왼쪽 바람막이를 붉게 한 수레를 타게 한다.[令長吏二千石車朱兩轓, 千石至六百石
朱左轓.]"

8) □평기평수 구식을 사용하였다. 상평성 '원元' 운에 맞추어 '恩, 門, 源, 魂, 轓으
로 압운하였다.

增聖日, 敢將蠡測議詞源. 自慙風月無功業, 回望雲霄已夢魂. 駭汗
未收還感淚, 謫來猶得駕朱輪." ⌐

※ 예종은 1116년 여름 4월에 평양 대동강에서 배를 띄워 연회를 벌
였다. 이때 호종한 여러 종친과 대신을 비롯하여, 서경 유수와 분사
에 근무하는 3품 이상 관원들이 참석하여 시를 주고 받았다.[9] 최약
도 지제고 신분으로 따라갔다가, 이 자리에서 조충雕蟲을 일삼는 시
류에 마음을 뺏기지 말라고 간언을 올렸다. 지제고는 임금이 발신
하는 조서나 교서 따위를 대신 작성하는 일을 맡는다. 표주박 같은
작은 식견으로 감히 사원詞源을 논했다고 시에서 말한 것은, 그가 지
제고 임무를 수행했음을 이른다. 나중에 예종이 위의 시를 보고 감
동하여, 최약을 다시 불러들였다고 한다.

---

9) 『고려사절요』 예종 11년 4월.

상18. 묘청의 난에 유장으로 참전한 김부식

"푸른 기름을 먹인 군막에 서생이 한 명이라"

무릇 큰 군대를 내보낼 때는 반드시 유장儒將[1]을 원수로 임명한다. 서도(평양)에서 묘청[2]이 반란을 일으켰을 때도 문열공(김부식)이 원수가 되었었다. 당시는 태평한 시기가 오래 지속되던 때였다. 그래서 무인들이 군영을 운영하는 옛 전례에 대해 잘 알지 못하는 실정이었다.

문열공이 막사 안에 있으면서 나직한 소리로 옛사람의 이런 시를 읊조렸다.

백록파 언덕에 병사가 백만 명이요	白鹿坡頭百萬兵 ●●○○○●◎ 　1 1　3 4 5 6 7　백록파두백만병 백록｜언덕｜위에｜백｜만｜병사이고	
푸른 기름을 먹인 군막에 서생이 한 명이라	碧油幢下一書生 ●○○●●○◎ 　1 2 3 4 5 6 6　벽유당하일서생 푸른｜기름｜군막｜아래에｜한｜서생이니	
선비 노릇 귀한 줄을 이제야 처음 알았어라	如今始信爲儒貴 ○○●●●○● 　1 1　3 7 6 4 5　여금시신위유귀 지금｜처음｜믿으니｜됨을｜선비가｜귀함이	
장군이 오경 알리는 소리 누워서 듣는다오	臥聽將軍報五更 ●●○○○●◎[3] 　1 7 2 2 6 4 4　와청장군보오경 누워서｜듣는다｜장군이｜알림을｜오경	

---

1) 유장儒將은 학식과 문학을 갖춘 문관 출신 장수를 이른다.
2) 묘청妙淸(?~1135)은 풍수지리와 도참에 밝은 술사이다. 서경천도西京遷都가 좌절되자, 1135년에 서경에서 조광趙匡, 유참柳旵 등과 함께 국호를 대위大爲로, 연호를 천개天開로 정하고 난을 일으켰다.
3) □측기평수 구식을 사용하였다. 하평성 '경庚' 운에 맞추어 '兵, 生, 更'으로 압운하였다.

군영의 병사들이 이를 전하여 외더니, 이때부터 내상內廂의 장군이 하루 시간을 알리기 시작하였다.[4]

凡出大軍, 命元帥必以儒將. 西都反, 文烈公爲元帥. 時太平已久, 諸武人未曉行營故事. 公於帳中微吟古人詩曰"白鹿坡頭百萬兵, 碧油幢下一書生. 如今始信爲儒貴, 臥聽將軍報五更."軍中傳誦,廂將軍報更籌.

---

4) 내상內廂은 궁중이나 각도의 치소治所에 둔 병영을 이른다. 순시하는 군사가 관청이나 병영에서 초경, 2경, 3경 등의 시각을 보고하는 것을 경주更籌라고 한다.

상19. 참정 박인량의 송나라 사행시

"경쇠 소리는 달빛 흔들고 구름 사이로 지는데"

참정 박인량朴寅亮[1]이 사명을 받들고 송나라에 들어갔을 때, 가는 곳마다 시를 남겼다.[2] 「금산사金山寺」[3]에서 이렇게 읊었다.[4]

가파른 기암괴석이
첩첩하여 산을 이룬 곳

巉巖怪石疊成山 ○○●●●○◎
1 2 3 4 5 7 6　참암괴석첩성산
높은｜바위｜기괴한｜돌｜첩첩｜이루고｜산을｜

그 위에 절 있고
사방에 물이 에우고 있어라

上有蓮房水四環 ●●○○●●◎
1 4 2 2 5 6 7　상유련방수사환
그 위에｜있고｜절｜물이｜사방｜둘렀다｜

탑 그림자는 강에 비쳐
물결 속에 웅크리고

塔影倒江蟠浪底 ●●○○●●
1 2 4 3 7 5 6　탑영도강반랑저
탑｜그림자｜저서｜강에｜서리고｜물결｜밑에｜

경쇠 소리는 달빛 흔들며
구름 사이로 지는데

磬聲搖月落雲間 ●○○●●○◎
1 2 4 3 7 5 6　경성요월락운간
경쇠｜소리｜흔들고｜달｜지니｜구름｜사이로｜

---

1) 박인량朴寅亮(?~1096)은 1080년 4월에 유홍柳洪, 김근金覲 등과 함께 송나라에 사신 갔다. 이때 박인량과 김근의 편지와 시와 표장表狀을 보고 감탄한 송나라 사람이 『소화집小華集』으로 묶어 간행하였다.

2) 고려 사신이 송나라로 가는 바닷길은 산동으로 들어가는 북로北路와 거란을 피해 절강 명주明州(영파) 일대로 들어가는 남로南路가 있었다. 1074년부터 남로를 이용하였다.

3) 금산사金山寺는 『동문선』에 사주구산사泗州龜山寺로 표기되어 있다. 사주는 안휘 사현泗縣을 중심으로 우이현盱眙縣 등을 아우르는 지역이다. 구산사는 우이현에 있었다.

4) 『동문선』에 「송나라에 사신으로 가서 사주 구산사를 지나다[使宋過泗州龜山寺]」라는 제목으로 실려있다. 2구 '房'이 '坊'으로, 3구 '蟠'이 '翻'으로, 5구 '波急'이 '濤疾'로, 8구 '還'이 '攀'으로 되어있다.

문 앞 객선은

큰 파도에 급히 노 젓고

대숲 아래 승려는

한낮에 한가히 바둑 두네

내내 사명을 받드느라

아쉽게 이별하며

다시 시구를 남겨서

돌아올 것이라 기약하네

門前客棹洪波急 ○○●●○○●
1 2 3 4 5 6 7　문전객도홍파급
|문| 앞| 나그네| 노는| 큰| 파도에| 급하고|

竹下僧棊白日閑 ●●○○●●◎
1 2 3 4 5 6 7　죽하승기백일한
|대| 아래| 승려| 바둑| 밝은| 낮에| 한가롭다|

一奉皇華堪惜別 ●●○○○●●
1 4 2 2 7 6 5　일봉황화감석별
|한번| 받드니| 사명| 만하니| 슬퍼할| 이별|

更留詩句約重還 ●○○○●●○ 5)
1 4 2 2 7 5 6　갱류시구약중환
|다시| 남겨| 시구| 약속한다| 다시| 옴을|

사신 행차가 월주越州(소흥)6)에 머물렀을 때다. 연주하는 악곡 소리가 들려왔는데, 그 중간에 신성新聲이 연주되는 것이었다. 함께 있던 사람이 이렇게 말하였다.

　"이는 공의 시로 만든 것입니다."

　절강浙江을 지날 때였다. 바람이 불어 파도가 크게 일렁거리는 것이었다. 그런데 마침 강가에 있는 오자서伍子胥7) 사당을 발견하고서, 시를 지어 이렇게 조문하였다.8)

---

5) □평기평수 구식을 사용하였다. 상평성 '산刪' 운에 맞추어 '山, 環, 間, 閑, 還'으로 압운하였다.

6) 월주越州는 소흥紹興의 옛 이름이다.

7) 오자서伍子胥는 춘추시대의 오왕吳王 부차夫差를 보필한 인물이다. 부차가 월에서 보낸 서시西施를 받아들인 일을 반대하다가 참소당했다. 자진하라는 명을 받고 "내 눈을 빼서 동문에 걸어두어라. 월이 쳐들어와 오가 망함을 볼 것이다."라고 하였다. 격노한 부차가 오자서를 강물에 버렸다고 한다. 이를 불쌍히 여겨 사람들이 강가에 사당을 세웠다. 『사기 오자서전伍子胥傳』.

8) 『동문선』에 「오자서묘伍子胥廟」라는 제목으로 실려있다.

동쪽 문에 눈알 걸어두고도
분이 풀리지 않았는지
천 년이 지나도록
푸른 강물을 일렁거리네
지금 사람들은
옛날 오자서 마음도 모른 채
조수가 몇 척이나 높냐고
물어볼 뿐이라오

掛眼東門憤未消 ●●○○●●◎		
4 3 1 2 5 7 6	괘안동문분미소	
걸고 눈을 동쪽 문에 분 않아 풀리지		
碧江千古起波濤 ●○○●●○◎		
1 2 3 3 7 5 5	벽강천고기파도	
푸른 강에서 천고에 일으킨다 파도		
今人不識前賢志 ○○●●●○●		
1 2 7 6 3 4 5	금인불식전현지	
지금 사람 못하고 알지 옛 현인 뜻		
但問潮頭幾尺高 ●●○○●●◎9)		
1 7 2 3 4 5 6	단문조두기척고	
단지 묻는다 조수 머리 몇 척 높은지		

그러자 잠시 후에 바람이 잦아들어서 배가 빠르게 건널 수 있었다.
시로써 이렇게 이승과 저승을 감동하게 만든 것이었다. 송나라 사람
이 그의 시를 모아서 엮은 책이 지금 세상에 전한다.

朴參政寅亮, 奉使入中朝, 所至皆留詩.「金山寺」云"巉巖怪石疊成山,
上有蓮房水四環. 塔影倒江蟠浪底, 磬聲搖月落雲間. 門前客棹洪波
急, 竹下僧棊白日閑. 一奉皇華堪惜別, 更留詩句約重還."行次越州,
聞樂調中奏新聲. 旁人曰"此公詩也."至浙江, 風濤大起. 見子胥廟
在江邊, 作詩弔之曰"掛眼東門憤未消, 碧江千古起波濤. 今人不識
前賢志, 但問潮頭幾尺高."須臾風霽船利涉, 其感動幽顯如此. 宋人
集其詩成編, 今傳于世.

---

9) ㅁ측기평수 구식을 사용하였다. 하평성 '소蕭' 운과 통운에 해당하는 '호豪' 운에
맞추어 각각 '消'와 '濤, 高'로 압운하였다.

상20. 송나라에서 유학한 학사 권적

"훗날 강호가 그리울 때 조각배 저어서 되돌아오리라"

학사 권적權適[1]은 국가에서 작성한 표문을 받들고 송나라에 들어가서 유학하였다.[2] 그때(1115) 길에서 시를 지어 문열공과 여러 친구에게 보냈다.[3]

이별은 정말 작은 일이지만	別離眞細事 ◉○○●●
	1 1 3 4 5 별리진세사
	|이별은|진실로|작은|일이지만|
이번 이별은 마음 가누기 어려우니	此別意難窮 ●●●○○
	1 2 3 5 4 차별의난궁
	|이번|이별은|뜻을|어려우니|멈추기|
바다 건너로 여정이 이어지고	客路波濤外 ●●○○○
	1 2 3 3 5 객로파도외
	|나그네|길은|파도|너머에 있고|
꿈에서도 고향 생각이어라	家鄕夢寐中 ○○●●◎
	1 1 3 3 5 가향몽매중
	|고향은|꿈꾸는|속에 있다|
문 나설 때 겨우 여름비 내리더니	出門纔暑雨 ◉○○●●
	2 1 3 4 5 출문재서우
	|나섬에|문을|겨우|더운|비 내리더니|

---

1) 권적權適(1094~1147)은 1115년 7월에 견유저甄惟底 등과 함께 송나라 태학에 파견 입학하였다가 상사급제上舍及第를 얻고 1117년에 귀국하였다. 귀국 후에 국자 좨주와 한림 학사를 거쳐 태자태보에 올랐다.

2) 예종이 1115년에 송나라로 가는 사신 편에 권적 등 진사 5인을 딸려 보내 태학에 입학하게 했는데, 이때 5인을 추천하는 표문을 작성해주었다. 김부일金富佾이 직성한 이 표문은「송나라 황제에게 파견한 학생을 국학에 입학시킬 것을 요청하는 표문[上大宋皇帝遣學生請入國學表]」이라는 제목으로『동문선』에 실려있다.

3)『동문선』에「전송하는 길에서 여러 친구에게 보내다[朝送路上寄諸友]」라는 제목으로 실려있다.

배에 오르니	倚棹已秋風 ●●●○○
	2 1 3 4 5　의도이추풍
	|기댐에|노에|이미|가을|바람 분다|
벌써 가을바람 부네	
훗날 강호가	他日江湖興 ŏ●○○●
	1 2 3 3 5　타일강호흥
	|다른|날에|강호의|흥이 나면|
그리울 때	
조각배 저어서	扁舟復欲東 ○○●●○4)
	1 2 3 5 4　편주부욕동
	|조각|배로|다시|싶다|동으로 오고|
되돌아오리라	

명주 정해현5)에 도착하여 정박하자 황제(휘종)가 사신을 보내어 길에서 위로해주었다. 또 주부州府에서 수재秀才를 뽑아 동행하게 하였다. 궁궐에 들어가 조회에 참석하였을 때는 각별하게 총애하면서 물품을 하사하였고, 이어서 명을 내려 벽옹辟雍6)에 들어가서 배울 수 있게 해주었다. 공부하는 7년 동안 기예를 겨루는 시험에 참여하여 여러 번 으뜸을 차지하였다.7) 황제가 헌軒에 임하여 대책을 시험했을 때도 갑과 1등을 차지하였다.

우리나라로 돌아올 때는 소식을 듣고 가상하게 여긴 예종이 담당 관리에게 명하여 악부樂部와 채산綵山8)을 갖추고 예성강으로 나가서 맞이하게 했다. 예종은 대관전大觀殿9)에서 맞이해주었고, 이어서 뭇

---

4) ㅁ평기측수 구식을 사용하였다. 상평성 '동東' 운에 맞추어 '窮, 中, 風, 東'으로 압운하였다.
5) 명주明州는 절강 영파와 주산 일대의 옛 지명이다. 정해현定海縣은 주산에 속한다. 항주만 어귀에 있다.
6) 벽옹辟雍은 대개 태학을 이른다. 다만 북종 휘종 때는 태학 외에 벽옹을 따로 설치하여 외학外學으로 삼았다.
7) 『고려사』에는 예종 12년(1117) 5월 30일(음)에 돌아왔다고 기록되어 있다. 차이가 있다.
8) 채산綵山은 행사나 놀이를 위해 채색 비단으로 만든 산 모양의 가설물이다.
9) 대관전大觀殿은 개경 궁궐 내에서 정전으로 사용하던 건덕전乾德殿의 바뀐 이름이다. 1138년에 개명하였다.

신하에게 3일 동안 잔치를 베풀어주고 경축하게 하였다. 이어서 공을 곧장 국자 박사에 제수하면서 『국학예의규식서부國學禮儀規式書簿』를 찬정하라고 명하였다.

몇 해가 지나지 않아 청요직을 두루 역임하고, 사방으로 사신 다니면서 몹시 많은 시를 지었다. 일찍이 낙안樂安[10]의 북사北寺에서 대나무를 보고서 이렇게 시로 읊었다.[11]

큰 눈이 천지 뒤덮어	大雪漫天萬木摧 ●●○○●●◎
온갖 나무가 짓눌려 있거늘	1 2 4 3 5 6 7　대설만천만목최
	｜큰｜눈｜뒤덮어｜하늘｜만 그루｜나무｜꺾였는데｜
대나무[12]와 매화 한 줄기	琅玕相映一枝梅 ○○○●●○○
더불어 빛나고 있노라	1 1 6 7 3 4 5　랑간상영일지매
	｜대나무｜서로｜비춘다｜한｜가지｜매화와｜
타는 듯이	不如六月炎蒸酷 ●○●●○○●
몹시 무더운 유월에	7 6 1 2 3 4 5　불여륙월염증혹
	｜않으니｜같지｜육｜월｜불꽃｜더위｜심할 때｜
각별한 맑은 바람 끌어내어	呼召淸風分外來 ○●○○●●◎[13]
불어줄 때와는 다르네	3 3 1 2 5 5 7　호소청풍분외래
	｜불러내｜맑은｜바람｜특별히｜오게 한다｜

「풍악으로 떠나는 안선로를 전송하다[送安禪老之楓岳]」에서는 이렇게 읊었다.[14]

---

10) 낙안樂安은 전라남도 순천 지역의 옛 이름이다. 낙안읍성이 남아 있다.
11) 『동문선』에 「안북사에서 대나무를 읊다[安北寺詠竹]」라는 제목으로 실려있다.
12) 낭간琅玕은 대나무이다. 푸른 대나무 줄기를 비취색 옥돌에 빗대었다.
13) □측기평수 구식을 사용하였다. 상평성 '회灰' 운에 맞추어 '摧, 梅, 來'로 압운하였다.
14) 『동문선』에 「강릉에서 풍악으로 가는 안상인을 전송하다[江陵送安上人之楓岳]」라는 제목으로 실려있다. 김부의金富儀의 시로 되어있다. 1구 '初'가 '先'으로 되어 있다.

강릉은 따스하여	江陵日暖花初發 ○○●●○○●
꽃이 드디어 피었어도	1 1 3 4 5 6 7 강릉일난화초발
	강릉은 날 따뜻해 꽃 처음 피었으나
풍악은 추워서	楓岳天寒雪未消 Ŏ●○○○●●
눈 녹지도 않았어라	1 1 3 4 5 7 6 풍악천한설미소
	풍악은 하늘 추워 눈 않았다 녹지
도리어 우습게 우리 스님은	翻笑上人山水癖 Ŏ●●○●●○
산수에 벽이 있어15)	6 7 1 1 3 3 5 변소상인산수벽
	도리어 비웃으니 상인의 산수 버릇
아무 데서도	未能隨處作逍遙 ●○Ŏ●●○◎16)
머물러 소요치 못하시네17)	7 1 3 2 6 4 4 미능수처작소요
	못한다 능히 따라 처한 곳 함을 소요

「정지방亭止房」18)에서는 이렇게 읊었다.19)

청산을 벗어나	半年塵土負青山 ●○○●●○◎
속세에서 반년을 머물다가	1 2 3 3 7 5 5 반년진토부청산
	반 년 동안 속세에서 등졌다가 청산
틈을 내어 절간20)에서	蕭寺偷乘一日閑 Ŏ●○승●●●
한가히 하루 보내노라니	1 1 6 7 3 4 5 소사투승일일한
	절에서 훔쳐 틈타니 하루 날 한가함
처음에 국화 보고	始見黃花知令節 ●●○○●●●
좋은 절기를 깨닫고	1 4 2 2 7 5 6 시견황화지령절
	처음에 보고 국화 알고 좋은 절기임
이내 쇠한 내 얼굴 비추는	更驚紅葉炤衰顔 Ŏ○○●●○◎
단풍잎에 놀란다오	1 7 2 2 6 4 5 갱경홍엽소쇠안
	또 놀라니 홍엽이 비춤에 쇠한 얼굴

---

15) 산수벽山水癖은 산수를 몹시 좋아하는 벽癖이다. 연하고질煙霞痼疾을 이른다.

16) ㅁ평기측수 구식을 사용하였다. 하평성 '소蕭' 운에 맞추어 '消, 遙로 압운하였다.

17) 안선로安禪老가 산수벽이 있어, 따스한 강릉에 머물러서 소요하지 못하고, 다시 길을 나서 아직 추운 풍악으로 가려 한다고 아쉬워한 것이다.

18) 정지방亭止房은 공주 금강 변에 있던 사찰이다.

19) 『동문선』에 「정지사亭止寺」라는 제목으로 실려있다. 무명씨의 시로 되어있다.

20) 소사蕭寺는 절이다. 소씨蕭氏인 양 무제梁武帝가 절을 많이 지어 이렇게 일컫는다.

넓은 들녘 아득한 너머까지 　　天圍大野蒼茫外　　○○●●○○
하늘이 에워싸고 　　　　　　　1 7 2 3 4 4 6　天圍大野蒼茫外

|하늘이|에워싸고|큰 들|드넓은|밖을|

맑은 강물 고요한 속에 　　　　舟在淸江寂寞間　　○●○○●●○
배는 떠 있는데 　　　　　　　1 7 2 3 4 4 6　주재청강적막간

|배가|있는데|맑은|강|적막한|사이에|

술을 팔아 끌어당기시는 　　　　賴有上房沽酒引　　●●○○○●●
주지 스님 덕에 　　　　　　　7 6 1 1 4 3 5　뢰유상방고주인

|기대|있음에|상방이|팔아|술|이끎이|

옅은 안개에 해 기울어도 　　　淡烟斜日未能還　　●○○●●○○21)
돌아가지 못하네 　　　　　　1 2 3 4 7 5 6　담연사일미능환

|옅은|안개|기운|해에|못한다|능히|가지|

　제영한 시와 화답해서 지어 준 시가 모두 수십 권에 이를 정도로 많
았다. 그러나 모두 흩어지고 사라져서 지금은 겨우 20여 수가 전할
뿐이다. 그 대부분은 장편으로 지은 시이다. 그중에서 절구로 지은
시와 4운(8구)으로 지은 시 각각 2수씩을 가져다가 기록하였다.

　공은 시문을 다듬어 꾸미는 일을 거의 하지 않았다. 화답하여 지을
때도 대강 엮어냈을 뿐, 사람을 놀래주려 하는 법이 없었다. 특히 문
사文辭에 뛰어나다. 풍부하고 고운[富艷] 문체 속에 맑고 경쾌한[淸駛]
골기骨氣를 갖추고 있다.

　여러 차례 벼슬을 옮겨 국자 좨주와 한림학사 겸 보문각학사와 지
제고를 지냈다. 또 예부의 과거를 주관하여 많은 인재를 선발하였다.
그 가운데 문하의 빼어난 선비 임종비林宗庇22)가 시를 지어 올리고, 서
문을 붙여 대략 이렇게 말하였다.

---

21) □평기평수 구식을 사용하였다. 상평성 '산刪' 운에 맞추어 '山, 閑, 顔, 間, 還'으
로 압운하였다.
22) 임종비林宗庇는 권적權適의 문생이다. 한림원에 근무하였고, 1174년에 강양江陽(합
천) 수령으로 있었다. 사륙문에 특히 뛰어났다. 서하 임춘이 그의 조카이다.

"배 타고
송나라에 들어가니
북방 학자들도
공을 앞서지 못하고,
비단옷 입고
고향에 돌아오니
동도 주인23)이
크게 감탄하였노라."24)

乘航歸上國　○○○●●
2 1 5 3 3　　승항귀상국
|타고|배를|가니|상국에|

北方學者莫之先　●○●●●○○
1 1 3 3 7 5 6　　북방학자막지선
|북방의|학자가|못하고|그를|앞서지|

衣錦還故鄉　●●○●○
2 1 5 3 3　　의금환고향
|입고|비단을|돌아오니|고향으로|

東都主人喟然嘆　○○●●●●○
1 1 3 3 5 5 7　　동도주인위연탄
|동도|주인이|위연히|감탄한다|

그 시에서는 이렇게 읊었다.

우리나라에서 드물다는
쌍학사25)로서
송26)에서 독보하여
갑과에 이름을 올렸어라

東國罕聞雙學士　○●●○○●●
1 1 3 4 5 6 6　　동국한문쌍학사
|동국에서|드물게|듣는|쌍|학사였고|

西朝獨步甲科名　○○●●●○○
1 1 3 3 5 5 7　　서조독보갑과명
|송에서|독보해|갑과에|이름 올렸다|

공이 이를 읽어보고 나서 서문을 칭찬하면서 말하였다.

"옛말을 활용하여 지금의 일을 서술한 것이 매우 적절하다. 대우

---

23) 동도東都 주인은 반고班固의 「동도부東都賦」에 나오는 화자話者이다. 그는 후한 광무 제光武帝가 도읍으로 정한 동도 낙양의 번영한 문물제도를 찬양하였다. 송나라 유 학 이후로 크게 발전한 권적을 보고서, 고려 사람들이 감탄한 사실을 빗댄 것이다.
24) 『동문선』에 「좌주 학사 권적에게 올려 급제에 감사하는 계문[上座主權學士謝及第啓 適]」이라는 제목으로 실려있다.
25) 쌍학사雙學士는 두 가지 학사 관직을 겸직한 것을 이른다. 금의琴儀(1153~1230)도 한림 시강학사와 동궁 시강학사를 겸하여 쌍학사로 일컬어졌다.
26) 서조西朝는 고려 서쪽의 송나라를 이른다.

의 구성도 매우 좋다. 다만 서쪽 송나라를 북방으로 일컬은 것은 글에 얽매여서 사실을 놓친 것이라 할 수 있다. 그러나 백규白圭의 작은 티[27]에 지나지 않는다."

權學士適奉國表, 遊學於宋. 路上寄文烈公及諸友曰"別離眞細事, 此別意難窮. 客路波濤外, 家鄉夢寐中. 出門纔暑雨, 倚棹已秋風. 他日江湖興, 扁舟復欲東." 及到泊明州定海縣, 皇帝遣使, 勞問於道路, 擇州府秀才令伴行. 入參闕下, 寵賚異常, 詔入辟雍承學. 凡在學七年, 屢居考藝科魁. 皇帝臨軒策試, 擢甲科第一人. 及還本朝, 睿廟聞而嘉之, 命有司備樂部綵山, 迎于禮成江. 御大觀殿迎見, 仍讌群臣三日以慶之. 直除爲國子博士, 命撰定『國學禮儀規式書簿』. 不數年間備歷淸要. 使於四方, 題詠頗多. 嘗於樂安北寺詠竹云"大雪漫天萬木摧, 琅玕相映一枝梅. 不如六月炎蒸酷, 呼召淸風分外來."「送安禪老之楓岳」云"江陵日暖花初發, 楓岳天寒雪未消. 翻笑上人山水癖, 未能隨處作逍遙."「亭止房」云"半年塵土負靑山, 蕭寺偸乘一日閑. 始見黃花知令節, 更驚紅葉炤衰顏. 天圍大野蒼茫外, 舟在淸江寂寞間. 賴有上房沽酒引, 淡烟斜日未能還." 凡題詠和贈至數十卷, 皆散亡. 今纔得二十餘首, 率皆長篇. 但取其中絶句四韻各二首, 錄之. 公率不事章句, 如有和答之作, 率爾出語, 不欲驚人. 尤長於文辭, 富艶體中, 有淸駛之骨. 累遷國子祭酒·翰林學士兼寶文閣學士·知制誥. 典

---

27) 백규白圭의 티는 작은 흠이다. 백규는 조회할 때 손에 드는 백옥으로 만든 홀笏이다. 『시경 억抑』, "백규의 흠은 오히려 갈아 없앨 수 있으나, 이 말의 흠은 다스릴 수 없다.[白圭之玷, 尙可磨也, 斯言之玷, 不可爲也.]"

試南省, 甚得其人. 門下秀士林宗庇獻詩, 引略云"乘航歸上國, 北方學者莫之先; 衣錦還故鄉, 東都主人喟然嘆."詩曰"東國罕聞雙學士, 西朝獨步甲科名."公覽之, 美其引曰"擧前言敍今事甚的, 又對屬甚善. 但宋西也而言北方, 是謂拘文失實, 白圭一玷耳."

※ 1115년 7월에 고려 예종은 진사 김단金端, 견유저甄惟底, 조석趙奭, 강취정康就正, 권적權適 5명을 송나라에 보내어 태학에 들어가서 공부하게 하였다. 이때 예종이 이들을 부탁하는 내용으로 표문을 작성하여 송나라 황제에게 전하게 하였다. 이들 가운데 견유저와 강취정은 그곳에서 사망하여 불귀의 객이 되었고 나머지 세 사람은 두 해가 지난 1117년 5월에 고려로 돌아왔다. 위에서는 7년 동안 공부했다고 하여 『고려사』 기록과 차이가 있다.

상21. 가슴과 눈을 씻어주는 정지상의 시

"만 리 강산을 술 한잔에 즐기다가"

사인 정지상鄭知常은 인종 시절에 시로 명성을 떨쳤다. 곽선생郭先生[1]과 함께 인종을 호종하여 장원정長源亭(개풍)[2]에 묵었을 때 이런 시를 읊었다.[3]

물시계 소리 딩동 하고	玉漏丁東月掛空 ●●○○●●◎	
허공에 달이 걸린	1 1 3 3 5 7 6　옥루정동월괘공	
	물시계ㅣ딩동 하고ㅣ달ㅣ걸리니ㅣ허공에	
어느 봄날	一春天與牧丹風 ●○◯●●○○	
모란 바람 불 때	1 2 3 4 5 5 7　일춘천여목단풍	
	어느ㅣ봄ㅣ날ㅣ그리고ㅣ모란ㅣ바람 불 때	
작은 당에서 발을 걷으니	小堂卷箔烟波綠 ●○●●○○●	
푸른 안개 밀려들어	1 2 4 3 5 6 7　소당권박연파록	
	작은ㅣ당에ㅣ걷자ㅣ발ㅣ안개ㅣ파도ㅣ푸르러	
아득한 봉래산 속 머무는	人在蓬萊縹緲中 ◯●○○●●◎[4]	
신선 같아라	1 7 2 2 4 4 6　인재봉래표묘중	
	사람이ㅣ있다ㅣ봉래산ㅣ아스라한ㅣ속에	

또 대나무를 시로 읊었다.

---

1) 곽선생郭先生은 곽여郭輿(1058~1130)인 듯하나, 확인되지 않는다. 인종은 1123년 봄에 흥왕사興王寺를 거쳐 장원정에 다녀온 일이 있다. 곽여는 상-10 참조.

2) 장원정長源亭은 문종이 도선道詵의 예언에 따라 1056년에 풍덕 서쪽, 곧 현재 개풍군 광덕면 서쪽에 세운 이궁離宮이다. 서강의 병악餠岳 남쪽이다. 도선은 「송악명당기松嶽明堂記」에서 "서강西江 곁에 군자어마君子御馬의 명당이 있다. 태조가 후삼국을 통일한 병신년(936)에서 120년이 지난 뒤에 이곳에 건물을 지으면 국가 명운이 연장된다."라고 하였다. 『신증동국여지승람 경기 풍덕군豊德郡』.

3) 『동문선』(권19)에 「장원정長源亭」이라는 제목으로 실려있다.

4) □측기평수 구식을 사용하였다. 상평성 '동東' 운에 맞추어 '空, 風, 中'으로 압운하였다.

작은 마루 동편에
긴 대나무

脩竹小軒東 Ŏ●●○◎
1 2 3 4 5　수죽소헌동
|긴|대나무가|작은|마루|동편에서|

수십 무더기로
쓸쓸한데

蕭然數十叢 ○○●●◎
1 1 3 4 5　소연수십총
|쓸쓸히|수|십|무더기인데|

푸른 뿌리가 땅 위로
용처럼 내달리고

碧根龍走地 ●○○●●
1 2 3 5 4　벽근룡주지
|푸른|뿌리가|용처럼|달리고|땅 위를|

찬 잎새는 바람결에
옥소리를 울리네

寒葉玉鳴風 Ŏ●●○◎
1 2 3 5 4　한엽옥명풍
|찬|잎이|옥처럼|운다|바람에|

수려한 빛깔로
풀숲에 솟아

秀色高群卉 ●●○○●
1 2 5 3 4　수색고군훼
|빼어난|색이|드높아|뭇|풀 속에서|

청량한 그늘을
허공에 발산하고 있으니

淸陰拂半空 ○○●●◎
1 2 5 3 4　청음불반공
|맑은|그림자|뿌려대니|반|공중에서|

형언할 수 없이
그윽하고 기이한

幽奇不可狀 ○○●●●
1 2 5 4 3　유기불가상
|그윽하고|기이함을|없는|수|형언할|

서리 내리는
달 밝은 밤이라오

霜夜月明中 Ŏ●●○◎⁵⁾
1 2 3 4 5　상야월명중
|서리 내리는|밤|달|밝은|중이다|

단월역團月驛(충주)⁶⁾에서는 이런 시를 남겼다.⁷⁾

술 마시고 화병 아래서
베개에 쓰러졌다가

飮闌欹枕畫屛低 ●○Ŏ●●○◎
1 2 7 6 3 3 5　음란의침화병저
|음주|끝에|기댔다가|베개|화병|밑에서|

5) □측기평수 구식을 사용하였다. 상평성 '동東' 운에 맞추어 '東, 叢, 風, 空, 中'으로 압운하였다.
6) 단월역團月驛은 단월역ㅌ月驛이다. 충주 남쪽 10리 거리에 있다. 역 남쪽에 계월루溪月樓가 있다.
7) 『동문선』에 「단월역團月驛」이라는 제목으로 실려있다.

앞마을 첫닭 소리에
꿈을 깨니

夢覺前村第一鷄 ●●○○○●●◎
1 7 2 3 4 4 6　　 몽각전촌제일계
|꿈이|깼는데|앞|마을|첫|닭|소리에|

문득 떠올라라
심야에 비구름 사라지고

却憶夜深雲雨散 ●●○●○●○
1 7 2 3 4 4 6　　 각억야심운우산
|문득|떠올리니|밤|깊어|운우|걷힐|때를|

벽공에 외로운 달이
작은 누 서쪽에 걸렸었어라

碧空孤月小樓西 ●○○●●○○◎[8]
1 1 3 4 5 6 7　　 벽공고월소루서
|벽공|외로운|달|작은|누|서편에|떴었다|

장원정長源亭에서는 이렇게 읊었다.[9]

드높은 쌍궐[10]이
걸터앉아 솟은 강가

岧嶢雙闕枕江濱 ○○○●●○○
1 1 3 4 7 5 6　　 초요쌍궐침강빈
|드높은|쌍|궐이|베니|강|가를|

한 점 티끌 없는
맑은 밤에

淸夜都無一點塵 ○●○○●●○
1 2 3 7 4 5 6　　 청야도무일점진
|맑은|밤|도무지|없는데|한|점|티끌|

바람 실린 객선이
조각구름처럼 떠 가고

風送客帆雲片片 ○●●○○●●
1 4 2 3 6 6　　 풍송객범운편편
|바람이|보내니|객|돛|구름처럼|조각조각|

이슬 젖은 궁궐 기와가
옥 비늘 같은데

露凝宮瓦玉鱗鱗 ●○○●●○○
1 4 2 3 5 6 6　　 노응궁와옥린린
|이슬이|엉기니|궁|기와에|옥처럼|비늘비늘|

초록 버들 속 여덟아홉 집은
사립문을 닫아걸고

綠楊閉戶八九屋 ●○●●●●●
1 2 4 3 5 6 7　　 록양폐호팔구옥
|초록|버들에|닫은|문|팔|구|집이고|

밝은 달 아래 서너 사람은
주렴을 걷었어라

明月卷簾三四人 ○●●○○●◎
1 2 4 3 5 6 7　　 명월권렴삼사인
|밝은|달에|걷은|주렴|서|너|사람이다|

---

8) □평기평수 구식을 사용하였다. 상평성 '제齊' 운에 맞추어 '低, 鷄, 西'로 압운하
　　였다.

9) 『동문선』(권12)에 「장원정長源亭」이라는 제목으로 실려있다.

10) 쌍궐雙闕은 궁전 앞의 양쪽 끝에 세운 높은 누관樓觀을 이른다.

아스라한 봉래산은
어디쯤 있나?
잠 깨니 꾀꼬리가
푸른 봄소식을 알려주네

縹緲蓬萊在何許　●●○○◐◐●
1　1　3　3　7　5　6　표묘봉래재하허
｜아득한｜봉래는｜있나｜어디｜쯤에｜

夢闌黃鳥報靑春　●○Ŏ●●○◎[11]
1　2　3　3　7　5　6　몽란황조보청춘
｜꿈｜다할 때｜꾀꼬리｜알린다｜푸른｜봄｜

월영대月詠臺(마산)[12]에서는 이렇게 읊었다.

드넓은 푸른 물결
우뚝한 바위에
봉래 학사대[13]가
솟아 있어라
소나무 늙은 단 주변에
푸른 이끼 끼었고
구름 깔린 하늘 끝에서
조각배 떠 오네
평생 풍류
새 시구로 읊어내고
만 리 강산을
술 한잔에 즐기다가

碧波浩渺石崔嵬　○●●●○○
1　2　3　3　5　6　6　벽파호묘석최외
｜푸른｜파도｜드넓고｜바위｜우뚝한데｜

中有蓬萊學士臺　Ŏ●○○●●○
1　7　2　2　4　4　6　중유봉래학사대
｜속에｜있다｜봉래｜학사의｜대가｜

松老壇邊蒼蘚合　Ŏ●○○●●
1　2　3　4　5　6　7　송로단변창선합
｜소나무｜늙은｜단｜가｜푸른｜이끼｜붙었고｜

雲低天末片帆來　○○Ŏ●●○◎
1　2　3　4　5　6　7　운저천말편범래
｜구름｜낮은｜하늘｜끝｜조각｜배｜떠 온다｜

百年風雅新詩句　●○Ŏ●○○●
1　2　3　3　5　6　6　백년풍아신시구
｜백｜년｜풍아를｜새｜시구로｜읊고｜

萬里江山一酒杯　●●○○●●◎
1　2　3　4　5　6　7　만리강산일주배
｜만｜리｜강｜산을｜한｜술｜잔에｜즐기다가｜

---

11) □평기평수 구식을 사용하였다. 상평성 '진眞' 운에 맞추어 '濱, 塵, 鱗, 人, 春'으로 압운하였다.

12) 월영대月詠臺는 합포현合浦縣에 있다. 현재 마산 합포구 해운동이다. 최치원이 머물던 곳이다.

13) 학사대學士臺는 월영대를 이른다. 또 두척산斗尺山(무학산) 봉우리에 있던 고운대孤雲臺를 학사대라고 한다. 월영대에서 북쪽으로 5리 거리에 있다.

계림을 돌아보니 回首鷄林人不見 ○●○○○●● 회수계림인불견
4 3 1 1 5 7 6

그분(최치원) 보이지 않고 |돌리니|머리|계림에|사람|않고|뵈지|

달빛만 공연스레 月華空炤海門回 ○○○●●○○14) 월화공소해문회
1 2 3 6 4 5 7

바다 어귀 비추며 지나가네 |달|빛만|괜히|비추며|바다|어귀|돈다|

변산 소래사蘇來寺15)에는 이런 시를 적어놓았다.16)

소나무 뿌리 엉킨 古徑寂寞縈松根 ●●●○○○◎ 고경적막영송근
1 2 3 3 7 5 6

적막한 옛길 |옛|길|적막한데|얽혔고|솔|뿌리|

하늘이 가까워서 天近斗牛聊可捫 ○●●○○●○ 천근두우료가문
1 2 3 3 5 7 6

북두성도 만질 수 있겠네 |하늘|접해|두우|그래도|만하다|만질|

뜬구름 유수처럼 浮雲流水客到寺 ○○○●●●◎ 부운류수객도사
1 2 3 4 5 6 7

나그네로 절을 찾으니 |뜬|구름|흐르는|물처럼|객이|오니|절에|

붉은 단풍 푸른 이끼 속에 紅葉蒼苔僧閉門 ○●○○○●○ 홍엽창태승폐문
1 2 3 4 5 7 6

스님은 문을 닫았어라 |붉은|잎|푸른|이끼에|중은|닫았다|문|

가을바람 선들하게 秋風微凉吹落日 ○○○○○●● 추풍미량취락일
1 2 3 4 5 6

저물녘에 불고 |가을|바람|조금|차게|불고|지는|해에|

산 달빛 밝아져서 山月漸白啼淸猿 ○●●○○○ 산월점백제청원
1 2 3 4 7 5 6

맑은 원숭이 우는데17) |산|달|점점|밝아|울리니|맑은|원숭이|

---

14) ㅁ평기평수 구식을 사용하였다. 상평성 '회灰' 운에 맞추어 '嵬, 臺, 來, 杯, 回'로 압운하였다.

15) 소래사蘇來寺는 633년에 신라 승려 혜구惠丘가 창건한 사찰이다. 이후 내소사來蘇寺로 개명하였다.

16) 『동문선』에 「변산 소래사에 쓰다[題邊山蘇來寺]」라는 제목으로 실려있다. 7구 '衲老'가 '老衲'으로 되어있다.

17) 청원淸猿은 맑고 처량하게 우는 원숭이를 이른다.

눈썹 수북한
훌륭하신 늙은 스님은
오랜 세월 소란한 속세를
꿈도 꾸지 않았네

奇哉厖眉一衲老　○○○○●●●
1　2　3　4　5　6　7　기재방미일납로
기이하다│어사│큰│눈썹│한│승려│노인

長年不夢人間喧　○○●●○○○[18]
1　2　7　6　3　3　5　장년불몽인간훤
긴│세월│않는다│꿈꾸지│인간│소란

서도西都(평양)에서는 이렇게 읊었다.[19]

남쪽 두렁[20]
가는 바람에 가랑비 내려
티끌도 먼지 없이[21]
버들 그림자 드리웠는데
초록 창 붉은 문에서
생황 노래 울리니
필시 이곳이
이원제자[23] 집이리라

南陌風微細雨過　○●○○○●◎
1　2　3　4　5　6　7　남맥풍미세우과
남쪽│두렁│바람│작고│가는│비│지나니

輕塵不動柳陰斜　○○●●●○○
1　1　4　3　5　6　7　경진부동류음사
티끌도│않고│일지│버들│녹음│비낀다

綠窓朱戶笙歌咽　●○○●○○●
1　2　3　4　5　6　7　록창주호생가열
녹색│창│붉은│문에서│생황│노래│울리니

摠是梨園弟子家　●●○○●●◎[22]
1　7　2　2　4　4　6　총시리원제자가
틀림없이│이다│이원│제자의│집

---

18) 『동문선』에 칠언율시로 분류되어 있으나, 근체시 구식과 차이가 크다. 상평성 '원元' 운에 맞추어 '根, 捫, 門, 猿, 喧'으로 압운하였다.

19) 『동문선』에 「서도西都」라는 제목으로 실려있다. 1구 '南陌'이 '紫陌'으로, '風微'가 '春風'으로, 2구 '柳陰'이 '柳絲'로, 4구 '摠'이 '盡'으로 되어있다.

20) 남맥南陌은 남쪽으로 나 있는 길을 뜻한다. 심약沈約, 「임고대臨高臺」, "그리운 사람 끝내 어디에 있나? 낙양성 남쪽 길 어귀에 있어라.[所思竟何在, 洛陽南陌頭.]"

21) 경진輕塵은 가볍게 날아다니는 흙먼지다.

22) 측기평수 구식을 사용하였다. 하평성 '가歌' 운과 통운에 해당하는 하평성 '마麻' 운에 맞추어 각각 '過'와 '斜, 家'로 압운하였다.

23) 이원梨園은 당나라 때 악공樂工을 훈련하던 곳이다. 배우나 악공을 이원제자梨園弟子라고 한다.

어운語韻이 맑고 화사하며[淸華], 구격句格이 호방하고 초탈하다[豪逸]. 이를 읽으면 복잡한 가슴과 혼미한 눈이 시원하게 각성된다. 다만 웅심雄深한 큰 작품을 남긴 것이 적다.

鄭舍人知常, 以詩鳴於仁廟時. 嘗與郭先生, 扈從宿長源亭有作云"玉漏丁東月掛空, 一春天與牧丹風. 小堂卷箔烟波綠, 人在蓬萊縹緲中." 詠竹云"脩竹小軒東, 蕭然數十叢. 碧根龍走地, 寒葉玉鳴風. 秀色高群卉, 淸陰拂半空. 幽奇不可狀, 霜夜月明中." 留題團月驛云"飮闌欹枕畫屛低, 夢覺前村第一鷄. 却憶夜深雲雨散, 碧空孤月小樓西." 長源亭有作云"岧嶢雙闕枕江濱,淸夜都無一點塵. 風送客帆雲片片, 露凝宮瓦玉鱗鱗. 綠楊閉戶八九屋, 明月卷簾三四人. 縹緲蓬萊在何許? 夢闌黃鳥報靑春." 月詠臺云"碧波浩渺石崔嵬, 中有蓬萊學士臺. 松老壇邊蒼蘇合, 雲低天末片帆來. 百年風雅新詩句, 萬里江山一酒杯. 回首鷄林人不見, 月華空炤海門回." 題邊山蘇來寺云"古徑寂寞縈松根, 天近斗牛聊可捫. 浮雲流水客到寺, 紅葉蒼苔僧閉門. 秋風微涼吹落日, 山月漸白啼淸猿. 奇哉厖眉一衲老, 長年不夢人間喧." 西都云"南陌風微細雨過, 輕塵不動柳陰斜. 綠窗朱戶笙歌咽, 摠是梨園弟子家." 語韻淸華, 句格豪逸. 讀之使煩襟昏眼, 洒然醒悟. 但雄深巨作乏耳.

113

상22. 호방하고 장쾌한 고당유의 시

"어떻게 하면 은하수 위로 올라가서 하늘 높이서 신선과 노닐고"

학사 고당유高唐愈[1]가 한미하던 시절에 이렇게 읊었다.

어떻게 하면	安得凌河漢 ○●○○●
은하수 위로 올라가서	1 5 4 2 2 안득릉하한
	어떻게 얻어 오름을 은하수에
하늘 높이서	高遊上界仙 ○○●◎
신선과 노닐고	1 5 2 3 4 고유상계선
	높이 노닐고 하늘 세계의 신선과
천 곡[2] 만큼의 물을	直將千斛水 ○○○●●
곧장 길어다가	1 5 2 3 4 직장천곡수
	곧장 가져다가 천 곡의 물을
구름 낀 하늘[3]을	擧手洗雲天 ●●●○◎[4]
손으로 씻어낼 수 있을까?	2 1 5 3 4 거수세운천
	들어서 손을 씻을까 구름 낀 하늘을

운암雲巖[5]에 이렇게 적어놓았다.[6]

---

1) 고당유高唐愈(?~1157)는 우복야 고유高維의 아들이다. 고조기高兆基로 개명하였다. 특히 오언시에 뛰어났다. 예종 초에 과거급제하였고 시어사, 대관, 정당 문학 등을 거쳐 중서시랑평장사에 올랐다.

2) 곡斛은 곡식 양을 헤아리는 단위이다. 1곡은 10말, 혹은 5말에 해당한다.

3) 운천雲天은 구름이 떠 있는 높은 하늘을 이르는데, 조정이나 제왕의 궁궐을 빗대는 말로 사용한다. 은하수 물로 임금 총명을 흐리는 혼탁한 것들을 씻어 없애는 것 같은 일을 해보고 싶다는 말이다.

4) ㅁ측기측수 구식을 사용하였다. 하평성 '선先' 운에 맞추어 '仙, 天'으로 압운하였다.

5) 운암雲巖은 강원도 통천通川의 운암현雲巖縣을 이른다. 『신증동국여지승람 통천군通川郡』.

6) 『동문선』에 「운암진에 쓰다[書雲巖鎭]」라는 제목으로 실려있다.

호수와 산에 바람 불어
만물이 울고

묵은 구름 사라져
변방 하늘 드높은데

새매가 천 척 하늘 위로
곧장 날아오르니

어떤 먼지도
그 깃털 더럽히지 못하네

風入湖山萬竅呼　ㅇ●ㅇㅇ●●ㅇ
　1 4 2 3 5 6 7　　풍입호산만규호
｜바람이｜들어｜호수｜산에｜만｜구멍이｜울고｜

宿雲歸盡塞天高　●ㅇㅇ●●ㅇㅇ
　1 2 3 4 5 6 7　　숙운귀진새천고
｜묵은｜구름｜떠나길｜다해｜변방｜하늘｜높다｜

蒼鷹直上百千尺　ㅇㅇ●●●ㅇ●
　1 2 3 7 4 5 6　　창응직상백천척
｜푸른｜매가｜곧장｜오르니｜백｜천｜척 위로｜

那箇纖塵點羽毛　●●ㅇㅇ●●ㅇ[7]
　1 2 3 4 5 6　　나개섬진점우모
｜어떤｜하나｜작은｜먼지라도｜묻을까｜깃｜털에｜

그의 시를 보면 말과 뜻[辭意]이 호방하고 웅장하다[豪壯]. 나중에 과
연 뜻과 절개를 지킨 훌륭한 재상이 되어 세 임금의 조정에서 벼슬하
였다.

高學士唐愈微時云 "安得凌河漢, 高遊上界仙? 直將千斛水, 擧手洗
雲天." 書雲巖云 "風入湖山萬竅呼, 宿雲歸盡塞天高. 蒼鷹直上百千
尺, 那箇纖塵點羽毛?" 觀其詩, 辭意豪壯. 果以志節爲名宰相, 歷仕
三朝.

---

7)　□측기평수 구식을 사용하였다. 하평성 '호豪' 운에 맞추어 '高, 毛'로 압운하였다.

상23. 상원수 윤관의 동여진 정벌을 읊은 학사 이오의 시

"일기에 말끔히 누린내를 씻어버려"

예종이 건통 7년[1] 정해년(1107)에 동번東藩(동여진)[2]을 치고자 하여, 명을 내려 윤관尹瓘[3]을 상원수로 삼고 오연총吳延寵[4]을 부원수로 삼게 하였다. 그리고 어가를 몰아 서도(평양)로 가서 용언궐龍堰闕[5]에 나아가 부월斧鉞을 내려주면서 출정하게 한 것이었다.[6]

군대가 행군하여 대수관大戍關으로 들어가 80여 부락을 함락하고, 이어서 영주英州와 길주吉州 등 네 곳에 성을 축조하였다.[7] 이에 명을 내려 윤관을 시중에, 오연총을 참정에 제수하고 모두 공신功臣으로 삼

---

1) 건통乾統은 요나라 천조제天祚帝가 1101년부터 1110년까지 사용한 연호이다.
2) 동번東藩은 고려의 동북 지역에 있던 동여진東女眞을 이른다.
3) 윤관尹瓘(1040~1111)은 삼한공신 윤신달尹莘達의 고손이다. 1107년에 원수로서 부원수 오연총吳延寵 등을 이끌고 가서 여진을 몰아내고 북방에 9성을 쌓았으나, 여진이 9성 반환을 요청하자 고려 조정이 따라주었다. 이어 1109년에 길주성에서 패전한 일로 윤관을 파직하고 공신호功臣號를 박탈했다. 시호는 문숙文肅이다.
4) 오연총吳延寵(1055~1116)은 1079년 문과에 장원 급제하였다. 1100년에 송에 사신 가서 휘종 즉위를 축하하고, 『태평어람太平御覽』 1천 권을 얻어왔다. 이후 윤관과 함께 여진 정벌에 힘썼으나, 여진과 화친하면서 도리어 탄핵받아 관직과 공신호를 빼앗겼다. 시호는 문양文襄이다.
5) 용언궐龍堰闕은 예종 때 술사의 주장에 따라 서경에 창건한 이궁이다. 술사는 송악에 도읍을 정하고 2백여 년이 흘렀으니, 국운을 연장하려면 서경 용언龍堰에 새 궁궐을 짓고 조회를 받아야 한다고 주장했다. 『고려사절요 예종 2년(1107)』.
6) 예종은 1107년 12월 1일(음)에 위봉루威鳳樓에서 삼군 장수와 병사를 이끌고 온 윤관과 오연총에게 부월斧鉞을 하사하고 출정을 명하였다. 이들은 군병 17만 명을 이끌고 가서 여진을 정벌하여 9성을 쌓고, 넉 달 뒤에 개선하였다. 9성은 함주, 영주, 웅주, 길주, 복주, 공험진, 통태진, 진양진, 숭녕진에 있다. 『고려사 예지禮志』.
7) 서쪽 몽라골령蒙羅骨嶺 아래에 영주성英州城을 쌓고, 동쪽 화곶산火串山 아래에 웅주성雄州城을 쌓고, 동쪽 오림금촌吳林金村에 복주성福州城을 쌓고, 북쪽 궁한이촌弓漢伊村에 길주성吉州城을 쌓았다.

앗다.[8] 또 함주咸州와 숭녕진崇寧鎭 등에 성을 축조하였다.[9]

그런데 이듬해(1109)에 새로 축조한 성(길주성)을 여진이 포위하는 일이 발생하여 오연총이 군병을 이끌고 가서 구원하였다.[10] 그러자 여진의 추장 실현實現 등이 황금과 좋은 말을 헌상하면서 대궐에 나아가 간곡하게 사정을 진술하였다.[11] 이에 뭇 신하를 모아 조정에서 의논하게 하니, 간의대부 김연金緣[12]이 이렇게 아뢰었다.

"임금이 토지를 아끼는 이유는 장차 이로써 백성을 살리기 위함입니다. 어찌 토지를 다투려고 백성을 땅바닥에 쓰러져 죽게 할수 있겠습니까? 바라건대 폐하께서는 그 땅을 허락하고 그들을 금수처럼 길러, 복종하면 어루만져주고 그렇지 않으면 내버리소서. 그래야 우리 백성이 편히 쉴 수 있습니다."

임금이 마음속으로 옳게 여겼다. 6월에 실현 등이 선정전 문밖에 엎드려 머리를 조아리면서 아뢰었다.

"이적夷狄도 사람일 뿐입니다. 지금 우리 터전을 뒤엎어놓았는데, 우리가 어디에 의탁할 수 있겠습니까? 우리에게 강토를 돌려주

---

8) 1108년 4월에 윤관을 문하시중 판상서이부사 지군국중사에 제수하고, 오연총吳延寵을 상서 좌복야 참지정사에 제수하였다.

9) 예종 3년(1108) 2월에 함주咸州와 공험진公嶮鎭에 성을 쌓고, 3월에 의주宜州·통태通泰·평융平戎 세 곳에 성을 쌓았다. 이에 터전을 잃은 여진이 보복을 맹세하고 거듭 침입하여 고려도 많은 병사를 잃게 되었다. 『고려사 지리지地理志』.

10) 오연총은 1109년 4월 4일(을)에 예종에게 부월을 내려받고 동계 병마부원수로 부임하였다. 이후 5월에 결전을 벌였으나 크게 패하였다. 『고려사 예종 4년(1109)』.

11) 1109년 6월에 여진이 화친을 요청하더니, 6월 27일(을)에 요불裹弗과 사현史顯 등 6인이 고려에 와서 예종을 접견하고 그간 사정을 아뢰었다. 이때 동여진 추장 실현實現이 동행한 듯하다. 『고려사 예종 4년(1109)』.

12) 김연金緣(?~1127)은 호부 상서를 지낸 김인존金仁存의 초명이다.

어 다시 그곳에 정착할 수 있게 해주신다면, 맹세컨대 변경에서 소란을 일으키지 않을 것입니다."

임금이 웃으면서 윤허하고, 7월에 길주와 영주의 수비 병력을 철수시켰다. 그러자 담당 관리가 두 원수(윤관과 오연총)를 탄핵하고서, 역참의 거마를 쓰는 권리를 빼앗고 개인 거마를 타고 돌아오게 하였다. 간관諫官이 또 이렇게 아뢰었다.

"윤관과 오연총과 임언林彦 등이 여진의 추장 고라古羅 등을 유인하고 섬멸했습니다.[13] 이 일로 여진에게 신의를 잃게 되면서 많은 군병을 잃고 말았습니다. 백성의 힘을 고갈시키고 나라의 비용을 소모하면서 9성[14]을 쌓았다가 형세가 위태해지자 결국 내버린 것입니다. 그 죄를 용서하지 마소서."

임금이 어쩔 수 없이 모두 파직하라고 윤허하였다.

다음 해(1110)에도 대성臺省에서 상소하여 윤관과 오연총과 임언 등의 죄를 끝까지 따져 논하려고 하였으나, 결국 윤허를 받지 못하였다. 그러자 대각의 낭관들이 모두 직무를 버리고 업무를 보지 않았다.[15] 그런데 이때 송나라에서 보낸 사신을 응접해야 했기 때문에 직

---

13) 윤관의 군대가 장춘역長春驛에 주둔한 뒤에 거짓말로 여진 추장을 불러내었다. 고라古羅를 비롯한 4백여 명이 이르자 술을 대접하여 취하게 하고 매복 군사를 보내어 모두 죽였다고 한다. 『고려사 윤관전尹瓘傳』.

14) 9성은 윤관이 1107년에 동북쪽 변경 밖 지역의 여진족들을 몰아내고 새로 쌓은 9개 성이다.

15) 1109년 11월에 간의대부 이재와 김연金緣, 어사대부 최계방崔繼芳 등이 윤관 등의 패전을 지적하며 문책을 요구했으나, 윤허하지 않았다. 이듬해 5월에도 재상 최홍사崔弘嗣와 김경용金景庸이 대간과 함께 상소하여 윤관 등의 죄를 논했다. 그러나 예종이 윤허하지 않자, 이들이 모두 출근하지 않았다. 『고려사 예종 5년(1110)』.

무에 복귀하라고 명을 내렸으나,[16] 간의대부[17] 김연金緣이 홀로 나오지 않았다. 이에 특명을 내려 김연을 임시 추밀원 부사에 제수했다가, 즉시 참의參議로 옮기고, 나중에 예빈 경禮賓卿[18]에 제수하였다. 그리고 두 원수와 임언 등의 관직도 회복하라고 명하였다.

당시에 학사 이오李顥[19]가 김부일金富佾의 시에 화답하여 이렇게 읊었다.[20]

헌에 나아가 부월을 주면서 동번을 치라 명하여[21]	臨軒授鉞命東征 ○○●●●○○ 2 1 4 3 7 5 6 림헌수월명동정 |임해|헌에|주고|부월|명해|동쪽|정벌|
일거에 말끔히 누린내를 씻어내니	一擧腥膻盡掃淸 ●●○○●●◎ 1 2 3 3 5 6 6 일거성전진소청 |한번|움직여|누린내|전부|청소하니|
한나라 변경처럼 이미 텅 비어 오랑캐 사라졌거늘[22]	漢塞已空無古月 ●●●○○●● 1 2 3 4 5 5 한새이공무고월 |한|변방이|이미|비어|없는데|호가|
어찌 힘들게 진나라 사람처럼 새 성을 쌓았나?[23]	秦人何苦築新城 ○○○●●○◎ 1 2 3 4 5 6 7 진인하고축신성 |진|사람은|어찌|고되게|쌓았나|새|성|

---

16) 1110년 6월 16일(음)에 예종이 회경전에서 송나라 사신을 맞이했다.

17) 간의대부諫議大夫는 중서문하성의 정4품 관직이다.

18) 예빈 경禮賓卿은 외국 빈객을 접대하는 일을 맡는 예빈시의 종3품 관직이다.

19) 이오李顥(1042~1110)는 과거 급제하여 한림원에서 근무하고 문하시랑평장사에 올랐다. 문종부터 예종까지 여섯 임금을 모셨다.

20) 『동문선』에 「원수 윤 시중을 경하하다[賀元帥尹侍中]」라는 제목으로 실려있다.

21) 예종이 1107년에 용언궐에서 윤관과 오연총에게 부월을 내려주면서 출정하여 동번을 치라고 명한 일을 이른다.

22) 윤관이 여진을 정벌하여 국경 지역을 평정한 일을 빗대었다. 고월古月은 '호胡'를 파자하여 은어로 삼은 것이다.

23) 윤관이 여진을 몰아내고 북방에 9성을 쌓은 일을 진나라가 장성을 쌓은 일에 빗대었다.

온 조정의 간절한 간언도

진짜 장구한 계책이고[24]

땅 개척해 세운 높은 공훈도

　　큰 명예인데

간언 따를까 공훈 표창할까?

　　무엇이 더 급한가?

우리 임금님 훌륭한 판단은

　　양쪽에 공평하시네[26]

滿庭諫切眞長策 ●○●●○○●
　2 1 3 4 5 6 7　만정간절진장책
|가득|조정|간언|간절하니|정말|긴|꾀고|

拓地功高是大名 ●●○○○●◎
　2 1 3 4 5 6 7　척지공고시대명
|넓힌|땅|공|높으니|이도|큰|명예인데|

從諫擧功誰最急 ○●●○○●●
　2 1 4 3 5 6 7　종간거공수최급
|따름과|간언|표창함|공|뭐가|가장|급한가|

吾皇聖制兩平明 ○○●●●○◎[25]
　1 2 3 5 6 7　오황성제량평명
|우리|왕|어명은|피차|공평|명백하다|

睿王乾統七年丁亥, 欲伐東藩, 制尹瓘爲上元帥, 吳延寵爲副. 駕幸
西都, 御龍堰闕, 授鉞遣之. 師行入大戍關, 屠部落八十餘, 築英·吉
等四城. 詔拜尹侍中·吳參政, 皆爲功臣. 又築咸州·崇寧鎭等城. 明年
虜圍新城, 吳率衆往救. 酋長實現等, 獻黃金良馬, 詣闕陳款. 於是會
群臣廷議, 諫議大夫金緣奏曰"人主之愛土地, 將以養民. 豈宜爭地,
使赤子肝腦塗地? 願陛下許其地, 以禽獸畜之, 服則撫, 否則舍, 吾
民可得休息矣."上心然之. 六月實現等, 伏宣政殿門外, 叩頭曰"夷
狄亦人耳. 今蕩覆我巢穴, 我安所依? 願還我疆土, 令復地着, 則誓
不擾邊境."上笑許之, 七月罷吉·英州戍兵. 有司劾兩元帥, 罷封傳,

---

24) 이후 조정의 대소 신료가 윤관 등의 실책을 지적하면서 처벌할 것을 강하게 주
　　장한 일을 이른다.
25) ⏹평기평수 구식을 사용하였다. 하평성 '경庚' 운에 맞추어 '征, 淸, 城, 名, 明'으
　　로 압운하였다.
26) 간의대부로서 뜻을 굽히지 않는 김연金緣을 타이르고 특별히 관등을 올려 예빈
　　경禮賓卿에 제수하여 송나라 사신을 응대하게 하였다. 아울러 윤관과 오연총 및
　　임언 등의 관직도 회복시킨 것을 이른다.

私騎還. 諫官又奏"尹·吳及林彦等, 誘古羅等殲之, 失義於夷狄, 師多喪亡. 竭民力耗國用, 築九城, 勢殆而卒棄之, 罪無赦."上不得已許皆罷職. 踰年臺省上疏, 極論尹·吳·林等罪, 竟不納. 臺閣諸郎, 皆去職不視事. 時因接宋朝使, 詔令就職, 獨金諫議緣便不出. 特制爲借樞密院副使, 趣就參議, 後除禮賓卿. 詔復兩元帥及林彦等官. 時學士李顏和金富佾詩曰"臨軒授鉞命東征, 一擧腥羶盡掃淸. 漢塞已空無古月, 秦人何苦築新城? 滿庭諫切眞長策, 拓地功高是大名. 從諫擧功誰最急? 吾皇聖制兩平明."

이자량이 송나라 휘종을 만나 응대한 시

"성대한 신선 음악이 궁궐 깊은 방에서 울리네"

천경 원년(1111)[1]의 일이다. 김연金緣과 임유문林有文 등이 사은사가 되어 송나라에 들어갔다.[2] 이에 휘종이 등급을 높여서 예우해주었다. 김연과 임유문 등이 귀국한 뒤에 예종이 휘종의 안부를 물었다. 김연이 이렇게 아뢰었다.

"휘종이 우리나라를 중시하고 베풀어 예우하는 등급도 보통 때와 다르게 했습니다. 다만 모든 일을 하나같이 몹시 사치스럽고 특별하게 하였기에 한심하단 생각이 들었습니다."

3년이 지난 계사년(1113)이다. 이자량李資諒과 이영李永 등을 송나라에 사신 보내어 조회하게 하였다.[3] 휘종이 예모전睿謀殿에 나아가 잔치를 베풀고 시를 지어서 보여주었다. 이어서 화답하여 올리라고 명하여 이자량이 운에 맞추어 화답하는 시를 지었다.[4]

「녹명」[5]을 노래하는 좋은 잔치에 　　鹿鳴嘉宴會賢良　●○○●●○○
현량들을 모아 　　　　　　　　　1 1 3 4 7 5 5　록명가연회현량

녹명의｜좋은｜잔치에｜모아｜현량을

---

1) 천경天慶은 요나라 천조제天祚帝가 1111년부터 1120년까지 사용하던 연호이다.
2) 예종 6년(1111) 7월(음)에 추밀원부사 김연金緣과 소부감 임유문林有文을 송나라에 사신 보냈다. 김부의도 서장관으로 동행했다.
3) 『고려사』에 따르면, 예종 8년(1113)에 예부 시랑 이영이 요에 사신으로 파견되었다. 이자량과 이영이 송나라에 파견된 일은 예종 11년(1116) 7월(음) 기록에 보인다.
4) 『동문선』에 「송나라 예모전 어연에서 응제하다[大宋睿謀殿御宴應製]」라는 제목으로 실려있다.

성대한 신선 음악이
궁궐 깊은 방에서[6] 울리네

仙樂洋洋出洞房 ŏ●○○●●◎
1 2 3̲ 3̲ 7 5 6　선악양양출동방
｜신선｜음악｜성대히｜들린다｜깊은｜방에서｜

제왕이 내린 어사화가
머리 위에서 곱고

天上賜花頭上艶 ŏ●●○○●●
1 2 4 3 5 6 7　천상사화두상염
｜하늘｜위에서｜내려｜꽃｜머리｜위에서｜곱고｜

쟁반에 하사한 귤이
소매 속에서 향기로운데[7]

盤中宣橘袖中香 ○○ŏ●●○◎
1 2 4 3 5 6 7　반중선귤수중향
｜쟁반｜속에｜내려｜귤｜소매｜속｜향기로운데｜

황하는 다시
천재일우 상서로움 알리고[8]

黃河再報千年瑞 ○○●●○●◎
1̲ 1̲ 3 7 4 5 6　황하재보천년서
｜황하가｜다시｜알리고｜천｜년｜상서를｜

초록 술[9]에 가볍게
만수를 비는 술잔 띄웠어라

綠醑輕浮萬壽觴 ●●○○●●◎
1̲ 1̲ 3 7 4 5 6　록서경부만수상
｜초록 술에｜가볍게｜띄운다｜만｜수의｜잔｜

오늘 배신[10]으로
성대한 시절에 동참하니

今日陪臣參盛際 ŏ●○○○●●
1̲ 1̲ 3̲ 3̲ 7 5 6　금일배신참성제
｜오늘｜배신으로｜참여하니｜성대한｜때에｜

「천보」[11]를 노래하며
길이 잊지 않기를 소원하네

願歌天保永無忘 ●○ŏ●●○◎[12]
7 3̲ 1̲ 1̲ 4 6 5　원가천보영무망
｜원한다｜노래해｜천보｜길이｜않길｜잊지｜

---

5) 「녹명鹿鳴」은 『시경』의 시이다. 임금이 여러 신하와 빈객에게 연향을 베풀어 마음을 얻은 일을 읊었다.

6) 동방洞房은 규방 깊은 곳에 있는 침실을 이르거나, 몇 칸 방이 트여서 이어진 방을 이른다.

7) 옛날 오나라 효자 육적陸績이 6살 때 원술袁術을 만났는데, 원술이 귤을 내놓자 어머니가 생각나서 소매에 귤을 몰래 넣었다고 한다. 『삼국지 육적전陸績傳』.

8) 황하가 천 년에 한 차례 맑아진다고 한다. 그만큼 만나기 어려운 기회를 뜻한다. 왕가, 『습유기拾遺記』, "황하는 천 년에 한 차례 맑아진다. 지극히 성스러운 군주는 이를 큰 상서로 여긴다.[黃河千年一淸, 至聖之君, 以爲大瑞.]"

9) 녹서綠醑는 푸른 빛을 띠는 맛 좋은 술을 이른다. 당 태종, 「봄날 현무문에서 뭇신하와 연회를 베풀다[春日玄武門宴群臣]」, "맑은 잔을 푸른 술에 띄워놓고, 우아한 곡을 붉은 현으로 연주하네.[淸尊浮綠醑, 雅曲韻朱弦.]"

10) 배신陪臣은 천자에게 제후의 신하를 일컫는 말이다. 이자량이 송 휘종에게 자신을 배신으로 일컬은 것이다.

11) 「천보天保」는 『시경』의 시이다. 임금이 신하에게 연향을 베푼 뒤에, 여러 신하가

이 시는 말이 얕고 평이[淺易]한데도 휘종이 크게 칭찬하였다. 즉사卽事로 읊어낸 것이 자상하고 적당하였기 때문이다. 이 시가 바로 다음 날 여러 가게에 전해져, 이들이 써서 족자로 만들어 벽에 걸어놓기까지 하였다.

이자량 등이 떠날 때, 휘종이 은밀하게 말하였다.

"여진女眞과 국경을 맞대고 있다고 들은 듯하오. 나중에 사신을 보낼 때 말이오. 여진 사람 몇 명을 불러서 함께 오면 좋겠소."

이자량이 이렇게 말하였다.

"이적夷狄들이 탐욕스럽습니다. 상국上國(송나라)과는 교류할 만하지 못합니다."

송나라 조정 신하가 말하였다.

"여진에서 생산되는 여러 가지 진기한 물건을 고려가 늘 무역하고 있습니다. 이자량은 그 이익을 다른 나라와 나누게 될까 두려워서 일부러 저지하려는 것입니다. 폐하께서는 고려를 어린 자식처럼 아끼셨는데, 지금 이자량이 그 덕을 저버린 채 겉으로 좋게 말하는 척하면서 실제로는 속이고 있습니다. 여진과의 교류를 고려에 의지할 필요는 없습니다. 사신을 한 번 보내서 불러오면 될 것입니다."

보답으로 읊었다. 하늘이 보살펴 나라가 안정됨을 찬미하고, 임금에게 장수와복을 빌었다.
12) □평기평수 구식을 사용하였다. 하평성 '양陽' 운에 맞추어 '良, 房, 香, 觴, 忘'으로 압운하였다.

나중에 과연 두 나라가 교류하게 되었으나, 결국 여진에게 신기神器(국권)13)를 빼앗기고 말았다. 송나라 여러 신하가 이자량 한 사람 지혜에 미치지 못하여, 충정 어린 말을 도리어 거짓으로 여긴 것이었다. 애석하다.

天慶元年, 謝恩使金緣·林有文等入宋, 皇帝接遇加等. 金·林等還, 上問皇帝起居. 金曰 "帝厚我國, 享禮異常. 然凡事皆極侈異, 可爲寒心." 後三年癸巳, 使李資諒·李永等往朝. 帝御睿謀殿賜宴, 製詩示之, 仍命和進. 資諒賡韻曰 "「鹿鳴」嘉宴會賢良, 仙樂洋洋出洞房. 天上賜花頭上艷, 盤中宣橘袖中香. 黃河再報千年瑞, 綠醑輕浮萬壽觴. 今日陪臣參盛際, 願歌「天保」永無忘." 此詩語涉淺易, 而帝大加稱賞, 以其卽事詳當也. 明日流傳諸鋪店, 書之爲簇掛諸壁. 及資諒等辭, 帝密諭曰 "似聞女眞比壤, 後日來朝, 宜招引數人與偕." 資諒曰 "夷狄貪婪, 不可通上國." 宋之廷臣曰 "女眞珍奇雜出, 高麗常貿易. 資諒恐分利他國, 故沮之. 陛下於高麗愛如赤子, 今資諒負德, 陽好言而實詐. 女眞不必藉高麗, 可遣一介招致." 後果與交通, 卒爲女眞移神器. 宋朝群臣, 不及一資諒之智, 反以忠言爲詐, 惜也.

---

13) 신기神器는 국권을 상징하는 옥새 따위의 물건이나 제위帝位를 이른다.

상25. 연등회의 봉은사 행향과 환궁악

"이 땅에서 듣던 군신의 음악 거른 지 열여덟 해에"

매년 2월 보름을 '등석燈夕'이라고 한다.[1] 하루 전에는 임금이 어가
를 몰아 봉은사奉恩寺로 행차하여 태조 어진에 예를 올린다. 이를 '봉
은행향奉恩行香'이라고 한다.

옛 도성(개경)에는 넓고 평탄한 큰 거리에 흰 모래가 평평하게 깔려
있었다. 그리고 두 행랑 사이로 큰 시내가 넘실넘실 흘렀다. 등석 저
녁에 백관들은 저마다 지위의 대소에 따라 비단을 재단하여 산 모양
으로 만든 증산繪山[2]을 달아놓았고, 여러 군부軍府에서도 채색 비단을
연결하여 길거리에 길게 잇대어 설치하였다. 그런 뒤에 그림 족자와
글씨 병풍을 좌우로 세워두고서 다투어 기악伎樂을 공연하였다. 모든
나뭇가지에는 등이 걸려 있어서 하늘까지 대낮처럼 밝게 비추었다.

임금 행차가 봉은사에서 환궁할 무렵에 이르면, 양부兩部의 기녀들
이 무지개 의상 차림에 꽃장식 관을 쓰고, 악기를 들고 승평문昇平
門(왕궁 남문)[3] 밖으로 나가서 어가를 맞이하였다. 이때 환궁악還宮樂[4]

---

1) 매년 2월 보름에 개최하던 연등회 행사를 이른다. 이때 왕은 봉은사에 가서 태
   조 어진에 예를 올렸다.
2) 증산繪山은 채색 비단을 재단하여 산 모양으로 만든 채산綵山을 이른다. 채산은
   상-20 참조.
3) 승평문昇平門은 왕궁王宮의 정남문이다. 위에 2층 누각이 있고 양쪽에 두 개의 누관
   을 올려, 삼문三門이 나란히 늘어서 있었다고 한다. 『선화봉사고려도경 문궐門闕』.
4) 환궁악還宮樂은 임금이 환궁할 때 연주한 악곡이다. 노래로 불린 가사는 『고려사
   악지樂志』에 보인다.

을 연주하면서 흥례문興禮門과 이빈문利賓門5) 사이로 들어가는 것이었다. 그러면 궁전이 어둑해지고 높은 곳에서 별이 총총 빛나고 있을 때, 웅장한 음악 소리가 마치 허공에서 연주하듯이 울려 퍼졌다.

인종 시절에 위궐魏闕6)이 불탄 뒤로는 흥례문과 이빈문에서 환궁악을 연주하는 의식이 폐지되고 말았다. 그렇게 오랜 세월이 흘러 18년에 걸친 공사 끝에야 중건을 마칠 수 있었고, 그해 등석부터 다시 예전처럼 악곡을 연주하면서 이 문으로 들어갈 수 있게 된 것이다. 이때 임금이 절구로 시 한 수를 읊었다.

이 땅에서 듣던 군신의 음악	此地君臣樂 ●●○○○ 1 2 3 4 5　차지군신악 |이|땅의|군|신 간에 듣던| 음악을|
거른 지 열여덟 해에	虛經十八年 ○○●●◎ 1 2 3 4 5　허경십팔년 |비우고|지낸 지|열|여덟|해에|
다행히 바로잡아 도운 덕분에	幸因匡弼力 ○○○●● 1 5 2 3 4　행인광필력 |다행히|인하여|바로잡고|도운|힘을|
예전처럼 취해서 다시 듣네	旣醉復如前 ●●●○○7) 1 2 3 5 4　기취부여전 |이미|취하여|듣기를|다시|같이 한다|이전|

여기에 어제 시를 수록한 것은 옛일을 기록하기 위해서다. 다른 것도 모두 이와 같다.

---

5) 흥례문興禮門과 이빈문利賓門은 인종 16년(1138)에 기존 창덕문昌德門과 회동문會同門을 개칭한 것이다.
6) 위궐魏闕은 문밖 좌우에 누관을 세운 궁궐 정문을 이른다.
7) □측기측수 구식을 사용하였다. 하평성 '선先' 운에 맞추어 '年, 前'으로 압운하였다.

每歲二月望爲燈夕. 前一日駕幸奉恩寺, 禮祖聖眞, 號爲"奉恩行香".
在舊都九街廣坦, 白沙平鋪, 大川溶溶流出兩廊間. 至此夕, 百寮隨
大小, 各結綵山. 諸軍府亦以繒綵結絡, 聯亘街陌. 以畫幛書屛張左
右, 競作伎樂, 萬枝燈火, 連天如白晝. 上行幸還, 兩部伎女, 着霓裳
戴花冠, 執樂迎蹕于昇平門外, 奏還宮樂. 入興禮·利賓門間, 宮殿沈
沈, 高撤星斗, 樂聲轟轟, 如在半天. 仁廟朝魏闕火, 興禮·利賓門還
宮樂廢, 久矣. 重營至十八年畢, 就是年燈夕, 復舊樂入此門. 上吟一
絕云"此地君臣樂, 虛經十八年. 幸因匡弼力, 旣醉復如前." 載此御
製者因紀事, 他皆類此.

※ 봉은사奉恩寺는 951년에 개경 남쪽에 창건한 태조의 원찰願刹이다.
'대봉은사'라고 한다. 후에 효사관孝思觀, 경명전景命殿 등으로 불렸다.
이 절에 태조의 진전眞殿을 설치하였기에, 매년 연등회 행사에 왕이
이곳에 가서 행향行香의 예를 올렸다. 위 시는 의종이 이 예식을 기
념하여 읊은 것이다. 앞에서(상-3) 군왕의 시를 함께 수록하지 않겠
다고 말한 것에 어긋나므로, 특별히 이 시를 수록한 이유를 설명하
였다.

상26. 부들 암자에서 열반에 이른 윤언이의 게송

"긴 허공 만 리 길에 한 조각 뜬구름 같아라"

문강공文康公 윤언이尹彦頤[1]가 말년에 이르러 더욱 참선하는 묘미를 좋아하게 되었다. 이에 영평군鈴平郡(파평)[2] 금강재金剛齋로 물러나 거처하면서 자신을 금강거사金剛居士라고 일컬었다. 매번 성곽에 들어갈 때마다 황소를 타고 가서, 사람들이 모두 그를 알아보았다.

공은 혜소慧炤[3]의 문인 관승선사貫乘禪師[4]와 벗이 되었다. 두 사람은 서로 마음이 맞아서 몹시 즐거워하였다. 관승선사는 그때 주석하고 있던 광명사廣明寺[5]에 겨우 한 사람이 들어가 앉을 만큼 작게 부들로 엮은 암자 한 채를 마련해놓고 이렇게 약속하였다.

"먼저 세상을 떠날 사람이 여기에 앉아서 열반하기로 합시다."

---

1) 윤언이尹彦頤(1090~1149)는 윤관의 아들이다. 1114년 과거에 급제하였다. 예부 시랑 등을 거쳐 정당 문학에 올랐다. 후에 불법에 심취하여 파평으로 물러나 스스로 금강거사金剛居士라고 불렀다. 『역해易解』를 남겼다.

2) 영평鈴平은 파평坡平의 별호이다.

3) 혜소慧炤(972~1054)는 속성이 이씨李氏로 어려서 출가하였다. 법명은 정현鼎賢이다. 1049년에 문종을 지도하는 왕사王師가 되고, 1054년에 국사國師가 되었다.

4) 관승선사貫乘禪師는 혜소慧炤의 문인이다. 윤언이와 교유하고, 광명사廣明寺 주지로 있었다. 다른 행적은 전하지 않는다. 혜소와 윤언이의 생몰년을 볼 때, 혜소의 직전 제자로 보기는 어렵다.

5) 광명사廣明寺는 922년에 태조가 자기 집을 희사하여 세운 사찰이다. 개경 만월동의 연경궁延慶宮 북쪽 송악산 자락에 있었다. 최충헌崔忠獻(1149~1219)은 임금의 어수御水로 쓰던 달애정妲艾井을 허물고, 광명사 우물을 어수로 쓰게 하였다. 당시에 임금이 달애정 물을 마시면 환관이 득세한다는 말이 있었다. 『고려사 최충헌전崔忠獻傳』.

하루는 공이 소를 타고 관승선사를 찾아가서 함께 밥을 먹으면서 말하였다.

"내가 돌아갈 때가 머지않아서 작별을 고하러 왔소."

공은 말을 마치자마자 곧바로 돌아갔다. 관승선사가 사람을 시켜 부들로 엮은 암자를 들고서 그 뒤를 따라가게 하였다. 공이 이를 보고 웃으며 말하였다.

"선사께서 약속을 저버리지 않으시네. 내 할 일이 정해졌다."

갑자기 붓을 들어 게송을 썼다.

봄이 다시 가을 되고	春復秋兮 ○●○○ 1 2 3 4　춘부추혜 |봄이|다시|가을이 되고|어사|
꽃 피고 잎 지는데	花開葉落 ○○●● 1 2 3 4　화개엽락 |꽃이|피고|잎이|지는데|
동서를 오가며	東復西兮 ○●○○ 1 2 3 4　동부서혜 |동에서|다시|서로 가면서|어사|
좋게 마음 길렀어라	善養眞君 ●●○○ 1 4 2 2　선양진군 |잘|기른다|마음을|
오늘 길에서	今日途中 ○●○○ 1 1 3 4　금일도중 |오늘|길|중에서|
나 자신을 돌아보니	反觀此身 ●○●○ 1 4 2 3　반관차신 |돌이키어|보니|이|몸을|
긴 허공 만 리 길에	長空萬里 ○○●● 1 2 3 4　장공만리 |긴|허공|만|리의|

한 조각 뜬구름 같아라 一片閑雲 ●●○○⁶⁾

1 2 3 4 일편한운

|한|조각|한가로운|구름이다|

게송을 쓰고 나서 암자에 앉은 채로 세상을 떠났다. 당시에 고상한 선비들이 안타까워 탄식하면서 흠모하고 우러러보지 않음이 없었는데, 호가 충건忠謇인 이 중승李中丞⁷⁾이라는 자가 홀로 배척하는 말을 하였다.

"윤공은 재상을 지낸 몸으로 명망이 높고 모든 백성에게 우러름을 받는 분이다. 비록 연로하여 물러났을 때라도 여전히 국가와 풍속을 염려하여 행동거지를 더욱 단속하고 후세에 모범을 보였어야 한다. 그런데 거꾸로 부도浮屠의 행실을 하여 도를 어기고 떳떳한 이치를 무너뜨렸다. 이로써 성상의 교화까지 훼손한 것이다. 거짓되고 괴이한 풍속이 이로부터 시작될까 걱정이다."

尹文康公彦頤, 晚節尤嗜禪味, 退居鈴平郡 金剛齋, 自號金剛居士. 每入郭, 跨黃牛, 人皆識之. 與慧炤門人貫乘禪師爲友, 相得甚懽. 時貫乘住廣明寺, 置一蒲庵, 止容一座, 約曰"先逝者, 坐此而化." 一日跨牛, 詣貫乘同飯. 已曰"吾歸期不遠, 告別來耳." 言訖徑去. 貫乘遣人隨其後, 送蒲庵. 公見之笑曰"師不負約, 吾行決矣." 遽取筆

---

6) □4언 게송이다.
7) 이 중승李中丞은 누구인지 확인되지 않는다. 중승中丞은 어사대의 종4품 벼슬 어사 중승御史中丞이다.

131

書偈云"春復秋分, 花開葉落. 東復西分, 善養眞君. 今日途中, 反觀此身. 長空萬里, 一片閑雲." 書畢, 坐庵而逝. 當時高人勝士, 莫不咨嗟慕望. 李中丞者號爲忠謇, 獨排之曰"尹公身爲宰輔, 望重具瞻. 雖退老, 猶念國家風俗, 盆礪操持, 以示後人. 乃反作浮屠行, 反道敗常, 以傷聖化. 恐詭異之風, 自此始焉." ┌

상27. 한시의 성률에서 발생하는 여덟 가지 병통

나는 예전에 풍소격風騷格을 본 적이 있다. 평두平頭, 상미上尾, 봉요蜂腰, 학슬鶴膝, 대운大韻, 소운小韻, 정뉴正紐, 방뉴旁紐의 병통[1]을 논한 것이었다. 그런데 이는 호사가들이 한가롭게 떠든 이야기에 불과하다.

어제 어떤 사람에게 들으니 이런 말을 하였다.

"옛날에 금나라 사신이 와서 객관에 머물 때 일이다. 객관 뒤에 고화苽花(줄풀꽃)가 무성하게 피어 있었다. 이를 본 사신이 이렇게 읊었다.

줄풀꽃이	苽花千萬發 ○○○●●
천만 송이 피었네	1 2 3 4 5 고화천만발
	ㅣ줄풀ㅣ꽃이ㅣ천ㅣ만 송이ㅣ피었다ㅣ

이어서 접반관에게 즉시 대우를 맞추라고 재촉하였다. 접반관이 이렇게 읊었다.

명협이	蓂葉兩三開 ○●●○○
두세 잎 돋았구나[2]	1 2 3 4 5 명엽량삼개
	ㅣ명협ㅣ잎이ㅣ두ㅣ세 잎ㅣ돋았다ㅣ

---

1) 시의 성률聲律 문제로 발생하는 여덟 가지 병통이다. 곧 양梁나라 심약沈約이 지적한 팔병八病을 이른다.
2) 명협蓂莢은 요임금 때 자랐다는 때를 알려주는 식물이다. 잎이 6개, 혹은 15개이다. 잎이 6개인 것은 한 달에 한 잎씩 떨어졌다가 다시 한 달에 한 잎씩 돋아나서 1년 주기로 반복한다. 잎이 15개인 것은 하루에 한 잎씩 떨어졌다가 다시 하루에 한 잎씩 돋아나서 1개월 주기로 반복한다.

사신은 웃음을 지을 뿐 수긍하지 않았다. 대우도 인정하지 않았다. 바로 그때 한 서리가 나타나 이렇게 읊었다.

버드나무 한 쌍이
늘어져 있네

柳樹一雙垂 ●●●○○
1 2 3 4 5 　류수일쌍수
버들 나무 한 쌍이 늘어졌다

사신이 말하였다.

'유수柳樹라는 두 글자가 비록 같은 운에 속하는 것은 아니지만, 소리가 서로 가까워서 대우를 이룰 만하다.'

그러자 접반관이 대뜸 이렇게 말하였다.

'그런 것이라면 어렵지 않소. '명莫'을 '협莢'으로 바꾸면 적당하지 않겠소.'

사신이 매우 기뻐하였다."

이는 시의 소운小韻[3]에 해당하는 병통을 이야기한 것이다. 금나라 사신이 이를 범한 것이었다. 접반관이 처음에는 비록 응대하지 못했으나, 재주 없는 자가 아니어서 마침내는 잘 대응할 수 있었다.[4]

---

3) 소운小韻은 시의 여덟 가지 병통 중 하나이다. 율시에서 한 연聯에 같은 운에 속한 글자를 반복 사용하지 않는 것이다.
4) 접반관이 처음에는 소운을 피해 '명엽莫葉'을 시어로 사용했으나, 이내 사신 마음을 간파하고 소운을 범하면서 '협엽莢葉'으로 바꾸어 사신 뜻에 맞춰 대응했다는 말이다.

子嘗見『風騷格』, 論平頭上尾·蜂腰鶴膝·大韻小韻·正紐·旁紐之病, 是
好事者閑談. 昨日聞人言, "昔有金國使來寓客館, 館後苽花盛開. 使
云'苽花千萬發.' 促接伴卽對, 伴曰'蓂葉兩三開.' 使笑而不肯, 又對
亦不諾. 有一胥吏進曰'柳樹一雙垂.' 使者曰'柳樹二字, 雖非同韻,
聲相近可對.' 伴遽曰'是不難, 宜改蓂爲莢.' 使大悅." 此風騷小韻病
也, 金使犯之. 接伴雖不能對, 不爲不才而卒能善對.

※ 소운小韻을 범한다고 하여 모두 병통으로 간주하지 않았음을 지
적하였다. 사신은 '고화苽花'의 대우로 '명엽蓂葉'이 적당하지 않다고
하고, 오히려 '유수柳樹'가 부족하나마 가능하다고 보았다. 특히 '협
엽莢葉'으로 고친 것에 기뻐했다고 한다. '협莢'과 '엽葉'은 모두 입성
'엽葉' 운에 속하는 글자여서, 이렇게 하면 소운을 범한 것이 되는데
도, 사신은 이를 피할 생각을 하지 않은 것이었다.

상28. 신라의 가법을 계승한 민가거

"월성 국선의 자취는 멀어지고 옥부선인 악곡 소리도 희미해졌네"

동도東都(경주)는 본래 신라 도읍지다. 옛날 이곳에서 국선 네 명[1]이
저마다 낭도 천여 명씩 거느렸는데, 이들 사이에서 가법歌法이 성행
했다.[2] 또 옥부선인玉府仙人이 처음으로 노래 수백 곡을 창작했다.

우리나라 복야 민가거閔可擧[3]라는 자가 그 묘법을 전수했다. 그가
어느 날 홀로 앉아서 금琴을 연주하고 있을 때다. 학 한 쌍이 날아와
서 춤을 추는 것을 보고서 별조別調를 지어냈다.

월성 국선의	月城仙迹遠 ●○○●●
자취는 멀어지고	1 1 3 4 5　월성선적원
	|월성|국선의|자취가|멀고|
옥부선인 악곡 소리도	玉府樂聲微 ●●●○○
희미해졌는데	1 1 3 4 5　옥부악성미
	|옥부의|음악|소리|희미하다|
한 쌍 학은	雙鶴來何晚 Ŏ●○○●
어찌 이리 늦었나?	1 2 3 4 5　쌍학래하만
	|쌍|학은|오기를|어찌|늦었나|

---

1) 사선四仙은 신라의 화랑 네 사람, 곧 술랑述郎·남랑南郎·영랑永郎·안상安詳을 이
　른다.
2) 『삼국사기 신라본기』 진흥왕 37년에 "미모의 남자를 뽑아 꾸미고 화랑花郎이라
　부르며 떠받드니, 낭도가 운집하여 서로 도의道義로 연마하고 혹은 가악歌樂으로
　즐겼다."라고 하였다. 태조가 팔관회 행사를 시작할 때, 사선악부四仙樂部라는 궁
　중 가무 형식으로 이를 계승하여 공연했다. 『고려사 중동팔관회의仲冬八關會儀』.
3) 민가거閔可擧는 공부 상서(1031)와 예부 상서(1033) 등을 거쳐 상서 좌복야(1034)에
　올랐다. 자세한 행적은 확인되지 않는다.

내가 너와 짝이 되어	吾將伴汝歸 ○○●●◎⁴⁾
돌아가리라	1 2 4 3 5　오장반여귀
	┃내가┃장차┃짝하여┃너와┃돌아가겠다┃

황룡사皇龍寺⁵⁾의 우화문雨花門은 옛적에 사선 무리가 창건하였다. 지금은 그곳 풍물이 황량하여 지나는 사람들이 모두 서글퍼한다. 학사 호종단胡宗旦⁶⁾이 사신 수레를 몰고 이 문을 지나다가 진사 최홍빈崔鴻賓⁷⁾이 남겨놓은 시를 보았다.⁸⁾

늙은 나무가	古樹鳴朔吹 ●●○◑●
삭풍에 소리 내고	1 2 5 3 4　고수명삭취
	┃오래된┃나무가┃울고┃삭풍┃불에┃
잔물결이	微波漾殘暉 ○○●◑◎
석양에 일렁이는데	1 2 5 3 4　미파양잔휘
	┃가는┃물결┃일렁이는데┃남은┃석양에┃
배회하며	徘徊想前事 ○○◑◑●
옛일을 생각하니	1 1 5 3 4　배회상전사
	┃배회하며┃생각하니┃이전┃일을┃
나도 모르게	不覺淚霑衣 ●●○○◎⁹⁾
옷에 눈물 적시네	5 4 1 3 2　불각루점의
	┃못한다┃깨닫지┃눈물이┃적심을┃옷을┃

---

4) ▢평기측수 구식을 사용한 쌍운시다. 상성 '완阮' 운에 맞추어 '遠, 晚'으로 홀수구를 압운하고, 상평성 '미微' 운에 맞추어 '微, 歸'로 짝수구를 압운하였다.

5) 황룡사皇龍寺는 569년에 경주 구황동에 세운 신라 제일 사찰이다. 몽고군에 의해 1238년에 소실됐다.

6) 호종단胡宗旦은 상선을 타고 송에서 고려에 왔다가 귀화한 인물이다. 예종의 마음을 얻어 1111년에 한림원에 들어갔고, 1120년에 보문각 대제가 되었다. 인종 4년(1126)에는 기거사인이 되었다.

7) 최홍빈崔鴻賓은 가계와 행적 등이 확인되지 않는다.

8) 『동문선』에 「성룡사 양화문에 쓰다[書星龍寺兩花門]」라는 제목으로 실려있다.

9) ▢측기측수 구식을 사용한 쌍운시다. 거성 '치寘' 운에 맞추어 '吹, 事'로 홀수구를 압운하고, 상평성 '미微' 운에 맞추어 '暉, 衣'로 짝수구를 압운하였다.

호종단이 깜짝 놀라서 말하였다.

"정말 세상에 흔치 않은 재주다."

임무를 마치고 돌아가서 복명할 적에 임금이 동도에 전하는 이야기를 물었다. 호종단이 마침내 이 시를 아뢰어 경계로 삼게 하였다. 황조皇祖(태조)[10]가 수의繡衣 차림으로 북쪽으로 가서 변경 지역을 순행할 때 이런 시를 지었다.[11]

용성[12]의 가을	龍城秋日淡 ○○○●●
	1 1 3 4 5 룡성추일담
햇살이 맑고	용성에 가을 해가 맑고
옛 초소에	古戍白烟橫 ●●●○○
	1 2 3 4 5 고수백연횡
흰 안개 덮였는데	옛 수자리에 흰 안개 걸쳐 있으니
만 리 변경에	萬里無金革 ●●○○●
	1 2 5 3 4 만리무금혁
병기 갑옷이 사라져	만 리에 없어 병기 갑옷이
오랑캐 아이도	胡兒賀大平 ○○●●◎[13]
	1 2 5 3 3 호아하태평
태평을 구가하네	오랑캐 아이들도 축하한다 태평을

담박하고 고아하면서[淡古] 다듬은 흔적이 보이지 않는 점이 최홍빈의 시와 같다. 다만 저 최홍빈의 시는 지금과 옛날 풍물을 보고서 감

---

10) 황조皇祖는 고려를 세운 태조 왕건을 일컫는 말이다.
11) 태조가 미복 차림으로 잠행하다가 경성도호부 북쪽의 용성천龍城川에 이르러 이 시를 남겼다. 『신증동국여지승람 경성도호부鏡城都護府』.
12) 용성龍城은 함경북도 경성도호부에 속한 지역이다. 경성 북쪽 50리 거리에 있다. 현재 청진 지역에 해당한다.
13) ㅁ평기측수 구식을 사용하였다. 하평성 '경庚' 운에 맞추어 '橫, 平'으로 압운하였다.

회를 일으키고 탄식한 것이어서 정회가 풍부하다. 이에 비해 이 시는 변경 풍경을 한가롭게 읊조린 것이어서 기풍과 힘이 웅장하다.

東都本新羅, 古有四仙, 各領徒千餘人, 歌法盛行. 又有玉府仙人, 始制曲調數百. 本朝閔僕射可擧, 傳得其妙. 嘗一日獨坐彈琴, 有雙鶴來翔. 因作別調云"月城仙迹遠, 玉府樂聲微. 雙鶴來何晚? 吾將伴汝歸."皇龍寺雨花門, 是古仙徒所創, 風物荒凉, 過者無不感傷. 學士胡宗旦, 乘使軺過是門, 見進士崔鴻賓留題, "古樹鳴朔吹, 微波漾殘暉. 徘徊想前事, 不覺淚霑衣."胡瞿然驚曰"眞不世才也."及復命, 上問東都遺事, 遂奏此詩以爲警. 皇祖以繡衣巡北塞曰"龍城秋日淡, 古戍白烟橫. 萬里無金革, 胡兒賀大平."其淡古無痕迹, 與崔詩同. 彼崔詩感歎今昔, 故情思多, 此詩閑吟邊塞, 故風力壯.

상29. 황폐한 개경 궁궐을 읊은 임극충과 이규보

"연복정 남은 터를 쓸어버어 없애지 마오"

문숙공文肅公 임극충任克忠[1]은 「연복정[2]을 지나다[過延福亭]」에서 이렇게 읊었다.[3]

	한시	
수 양제는 변하[4]에서 가을에 쓸쓸했고[5]	煬帝汴河秋冷落 ○●●○○●● 1 1 3 3 5 6 6 양제변하추랭락 양제는│변하에서│가을에│쓸쓸했고	
당 현종은 촉으로 난 길에서 빗속에 처량했거늘[6]	明皇蜀道雨凄凉 ○○●●●○○ 1 1 3 4 5 6 6 명황촉도우처량 명황은│촉│길에서│비에│처량했는데	
그땐 이렇게 슬플 줄 아무도 믿지 않았던 것이라	當時此恨無人信 ○○●●○○● 1 1 3 4 7 5 6 당시차한무인신 당시│이런│한을│없었으니│사람이│믿음이	
옛날 산천을 보니 몇 줄기 눈물만 흐르네	滿目溪山淚數行 ●●○○●●◎[7] 2 1 3 4 5 6 7 만목계산루수행 가득한│눈│시내│산에│눈물│몇│줄기다	

---

1) 임극충任克忠(?~1171)은 임원후任元厚의 장남이자, 인종비 공예태후恭睿太后의 동생
   이다. 임규任奎로 개명하였다. 한림 학사, 추밀원사 등을 거쳐 중서시랑평장사에
   올랐다.
2) 연복정延福亭은 의종이 개경 동대문 밖의 사천 용연사 남쪽에 세운 정자다. 기이
   한 꽃과 나무로 아름답게 꾸미고 호수를 만들어 배를 띄워 놀았다. 이렇게 유흥
   을 즐기다가 결국 정중부의 난을 당한 것이었다.
3) 『동문선』에 「연복정을 지나다[過延福亭]」라는 제목으로 실려있다. 칠언율시의 5~8구
   이다. 셋째 구 '信'은 '識'으로 되어있다.
4) 변하汴河는 수 양제가 준설한 운하이다. 낙양에서 양주揚州까지 이어지는데, 변
   주汴州(개봉)를 지나는 하류 지역을 특별히 변하라고 부른다.
5) 환락에 빠진 수 양제가 변하汴河에서 우문화급宇文化及에게 변을 당하였다.
6) 명황明皇은 당 현종玄宗이다. 현종이 756년에 안녹산의 난을 피해 촉으로 피란하
   는 길에, 양귀비는 마외파馬嵬坡에서 죽임을 당하였다.
7) □측기측수 구식을 사용하였다. 하평성 '양陽' 운에 맞추어 '凉, 行'으로 압운하

문순공(이규보)은 이런 시를 적어놓았다.[8]

복도에 온통 푸른 잡초 무성하고	複道渾成碧草蕪 ●●○○●●◎ 1 1 3 7 4 5 6　복도혼성벽초무 |복도가|온통|이루고|푸른|풀|무성함|
생황 노래 적막하게 끊어져 새들만 서로 지저귀네	笙歌寂寞鳥相呼 ○○●●●○◎ 1 2 3 3 5 6 7　생가적막조상호 |생황|노래|적막하고|새|서로|부른다|
우리 본보기[9]가 그 속에 분명하게 있으니	箇中殷鑑分明在 ●○○●○○● 1 2 3 4 5 5 7　개중은감분명재 |그|중|은나라|거울이|분명히|있으니|
연복정 남은 터를 쓸어내어 없애지 마오	莫遣遺基掃地無 ●●○○●●◎[10] 7 3 1 2 5 4 6　막견유기소지무 |말라|하여금|남은|터로|쓸어|땅을|없애지|

옛일에 대한 깊은 감회를 드러내어 읽는 사람의 마음을 처연하게 만든다. '은감殷鑑'을 말한 한 연은 함축含蓄한 뜻이 깊고 절실하다.

ᒣ 任<u>文肅公克忠</u>「過延福亭」云"<u>煬帝</u>汴河秋冷落, <u>明皇</u>蜀道雨凄凉. 當時此恨無人信, 滿目溪山淚數行." <u>文順公</u>題云"複道渾成碧草蕪, 笙歌寂寞鳥相呼. 箇中殷鑑分明在, 莫遣遺基掃地無." 感古情深, 讀之悽然. 殷鑑一聯, 含蓄深切. ᒥ

였다.

8) 『동국이상국전집』에 「연복정을 지나다[過延福亭]」라는 제목으로 실려 있다. 12구 칠언배율의 8구와 10~12구를 인용했다. 2구 '寂寞'은 '換作'으로 되어있다. 『동문선』에는 「연복정延福亭」이라는 제목의 칠언절구로 실려있다. 2구 '寂寞'은 '散盡' 으로, 3구 '在'는 '甚'으로 되어있다.

9) 은감殷鑑은 고려가 본보기로 삼을 대상을 이른다. 『시경 탕蕩』, "은나라 거울이 멀리 있지 않으니, 하후(걸왕) 세대에 있도다.[殷鑑不遠, 在夏后之世.]"

10) ❏측기평수 구식을 사용하였다. 상평성 '우虞' 운에 맞추어 '蕪, 呼, 無'로 압운하였다.

※ 연복정延福亭은 개경 동대문 밖을 흐르는 사천沙川에 있던 정자다. 용연사龍淵寺 남쪽의 호암虎巖 아래가 그 터이다. 호암은 몇 길 높이로 깎아지른 석벽이다. 일명 산대암山臺巖이다.[11] 수목이 울창하고 시냇물이 모여서 고였다가 내려가는 수려한 공간이었다. 의종이 이곳에 정자를 짓게 하고 정자 이름을 연복延福이라고 붙인 것이다. 정자 주변에는 기이한 화초를 줄지어 심어놓았다. 시내에 둑을 쌓아 호수를 만들고 날마다 밤낮으로 배를 띄워 연회를 벌였다고 한다. 동석한 신하들은 번번이 크게 취하여 수레에 거꾸러져 실려서 돌아가거나, 아예 곤죽이 되어 돌아가지 못하는 자도 적지 않았던 듯하다.[12] 위사衛士들이 원망을 품는 계기가 되었다. 게다가 그곳이 모래땅인 데다가 물살도 거세어 비만 오면 번번이 호수 둑이 무너졌는데, 그때마다 보수하느라 밤낮으로 쉴 겨를이 없었던 사람들이 몹시 고통스럽게 여겼다고 한다.[13] 결국 이렇게 유흥에 빠져 환락을 즐기다가 무인들에게 곤욕을 당하고 정권까지 빼앗겼다고 역사에 기록되어 있다.

---

11) 『신증동국여지승람 개성부開城府』.
12) 의종은 1170년 6월에 연복정에서 연회를 열고 재추, 승선, 대간과 함께 배를 띄우고 밤새워 술 마시며 놀았는데, 이튿날 여러 신하가 크게 취하여 모자에 가득 꽃을 꽂은 채로 수레에 거꾸러져서 돌아갔다고 한다. 『고려사』 의종 24년(1170) 6월 19일.
13) 『고려사』 의종 21년(1167) 6월 22일.

상30. 이별의 나루터를 읊은 정지상과 이규보

"이별 눈물이 해마다 떨어져 물결을 이루네"

대동강은 서도西都(평양) 사람들이 길 떠나는 이를 송별하는 나루터가 있는 곳이다. 강과 산 풍경이 빼어나게 아름다운 천하 절경이다. 사인 정지상이 「송인送人」에서 이렇게 읊었다.[1]

대동강 물이 언제나 마르려나?	大同江水何時盡　●○○●○● 　1 1 1 4 5 6 7　대동강수하시진 대동강｜물은｜어느｜때에｜마를까
이별 눈물이 해마다 떨어져 물결을 이루네	別淚年年添作波　●●○○○○●○ 　1 2 3 3 5 7 6　별루년년첨작파 이별｜눈물｜매년｜더해져｜이룬다｜물결

당시 사람들이 이 시를 경책警策[2]이라고 평하였다. 그러나 두소릉杜小陵(두보)이 이렇게 읊었다.

이별 눈물을 멀리 금강 물에 보태네	別淚遙添錦江水　●●○○●○● 　1 2 3 7 4 4 6　별루요첨금강수 이별｜눈물을｜멀리｜보탠다｜금강｜물에

이태백李太白(이백)도 이렇게 읊었다.

---

1) 『동문선』에 「송인送人」이라는 제목으로 실려있다. 칠언절구의 3, 4구이다. '作'이 '綠'으로 되어있다.

2) 경책警策은 시어 표현과 담은 뜻이 세련되고 기발하여 사람을 놀래고 널리 애송되는 시구를 이른다.

143

구강[3] 물결을
묶어내어
만 줄기 눈물에
보태고 싶어라

願結九江波 ●●○○
1 5 2 2 4　원결구강파
|원컨대|묶어다가|구강|물결을|

添成萬行淚 ○○●○●
1 5 2 3 4　첨성만행루
|보태어|이루고 싶다|만|줄기|눈물을|

모두 한 가지 모습을 다르게 표현해낸 것이다. 문순공(이규보)은 조강祖江[4]에서 송별할 때 이렇게 읊었다.[5]

배가 사람 태우고 멀어지니
마음도 따라가고
바다가 조수 밀어 보내오니
눈물도 함께 흐른다네

舟將人遠心隨去 ○○○●○○●
1 3 2 4 5 6 7　주장인원심수거
|배가|싣고|사람|멀어져|마음|따라|가고|

海送潮來淚共流 ●●○○●●○
1 3 2 4 5 6 7　해송조래루공류
|바다가|보내|조수|와|눈물|함께|흐른다|

눈물을 말한 것은 비록 같지만, 그 뜻은 혹 조금씩 다르다.

大同江是西都人送別之渡, 江山形勝, 天下絕景. 鄭舍人知常「送人」云 "大同江水何時盡? 別淚年年添作波." 當時以爲警策. 然杜小陵云"別淚遙添錦江水." 李太白云"願結九江波, 添成萬行淚." 皆出一模也. 文順公於祖江送別云"舟將人遠心隨去, 海送潮來淚共流." 言淚雖同, 意或小異.

---

3) 구강九江은 여산廬山 북쪽에서 장강에 이르는 지역이다.
4) 조강祖江은 한강과 임진강이 합류하여 김포와 강화 북쪽을 지나는 하류의 옛 이름이다.
5) 『동국이상국전집』에 「조강에서 송별하다[祖江別]」라는 제목으로 실려있다. 칠언율시의 3, 4구이다.

상31. 황려현 객루 풍경을 옮겨놓은 임극충의 시

"적막한 속에 한 줄기 노랫소리 들리네"

무릇 제시를 남길 때는 말을 간결하게 하면서도 뜻이 전부 드러나게[辭簡義盡] 해야 좋다. 자랑하듯이 많은 말을 쓸 필요가 없다. 참정 박인량朴寅亮[1]이 승가굴僧伽窟[2]에 남긴 20운 제시와, 낭중 함자진咸子眞[3]이 낙산洛山에 남긴 44운 제시와, 사관 이윤보李允甫[4]가 불영佛影[5]에 남긴 100운 제시는 모두 사실 기록을 위해서 부득이 말이 많아진 경우이다.

정후, 대臺, 누樓, 관觀을 방문하여 제시를 남길 때는, 단지 한두 연으로 풍경을 묘사한다. 마치 눈앞에 삼연하게 벌여 있는 광경을 그림으로 그려내듯이 하는 것이다. 그래서 바쁘게 지나던 나그네가 읽어도 읽기 어렵지 않고 싫증 나지 않아야 한다. 읊조리고 음미하면서 흥이 나게 할 뿐이다.

---

1) 박인량朴寅亮은 상-19 참조.
2) 승가굴僧伽窟은 서울 삼각산 승가사에 있는 석굴이다. 신라 승려 수태秀台가 756년에 굴을 만들고 당나라 승려 승가대사僧伽大師 상을 봉안했다. 고려 선종, 숙종, 예종이 이곳에 가서 강우를 빌었다.
3) 함자진咸子眞은 죽림고회의 함순咸淳(1165~1121)이다. 양양襄陽에서 익령 현위翼嶺縣尉를 지냈다.
4) 이윤보李允甫는 이규보, 진화 등과 교유하였고, 사관에 근무하였다. 이규보의 「국수재전麴秀才傳」을 본떠, 게를 의인화한 「부장공자전無腸公子傳」을 지었으나, 전하지 않는다. 사관에서 숙직할 때 진화陳澕와 어울려 읊은 「월궁을 노닐다[遊月宮]」라는 시가 전한다.(중-6, 중-40 참조)
5) 불영佛影은 어느 곳인지 확인되지 않는다.

145

나는 평소에 상국 임극충任克忠[6]이 읊은 「황려현[7] 객루에 적다[題黃驪縣客樓]」라는 아래 시를 귀가 따갑게 들었다.[8]

달빛 어둑한 밤 새는 물가를 날고	月黑鳥飛渚 ●●●○● 1 2 3 5 4　월흑조비저 달빛 검을 때 새가 날고 물가에서
안개 잠긴 강은 절로 물결 일렁이는데	烟沈江自波 ○○○●◎ 1 2 3 4 5　연침강자파 안개 침침한 강에 절로 물결 이는데
어디에 어선이 정박했는지	漁舟何處宿 ○○○●● 1 2 3 4 5　어주하처숙 고기잡이 배는 어느 곳에서 묵는가
적막한 속에 한 줄기 노랫소리 들리네	漠漠一聲歌 ●●○◎[9] 1 1 3 4 5　막막일성가 적막한 중에 한 소리로 노래한다

그러나 이 시에 사용한 운과 시어가 기이하다는 생각이 들었을 뿐, 그 참된 맛을 느끼지는 못했었다. 그러다가 내가 중도中道(중원도)[10] 안렴사가 되어 이 객루에 투숙하게 되었을 때다. 강 안개가 어둑하게 끼고 담담한 달빛이 몽롱하게 비치고 있을 때, 물새가 울며 날아가고 어부가 주고받는 노랫소리가 들려와서 내 시선을 빼앗고 귀를 자극하는 것이었다. 온통 임공任公이 읊은 그대로였다. 그 시의 가치가 그 풍경을 마주하고 난 뒤에 더욱 높게 느껴진 것이다.

---

6) 임극충任克忠(?~1171)은 상-29 참조.
7) 황려현黃驪縣은 경기도 여주의 옛 이름이다.
8) 『동문선』에 「강촌의 밤 흥취[江村夜興]」라는 제목으로 실려있다. 1구 '鳥(측성)'가 '烏(평성)'로 되어있다.
9) □측기측수 구식을 사용하였다. 하평성 '가歌' 운에 맞추어 '波, 歌'로 압운하였다.
10) 중도中道는 충주와 청주를 아우르는 중원도中原道를 이른다.

凡留題, 以辭簡義盡爲佳, 不必誇多耀富. 朴參政寅亮題僧伽窟二十
韻, 咸郎中子眞題洛山四十四韻, 李史館允甫題佛影一百韻, 皆紀事
實, 辭不得不繁. 若亭臺樓觀所過題詠, 只在一兩聯寫景, 如畫森然
眼界. 使悤悤過客讀之, 口不倦心不厭, 吟玩遺興耳. 子平生飽聞任
相國克忠題「黃驪縣客樓」云 "月黑鳥飛渚, 烟沈江自波. 漁舟何處宿,
漠漠一聲歌." 但奇其韻語, 未得其味. 及按廉中道, 抵宿此樓. 是時
江烟冥漠, 淡月朦朧, 水鳥飛鳴, 漁人相歌, 惱眼感耳, 摠是任公之詠.
其詩價, 對景益高.

상32. 황산강 석벽에 남긴 최치원의 임경대 시
"날던 새가 넓안간 아득하게 사라졌어라"

김해부金海府 황산강黃山江[1]에서 물결을 따라 6, 7리를 내려간 곳에 푸른 절벽이 갑자기 솟아올라 있다. 그 앞에 봉우리가 솟아 있고 옆으로 강이 흐른다. 안개 덮인 마을에는 10여 가구 집들이 모두 대나무로 울타리를 두르고 띠풀로 지붕을 이었다. 마치 그림 속 풍경처럼 보이는 곳이다.

당나라에서 시어사侍御史를 지낸 최치원崔致遠이 일찍이 이곳에 바위를 쌓아 대臺를 만들었다. 이름은 임경臨鏡이라고 붙였다.[2] 그 석벽에 이런 시를 적어놓았다.[3]

안개 낀 산 우뚝우뚝 솟았고
강물은 넘실넘실하는데
물에 비친 인가는
푸른 봉우리 마주했네[4]
바람 채운 외로운 돛배는
어디로 가는지?

烟巒簇簇水溶溶 ○○●●○○
1 2 3 3 5 6 6　연만족족수용용
안개 낀 | 산은 | 우뚝우뚝 | 물은 | 넘실넘실

鏡裡人家對碧峰 ●●○○●●○
1 2 3 3 7 5 6　경리인가대벽봉
거울 | 속 | 인가는 | 마주한다 | 푸른 | 봉우리

何處孤帆飽風去 ○○●○●○●
1 2 3 4 5 6 7　하처고범포풍거
어느 | 곳으로 | 외로운 | 배 | 채워 | 바람 | 가나

---

1) 황산강黃山江은 김해와 양산 지역을 경유하는 낙동강을 이른다.
2) 임경대臨鏡臺는 최공대崔公臺라고 한다. 양산 오봉산의 서쪽 황산강(낙동강) 강가 벼랑 위에 있다.
3) 『고운집』에 「황산강임경대黃山江臨鏡臺」라는 제목으로 실려있다. 4구 '縱'은 '蹤'으로 되어있다.
4) 맑은 강물을 거울에 빗대었다. 강물을 굽어보는 대를 '임경臨鏡'으로 이름 붙인 이유도 여기에 있다.

날던 새가 별안간
아득하게 사라졌어라

翩然飛鳥杳無縱 ●○○●●○⑤
1 3 4 5 7 6 별연비조묘무종
|별안간| 날던| 새| 아득히| 없다| 자취도|

오랜 세월이 흘러 임경대가 무너지고 벽의 글씨도 이지러져 사라졌다. 이에 후인이 이 시를 황산루黃山樓6)에 옮겨서 써놓았다. 이 때문에 그곳에서 실제로 눈에 보이는 물상物象이 시 내용과 어긋난다. 그렇다면 현縣이나 주州의 관아에 걸린 편액과 방榜은 얼마나 더 어긋나 있겠는가?

공은 어느 곳이든 시를 남길 때, 거의 절구로 한 수를 넘기지 않았다. 그 안에서 아름다운 풍경을 정확히 담아내지 않음이 없다. 이런 까닭에 지나는 나그네들이 그 시를 발견하면 읊조리고 음미하는 것으로도 부족해서 손발로 춤추고 뛰기까지 한다.7) 남에게 지어 준 시8)도 절구로 지은 것이 많다. 시가 청완淸婉하여 사랑스럽다. 예컨대 「회곡9)에 홀로 머무는 승려에게 주다[贈檜谷獨居僧]」에서 이렇게 읊었다.10)

솔바람 말고는
들리는 소리 없는 곳

除却松風耳不喧 ○●○○●●◎
3 1 2 5 7 6 제각송풍이불훤
|제하면| 솔| 바람| 귀| 않으니| 시끄럽지|

---

5) ❑평기평수 구식을 사용하였다. 상평성 '동冬' 운에 맞추어 '溶, 峰, 縱'으로 압운하였다.
6) 황산루黃山樓는 임경대 남쪽의 물금 지역에 있었다고 한다. 자세한 위치는 확인되지 않는다.
7) 「모시서」, "노래함으로 부족해 자기도 모르게 손으로 춤추고 발로 뛴다.[永歌之不足, 不知手之舞之足之蹈之也.]"
8) 먼 곳에 떨어진 지인에게 지어 보낸 시나 송별하는 자리에서 지어 준 시 등을 이른다.
9) 회곡檜谷은 『고운집』에 재곡梓谷으로 되어있다. 정확한 위치는 확인되지 않는다.
10) 『고운집』에 「재곡 난야에 홀로 거처하는 승려에게 주다[贈梓谷蘭若獨居僧]」라는 제

흰 구름 바위[11]에 깊이 기대어
　　　　　　띠집 지었네
세상 사람이 길을 알면
　　　　도리어 원망하리니
바위 위 푸른 이끼가
나막신 자국에 상할까 봐서라

結茅深倚白雲根　〇〇〇●●◎
2 1 3 7 4 5 6　　결모심의백운근
읽어 띠 깊이 기댔다 흰 구름 뿌리에

世人知路應翻恨　〇〇〇●〇〇●
1 2 4 3 5 6 7　　세인지로응번한
세상 사람 알면 길 응당 외려 한하니

石上莓苔汚屐痕　●●〇〇●●◎[12]
1 2 3 3 7 5 6　　석상매태오극흔
바위 위 이끼 상한다 나막신 자국에

金海府黃山江, 沿流而下六七里, 蒼崖斗起. 面峰挾江, 有烟村十餘戶, 皆竹籬茅舍, 如在畵圖中. 唐侍御史崔致遠, 嘗累石爲臺, 名曰臨鏡. 題詩石壁曰 "烟巒簇簇水溶溶, 鏡裡人家對碧峰. 何處孤帆飽風去? 瞥然飛鳥杳無縱." 歲久臺壞, 壁書漫滅, 後人移書於黃山樓, 所矚物象與詩反. 如縣額州牓, 何其背矣? 公凡所留詠, 率不過絶句一首, 就中嘉景無不破的. 故過客見之, 吟翫不足. 寄贈亦多絶句, 淸婉可愛. 如「贈檜谷獨居僧」云 "除却松風耳不喧, 結茅深倚白雲根. 世人知路應翻恨, 石上莓苔汚屐痕."

목으로 실려있다.
11) 운근雲根은 깊은 산속의 구름이 일어나는 곳을 이르거나, 구름이 걸린 바위를 이른다.
12) ㅁ측기평수 구식을 사용하였다. 상평성 '원元' 운에 맞추어 '喧, 根, 痕'으로 압운하였다.

성률을 철저하게 지켜낸 이지심의 시

"내 몸에 날개 돋아서, 허공을 날고 있는 줄 착각할 뿐"

학사 이지심李知深[1]이 「풍주[2]의 성 머리 누대에 적다[題豊州城頭樓]」에서 이렇게 읊었다.

하늘이	天與海無際	◯●●◯●
	1 3 2 5 4	천여해무제
바다와 맞닿아	하늘이｜와｜바다｜없어｜경계가	

시선 끝없이	茫茫望不窮	◯◯●●◯
	1 1 3 5 4	망망망불궁
아득하여	망망하여｜바라봐도｜못해｜끝까지	

사방 천 리 밖이	四方千里目	●◯◯◯●
	1 2 3 4 5	사방천리목
눈에 보이고[3]	네｜방향으로｜천｜리가｜눈에 닿고	

6월 여름에	六月九秋風	●●●◯◎
	1 2 3 4 5	륙월구추풍
가을 9월 바람 분다오	육｜월에｜구월｜가을｜바람이 분다	

그림 그린대도	圖畵應難妙	◯●◯◯●
	1 1 3 5 4	도화응난묘
절묘하기 어렵거늘	도화로도｜응당｜어려운데｜절묘하기	

시문인들	篇章豈得工	◯◯●●◎
	1 1 3 5 4	편장기득공
어찌 정교하랴?	편장으로｜어떻게｜얻을까｜공교함을	

내 몸에	只疑生羽翼	●◯●●●
	1 5 4 2 2	지의생우익
날개 돋아서	단지｜의심하니｜돋아났나｜날개가	

---

1) 이지심李知深(?~1170)은 간관 직책을 맡아 과감히 직언한 인물이다. 국자감 대사성에 올랐다. 무신의 난에 희생되었다.

2) 풍주豊州는 황해도 송화 일대의 옛 지명이다.

3) 천 리 밖까지 시선이 도달함을 뜻한다. 왕지환, 「관작루에 오르다[登鸛雀樓]」, "천리 끝까지 바라보려고, 누각 한 층을 다시 오른다.[欲窮千里目, 更上一層樓.]"

허공을 날고 있는 줄
착각할 뿐

身在大虛中　ㅎ●●ㅇ◎⁴⁾
1 5 2 2 4　신재태허중
|몸이|있는 듯하다|태허|속에|

당시 사람들은 이 시가 말을 조탁하지 않았으면서 기운이 호방하고 뜻이 활달하다[氣豪意豁]고 평하였다. 그러나 10자 안에서 '무제無際'라고 하고 또 '불궁不窮'이라고 하였다. 혹은 위에서 '망불궁望不窮'이라고 하고 아래에서 '천리목千里目'이라고 하여, 그 뜻이 중첩된 듯이 보인다. 비록 그렇지만 이를 읽어보면 서로 중첩된 뜻이 있다는 생각이 들지 않는다. 이는 성률에 어긋난 병통이 없기 때문이다. 옛사람들은 성률에 어긋난 병통을 피하고 꺼리는 것을 금침金針(비결)⁵⁾의 격식으로 여겼다. 참으로 옳다.

李學士知深「題豊州城頭樓」云"天與海無際, 茫茫望不窮. 四方千里目, 六月九秋風. 圖畵應難妙, 篇章豈得工? 只疑生羽翼, 身在大虛中."時人以此聯, 言不雕鑿, 而氣豪意豁. 雖然十字中言"無際", 又言"不窮", 或上言"望不窮", 下言"千里目". 似乎意疊, 而讀之不知有相疊之意者, 蓋無聲病也. 古人以回忌聲病, 爲金針格, 信哉.

---

4) □측기측수 구식을 사용하였다. 상평성 '동東' 운에 맞추어 '窮, 風, 工, 中'으로 압운하였다.

5) 금침金針은 금으로 만든 바늘이다. 비결을 상징한다. 옛날에 정간鄭侃의 딸 채랑采娘이 칠석날 밤에 직녀를 향하여 뛰어난 바느질 솜씨를 얻기를 기도하자, 그날 꿈에 직녀가 나타나 금침 하나를 주었다고 한다. 풍익자馮翊子, 『계원총담 사유史遺』.

상34. 개성사 팔척방에서 읊은 정지상의 시

"하늘 끝 낮은 구름 사이로 천 점 산이 솟았어라"

사인 정지상鄭知常이 「팔척방에 적다[題八尺房]」[1]에서 이렇게 읊었다.[2]

바위 위 늙은 소나무에
조각 달 걸렸고
하늘 끝 낮은 구름 사이로
천 점 산이 솟았어라

石頭松老一片月 ●○○●●●●
1 2 3 4 5 6 7 　석두송로일편월
|바위|머리|솔|늙은 곳에|한|조각|달이고|

天末雲低千點山 ○●○○○●○
1 2 3 4 5 6 7 　천말운저천점산
|하늘|끝|구름|낮은 곳에|천|점|산이다|

나는 일찍이 이 시의 말과 뜻[辭意]이 청절淸絶한 것을 좋아하여 때
때로 읊조리며 음미하곤 하였다.

내가 전라도 안렴사가 되었을 때의 일이다. 2월 3일에 변산 불사의
방不思議房[3] 뒤쪽으로 솟은 봉우리에 올랐더니, 그 곁에 늙은 소나무
가 하늘을 찌를 듯이 서 있고 뒤로 초승달이 얼핏얼핏 떠오르고 있었
다. 아래로는 평원이 내려다보이고 하늘 끝에 맞닿은 뭇 산이 마치
뜸 심지[灸注]처럼 뾰족하게 안개와 구름 사이로 솟았다. 그 순간 문

---

1) 팔척방八尺房은 개경 천마산天摩山 개성사開聖寺에 있던 8척 크기 승방을 이른다.
(『파한집』 상-22 참조)
2) 『동문선』에 「개성사 팔척방開聖寺八尺房」이라는 제목으로 실려있다. 칠언율시의 5,
6구이다.
3) 변산 불사의방不思議房은 변산 의상봉 정상 아래쪽 암벽 중간에 있던 방장이다. 신
라 고승 진표眞表가 수행하던 곳이라고 한다. 백 척 높이 나무 사다리를 거쳐야
방장에 이를 수 있다. 방장 건물을 쇠줄로 당겨서 바위에 고정하였다. 이규
보, 「남행월일기南行月日記」.

득 정공의 시가 떠올라 골똘히 음미하면서 되새겨보다가 이런 생각
이 들었다.

"이런 장소에 와보지 않았더라면, 정공이 어떤 곳에서 그런 시상
을 떠올렸을지 이해할 수 있었겠는가?"

鄭舍人知常「題八尺房」云 "石頭松老一片月, 天末雲低千點山." 子嘗
愛其辭意淸絶, 時時吟翫. 及爲全羅道按廉, 當二月生明, 登邊山不
思議房後峰, 傍有老松擥天, 新月隱映. 下望平原, 際天衆山, 如灸注
尖抹雲烟. 忽憶鄭公詩, 沈吟咀嚼, 以爲"不到此境, 安知鄭公得意處
也?"

상35. 개골산 바위 봉우리를 읊은 김예경의 시

"응당 그림 그리던 옛날 붓끝이었으리라"

풍악楓岳은 모든 봉우리가 흙이 없이 뼈처럼 서 있어 개골皆骨이라
고 부른다. 담무갈보살曇無竭菩薩[1]의 진신眞身이 머물고 있어, 이곳 승
려들은 비록 수행이 없어도 도를 이룰 수 있다. 국자감 좨주 이순우
李純祐[2]가 동북면 병마사가 되어 이 산을 지나다가 절구로 한 수를 적
어놓았는데, 외조부 김예경金禮卿이 이 시에 차운하여 이렇게 읊었다.

당시 곽산에 묻히었던	韋偃當年葬虢山 ○●○○●●◎
화가 위언이[3]	1 1 3 3 7 5 5　위언당년장곽산
	위언이 당시에 묻혔는데 곽산에
개골로 바꾸어서	變爲皆骨倚天寒 ●○◎●●○◎
찬 하늘에 기대어놓은 건가?	1 4 2 2 7 5 6　변위개골의천한
	바꿔 만들어 개골로 기댔나 하늘 찬 데
깎아지른 높은 봉우리가	高撑巉絶看如畵 ○○◎●○○●
그림 같으니	1 2 3 3 5 7 6　고탱참절간여화
	높이 버텨 드높아 바라봄에 같으니 그림

1) 담무갈보살曇無竭菩薩은 법기보살이다. 『화엄경』에 따르면, 금강산에 머물면서 보
   살 12,000명을 거느리고 설법한다고 한다.
2) 이순우李純祐(?~1196)는 초명이 이청李請이다. 1163년 과거에 장원 급제하였다. 충
   주 사록忠州司錄, 간의대부, 한림 학사 등을 거쳐 국자감 대사성에 올랐다. 1191
   년에 국자감시를 주관하였다.
3) 위언韋偃은 산수와 송석松石 그림에 능한 당나라 화가다. 소식은 구양수의 석병
   石屛(바위를 깎아 단면의 무늬를 감상하도록 제작한 병풍)을 읊은 시에서, 곽산에 묻힌
   위언이 이 바위 속에 그림을 그려놓은 듯하다고 하였다. 곽산은 석병의 산
   지이다. 소식, 「태자소사 구양수가 소장한 돌 병풍을 시로 읊게 하여 짓다[歐陽
   少師令賦所蓄石屛]」, "내 생각에 필굉과 위언이 죽어 곽산에 장사 지냈는데, 그 뼈
   가 썩어도 마음은 사라지지 않은 것인가. 신기하고 공교한 생각을 발산할
   데가 없어, 안개와 비를 바꾸어 바위 속에 물들여 그림을 그려냈으리라.[我
   恐畢宏韋偃死葬虢山下, 骨可朽爛心難窮. 神機巧思無所發, 化爲烟霏淪石中.]"

응당 그림 그리던
옛날 붓끝이었으리라

應是丹靑舊筆端 ○●○○●●◎[4]
　1　7　2　2　4　5　6　　응시단청구필단
|응당|이다|단청하던|옛날|붓|끝|

쫴주가 이 시를 끝없이 칭찬하였다. 이에 외조부가 이렇게 말하였다.

"이것으로는 아직 부족하오. 아직 남은 생각이 더 있소."

곧 절구로 시 한 수를 다시 지어냈다.

담무갈[5] 진신이
이 산에 머물고 있을 때

無竭眞身住此山 ○●○○●●◎
　1　1　3　3　7　5　6　　무갈진신주차산
|담무갈의|진신이|머물러|이|산에|

마른 뼈를[6] 환술로
구름 끝에 걸어놓아서

幻將枯骨掛雲端 ●○○●●○○
　1　4　2　3　7　5　6　　환장고골괘운단
|환술로|가지고|마른|뼈|걸어|구름|끝에|

수행 없이 머무는
승려들에게

欲令無行居僧眼 ●●○○○○●
　7　6　2　1　3　4　5　　욕령무행거승안
|하려 한다|시켜|없이|수행|있는|중|눈을|

조석으로 보면서
묘관에 이르게 하였어라*

朝暮相看入妙觀 ○●○○●●◎[7]
　1　2　3　4　7　5　5　　조모상간입묘관
|아침|저녁에|서로|보아|들게|묘관에|

원주* 【승려에게 백골관白骨觀[8]이란 것이 있다.】

─────

4) ▫측기평수 구식을 사용하였다. 상평성 '산刪' 운과 통운에 해당하는 상평성 '한
寒' 운에 맞추어 각각 '山'과 '寒, 端'으로 압운하였다.
5) 무갈無竭은 담무갈曇無竭 보살이다. 금강산 중향성衆香城에 머물면서 법을 일으킨
다는 법기보살法起菩薩이다. 『반야바라밀다경』을 설할 때, 상제 보살이 와서 반야
를 들었다고 한다. 『화엄경』.
6) 고골枯骨은 살과 근육이 사라진 백골白骨이다.
7) ▫측기평수 구식을 사용하였다. 상평성 '산刪' 운과 통운에 해당하는 상평성 '한
寒' 운에 맞추어 각각 '山'과 '端, 觀'으로 압운하였다.,
8) 백골관白骨觀은 무상을 깨닫고 집착을 없애려고 살과 근육이 없는 백골 상태의
자기를 관조하는 방법이다.

이어서 이렇게 말하였다.

"이전에 가렵던 곳을 이제야 긁었소."

楓岳皆骨立無土, 因名爲皆骨. 曇無竭菩薩眞身所住, 居僧雖無行, 亦成道. 李祭酒純祐爲東北面兵馬使, 過此山, 題一絶. 外王父金禮卿次其韻曰"韋偃當年葬號山, 變爲皆骨倚天寒. 高撑巉絶看如畫, 應是丹靑舊筆端."祭酒稱賞不已. 外王父曰"此猶未盡, 尙有餘懷."更作一絶云"無竭眞身住此山, 幻將枯骨掛雲端. 欲令無行居僧眼, 朝暮相看入妙觀.【浮屠有白骨觀.】"乃曰"從前癢處, 已爬了也."

157

상36. 동래 적취정에 전하는 삼절

시와 기문과 글씨

동래東萊의 객관 뒤에 있는 적취정積翠亭에 안렴사 곽동순郭東珣[1]이 시 한 수를 남겼다. 상국 문공유文公裕[2]가 대리大理로 있을 때 이 시를 시판에 손수 써서 걸어놓았더니, 그 이후로는 뒤를 이어서 걸리는 시가 한 수도 나오지 않았다. 나중에 학사 김정金精[3]이 기문을 짓고 상국 최유청崔惟淸이 후기를 지어서 자필로 써놓은 것이 있을 뿐이다. 세상 사람들이 이를 "적취정 삼절積翠亭三絶"이라고 일컫는다. 시詩가 뛰어나고 기문記이 뛰어나고 글씨書가 뛰어남을 이른다.

나는 정미년(1247) 봄에 역마를 타고 이 정자를 지날 때,[4] 이 시를 한번 보고 감탄하였다. 그때 가만히 침묵만 하고 있을 수 없어 화운하여 시 한 수를 지었다. 그러자 현령 지 장원池壯元[5]이 이를 시판에 새기겠다고 하여, 내가 굳이 만류하였다. 삼절에 누가 될 뿐 아니라, 이 정자에도 폐를 끼칠까 두려웠다.

---

1) 곽동순郭東珣은 곽여의 조카이다. 태학 박사를 거쳐 1135년과 1145년에 두 차례 금나라에 사신 갔었다.

2) 문공유文公裕(1088~1159)는 문극겸文克謙의 아버지다. 1112년 과거에 급제하고, 병부 상서에 올랐다. 이자겸에 의해 유배된 적이 있다. 시호는 경정敬靖이다.

3) 김정金精은 1115년 과거에 장원 급제하고, 비서소감, 보문각 대제 등을 지냈다.

4) 최자는 1247년 봄에 동남로 안렴사로 있었다. 「문청공전文淸公傳」에는 순문경상 안동도지휘병마사巡問慶尙安東道指揮兵馬使로 기록되어 있다. 『해주최씨가장海州崔氏家藏』.

5) 지 장원池壯元은 1238년 과거에 을과 장원 급제한 지순池珣으로 보인다.

東萊客館後有積翠亭, 按廉使郭東珣留詩一首. 文相國公裕爲大理時, 手寫上板, 是後無一詩繼上者. 學士金精作記, 崔相國惟淸作後記自書. 世稱"積翠亭三絶", 謂詩絶記絶書絶. 子丁未春, 乘傳過玆亭, 一見歎賞, 不能緘默, 和成一首. 縣令池壯元欲勒板, 固止之. 恐累三絶, 且負斯亭.

상37. 금관루를 읊은 송국첨 시에 차운한 나그네의 시

"누대 하나 읊은 말이 백 마디도 넘네"

금관루金官樓[1] 위에 송 학사宋學士[2]가 가장 먼저 6운(12구) 칠언시 세 수를 적어놓았다. 당시에 이 시에 차운하여 다시 시 세 수를 남긴 자가 있다. 나중에 그 뒤를 이어서 화답한 시인도 무려 10여 명에 이르렀다. 누 위에 시판이 가득하여 이를 읽는 자들이 모두 피곤하게 여겼을 정도다.

어떤 한 나그네가 시판 끝에 이렇게 썼다.

서산 봉우리 정취도	一聯已盡西峰意 ●○○●●○○
시 한 연에 다 드러나거늘[3]	1 2 3 7 4 5 6 일련이진서봉의
	한 연에 이미 다하니 서쪽 봉우리 뜻을
북악[4] 읊는다고	四句何須北岳書 ●●○○●●◎
네 구의 말이 필요하랴?	1 2 3 7 4 4 6 사구하수북악서
	네 구가 어찌 필요할까 북악을 씀에
우습게도	堪笑宋公眞好事 ○●●○○●●
송공은 정말 호사가로다	7 6 1 1 3 5 4 감소송공진호사
	만하니 웃을 송공이 정말 좋아함을 일

---

1) 금관루金官樓는 김해에 있던 누대로 추정된다.
2) 송 학사宋學士는 학사 송국첨宋國瞻(?~1250)을 이른 듯하다. 송국첨은 급제 후에 사관과 감찰어사를 지냈다. 이후 형부 상서, 경상도 순문사尚道巡問使, 동경 부유수東京副留守 등을 지냈다.(하-48 참조)
3) 당나라 때 서산사西山寺에서 읊은 시가 많은데, 진단陳搏의 "영원히 새 달을 가리고, 강물에 석양 비치지 않네.[終古礙新月半江無夕陽]"(「서봉西峰」)가 절창으로 불린다. 『고금사문류취 시귀착제詩貴着題』.
4) 북악北岳은 자세하지 않다. 금관루가 위치한 산일 듯하다.

누대 하나 읊은 말이
백 마디도 넘네⁶⁾

一樓題詠百言餘 ●○○●●○○⁵⁾
1 2 3 3 5 6 7　일루제영백언여
한 | 누를 | 제영함에 | 백 | 마디 | 남짓 썼다

金官樓上, 宋學士首題七言六韻詩三首. 時有次韻者, 亦留三首. 後
繼和無慮十餘輩, 詩板滿樓, 讀者皆疲. 有一客書板尾云 "一聯已盡
西峰意, 四句何須北岳書? 堪笑宋公眞好事, 一樓題詠百言餘."

---

5) ❏ 평기측수 구식을 사용하였다. 상평성 '어魚' 운에 맞추어 '書, 餘'로 압운하였다.
6) 송 학사가 6운의 칠언시 3수로 금관루를 읊었다. 총 252자가 된다.

상38. 전범이 된 두보의 율시와 이백의 악장과 한유와 소식의 고시

금란金蘭[1] 총석정叢石亭을 유람하고서 산인山人 혜소慧素[2]가 기문을 지었다. 문열공(김부식)이 이 기문을 보고서 장난스럽게 말하였다.

"이 선사께서 율시律詩를 지으려고 한 것인가?"

성산星山 공관公館을 방문한 어떤 사신이 10운(20구) 시를 적어놓았다. 말을 많이 하여 뜻을 곡진하게 드러낸[辭繁意曲] 시였다. 곽동순郭東珣[3]이 이 시를 보고서 말하였다.

"이는 기문이다. 시가 아니다."

시와 산문이 서로 다를 뿐이 아니라, 같은 시와 문장 안에서도 저마다 다른 여러 체제가 있는 것이다. 고인이 이렇게 말하였다.

"시를 배우는 자가 대율구對律句(율시) 형식은 두자미(두보)를 본받고, 악장樂章 형식은 이태백(이백)을 본받고, 고시古詩 형식은 한유와 소식을 본받는다. 문사文辭의 경우는 각 형식이 한유 산문에 모두 갖추어져 있다. 깊이 숙독하면 그 형식을 터득할 수 있다."

그렇지만 이백과 두보의 고시가 한유와 소식의 고시보다 못한

---

1) 금란金蘭은 총석정 남쪽에 있는 통천通川의 옛 이름이다.
2) 혜소慧素는 대각국사 의천의 제자이다. 개경 서호西湖 견불사見佛寺에 있을 때, 김부식이 자주 찾아가서 밤새 담론을 나누고 시를 수창하였다.
3) 곽동순郭東珣은 상-36 참조.

것은 아니다. 이렇게 말한 것은 단지 후배들에게 여러 시인의 시체를 두루두루 섭렵하게 하기 위해서일 뿐이다.

金蘭叢石亭, 山人慧素作記. 文烈公戱之曰"此師欲作律詩耶?"星山公館, 有一使客留題十韻, 辭繁意曲. 郭東珣見之曰"此記也, 非詩也."非特詩與文各異, 於一詩文中亦各有體. 古人云"學詩者, 對律句體子美, 樂章體太白, 古詩體韓·蘇. 若文辭, 則各體皆備於韓文. 熟讀深, 可得其體."雖然李·杜古詩, 不下韓·蘇, 而所云如此者, 欲使後進, 汎學諸家體耳.

상39. 문경의 화봉원을 읊은 유희와 아무개의 시

"어찌 화봉이란 이름을 홀로 차지한 건가?"

학사 유희劉曦[1]는 의종 때 어전에서 치른 과거에 응시하여 장원을 차지하였다. 그가 일찍이 남에게 지어 준 시에서, 대략 이렇게 읊은 적이 있다.

<table>
<tr><td rowspan="2">장원 급제한 자는
늘 있지만</td><td>壯元及第尋常有 ●○○●●○○</td></tr>
<tr><td>1 1 3 3 5 5 7　장원급제심상유
｜장원으로｜급제함은｜평소에｜있으나｜</td></tr>
<tr><td rowspan="2">천자의 문생은
몇 사람이나 있을까?</td><td>天子門生有幾人 ○●○○●●○</td></tr>
<tr><td>1 1 3 3 7 5 6　천자문생유기인
｜천자의｜문생은｜있을까｜몇｜사람이나｜</td></tr>
</table>

밀성密城(밀양) 수령이 되었을 때다. 화봉원華封院[2]을 지나는 길에 들러서 쉬다가 벽에 이렇게 써놓았다.

<table>
<tr><td rowspan="2">좌천되어 남쪽으로
열여섯 역참[3]을 지나서</td><td>謫宦南行十六驛 ●●○○●●●</td></tr>
<tr><td>1 2 3 7 4 5 6　적환남행십륙역
｜좌천한｜벼슬로｜남쪽으로｜지나｜열｜여섯｜역｜</td></tr>
<tr><td rowspan="2">오늘 아침에 비로소
상원(상주) 경계에 들어서니</td><td>今朝始踐尙原境 ○○●●●○◉</td></tr>
<tr><td>1 2 3 7 4 4 6　금조시천상원경
｜오늘｜아침｜비로소｜밟으니｜상원｜경계｜</td></tr>
</table>

---

1) 유희劉曦는 의종 6년(1152) 친시親試에서 장원 급제한 유희劉羲로 보인다. 한림원에 근무하였다. 1173년 계사의 난에 무인에 의해 해를 당했다.『신증동국여지승람 충주목忠州牧』.
2) 화봉원華封院은 문경현聞慶縣 남쪽 4리에 있던 역원驛院이다. 초곡원草谷院으로 불린다.『신증동국여지승람 문경현聞慶縣』.
3) 열여섯 역참은 개경에서 화봉원에 이르는 동안 16개 역참을 지났음을 이른다.

요성4) 곁에	聊城側畔數里餘 ○○●●●●
몇 리 남짓 되는 곳에	1 1 3 3 5 6 7　료성측반수리여
	┊요성┊곁┊몇┊리┊남짓한 곳에┊
문경이라 불리는	有一僻郡號聞慶 ●●●●●○◎
외진 군 마을이 나타나고	4 1 2 3 7 5 5　유일벽군호문경
	┊있어┊한┊외진┊군┊불리는데┊문경으로┊
군 변두리에 새 역원 모습이	郡邊新院勢甚嚴 ●○○●●●○
심히 위엄 있어라	1 2 3 4 5 6 7　군변신원세심엄
	┊군┊가에┊새┊역원이┊형세┊매우┊엄하여┊
금빛과 푸른 빛이	爛然金碧交相映 ●○○●○○◎
찬란히 서로 어우러져 비추고	1 1 3 4 5 5 7　란연금벽교상영
	┊찬란하게┊금색┊푸른색┊서로┊비추고┊
동편 작은 누도	東偏小樓尤奇絶 ○○●○○○●
더욱 기이하고 빼어나서	1 2 3 4 5 6 7　동편소루우기절
	┊동┊편┊작은┊누┊더욱┊기이하고┊빼어나┊
옛날 휴문이 읊은	壓倒休文舊八詠 ●●○○●●◎
팔경 풍광을 압도하네5)	6 6 1 1 3 4 4　압도휴문구팔영
	┊압도한다┊휴문의┊옛┊팔영을┊
아름답구나	美哉此屋是誰營 ●○○●●○○
이 집을 누가 지었나?	1 2 3 4 7 5 6　미재차옥시수영
	┊아름답다┊어사┊이┊집┊인가┊뉘┊지은 것┊
'광문'이 이름이요	光文其名閔其姓 ○○○○●○◎
'민'이 성이라네	1 1 3 4 5 6 7　광문기명민기성
	┊광문이┊그┊이름이고┊민이┊그┊성이다┊
나는 민공의	我是閔公門下人 ●●●○○●○
문하 사람으로서	1 7 2 2 4 4 6　아시민공문하인
	┊나는┊이다┊민공┊문하의┊사람┊
이제 그가 창건한 건물 보니	今見創構益自敬 ○●●●●○◎
더욱 절로 공경스럽네	1 4 2 3 5 6 7　금견창구익자경
	┊지금┊보고┊새┊건축┊더┊절로┊공경한다┊
아, 이분을	嗟乎此人留在世 ○○●○●●●
이 세상에 머물러두어	1 2 3 4 5 7 6　차호차인류재세
	┊아┊어사┊이┊사람을┊남겨┊두어┊세상에┊

---

4) 요성聊城은 문경 곁에 있던 옛 지명이다. 요성역聊城驛이 있었다.

5) 팔영八詠는 심약沈約(441~513)이 융창 1년(494)에 동양 태수로 있을 때, 현창루玄暢樓를 세우고 여덟 가지 승경을 노래한 시이다.

천하를 경영하게 했더라면
병들지 않았겠어라
하지만 어쩌랴?
하늘에 옥루6)가 완성되어
긴 하늘 지나는 기러기처럼
자취 없이 떠나셨구나
이미 이승을 벗어나
아득하여 찾아뵙기 어렵기에
그저 혼자서 탄식하기를
오래 할 뿐이어라

經營天下不爲病 ○○○●●○◎
3 3 1 1 7 6 5　경영천하불위병
|경영하면|천하를|않는다|되지|병이|

奈何天上玉樓成 ●○○●●○○
1 1 3 4 5 5 7　내하천상옥루성
|어쩌랴|하늘|위에|옥루가|완성되어|

鴈過長空不留影 ●●○○●●◎
1 4 2 2 7 6 5　안과장공불류영
|기러기|지남에|장공|않듯|남기지|그림자|

塵凡已隔杳難尋 ○○●●●○◎
1 1 3 4 5 7 6　진범이격묘난심
|이승|이미|떠나|아득해|어려워|찾기|

只自興歎茲之永 ●●○●○◎●7)
1 2 4 3 6 7　지자흥탄자지영
|단지|절로|발함|탄식|이에|어사|길다|

곽동순郭東珣에게 만약 이 시를 보였다면, 아마도 기문記文이라고 평했을 것이다.8) 또 어떤 사람이 화봉원에 이런 시를 적어놓았다.9)

온갖 인연이 재처럼 식은
늙은 거사도
오히려 충정이 있어
성군을 받들고자 하고

萬緣灰冷老居士 ●○○●●○●
1 2 3 4 5 6 6　만연회랭로거사
|만 가지|인연|재처럼|식은|늙은|거사도|

尙有丹心奉聖明 ●●○○●●◎
1 4 2 2 7 5 5　상유단심봉성명
|오히려|있어|단심이|받들고|성군을|

6) 옥루玉樓는 천제가 머무는 백옥루白玉樓를 이른다. 천제가 백옥루를 완성한 뒤에 당나라 시인 이하李賀를 불러 기를 쓰게 했다고 한다. 문인文人의 죽음을 상징하는 말로 쓰인다.
7) □칠언고시이다. 상성 '경梗' 운과 운섭에 해당하는 거성 '경敬' 운에 맞추어 각각 '境, 影, 永'과 '慶, 映, 詠, 姓, 敬, 病'으로 압운하였다.
8) 곽동순이 성산 공관에서 어떤 사신이 적어놓은 10운 시를 보고, 시가 아니라 기문이라고 지적했기 때문에 이렇게 말한 것이다. (상-38 참조)
9) 『동국이상국집』에 「화봉원에 쓰다[題華封院]」라는 제목으로 실려있다.

천하 백성도 모두
성군을 축원하길 바라는데
어찌 화봉[10]이란 이름을
홀로 차지한 건가?

天下蒼生皆請祝　○●○○○●●
　　1　1　3　3　5　7　6　천하창생개청축
|천하|백성이|모두|청하는데|빌기를|

如何獨占華封名　○○●●○○●[11]
　　1　1　3　7　4　4　6　여하독점화봉명
|어떻게|홀로|차지했나|화봉이란|이름을|

　유희의 시는 풍경을 마주하여 옛일을 그리워한 것이라서, 말을 많
이 하여 그 뜻을 곡진하게 드러냈다[辭繁意曲]. 그러나 이 시는 단지 이
화봉원만을 시제로 삼은 것이라서, 말을 간략하게 하면서도 놀라게
만든다. 유공의 사자嗣子인 대사성 유충기劉冲基[12]는 행실이 고결孤潔
하고 문장이 홍섬洪贍하여 아버지와 같은 기풍이 있으나, 그의 저술
이 모두 흩어지고 사라져버려 여기에 기록할 수 없다.

劉學士曦, 毅廟時應御試, 中壯元. 嘗投人詩, 略云 "壯元及第尋常有,
天子門生有幾人?" 及爲密城守, 道過華封院, 畫憩書壁云 "謫宦南行
十六驛, 今朝始踐尙原境. 聊城側畔數里餘, 有一僻郡號聞慶. 郡邊
新院勢甚嚴, 爛然金碧交相映. 東偏小樓尤奇絶, 壓倒休文舊八詠. 美
哉此屋是誰營, 光文其名閔其姓. 我是閔公門下人, 今見創構益自敬.
嗟乎此人留在世, 經營天下不爲病. 奈何天上玉樓成? 鴈過長空不留
影. 塵凡已隔杳難尋, 只自興歎玆之永." 如使東珣見之, 殆謂記也. 又

---

10) 화봉華封은 화華라는 지역의 변경을 수비하는 봉인封人이다. 그가 요임금을 만
　나 장수[壽]와 부富와 자식 많음[多男] 세 가지를 빌어주었다고 한다. 『장자 천지
　天地』.
11) □평기측수 구식을 사용하였다. 하평성 '경庚' 운에 맞추어 '明, 名'으로 압운하였다.
12) 유충기劉冲基는 대책對策으로 명성을 얻었다.

有人題此院云"萬緣灰冷老居士, 尙有丹心奉聖明. 天下蒼生皆請祝, 如何獨占華封名?"劉詩遇境戀古, 故辭繁意曲, 此詩但屬題此院, 故語略而警. 劉公嗣子大司成冲基, 操行孤潔, 文章洪贍, 有父之風. 其所著述皆散亡, 不得錄.

상**40**. 고흥 팔전산을 유람하며 읊은 백운자 오정석의 시
"숲이 우거지녀 새가 깊은 데서 우네"

직강 하천단河千旦[1]이 백운자白雲子 오정석吳廷碩[2]의 「팔전산[3]」을 유람하다[遊八巓山]라는 시를 외었다.

물이 길게 흐르니	水長山影遠 ●○○●●
산 그림자도 멀리 비추고	1 2 3 4 5 　 수장산영원
	물이│길어│산│그림자│멀고│
숲이 우거지니	林茂鳥啼深 ○●●○◎
새가 깊은 데서 우네	1 2 3 5 4 　 림무조제심
	숲이│무성하여│새가│운다│깊은 데서│
아이야, 지겹다고	倦僕莫鞭馬 ●●○○○
말에 채찍질 마라	1 2 5 4 3 　 권복막편마
	게으른│아이야│마라│채찍질│말에│
천천히 가면서	徐行得久吟 ○○●●◎[4]
오래오래 읊조리련다	1 2 5 3 4 　 서행득구음
	천천히│가야│얻으리라│오래│읊음을│

이어서 이렇게 말했다.

"'숲이 우거지니 새가 깊은 데서 우네[林茂鳥啼深]'라는 시구가
가장 절창이다."

---

1) 하천단河千旦(?~1259)은 이안현利安縣 사람이다. 표表와 전箋이 모두 그 손에서 나
　 왔다고 한다. 고원誥院에서 근무하고, 판위위사判衛尉事에 올랐다.
2) 오정석吳廷碩은 정중부의 난을 피해 승려가 된 백운자白雲子 신준神駿이다.
3) 팔전산八巓山은 전남 고흥의 동쪽에 있는 팔영산의 옛 이름이다.
4) □평기측수 구식을 사용하였다. 하평성 '침侵' 운에 맞추어 '深, 吟'으로 압운하였다.

그래서 내가 이렇게 말했다.

"이 시는 담아낸 뜻[遺意]이 한가롭고 심원하여[閑遠] 네 구를 연달아 음미한 뒤에야 비로소 아름다운 맛을 느낄 수 있다. 어찌 시구 하나만을 가지고서 절창이라고 평할 수 있겠는가? '숲이 우거지니 새가 깊은 데서 우네'라는 시구는 두자미의 '대숲 너머 깊은 데서 새 소리 들려오네[隔竹鳥聲深]'라는 시구를 베낀 것이다. '숲이 우거졌다[林茂]'라는 말은 '대숲 너머[隔竹]'라는 말에 견주면, 마치 흐린 경수涇水와 맑은 위수渭水[5] 같아서 청탁淸濁이 절로 구분된다."

河直講千旦, 誦白雲子吳廷碩「遊八崏山」詩, "水長山影遠, 林茂鳥啼深. 倦僕莫鞭馬, 徐行得久吟." 因曰 "'林茂鳥啼深'之句, 最爲絶唱." 予曰 "此詩遺意閑遠, 連吟四句, 而後得嘉味. 何獨一句爲絶? 如'林茂鳥啼深'之句, 是剝杜子美'隔竹鳥聲深'也. 以'林茂'之言, 比'隔竹'之語, 若涇·渭然, 清濁自分."

---

5) 탁한 경수涇水와 맑은 위수渭水가 합류할 때, 그 청탁이 절로 드러남을 이른다. 『시경 곡풍谷風』.

상41. 묵죽 솜씨가 뛰어난 장원 김군수의 시
"둔한 손 게으른 솜씨로 흉중의 대나무 그려보노라"

문숙공文淑公 최유청崔惟淸이 과거를 주관할 때, 승선承宣 김입지金立 之[1]가 장원 급제하였다. 그런데 문숙공의 아들 문의공文懿公[2]이 과거 를 주관할 때는 김 승선의 아들 간의諫議 김군수金君綏[3]가 또 장원 급 제하였다.

김 간의는 재주와 식견이 부섬富贍하고 가정에서 묵죽墨竹 화법을 물려받았다. 필법도 범상치 않았다. 한번은 한 승려가 강남으로 돌아 가기에 앞서 종이 한 장을 들고 가서 그림을 청한 일이 있었다. 김 간 의는 그림을 그린 뒤에 시를 적었다.

강남 가는 길
수십 리에
숲마다 살평상처럼 무성한
대나무 실컷 볼 텐데도
그대가 내 둔한 손을
성가시게 하여 싫긴 하지만

南行數十里 ○○●●●
1 2 3 4 5   남행수십리
남으로 가는 수 십 리에서

厭見林林竹如簀 ●●○○●○●
6 7 1 1 3 5 4   염견림림죽여책
실컷 보니 숲마다 대가 같음 살평상

嫌君煩鈍手 ○○○●●
5 1 4 2 3   혐군번둔수
싫어하나 그대가 번거롭게 함 둔한 손

---

1) 김입지金立之(?~1170)는 김부식의 아들 김돈중金敦中이다. 입지立之는 자이다. 1144년 과거에 급제하였다.
2) 문의공文懿公은 최유청의 차남 최선崔詵(1138~1209)이다. (상-13 참조)
3) 김군수金君綏는 김부식의 손자이다. 호는 설당雪堂이다. 명종 24년(1194) 과거에 장원 급제하여 한림원에 근무하고, 좌간의대부를 지냈다.

둔한 손 게으른 솜씨로
흉중의 대나무 그려보노라[4]
천 이랑에 울창한
만여 길 높이로
향 전지 한 폭에 담으려니
얼마나 비좁겠냐만
그대는 보지 못했나?
장사 땅이 아무리 비좁아도
대왕이 너울너울 소매 춤추길
넉넉히 크게 못 하지 않았네[*5]

鈍手慵畫繪胸中　●●●●○○
1 2 3 4 5 6 7　둔수용화회흉중
｜둔한｜손｜게으른｜그림에｜그린다｜흉중을｜

千畝鬱鬱萬餘丈　○●●●●○●
1 2 3 3 5 6 7　천무울울만여장
｜천｜이랑｜울울하게｜만｜여｜길 자라니｜

一幅香牋何窄窄　●●○○○○●●
1 2 3 4 5 6 6　일폭향전하착착
｜한｜폭｜향｜종이가｜얼마나｜비좁을까｜

君不見長沙地自褊　○●●○○●●●
1 2 2 4 4 6 7 8　군불견장사지자편
｜그대｜못 보았나｜장사｜땅｜절로｜좁아도｜

大王舞袖非不翩翩寬且大
1 1 3 3 11 10 5 5 7 7 7　

　　　　　●○●●●○●○○●●
　　　　　대왕무수비불편편관차대
｜대왕｜소매춤｜않다｜않지｜편편하게｜넓고 크지｜

원주* 【이 시는 호용운互用韻[6] 격식으로 지었다.】

김 간의가 동남로 안렴사가 되었을 때, 요성역聊城驛[7]을 지나는 길에 시를 남겼다.

---

4) 흉중胸中은 많은 연습을 거쳐 흉중에 대나무 형상이 완성된 흉중성죽胸中成竹을 이른다. 소식, 「문여가가 그린 운당곡 누운 대나무 그림에 쓴 기문[文與可畫篔谷偃竹記]」, "대나무를 그릴 때는 반드시 흉중에 먼저 대나무를 완성한다.[畫竹, 必先得成竹於胸中.]"

5) 장사정왕長沙定王 유발劉發의 고사를 이른다. 한나라 경제景帝 생일에 아들 장사정왕 유발이 찾아가 축수하고 춤을 추는데, 옷소매를 펴고 손을 조금 들 뿐이었다. 경제가 그 이유를 묻자, "신은 나라가 작고 땅이 좁아서 움직일 수 없습니다."라고 하였다. 배인裴駰, 『사기집해 오종세가五宗世家』.

6) 호용운互用韻은 한 가지 운韻으로 끝까지 압운하지 않고, 다른 운을 섞어 쓰는 것을 이른다.

7) 요성역聊城驛은 요성聊城에 있던 역참이다. 요성은 문경 곁에 있던 옛 지명이다.

지난해	去歲楓欲丹 ●●◐◑○	
	1 2 3 5 4　거세풍욕단	
단풍나무 붉어질 무렵	지난│해│단풍나무│할 때│붉어지려│	
초헌8)을 타고	乘軺赴南國 ○○◐◑◐	
	2 1 5 3 4　승초부남국	
남방에 부임했다가	타고│초헌을│부임하고│남쪽│나라에│	
올해에	今年柳初黃 ○○●○○	
	1 2 3 4 5　금년류초황	
버들잎 처음 누레질 때	올│해│버들이│처음│누레질 때│	
깃발 돌려서	返旆朝北極 ●●◐◑●	
	2 1 5 3 3　반패조북극	
조정9)으로 돌아간다오	돌려│깃발을│향한다│북극으로│	
만물이 이렇게	萬物化無常 ●●○○	
	1 2 3 5 4　만물화무상	
무상하게 변하고	만 가지│사물이│변하여│없고│일정함│	
사계절도	四時行不息 ◐○○●●	
	1 2 3 5 4　사시행불식	
쉼 없이 운행하지만	네│계절│순행하여│않지만│쉬지│	
시냇물은	溪流似我心 ○○●●○	
	1 2 5 3 4　계류사아심	
내 마음처럼	시내│흐름은│같아서│내│마음│	
오직 한결같이	澄淨唯一色 ◑●◐◑●10)	
	1 2 3 4 5　징정유일색	
맑고 깨끗하여라	맑고│깨끗해│오직│한 가지│빛깔이다│	

　사람들은 이 시가 온화하고 넉넉한[和裕] 맛이 있다고 하면서, 진실로 행역行役하는 대부에게 걸맞은 시라고 평하였다.

---

8)　초헌軺軒은 종2품 이상 관원이 타던 외바퀴 수레이다. 명거命車, 목마木馬로 불린다.

9)　북극北極은 북극성이다. 제왕이나 조정을 빗댄 말이다.『논어 위정爲政』, "덕으로 정사를 펴는 것은, 비유하면 북극성이 제자리에 있으면 여러 별이 그로 향하는 것 같다.[爲政以德, 譬如北辰居其所, 而衆星共之.]"

10)　□측기평수 구식을 사용하였다. 입성 '직職' 운에 맞추어 '國, 極, 息, 色'으로 압운하였다.

崔文淑公典試, 金承宣立之擢第龍頭. 文淑公之嗣文懿公典試, 金承宣之子諫議君綏, 又中壯元. 諫議才識富贍, 墨竹傳家, 筆法不凡. 有一僧將歸江南, 以一張紙求畫. 畫畢題詩云"南行數十里, 厭見林林竹如簀. 嫌君煩鈍手, 鈍手慵畫繪胸中. 千畝欝欝萬餘丈, 一幅香牋何窄窄. 君不見長沙地自褊, 大王舞袖非不褊褊寬且大.【此互用韻格.】"及爲東南路按廉, 過聊城驛留詩云"去歲楓欲丹, 乘軺赴南國. 今年柳初黃, 返旆朝北極. 萬物化無常, 四時行不息. 溪流似我心, 澄淨唯一色."人以此詩和裕有味, 誠大夫行役之作.

상42. 조탁한 흔적을 남기지 않은 채보문의 시

"한밤중 흰 모래밭에 달빛 머물고"

습유 채보문蔡寶文[1]은 한 시대에 크게 명성을 떨쳤다. 읊은 시를 보면 군세고 아름다우면서[遒麗] 조탁한 흔적이 없다. 그는 일찍이 금성錦城(나주)에 가서 잠시 머물러 공부한 적이 있었다. 나중에 안렴사가 되어 다시 그곳에 내려갔을 때, 관사 벽에 시를 적어놓았다.[2]

이 땅에 와서 노닐고 십여 년 뒤	此地來遊十餘載 ●●○○●○● 1 2 3 4 5 6 7 차지래유십여재 이 땅에 와서 노닌 뒤 십 여 년에
남녘에 날아가는 기러기처럼 올가을에 다시 왔네	今秋又作雁南飛 ○○●●●○○ 1 2 3 7 4 5 6 금추우작안남비 올 가을 또 한다 기러기 남녘 날아옴처럼
저녁에 주렴을 걷어보니 강산은 그대론데	簾旌暮捲江山是 ○○●●○○● 1 1 3 4 5 6 7 렴정모권강산시 주렴장막 저녁에 걷자 강 산 그대론데
아침에 경갑을 열어보니 치아 터럭은 옛날 아니로다	鏡匣朝開齒髮非 ●●○○●●○ 1 1 3 4 5 6 7 경갑조개치발비 경갑 아침에 여니 치아 모발 아니다
한밤중 흰 모래밭에 달빛 머물고	半夜白沙留月色 ●●●○○●● 1 2 3 4 7 5 6 반야백사류월색 중간 밤 흰 모래는 머물고 달 빛을

---

1) 채보문蔡寶文은 의종 17년(1163)에 을과 2등으로 급제하여 추밀원사, 병부 시랑, 지제고 등을 지냈다.

2) 『동문선』에 「나주 객관에 쓰다[題羅州館]」라는 제목으로 실려있다. 제목 밑에 "을해년(1155)에 이곳에 와서 유학할 적에 서기書記 박원개朴元凱가 공관에서 특별히 잔치를 베풀어 나를 위로했다. 이제 내가 안렴사가 되어 다시 이곳에 오니 옛일이 떠오르고 감회가 일어난다. 인하여 4운의 시를 짓는다."라는 주가 있다. '半夜'는 '庭靜'으로, '長年'은 '園深'으로 되어있다.

오래오래 푸르른 대나무는
봄빛에 화사한데
황금 관대 붉은 관복 차림에[3]
새 영화가 높으니
오갈 적에 어느 누가
한낱 베옷 선비[5]라 말하랴?

長年綠竹媚春輝　○○○●●○○
1　2　3　4　5　6　　장년록죽미춘휘
|긴|세월|푸른|대는|화사한데|봄|빛에|

腰黃眼赤新榮重　○○●●●○●
1　2　3　4　5　6　7　　요황안적신영중
|허리|누렇고|눈|붉어|새|영화|중하니|

來去誰云一布衣　ㆆ●○○●●◎[4]
1　2　3　7　4　5　5　　래거수운일포의
|오고|감에|누가|이를까|일개|포의라고|

또 진도珍島 벽파정碧波亭[6]을 읊은 시에 화운하여 이렇게 읊었다.

푸른 강가에
누가 이 정자 세웠을까?
누런 갈대 초록 대나무
끝없이 자라네
버들 둑에서 기쁘게
팽택 수령 만나고[7]

此亭誰創碧江濱　●○ㆆ●●○○
1　2　3　7　4　5　6　　차정수창벽강빈
|이|정자|누가|세웠나|푸른|강|가에|

無限黃蘆與綠筠　ㆆ●○○●●◎
2　1　3　4　5　6　7　　무한황로여록균
|없는|끝|누런|갈대|와|초록|대이다|

柳岸喜逢彭澤令　●●ㆆ○○●●
1　2　3　7　4　4　6　　류안희봉팽택령
|버들|둑서|기쁘게|만나고|팽택|수령|

---

3) 황금 장식한 띠를 허리에 차고 주황색 관복을 입어서 눈앞이 붉게 빛난다는 말
   이다. 높은 지위에 올랐음을 뜻한다. 이규보, 「유군이 화답하여 다시 답하다[兪
   君見和復答之]」, "문평(이지명) 문하에 이름 올린 사람들, 허리에 황금 띠 차고 눈앞
   이 붉어짐에 많이 이르렀네.[文平門下署名人, 多至腰黃兼眼赤.]"
4) ㅁ측기측수 구식을 사용하였다. 상평성 '미微' 운에 맞추어 '飛, 非, 輝, 衣'로 압
   운하였다.
5) 포의布衣는 베옷을 입은 선비이다. 벼슬하지 않음을 뜻한다. 벼슬을 얻으면 비단
   옷을 입게 된다.
6) 벽파정碧波亭은 바닷길로 중국을 왕래하는 사절을 위해 희종 3년(1207)에 진도에
   세운 정자이다.
7) 팽택 수령은 진나라 도잠陶潛을 이른다.

도원에 가서
무릉 사람 찾을 듯한데[8)]

桃源行訪武陵人 ○○○●●○◎
1 2 3 7 <u>4 4</u> 6　도원행방무릉인
|복사| 계곡에 |가서| 찾는데| 무릉| 사람|

어렴풋이 바다 위에
봉래섬[9)] 보이고

稀微海上蓬萊島 ○○●●○○●
<u>3 3</u> 1 2 <u>5 5</u> 7　희미해상봉래도
|희미한| 바다| 위에| 봉래의| 섬이고|

둥근 해 달이
파도 사이로 출몰하노라

出沒波間日月輪 ●●○○○●◎
<u>3 3</u> 1 2 <u>5 5</u> 7　출몰파간일월륜
|출몰하는| 파도| 사이| 해| 달| 바퀴 같다|

금귤 몇 가지가
말머리에 늘어지니

金橘數枝低馬首 ○●●○○●●
<u>1 1</u> 3 4 7 5 6　금귤수지저마수
|금귤| 몇| 가지가| 늘어지니| 말| 머리로|

길 가는 어느 누가
사또가 가난하다고 하랴?

行人誰道使君貧 ○○○●●○◎[10)]
<u>1 1</u> 3 7 <u>4 4</u> 6　행인수도사군빈
|행인| 누가| 말할까| 수령| 가난하다고|

도강道康(강진)[11)] 회선정會仙亭[12)]을 읊은 시에 차운하여 이렇게 읊었다.

예나 지금이나
나그넷길 바삐 달려 다닐 때

驅馳客路古今同 ○○●●●○◎
3 4 1 2 5 6 7　구치객로고금동
|몰고| 달림은| 객| 길을| 고| 금이| 같은데|

---

8) 벽파정 주변이 신선 세계처럼 느껴진다는 말이다. 버들이 자라는 둑에서 팽택 수령 도잠을 만날 수 있을 것만 같고, 복숭아 자라는 계곡에서 무릉도원 사람들을 만날 것만 같은 착각이 드는 것이다.

9) 봉래섬은 신선이 산다는 바다 위의 봉래산蓬萊山을 이른다. 방장산方丈山, 영주산瀛洲山과 함께 삼신산三神山으로 불린다.

10) □평기평수 구식을 사용하였다. 상평성 '진眞' 운에 맞추어 '濱, 筠, 人, 輪, 貧'으로 압운하였다.

11) 도강道康은 전남 강진 지역의 옛 지명이다.

12) 회선정會仙亭은 강진에 있던 정자이다. 김극기의 시와 채보문의 시가 『신증동국여지승람 강진현康津縣』에 소개되어 있다.

근심¹³⁾을 깨는 공은
술에 있어라

攻破愁城酒有功
3 4 1 2 5 7 6　공파수성주유공
쳐서｜깸은｜근심의｜성｜술에｜있다｜공이

바람이 물소리 이끌어
옥 베개에 들리고

風引水聲來玉枕
1 4 2 3 7 5 6　풍인수성래옥침
바람이｜끌어｜물｜소리｜오고｜옥｜베개로

달빛이 꽃 그림자 옮겨서
구슬 창에 비추는데

月移花影上珠櫳
1 4 2 3 7 5 6　월이화영상주롱
달이｜옮겨｜꽃｜그림자｜오른다｜구슬｜창

섬돌 주변 온갖 풀은
봄빛을 다투고

階邊百草爭春色
1 2 3 4 6 5 7　계변백초쟁춘색
섬돌｜가｜온갖｜꽃｜다투어｜봄을｜빛나고

난간 밖 소나무 한 쌍에
온종일 바람 부네

檻外雙松盡日風
1 2 3 4 6 5 7　함외쌍송진일풍
난간｜밖｜쌍｜솔｜다해｜하루｜바람 분다

좌중 신선들은¹⁴⁾
모두 마음이 아름다워서¹⁵⁾

座上群仙皆令德
1 2 3 4 5 6 7　좌상군선개령덕
자리｜위｜뭇｜신선｜다｜훌륭한｜덕 있어

우아한 시 읊고
가래 오동나무 노래하시네

可歌詩雅賦欹桐¹⁶⁾
7 3 1 1 6 4 5　가가시아부의동
만하다｜부르고｜아시｜읊을｜가래｜오동

蔡拾遺寶文名重一時. 觀其詩, 遒麗無雕琢之痕. 嘗遊學錦城, 後爲按廉而至. 題公舍壁云"此地來遊十餘載, 今秋又作雁南飛. 簾旌暮捲江山是, 鏡匣朝開齒髮非. 半夜白沙留月色, 長年綠竹媚春輝. 腰

---

13) 수성愁城은 근심 가득한 마음을 빗댄 말이다.
14) 정자 이름이 회선정會仙亭이므로 좌중에 있던 사람들을 '군선群仙'이라고 하여 신선으로 일컬었다.
15) 영덕令德은 아름다운 덕이나, 그런 덕을 지닌 사람을 이른다.
16) □평기평수 구식을 사용하였다. 상평성 '동東' 운에 맞추어 '同, 功, 櫳, 風, 桐'으로 압운하였다.

黃眼赤新榮重，來去誰云一布衣？"又和珍島 碧波亭詩云"此亭誰創碧江濱？無限黃蘆與綠筠．柳岸喜逢彭澤令，桃源行訪武陵人．稀微海上蓬萊島，出沒波間日月輪．金橘數枝低馬首，行人誰導使君貧？"次韻道康 會仙亭詩云"驅馳客路古今同，攻破愁城酒有功．風引水聲來玉枕，月移花影上珠櫳．階邊百草爭春色，檻外雙松盡日風．座上群仙皆令德，可歌詩雅賦椅桐．"

상43. 중국 상인을 감동하게 한 소년 김돈시의 시

"일부러 빈관을 잠가 떠나지 못하게 했으리라"

우승 김돈시金敦時[1]가 소년이던 시절에 한 승려를 따라 당나라(중국) 상점에 놀러 갔었다. 그곳에서 마침 어떤 상인 한 사람이 사이가 멀어진 아내를 내쳐서 다른 누군가의 집에 보내려는 참이었다. 그런데 계절이 한겨울이었음에도 갑자기 비가 내리는 것이었다. 김돈시가 급히 종이를 찾아내어 절구로 시 한 수를 썼다.

동한[2]은 지리가 좋아선지 추위를 거둬들여	東韓地勝斂寒威 ○○●●●○○ 1 1 3 4 7 5 6　동한지승렴한위 |동한은| 땅이| 좋아| 거두어| 추운| 위세|
서설이 도리어 비가 되어 날리네	瑞雪翻爲瑞雨飛 ●●○○○●◎ 1 1 3 6 4 5 7　서설번위서우비 |서설이| 거꾸로| 되어| 상서| 비| 날린다|
응당 무산의 신녀가 조화 부려서[3]	應是巫山神女術 ○●○○○●● 1 7 2 2 4 4 6　응시무산신녀술 |응당| 이니| 무산| 신녀의| 술수|
일부러 빈관을 잠가 떠나지 못하게 했으리라	故關賓館不敎歸 ●○○●●○◎[4] 1 4 2 2 7 5 6　고관빈관불교귀 |짐짓| 잠가| 빈관| 못하게 한다| 시켜| 가지|

---

1) 김돈시金敦時(?~1170)는 김부식의 아들이자, 김돈중金敦中의 동생이다. 시랑을 지내고, 상서 우승에 올랐다. 1170년에 무신의 난에 희생되었다.
2) 동한東韓은 우리나라의 별칭이다.
3) 춘추시대 초나라 회왕이 고당高唐의 양대陽臺라는 곳에서 낮잠을 자다가 꿈에서 신녀神女를 만나 사랑을 나누었다고 한다. 신녀는 헤어지면서 "첩은 무산 남쪽 높은 봉우리에 삽니다. 아침에는 구름이 되고 저녁에는 비가 되어서 아침마다 저녁마다 양대 아래에 있겠습니다."라고 하였다. 염제 신농씨의 딸이 요절하여 무산신녀가 되었다는 전설이 있다. 송옥宋玉, 「고당부高唐賦」.

그 상인은 이 시를 보고서 감탄하여 눈물까지 떨구더니 결국 아내를 내치지 않았다. 저 중국 사람은 평범한 상인인데도 좋은 시를 보고서 이렇게 감동한 것이었다. 하물며 사대부라면 어떠했겠는가?

金右丞敦時少年時, 隨一僧遊唐商館. 有一商與妻有釁, 欲棄去適誰家. 時方冬忽雨, 金遽索紙書一絕云 "東韓地勝斂寒威, 瑞雪翻爲瑞雨飛. 應是巫山神女術, 故關賓館不敎歸." 商見之, 感歎至垂淚, 終不去妻. 彼中朝人雖庸賈, 見好詩感動如此. 況士大夫乎?

---

4) □평기평수 구식을 사용하였다. 상평성 '미微' 운에 맞추어 '威, 飛, 歸'로 압운하였다.

상**44.** 불우한 시절 오세재를 벗한 안순지와 이규보

"백발이 되도록 맑은 물에서 낚시만 할 생각 마오"

한림 학사 오학린吳學麟[1]이 「다시 흥복사를 유람하다[重遊興福寺]」에서 이렇게 읊었다.[2]

세월 흐름에 물건이 절로 바뀌고	日改物自改 ●●●◓● 1 2 3 4 5　　일개물자개 |날이|바뀌어|물건이|절로|바뀌고|
일이 변하고 사람도 달라지니	事移人又移 ◓○○●○ 1 2 3 4 5　　사이인우이 |일이|변하여|사람이|또|변하니|
학은 새해 들어 새끼를 보태었고	鶴添新歲子 ◓○○●● 1 5 2 3 4　　학첨신세자 |학은|보태고|새|해의|새끼를|
소나무는 지난해 가지가 늙었어라	松老去年枝 ◔●●○○ 1 5 2 3 4　　송로거년지 |소나무는|늙혔다|지난|해|가지를|
건물도 옛것에 새것 생기고	院院古非古 ●●◓●● 1 1 3 4 5　　원원고비고 |건물들은|옛것과|아닌 것이고|옛것|
승려도 아는 자 모르는 자 있네	僧僧知不知 ○○◔●● 1 1 3 5 4　　승승지부지 |승려들은|아는 자와|못한 자다|알지|
물가 누각에 한가로이 올라서	悠然登水閣 ○○○●● 1 1 5 3 4　　유연등수각 |한가로이|올라|물가|누각에|

---

1) 오학린吳學麟(1009~?)은 1035년에 최충崔冲의 문생으로 급제하여 한림 학사를 지냈다.
2) 『동문선』에 「다시 구룡산 흥복사에서 놀다[重遊九龍山興福寺]」라는 제목으로 실려있다.

예전에 적어놓은 시
다시 점검해본다

重驗早題詩 ○●●○◎³⁾
1 5 2 3 4 중험조제시
|다시|점검한다|일찍|적어놓은|시를|

말을 원만하고 매끄럽게[圓滑] 엮어내면서도, 다시 찾아가서 노닐었
던 느낌을 곡진하게 표현하였다.

학사의 집안은 대대로 유학을 공부하였다. 그의 손자 오세공吳世功,
오세문吳世文, 오세재吳世才⁴⁾ 세 형제도 모두 문장에 있어서 대가가 되
었다. 막내아우 오세재가 가장 뛰어나고, 오세문이 다음이다. 이들이
평소에 창작한 시 원고가 산처럼 쌓여 있었으나, 모두 흩어지고 사라
져서 세상에 전하지 않는다. 슬픈 일이다. 두 형은 모두 높은 벼슬에
올랐으나, 오세재는 늙어서도 뜻을 이루지 못하고 나그네가 되어 동
도東都(경주)에서 노닐었다.

기암거사棄庵居士 안순지安淳之(안치민)⁵⁾가 시를 지어 주었다.

나는 본디 동남 지역(경주)
한 백성일 뿐인지라
늙고 게을러
쟁기 보습도 다루지 못하기에

我本東南一民耳 ●●○○●○●
1 2 3 4 5 6 7 아본동남일민이
|나는|본디|동|남의|한|백성일|뿐인데|

老慵未可躬耒耜 ●○●●○●●
1 2 7 6 5 3 4 로용미가궁뢰사
|늙고|게을러|없어|수|다룰|쟁기|보습|

---

3) □측기측수 구식을 사용하였다. 상평성 '지支' 운에 맞추어 '移, 枝, 知, 詩'로 압
   운하였다.

4) 3형제의 아버지는 김부식의 문생 오인정吳仁正(1100~1155)이고, 고조는 한림 학사
   오학린이다.

5) 안순지安淳之는 벼슬을 버리고 처사로 지낸 안치민安置民이다. 순지淳之는 자이
   다. 호는 기암棄菴, 취수선생醉睡先生, 수거사睡居士 등이다. 시에 뛰어나고 그
   림에 능하였다.

옛 사찰에 찾아와 의지하여 한가로운 방에 머무니	來依古寺寓閑房 ○○●●○○ 1 4 2 3 7 5 6　래의고사우한방 와서｜기대｜옛｜절에｜머무니｜한가한｜방
매번 사람들이 거사라고 부른다오	每被人呼作居士 ●●○○●○◉ 1 4 2 3 7 <u>5 5</u>　매피인호작거사 매번｜받아｜남들｜부름을｜됐다｜거사가
마치 백통의 집[6] 처마 밑에서	恰似伯通屋廡下 ●●●○●●● 6 7 <u>1 1</u> 3 4 5　흡사백통옥무하 몹시｜비슷하니｜백통｜집｜처마｜아래와
양홍과 덕요가 함께 잠시 머무른 것 같아라	梁鴻德耀暫同止 ○○●●●○◉ <u>1 1</u> 3 3 5 6 7　양홍덕요잠동지 양홍과｜덕요가｜잠시｜함께｜머물렀다
때론 승려[7]를 따라 경론을 묻고	時從苾蒭問經論 ○○●●●○◉ 1 4 <u>2 2</u> 7 <u>5 5</u>　시종필추문경론 때로｜좇아｜승려를｜묻고｜경론을
사대부를 좇아서 감히 문자도 배우는데	敢逐搢紳攻文字 ●●○○○○◉ 1 4 <u>2 2</u> 7 <u>5 5</u>　감축진신공문자 감히｜좇아｜사대부｜익히는데｜문자를
이 지역은 노나라[8] 같아서 예부터 선비가 많아선지	玆邦如魯古多儒 ○○○●●○○ 1 2 4 3 5 7 6　자방여로고다유 이｜지역은｜같아｜노｜예부터｜많아｜유자가
비록 마주해도 나를 꺼리는 듯하네	縱或相逢如有忌 ●●○○○●◉ 1 2 3 4 7 6 5　종혹상봉여유기 비록｜혹｜서로｜만나도｜듯하다｜있는｜꺼림
이에 알겠어라 추구하는 바가 다르면	乃知所趨苟不同 ●○●○●●○ 1 7 3 2 4 6 5　내지소추구부동 이에｜안다｜바｜좇는｜만약｜않으면｜같지

---

6) 백통伯通은 후한 부호 고백통皐伯通이다. 양홍梁鴻이 아내 덕요德耀와 함께 오吳에 가서 고백통 집 처마 밑에 거처하면서 삯방아를 찧으며 살았다. 고백통은 덕요가 거안제미로 남편을 섬기는 모습을 보고 보통 부부가 아닌 줄을 알고 집에 머물게 했다고 한다. 『후한서 양홍전梁鴻傳』.

7) 필추苾蒭는 출가하여 구족계를 받은 남자 승려 비구를 이르는 범어이다.

8) 공자 유풍이 전하여 예악을 숭상하는 마을이라는 뜻이다. 노魯는 공자의 고향이다.

이웃에 있어도

사이가 천 리나 멀어진다오

하물며 도성에 있는

문인들 세계는

소식이 끊어져서

하늘 위 일처럼 느껴지지만

복양 오공[9] 소식만큼은

익숙하게 들었으니

학문이 바다처럼 드넓어[10]

끝도 없어라

문장은 전고[11] 같으면서

부드러움은 적고[12]

시는 아송[13] 같으면서

화려함도 즐겼지만

사마상여 「대인부」[14]도

허탄 과장이 있고

雖在比隣邈千里 ○●○○●◎
1 4 2 2 5 6 7　수재비린막천리
|비록| 있어도 |이웃에| 아득히 |천 |리임을|

況於京國文翰苑 ●○○●○●◎
1 7 2 2 4 4 6　황어경국문한원
|하물며| 에는 |도성 |문한의| 세계|

絕聽猶如天上事 ●●○○○●◎
2 1 3 7 4 5 6　절청유여천상사
|끊겨| 들음| 오려| 같지만| 하늘| 위| 일|

然曾慣聞濮陽公 ○○●○●○○
1 2 6 7 3 3 3　연증관문복양공
|그러나| 일찍| 익히| 들으니| 복양공을|

學海渾渾無涯涘 ●●○○○○◎
1 2 3 3 7 5 5　학해혼혼무애사
|학문| 바다가| 드넓어| 없다| 끝이|

文如典誥少委蛇 ○○●●●○◎
1 4 2 2 7 5 5　문여전고소위사
|문은| 같으면서| 전고| 적고| 원만함이|

詩似雅頌肯華靡 ○●●●●○◎
1 4 2 2 7 5 5　시사아송긍화미
|시는| 같으면서| 아송| 즐겼지만| 화려함을|

相如大人尙誕夸 ○○●○●●○
1 1 3 3 5 6 7　상여대인상탄과
|상여| 대인부도| 오려| 허탄| 과장 있고|

---

9) 복양濮陽 오공吳公은 오세재吳世才(1133~1187)를 이른다. 자는 덕전德全이다. 복양은 중국 관향이다. 무신의 난 이후에 과거 급제했으나, 끝내 변변한 벼슬 없이 가난하게 떠돌다가 생을 마쳤다.

10) 학해學海는 배운 정도가 바다처럼 깊고 넓다는 말이다.

11) 『서경』의 전고典誥는 「요전堯典」과 「탕고湯誥」 등 '전典'자와 '고誥'자가 포함된 편명을 이른다.

12) 위사委蛇는 굴곡 따라 원만하게 이어져 나가거나, 자득하여 화락하고 편안한 모양을 이른다.

13) 『시경』의 아송雅頌은 조정의 연회나 조회 때 불린 아雅의 시와 종묘 제사 때 불린 송頌의 시를 이른다.

14) 사마상여司馬相如는 부賦에 능한 전한의 문인이다. 자는 장경長卿이다. 그의 「자허

굴원 「이소」15)도	屈平離騷却孱骸 ●○○○●●●	
	1 1 3 3 5 6 6 굴평리소경도	굴평이소경도 도리어 유약함 있다
외려 유약함16) 있었어라		
깊은 연못에 고요히 잠기듯	淵深沕穆喜自珍 ○○●●●●○	
	1 2 3 3 7 5 6 연심물목희자진	못처럼 깊이 침잠하여 좋아 혼자 진중함
자중함 좋아하여17)		
천 길 높은 무지개 기상을	不露虹蜺千丈氣 ●●○○○●●	
	7 6 1 1 3 4 5 불로홍예천장기	않았다 뽐내지 무지개 같은 천 길 기상을
드러내지 않았음이라*		
한번 만나길 바라	心祈一見每叩天 ○○●●●●○	
	1 4 2 3 5 7 6 심기일견매고천	맘에 원해 한번 봄 매번 빌고 하늘에
매일 하늘에 빌면서도		
나 자신이 천하고 비루한 줄	未覺己身賤且鄙 ●●●○●●◉	
	7 6 1 2 3 4 5 미각기신천차비	못하나 알지 나 자신 천하고 또 비루함
깨닫지 못했으나		
지성이면 감천이란 말	至誠感神固非虛 ●○●○●○○	
	1 1 4 3 5 7 6 지함감신고비허	지성이 감동함 신을 정말 아니니 거짓
진실로 허튼 것이 아니어서		
홀연히 서로 마주하니	忽此相逢非夢裡 ●●○○○●●	
	1 2 3 4 7 5 6 홀차상봉비몽리	문득 이에 서로 만나니 아니다 꿈 속
꿈이 아니로다		
내가 일찍이 꿈에서	我嘗夢裡見天人 ●○●●●○○	
	1 2 3 4 7 5 5 아상몽리견천인	내가 일찍이 꿈 속에서 보아 천인을
신선을 만나		

부子虛賦에 감동한 무제武帝에게 불려가 벼슬을 얻었다. 「대인부大人賦」는 그가 효문원령孝文園令 시절에 창작한 것이다. 신선의 도를 좋아한 한 무제를 경계하는 뜻이 담겨 있다.

15) 굴원屈原은 초나라 시인이다. 왕족 출신으로 초나라 회왕懷王을 보좌하면서 여러 번 간언을 올렸으나 수용되지 않았고, 회왕 사후에 모함받아 강남으로 추방되었다. 마침내 강에 투신하여 생을 마감했다. 이 시기의 울울한 심경을 담아서 창작한 「어부사漁父辭」와 「이소離騷」 등이 전한다.

16) 위피孱骸는 말을 우회하고 기세가 나약하여 풍골이 부족함을 이른다.

17) 현자가 어지러운 시대에 깊이 은거하여 자중하고 있음을 말한 것이다. 가의, 「조굴원부」, "구연에 깊이 숨은 신룡이여, 못 속에 잠겨 스스로 진중히 하도다.[襲九淵之神龍兮, 沕淵潛以自珍.]"

아직 그 얼굴 기억하는데

공이 곧 그분이라네

감히 내 졸렬한 시로

공의 신묘한 시에 응수해봤으나

그때 보여드리지 못해서

한스럽더니**

이제 술자리에[18]

여러 번 모시면서

더욱 아름다움 넘치는

새로운 시를 다시 얻어보고

이에 기뻐서 황색 빛이

미간에 나타나니[19]

이제 죽어도

부끄러운 것 없어라

오래된 책[20]에서도 오히려

옛 성현을 사모하는데

하물며 함께 사는

큰 군자를 만났음에랴?

오호라

사랑하고 또 경외하오니

尙記容顔公卽是 ●●○○○●●
1 4 2 2 5 6 7　상기용안공즉시
|아직|기억하니|얼굴|공이|곧|그이다|

敢將拙詩對神句 ●●○○●●○
1 4 2 3 7 5 5　감장졸시대신구
|감히|들고|못난|시|응했지만|신구에|

但恨其時未呈似 ●●○○○●◐
1 7 2 3 6 4 4　단한기시미정사
|단지|한했는데|그|때|못함을|올리지|

如今屢陪樽俎筵 ○○●●●○◐
1 1 3 7 4 5 6　여금루배준조연
|지금|누차|모시고|술|음식|잔치에서|

又得新篇加溢美 ●●○○○●◐
1 4 2 3 5 7 6　우득신편가일미
|또|얻으니|새|시|더|넘치니|아름다움|

喜將黃色發眉間 ●○○○●●○
1 4 2 3 7 5 5　희장황색발미간
|기뻐|가지고|누런|색|발하니|미간에|

卽今雖死無所恥 ●○○●●○◐
1 1 3 4 7 6 5　즉금수사무소치
|지금|비록|죽어도|없다|바|부끄러울|

陳篇尙慕古聖賢 ○○●●●●○
1 2 3 7 4 5 5　진편상모고성현
|묵은|책에서도|외려|사모하니|옛|성현|

何況竝生大君子 ○●●○●●○
1 1 3 4 5 6 6　하황병생대군자
|하물며|함께|사는|큰|군자임에랴|

嗚呼愛之復畏之 ○○●○●●○
1 1 4 3 5 7 6　오호애지부외지
|아|사랑하고|그를|또|경외하니|그를|

---

18) 준조樽俎는 연회에 차려놓은 술과 음식을 이른다. 준樽은 술을 담는 술통이고, 조俎는 고기와 음식을 올려놓는 그릇이다.

19) 황색黃色은 기쁨을 상징한다. 기쁜 일이 있을 때 미간에 황색 기운이 나타난다고 한다.

20) 진편陳篇은 오래된 시문이나 서책을 이른다.

언제라도 끝없이

덕 있는 말씀 가슴에 새기리라

佩服德音曷日已 ●●●○●●●²¹⁾
3 3 1 2 5 6 7 패복덕음갈일이
|새기길|덕스러운|말|어느|날|멈추랴|

원주* 【김무적金無迹이 예전에 나에게 이런 말을 하였다. "세상에서 오공
吳公을 비난하는 사람들이 '술에 취하여 호기를 부리는 자'라고 한
다. 그러나 모두 옳지 않은 말이다. 오공은 깊이 침잠하여 한가롭
고 우아하게 지내면서 날랜 기운을 누르고 재능도 감추어 털끝만
큼도 모난 구석을 드러내려고 하지 않았던 사람이다."】

원주** 【한번은 꿈에서 하늘에서 내려오는 신인神人을 보았다. 매우 많은
사녀士女가 목격하였고, 나도 떠들썩한 군중 속에서 볼 수 있었다.
신인은 용모가 그다지 살지거나 희지 않았다. 바로 세간에서 볼 수
있는 서생 모습과 비슷하였다. 그때 사람들이 말을 전해주었다. 신
인이 "온 백성이 기뻐하면서 태평한 시대를 즐기네.[萬姓欣欣樂泰
階]"²²⁾라는 시구로 시를 지었다는 것이었다. 내 생각에 신인이 만
약 나를 보고서 이 시구에 맞추어 대구를 짓게 한다면, 갑자기 대
응하지 못할 것 같았다. 그래서 미리 "해·달·별이 찬란히 빛나 천
자 위용을 밝혀주네.[三光爛爛開天仗]"²³⁾라는 시구를 생각해놓았다.
그런 뒤에 스스로 신인에게 보여주려고 하였다. 그러나 그렇게 하
기 전에 꿈에서 깨고 말았다. 지금 공의 모습을 보니 꿈에서 본 신
인과 차이가 없다.

문순공文順公(이규보)은 오세재보다 30여 살이 적다. 하지만 서로 나

---

21) □칠언고시이다. 상성 '지紙' 운에 맞추어 '耳, 秬, 士, 止, 里, 涘, 靡, 骸, 鄙, 裡,
是, 似, 美, 恥, 子, 已'로 압운하고, 운섭韻攝에 해당하는 '치寘' 운과 '미未' 운에
맞추어 각각 '字, 忌, 事'와 '氣'로 압운하였다.

22) 태계泰階는 여섯 개 별이 두 개씩 짝을 지어 층계 모양으로 늘어선 삼태성三台星
을 이른다. 큰곰자리의 발바닥에 해당하는 위치에 있다. 태계가 안정되면 천하
가 태평하다고 생각했다. 고사손,『위략緯略 태계육부경泰階六符經』,"태계는 하늘
의 세 계단이다.……세 계단이 평평하면 음양이 조화롭고, 비바람이 때에 맞고,
사직의 신이 저마다 그 마땅함을 얻어 천하가 크게 안정된다. 이것이 태계이다.[泰
階者, 天之三階也.……三階平, 則陰陽和, 風雨時, 社稷神祇各獲其宜, 天下大安, 是爲太平.]"

23) 천장天仗은 천자天子의 의장儀仗이다. 천자를 뜻한다.

이를 잊은 망년우忘年友가 되었다. 문순공도 시를 지어서 보냈다.[24]

바다와 산을 찾아	海山東去路悠悠 ●○○●●○○
동으로 먼 길을 떠나서	1 2 3 4 5 6 6　해산동거로유유
	|바다|산 향해|동으로|가는|길|아득하니|
하늘 끝으로 한번 가시더니	一落天涯久倦遊 ●●○○●●○
실컷 오래 노니네	1 4 2 3 5 6 7　일락천애구권유
	|한번|떨어져|하늘|끝|오래|실컷|논다|
누런 벼가 날로 여물어	黃稻日肥鷄鶩喜 ○●●○○●●
닭 오리가 좋아하고	1 1 3 4 5 6 7　황도일비계목희
	|누런 벼|날로|살쪄|닭|오리|좋아하고|
푸른 오동이 가을에 늙어서	碧梧秋老鳳凰愁 ●○○●●○○
봉황이 근심하거늘	1 1 3 4 5 6 7　벽오추로봉황수
	|벽오동|가을에|늙어|봉|황|근심하니|
오중으로 떠난 배[25]가	烟波不返遊吳棹 ○○●●○○●
안개 속에서 돌아오지 않으니	1 2 7 6 4 3 5　연파불반유오도
	|안개|파도에|않으니|오지|간|오로|배|
눈 오는 달밤에 배 띄워서[26]	雪月期浮訪剡舟 ●●○○○●○
섬계로 찾아갈까 한다오	1 2 7 6 4 3 5　설월기부방섬주
	|눈 온|달밤에|기약한다|띄움|찾을|섬계|배|
성군 시대에는	聖代未應終見棄 ●●●○○●●
끝내 버려지지 않으리니	1 1 7 6 3 5 4　성대미응종견기
	|성대에|않으니|온당치|끝내|당함|버림|

---

24) 『동문선』에 「오덕전에게 보내다[寄吳德全]」라는 제목으로 실려있다. 2구 '久'가 '故',
8구 '思'가 '辭'로 되어있다. 『동국이상국집』에는 「오덕전이 동쪽으로 유람하러 가
서 아직 돌아오지 않아 시를 보냈다[吳德全東遊不來以詩寄之]」라는 제목으로 실려있
다. 덕전德全은 오세제의 자이다.

25) 경주로 내려간 오세재가 돌아오지 않음을 뜻한다. 당나라 장지화張志和(732~774)
가 벼슬을 버리고 오중吳中의 태호 아래로 물러나 빗속에 도롱이 차림으로 낚시
하면서, 스스로 연파조도烟波釣徒라고 불렀다.

26) 오세재가 그리워 찾아가고 싶다는 뜻이다. 동진 왕휘지王徽之가 눈 내리는 밤에
홀로 술 마시다가 친구 대규戴逵가 그리워 즉시 배를 타고 섬계剡溪로 찾아간 일
이 있다. 『세설신어 임탄任誕』.

백발이 되도록 맑은 물에서
낚시만 할 생각 마오

莫思垂白釣淸流 ●○◐●●○○27)
7 6 2 1 5 3 3　막사수백조청류
|말라|생각|날리며|백발|낚시할|청류에|

그가 한 시대의 영웅에게 칭송과 흠모를 받음이 이와 같았다.

翰林學士吳學麟「重遊興福寺」云 "日改物自改, 事移人又移. 鶴添新
歲子, 松老去年枝. 院院古非古, 僧僧知不知. 悠然登水閣, 重驗早題
詩." 出語圓滑, 曲盡重遊之意. 學士家世業儒, 其孫世功·世文·世才
三昆季, 皆文章大手. 季弟世才最優, 世文次之. 平生詩藁山積, 皆散
逸不傳于世, 悲夫. 二兄皆達, 世才老不得志, 客遊東都. 棄庵居士淳
之贈詩曰 "我本東南一民耳, 老慵未可躬耒耜. 來依古寺寓閑房, 每
被人呼作居士. 恰似伯通屋廡下, 梁鴻·德耀暫同止. 時從芯蒭問經論,
敢逐搢紳攻文字. 茲邦如魯古多儒, 縱或相逢如有忌. 乃知所趨苟不
同, 雖在比隣邈千里. 況於京國文翰苑, 絶聽猶如天上事. 然曾慣聞
濮陽公, 學海渾渾無涯涘. 文如典誥少委蛇, 詩似雅頌肯華靡. 相如
「大人」尙誕夸, 屈平「離騷」却憮敀. 淵深泒穆喜自珍, 不露虹蜺千丈氣.
【金無迹嘗謂子言, '世之譏評吳公, 以爲使酒豪橫者, 皆非也. 公乃深沈閑雅, 挫
銳韜光, 不欲露一毫芒耳.'】心祈一見每叩天, 未覺己身賤且鄙. 至誠感神
固非虛, 忽此相逢非夢裡. 我嘗夢裡見天人, 尙記容顔公卽是. 敢將
拙詩對神句, 但恨其時未呈似.【嘗夢見神人下降, 士女觀之者甚衆. 子從駢
闐中望之, 所謂神人者, 容貌不甚肥白, 乃似世間書生相. 傳云 '神人作詩有一句

---

27) ⬜평기평수 구식을 사용하였다. 하평성 '우尤' 운에 맞추어 '悠, 遊, 愁, 舟, 流'로
압운하였다.

云, 萬姓欣欣樂泰階.' 子謂 '神人若見我, 令對此句, 則不可以應卒.' 乃預構之云 '三光爛爛開天仗.' 若自進於其前, 未果遂覺. 今觀公之貌, 與夢所見無異.〕如今 屢陪樽俎筵, 又得新篇加溢美. 喜將黃色發眉間, 卽今雖死無所恥. 陳 篇尚慕古聖賢, 何況竝生大君子. 嗚呼愛之復畏之, 佩服德音曷日已." 文順公少於吳三十餘年, 結爲忘年交. 亦以詩寄之云 "海山東去路悠 悠, 一落天涯久倦遊. 黃稻日肥鷄鶩喜, 碧梧秋老鳳凰愁. 烟波不返 遊吳棹, 雪月期浮訪剡舟. 聖代未應終見棄, 莫思垂白釣淸流." 其爲 一代英雄所稱慕, 如此.

191

상**45.** 뜻이 곡진한 시와 맛이 있는 시

"창 닫아도 바다 기운 스며들고"

외조부는 「고성 객루에 적다[題高城客樓]」에서 이렇게 읊었다.

창 닫아도	閉窓猶海氣	●○○○●
	2 1 3 4 5	폐창유해기
	닫아도	창	오히려	바다	기운 스미고	
바다 기운 스며들고		
침상에 기대어도	欹枕亦濤聲	⊙●●○○
	2 1 3 4 5	의침역도성
	기대도	침상	또한	파도	소리 들린다	
파도 소리 들려오네		
수레¹⁾ 몰고 다녀간	冠蓋四仙迹	⊙●◐●○
	1 2 3 3 5	관개사선적
	의관에	수레 탄	사선	자취 남아	
사선²⁾의 자취 남아		
강호에 '삼일'³⁾로	江湖三日名	○○⊙●⊙⁴⁾
	1 1 3 3 5	강호삼일명
	강호에	삼일로	이름 붙였다	
이름 붙였네		

이 시는 격이 높고 뜻이 곡진하게[格高意盡] 표현되었다. 비승秘丞 오세문吳世文은 「녹양역⁵⁾에 적다[題綠楊驛]」에서 이렇게 읊었다.

---

1) 관개冠蓋는 의관을 갖추고 덮개 달린 수레를 몰아 행차함을 이른다. 대개 왕명을 수행하는 사신의 행차를 일컫는 말로 쓴다.
2) 사선은 상-28 참조.
3) 삼일三日은 고성 삼일포三日浦를 이른다. 사선이 이곳에서 3일간 놀았다고 한다.
4) ▫평기측수 구식을 사용하였다. 하평성 '경庚' 운에 맞추어 '聲, 名'으로 압운하였다.
5) 녹양역綠楊驛은 양주 남쪽 30리 거리에 있던 역참이다. 『신증동국여지승람 양주목楊州牧』.

꽃이 피어

마을 가치가 높아지고

버들이 없어

역 이름이 생뚱하여라

높은 나무에

해가 먼저 비치고

마른 뽕나무에서

바람이 절로 소리 내네

有花村價重 ●○○●●
2 1 3 4 5　유화촌가중
|있어|꽃이|마을|가치가|중하고|

無柳驛名孤 ○●●○○
2 1 3 4 5　무류역명고
|없어|버들이|역|이름이|외롭다|

喬木日先照 ○●●○●
1 2 3 4 5　교목일선조
|높은|나무에|해가|먼저|비치고|

枯桑風自呼 ○○○●◎[6]
1 2 3 4 5　고상풍자호
|마른|뽕나무에|바람|절로|소리 낸다|

이 시는 고담하여 맛이 있다[高淡有味]. 그러나 맛이 있는 것이 뜻이 곡진한 것만은 못하다.

外王父「題高城客樓」云"閉窓猶海氣, 欹枕亦濤聲. 冠蓋四仙迹, 江湖三日名." 此聯格高意盡. 吳秘丞世文「題綠楊驛」云"有花村價重, 無柳驛名孤. 喬木日先照, 枯桑風自呼." 此聯高淡有味, 有味不如意盡.

---

6) □평기측수 구식을 사용하였다. 상평성 '우虞' 운에 맞추어 '孤, 呼'로 압운하였다.

상46. 강운을 써서 능숙하게 읊어낸 오세재와 권돈례의 시

"초승달이 떠올라 활처럼 걸려 있어라"

오세재吳世才가 북악北岳 극암戟巖(창 바위)[1]을 시로 읊었다.[2]

북쪽 산등성이	北嶺巉巉石	●●○○●
우뚝한 저 바위를	1 2 <u>3</u> <u>3</u> 5	북령참참석
		북쪽│산등성이│우뚝한│바위│
주변 사람들이	旁人號戟巖	○○●●◎
창 바위라 부르네	1 2 5 <u>3</u> <u>3</u>	방인호극암
		주변│사람이│부르는데│창 바위로│
멀리서 솟아	迥掾乘鶴晉	●○○●●
학을 탄 왕자진 같고[3]	1 2 4 3 5	형용승학진
		멀리│찧으니│탄│학을│왕자진 같고│
높이 찌르는 모습	高刺上天咸	◌●●○○
승천하는 무함 같아라[4]	1 2 4 3 5	고척상천함
		높이│찌르니│오르는│하늘│무함 같다│
번갯불에 달구어	揉柄電爲火	◌●●○○
창 자루를 바로잡고	2 1 3 5 4	유병전위화
		바로잡음에│창 자루│번개로│삼고│불│

---

1) 극암戟巖은 개경 북쪽의 오관산五冠山에 있다. 북악北岳은 오관산을 일컬은 듯하다.

2) 『동문선』에 「극암戟巖」이라는 제목으로 실려있다. 이규보의 「백운소설」과 이제현의 『역옹패설 후집』에는 1구 '北嶺巉巉石'이 '北嶺石巉巉'과 '城北石巉巉'으로, 2구 '旁人'이 '邦人'으로, 8구 '敗楚亦亡凡'이 '亡楚却存凡'으로 되어있다.

3) 왕자진王子晉이 신선 부구공浮丘公을 따라 숭산에 가서 30년 동안 수련한 뒤에, 백학을 타고 구산緱山으로 가서 사람들과 작별하고 승천했다고 한다. 『열선전列仙傳』.

4) 무함巫咸은 은나라 중종中宗 때 하늘에서 내려온 신무神巫다. 복서卜筮와 천문을 살펴 미래를 예측했다고 한다. 한유, 「잔형조殘形操」, "무함이 하늘로 올라갔으니, 누가 알 수 있으랴?[巫咸上天兮, 識者其誰.]"

서리로 소금 삼아
창날 씻어내어
이 극암을
병기로 만들어
초를 꺾고 범을 무찌르면
어떠할런가?⁶⁾

洗鋒霜是鹽 ●○○●◎
2 1 3 5 4　세봉상시염
│씻음에│창날│서리가│이니│소금│

何當作兵器 ○○●○●
5 1 4 2 2　하당작병기
│어떤가│마땅히│제작함이│병기로│

敗楚亦亡凡 ●●●○◎⁵⁾
2 1 3 5 4　패초역망범
│꺾고│초를│또한│무찌른다│범을│

어떤 송나라 사람이 이 시를 보고서 탄복하여 물었다.

"이 시인이 살아 있소? 지금 어느 벼슬에 올랐소? 우리 송나라에
이런 시를 지은 자가 있다면, 반드시 벼슬을 내렸을 것이오. 이
는 한가한 중에 읊은 시가 아니요. 아마도 누군가가 강운强韻을
골라 읊게 하였을 것이오."

'재哉' 자는 어조를 돕는 글자라서 또한 운자로 삼기 어렵다. 그런데
옛날에 한 장관長官이 권돈례權敦禮⁷⁾에게 죽진竹陣(대숲)⁸⁾을 읊으라고
명하면서 '재哉' 자를 운자로 골라주었다. 권돈례가 이렇게 읊었다.

---

5) ▢측기측수 구식을 사용하였다. 하평성 '함咸' 운과 통운에 해당하는 하평성 '염
鹽' 운에 맞추어 각각 '巖, 咸, 凡'과 '鹽'으로 압운하였다.
6) 극암을 병기로 삼아 존망을 논쟁하던 초와 범을 모두 무찌를 수 있을까 하고 장
난처럼 말한 것이다. 「백운소설」에는 "초를 무찌르고 도리어 범을 남긴다.[亡楚却
存凡.]"라고 되어있다. 범군凡君은 초왕楚王과 존망을 논하면서, 범이 망한다고 망
함이 아니며 초가 존속한다고 존속함이 아니라고 주장했다. 『장자 전자방田子方』.
7) 권돈례權敦禮는 한림 학사 권적權適(1094~1147)의 아들이다. 어사御史를 지냈다. 무
신의 난에 원주로 물러났다.
8) 죽진竹陣은 대나무가 가지런하게 서 있는 대숲을 이른다. 두목, 「주파朱坡」, "우
뚝한 소나무 공은 늙고, 삼엄한 대나무 진은 가지런하네.[偃蹇松公老, 森嚴竹陣齊.]"

바람이 이를 흔들어대어
칼날처럼 부딪치고
초승달이 떠올라[9]
활처럼 걸려 있어라

| 刃交風拂是 ●○○○● |
| 1 2 3 5 4　인교풍불시 |
| 칼날\|교차하니\|바람이\|흔들고\|이를 |

| 弓掛月生哉 ○●●○○ |
| 1 2 3 4 5　궁괘월생재 |
| 활\|걸리니\|달이\|빛 내기\|시작한다 |

두 시는 함께 놓고서 논할 만하다.

吳世才賦北岳戟巖云 "北嶺巉巉石, 旁人號戟巖. 迴拵乘鶴晉,
高刺上天咸. 揉柄電爲火, 洗鋒霜是鹽. 何當作兵器, 敗楚亦亡凡?" 有宋
人見此詩, 歎服問曰 "此人在乎, 今至何官? 我宋有如此作詩者, 則
必爵之. 此詩非閑中題詠, 殆被人占强韻令賦耳." "哉"字助也, 亦難
爲韻. 昔有一長官, 命權敦禮賦竹陣, 占"哉"字. 權曰 "刃交風拂是,
弓掛月生哉." 可同日而語.

※ 오세재의 시는 극암戟巖을 창에 빗댄 것이다. 번갯불로 창 자루를
달구어서 반듯하게 펴고, 소금 대신 서리를 써서 창끝을 갈아서 예
리하게 만들면, 이 창을 사용하여 초와 범을 무찌를 수도 있겠다고
재치 있게 말을 엮어낸 것이다. 송나라 사람은 특히 이 시가 강운에
해당하는 '염鹽' 자를 훌륭하게 소화한 점에 감탄하였다. 역시 험한
운에 속하는 '재哉' 자를 완벽하게 소화해낸 사례로 권돈례의 시를 함
께 소개하였다.

9) 재哉는 시始를 뜻한다. 생재生哉는 재생명哉生明이다. 매달 초사흗날에 달이 처음
떠올라 빛을 냄을 뜻한다. 『서경 무성武成』, "4월의 재생명(3일)이다. [厥四月哉生明.]"

상47. 시는 시인의 거울
징승의 시와 선비의 시

장원 허홍재許洪材[1]는 「완산[2]으로 가는 도중에[完山道中]」에서 이렇게 읊었다.

옛날 놀던 곳을 다시 찾으니	重尋舊遊處 ○○●●○ 1 5 2 3 4　중심구유처 |다시| 찾으니| 옛날| 놀던| 곳을|
옛 봄날과 풍월은 같은데	風月似前春 ○●●○○ 1 2 5 3 4　풍월사전춘 |바람과| 달이| 같으나| 이전| 봄과|
다만 안타깝게도 완산 땅에	只歎完山下 ●●○○○ 1 5 2 2 4　지탄완산하 |단지| 탄식한다| 완산| 아래에|
태평 구가하는 백성이 없어라[4]	時無鼓腹人 ○○●●◎[3] 1 5 3 2 4　시무고복인 |지금| 없음을| 두드리는| 배를| 사람이|

이 시를 듣고 모두 이렇게 말하였다.

"얕고 쉽다[淺易]. 하지만 백성을 구휼하고 경세제민하는 뜻이 담

---

1) 허홍재許洪材(?~1170)는 1134년 5월에 장원 급제하였다. 의종 때 좌정언, 승선, 중서시랑 평장사 판이부사 등을 지내다가 무신의 난에 화를 당하였다.
2) 완산完山은 전주의 옛 이름이다.
3) □평기측수 구식을 사용하였다. 상평성 '진眞' 운에 맞추어 '春, 人'으로 압운하였다.
4) 고복鼓腹은 백성들이 배불리 먹고 배를 두드리며 노래하는 태평한 모습을 이른다. 『장자 마제馬蹄』, "혁서씨의 시대에는 백성들이 집에 머물 때 할 일을 정해두지 않았고, 길을 갈 때 갈 곳을 정해두지 않았다. 음식을 먹으며 기뻐하고 배를 두드리며 놀았다.[夫赫胥氏之時, 民居不知所爲, 行不知所之, 含哺而熙, 鼓腹而遊.]"

겨 있다."

허홍재는 나중에 과연 총재家宰[5]가 되었다.

제안齊安[6]의 진사 최유崔裕[7]는 「도원역[8]에 적다[題桃源驛]」에서 이렇게 읊었다.

진나라를 피해서 온 서너 집이[9]	避秦三四家 ●○○●○ 2 1 3 4 5　피진삼사가 |피한|진을|서|너|집이|
이곳에 도원역을 만들었어라	仍作桃源驛 ŏ●○○◉ 1 5 2 2 4　잉작도원역 |인하여|지었다|도원|역을|
맞이하고 보내는 수고가	自言迎送勞 ●○ŏ●○ 1 5 2 3 4　자언영송로 |스스로|말한다|맞고|보내는|수고|
장성[10] 쌓는 부역보다 낫다고 말하네	却勝長城役 ŏ●○○◉[11] 1 5 2 2 4　각승장성역 |도리어|낫다|장성 쌓는|부역보다|

국풍과 이소처럼 풍자하고 비유하는 뜻이 담겨 있어서, 당시 사람들이 이 시를 경책警策이라고 평하였다. 그러나 최유는 열 번이나 과

---

5) 총재家宰는 6부 장관을 통솔하는 우두머리 재상이다. 이부 상서를 이른다.

6) 제안齊安은 성종 때 붙여진 황해도 황주黃州의 별호別號이다.

7) 최유崔裕는 가계와 행적이 확인되지 않는다.

8) 도원역桃源驛은 장단長湍 남쪽 3리 거리에 있던 역참이다. 『신증동국여지승람 장단도호부長湍都護府』.

9) 옛날 무릉武陵 도화원桃源에 살던 사람들을 이른다. 이들은 진秦나라 때 난을 피해 이곳에 들어간 이후, 대대로 외부 세계와 떨어져 살았다고 한다. 도연명, 「도화원기桃花源記」.

10) 장성長城은 진시황이 쌓은 만리장성을 이른다.

11) □평기평수 구식을 사용하였다. 입성 '맥陌' 운에 맞추어 '驛, 役'으로 압운하였다.

거를 치렀어도 급제를 얻지 못하여 포의布衣로 세상을 마쳤다. "옛사람이 문장을 보고서, 그 사람의 운세를 알았다."라는 말을 전부 믿을수는 없을 듯하다. 그렇지만 최유의 시를 보면 말과 뜻이 스스로 고단하다. 온화하고 넉넉하여[和裕] 장차 크게 이루어질 것 같은 기상이없다.

許壯元洪材「完山道中」云"重尋舊遊處, 風月似前春. 只歎完山下, 時無鼓腹人."聞者皆云"淺易, 然有恤民經濟之意."後果爲冢宰. 齊安進士崔裕「題桃源驛」云"避秦三四家, 仍作桃源驛. 自言迎送勞, 却勝長城役."有風騷諷喻之意, 當時以爲警策. 裕十上不第, 以布衣終, 則古人觀文章, 知人之行止, 似未必信. 雖然觀崔詩, 語意自苦, 無和裕將大之氣.

상48. 최자를 문생으로 둔 최홍윤과 금의

"닭 울고 물시네 다하도록 여전히 길을 가다가"

경문공景文公 최홍윤崔洪胤[1]은 장원 급제(1173)하여 정당에 제수되었고, 중서성에 들어가 청사의 네 번째 방에서 근무하였다. 영렬공英烈公 금의琴儀[2]도 장원 급제(1184)하여 정당에 제수되었고, 뒤따라 이 방에 들어갔다. 금의가 밤에 근무하다가 시를 지었다.

중서성 네 번째 칸
재신의 방에
평장사와 정당이
몇 명이나 거쳐갔을까만
오늘 이런 영화에
누가 견줄 수 있으랴?
장원랑이 장원랑을
교대하러 왔어라

中書第四宰臣房 ○○●●●○◎
1 1 3 3 5 5 7 중서제사재신방
｜중서성｜네 번째｜재신의｜방은｜

幾閱平章與政堂 ●●○○○●◎
1 7 2 2 4 5 5 기열평장여정당
｜몇 번｜거쳤나｜평장사｜와｜정당을｜

此日榮華誰得似 ●●○○○●●
1 2 3 3 5 7 6 차일영화수득사
｜이｜날｜영화｜누가｜수 있을까｜비슷할｜

壯元郎代壯元郎 ●○◎●●○◎[3]
1 1 1 7 4 4 4 장원랑대장원랑
｜장원랑이｜교대한다｜장원랑을｜

---

1) 최홍윤崔洪胤(1153~1229)은 초명이 최시행崔時幸이다. 명종 3년(1173) 과거에 장원 급제하였다. 이때 윤인첨尹鱗瞻이 지공거를 맡고, 문극겸文克謙이 동지공거를 맡았다. 문하시랑평장사 수문전 대제학에 올랐다. 네 차례 과거를 주관하여 선발한 문생이 모두 명사였고 재상에 오른 자가 많아 '옥순문생玉筍門生'으로 불렸다. 『신증동국여지승람 해주목海州牧』.
2) 금의琴儀(1153~1230)는 명종 14년(1184) 과거에 장원 급제하였다.(상-11 참조)
3) □평기평수 구식을 사용하였다. 하평성 '양陽' 운에 맞추어 '房, 堂, 郎'으로 압운하였다.

영렬공은 후설喉舌의 직책[4]을 맡으면서, 삼대부三大夫(세 대부)[5]와 쌍학사雙學士(두 학사)[6]를 겸하여 맡았다. 이후 재상에 올라 오랫동안 국정을 운영하는 직임을 수행하였다. 그때 이런 시를 지었다.

재상 관서[7]와
궐문[8]을 드나든 지
이제 벌써
이십사 년 되었어라
닭 울고 물시계 다하도록
여전히 길을 가다가[9]
모랫둑[10] 길에서
밤 통금을 범할까 두려워라

出入黃扉靑瑣闥 ●●○○○●●
6 6 1 2 3 4 5 출입황비청쇄달
출입해 황색 문 푸른 사슬 무늬 문

于今二十四年臨 ○○●●●○○
2 1 3 4 5 6 7 우금이십사년림
에 까지 지금 이 십 사 년 임했다

鷄鳴漏盡猶行路 ○○●●○●
1 2 3 4 5 7 6 계명루진유행로
닭 울고 시계 다해도 외려 가니 길

恐向沙堤犯夜禁 ●●○○●●○[11]
7 3 1 1 6 4 5 공향사제범야금
두렵다 향하다가 모랫둑 범할까 밤 통금

---

4) 후설喉舌의 직책은 사람이 목과 혀로 말하듯이 왕명 출납과 언론 소통을 맡는 자리를 이른다. 중추원 승선承宣이 이에 해당한다. 영렬공은 과거 급제 후에 내시內侍의 직책를 맡았다.

5) 삼대부三大夫는 금의가 신종 때 상서 우승으로서 우간의대부와 태자찬선대부太子贊善大夫를 겸직하고, 곧이어 좌간의대부를 겸직한 것을 이른다.

6) 쌍학사雙學士는 상-20 참조.

7) 황비黃扉는 문이 황색으로 되어 있는 재상의 집무실을 이른다.

8) 청쇄달靑瑣闥 사슬 모양의 푸른색 격자로 장식한 궐문을 이른다.

9) '계명鷄鳴'은 '종명鐘鳴'과 같다. 야간 통행을 금하고 성문을 닫을 시각을 알리는 종鐘이 울린다는 말이다. 누진漏盡은 물시계 물이 다하고 하루 시각이 끝났음을 뜻한다. 이때 계속 밤길을 걸으면 통금에 걸려 죄인이 된다. 곧 사람이 늙어서 물러나야 할 때, 물러나지 않으면 죄인이 될까 봐 두렵다는 뜻을 말한 것이다. 삼국시대 위나라 전예田豫, "나이 칠십이 넘어서도 벼슬을 차지하고 있는 것은, 종이 울리고 물시계가 다한 때에 쉬지 않고 밤길을 걷는 것과 같다. 이는 죄인이다.[年過七十而以居位, 譬猶鐘鳴漏盡而夜行不休, 是罪人也.]"

10) '사제沙堤'는 재상이 다니는 길을 이른다. 당나라 때 재상이 통행하는 길에 특별히 모래를 깔아 예우한 데서 유래한다. 『당국사보唐國史補』.

11) □측기측수 구식을 사용하였다. 하평성 '침侵' 운에 맞추어 '臨, 禁'으로 압운하였다.

그리고 병을 핑계 삼아 고향으로 돌아가 노년을 보내었다.

두 분(최홍윤과 금의)은 모두 충숙공忠肅公 문극겸文克謙[12] 문하에서 장원 급제하였다. 지난 임신년(1212) 봄에 두 분이 춘관春官(예부)에서 치른 과거를 함께 주관했을 때, 내가 그 문하에서 합격한 것이다.[13] 두 분은 또 같은 시기에 재상 지위에 올랐고, 충숙공의 아들 문유필文惟弼[14]도 당시에 재상 지위에 올랐다.

영렬공이 노년을 보내려고 수레를 걸어두고[15] 벼슬에서 물러났을 때다.[16] 문생들이 장수를 축원하는 예를 올리려고 크게 성대한 잔치를 벌이고서, 최홍윤과 문극겸 두 정승을 잔치에 초대하여 함께하였다. 그 자리에서 영렬공이 술기운에 기대어 큰 소리로 이렇게 말하였다.

"한 문하의 두 장원이 종백과 같은 시기에 평장에 올랐을 뿐만 아니라, 늙어 물러나면서 문생들이 마련한 축하 잔치에도 함께 참여하게 되었으니 말이오. 이는 정말 천고에 들어보지 못한 일이오. 어찌 실컷 취해서 이런 성대한 일에 보답하지 않을 수 있

---

12) 문극겸文克謙(1122~1189)은 의종 때 급제한 뒤에, 좌정언과 우승선 등을 거쳐 재상 지위에 올랐다. 국정에서 드러나는 병폐를 지적하고 과감하게 직언한 것으로 유명하였다.

13) 최자는 강종康宗 원년(1212)에 치른 과거에서 급제하였다. 이때 최홍윤이 지공거를 맡고 금의가 동지공거를 맡았다.

14) 문유필文惟弼(?~1228)은 문극겸의 아들이다. 1216년 이전에 추밀원사가 되었고, 이후 좌복야 등을 거쳐 지문하성사에 올랐다.

15) 수레를 걸어두는 것[懸車]은 치사致仕함을 뜻한다. 서한의 재상 설광덕薛廣德이 노년에 치사할 때, 원제元帝가 하사한 수레를 집에 매달아놓아 후세에 전했다고 한다. 『한서 설광덕전薛廣德傳』.

16) 금의는 고종 7년(1220)에 벽상공신壁上功臣이라는 공신호를 받고 벼슬에서 은퇴하였다.

겠소."

이에 문생들이 모두 섬돌 아래에서 몸을 숙여 엎드렸다. 그중에 경축하면서 탄복하는 마음을 견딜 수 없어 눈물을 훔치며 오열하는 자도 있었다.

동년 조분趙賁이 시를 지어 개인적으로 다른 동년에게 작은 소리로 읊어주었다.

함께 급제하여 같은 문생이 되고	共登金牓一門下 ●○〇●●○ 1 4 2 2 5 6 6 공등금방일문하 함께 오르니 금방에 한 문하이고
몇 해 사이에 잇달아서 재상에 올랐는데	聯入黃扉數載中 〇●○○●●◎ 1 4 2 2 5 6 7 련입황비수재중 잇달아 들어감이 황비에 몇 해 사이인데
종백*도 같은 때에 재상 되었기에	宗伯亦爲一時相 〇●●○●〇● 1 1 3 7 4 5 6 종백역위일시상 종백 도 되니 같은 때 재상이
계당17)에서 봄 잔치로 세 재상을 축하하네	桂堂春宴賀三公 ●○〇●●○◎18) 1 1 3 4 7 5 6 계당춘연하삼공 계당에서 봄 잔치로 축하한다 세 공

원주* 【종백은 좌주의 자식을 일컫는 방언이다.】

동년이 이렇게 평하였다.

"이 시는 비록 얕고 속되지만[淺俗], 오늘 일을 정확히 말했다."

---

17) 계당桂堂은 과거 급제한 자의 집을 이른다. 과거 급제한 자가 계수나무 가지를 얻기에 이렇게 이른다.
18) □평기측수 구식을 사용하였다. 상평성 '동東' 운에 맞추어 '中, 公'으로 압운하였다.

崔景文公洪胤, 以金牓元, 拜政堂, 入中書, 寓直房在第四. 琴英烈
公儀, 亦以壯元, 拜政堂, 踵入此房. 夜直作詩云"中書第四宰臣房,
幾閱平章與政堂? 此日榮華誰得似? 壯元郎代壯元郎."英烈公掌喉
舌, 兼三大夫·雙學士. 及爲相, 久柄鈞衡, 乃作詩云"出入黃扉靑瑣
闥, 于今二十四年臨. 鷄鳴漏盡猶行路, 恐向沙堤犯夜禁."於是稱病
歸老. 二公, 皆文忠肅克謙之門下壯元也. 越壬申春, 同掌試春官, 予
出其門下. 兩公竝時爲相, 而忠肅公之嗣惟弼, 時亦爲相. 及英烈公
縣車歸老, 門生欲獻壽, 大敞華筵, 仍邀崔·文二相同燕. 英烈公倚酣
唱曰"一門下兩龍頭, 與宗伯同時爲平章, 以至退老, 赴此門生之賀
宴, 實千古未聞也. 胡不爛醉以答盛事?"門生皆俯伏階下, 不勝慶嘆,
至或有拭淚嗚咽者. 趙同年賚作詩, 私與同年微聲曰"共登金牓一門
下, 聯入黃扉數載中. 宗伯【方言座主之嗣】亦爲一時相, 桂堂春宴賀三
公."同年以此詩雖淺俗, 言今日事的然.

상49. 네 차례 뽑은 문생과 자손을 불러 모은 금의
"자리 가득한 영웅들 사이에 자손이 섞여 있어라"

경문공(최홍윤)과 영렬공(금의) 두 분이 모두 재상 벼슬을 내려놓고 사저로 돌아가 노년을 보내고 있을 때다. 임금이 동조東朝(태자)를 책봉하는 일로 헌軒에 나갔다가 원로를 공경하는 뜻으로 연회를 크게 베풀라고 명하였다. 이에 두 분이 함께 대궐에 들어가서 연회에 참석하게 된 것이었다. 이때 부축하여 모시고서 대궐에 이른 여러 문생이 거리와 골목을 가득 메울 정도로 많았기에, 구경하던 사람들이 감탄하지 않음이 없었다.

연회를 마치고 사저로 돌아간 영렬공이 자식들에게 말했다.

"내가 장원으로 급제하여 재상 지위에까지 올랐고, 늙어서 은퇴한 뒤에는 임금께서 베풀어주신 연회에 참석하게 되었네. 게다가 말이네. 부축하면서 따른 몹시 많은 문생이 전부 당대 영재들이 아닌가. 이렇게 경사스럽고 통쾌한 마음을 어찌 감출 수 있겠는가? 문화공文和公[1]이 여러 문생에게 연회를 베푼 옛일을 본받아야 옳겠네."

이에 네 차례 과거에서 합격하여 방에 오른 문생들을 불러 모아 크게 술자리를 베풀었다.[2] 그리고 여러 자손을 불러내었다. 그 자리에

---

1) 문화공文和公은 최유선崔惟善(?~1075)의 시호이다.(상-7 참조)
2) 금의는 1208년 윤 4월에 동지공거로서 황보관 등을 선발하고, 1212년 6월에 동지공거로서 전경성 등을 선발하고, 1214년 5월에 지공거로서 김신정 등을 선발했다.『고려사』.

함께 앉힐 생각이었다. 공이 이렇게 말하였다.

"같은 문하의 선후 문생은 골육을 나눈 것 같은 정의가 있으니, 나의 여러 자손도 자네들에게 형제나 다를 바 없네."

마침내 나이순대로 앉게 하였다. 술기운이 얼큰해지고 몹시 흥겨워지자 문생에게 명하여 서로 창화唱和하게 하였다. 무진년(1208)에 장원 급제한 황보관皇甫瓘[3]이 선창하여 읊었다.

동년이 선후로	同年先後爲兄弟 ○○○●○○●
형제가 되고	<u>1</u> <u>1</u> 3 4 7 <u>5</u> <u>5</u> 동년선후위형제
	동년은 앞 뒤로 되고 형제가

말이 떨어지기 무섭게 공이 즉시 응수하였다.

자리 가득한 영웅들 사이에	滿座英雄間子孫 ●●○○○●○
자손이 섞여 있어라	2 1 3 3 7 <u>5</u> <u>5</u> 만좌영웅간자손
	찬 자리에 영웅 속에 끼어 있다 자손이

다음 날 여러 동년이 저마다 시를 지어 사례하였다. 나는 공이 읊은 시 한 연의 7자를 나누어 운으로 삼아서 시를 짓고, 아울러 서문을 붙여 사례하였다. 공이 열람하고 인정해주었다.

---

3) 황보관皇甫瓘은 1208년 과거에 금의의 문생으로 장원 급제하여 내시內侍 관직에 소속되었다. 이후 금의가 최충헌의 비호로 권세를 얻자, 황보관이 시로써 벼슬에서 물러날 것을 권하였다. 이에 금의가 최충헌에게 고하여 황보관이 섬에 유배되었다.

景文公·英烈公, 俱解相印, 歸老于第. 上因冊東朝臨軒, 敬老勅賜大酺. 兩公皆入赴宴, 諸門生扶侍上闕, 塡街溢巷, 觀者莫不嗟嘆. 及罷宴歸第, 英烈公謂諸子曰"吾以龍頭爲相, 以至退老, 得參賜設, 而門生扶侍甚盛, 皆當代英材, 曷勝慶快? 宜效文和公宴諸門生故事."於是召集四年牓, 大開燕飲. 呼出諸子孫, 欲命坐, 公曰"一門子弟, 情同骨肉, 吾諸子孫, 亦爾等兄弟也."乃以齒坐之. 及酒酣懽甚, 命門生相唱和. 辰年狀頭皇甫瓘唱云"同年先後爲兄弟."公卽應聲對曰"滿座英雄間子孫."明日, 諸同年各作詩謝之. 僕以公之一聯七字, 分爲韻, 作詩并引以謝. 公覽而肯之.

상50. 문무를 겸비한 독락원 주인 조충

"모려밭을 박차고 가서 오랑캐를 물리치리라"

조 문정공(조충)은 기량과 식견과 덕행을 갖추고 문무文武를 겸비하여 명망이 조정 안팎에서 우뚝이 높았다.

병자년(1216)에는 침입한 거란 도적을 토벌하였다. 그때 다른 사람(정숙첨)이 원수로 임명되면서 공이 부원수가 되었다.[1] 뜻대로 지휘할 수 없는 지위였다. 그런데 전세가 불리하게 돌아가고 있어 공이 이런 시를 읊었다.[2]

천 리를 달리는 준마가 어쩌다 한 번 발굽[3] 헛디뎠으나	千里霜蹄容一蹶 ○●○○○●● 1 2 3 4 5 6 7　천리상제용일궐 천 리 서리 발굽 혹시 한 번 넘어져도
비장하게 우는 그 기개가 얼마나 비범한가?[4]	悲鳴壯氣何逸越 ○○●●○●● 1 2 3 4 5 6 6　비명장기하일월 슬피 우는 장한 기개 얼마나 비범한가
조보[5]를 시켜 채찍을 다시 들게 한다면	若敎造父更加鞭 ●○●●●○○ 1 4 2 2 5 7 6　약교조보갱가편 만약 시켜 조보 다시 더하면 채찍을

---

1) 고종 3년(1216)에 거란 유민 금산왕자金山王子가 고려를 침입했다. 이에 원수 정숙첨鄭叔瞻과 부원수 조충을 보내 방어했으나, 여러 차례 퇴각하였다. 이듬해 정방보鄭方甫를 원수로 삼아 다시 적을 쳤으나, 패배하였다. 조충이 이 일로 파면됐다가, 얼마 후 침입한 여진족 황기자군黃旗子軍을 물리쳐 관작을 회복했다.

2) 『동사강목』 고종 5년(1218) 7월 조에, 이 시가 실려있다. '千里'는 '萬里', '壯氣何逸越'은 '不覺換時節', '若'은 '儻', '蹶'은 '踏'으로 되어있다.

3) 상제霜蹄는 준마의 발굽을 이른다. 두보, 「취가행醉歌行」, "잠시 준마가 헛디딘 것은 잘못이 아니라네.[暫蹶霜蹄未爲失]"

4) 일월逸越은 초탈하고 비범한 모양이다.

5) 조보造父는 주나라 목왕穆王의 마부이다. 말 모는 것으로 명성을 얻었다.

모래밭을 박차고 가서　　　蹴踏沙場摧古月 ●●○○○●●6)
오랑캐[胡]7)를 물리치리라　　3 3 1 2 7 5 5　답린사장최고월
　　　　　　　　　　　　　|박차고|달려|모래|마당|꺾는다|오랑캐|

　기묘년(1219)에 이르러 조정에서 논의 끝에 공을 단독으로 원수元帥
에 추대하고 전적으로 병권을 장악하게 하였다. 그때 마침 거란 적을
추격하다가 우리 진영에 이른 몽고군 우두머리8)가 있었다. 그가 공
을 보자마자 대번에 절을 하고 형으로 모시더니, 힘을 모아 거란 도
적을 소탕하고 돌아갔다.9)

　공이 문하평장사 판병부사로 벼슬을 옮겼을 때다. 문안공(유승단)과
문순공(이규보)과 두 명의 부추밀사 한광연韓光衍·진화陳澕와 사성 유충
기劉冲基와 직강 윤우일尹于一이 모두 같은 해에 과거 급제한 동방으로
서, 함께 추렴하여 잔치를 베풀어 축하해주었다.

　그 자리에서 공이 지은 시가 가장 경책警策이었다. 지금은 잊어버
리고 오직 한 부분만 생각난다.

초록 옷소매 입던 옛날엔　　綠袖昔年爲末座 ●●●○○●●
말석에 있었으나10)　　　　　1 2 3 3 7 5 6　록수석년위말좌
　　　　　　　　　　　　　|초록|소매|옛날엔|되었으나|끝|자리|

6) □측기측수 구식을 사용하였다. 입성 '월月' 운에 맞추어 '蹶, 越, 月'로 압운하였다.
7) 고월古月은 '호胡'를 파자하여 은어로 삼은 것이다.
8) 몽고병 우두머리는 합진哈眞과 찰라札剌이다. 하칭河稱과 찰랍札臘으로도 표기한다.
9) 1219년에 합진과 찰라가 이끄는 몽고군이 거란군을 추격하여 강동성으로 향하
　는 사이에 고려에 군량을 청하였다. 이때 조충과 김취려가 이들을 만났더니, 합
　진이 두 사람을 형으로 일컬었다. 『고려사 김취려전金就礪傳』, 『고려사 충혜왕 즉
　위년(1330) 윤7월 11일(음)』.
10) 녹수綠袖는 직위가 낮은 서관庶官의 옷을 이른 듯하다. 서관은 초록색 옷차림에
　나무 홀을 손에 들고 복두를 쓰고 검은 신을 신는다고 한다. 『선화봉사고려도경
　서관복庶官服』.

황색 대문에 머무는 오늘날엔
여러분 앞에 있다오

黃扉今日先諸公 ○○○●●○○
1 2 3 3 7 5 6 황비금일선제공
누런|대문|오늘은|앞선다|여러|공에|

공이 대제 유충기와 대장臺長[11] 진화가 읊은 시에 차운하여 다시 화
답한 시에서 이렇게 읊었다.[12]

문단[13]에서 겨룰 때
북 호각[14] 소리 웅장하다가

文陣當年鼓角雄 ○●○○●●◎
1 1 3 3 5 6 7 문진당년고각웅
문단에서|당시|북|호각|웅장했는데|

은색 도포 남색 옷깃 차림으로
과장[15]에서 만났어라

銀袍藍袖棘闈中 ○○○●●○◎
1 2 3 4 5 5 7 은포람수극위중
은색|도포|남색|소매로|과장|중 만났다|

벼슬길서 편안히 진취하는 자
많지 않은데

青雲穩步無多子 ○○●●○○●
1 1 3 4 7 5 6 청운온보무다자
청운에|편히|걷는|없는데|많은|사람|

백발로 서로 만남에
그대들 기대 저버리지 않았어라

白髮相看不負公 ●●○○●●○
1 1 3 4 7 6 5 백발상간불부공
백발로|서로|봄에|않았다|어기지|공 뜻|

오부(사헌부)에서
엄숙한 위엄 산악을 흔들고

烏府懰威搖岳鎮 ○●○○○●●
1 1 3 4 7 5 5 오부쌍위요악진
오부에서|무서운|위엄|흔들고|산악|

홍추(추밀원)에서는
아이들도 축하하고 빌어줬으니

鴻樞慶頌及兒童 ○○●●●○◎
1 1 3 4 7 5 5 홍추경송급아동
홍추에서|경하|송축|미치니|아이에|

천장각 대제가 되어서는
또 어떻겠는가?

天章待制又如許 ○○●●●○●
1 1 3 3 5 6 6 천장대제우여허
천장각|대제로는|또|어떻겠는가|

---

11) 대장臺長은 어사대(사헌부) 시어사(장령)와 전중시어사(지평)의 별칭이다.
12) 『동문선』에 「동년 유 대제와 두 대장이 화답하기에 다시 차운하다[同年劉待制兩臺長見和復次韻]」라는 제목으로 실려있다.
13) 문진文陣은 문단文壇을 이른다.
14) 고각鼓角은 전투에 사용하는 악기 전고戰鼓와 호각號角을 이른다.
15) 극위棘闈는 가시나무 울타리로 에워싼 과거 시험장을 이른다.

우리 동방이 날아오름이
언제쯤 멈추려나?

同牓飛昇甚日窮 ○●○○●●⑯
1 1 3 4 5 6 7 동방비승삼일궁
|동방이|날아|오름|어느|날|끝날까|

공은 공명이 한창 극에 달하였으나, 오히려 멀리 벗어나 안개와 노을 속에서 노닐고 싶은 생각[烟霞逸想]이 있었다. 이에 동고東皐에 독락원獨樂園¹⁷⁾을 마련하였다. 그곳에서 대숲을 곁에 두고 시내를 내려다보면서 날마다 문하 제자 및 어진 사대부들과 어울려 시와 술로 스스로 즐겼다. 이렇게 하여 수창한 시가 몇 권에 이를 정도였다. 그런데 아쉽게도 거두어 기록한 사람이 없어서 지금은 전하지 않는다.

나이 50세에 세상을 떠났다. 삼한三韓¹⁸⁾ 사람 중에 가슴을 치고 슬퍼하면서 그리워하지 않는 자가 없었다. 직강 윤우일尹于一이 묘지명을 지었다.¹⁹⁾ 그 내용은 대략 이렇다.

"공은 덕행으로나 문학으로나 정사로나 안연顏淵, 민자건閔子騫, 계로季路(자로)의 무리에게 부끄럽지 않을 만하다.²⁰⁾ 또 조정에 들어가서 재상이 되고 나가서 장수가 되었으니, 이전 반백 년(50년) 동안에 성취한 공명과 부귀가 어떻겠는가? ……."

---

16) □측기평수 구식을 사용하였다. 상평성 '동東' 운에 맞추어 '雄, 中, 公, 童, 窮'으로 압운하였다.

17) 조충趙冲이 재상으로 있을 때 동고東皐에 독락원獨樂園을 마련하고, 공무 여가에 사대부를 초대하여 금琴을 연주하고 술을 마시면서 즐겼다. 『고려사 조충전趙冲傳』.

18) 삼한三韓은 우리나라의 별칭이다. 마한馬韓, 진한辰韓, 변한弁韓을 아울러 일컫는 말이다.

19) 윤우일이 엮고 청석靑石에 새긴 「문정공조충지석文正公趙冲誌石」 잔편이 강원도 유형문화재로 전한다.

20) 덕행과 문학과 정사로 볼 때, 공자 제자에 견주어도 부족하지 않다는 말이다. 『논어 선진先進』, "덕행에 안연·민자건·염백우·중궁이 있고, 언어에 재아·자공이 있고, 정사에 염유·계로가 있고, 문학에 자유·자하가 있다."

당시 사람들은 사실을 기록한 실록實錄이라고 평하였다.

趙文正公, 器識德行文武兼備, 望傾朝野. 丙子年討丹寇, 命元帥, 公
爲副, 不自顯制. 戰不利, 作詩曰 "千里霜蹄容一蹶, 悲鳴壯氣何逸
越? 若敎造父更加鞭, 躪躪沙場摧古月." 及己卯年, 朝議推公爲獨元
帥, 專掌兵權. 會蒙古兵追丹寇至, 其渠牽見公, 拜而兄之, 倂力掃
丹寇乃還. 遷門下平章事·判兵部. 時文安公·文順公·韓·陳兩副樞劉
司成冲基·尹直講于一, 皆其同牓, 醵宴以賀. 公作詩最爲警策, 今失
之, 唯記一句云 "綠袖昔年爲末座, 黃扉今日先諸公." 復次韻答劉待
制·陳臺長云 "文陣當年鼓角雄, 銀袍藍袖棘闈中. 靑雲穩步無多子,
白髮相看不負公. 烏府慄威搖岳鎭, 鴻樞慶頌及兒童. 天章待制又如
許, 同牓飛昇甚日窮?" 功名方極, 還有烟霞逸想, 開獨樂園於東皐.
傍竹臨泉, 日與門弟賢士大夫, 詩酒自娛. 其酬唱, 至成數卷. 惜哉,
無人收錄, 不傳于今. 年五十卒, 三韓莫不搥胸慟慕. 尹直講于一作
墓銘, 略曰 "公德行耶文學耶政事耶, 可無愧顏·閔·季路之徒歟. 入
而相, 出而將, 半百年前功名富貴何? 云云." 時謂實錄.

상51. 임영령의 급제를 축하한 금의의 시

"저 우리 벗 임공자가 부러우니, 도성 봄바람에 탐화랑 되었네"

영렬공英烈公(금의)은 학사 임영령任永齡[1]과 같은 스승에게 수학하였다. 과거에 응시하여 임영령이 먼저 을제乙第의 성적으로 합격하자 공이 시를 지었다

진사 출신[2]을
바라지는 않지만
장원 급제하기는
재주 아닌데 어찌하랴?
저 우리 벗
임 공자가 부러우니
도성[3] 봄바람에
탐화랑 되었네

進士出身非所望 ●●○○○○●●
1 1 1 1 7 6 5 　진사출신비소망
진사 출신이 아니지만 바는 바라는

壯元及第不才何 ●○●●●○○
1 1 3 3 6 5 7 　장원급제불재하
장원 급제는 아닌데 재주 어찌할까

羨他吾友任公子 ●○○●○○●
7 1 2 3 4 4 4 　선타오우임공자
부러워하니 저 내 친구 임공자를

紫陌春風作探花 ●●○○●○○[4]
1 1 3 4 7 5 5 　자맥춘풍작탐화
도성에서 봄 바람에 되었다 탐화가

---

1) 임영령任永齡은 1204년 신종 장례에 부음을 알리기 위해 금나라에 다녀왔다. 1215년에 대사성으로서 국자감시를 주관하고, 1216년에 전중감殿中監으로서 동지공거가 되어 문과를 주관하였다. 전중감은 왕족의 보첩을 담당하던 전중시의 종3품 벼슬이다.

2) 진사출신進士出身은 과거 급제의 등급을 이른다. 진사 급제, 진사 출신, 동진사 출신의 세 등급이 있다. 이 시기 등급에 견주면 진사 급제는 을과 급제, 진사 출신은 병과 급제, 동진사 출신 동진사 급제에 해당한다.

3) 자맥紫陌은 도성으로 이어지는 큰길이다.

4) □측기측수 구식을 사용하였다. 하평성 '가歌' 운과 통운에 해당하는 하평성 '마麻' 운에 맞추어 각각 '何'와 '花'로 압운하였다.

공은 다음 해에 과연 장원으로 합격하였다.

英烈公與任學士永齡, 同師受業. 及應擧, 任先擢乙第. 公作詩曰 "進
士出身非所望, 壯元及第不才何? 羨他吾友任公子, 紫陌春風作探花."
明年果中壯元.

※ 금의가 임영령의 과거 급제를 부러워하면서도 장원 급제하지 못
함을 아쉬워하면서 시를 지어 주었다. 그런데 자신이 다음 해에 장
원 급제한 것이다. 임영령은 명종 12년(1182) 과거에서 을과乙科 3등
으로 급제하였다. 위에서 말한 을제乙第는 차석으로 합격한 경우이
거나, 또는 갑甲科과 다음의 을과로 합격한 경우를 일컫는 말이다.
탐화探花는 탐화랑探花郎이다. 본래 갑과 3등 성적으로 급제한 자를
일컫는 칭호이다. 하지만 갑과 등급이 사용되지 않으면서부터 을과
3등을 탐화로 일컫게 되었다.

   광종이 과거를 시행한 처음에는 제술과 합격자를 단일 등급의 갑
과로 구분하였다. 이후 경종 때 을과가 추가되고, 성종 때 병과丙科
와 동진사同進士가 추가되었다. 과거 합격자를 성적에 따라 네 등급
으로 나누어 구분하는 제도가 갖추어진 것이다. 그런데 현종 17년
(1026) 이후로 갑과 등급이 사라졌다. 을과가 가장 높은 등급이 되었
으니, '을과제일인乙科第一人'이 곧 장원 급제한 자인 셈이다. 대체로
을과 3인, 병과 7인, 동진사 23인을 선발하였다.

"쓸개가 커서 독한 술도 견뎌내고 도가 곧아 남들이 속이지 못하네"

조 문정공趙文正公(조충)이 대제 유충기劉冲基와 사간 이백순李百順 및 여러 문하 제자와 함께 독락원獨樂園에서 놀았을 때다. 술 마시며 창화하다가 '기欺'자 운을 얻었다.

이백순이 먼저 읊었다.

골짜기 고요하여
소리에 오히려 응답하고

谷靜聲猶答 ●●○○●
1 2 3 4 5　곡정성유답
|골짜기|고요해|소리에|외려|응답하고|

연못은 맑아서
그림자를 속이지 않네*

池淸影不欺 ○○●●○
1 2 3 5 4　지청영불기
|연못|맑으니|그림자|않는다|속이지|

원주* 【이때 연못에 임하여 있었다.】

유충기는 이렇게 읊었다.

여름 태양처럼
정말 매섭고

夏日眞堪畏 ●●○○●
1 2 3 5 4　하일진감외
|여름|해처럼|정말|만하고|두려워할|

가을 구름 같아서
속일 수 없어라*1)

秋雲不致欺 ○○●●○
1 2 5 4 3　추운불치기
|가을|구름처럼|못한다|이르지|속임에|

원주* 【조 문정공을 가리킨 것이다.】

---

1) 높은 가을 하늘에 떠 있는 구름처럼 그 모습이 온전히 드러나 있어 속일 수 없음을 이른다.

215

공은 이렇게 읊었다.

쓸개가 커서
독한 술도 견뎌내고
도가 곧아
남들이 속이지 못하네

膽麤凌酒惡　●○○○●
1 2 5 3 4　담추릉주악
|쓸개가|커서|이기고|술의|독함을|

道直沒人欺　●●○○○
1 2 5 3 4　도직몰인기
|도가|곧아서|없다|남이|속임이|

좌중이 모두 깜짝깜짝 놀라 더는 뒤이어서 짓지 못하였다. 공이 예
전에 영렬공英烈公(금의)이 손자를 얻고서 지은 시의 운에 맞추어 이렇
게 읊었었다.[2]

음기 쫓아 이름날 아이임을[3]
내가 이미 알겠으니[4]
여섯 눈 거북이에게
그 운세 물을 필요 없다네[5]
이 영웅이 하루아침에
비단 장막에서 태어나니

排陰命代我先知　○○●●○◎
2 1 4 3 5 6 7　배음명대아선지
|내쫓아|음을|이름남|시대에|내|먼저|아니|

行止休憑六眼龜　〇●○○●●◎
1 1 7 6 3 4 5　행지휴빙육안귀
|운세를|말라|기대지|여섯|눈|거북에|

英物一朝呱繡帳　〇●●○○●●
1 1 3 4 7 5 6　영물일조고수장
|영물이|하루|아침|우니|비단|장막에서|

---

2) 『동문선』에「금 평장이 외손을 얻은 것을 축하하다[賀琴平章得外孫]」라는 제목으로
실려있다.

3) 명대命代는 세상에 명성을 떨친다는 말이다. 명세命世와 같다. 『한서 초원왕전楚
元王傳』, "성인이 나오지 않으면, 그 사이에 반드시 세상에 이름을 떨칠 인재가 나
온다.[聖人不出, 其間必有命世者焉.]"

4) 동지에 양이 처음 생겨나 음을 조금씩 밀어낸다. 아이가 동짓날 밤에 태어났기
에, 장래에 세상의 음기를 물리칠 것이라 기대한 것이다.

5) 육안귀六眼龜는 눈 여섯 개가 달린 신령한 거북이다. 신령하여 점을 치게 했다고
한다. 『이아 석어釋魚』.

한밤 자정에 갈대 장막에서
미세한 양기 동할 때였어라*6)

얼마나 자주 활과 활집으로
애써 자식을 빌었던가?7)

이젠 이미 복사꽃으로
아이 거듭 씻겨 축원하네**8)

반천 인재의 운수를 얻어9)
세상의 길조가 되고

장차 열다섯에 이르러10)
사람 스승 됨을 보리라

문장은 나라 빛낸 청전학사
장작보다 드높고11)

微陽午夜動葭帷　○○●●●○○
1 2 3 4 7 5 6　미양오야동가유
|가는|양|자정|밤|동한다|갈대|장막에|

何煩弓韣勤求子　○○⊙●○○○
1 4 2 3 5 7 6　하번궁독근구자
|오죽|써서|활|활집|애써|구했나|자식|

已呪桃花屢靧兒　●●○○●●○
1 4 2 3 5 6 7　이주도화루회아
|이미|빌어|복사|꽃으로|누차|씻겼다|아이|

叶得半千爲世瑞　●●⊙○●●○
3 3 1 1 7 5 6　협득반천위세서
|부합함|얻어|반천에|되고|세상|상서|

看將十五作人師　○○●●●○○
7 1 2 3 6 4 5　간장십오작인사
|본다|장차|열|다섯 살에|됨을|사람|스승|

文高華國靑錢鷟　○○⊙●○○●
1 7 3 2 4 4 6　문고화국청전작
|문장|높고|빛낸|나라|청전|장작보다|

---

6) 양陽이 처음 생기는 동짓날에 갈대를 태운 재를 장막 안에 두고 미세한 기운의
   움직임을 살핀다. 양기가 처음 동할 때 재가 미세하게 움직인다고 한다.
7) 옛날에 3월이 되면 활과 활집을 신전神殿에 올리고 아들을 낳게 해달라고 비는
   풍속이 있었다.
8) 북제北齊 시기 노사심盧士深의 아내 최씨가 봄에 복숭아꽃과 흰 눈으로 아이 얼굴
   을 씻으면서 이렇게 기도했다. "흰 눈으로 아이 얼굴을 씻기오니 밝고 즐겁게 해
   주시고, 붉은 꽃으로 아이 얼굴을 씻기오니 곱고 화사하게 해주소서."『고금사
   문류취 도화회면桃花靧面』.
9) 반천半千은 5백 년이다. 현인이 출현하는 주기이다. 당나라 원여경員餘慶은 "5백
   년 만에 한 어진 이가 난다. 네가 그에 해당한다."라는 말을 듣고, '반천半千'을 별
   명으로 삼았다고 한다.
10) 학문에 뜻을 두는 15세에 두각을 나타내어 기대를 모을 것이라는 말이다.
11) 청전학사靑錢學士 장작張鷟은 당나라 사람으로 문장에 능하였다. 원반천이 그의
    문장을 두고 "청동 동전처럼 두드려져 만 번 시험해도 만 번 뽑힌다."라고 칭찬
    하여 청전학사로 불렸다.

217

위엄은 왕실을 지킨 威敵扶王白捧羆　Ŏ●○○●●◎
흰 몽둥이 왕비에 필적하네***12)　1 7 3 2 4 5 6　위적부왕백봉비
　　　　　　　　　　｜위엄은｜필적하다｜도운｜왕｜흰｜몽둥이｜왕비｜

예부터 집안 간에 왕래하여 自昔通家恩岳在　●●○○○●●
은혜가 산악 같으니　　　　2 1 4 3 5 6 7　자석통가은악재
　　　　　　　　　　｜부터｜옛｜통해｜집안｜은혜｜산처럼｜있어｜

경하하는 마음을　　　　　賀懷聊展一篇詩　●○○●●○◎13)
시 한 편에 실어서 올린다오　1 2 3 7 4 5 6　하회료전일편시
　　　　　　　　　　｜축하｜마음｜애오라지｜편다｜한｜편｜시에｜

원주*【동짓날에 태어났다.】

원주** 【아이가 태어나면 복숭아꽃으로 얼굴을 씻기면서 축원하기를, "붉은 꽃을 취하고 흰 눈을 취하여 아이 얼굴을 씻기오니, 광택이 나게 해주소서."라고 한다.】

원주*** 【『북사北史』의 왕비王羆를 이른다.】

　처음에 문사들이 영렬공의 시를 다투어 차운하면서도 '비羆'자 사용을 힘겨워하였다. 공이 가장 나중에 이 글자로 압운하여 지었는데 더욱 기이하게 되었다.

趙文正公, 與劉待制冲基·李司諫百順及諸門弟, 遊獨樂園, 開飮唱和, 得"欺"字. 李曰 "谷靜聲猶答, 池淸影不欺."【時臨池.】劉曰 "夏日眞堪畏, 秋雲不致欺."【指趙.】公曰 "膽麤凌酒惡, 道直沒人欺."一座動

---

12) 북제北齊의 왕비王羆는 맹장이다. 남제의 신무제가 사람을 보내어 밤에 왕비를 습격하게 한 일이있다. 왕비는 자다가 소리를 듣고 흰 몽둥이를 들고 나가서 "늙은 큰 곰[羆]이 길목에 누워있는데, 어느 담비가 지나갈테냐."라고 소리치자 모두 놀라 물러섰다고 한다. 『북사 왕비전王羆傳』.

13) ㅁ평기평수 구식을 사용하였다. 상평성 '지支' 운에 맞추어 '知, 龜, 帷, 兒, 師, 羆, 詩'로 압운하였다.

驚, 無復繼和. 公嘗和英烈公得孫男詩云"排陰命代我先知, 行止休憑六眼龜. 英物一朝呱繡帳, 微陽午夜動葭帷.【冬至日生.】何煩弓韣勤求子? 已呪桃花屢贖兒.【兒生, 用桃花洗面. 呪曰 '取紅花, 取白雪.' 與兒洗面, 作光澤.】叶得半千爲世瑞, 看將十五作人師. 文高華國靑錢鷟, 威敵扶王白捧羆.【『北史』王羆.】自昔通家恩岳在, 賀懷聊展一篇詩." 初文士爭次韻, 難其"羆"字, 公最後押, 尤異. ⌐

補閑集

보한집

권중

중1. 최자가 상주목에서 최우에게 올린 서장

"은 갈고리 글씨 절묘하고, 옥거울같이 식견이 밝으니"

정월 초하루와 동짓날이 되면 여러 목과 도호부에서 전례대로 서장書狀을 작성하여 재상 관부[1]에 하례를 올린다. 상주목(최자)에서 진양부(최우)에 서장을 올려 이렇게 말했다.

"은 갈고리
글씨 절묘하고[2]
옥거울같이
식견이 밝으니,[3]
영토를 침범한
북방 오랑캐 당해내어
우리 가자미 바다[4]
풍파를 안정시키고,
서해 바닷가 따라와
도읍을 열어

書妙銀鉤 ○●○○
1 2 3 4　서묘은구
글씨가│절묘하여│은│갈고리 같고│

鑑明璣鏡 ●○○●
1 2 3 4　감명기경
감식안이│밝아│옥│거울 같으니│

當北水之至鎭 ○●●○●●
6 1 1 3 5 4　당북수지지진
감당하여│북수가│어사│이름을│진에│

安鰈海之風濤 ○●●○○○
6 1 2 3 4 4　안접해지풍도
안정하고│가자미│바다│어사│풍파를│

率西滸而來開 ●○○●○○
3 1 2 4 5 6　솔서호이래개
따라│서쪽│물가│어사│와서│도읍 열어│

---

1) 재상 관부[相府]는 재상이 집무하는 곳이다. 당시 최고 집정자 최우가 집무하던 진양부晉陽府를 이른다.
2) 은 갈고리[銀鉤]는 은으로 제작한 갈고리이다. 굳센 글씨를 비유한다.
3) 기경璣鏡은 큰 옥으로 제작한 거울이다. 밝은 감식안을 비유한다.
4) 접해鰈海는 바다에 가자미가 많은 우리나라를 일컫는 말이다. 접역鰈域이라고 한다.

강화 궁궐[5]에 해 달이
떠오르게 했습니다."*

出鰲宮之日月	●○○○○●●
6 1 2 3 4 5	출오궁지일월

|뜨게 한다|자라|궁궐|어사|해와|달|

원주* 【술가들이 '호胡'를 '북수北水'라고 한다.[6] 처음에 공이 기이한 꾀를
내어 적병을 물리친 뒤에, 임금의 어가를 모시고서 서쪽으로 내려
와 목해木海[7]의 화산花山(강화 남산)에 도읍을 세웠다.】

또 이렇게 말했다.

"왕실[8] 중흥을
　　　　도와서
밖에서 얕보는 오랑캐[胡]를
　　　　물리치고,
천지를 휘감아
　　　문하에 품어[9]
백, 천, 만 승의 나라도
　　　부럽지 않은데,
성과 궁궐을
　　바다 위에 옮겨 세워

佐卯金之中興	●●○○○○
6 1 1 3 4 4	좌묘금지중흥

|도와|묘금이|어사|중흥함을|

攘古月之外侮	●●●○○●●
6 1 1 3 4 5	양고월지외모

|물리치고|오랑캐|어사|밖에서|얕봄|

乾坤卷入於門下	○○●●○○●
1 2 3 7 6 4 4	건곤권입어문하

|하늘|땅을|말아서|들여|에|문하|

百千萬乘家不多	●○●●●○○
1 2 3 4 5 7 6	백천만승가불다

|백|천|만|수레|나라도|않는데|많다고|

城闕奉安於海中	○●●○○●○
1 2 3 7 6 4 4	성궐봉안어해중

|성|궁궐을|받들어|두어|에|바다|안|

5) 오궁鰲宮은 강화의 새 궁궐을 이른다. 큰 자라가 세 신산神山을 떠받든다는 전설
에 따라 궁궐 섬돌에 큰 자라 모양을 조각하므로 이렇게 이른다.
6) 호胡와 북수北水는 북방의 몽고를 이른다. 음양설에서 수水가 북방에 해당하여 이
렇게 이른다.
7) 목해木海는 중국 동쪽에 있는 우리나라 서해를 이른 듯하다. 음양설에서 목木은
동방에 해당한다.
8) 묘금卯金은 '유劉' 자를 파자한 묘금도卯金刀를 줄인 말이다. 유씨劉氏가 세운 한나
라를 이르지만, 여기서는 고려 왕실을 빗대어 말한 것이다.
9) 최우가 국정을 장악하여 모든 정책을 결정하였기에 이렇게 이른 것이다.

삼십육동천[10] 외에
별천지 갖췄습니다."*

三十六洞天別一 ○●●●○○
　1　2　3　4　4　6　7　삼십륙동천별일
|삼|십|육|동천과|다른|하나 되었다|

원주* 【공이 새로운 도읍에서 강을 따라 빙 둘러서 성가퀴를 쌓고, 또 궁궐을 세웠다. 임금의 침전과 정전은 모두 공이 개인 재산을 기울이고 문객을 보내어서 세운 것이다.】

또 이렇게 말했다.

"북쪽 산에서
구름을 쓸어내리고

掃雲北山 ●●○○
　4　3　1　2　소운북산
|쓸고|구름을|북쪽|산에서|

동쪽 바다에서
해를 씻어내,

洗日東海 ●●○○
　4　3　1　2　세일동해
|씻으니|해를|동쪽|바다에서|

하늘께서 장차
음악을 들려주려고

天將供樂 ○○●●
　1　2　4　3　천장공악
|하늘이|장차|제공하려고|음악을|

가무하는 여자아이
내려보내고,*[11]

降生歌舞之小娥 ●○○○●○○
　6　6　1　2　3　4　5　강생가무지소아
|강생하고|노래|춤의|어사|어린|여아|

땅도 또한
상서로운 복을 바치려

地亦薦祥 ●●●○
　1　2　4　3　지역천상
|땅이|또한|바치려고|복을|

백은과 황단[12]의 큰 보물
토해내었습니다."**

湧出銀丹之大寶 ●●○○○●●
　6　6　1　2　3　4　5　용출은단지대보
|솟아냈다|백은|황단의|어사|큰|보물|

---

10) 삼십육동천三十六洞天은 신선이 산다는 선경仙境 36곳을 이른다.

11) 강생降生은 신이 인간으로 태어났음을 이른다. 최우가 가무를 익힌 7, 8세쯤 되는 여자아이들을 시켜 공연하게 했는데, 이들을 하늘에서 내려온 선녀에 빗댄 것이다. 이규보의 「이 시랑이 진양공에게 지어 올린, '여자아이를 읊은 시'에 차운하여 진양공에게 올리다[次韻李侍郞上晉陽公女童詩呈令公]」라는 시에 "기악과 사죽은 모두 늘 있는 것이지만, 특별히 여자아이들이 있다. 그 나이가 모두 7, 8세쯤 되었다.[其妓樂絲竹, 則皆所常有, 別有女童輩, 皆年可七八.]"라는 서문이 있다.

12) 백은白銀은 은銀이다. 황단黃丹은 납에 여러 원료를 첨가한 약물이다. 약藥이나 안

225

또 이렇게 말했다.

"채색한 계극13)을 세운
문을 집안에 전하고
옥 비녀 꽂은 세상 인재14)를
기용했으니,

傳家畫戟之門　○○●●○○
　　　　　　6 1 2 3 4 5　전가화극지문
｜전하고｜집에｜채색한｜계극의｜어사｜문｜

舉世玉簪之客　●●●○○●
　　　　　　6 1 2 3 4 5　거세옥잠지객
｜기용하니｜세상의｜옥｜비녀｜어사｜객｜

도읍 옮겨
위험을 피하여

遷都負險　○○●●
　　　　　2 1 4 3　천도부험
｜옮겨｜도읍을｜피해｜위험을｜

안전한 세상
따로 열어놓았고,

別開無事之乾坤　●○○●○○○
　　　　　　　6 7 1 1 3 4 4　별개무사지건곤
｜따로｜열고｜무사한｜어사｜천지를｜

학교를 세우고
인재 길러

創學育才　●●●○
　　　　　2 1 4 3　창학육재
｜세우고｜학교를｜길러｜인재를｜

태평한 세월을
이루어주었습니다."*

付與大平之日月　●●●○○●●
　　　　　　　6 7 1 1 3 4 4　부여태평지일월
｜맡기어｜주었다｜태평한｜어사｜세월을｜

料顔料로 쓴다.

13) 화극畫戟은 검붉은 채색 비단으로 장식하여 관리의 신분을 상징하는 나무 창이다. 계극棨戟이라고 한다. 행차할 때 앞세워 들고 평소에는 문 앞에 세워둔다.
14) 옥잠玉簪은 옥 비녀이다. 옥 장신구로 머리를 장식한 공경대부를 이른다.
15) 횡사黌舍는 학생을 교육하는 강학 공간을 일컫는 호칭이다.

공이 여러 주州, 목牧, 부府에서 올린 축하하는 서장을 모아서 문하의 문인들에게 평가하여 등수를 매기게 하였다. 이에 상주목에서 올린 것이 모두 1등이 되었다. 사실을 기록한 것이었기 때문이다.

元正冬至, 諸牧都護府, 例修狀賀相府. 尙州牧上晉陽府狀云 "書妙銀鉤, 鑑明璣鏡. 當北水之至鎭, 安鰈海之風濤. 奉西滸而來開, 出鰲宮之日月.【術家謂胡爲北水. 初公以奇謀, 退兵奉乘輿, 西都木海上花山.】" 又 "佐卯金之中興, 攘古月之外侮. 乾坤卷入於門下, 百千萬乘家不多. 城闕奉安於海中, 三十六洞天別一.【公於新都, 沿江環堞. 又營宮闕, 其御寢及正殿, 皆公之傾私賄, 遣門客所創也.】" 又 "掃雲北山, 洗日東海. 天將供樂, 降生歌舞之小娥;【小娥十餘輩, 年纔六七. 皆善歌舞, 似非烟火食者也.】地亦薦祥, 湧出銀丹之大寶.【公聞義安山産寶, 命工鑿之, 得白銀黃丹.】" 又 "傳家畫戟之門, 擧世玉簪之客. 遷都負險, 別開無事之乾坤; 創學育才, 付與大平之日月.【遷都創學, 皆出公謀. 遣門客, 營黌舍, 仍納學料.】" 公摠諸州牧府賀狀, 使門下文人科第之, 尙牧皆爲第一, 以其實錄.

※ 이때 상주목에서 서장을 올린 사람은 상주 목사로 있던 최자이다. 그가 상주 목사로 있으면서 올린 공이公移와 표表와 전牋이 평가에서 번번이 1등을 차지했다고 한다.[16] 진양부는 무인 집권기인 1219년에 최충헌을 뒤이어 최고 집정자 지위에 오른 최우崔瑀(1166~1249)가 설치하여 집무 공간으로 삼았던 관부官府이다. 최우는 최이崔怡로 개명

---

16)『해주최씨가장海州崔氏家藏 문청공전文淸公傳』, "公移表牋, 必居第一."

하였다. 1232년에 강화 천도를 시행하였고, 그 공으로 1234년에 책봉되어 진양후晉陽侯가 되었다.[17] 진양부는 이때 책봉된 작위에 따라 공적으로 허용된 상징 공간이라고 할 수 있다. 앞서 최충헌은 희종 2년(1206)에 진강후晉康侯에 책봉된 뒤에 부府를 설치하여 집정 공간으로 삼았었다. 이것이 흥녕부興寧府이다. 강종 원년(1212)에 진강부晉康府로 개칭하였다.[18]

17) 『고려사 최이전崔怡傳』.
18) 『고려사 최충헌전崔忠獻傳』.

^중2. 시어가 청완하고 기운이 웅위한 최우의 시
"앉은 자리로 끼어든 산 풍경은 부르지 않은 손님이네"

시중 상주국 최공(최항)은 공명과 부귀가 절정에 이르렀으나, 평소에 속세 밖 일을 숭상하여 시어가 청완淸婉하였다. 문득 어느 날 저녁 청풍이 불고 명월이 비추는 가운데, 소나무 대나무가 흔들려 절로 소리를 내고 있었다. 그 순간 자기도 모르게 절구로 시 한 수를 읊조렸다.[1]

뜰 가득한 달빛은	滿庭月色無烟燭 ○●●○○●
연기 없이 비추는 촛불이요	2 1 3 4 6 5 7 만정월색무연촉
	가득한 뜰 달 빛 없는 연기 촛불이요
앉은 자리로 끼어든 산 풍경은	入座山光不速賓 ●●○○●● ◎
부르지 않은 손님이네	2 1 3 4 6 5 7 입좌산광불속빈
	든 자리에 산 빛 않은 부르지 손님이다
소나무도 현을 튕겨	更有松絃彈譜外 ●●○○○●●
악보에 없는 노래 연주하니	1 4 2 3 7 5 6 갱유송현탄보외
	다시 있어 솔 현이 튕기니 악보 밖을
소중하게 즐길 뿐	只堪珍重未傳人 ●○○●●○◎[2]
남에게 전할 수는 없어라	1 4 2 2 7 6 5 지감진중미전인
	단지 만하고 아낄 못한다 주지 남에게

공은 아직 국정을 담당하지 않던 정미년(1247) 겨울에 가조리加祚里 별장에 잠깐 머물고 있었다. 그때 밤에 앉아있다가 임林, 조曹, 이李 등 여러 사람이 화로를 끼고 둘러앉아 이야기를 나누는 것을 보았다.

---

1) 『동문선』에 최충崔冲이 창작한 「절구絕句」로 소개되어 있다. 이 글에서는 최항의 시로 소개한 것이다. 착오가 있는 듯하다.
2) □평기측수 구식을 사용하였다. 상평성 '진眞' 운에 맞추어 '賓, 人'으로 압운하였다.

공이 시를 써서 보여주었다.

비상하는 용 웅크린 범처럼
웅대하게[3] 둘러앉으니
씩씩한 그 기상
봉황 숯[4] 불꽃도 누를 만하네
아침인가 저녁인가 논쟁하길
제비와 박쥐처럼 말고[5]
운명을 하늘에
좋게 맡겨야 하리라

龍騰虎踞列穹豐　○○●●○○
1 2 3 4 7 5 5　룡등호거렬궁풍
|용 |날고 |범 |웅크리듯 |줄지어 |웅대히|

壯氣能銷鳳炭紅　●●○○●●○
1 2 3 7 4 4 6　장기능소봉탄홍
|씩씩한 |기상 |능히 |누른다 |봉탄 |불꽃|

莫向晨昏爭鷰蝠　●●○○○●●
7 3 1 2 4 5 6　막향신혼쟁연복
|말고 |향해 |새벽 |밤 |다툼 |제비 |박쥐의|

好將行止付天公　●○○●●○○[6]
1 4 2 2 7 5 5　호장행지부천공
|좋게 |가지고 |운세를 |맡긴다 |하늘에.|

엮어낸 말[立語]이 신기神奇하고 구성한 뜻[措意]이 맑고 웅장하여[清
壯], 웅대하고 비범한 운치가 느껴진다. 공이 용렬하고 자잘한 자들
과 어울려서 다투지 않고, 천명을 순순히 받들어 대업을 물려받을 인
물인 줄을 이 한 수의 시에서 볼 수 있다. 이는 하늘이 아직 일이 나
타나기도 전에 먼저 보살피고 도와서, 공이 자기도 모르게 이런 말을

---

3) 궁풍穹豐은 몸집이 거대하고 풍만한 모양이다. 화로 주위에 둘러앉은 세 사람 모
습과 기상을 형용한 것이다.
4) 봉탄鳳炭은 봉황 모양으로 만든 숯을 이른다. 당나라 재상 양국충楊國忠이 숯가루
를 꿀로 이겨서 쌍봉雙鳳 모양으로 만들어놓았다가 겨울에 화로에 넣어 땠다고
한다. 『개원천보유사開元天寶遺事 봉탄鳳炭』.
5) 연복鷰蝠은 제비와 박쥐이다. 시비를 분간 못하는 어리석은 자를 비유한다. 제비
는 해 뜰 때와 질 때를 아침과 저녁으로 여기지만, 박쥐는 거꾸로 저녁과 아침
으로 여긴다. 그래서 서로 아무리 논쟁을 벌여도 결론을 내지 못한다고 한다.
『동파오대시안 기주빈제시寄周邠諸詩』.
6) ㅁ평기평수 구식을 사용하였다. 상평성 '동東' 운에 맞추어 '豐, 紅, 公'으로 압
운하였다.

하게 만든 것이다. 금당金幢을 꿈꾼 일[7]이 또한 어찌 이상한 것이랴?

공의 저택에는 누대 12채가 진주와 비취를 늘어놓은 듯이 빼곡하게 줄지어 있다. 또 진귀한 화초가 붉게 빛나고 초록빛을 발산하고 있다. 마치 신선처럼 요대瑤臺[8]에 올라 천상의 옥청궁玉淸宮[9]을 바라보는 듯한 기분이 들게 만든다. 이는 소리와 색으로는 형용할 수 없는 풍경이다. 하지만 공의 저택 안에서 이것은 그저 평범한 일에 해당할 뿐이다. 특별하게 여길 것이 아니다. 저 신령한 샘물이 앞 연못으로 흘러드는 풍경과 기이한 새가 뒷산 봉우리에서 날고 우는 풍경 따위야말로, 하늘 신과 땅 여신이 특별히 만들어낸 시내와 산의 탈속한 경치로서, 방외方外의 즐거움으로 제공해준 것임이 분명하다.

지난 갑인년(1254) 봄과 여름이 교차할 무렵이었다. 온갖 꽃이 한창 만발할 때, 성대한 자리를 마련하여 양부兩府[10]에서 잔치를 벌였다. 그 자리에 시에 능한 당시 선비 40여 명을 불러 모았다. 이어 초에 눈금을 표시하고 그 시간 안에 달과 꽃을 읊어내게 한 것이었다. 분위기가 한창 즐겁고 술기운도 얼큰해지자, 공이 시를 지어 자리에 있는 여러 객에게 보였다.[11]

> 물가 전각 바람 창 아래로
> 고생스럽게 불려와서

水閣風檻苦見招 ●●○○●●○
1 2 3 4 5 7 6   수각풍령고견초
물 전각 바람 창에 괴롭게 당해 불러옴을

---

7) 금당金幢은 지체 높은 자가 의장으로 쓰는 금빛 장식한 깃발을 이른 듯하다. 꿈에서 이를 보고, 그 지위에 오를 것을 예견했다는 말이다.
8) 요대瑤臺는 신선이 머문다는 전설 속 누대이다. 화려한 누대를 일컬을 때 쓴다.
9) 옥청궁玉淸宮은 도가에서 상청궁上淸宮·태청궁太淸宮과 함께 천상에 있다고 하는 궁전이다.
10) 양부兩府는 중서성中書省과 중추원中樞院을 이른다.
11) 『동문선』에 최충崔冲이 창작한 「시좌객示座客」으로 소개되어 있다.

문서 더미에 묻혀
세월을 보내고 있어라

薄書叢裡度流年 ●○○●●○○
1 1 3 4 7 5 6　부서총리도류년
|문서|더미|속에서|보낸다|흐르는|해|

붉은 앵두 자색 대나무 순은
때가 곧 지나가고

朱櫻紫筍時將過 ○○●●○○●
1 2 3 4 5 6 7　주앵자순시장과
|붉은|앵두|자색|죽순|때|장차|지나고|

붉은 무궁화 붉은 석류도
자태가 고운 때라오

紅槿丹榴態亦姸 ○●○○●●○
1 2 3 4 5 6 7　홍근단류태역연
|붉은|무궁화|붉은|석류|모습|또|곱다|

오랜 병에 도리어
객을 불러 술 마시기 꺼리고

病久却嫌邀客飮 ●●●○○●●
1 2 3 7 5 4 6　병구각혐요객음
|병|길어|외려|꺼리고|맞아|손|마심|

꾀꼬리 소리 들으면서 잠듦이
게으른 본성에 가장 좋지만

性慵偏喜聽鶯眠 ●○○●●○○
1 2 3 7 5 4 6　성용편희청앵면
|본성|게을러|꾀|좋아한다|듣고|꾀꼬리|잠|

좋은 시절 건강한 날을
끝내 다시 만나기 어려우니

良辰健日終難再 ○○●●○○●
1 2 3 4 5 7 6　량신건일종난재
|좋은|때|건강한|날|끝내|힘드니|거듭하기|

서둘러 꽃 피는 시절을 좇아서
술 취한 신선 되어보세나

急趁花開作醉仙 ●●○○●●◎12)
1 4 2 3 7 5 6　급진화개작취선
|급히|좇아|꽃|핌을|된다|취한|신선|

갑인년(1254) 늦여름이었다. 오랫동안 비가 그치지 않자, 공이 이렇
게 시를 지었다.

무더위에
찌는 열기 오래 내뿜고

溽暑久敲蒸 ●●●○○
1 2 3 5 4　욕서구고증
|습한|더위에|오래|내뿜고|찌는|열기|

음산한 구름도
비를 거두지 않아

陰雲雨不收 ○○●●○
1 2 3 5 4　음운우불수
|흐린|구름은|비를|않아|거두지|

---

12) □측기평수 구식을 사용하였다. 하평성 '선先' 운에 맞추어 '年, 姸, 眠, 仙'으로 압
운하였다.

저잣거리에 길이 막혀
시골 노인 불평하고

市窮喧野叟 ⚆○○●●
1 2 5 3 4 　시궁훤야수
저자 | 막혀 | 소란케 하고 | 들녘 | 노인을

강물이 불어나
어부의 배도 소란하여라

江漲鬧漁舟 ⚆●●○○
1 2 5 3 4 　강창뇨어주
강 | 불어 | 소란케 한다 | 고기잡이 | 배를

모기는 창 아래
책상에 깃들고

蚊蚋棲窓机 ⚆●○○●
1 1 5 3 4 　문예서창궤
모기는 | 깃들고 | 창 | 틀에

두꺼비는 부뚜막에
숨어드는데

蝦蟆入竈廚 ○○●●○
1 1 5 3 4 　하마입조주
두꺼비는 | 드는데 | 부뚜막 | 부엌에

불꽃 더위
언제 가시려나?

何時卷炎熱 ○○●⚆●
1 2 5 3 4 　하시권염열
어느 | 때 | 거두려나 | 불꽃 | 더위를

이마에 손 얹고서[13]
층루에 오른다네

斫額上層樓 ●●●○○[14]
2 1 5 3 3 　작액상층루
손을 얹고서 | 이마에 | 오른다 | 층루에

　공이 소유한 정자는 시원해서 무더위를 피하기에 적합하고, 누각
은 높아서 비가 궂어도 쾌적하다. 그래서 백성들의 곤궁하고 고단한
삶을 모를 것 같지만, 지금 시에서 무더위와 궂은 비가 끼치는 해를
말한 것이 매우 자세하다. 뿐만이 아니라 이마를 감싸고 골몰하면서
층루에 오른다고까지 하였다. 공이 정무를 담당하여 세상을 다스리
고 백성을 구제하려고 애쓴 마음을 이 시에서 확인할 수 있다.

---

13) 작액斫額은 먼 곳을 살피기 위해 도끼날처럼 편 손을 이마에 얹은 모양을 이른다.
　　김시습, 「매 선사를 만났다가 다시 이별하다[逢梅又別]」, "문에 기대어 때로 이마
　　에 손을 얹고 바라보다가, 달을 보고 또 길게 탄식하네.[倚門時斫額, 望月又長歔.]"
14) □측기평수 구식을 사용하였다. 하평성 '우尤' 운에 맞추어 '收, 舟, 樓'로 압운하
　　였다. 6구의 '주廚'는 상평성 '우虞' 운에 속한다.

233

侍中上柱國崔公, 功名富貴之極, 雅尙出塵, 詩語淸婉. 忽一夕風淸
月朗, 松簹自籟, 不覺吟一絶云"滿庭月色無烟燭, 入座山光不速賓.
更有松絃彈譜外, 只堪珍重未傳人." 公未當國時, 丁未冬月, 寓居加
祚里別第. 夜坐, 見林·曺·李諸子圍爐打話, 書以示之云"龍騰虎踞列
穹壘, 壯氣能銷鳳炭紅. 莫向晨昏爭鷰蝠, 好將行止付天公." 立語神
奇, 措意淸壯, 有雄偉不常之韻. 公之不與庸瑣爭, 而順受天命承襲
大業, 於此一聯可見矣. 此皇天眷祐於未形, 使公不自知, 而發此言
耳. 其金幢之夢, 亦何異也? 公之第, 十二樓臺珠翠森列, 奇花異卉
蒸紅曬綠, 飄飄若登瑤臺望玉淸, 不可以耳目以狀容也. 然此特侯邸
尋常事, 不足爲異. 若靈泉流入於前池, 怪鳥飛鳴於後峯, 此必天公
地嫗, 別作溪山逸賞, 以供方外之樂也. 越甲寅春夏之交, 百花方盛,
開瓊筵燕兩府, 召集當時韻儒四十許人, 刻燭賦月花. 及懽酣乃作詩,
示諸座客曰"水閣風櫳苦見招, 簿書叢裡度流年. 朱櫻紫筍時將過, 紅
槿丹榴態亦姸. 病久却嫌邀客飮, 性慵偏喜聽鶯眠. 良辰健日終難再,
急趁花開作醉仙." 甲寅季夏久雨不止, 公乃作詩曰"溽暑久敲蒸, 陰
雲雨不收. 市窮喧野叟, 江漲鬧漁舟. 蚊蚋棲窓机, 蝦蟆入竈廚. 何時
卷炎熱, 斫額上層樓?" 公之寒亭宜暑, 高閣宜雨, 似不識民間窮苦.
今言暑雨甚悉, 以至斫額上樓, 其爕理經濟之心, 可見於此.

※ "시중 상주국 최공侍中上柱國崔公"은 오랫동안 최충崔冲(1047~1055)
으로 알려졌다. 아래에 소개한 시 네 수 가운데 첫째 시와 셋째 수
가 『동문선』에 최충의 작품으로 소개되어 있어 빚어진 일이다. 최충
으로 가정하면, 정미년은 1007년 24세 때가 되고 갑인년은 1014년 31
세 때가 된다. 최충은 갑인년에 종3품 수찬관 지위에 있었다. 이종

문(1986)의 보고에 따르면, 이 글에서 묘사하고 있는 "시중 상주국 최공"은 최충의 모습과는 차이가 현격하고, 무신 집권기 집정자의 모습에 걸맞다.[15] 최충헌(1149~1219), 최이(1166~1249), 최항崔沆(1208~1257)이 이에 해당할 수 있다. 그런데 최충헌과 최이로 보기에는, 정미년(1187)과 갑인년(1194)의 이들 행적도 이에 걸맞지 않다. 결국 최항의 정미년(1247)과 갑인년(1254) 모습으로 보아야 가장 타당하다. 운석 조인영趙寅永은 1818년에 북경의 학자 유희해劉喜海에게 보낸 필사본 『보한집』의 첫머리에 남긴 「지識」에서, "『보한집』 서문에서 일컬은 '진양공晉陽公'은 곧 고려의 권흉 최충헌의 아들 최이이고, 또 일컬은 '금시중상주국今侍中上柱國'은 곧 최이의 아들 최항이다."[16]라고 하였다. 그렇다면 위에 소개한 갑인 계하甲寅季夏에 읊은 마지막 시는, 서문을 작성한 때에서 적어도 두 달 가까이 지난 뒤에 추가하여 수록한 것임을 알 수 있다.

---

15) 이종문(1986), 「최항의 시에 대하여」, 『어문논집』 26, 안암어문학회.
16) 『보한집 조인영지趙寅永識』, "集序所稱晉陽公, 乃高麗權凶崔忠獻之子怡, 而所稱今侍中上柱國, 乃怡之子沆也." 중국국가도서관 소장(善本 03902).

지금 시인들이 이렇게 논평한다.

"문안공 유승단은 말이 굳세고[語勁] 뜻이 순후하며[意淳], 용사用
事가 정밀하고 간략하다[精簡].

정숙공 김인경은 모든 글자를 사용할[使字] 때 반드시 청신淸新하게
하려고 하여, 한 편을 지어낼 때마다 번번이 시속을 놀라게 하였다.

문순공 이규보는 기세가 장대하고[氣壯] 말이 웅건하며[辭雄], 새로
운 뜻을 만들어내서[創意] 새롭고 기이하다[新奇].

학사 이인로는 말이 모두 격조가 높고 고사를 사용한 것이 귀신
같다[使事如神]. 비록 옛사람의 수법[古人畦畛]을 따른 부분이 있으
나, 조탁하고 다듬기[琢鍊]를 정교하게 하여 청출어람에 이르렀다.

승제 이공로는 사어辭語가 굳세고 아름답다[遒麗]. 특히 고誥(사령장)
를 작성하고 대우로 짓는 문장에 뛰어나다.

한림 김극기는 엮어낸 말이 맑고 환하여[屬辭淸曠] 말이 많아질수
록 더욱 풍부해진다[言多益富].

간의 김군수는 말과 뜻[辭旨]이 온화하고 넉넉하다[和裕].

선생 오세재와 처사 안순지는 부섬富贍하고 혼후渾厚하다.

사관 이윤보와 선생 임춘은 간결하고 예스러우며[簡古] 정교하고
심원하다[精雋].

보궐 진화는 맑고 웅장하며[淸雄] 화려하고 고우면서[華靡] 온갖 변
화를 만들어낸다[變態百出]."

모두가 한 시대의 종장들이다. 이들이 성취한 절묘한 솜씨를 알고
싶다면, 반드시 큰 작품을 봐야 마땅하다. 짧은 문장과 잘라낸 시구
만으로 대가의 공졸工拙을 충분히 논할 수 없기 때문이다.

하지만 이 책(『보한집』)은 규모가 몇 권에 불과하여 간략하게 수록하
는 것을 요구한다. 이런 까닭에 오직 잘라낸 시구 일부를 싣고 그 편
수도 많지 않게 하여, 여러 시인의 각 시체를 제시하여 놓았을 따름
이다. 더구나 장편의 긴 시는 저마다 자기의 본집에 실려있다. 여기
에는 수록하지 않는다.

今之詩人評曰 "俞文安公升旦, 語勁意淳, 用事精簡. 金貞肅公仁鏡,
凡使字必欲淸新. 故每出一篇, 動驚時俗. 李文順公奎報, 氣壯辭雄,
創意新奇. 李學士仁老, 言皆格勝, 使事如神. 雖有躡古人畦畛處, 琢
鍊之巧靑於藍也. 李承制公老, 辭語遒麗, 尤長於演誥對偶之文. 金
翰林克己, 屬辭淸曠, 言多益富. 金諫議君綏, 辭旨和裕. 吳先生世材·
安處士淳之, 富贍渾厚. 李史館允甫·林先生椿, 簡古精雋. 陳補闕澕,
淸雄華靡, 變態百出." 此皆一時宗匠也. 欲觀其下手之妙, 必於巨構.
其短章絶句, 不足爲大手之工拙也. 然此書止數卷, 所載要略. 故唯
載其絶句詩不多首, 標諸家各體而已. 況其長篇巨韻, 各載於本集, 此
不收錄.

▩ 시인 10명에 대한 당대의 평가를 옮겨 전하였다. 이 10명은 모두
최자가 꼽는 주요 시인에 해당하기도 한다. 『보한집』에 소개한 시인
을 보면, 대체로 이들이 중심이 되어있다.

중4. 문안공 유승단이 남긴 시 일곱 수

"오랑캐 세상을 보노라니 구름 위에 지내는 사람 부러워지노라"

문안공文安公[1]은 문장과 덕행으로 사람들에게 본보기가 된다. 일찍이 친한 사람에게 말하였다.

"내가 평생 실천하고 싶은 것은, 오직 '불기不欺(속이지 않음)' 두 글자라오."

공이 미천하던 시절에 상서 박인석朴仁碩의 집에 간 적이 있었다. 그때 감식안이 있던 박군朴君이 극진하게 예를 갖추어 대접하는 것이었다. 사람들이 까닭을 묻자 이렇게 대답하였다.

"이분은 어두운 밤을 밝혀주는 신비로운 구슬 같은 사람이요. 만나보고 싶어도 만날 수 없는 사람이 스스로 찾아오기까지 했으니 어떻겠소?"

공이 예전에 혈구사穴口寺[2]에서 노닐다가 시판에 적힌 시의 운에 맞추어 이렇게 읊었다.[3]

대지는 스무날 길을
압축해놓은 듯 보이고[4]

地縮兼旬路 ●●○○○
1 5 3 2 4　지축겸순로
땅은│축소하고│겸한│열흘을│길을

---

1) 문안공文安公은 유승단兪升旦(1168~1232)의 시호이다.
2) 혈구사穴口寺는 강화 혈구산穴口山에 있던 사찰이다.
3) 『동문선』에 「혈구사穴口寺」라는 제목으로 실려있다.
4) 겸순兼旬은 20일을 뜻한다. 10일에 해당하는 순旬을 두 번 반복한 시간이다. 혈구사에서 20일 거리로 먼 곳이, 하루에도 갈 수 있을 듯이 가깝게 한눈에 보인

하늘은 한 척 거리로	天低去尺隣 ○○●●◎
이웃처럼 낮아져	1 5 3 2 4　천저거척린
	하늘 | 낮아져 | 떨어진 | 한 척 | 이웃으로
비 오는 밤에도	雨宵猶見月 ●○○●●
달빛 여전하고	1 2 3 5 4　우소유견월
	비 오는 | 밤에 | 오히려 | 보고 | 달을
바람 부는 낮에도	風晝不躋塵 ŏ●●○○
먼지 날리지 않아라	1 2 5 4 3　풍주불제진
	바람 부는 | 낮에 | 않는다 | 날리지 | 먼지
초하루 그믐은	晦朔潮爲曆 ●●○○●
조수가 책력이 되고	1 2 3 5 4　회삭조위력
	그믐 | 초하루는 | 조수가 | 되고 | 달력이
춥고 따뜻한 때는	寒暄草記辰 ○○●●◎
풀이 기록해주네	1 2 3 5 4　한훤초기신
	춥고 | 따뜻함은 | 풀이 | 기록한다 | 때를
오랑캐 세상을	胡羌看世事 ○○○●●
보노라니	1 1 5 3 4　호강간세사
	오랑캐의 | 보니 | 세상 | 일을
구름 위에 지내는 사람	堪羨臥雲人 ŏ●●○◎ 5)
부러워지노라	5 4 2 1 3　감선와운인
	만하다 | 부러워할 | 누운 | 구름에 | 사람

중원도中原道 안렴사가 되어 순행하는 일로 추성梖城6)을 지나다가
벽에 걸린 시의 운에 맞추어 이렇게 읊었다.7)

다시 찾아와서	再過煩宵候 ●●○○●
밤에 기다리게 수고 끼치고	1 2 5 3 4　재과번소후
	다시 | 와서 | 수고 끼쳐 | 밤에 | 기다리게

다는 말이다.
5) □측기측수 구식을 사용하였다. 상평성 '진眞' 운에 맞추어 '隣, 塵, 辰, 人'으로 압
　운하였다.
6) 추성梖城은 홍주 추성군梖城郡이다. 면천沔川의 옛 이름이다.
7) 『동문선』에 「추성 공관의 벽 위에 적힌 시에 차운하다[次梖城公館壁上韻]」라는 제목
　으로 실려있다. 2구 '度'가 '道'로 되어있다.

양쪽 곁에 관솔불 밝힌

길을 지나왔어라[8]

다리에 창을 기댄 익위는

새내기이고

허리에 검을 찬 앞줄[9]은

옛사람이라오

모두 추워

겨울 솜옷도 필요하고

흉년[10]에 기장쌀은

누가 나눠주려나?[11]

백성에게 베푼

작은 은택도 없어

아황주[12] 권할 때마다

부끄러울 뿐이어라[14]

松明度兩傍	○○●●◎
1 2 5 3 4	송명도량방
관솔불	밝힌	지났다	양쪽	길가 사이를

胜槍新翼衛	●○○○●
2 1 3 4 4	폐창신익위
다리에 기댄	창을	새내기	익위이고

腰劍舊顔行	˘●●○◎
2 1 3 4 4	요검구안항
허리에 찬	검을	헌내기	안항이다

共待寒年纊	●●○○●
1 5 2 3 4	공대한년광
모두	기다리고	추운	해의	솜옷

誰分儉歲粱	○○●●◎
1 5 2 3 4	수분검세량
누가	나눠줄까	흉작인	해의	기장

酌民無小澤	˘●○○●
2 1 5 3 4	작민무소택
따라준	백성에게	없어	작은	은택도

每媿勸鵝黃	●●○○◎[13]
1 5 4 2 2	매괴권아황
매번	부끄러워한다	권함을	아황주

보령保寧에 이르러 묵을 때에 이렇게 읊었다.

---

8) 송명松明은 송진이 많은 솔가지나 옹이를 태워서 밝힌 관솔불을 이른다. 특별히
   양쪽에 관솔불을 세워서 밝힌 길을 지나서 왔다는 말이다.

9) 안항顔行은 앞쪽에 있는 줄을 이른다.

10) 검세儉歲는 농사가 잘되지 않고 수확이 적어서 굶주린 흉년을 이른다.

11) 춥고 배고픈 백성에게 구호가 필요하지만, 유난히 추운 겨울이라서 솜옷을 나눌
    이가 나타나기 어렵고, 대단한 흉년이라서 기장을 나누기 어려워 기근에 시달림
    을 걱정한 것이다.

12) 아황鵝黃은 멥쌀과 누룩을 섞어서 발효시킨 진한 황색 술이다.

13) □측기측수 구식을 사용하였다. 하평성 '양陽' 운에 맞추어 '傍, 行, 粱, 黃'으로 압
    운하였다.

14) 자기가 백성에게 은택을 끼치지 못해 이렇게 춥고 굶주리게 했기에, 권하는 술
    을 들 때마다 부끄러운 마음을 떨칠 수 없다는 것이다.

해풍현15)을 낮에 출발하여	晝發海豊縣 ●●ŏ○○ 1 5 2 2 2 주발해풍현 낮에|출발하여|해풍현을|
저녁 되어 보령에 도착하니	侵宵到保寧 ○○●●◎ 2 1 5 3 3 침소도보녕 침범하여|밤을|이르니|보령에|
대나무가 바람에 울어 잠자리 놀래고	竹鳴風警寢 ●○○●● 1 2 3 5 4 죽명풍경침 대나무|우니|바람이|놀래고|잠자리|
구름이 비를 떨구어 걸음을 붙든다오	雲泫雨留行 ŏ●●○◎ 1 2 3 5 4 운현우류행 구름이|눈물 흘려|비가|붙든다|걸음|
저녁 안개에 머리 무겁더니	暮靄頭仍重 ●●○○● 1 2 3 4 5 모애두잉중 저녁|안개에|머리가|인해|무겁더니|
아침 햇볕에 곧 몸이 가벼워지기에	朝暾骨乍輕 ○○●●◎ 1 2 3 4 5 조돈골사경 아침|햇볕에|뼈가|곧|가벼워져서|
몸이 늙고 병든 줄 비로소 알았으니	始知身老病 ŏ○○●● 1 5 2 3 4 시지신로병 비로소|알았다|몸이|늙고|병듦을|
맑을까 흐릴까 점칠 수도 있겠어라	唯解卜陰晴 ŏ●●○◎16) 1 5 4 2 3 유해복음청 오직|수 있다|점칠|흐리고|맑음을|

예종이 승가굴僧伽窟17)에서 쓴 어제 시에 우러러 화답하여 이렇게 읊었다.18)

---

15) 해풍현海豊縣은 홍주洪州의 별호이다. 안평安平, 해흥海興 등으로 불린다.
16) □측기측수 구식을 사용하였다. 하평성 '청靑' 운과 통운에 해당하는 하평성 '경庚' 운에 맞추어 각각 '寧'과 '行, 輕, 晴'으로 압운하였다.
17) 승가굴僧伽窟은 상-31 참조.
18) 『동문선』에 「승가굴에 적다[題僧伽窟]」라는 제목으로 실려있다. 작가가 정항鄭沆으로 되어있다.

돌길 따라서	崎嶇石棧躡雲行 ○○●●●○○
구불구불 구름 밟고 오르니	<u>1</u> <u>1</u> 3 4 6 5 7 기구석잔섭운행
	구불구불 돌 잔도로 밟고 구름 가니
하늘에 이웃한 화사한 절집이	華構隣天若化城 ◌●○○●●◌
화성[19]처럼 나타나네	1 2 4 3 7 <u>5</u> <u>5</u> 화구린천약화성
	화려한 집 이웃하여 하늘 같다 화성
가을 이슬 가볍게 날려서	秋露輕霏千里爽 ◌●○○●●○
천 리 밖까지 시원하고	<u>1</u> <u>1</u> 3 4 5 6 7 추로경비천리상
	추로가 가볍게 날려 천 리 상쾌하고
멀리 석양 비추어	夕陽遙浸一江明 ●○◌●●○○
강이 온통 빛나는데	<u>1</u> <u>1</u> 3 4 5 6 7 석양요침일강명
	석양이 멀리 스며서 온 강이 밝은데
허공에 일렁이는 산안개는	漾空嵐細連香穗 ●○◌●○○●
가늘게 향 연기와 이어지고	2 1 3 4 7 5 6 양공람세련향수
	이는 허공에 남기 가늘게 잇고 향 연기
골짜기 새는 한가로이	啼谷禽閑遞磬聲 ◌●○○●●○
석경 소리와 번갈아서 우네	2 1 3 4 7 5 6 제곡금한체경성
	우는 골에 새 한가히 번갈른다 경쇠 소리와
고승의 마음 씀이	可羨高僧心上事 ●●○○○●●
정말 부럽구나	7 6 1 2 3 4 5 가선고승심상사
	만하니 선망할 고고한 중 마음 속 일
세상 명예와 이익을	世途名利摠忘情 ●○◌●●○○[20]
모조리 잊었어라	1 2 3 4 5 7 6 세도명리총망정
	세상 길 명예 이익 다 잊었다 마음에서

독락원獨樂園[21]에서 문정공(조충)이 창화한 시의 운에 맞추어 아래와 같이 읊었다.[22]

---

19) 화성化城은 불가에서 중생이 쉬게 하려고 신통력을 써서 잠깐 눈에 보이게 만든 성을 이른다.

20) ㅁ평기평수 구식을 사용하였다. 하평성 '경庚' 운에 맞추어 '行, 城, 明, 聲, 情'으로 압운하였다.

21) 독락원獨樂園은 조충趙冲이 동고東皐에 마련한 건물이다.(상-50 참조)

22) 『동문선』에 「조 상국의 독락원을 읊다[趙相國獨樂園]」라는 제목으로 실린 오언율시 2수 가운데 첫째 수다.

이끼 바위에	蘚刻丹書額 ●●○○●
붉은 글씨 편액 새기고	1 5 2 3 4　선각단서액
	〔이끼에〕새기고〔붉은 글씨〕편액을
대낮 병 속에 숨은	壺藏白日仙 ○○●●◎
신선23) 같아라	1 5 2 3 4　호장백일선
	〔병에〕감추었다〔밝은〕낮〔신선을〕
맑은 기쁨은	淸歡雖共客 ○○○●●
객과 나눌 수 있지만	1 2 3 5 4　청환수공객
	〔맑은〕즐거움〔비록〕공유하지만〔객과〕
참 즐거움은	眞樂得全天 Ŏ●●○○
본성을 지켜야 얻네	1 2 5 4 3　진락득전천
	〔진짜〕즐거움〔얻는다〕지킴에서〔천성〕
비 오는 뜰엔	庭雨蕉先響 Ŏ●○○●
먼저 파초가 울고	1 2 3 4 5　정우초선향
	〔뜰의〕비에〔파초가〕먼저〔울리고〕
비 개인 동산 풀밭에는	園晴草自烟 ○○●●◎
절로 안개 피는데	1 2 3 4 5　원청초자연
	〔동산이〕개어〔풀에〕절로〔안개 피는데〕
멀리서 복사꽃이	桃花流水遠 ○○○●●
물에 떠오니	1 2 4 3 5　도화류수원
	〔복사〕꽃〔흘러〕물에〔멀리서 오니〕
무릉도원 찾던 배를	回卻武陵船 Ŏ●●○24)
돌려서 간다오	4 4 1 1 3　회각무릉선
	〔되돌린다〕무릉을 찾는〔배를〕

문정공이 동년同年과 모인 자리에서 지어진 시의 운에 맞추어 아래

---

23) 병 속은 신선 세계를 이른다. 조충이 신선 세계 같은 독락원에 있음을 빗댄 말
이다. 동한의 비장방費長房이라는 자가 시장 관리가 되었을 때다. 약을 파는 노
인이 장사가 끝나면 가게 앞에 매달아둔 병 속으로 들어가는 것이었다. 그가 보
통 사람이 아닌 줄을 알아본 비장방이 다음 날 찾아가서 함께 병 속에 들어갔다.
옥으로 장식한 아름다운 집에 맛난 술과 안주가 가득하여 함께 마시고 나왔다고
한다. 『후한서 비장방전費長房傳』.
24) □측기측수 구식을 사용하였다. 하평성 '선先' 운에 맞추어 '仙, 天, 烟, 船'으로 압
운하였다.

와 같이 읊었다. [25]

누가 공수반[26] 자귀질 솜씨로
시대의 큰 재목 골라냈나?
신령한 대추나무[27]처럼
홀로 빼어나네[28]
국가 안위와 경세제민이
오늘에 매였고
장수 재상으로 공명 세움이
공에게 달린지라
여러 번 옥 활집[29] 차고서
오랑캐 길들이고[30]
주옥같은 말씀도 때로 남겨서
아이들 경계도 했어라
이리저리 보아도
모든 일에 부족함 없기에

般斧誰揄一代雄　○●○○●●○
1　2　3　7　4　5　6　　반부수륜일대웅
| 공수반 | 자귀로 | 뉘 | 골랐나 | 한 | 시대 | 큰 재목 |

靈椿獨秀衆材中　○○●●●○○
1　2　3　7　4　5　6　　령춘독수중재중
| 신령한 | 대추 | 홀로 | 빼어나다 | 뭇 | 재목 | 중 |

安危經濟當今日　○○Ŏ●●○●
1　2　3　4　7　5　5　　안위경제당금일
| 안 | 위 | 경세 | 제민이 | 해당하고 | 오늘에 |

將相功名屬我公　●●○○●●○
1　2　3　3　5　5　5　　장상공명속아공
| 장군 | 재상 | 공명이 | 속한다 | 우리 공에게 |

幾轉玉弢馴犬豕　●●Ŏ○○●●
1　4　2　3　7　5　6　　기전옥도순견시
| 몇 번 | 굴려 | 옥 | 활집 | 길들이고 | 개돼지 |

時留珠唾警兒童　○○Ŏ●●○○
1　4　2　3　7　5　5　　시류주타경아동
| 때로 | 남겨 | 주옥 | 침 | 경계했다 | 아이들 |

算來萬事皆無歉　Ŏ●●●○○●
3　4　1　2　5　7　6　　산래만사개무겸
| 계산해 | 옴에 | 만 가지 | 일 | 다 | 없으니 | 부족함 |

---

25) 『동문선』에 「조 상국이 동년 모임에서 읊은 시에 화운하다[和趙相國同年席上詩]」라는 제목으로 실려있다.

26) 반般은 도끼질 솜씨가 뛰어난 노나라 목수 공수반公輸般을 이른다.

27) 영춘靈椿은 장수를 상징하는 신령한 대추나무이다. 봄과 가을이 8천 년씩이라 한다. 『장자 소요유逍遙游』.

28) 공수반이 골라낸 재목처럼 시대의 영웅이라고 칭송한 것이다.

29) 옥도玉弢는 활을 보관하기 위해 옥으로 제작한 활집을 이른다.

30) 조충은 거란이 빈번히 침입하자 동북면 병마사, 상장군, 서북면 병마사, 서북면 원수 등을 맡아 혁혁한 전공을 세워 출장입상出將入相의 역량을 여실히 보여주었다.

오직 술잔 들어
끝없는 장수 기원할 뿐이라

揚觶唯祈壽不窮	ㆆ●○○●●◎[31]
2 1 3 7 4 6 5	양치유기수불궁
들어│잔│오직│빈다│목숨│않길│끝나지	

대나무를 옮겨 심고서 지은 시의 운에 맞추어 이렇게 읊었다.

자첨의
소리 나는 그림(시)[32]을 보면

瞻公有韻畫	○○◑●●
1 1 4 3 5	첨공유운화
자첨│공의│있는│운이│그림에서	

뿌리 없이 사는 대나무라고
착각이 드니[33]

訝竹不根生	●●●○○
5 1 4 2 3	아죽불근생
의심하니│대가│않는가│뿌리로│살지	

속되지 않은
네 뜻 아껴서

愛爾情非俗	●●○○○
5 1 2 4 3	애이정비속
사랑하여│너의│정이│않음을│속되지	

차군이라 부르고
이름 부르지도 않았어라[34]

呼君贊不名	○○●●◎
2 1 3 5 4	호군찬불명
불러│군으로│부름에│않았다│호명하지	

옅게 서늘한 기운[35]
대삿자리에 감돌고

嫩凉廻枕簟	●○○●●
1 2 5 3 4	눈량회침점
약한│서늘함이│돌고│침상│삿자리에	

---

31) ㅁ측기평수 구식을 사용하였다. 상평성 '동東' 운에 맞추어 '雄, 中, 公, 童, 窮'
   으로 압운하였다.
32) 유운화有韻畫는 소리가 있는 그림 같은 시를 이른다. 시는 유성화有聲畫이고, 그
   림은 무성시無聲詩이다.
33) 불근생不根生은 뿌리로 생장하는 식물이 아니라 인격을 갖춘 신령한 대상으로 느
   낀다는 뜻을 표현한 말이다.
34) 호군呼君은 대나무를 차군此君으로 부름을 이른다. 찬불명贊不名은 성명을 부르지
   않음을 이른다. 신하가 제왕을 알현할 때, 찬례贊禮가 성명 대신 관직명으로 부
   르는 것은 특별한 예우이다. 『수서 공제기恭帝紀』, "당왕에게 명하여 검을 차고 신
   을 신고서 전에 오르며, 들어와 조회할 때 빨리 걷지 말고, 찬례가 절을 도울 때
   이름을 부르지 말라고 하였다.[詔唐王劍履上殿, 入朝不趨, 贊拜不名.]"
35) 눈량嫩凉은 약간 서늘해진 초가을 기운을 이른다.

처마 기둥 뒤로

무더위도 물러나는데[36]

도를 익혀서

마음 비운 지 오랜만에[37]

신령한 시초 점을

괜히 네 번 떼어보네[39]

濃暑却簷楹 ⊙●●○○
1 2 5 3 4　농서각첨영

|짙은|더위|물러나니|처마|기둥으로|

體道虛心久 ●●○○●
2 1 4 3 5　체도허심구

|체득하여|도를|비운 지|마음|오래에|

著靈謾四營 ○○●●○[38]
1 2 3 4 5　시령만사영

|시초가|신령하여|괜히|네 번|뗀다|

<u>文安公</u>以文行, 爲人倫龜鑑. 嘗謂所親曰"吾欲終身行之, 唯'不欺'二字." 公微時, 過<u>朴</u>尙書<u>仁碩</u>宅. <u>朴</u>君有鑑裁, 待之盡禮. 人問其故, 曰"此人如照夜神珠, 求不可得, 況敢自致乎?" 公嘗遊<u>穴口寺</u>, 和板上韻云"地縮兼旬路, 天低去尺隣. 雨宵猶見月, 風晝不蹄塵. 晦朔潮爲曆, 寒暄草記辰. 胡·羌看世事, 堪羨臥雲人." 爲<u>中道</u>按廉, 巡歷<u>杻城</u>, 和壁題云"再過煩宵候, 松明度兩傍. 胜槍新翼衛, 腰劍舊顔行. 共待寒年饍, 誰分儉歲梁. 酌民無小澤, 每媿勸鵝黃." 抵宿<u>保寧</u>云"晝發<u>海豊縣</u>, 侵宵到<u>保寧</u>. 竹鳴風警寢, 雲法雨留行. 暮靄頭仍重, 朝暾骨乍輕. 始知身老病, 唯解卜陰晴." 仰賡<u>睿廟</u>題僧伽窟聖製云"崎嶇石棧躡雲行, 華構隣天若化城. 秋露輕霏千里爽, 夕陽遙浸一江明. 漾

---

36) 대삿자리[簟]와 처마[簷]에 모두 대나무 재료가 사용된 점에 착안한 듯하다.

37) 허심虛心은 대나무 속이 빈 것과 도를 깨달아 마음을 비운 것을 중의적으로 표현한 것이다.

38) □평기측수 구식을 사용하였다. 하평성 '경庚' 운에 맞추어 '生, 名, 楹, 營'으로 압운하였다.

39) 사영四營은 시초를 네 차례 움직여 한 변變을 얻음을 이른다. 3번 변을 얻어 한 효爻를 얻고, 여섯 효를 얻어 점을 친다. 보통 대쪽으로 만든 살을 시초 대신 사용한다.

空嵐細連香穗, 啼谷禽閑遞磬聲. 可羨高僧心上事, 世途名利摠忘情."
和<u>文正公</u>獨樂園唱和詩曰"蘚刻丹書額, 壺藏白日仙. 淸歡雖共客, 眞
樂得全天. 庭雨蕉先響, 園晴草自烟. 桃花流水遠, 回卻<u>武陵</u>船."和
<u>文正公</u>同年席上詩云"般斧誰掄一代雄? 靈椿獨秀衆材中. 安危經濟
當今日, 將相功名屬我公. 幾轉玉弳馴犬豕, 時留珠唾警兒童. 算來
萬事皆無歉, 揚觶唯祈壽不窮."和移竹詩云"瞻公有韻畫, 訝竹不根
生. 愛爾情非俗, 呼君贊不名. 嫩涼廻枕簟, 濃暑却簷楹. 體道虛心久,
著靈護四營." ⌐

※ 앞 장에서 시인 10명에 대한 당대의 평가를 소개하고, 그중 첫 번
째로 꼽은 유승단의 시 7수를 여기에 소개하였다. 다음 장에서는 두
번째로 꼽은 김인경의 시 7수를 소개하였다. 유승단은 양숙공 임유
任濡의 문생이다. 조충, 이규보, 진화 등과 동년이다. 모두 최자와
깊이 교유하면서 당대 시단을 이끈 인물들이다.

중5. 정숙공 김인경이 남긴 시 일곱 수

"궁궐 버들은 푸른 실로 엮은 줄이어라"

정숙공(김인경)[1]이 좌승선으로 있다가 동북면 병마사로 나갔다. 그때 좨주 이공로李公老가 후설喉舌의 직임[2]을 대신 맡았다는 소식을 듣고서 시를 지어 보내었다.[3]

하늘 기러기 따라 천 리 멀리서 답장이 왔는데	千里書廻一鴈天 1 2 3 7 4 5 6 천리서회일안천 천|리|편지|돌아오니|한|기러기|하늘로	Ŏ●○○●●◎
새로운 승선이 옛 승선을 대신했다고 하네	新承宣代舊承宣 1 2 2 7 4 5 5 신승선대구승선 새|승선이|대신했다|옛|승선을	○○Ŏ●●○◎
재주 없어 쫓겨난 내가 부끄럽긴 하지만	不才見擯雖堪媿 1 1 4 3 5 7 6 불재견빈수감괴 못나|당해|내침|비록|만하나|창피할	●○●●○○●
그래도 어진 사람 얻었노라고 궁성 향해 축하하네	猶向皇朝賀得賢 1 4 2 2 7 6 5 유향황조하득현 그래도|향해|황조|축하한다|얻음|현자	Ŏ●○○●●◎[4]

「새벽에 일어나다[曉起]」라는 시에서는 이렇게 읊었다.[5]

---

1) 정숙공貞肅公은 김인경金仁鏡(1168~1235)의 시호이다. 초명은 양경良鏡이다. 벼슬이 왕경유수 병마사를 거쳐 중서시랑평장사에 이르렀다.
2) 후설喉舌의 직임은 상-48 참조.
3) 『동문선』에 「새로 승선에 부임한 이공로를 축하하다[賀新承宣李公老]」라는 제목으로 실려있다.
4) □측기평수 구식을 사용하였다. 하평성 '선先' 운에 맞추어 '天, 宣, 賢'으로 압운하였다.
5) 『동문선』에 「새벽에 일어나다[曉起]」라는 제목으로 실려있다.

옥 장식 군막에서[6]

등불 꺼지고 잠들어[7]

자황포 차림[8]의 용안을

강안전[9]서 알현하고 있었거늘

문 앞 새벽 호각을

온통 무례하게 불어대어

궁전 속[10] 한바탕 꿈을

시끄럽게 깨우네

玉帳燈殘入睡鄕　●●○○●●◎
　1　2　3　4　7　5　5　옥장등잔입수향
|옥|장막에|등불|꺼지고|들어|수향에|

康安親捧赭袍光　○○ŏ●●○◎
　1　1　3　7　4　4　6　강안친봉자포광
|강안전에서|친히|뵙는데|자포|용안|

門前曉角渾無賴　○○●●○○●
　1　2　3　4　5　6　6　문전효각혼무뢰
|문|앞|새벽|호각이|온통|무뢰하여|

咽破雲霄夢一場　●●○○●●[11]
　6　7　1　1　3　4　5　인파운소몽일장
|시끄럽게|깬다|궁궐의|꿈|한|바탕을|

대관전大觀殿[12] 보좌 뒤 병풍에 실린 무일도無逸圖[13]가 훼손되었을 때다. 임금이 공에게 명하여 그 글을 다시 쓰게 하고 싶어서, 공의 글씨를 시험해보았다. 이에 공이 시를 지어 두 족자에 써서 올렸다.[14]

---

6) 옥장玉帳은 장수가 머무는 군막을 이른다. 견고함을 상징하는 옥으로 장식하였다.

7) 수향睡鄕은 꿈속 세계를 이른다.

8) 자포赭袍는 고려 임금이 착용하던 자황색 의복을 이른다. 자황포赭黃袍라고 한다.

9) 강안전康安殿은 개경 궁궐 내의 전각이다. 중광전重光殿의 바뀐 이름이다. 1138년에 개명하였다.

10) 운소雲霄는 임금이 머무는 도성이나 궁궐을 빗댄 말이다. (상-17 참조)

11) ▢측기평수 구식을 사용하였다. 하평성 '양陽' 운에 맞추어 '鄕, 光, 場'으로 압운하였다.

12) 대관전大觀殿은 상-20 참조.

13) 무일無逸은 『서경』의 편명이다. 주나라 주공周公이 성왕成王에게 안일하지 말라고 경계하는 내용을 기술하였다. 후대에 제왕들은 이를 그림으로 표현하거나 글로 써서 경계로 삼았다. 앞서 1199년에도 신종이 평장사 기홍수奇洪壽에게 대관전의 「무일편無逸篇」을 고쳐 쓰라고 명하였다. 『고려사 신종 2년(1199) 5월』.

14) 아래 두 수는 『동문선』에 「대관전 보좌 뒤 병풍의 무일도 위에 쓰다[書大觀殿黼座後障無逸圖上]」라는 제목으로 실려있다.

무거운 수레 둔한 말처럼
걸음 더디고
높은 하늘 학처럼
그리움 하염없는데[15)]
몇 번이나
옛 옷 빨아도
임금 향로의 향내
여전히 감도네

轆重駑馳短　●●○○○
1　2　3　4　5　로중노치단
|수레|무거워|둔한 말|달림이|짧고|

天高鶴戀長　○○●●◎
1　2　3　4　5　천고학련장
|하늘이|높아|학의|그리움이|긴데|

舊衣幾經濯　○○●●◐
1　2　3　5　4　구의기경탁
|옛|옷|몇 번|거쳤으나|세탁을|

猶帶御爐香　◐●●○○[16)]
1　5　2　3　4　유대어로향
|아직도|띤다|임금|향로의|향기를|

또 이렇게 읊었다.

동산 꽃은
붉은 비단에 놓은 수요
궁궐 버들은
푸른 실로 엮은 줄이어라
목과 혀를
천 가지로 굴리는
봄 꾀꼬리 솜씨가
사람보다 낫네

園花紅錦綉　○○○●●
1　2　3　4　5　원화홍금수
|동산|꽃은|붉은|비단|수놓은 듯하고|

宮柳碧絲綸　◐●●○○
1　2　3　4　5　궁류벽사륜
|궁궐|버들은|푸른|실|줄 같은데|

喉舌千般巧　◐●○○●
1　2　3　4　5　후설천반교
|목과|혀가|천|가지로|교묘하니|

春鶯卻勝人　○○●●○[17)]
1　2　3　5　4　춘앵각승인
|봄|꾀꼬리가|도리어|낫다|사람보다|

혹자는 공의 시에 권세를 잊지 못하는 뜻이 담겨 있다고 말한다. 그

---

15) 신하 역할을 제대로 수행하지 못하고 임금을 향한 그리움만 하염없이 간절하다는 말이다.
16) □측기측수 구식을 사용하였다. 하평성 '양陽' 운에 맞추어 '長, 香'으로 압운하였다.
17) □평기측수 구식을 사용하였다. 상평성 '진眞' 운에 맞추어 '綸, 人'으로 압운하였다.

러나 그렇지 않다. 공은 타고난 자질이 청완淸婉하여 시어도 이와 비슷하다. 겉과 속이 물처럼 맑아서 티끌이 더럽히지 못하는 자라고 이를 만하다. 어찌 권세에 때 묻을 사람이겠는가?

공자는 석 달이 넘도록 섬길 군주를 만나지 못하면 다급하게 여겼고,[18] 두자미(두보)는 빈한하고 곤궁한 처지에 있을 때도 시구마다 군신 사이의 큰 절개를 잊은 적이 없다. 하물며 명성과 벼슬이 공처럼 높은 자라면, 비록 변경 밖에 나가 있어도, 간절한 마음으로 임금을 사랑하는 것이 진실로 당연하다.

일찍이 낙산洛山에서 임금을 위해 장수를 축원하는 축성재祝聖齋를 마친 뒤에 이런 시를 지었다.

화 땅 사람처럼 정성껏 빌어 하늘을 감동케 하고[19]	華祝精誠動覺天 ○●○○●●◎ 1 2 3 3 5 7 6　화축정성동각천 |화처럼|빈|정성|감동시켜|깨우치고|하늘|
향로 받든 두 줄기 눈물이 향 연기 적시니	奉爐雙淚濕香烟 ●○○●●○◎ 2 1 3 4 7 6 5　봉로쌍루습향연 |받들어|향로|쌍|눈물|적신다|향|연기|
거북과 학이 산다는 삼천 년 나이를	直將龜鶴三千歲 ●○○●○○● 1 7 2 3 4 5 6　직장귀학삼천세 |단지|가지고|거북|학|삼|천|세 나이|
우리 임금 한 해 나이로 셈할 수 있길 바랄 뿐이어라	算作吾皇第一年 ●●○○●●◎[20] 6 6 1 2 3 3 5　산작오황제일년 |셈한다|우리|임금|첫째|한 살|나이로|

<hr />

18) 『맹자 등문공』, "전에 이르기를 '공자는 3개월 동안 섬길 군주가 없으면 황황皇皇한 듯이 하여 국경을 나갈 적에 반드시 폐백을 싣고 갔다.[傳曰孔子三月無君, 則皇皇如也, 出疆, 必載質.]" 『집주』에 "황황皇皇은 구하는 것이 있되 얻지 못하는 뜻과 같다.[皇皇, 如有求而弗得之意.]"라고 하였다.

19) 화華 땅을 수비하는 사람이 요임금에게 장수와 부와 자식 많음을 축원한 이야기가 전한다.(상-39 참조)

20) ㅁ측기평수 구식을 사용하였다. 하평성 '선先' 운에 맞추어 '天, 烟, 年'으로 압운하였다.

임금을 사랑하는 뜻이 이 시에서 대략 드러난다. 또 좌천되어 상주목으로 내려가는 길에 덕통역德通驛21)을 지나다가 벽 위에 절구로 시 한 수를 적어놓았다.

창창한 하늘에	豈向蒼蒼有怨情 ●●○○●●◎
어찌 원망을 품겠는가?	1 4 2 2 7 5 6　기향창창유원정
	어찌｜향해｜푸른 하늘｜있을까｜원망하는｜정
귀양 와서도 오히려	謫來猶得任專城 ●○○●●○◎
한 고을 수령22)이 되었어라	1 2 3 7 6 4 4　적래유득임전성
	귀양｜와서｜외려｜얻었다｜맡음을｜수령
언제쯤이나 영각에서	何時鈴閣卽黃閣 ○○○●●○●
황각으로 나아가23)	1 2 3 3 7 5 5　하시령각즉황각
	어느｜때｜영각에서｜나아가｜황각으로
태수 반열이	太守行爲宰相行 ●●○○●◎◎24)
재상 반열로 바뀔런가?	1 1 3 7 4 4 6　태수항위재상항
	태수의｜항렬이｜될까｜재상의｜항렬이

진사 두 명이 덕통역을 지나다가 이 시를 보고서 한참 동안 음미하더니 말하였다.

"'언제쯤이나 영각에서 황각으로 나가서[何時鈴閣卽黃閣]'라는 한 시구는 조어가 정교하지 못한 듯하다. 장차 영각에서 황각에 오르려면, 그 사이가 너무 멀지 않은가?"

이 말을 듣고 그의 벗이 이렇게 말했다.

---

21) 덕통역德通驛은 상주尙州 북쪽 함창咸昌 지역에 있던 역이다.
22) 전성專城은 한 고을을 전적으로 책임지고 다스리는 수령을 일컫는 말이다.
23) 영각鈴閣은 지방관이 집무하는 관아이고, 황각黃閣은 재신들이 집무하는 중서성이다.(상-12 참조)
24) □측기평수 구식을 사용하였다. 하평성 '경庚' 운에 맞추어 '情, 城, 行'으로 압운하였다.

"이는 공의 시참詩讖²⁵⁾에 해당하는 것이네. 자네들이 알 수 있는 바가 아니라네."

얼마 지나지 않아 과연 공이 재상에 제수되었다.

내가 갑진년(1244) 봄에 상주 목사의 임무를 끝내고 돌아오는 길이었다.²⁶⁾ 우정郵亭에 들렀다가 공이 써놓은 시를 발견하였다. 내가 측은한 마음이 들어 푸른 깁을 씌워 그 시를 보호하고, 이어서 절구로 시 한 수를 지어 적어놓았다. 다시 3년이 지난 정미년(1247) 여름에는 국자 좨주와 운각 학사(보문각 학사)에 제수되었다가, 곧이어 절월節鉞을 받들고 동남로 안렴사로 부임하게 되었다. 그때 다시 그 시의 운에 맞추어 절구로 시 두 수를 적어놓았다. 또 무신년(1248) 봄에는 문창 우상文昌右相(상서 우복야)²⁷⁾에 제수되었다. 명을 받들고 입궐하러 가는 길에 다시 절구로 시 한 수를 적어놓았다. 이 시들이 지금까지 모두 벽에 남아 있다.

용두회龍頭會²⁸⁾는 장원 외에 다른 사람은 참석하지 못하는 모임이다. 한번은 장원 급제한 공(김인경)의 조카 황보관皇甫瓘이 자기 집에서 이 모임을 열었다. 2등으로 급제한 공은 그 모임에 참석할 수 없었기에, 절구로 시 한 수를 지어서 보냈다.²⁹⁾

---

25) 시참詩讖은 우연히 지은 시 내용이 뒷일을 예언한 듯이 일치하는 것을 이른다.
26) 최자는 상주 목사로 있다가 임기를 마치기 전에 고종 명으로 전중소감殿中少監과 보문각 대제寶文閣待制가 되었다. 이후 충청 전라 안찰사가 되었다. 『고려사 최자전崔滋傳』.
27) 문창 우상文昌右相은 당나라 관직으로 문창성文昌省에 속한 우상이다. 고려의 상서성 우복야에 해당한다.
28) 용두회龍頭會는 과거에서 장원 급제한 자들이 만든 모임이다. 새로 장원 급제한 자가 선배들을 초청해서 모임이 이루어진다.
29) 심수경의 『견한잡록』에는 1구 '有'가 '宴'으로, 2구 '桂'가 '佳'로, 3구 '如今未得參高會'가 '欲參高會慚非分'으로 되어있다.

듣자니 그대 집에
귀한 손들이 계시다는데
온통 가지마다 봄이 든
계수나무 숲 같아라[30]
지금 그 고상한 모임에
참석하지 못하니
문득 당시에
2등 한 것이 아쉬워지네

聞道君家有貴賓 ◐●○○●●◎
2 1 3 4 7 5 6 문도군가유귀빈
| 들으니 | 말 | 그대 | 집에 | 있으니 | 귀한 | 손 |

桂林渾是一枝春 ●○◐●●○◎
1 2 3 7 4 5 6 계림혼시일지춘
| 계수 | 숲처럼 | 온통 | 이다 | 한 | 가지의 | 봄 |

如今未得參高會 ○○●●○○●
1 1 7 6 5 3 4 여금미득참고회
| 지금 | 못하니 | 얻지 | 참여 | 고상한 | 모임에 |

卻恨當年第二人 ●●○○●●◎[31]
1 7 2 2 4 4 6 각한당년제이인
| 문득 | 한한다 | 당시 | 둘째 | 사람 됨을 |

貞肅公以左承宣, 出爲東北面兵馬使. 聞李祭酒公老代爲喉舌任, 以詩寄之日 "千里書廻一鴈天, 新承宣代舊承宣. 不才見擯雖堪愧, 猶向皇朝賀得賢." 「曉起」云 "玉帳燈殘入睡鄉, 康安親捧赭袍光. 門前曉角渾無賴, 咽破雲霄夢一場." 大觀殿黼座後障「無逸圖」壞, 上欲命公書之, 試其筆蹟. 公作詩書二簇以進, 日 "輅重駕馳短, 天高鶴戀長. 舊衣幾經濯, 猶帶御爐香." 又 "園花紅錦綉, 宮柳碧絲綸. 喉舌千般巧, 春鶯卻勝人." 或謂公有未忘權要之義, 非也. 公天資清婉, 詩語似之, 可謂表裡水澄, 塵不能點者. 豈爲權要所累耶? 孔子三月無君, 則皇皇如也. 杜子美在寒窘中, 句句不忘君臣之大節. 況名爵如公者,

---

30) 장원으로 급제한 자가 모두 계수나무 숲에서 봄을 맞은 계수나무 가지와 같다는 말이다. 진 무제晉武帝 때, 장원 급제한 극선郤詵이 "신이 현량 대책을 치러 천하 제일이 되었으나, 계수나무 숲에 있는 가지 하나요 곤륜산에 있는 한 조각 옥일 뿐입니다.[臣擧賢良對策, 爲天下第一, 猶桂林之一枝, 崑山之片玉.]"라고 하였다. 이후로 과거 급제를 계수나무 한 가지를 얻은 것에 빗대었다. 『진서 극선전郤詵傳』.

31) ㅁ측기평수 구식을 사용하였다. 상평성 '진眞' 운에 맞추어 '賓, 春, 人'으로 압운하였다.

雖在閫外, 戀戀有愛君之心, 固其宜也. 嘗於洛山祝聖齋罷, 有作云 "華祝精誠動覺天, 奉爐雙淚濕香烟. 直將龜鶴三千歲, 算作吾皇第一年." 愛君之意, 略見於此. 又左遷爲尙州牧, 路過德通驛, 書一絕於壁上云 "豈向蒼蒼有怨情? 謫來猶得任專城. 何時鈴閣卽黃閣, 太守行爲宰相行?" 有二進士過德通驛, 見此詩吟翫良久曰 "‘何時鈴閣卽黃閣’, 此一句造語似未工. 且自鈴閣登黃閣, 其間何闊?" 其友生曰 "此公之詩讖也, 非爾曹所識." 未幾果大拜. 予於甲辰春, 自尙州罷任, 過郵亭, 見公手蹟, 惻然有感, 籠以碧紗, 因題一絕. 後三年丁未夏, 除國子祭酒芸閣學士, 仍受節鉞出鎮東南路, 復和二絕. 及戊申春, 拜文昌右相, 承詔赴闕, 又留一絕, 今皆在壁間. 龍頭會, 他客不得參. 公之猶子皇甫壯元瓘家設此會, 公以第二人及第, 未得往. 乃著一絕寄之云 "聞道君家有貴賓, 桂林渾是一枝春. 如今未得參高會, 卻恨當年第二人."

중6. 겸손하고 공정하면서 시와 문장이 해 달처럼 빛나는 이규보

문순공(이규보)이 집에 남긴 문집이 이미 세상에 전해진다. 그 시와 문장을 보면 해와 달처럼 빛나고 있다. 더 칭찬할 필요가 없을 정도다.

근대의 율시는 오언과 칠언 사이에 성운聲韻과 대우對偶를 포함하고 있다. 반드시 다듬고 조율하여 율격에 맞게 엮어야 하는 것이다. 이 때문에 재능이 뛰어나고 기량이 대단한 작가라고 해도, 내키는 대로 뜻을 취하고 말을 뱉어내면서 쌓아둔 절묘한 솜씨를 발휘하지는 못한다. 으레 기골氣骨이 사라진 시가 되고 마는 이유이다.

하지만 공은 젊을 때부터 주필로 창작하면서 언제나 새롭게 신의新意를 만들어냈다. 말이 많아질수록 점점 이어나가는 기세도 더욱 웅장해졌다. 비록 성률과 법도에 맞추어 미세하게 다듬고 정교하게 엮어내는 중에도, 내내 호방하고 거침없으면서[豪肆] 기특하고 빼어났다[奇峭].

그러나 타고난 재주가 준수하고 탁월하다고 공을 평가하는 이유가, 대우와 성률[對律]에 있는 것이 아니다. 대개 강한 운[强韻]과 험한 제목[險題]을 사용하여 고조古調의 장편 시를 지어낼 때, 마음껏 분방하게 읊어 한 번에 백 장의 종이를 채울 만큼 길게 엮어내면서도, 어느 것도 고인의 자취를 답습하지 않고 우뚝이 하늘 솜씨로 지어냈기 때문이었다.

그런데도 오히려 겸손하여 남에게 자신을 낮출 줄을 알았다. 남에게 한 가지라도 뛰어난 점이 있으면, 매번 자기보다 뛰어난 솜씨를 목격한 것처럼, 반드시 기리고 칭찬해주었다.

약관 시절에 창작한 「국수재전麴秀才傳」[1]이 있는데, 사관 이윤보李允甫가 처음 급제했을 때, 이를 본떠서 「무장공자전無腸公子傳」[2]을 지어 냈다. 공이 이를 읽어보고 매우 좋게 여겨서, 매번 사림詞林에서 이를 외고 이렇게 말했다.

"근래에 문에 능한 자를 만났소. 이윤보는 진실로 훌륭한 사관의 재능을 갖춘 인재요."

또 문안공(유승단)과 함께 고원誥院에서 근무할 때였다. 진양공(최우)이 보제사普濟寺[3]와 광명사廣明寺[4]와 서보통사西普通寺[5] 세 사찰에서 선회禪會[6]를 베푼 일이 있었다. 선회를 파한 뒤에 진양공이 문순공과 문안공 및 직강 윤우일尹于一[7]에게 청하여, 세 사찰에서 베푼 선회에 대한 방문枋文[8]을 짓게 하였다. 이에 유승단이 광명사 방문을 지었는데, 당시 사람들은 유승단의 방문이 공보다 못하다고 평하는 것이었

---

1) 『동국이상국집』에 「국선생전麴先生傳」이라는 제목으로 실려있다.
2) 「무장공자전無腸公子傳」은 이윤보가 게를 의인화하여 지은 가전이다. 현재 전하지 않는다.(상-31 참조)
3) 보제사普濟寺는 개경 태안문泰安門 안쪽에 있던 사찰이다. 후에 연복사演福寺로 개명하였다. 능인전能仁殿과 신통문神通門이 있다.
4) 광명사廣明寺는 연경궁延慶宮 북쪽에 있던 사찰이다.(상-26 참조)
5) 서보통사西普通寺는 고려 시대에 성행하던 담선법회談禪法會를 수행한 대표 사찰이다. 개경 근교에 있었던 듯하다. 1313년 6월에 충선왕이 이 사찰에서 유숙하고 이틀 뒤에 입경入京했다는 기록이 보인다. 『고려사절요 충선왕 5년(1313)』.
6) 선회禪會는 선을 수행하기 위해 3년마다 열린 담선법회談禪法會를 이른다. 담론법석談論法席, 담선재談禪齋라고도 한다.
7) 윤우일尹于一은 임유任濡의 문생이다. 조충, 유승단, 이규보 등과 동년이다.(상-11 참조)
8) 방문枋文은 법회의 취지와 내용을 알리기 위해 사람들이 모이는 곳에 써 붙인 글이다.

다. 그러나 공은 그의 방문을 보고 감탄하여 가는 곳마다 이렇게 추켜세웠다.

"지금 이 방문은 내가 유군兪君에게 한참을 미치지 못하오."

공이 한림으로 있을 때는, 직원直院 손득지孫得之가 공이 장편 5수로 창작한 「조다早茶」에 화운하여 시를 지어낸 일이 있었다. 공이 놀라고 감탄하면서 이렇게 말했다.

"손득지에게 이렇게 높은 재주가 있는 줄을 지금까지 미처 몰랐다."

공은 정직하고 공정한 자질을 타고났다. 선을 칭찬하고 악을 꾸짖는 것을 보면, 천성에서 비롯된 것이었다.

"사인詞人은 서로 경시한다."

옛사람이 이렇게 말했지만, 이는 대개 범상하고 용렬한 아이들의 일을 지적한 말일 뿐이다.

┛ 文順公家集, 已行於世. 觀其詩文, 如日月不足譽. 近代律詩, 於五七字中, 有聲韻對偶. 故必須俯仰穿琢, 以應其律. 雖宏材偉器, 不得肆意放言, 披露妙蘊, 故例無氣骨. 公自妙齡, 走筆皆創出新意, 吐辭漸多, 騁氣益壯. 雖入於聲律繩墨中, 細琢巧構, 猶豪肆奇峭. 然以公爲天才俊邁者, 非謂對律. 蓋以古調長篇, 强韻險題中, 縱意奔放, 一掃百紙, 皆不踐襲古人, 卓然天成也. 猶能謙下於人, 凡有一善必褒獎, 若出己右. 弱冠時, 作「麴秀才傳」. 李史館允甫, 初登第時效之, 亦作「無腸公子傳」. 公見之而甚善, 每唱於詞林間, 曰"近得能文者, 李允甫眞良史才也." 又與文安公, 同在誥院時, 晉陽公設禪會於普濟·廣明·西普通三寺. 及罷會, 公請二公及尹直講于一, 作三會枋. 俞作廣明枋, 時人以俞枋下於公, 而公見之稱歎, 所至揚言曰 "今此作, 吾不及俞君遠矣." 公爲翰林時, 孫直院得之和公「早茶」長篇五首. 公驚歎曰 "從來未識孫有如此高才也." 公資正直公明, 觀其讚善訏惡, 出自天性. 古人云 "詞人相輕." 蓋爲凡庸兒輩言之耳. 「

259

_중7. 최자를 출세로 이끈「우미인초가」화운시와「수정배
사」화운시

급제한 김태신金台臣이 허언국許彦國의「우미인초가虞美人草歌」운에
맞추어 지은 시를 폐백으로 삼아서 문순공(이규보)에게 올렸다. 그때
사관 이윤보李允甫가 찾아가서 공을 뵙고 인사하니, 공이 이 시를 꺼
내어 보여주었다. 사관이 시를 적은 두루마리를 빌려왔기에, 나도 사
관 집에서 이 시를 보게 되었다. 내가 즉시 그 운에 맞추어 일곱 수
를 지어 주었더니, 사관이 다시 그 시를 전하여 공에게 보여준 것이
었다. 이에 공이 좋다고 인정하고 특별히 긴 편지를 써서 한림 하천
단河千旦¹⁾ 편에 보내주었다. 그 내용은 이런 것이다.

> "이 시가 강한 운韻을 사용했기에, 모든 시인이 화운하여 짓기를
> 몹시 힘들어하오. 그런데 그대 시를 보니, 말과 뜻[辭意]이 절묘絶
> 妙하게 되었소. 이백과 두보에게 짓게 해도, 더 뛰어나게 짓지는
> 못할 것이오."

또 장편으로 시를 지어서 올렸더니, 기리고 칭찬해주기를 너무 지
나치게 하였다. 내가 사례하기 위해 찾아가자, 공이 신을 거꾸로 신고
서 경황없이 달려 나와 맞아주었다. 그리고 나를 굳이 붙잡아 술자
리를 마련하고 문고文藁를 전부 꺼내어 보여주면서, 이렇게 말했다.

"이렇게 늦게서야 그대를 알게 되어 몹시 부끄럽소. 예전에 전이

---

1) 원문에 성이 '何'로 되어있다. '河'를 오기한 것이다.(상-40 참조)

지全履之[2]도 문장에 뛰어났으나, 당시 사람들이 아무도 알아보지 못하고 내가 홀로 알아보았었소. 지금 그대도 겉모습만 보면 **빼어난** 재주를 가졌는지 알아챌 수 없겠소. 진정한 덕을 감춘 사람이오."

몇 년이 지났을 때다. 공이 국자 좨주에 제수되고, 나는 학유學諭가 되었다. 하루는 공무가 있어 청사에 앉아 있다가 이렇게 말하였다.

"일전에 간의대부 유경현[3] 댁에서 연회를 베풀었을 때 말이오. 주필로「수정배사水精杯詞」를 지었더니, 모든 사람이 운에 맞춰 화답하는 시를 지었소. 그대가 홀로 짓지 않았을 뿐이오. 어째서요?"

내가 놀라고 두려운 마음에 명을 받들어 즉시 그 운에 맞추어 일곱 수를 지어 올렸다. 그러자 공이 칭찬하고 감탄하기를 멈추지 않았다. 게다가 고원誥院에 전하여 보이면서 이렇게 말하였다.

"이 시는 지금 세상 사람이 지은 것이 아니오."

공이 후진을 총애하고 권면하기를 이렇게 하였다.

及第金台臣, 和許彦國「虞美人草歌」, 爲贄於文順公. 時李史館允甫往謁公, 公出示之. 史館借其卷子來, 予於史館家見其詩. 卽和進七首, 史館傳示公. 公許可, 特裁長書, 遣翰林何千旦賫書報云 "此詩韻

---

2) 전이지全履之는 이규보와 같은 해에 급제한 동년이다.
3) 유간의庾諫議는 우간의대부를 지낸 유경현庾敬玄(1180~1235)을 이른다. 상서 좌복야 유자량庾資諒의 아들이다.

强, 凡作者頗艱於和. 觀君之作, 辭意絶妙. 雖使李·杜作之, 無以復

加也." 又投長篇, 褒獎大過. 及予謝進, 倒屣出迎, 固留開飮. 盡出

文藁示之, 曰 "深愧相知之晩也. 昔全履之能文, 時人不識, 我獨知之.

今見君貌, 不知有逸才, 是眞隱德人也." 後數年, 公除國子祭酒, 予

爲學諭. 一日因公事, 坐廳事曰 "日者宴庾諫議宅, 走筆賦水精杯詞,

人皆見和, 君獨不和, 何也?" 予驚惶承命, 卽和成七首奉呈. 公稱歎

不已, 傳示於誥院曰 "此詩, 非今世人作也." 其寵勸後進如此.

※ 최자가 자신에게 출세하는 계기를 만들어준 중요한 사건을 소개
하였다. 이규보가 최자의 재능을 알아보았고, 나중에 최우에게 적
극적으로 추천했었다. 이후로 최자는 벼슬길에서 빠르게 높은 지위
에 오를 수 있었다. 이때 이규보가 최자의 재능을 간파할 수 있게 만
든 것이, 곧 허언국의 「우미인초가」에 화운하여 창작한 7수 시와 이
규보의 「수정배사」에 화운하여 창작한 7수 시이다. 앞의 시는 최자
가 스스로 이규보에게 지어 올린 것이고, 뒤의 시는 이규보가 시험
하기 위해 최자에게 짓게 한 것이다.

중8. 신선 같은 옛 은자와 사철 붉은 월계화

"하늘 가득 날아가는 저 새도 진인이라 하겠네"

문순공(이규보)이 유승단兪升旦과 윤의尹儀 등 여러 동년과 함께 모였을 때다. 그 자리에서 추밀원부사 임경겸任景謙의 침실 병풍에 적힌 시 여섯 수 운에 맞추어 시를 지었다.[1] 그중 「열자가 바람을 타고 날다[列子御風]」에서 이렇게 읊었다.[2]

예부터 도의 세계에선
자기 몸도 오히려 버렸거늘
하필 허공을 날아야
비로소 신선이 되는 것이랴?
바람 타고 있는
어구를 찾아야 한다면[3]

從來道境向遺身　○○●●○○
　1　1　3　4　5　7　6　　종래도경상유신
종래｜도의｜경계에선｜외려｜버리는데｜몸을

何必乘虛始自神　○●○○●●○
　1　2　4　3　5　6　7　　하필승허시자신
어찌｜꼭｜타야｜허공｜겨우｜절로｜신인가

若向風頭尋禦寇　●●○○○○●●
　1　4　2　3　7　5　5　　약향풍두심어구
만약｜향해｜바람｜머리｜찾는다면｜어구

---

1) 이규보의 『동국이상국집』에 「임경겸 침실 병풍에 시 여섯 수를 적는다. 동년 윤의 등 여러 사람과 읊었다.[題任君景謙寢屛六詠與尹同年等數子同賦]」라는 제목으로 시 여섯 수가 실려있다. 각 제목은 「열자가 바람을 타고 날다[列子御風]」, 「도잠이 술을 거르다[陶潛漉酒]」, 「자유가 대규를 찾아가다[子猷訪戴]」, 「우군이 거위와 바꾸다[右軍換鵝]」, 화정의 선자화상[華亭船子和尙]」, 「반랑이 세 봉우리를 바라보다[潘閬向三峯]」이다. 진화도 동참하여 시를 남겼다. 『매호유고』에 「이·유 제공이 추밀원 부사 임경겸 침실 병풍에 쓴 시 네 수에 화운하여 짓다[和李俞諸公題任副樞景謙寢屛四詠]」라는 제목으로 실려있다. 신종 갑자년(1204)에 지었다는 주석이 달려 있다.
2) 『동문선』에 「열자가 바람을 타고 날다[列子御風]」라는 제목으로 실려있다.
3) 어구禦寇는 열자列子의 이름이다. 열자는 바람을 타고 하늘을 날아다닌다고 한다. 곧 신인神人이자 진인眞人이다. 하지만 꼭 바람을 타고 날아야 신선이 되는 것은 아니다. 반드시 바람을 타고 날아야 신선일 수 있다면, 하늘을 나는 새도 진인일 수 있다고 되물은 것이다. 『장자 소요유逍遙遊』.

263

하늘 가득 날아가는 저 새도
진인이라 하겠네

滿空飛鳥亦眞人 ◐○ŏ●●○○4)
2 1 3 4 5 6 6 만공비조역진인
|가득한| 허공 |나는| 새 | 또한| 진인이다|

「도잠이 두건으로 술을 거르다[陶潛漉巾]」5)에서는 이렇게 읊었다.

거를 때는 용수6)가 되고
쓰면 두건이니

漉則爲篘戴則巾 ●●○○○●○ 록즉위추대즉건
1 2 4 3 5 6 7
|거르면| 곧 |되고| 용수 |쓰면| 곧 |두건이니|

그 차이 구별은
남들에게 맡겨두네

箇中分別任他人 ◐○ŏ●●○○ 개중분별임타인
1 1 3 3 7 5 6
|그 속| 구별은 |맡긴다| 다른 |사람에게|

머리에 찌꺼기 묻어도
나쁘지 않아라

不妨頭上餘痕在 ◐○ŏ●○○● 불방두상여흔재
7 6 1 2 3 4 5
|안 되니| 방해| 머리| 위| 남은| 흔적| 있음|

이미 평생
술에 찌든 몸이라오

已是平生着酒身 ●●○○○●○7) 이시평생착주신
1 7 2 2 5 4 6
|이미| 이다| 평생| 찌든| 술에| 몸|

「자유가 대규를 찾다[子猷訪戴]」8)에서는 이렇게 읊었다.9)

친구 찾아간 흥취가
눈 내린 시내에 있었으니

訪人情味雪溪中 ◐○ŏ●●○◎ 방인정미설계중
2 1 3 3 5 6 7
|찾은| 사람| 정취| 눈 온| 시내| 속에 있으니|

4) □평기평수 구식을 사용하였다. 상평성 '진眞' 운에 맞추어 '身, 神, 人'으로 압운하였다.

5) 술을 아주 좋아한 도잠은 머리에 쓴 갈건을 벗어서 술을 거르고, 다시 머리에 쓰곤 했다고 한다. 소통蕭統,「도연명전陶淵明傳」.

6) 추篘는 용수이다. 싸리나 대오리로 둥글고 길게 엮어 술이나 장을 거르는 데 쓰던 도구이다.

7) □측기평수 구식을 사용하였다. 상평성 '진眞' 운에 맞추어 '巾, 人, 身'으로 압운하였다.

8) 자유는 왕휘지王徽之의 자이다. 왕휘지가 대규를 찾아간 일을 이른다.(상-44 참조)

9) 『동국이상국집』에 2구 '看'이 '逢'으로, 3구 '棹去'가 '去棹'로 되어 있다.

서로 만났더라면
한번 웃는 사이 사라졌으리라
흥이 다하여 배 돌렸다고
말하지 말게나
문 앞에서 그냥 돌아온
무궁한 뜻 있어라[11]

若便相看一笑空 ●●○○○●◎
1 2 3 4 5 6 7　약변상간일소공
|만약| 곧 |서로 |보면 |한번| 웃고 | 텅 비니 |

莫道興闌廻棹去 ●●○○●○●
7 6 1 2 4 3 5　막도흥란회도거
|말라|하지|흥|다해|돌려| 노 |갔다고|

造門直返意無窮 ◐○●●●○○[10]
2 1 3 4 5 7 6　조문직반의무궁
|나가|문에|곧장|돌아간| 뜻 | 없다| 끝 |

「반랑이 나귀를 타다[潘閬騎驢]」[12]에서는 이렇게 읊었다.[13]

화산 세 봉우리를
신선 반랑이 사랑했다면
우뚝한 모습 한번 보아도
충분했거늘
정말 호사가인지
저는 나귀 거꾸로 앉아봤으니

閬仙若也愛三華 ◐○●●●○○
1 1 3 4 7 5 6　랑선약야애삼화
|반랑이|만약|어사|아꼈다면| 세 |화산|

一望嵯峨已足多 ●●○○●●◎
1 4 2 2 5 6 7　일망차아이족다
|한번|보면|높은 산| 이미 |족히|많은데|

倒跨寒驢眞好事 ●●○○●●●
1 4 2 3 5 6 6　도과한려진호사
|뒤로|앉음|저는|나귀에|정말|호사이니|

---

10) □평기평수 구식을 사용하였다. 상평성 '동東' 운에 맞추어 '中, 空, 窮'으로 압운하였다.

11) 왕휘지가 대규를 찾아간 흥취는 눈 내린 시내에서 비롯되었다고 본다면, 정작 대규를 만났을 때는 그 흥취가 희석되어 사라지지 않을까 하는 생각이 든다. 이규보는 이 점에 착안하여 자유가 그 흥취를 오롯하게 지키고 싶은 깊은 뜻이 있어서 곧장 되돌아가는 선택을 했다고 말한 것이다.

12) 반랑潘郞은 북송 초기 시인이다. 「그는 화산을 지나다[過華山]」에서 "허공에 솟은 세 봉우리를 몹시 사랑하여, 당나귀 거꾸로 타고서 고개 들어 읊조리며 바라보네.[高愛三峯揷太虛, 昻頭吟望倒騎驢]"라고 하였다. 『송시기사』 권5.

13) 『동국이상국집』에는 「반랑이 세 봉우리를 향하다[潘閬向三峯]」라는 제목으로 되어 있고, 3·4구가 "나귀를 거꾸로 바로 탔는지 어찌 다시 물을까? 시인이 일 벌이기 좋아하여 또한 자랑한 것이네.[倒正騎驢何更問, 詩人好事亦云夸.]"라고 되어있다.

스스로 그림 속에 끼어들어
자랑하고 싶었음이라

將身欲入畵中誇 ○○●●●○○[14]
2 1 7 5 3 4 6　장신욕입화중과
들어 | 몸 | 싶었다 | 들어가 | 그림 | 속에 | 자랑하고

학사 이인로李仁老는 「섬계에서 흥을 타다[剡溪乘興]」[15]에서 이렇게 읊었다.[16]

산음[17]의 눈빛과 달빛
번갈아 차가울 때
흥이 다한 외로운 배
도로 저어서 돌아갔어라[18]
굳이 눈썹 들어[19]
마주봤어야 하겠는가?[20]

山陰雪月色交寒 ○○●●●○○
1 1 3 4 5 6 7　산음설월색교한
산음의 | 눈과 | 달 | 빛 | 서로 | 차가운데

興盡孤舟卻棹還 ●●○○●●○
1 2 3 4 5 6 7　흥진고주각도환
흥 | 다해 | 외로운 | 배 | 도로 | 저어 | 돌아갔다

何必揚眉資目擊 ⊙●○○○●●
1 2 4 3 7 5 6　하필양미자목격
어찌 | 꼭 | 들어 | 눈썹 | 기댈까 | 눈으로 | 봄에

---

14) □평기평수 구식을 사용하였다. 하평성 '마麻' 운과 통운에 해당하는 하평성 '가歌' 운에 맞추어 각각 '華, 誇'와 '多'로 압운하였다.

15) 눈 내리는 밤에 산음山陰에서 홀로 술 마시던 왕휘지가 친구 대규를 만나려고 소흥 동쪽 섬계剡溪에 배를 띄워 찾아갔다가 문 앞에서 되돌아온 뒤에, "내가 본래 흥이 나서 갔다가 흥이 다해 돌아온 것이니, 굳이 대규를 만나야 하겠는가?[吾本乘興而行, 興盡而返, 何必見戴?]"라고 말하였다. 『세설신어 임탄任誕』.

16) 아래에 인용한 시 네 수는 『동문선』에 같은 제목으로 실려있다. 소식이 왕선王詵의 그림을 보고서 읊은 「또 왕진경 그림에 4수를 쓴다[又書王晉卿畵四首]」라는 시에 응하여 지어낸 듯하다. 소식의 시 네 수는 「산음진적山陰陳迹」, 「설계승흥雪溪乘興」, 「사명광객四明狂客」, 「서새풍우西塞風雨」이다. 모두 태호와 소흥 일대에 전하는 문인 고사를 빌린 것이다.

17) 산음山陰은 왕휘지가 살던 회계會稽에 속한 지역이다. 현재 소흥紹興 지역에 해당한다.

18) 『동문선』에 2구가 '卻棹孤舟興盡還'으로 되어있다.

19) 양미揚眉는 눈썹을 든다는 말이다. 눈을 들어서 바라봄을 뜻한다.

20) 송나라 승려 지신知愼이 「동파 시에 화운하여 짓다[和東坡詩韻]」에서 "어찌 구태여 눈썹을 들어서 눈으로 봄에 의지하랴, 모름지기 천 리 사이의 일이 한 가지인 줄을 알아야 하리.[何必揚眉資目擊, 須知千里事同風.]"라고 하였다. 지신은 여산廬山 원통사圓通寺 승려이다. 신장로愼長老로 불렸다.

아득한 대천세계도 茫然千界一毫端 ○○ŏ●●○◎ 21)
한 터럭 끝에 있을 뿐이거늘22) 　　1　3 4 5 6 7　망연천계일호단
　　아득한 천 세계도 한 터럭 끝에 있다

「사명산의 미친 나그네[四明狂客]」23)에서는 이렇게 읊었다.

만 리 밖 오 땅으로 萬里吳天一棹歸 ●●○○●●◎
배 한 척 저어서 돌아오니 　　1 2 3 4 5 6 7　만리오천일도귀
　　　　　　만 리 밖 오 하늘에 한 척 배로 오니
연꽃 시들어 떨어지는 荷花零落暮秋時 ○○ŏ●●○◎
늦가을이라오 　　1 2 3 4 5 6 7　하화령락모추시
　　　　　　연 꽃 시들어 지는 늦은 가을 때라
경호의 바람과 달은 鏡湖風月元無主 ●○ŏ●○○●
본래 주인이 없었거늘 　　1 3 4 5 7 6　경호풍월원무주
　　　　　　경호 바람과 달 원래 없는데 주인
굳이 한 굽이를 何必君前乞一枝 ŏ●○○●●◎ 24)
임금께 빌릴 것 있으랴? 　　1 2 3 4 7 5 6　하필군전걸일지
　　　　　　어찌 굳이 임금 앞에서 빌릴까 한 가지

「산음의 묵은 자취[山陰陳迹]」25)에서는 이렇게 읊었다.

---

21) □평기평수 구식을 사용하였다. 상평성 '한寒' 운과 통운에 해당하는 상평성 '산
刪' 운에 맞추어 각각 '寒, 端'과 '還'으로 압운하였다.
22) 나옹선사懶翁禪師, 「당나라 도원이 게송을 청하여 짓다[唐道元求偈]」, "자기도 모르
게 온몸을 모두 내려놓을 때, 대천세계가 한 터럭 끝에 있으리라.[不覺全身都放下,
大千沙界一毫端.]"
23) 사명광객四明狂客은 당나라 하지장賀知章이 말년에 소흥에서 사용한 자호이다. 소
흥 동남쪽 100리 밖에 사명산四明山이 있다. 그는 현종의 명을 얻어 태자빈객을
내놓고 744년에 고향 소흥에 돌아가 도사로 지내다가 얼마 후에 86세로 세상을
떠났다. 현종이 소흥 경호鏡湖의 한 굽이를 하사했다고 한다.
24) □측기평수 구식을 사용하였다. 상평성 '미微' 운과 통운에 해당하는 상평성 '지
支'운에 맞추어 각각 '歸'와 '時, 枝'로 압운하였다.
25) 왕희지가 영화 9년(353)에 산음山陰 난정에서 수계修禊의 모임을 열고 시를 수창
한 일이 있다. 이때 창작한 「난정집서蘭亭集序」에 "고개를 숙이고 드는 사이에 이
미 묵은 자취가 된다.[俯仰之間, 己成陳迹.]"라는 말이 있다. 산음은 왕희지의 고향

한 생각 중에도[26)
이 몸이 전과 달라지고

此身念念異前身 ●○○●●○○
1 2 3 3 7 5 6 　차신념념이전신
|이| 몸은| 생각마다| 달라져| 이전| 몸과|

세상 한 번 굽어보는 사이에
벌써 묵은 자취 되거늘[27)

俯仰人間迹已陳 ●●○○○●○
3 3 1 1 5 6 7 　부앙인간적이진
|부앙함에| 세상을| 자취| 이미| 묵는데|

은 갈고리 글씨로[28)
비단 종이에 기록한 덕에

賴有銀鉤留繭紙 ●●○○○●●
7 3 1 1 6 4 5 　뢰유은구류견지
|기대| 있어| 은구| 남김에| 비단| 종이에|

산음의 옛 풍월이
여태 새로워라

山陰風月古今新 ○○õ●●○◎[29)
1 1 3 4 5 6 7 　산음풍월고금신
|산음| 바람| 달| 예나| 지금이나| 새롭다|

「서새에 비바람 불다[西塞風雨]」[30)에서는 이렇게 읊었다.

가을 깊은 태호에[31)
자줏빛 물고기[32) 살찌고

秋深笠澤紫鱗肥 ○○●●●○○
1 2 3 3 5 6 7 　추심립택자린비
|가을| 깊은| 입택에| 자색| 비늘| 살찌고|

으로 회계會稽에 속한 현이다. 후에 소흥紹興이 되었다.

26) 염념念念은 매번 일어나는 생각을 이르는 말이다. 지극히 짧은 찰나 시간을 뜻한다.

27) 부앙俯仰은 고개를 한 번 숙이고 드는 사이이다. 짧은 시간을 이른다. 소식, 「괵국 부인이 밤에 노니는 그림에 적다[虢國夫人夜遊圖]」, "인간 세상이 고개를 숙이고 드는 사이에 예와 지금이 되네.[人間俯仰成今古.]"

28) 은 갈고리 글씨[銀鉤]는 굳센 글씨를 비유한다.

29) □평기평수 구식을 사용하였다. 상평성 '진眞' 운에 맞추어 '身, 陳, 新'으로 압운하였다.

30) 당나라 장지화張志和(732~774)가 벼슬을 버리고 물러나 빗속에 도롱이 차림으로 서새西塞의 산 아래에서 낚시하던 고사를 빌렸다. 서새는 태호 아래 호주湖州와 오흥吳興에서 남쪽으로 이어진 일대를 이른다. 남서쪽 멀리 산줄기가 이어져 있다. 장지화, 「어부가漁父歌」, "서새의 산 앞에 백로가 날고, 복사꽃 흐르는 물에 쏘가리 살찌네. 푸른 부들 삿갓에 초록 도롱이 있으니, 바람 불어 가랑비 날려도 돌아갈 필요 없어라.[西塞山前白鷺飛, 桃花流水鱖魚肥. 靑篛笠, 綠蓑衣, 斜風細雨不須歸.]"

31) 입택笠澤은 삿갓 모양인 태호太湖의 별칭이다. 당나라 육구몽陸龜蒙이 이곳에 배를 띄워 노닐면서 말년을 보냈다고 한다. 송나라 육유陸游(1125~1210)도 입택옹笠澤翁이라는 별호를 사용하였다.

구름 걷힌 서산에³³⁾

조각달 밝은데

십 폭 길이 부들 돛으로

천 이랑 반짝이는 물에 떴으니

응당 도롱이 옷에

세상 티끌 묻지 않으리

雲盡西山片月輝 ○●○○●●◎
　1　2　3　3　5　6　7　　운진서산편월휘
구름｜걷힌｜서산에｜조각｜달｜빛나는데

十幅蒲帆千頃玉 ●●○○○●●
　1　2　3　4　5　6　7　　십폭포범천경옥
열｜폭｜부들｜돛｜천｜이랑｜옥 물결에 뜨니

紅塵應不到蓑衣 ○○○●●○◎³⁴⁾
　1　2　3　7　6　4　4　　홍진응부도사의
붉은｜먼지｜응당｜않는다｜닿지｜도롱이에

문순공의 시는 신의新意가 절묘하고, 이 학사의 시는 주어主語가 청
완淸婉하다.

「학사 이인로는 월계화月季花」에서 이렇게 읊었다.³⁵⁾

갈홍³⁶⁾에게 묻노니

만 곡이나 되는 단사를

어느 해에 이 작은 동산에

깊이 묻어놓았나?

노을빛으로

화초 뿌리 물들이고

萬斛丹砂問葛洪 ●●○○●●◎
　1　2　3　3　7　5　5　　만곡단사문갈홍
만｜곡의｜단사를｜물으니｜갈홍에게

何年深窖小園中 ○○○●●◎
　1　2　3　4　5　6　　하년심교소원중
어느｜해｜깊이｜묻었나｜작은｜동산｜속에

芳根得染雲霞色 ○○●●○○●
　1　2　7　6　3　4　5　　방근득염운하색
꽃｜뿌리｜얻어｜물들임｜구름｜노을｜색

---

32) 자린紫鱗은 자색 비늘의 물고기를 뜻한다.

33) 서산西山은 태호 동남쪽 호수 안에 있는 동서 동정산洞庭山 중 서쪽 동정산을 이
른 듯하다.

34) □평기평수 구식을 사용하였다. 상평성 '미微' 운에 맞추어 '肥, 輝, 衣'로 압운하
였다.

35) 『동문선』에 「월계화月季花」라는 제목으로 실려있다.

36) 갈홍葛洪(283~363)은 포박자抱朴子로 알려진 동진의 도사이다. 자는 치천稚川이
다. 동한 이래로 전해진 연단煉丹의 술법을 연구하여 『포박자』라는 저술을 남
겼다.

일부러 신선 꽃 만들어서
늙지 않고 붉도다

故作仙葩不老紅 ●●○○○●●◎³⁷⁾
　　　1 4 2 3 6 5 7　고작선파불로홍
　짐짓│되어│신선│꽃│않고│늙지│붉다

문열공(김부식)은 이렇게 읊었다.

도잠의 국화 피는³⁸⁾
좋은 계절도 가깝지 않고
육개의 매화꽃 소식도³⁹⁾
멀기만 한데
꽃 피운다는 환술 자랑을
은옹에게 듣지 않아도⁴⁰⁾
때아닌 붉은 꽃이
절로 피어나네

嘉期難近陶潛菊 ○○○●○○●
　　　1 2 7 6 <u>3</u> <u>3</u> 5　가기난근도잠국
　좋은│때는│어렵고│가깝기│도잠의│국화 철

芳信猶賒陸凱梅 ○●○○●●◎
　　　1 2 6 7 <u>3</u> <u>3</u> 5　방신유사륙개매
　꽃│소식은│아직│먼데│육개의│매화 소식

不待殷翁誇善幻 ●●○○○●●
　　　7 6 1 <u>1</u> 5 3 4　부대은옹과선환
　않고│기다리지│은옹의│자랑│능한│술법

非時紅艷自能開 ○○○●●○◎⁴¹⁾
　　　2 1 3 4 5 6 7　비시홍염자능개
　아닌│때│붉고│고운 꽃│절로│능히│피운다

문안공(유승단)은 이렇게 읊었다.

요씨 위씨 모란을 따라서⁴²⁾
춘풍⁴³⁾에 피었을 땐

曾隨姚魏媚和風 ○○○●●○○
　　　1 4 2 3 7 <u>5</u> <u>5</u>　증수요위미화풍
　일찍│따라│요│위를│곱게 피어│춘풍에

---

37) □측기평수 구식을 사용하였다. 상평성 '동東' 운에 맞추어 '洪, 中, 紅'으로 압운
　　하였다.

38) 도잠陶潛이 유독 국화를 좋아하였기에 이렇게 이른 것이다.

39) 육개陸凱(198~269)는 삼국시대 오나라 사람이다. 봄에 꽃이 핀 매화 한 가지를 꺾
　　어 친구 범엽范曄에게 보낸 고사가 전한다.

40) 은옹殷翁은 당나라 도사 은천상殷天祥을 이른다. 은칠칠殷七七로 불린다. 일찍이
　　술법을 써서 9월에 두견화를 피웠다고 한다.

41) □평기측수 구식을 사용하였다. 상평성 '회灰' 운에 맞추어 '梅, 開'로 압운하였다.

42) 요씨가 기르던 홍색 모란꽃[姚紅]과 위씨가 기르던 자색 모란꽃[魏紫]이 매우 희귀
　　하고 아름다운 품종으로 알려져 있다. 구양수, 「낙양모란기洛陽牡丹記」.

피고 질 뿐
그저 똑같다고 보았더니⁴⁴⁾
훗날 눈 속에서
가장 곱게 피었기에
잠깐만 붉은 꽃 아닌 줄을
비로소 알았어라⁴⁶⁾

一例看爲幻色空 ●●○○○●◎
1 2 3 7 6 4 5　일례간위환색공
|한|예로|보아|여겼다가|바뀜으로|색과|공|

他日雪中開最好 ŏ●◉○○●●
1 2 3 4 5 6 7　타일설중개최호
|다른|날|눈|속에|핀꽃|가장|좋아|

知渠不是雪時紅 ○○●●●○◎⁴⁵⁾
7 1 5 5 2 2 4　지거불시설시홍
|알았다|그것이|아님|잠깐|붉게 피는 것|

문순공(이규보)은 이렇게 읊었다.⁴⁷⁾

선달 매화 가을 국화는
추위를 잘 견뎌도
경박한 봄꽃은
넘보지도 못하거늘
오직 이 꽃은
사계절 내내 피니
한때만 예쁜 꽃은
볼 만하지 못하여라

臘梅秋菊巧侵寒 ●○○●●○◎
1 2 3 4 5 7 6　랍매추국교침한
|섣달|매화|가을|국화|잘|범해도|추위|

輕薄春紅已莫干 ŏ●○○●●◎
1 1 3 4 5 7 6　경박춘홍이막간
|경박한|봄|붉은 꽃|이미|못하니|침범|

爲有此花專四序 ●●◉○●●●
7 3 1 2 6 4 5　위유차화전사서
|때문에|있어|이|꽃|전일하기|네|계절|

一時偏艷不堪看 ●○○●●○◎⁴⁸⁾
1 2 3 4 7 6 5　일시편염불감간
|한|때|치우쳐|고운 꽃|않다|만하지|볼|

---

43) 화풍和風은 온화하게 부는 봄바람을 이른다.
44) 색공色空은 꽃이 피고 짐을 뜻한다. 환幻은 색에서 공으로 다시 공에서 색으로 바
　꿈을 뜻한다. 월계화를 보고서 여느 꽃처럼 잠깐 피었다가 다시 질 것으로 생각
　했다는 말이다.
45) □평기평수 구식을 사용하였다. 상평성 '동東' 운에 맞추어 '風, 空, 紅'으로 압운
　하였다.
46) 월계화月季花는 장미의 일종이다. 사계절 내내 꽃이 피고 섣달에도 핀다. 봄에 모
　란과 함께 피었을 때는 여느 꽃처럼 피고 지겠지 생각했는데, 눈 속에서도 여전
　한 꽃을 보고서 특별한 꽃임을 깨닫게 되었다는 말이다.
47) 이규보의『동국이상국집』에 「사계화四季花」라는 제목으로 실려있다.
48) □평기평수 구식을 사용하였다. 상평성 '한寒' 운에 맞추어 '寒, 干, 看'으로 압운

정숙공(김인경)은 이렇게 읊었다.

동군49)이 떠난 뒤로	東君去後覓無因 ○○●●○○
	1 1 3 4 5 7 6 동군거후멱무인
찾지 못하다가	동군이│떠난│뒤에│찾을│없다가│단서가│
비로소 공의 집이	始覺公家是主人 ●●○○○●○
	1 7 2 3 6 4 4 시각공가시주인
주인공임을 깨달았어라	비로소│깨달았다│공│집이│임을│주인공│
아니라면 어떻게	不爾豈能私造化 ●●●○○●●
	2 1 3 4 7 5 5 불이기능사조화
사사로이 조화 부려서	않다면│그렇지│어찌│능히│사유해│조화를│
한 화분 봄꽃을	一盆培養四時春 ●○○●●○◎50)
	1 2 6 7 3 4 5 일분배양사시춘
사철 내내 능히 피웠을까?	한│화분에│북돋아│기를까│사│철│봄꽃│

이 학사는 시에서 '단사丹砂'를 말하고 다시 '운하雲霞'를 말했다. 이른바 '비유 속 비유[喻中之喻]'라는 것이다. 만약 다른 사람 시의 운에 맞춰서 지어낸 시라면, '홍洪' 자로 압운한 것은 솜씨가 매우 훌륭하다. 문열공의 시는 7, 8월에 핀 꽃을 말한 듯하다. 문안공의 시는 겨우 봄과 겨울에 핀 꽃만 말했지만, 그 속에 이미 다른 계절 모습까지 전부 담겨 있다. 문순공은 네 계절을 다 말하면서도 사취辭趣가 깊고 굳세다[深勁]. 정숙공도 네 계절을 전부 말했는데, 오히려 신의新意를 만들어냈다.

_____

하였다.
49) 동군東君은 봄을 관장하는 봄 신을 이른다.
50) □평기평수 구식을 사용하였다. 상평성 '진眞' 운에 맞추어 '因, 人, 春'으로 압운하였다.

文順公與兪·尹諸同年席上, 和任副樞景謙寢屛六詠.「列子御風」云"從來道境尙遺身, 何必乘虛始自神. 若向風頭尋禦寇, 滿空飛鳥亦眞人."「陶潛漉巾」云"漉則爲篘戴則巾, 箇中分別任他人. 不妨頭上餘痕在, 已是平生着酒身."「子猷訪戴」云"訪人情味雪溪中, 若便相看一笑空. 莫道興闌廻棹去, 造門直返意無窮."「潘閬騎驢」云"閬仙若也愛三華, 一望嵯峨已足多. 倒跨蹇驢眞好事, 將身欲入畫中誇." 李學士仁老「剡溪乘興」云"山陰雪月色交寒, 興盡孤舟卻棹還. 何必揚眉資目擊? 茫然千界一毫端."「四明狂客」云"萬里吳天一棹歸, 荷花零落暮秋時. 鏡湖風月元無主, 何必君前乞一枝?"「山陰陳迹」云"此身念念異前身, 俯仰人間迹已陳. 賴有銀鉤留璽紙, 山陰風月古今新."「西塞風雨」云"秋深笠澤紫鱗肥, 雲盡西山片月輝. 十幅蒲帆千頃玉, 紅塵應不到蓑衣." 文順公新意入妙, 李學士主語淸婉. 李學士「月季花」云"萬斛丹砂問葛洪, 何年深窖小園中? 芳根得染雲霞色, 故作仙葩不老紅." 文烈公云"嘉期難近陶潛菊, 芳信猶賖陸凱梅. 不待殷翁誇善幻, 非時紅艶自能開." 文安公云"曾隨姚·魏媚和風, 一例看爲幻色空. 他日雪中開最好, 知渠不是雪時紅." 文順公云"臘梅秋菊巧侵寒, 輕薄春紅已莫干. 爲有此花專四序, 一時偏艶不堪看." 貞肅公云"東君去後覓無因, 始覺公家是主人. 不爾豈能私造化, 一盆培養四時春?" 李學士詩云"丹砂", 又言"雲霞", 此所謂"喻中之喻"也. 如用他人韻賦之, 押"洪"字甚善. 文烈公詩, 如言七八月開花. 文安公詩, 雖止言春及冬, 其意已盡. 文順公具言, 而辭趣深勁. 貞肅公亦言四時, 尙有新意.

※ 열어구, 도잠, 왕휘지, 반랑 네 사람을 읊은 이규보의 시 4수와 왕휘지, 하지장, 왕희지, 장지화 네 사람을 읊은 이인로의 시 4수를

소개하고 그 성취를 논평하였다. 신선처럼 탈속한 은자의 삶을 상징적으로 보여주는 장면을 시로 읊어낸 것들이다. 이어서 월계화를 읊은 이인로, 김부식, 유승단, 이규보, 김인경 네 사람의 시 5수를 소개하였다.

중9. 고양이와 두꺼비와 개미를 읊은 시

"물건마다 모두 청정한 법신이 드러나네"

문열공(김부식)은 「혜소사의 새끼 고양이 시에 화답하다[和慧素師猫兒]」
에서 이렇게 읊었다.

땅강아지 개미도 도를 지키고 이리 호랑이도 어지니[1]	螻蟻道存狼虎仁 ☌●●○○☌◎ 1 1 3 4 5 6 7 루의도존랑호인 |누의도|도|지키고|이리|범도|어지니|
꼭 망념을 버려야 참을 얻는 것은 아니라오	不須遣妄始求眞 ●○●●●○○ 7 1 3 2 4 6 5 불수견망시구진 |아니다|꼭|버려야|망념|겨우|구함|참을|
우리 선사는 혜안[2]이 있어 분별심을 두지 않으니	吾師慧眼無分別 ○○●●○○● 1 2 3 3 7 5 5 오사혜안무분별 |우리|선사|혜안은|없으니|분별이|
물건마다 모두 청정한 법신[4]이 드러나네[5]	物物皆呈淸淨身 ●●○○☌●○◎[3] 1 1 3 7 4 4 6 물물개정청정신 |물건마다|모두|드러낸다|청정한|몸|

1) 땅강아지 개미도 군신君臣의 의義가 있고, 범과 이리도 부자父子의 인仁이 있다는
   말이다. 『중용혹문中庸或問』, "범과 이리에게 부자가 있고, 벌과 개미에게 군신
   이 있고, 승냥이와 수달에게 조상을 제사함이 있고, 저구새에게 암수 분별이
   있다. 그 형기에 치우친 곳이 있으나, 오히려 얻은 의리를 지킬 수 있다.[至於虎
   狼之父子, 蜂蟻之君臣, 豺獺之報本, 雎鳩之有別, 則其形氣之所偏, 又反有以存其義理之所得.]"
2) 혜안慧眼은 오안五眼 중 하나이다. 집착을 여의고 차별을 보지 않는 지혜의 눈이다.
3) ㅁ측기평수 구식을 사용하였다. 상평성 '진眞' 운에 맞추어 '仁, 眞, 身'으로 압운
   하였다.
4) 청정신淸淨身은 청정한 본체의 진여 실상을 이른다. 소식, 「동림사 주지 장로에
   게 주다[贈東林總長老]」, "시냇물 소리가 곧 부처의 넓고 긴 혀니, 산 빛깔은 어찌
   청정한 법신이 아니랴?[溪聲便是廣長舌, 山色豈非淸淨身.]"
5) 꼭 망념을 버려야 참된 도를 얻는 것이 아니어서, 개미와 호랑이도 도와 인을 갖
   추고 있다. 선사는 애초에 분별심 없는 혜안으로 만물을 대하기에 저마다의 청
   정한 본체 모습을 꿰뚫어 볼 수 있다는 말이다.

문순공(이규보)은 「두꺼비[蟾]」라는 시에서 이렇게 읊었다. 6)

우툴두툴7)
모양이 밉고

痱磊形可憎 ●●○○̌●○
1 1 3 5 4 비뢰형가증
|우툴두툴한| 모양이 |만하고| 미워할|

기어가는 걸음도
어색하다고

爬齰行亦澁 ○○○●●
1 1 3 4 5 파조행역삽
|기어가는| 걸음| 또한| 어색하지만|

뭇 벌레야
깔보지 말게나

群虫且莫輕 ○○●●○
1 2 3 5 4 군충차막경
|뭇| 벌레들은| 장차| 말라| 경시하지|

달에도 오를 줄
알고 있어라

解向月中入 ●●○○◉8)
5 3 1 2 4 해향월중입
|안다| 향해| 달| 속을| 들어갈 줄을|

미수(이인로)는 「개미[蟻]」라는 시에서 이렇게 읊었다.

싸우는 소처럼
몸을 움직거리고9)

身動牛應鬪 ○̌●○○●
1 2 3 5 4 신동우응투
|몸| 움직임| 소가| 응하는 듯하고| 싸움에|

산이 무너질까 싶게
굴도 깊게 팠어라10)

穴深山恐頹 ●○○○̌◉
1 2 3 5 4 혈심산공퇴
|굴| 깊으니| 산이| 걱정이다| 무너질까|

---

6) 『동문선』에 「군충영 팔수群蟲詠八首」라는 제목으로 실려있다. 3구 '虫'이 '蟲'으로,
4구 '月中'이 '月宮'으로 되어있다.
7) 비뢰痱磊는 비뢰痱癗이다. 뾰루지처럼 우툴두툴하게 융기한 모양을 이른다.
8) □측기평수 구식을 사용하였다. 입성 '집緝' 운에 맞추어 '澁, 入'으로 압운하였다.
9) 싸우는 소처럼 개미가 씩씩하게 움직인다는 말이다. 진晉나라 은중감殷仲堪의 아
버지가 귀 밝은 병을 앓았다. 침상 밑에서 개미가 움직이는 소리를 듣고서 소가
싸우는 줄로 생각했을 정도라고 한다. 『진서 은중감전殷仲堪傳』.
10) 개미굴이 깊어 산이 무너질까 두려울 정도라는 말이다. 『포박자 백리百里』, "백
심 높이 집도 분촌 크기 바람에 흔들리고, 천 길 높이 비탈도 개미굴 하나에 무
너진다.[百尋之室撓於分寸之颷, 千丈之陂潰於一蟻之穴.]"

공명의 구슬은
몇 굽이 꿰어야 할까?[11]
부귀의 꿈에서
막 깨어난 듯하네[13]

功名珠幾曲　○○○●●
　1　2　3　4　5　공명주기곡
|공과|명예의|구슬|몇|굽이인가|

富貴夢初回　●●●○◎[12]
　1　2　3　4　5　부귀몽초회
|부|귀의|꿈에서|처음|돌아온 듯하다|

문순공은 형용形容이 매우 정교하고, 이 학사는 시구마다 모두 용
사用事하였다. 문열공은 부도浮屠의 일에 뜻을 붙여서 이치를 말한[言
理] 것이 가장 심오하다.

대체로 사물을 묘사하여 창작할 때는, 용사用事하는 것이 이치를 말
하는[言理] 것만 못하고, 이치를 말하는 것이 형용하는 것만 못하다.
하지만 그 성취의 공졸工拙은 뜻을 구성하고 말을 엮어내는[構意造辭]
솜씨 차이에 달렸을 뿐이다.

---

11) 몇 굽이나 되는 구슬 구멍에 실을 꿰는 개미 같은 재주가 있어야 공명을 얻을 수
있느냐는 말이다. 실을 개미에 묶어 구슬을 꿰었다는 고사가 전한다. 왕십붕王
十朋, 『동파시집주 상부사구곡관등祥符寺九曲觀燈』, "조차공趙次公의 소설小說에, 아
홉 굽이로 꺾인 보주寶珠의 구멍을 꿰려다가 이루지 못한 자가 공자孔子에게 방
법을 묻자, 공자가 기름 바른 실을 개미에 묶어 통과시키게 했다는 이야기가 실
려있다."
12) □측기측수 구식을 사용하였다. 상평성 '회灰' 운에 맞추어 '頹, 回'로 압운하였다.
13) 개미를 보고 있으니, 마치 자신이 부귀의 꿈을 꾸다가 막 깨어난 듯한 기분이 든
다는 것이다. 이는 남가몽南柯夢 고사를 말한 것이다. 옛날에 순우분淳于棼이라는
자가 늙은 회나무 아래에서 술에 취해 잠들었다. 그가 꿈속에서 괴안국槐安國이
라는 나라에 갔더니, 국왕이 공주를 아내로 삼게 하고 30년 동안 남가 태수南柯
太守를 맡겨 부귀영화를 누릴 수 있었다. 잠에서 깨어 살펴보니, 괴수 아래에 큰
개미굴 하나가 있었고, 남쪽 가지 아래에 또 작은 개미굴 하나가 있었다. 곧 꿈
속에서 갔던 괴안국과 남가군南柯郡이 이에 해당한 것이었다. 이공좌李公佐, 「남
가태수전南柯太守傳」.

文烈公「和慧素師猫兒」云“螻蟻道存狼虎仁, 不須遣妄始求眞. 吾師慧眼無分別, 物物皆呈清淨身.”文順公「蟾」云“痱磊形可憎, 爬麟行亦澁. 群虫且莫輕, 解向月中入.”眉叟「蟻」云“身動牛應鬪, 穴深山恐頹. 功名珠幾曲, 富貴夢初回.”文順公形容甚工, 李學士句句皆用事, 文烈公寄意浮屠, 言理最深. 大抵體物之作, 用事不如言理, 言理不如形容. 然其工拙, 在乎構意造辭耳.

"작은 연못 물결도 사해 바다와 다름없어라"

이 학사(이인로)는 「소요원逍遙園」1)에서 이렇게 읊었다.

당시에 접여가   接輿當日諗肩吾 ◐○○●●○
견오에게 말했어라2)   1 1 3 3 7 5 5   접여당일심견오
                      |접여가|당일에|말하기를|견오에게|

막고야산에   綽約神人在邈姑 ●●○○●●◎
아름다운 신선 사는데3)   1 1 3 3 7 5 5   작약신인재막고
                      |아름다운|신인| 있는데|막고야산에|

오직 신령한 요임금이4)   唯有神高汾水側 ○●○○●●
분수5) 곁에서   1 4 2 3 5 5 7   유유신고분수측
                      |오직| 있어|신령한|요가|분수|곁에서|

그 눈 같은 피부를   杳然親見雪肌膚 ●○○●●○◎6)
멀리서 직접 보았었다네7) 1 1 3 7 4 5 5   묘연친견설기부
                      |아득히|친히|보았다|눈 같은|피부를|

---

1) 소요원逍遙園은 자득하여 편안하게 노닌다는 소요유逍遙遊의 뜻을 취한 이름이다.

2) 견오肩吾가 접여接輿에게 듣고서 연숙連叔에게 전한 이야기가 『장자 소요유逍遙遊』
   에 보인다. 막고야산의 신선은 피부가 빙설氷雪 같고 처자처럼 고운데, 요임금이
   이들을 만난 뒤에 분수汾水 북쪽에서 망연하게 천하의 일을 잊어버렸다는 내용
   이다.

3) 작약綽約은 유순하고 아름다운 모양을 이른다. 『장자 소요유逍遙遊』, "막고야산에
   신인이 산다. 그 피부가 얼음이나 눈 같고, 유순하고 아름답기가 처녀 같다.[藐姑
   射之山, 有神人居焉. 肌膚若氷雪, 綽約若處子.]"

4) 고高는 '요堯'이다. 정종定宗의 이름 '요堯'를 피하여 뜻이 같은 '고高'로 쓴 것이다.

5) 분수汾水는 산서山西를 통과하여 황하로 들어가는 강이다. 분수 남쪽에 막고야산
   이 있다고 한다.

6) ❑평기평수 구식을 사용하였다. 상평성 '우虞' 운에 맞추어 '吾, 姑, 膚'로 압운하
   였다.

7) 소요원 주인을 막고야산의 신선에 빗대었다. 곧 세상 사람의 시선을 벗어나 소
   요원에서 세상일을 잊은 채 소요하고 있다고 말한 것이다.

문순공(이규보)은 「독락원獨樂園」에서 이렇게 읊었다.

차가운 샘물을	一泉寒水呼隣汲 ●○○●○○○
이웃에게 길어가라 하고*	1 2 3 4 6 5 7　일천한수호린급
	|한| 샘| 찬| 물을| 불러| 이웃| 길게 하고|
평상 가득한 맑은 바람도	滿榻淸風共客分 ●●○○○●○
나그네와 나누지만	2 1 3 4 6 5 7　만탑청풍공객분
	|찬| 평상| 맑은| 바람| 함께| 객과| 나누지만|
오직 이 훌륭한 동산의	唯有名園靜中樂 ○●○○●◐◐
고요할 때 즐거움은	1 7 2 3 4 5 6　유유명원정중락
	|오직| 있는데| 좋은| 동산| 고요| 속| 즐거움|
여태껏 함부로	不曾容易使人聞 ●○○●●○◎8)
남에게 알리지 않았어라	7 1 2 2 5 4 6　불증용이사인문
	|않았다| 일찍| 쉽게| 시켜| 남을| 듣게 하지|

원주* 【동산에 있는 우물을 이웃이 길어가게 놓아두었다.】

김 한림(김극기)은 「청취헌淸聚軒」에서 이렇게 읊었다.

산마루에 날리는 저 폭포도	下嶺飛泉尙有情 ●●○○○●◎
오히려 정이 있어	2 1 3 4 5 7 6　하령비천상유정
	|지는| 고개서| 나는| 샘물도| 외려| 있어| 정|
숲 뚫고 못에 지면서	穿林落沼響泠泠 ○○●●●○◎
청량한 소리로 울린다네9)	2 1 4 3 6 6　천림락소향령령
	|뚫고| 숲| 지면서| 못에| 소리| 영령하다|
분별심 없이	若觀一性無分別 ●○●●○○●
물성이 같음을 본다면	1 4 2 3 7 5 5　약관일성무분별
	|만약| 보아| 한| 성질로| 없다면| 분별함|

---

8) □평기측수 구식을 사용하였다. 상평성 '문文' 운에 맞추어 '分, 聞'으로 압운하였다.
9) 영령泠泠은 물이나 바람 따위가 맑고 시원하게 울리는 소리를 형용한 것이다.

작은 연못 물결도[10]
사해 바다[12]와 다름없어라

尋丈波瀾卽四溟 ○●○○●●◎[11]
1 2 3 3 5 6 7 심장파란즉사명
|팔 척과|한 길|물결도|곧|사해|바다다|

이 학사는 기묘한 말과 뜻을 전부『남화편(장자)』에서 인용하였고, 문순공은 스스로 신취新趣를 만들어내었다. 김 한림은 부도浮屠의 말을 사용하였다.

"소자첨(소식)은 비록 언사言辭가 호한浩瀚하여 넉넉한 뜻이 있으나, 부도의 말에 가깝다."

옛사람이 이렇게 말했으나, 이는 풍소風騷(시) 작품을 평론한 말은 아니었다. 문열공의「새끼 고양이」는 혜소사에게 화답한 시이고, 김 한림의「청취헌」은 절간에 적어놓은 시이다. 부도의 말을 사용하는 것도 당연하다. 그러나 다른 경우에는 시에서 이런 천이淺異한 말을 쓰지 않는 것이 마땅하다.

┘ 李學士「逍遙園」云"接輿當日謔肩吾, 綽約神人在邈姑. 唯有神高汾水側, 杳然親見雪肌膚."文順公「獨樂園」云"一泉寒水呼隣汲,【園中井, 縱隣里汲.】滿榻淸風共客分. 唯有名園靜中樂, 不曾容易使人聞."金翰林「淸聚軒」云"下嶺飛泉尙有情, 穿林落沼響泠泠. 若觀

---

10) 심장尋丈은 8척에서 10척 사이의 길이이다. 심尋은 8척이고 장丈은 10척이다. 폭포 아래에 형성된 작은 못을 이른다.
11) □측기평수 구식을 사용하였다. 하평성 '경庚' 운과 통운에 해당하는 '청靑' 운에 맞추어 각각 '情'과 '泠, 溟'으로 압운하였다.
12) 사명四溟은 사해四海를 이른다.

一性無分別, 尋丈波瀾即四溟." 李學士奇辭妙意, 全用『南華篇』, 文順公出自新趣, 金翰林使浮屠語. 古人云"蘇子瞻, 雖言辭浩瀚有餘意, 近於浮屠", 非謂風騷之作. 若文烈公「猫兒」詩, 是答慧素師, 金翰林「清軒」詩, 是題僧舍, 宜以浮屠言之也. 其他作不應淺異. ⌐

중11. 국화꽃을 읊은 네 시인의 시

"쇠잔한 떨기에 여전히 꽃을 사랑한 벌이 남았어라"

문열공(김부식)은 「국화菊花」에서 이렇게 읊었다.

하룻밤 가을바람에	一夜秋風萬樹空 ●●○○○●◎
	1 2 3 3 5 6 7 일야추풍만수공
만 그루 나무가 앙상한데	하루 밤 추풍에 만 그루 나무 텅 비었는데
국화 두세 떨기가	菊花纔發兩三叢 ○○○●●○◎
	1 1 3 7 4 5 6 국화재발량삼총
겨우 피었네	국화가 겨우 피었다 두 세 떨기
무정한 번소가	樊素無情逐春去 ○●○○●○●
	1 1 4 3 6 5 7 번소무정축춘거
봄과 함께 떠났어도1)	번소는 없이 정이 좇아 봄을 떠나고
소동파 곁을 홀로 지킨	朝雲獨自伴蘇公 ○○●●●○◎2)
	1 1 3 4 7 5 5 조운독자반소공
조운 같아라3)	조운이 홀로 스스로 짝했다 소공을

문순공(이규보)은 이렇게 읊었다.

봄 신4)이 꽃을 맡아	靑帝司花翦刻多 ○●○○○●◎
	1 1 4 3 5 6 7 청제사화전각다
재단하여 피운 꽃이 많은데	봄 신 맡아 꽃을 자르고 깎음 많은데

---

1) 번소樊素는 당나라 백거이의 여인이다. 백거이가 말년에 떠나보냈다.
2) □측기평수 구식을 사용하였다. 상평성 '동東' 운에 맞추어 '空, 叢, 公'으로 압운하였다.
3) 조운朝雲은 송나라 소식의 여인이다. 소식이 세상을 떠날 때까지 곁을 지켰다고 한다.
4) 청제靑帝는 봄을 담당하는 동방東方의 신이다. 창제蒼帝, 목제木帝 등으로 불린다.

가을 신[5]도 어찌하여
꽃을 맡았나?
가을바람[6] 하루하루
쓸쓸히 부는데[7]
온화한 양기 끌어모아
고운 꽃 피웠어라

何如白帝又司花　○○●●●○○
　1　1　3　3　5　7　6　하여백제우사화
|어찌하여|가을 신이|또|맡았나|꽃|

金風日日吹蕭瑟　○○●●○○●
　1　1　3　3　7　5　5　금풍일일취소슬
|가을바람|날마다|부는데|소슬하게|

把底陽和放艶葩　●●○○●●◎[8]
　3　3　1　2　7　5　6　파저양화방염파
|끌어당겨|양의|온기|피운다|고운|꽃|

김 한림(김극기)은 이렇게 읊었다.

안타깝게 봄바람 불기 전에
꽃을 피운지라
찬 이슬 찬 서리에
고운 얼굴 상하였어라
늦은 계절 그 마음을
누가 홀로 알까?
쇠잔한 떨기에 여전히
꽃을 사랑한 벌이 남았어라

芬敷恨不及春風　○○●●●○◎
　1　2　7　6　5　3　3　분부한불급춘풍
|향기|발함이|한하니|못해|미치지|춘풍에|

露冷霜凄慘玉容　●●○○●●○
　1　2　3　4　5　7　6　로랭상처참옥용
|이슬|차고|서리|차서|상했다|옥|얼굴|

歲晚芳心誰獨識　●●○○●●●
　1　2　3　4　5　6　7　세만방심수독식
|해|늦을 때|꽃|마음|누가|홀로|알까|

殘叢尙有愛花蜂　○○●●●◎[9]
　1　2　3　7　5　4　6　잔총상유애화봉
|시든|떨기에|아직|있다|아끼는|꽃|벌|

---

5) 백제白帝는 가을을 담당하는 서방西方의 신이다.
6) 금풍金風은 서쪽에서 불어오는 가을바람이다. 오행에서 금金은 서방과 가을을 상징한다.
7) 소슬蕭瑟은 수목에 바람 불어 쓸쓸히 부딪는 소리나, 가을에 나뭇잎 따위가 시들어 떨어지는 모양을 이른다. 송옥宋玉 「구변九辯」, "슬프다, 가을 기운이여. 소슬하구나, 초목이 흔들려 떨어지고 쇠락함이여.[悲哉, 秋之爲氣也. 蕭瑟兮, 草木搖落而變衰.]"
8) □측기평수 구식을 사용하였다. 하평성 '가歌' 운과 통운에 해당하는 하평성 '마麻' 운에 맞추어 각각 '多'와 '花, 葩'로 압운하였다.
9) □평기평수 구식을 사용하였다. 상평성 '동東' 운과 통운에 해당하는 상평성 '동冬' 운에 맞추어 각각 '風'과 '容, 蜂'으로 압운하였다.

이 학사(이인로)는 「중양절 이후[重九後]」에서 이렇게 읊었다.

시든 꽃이라고
세월10)을 원망하지 말게나
한 줌 가을 향은
오래도록 남을 것이네11)
사람 마음도
수시로 변치 않거늘
용양은 먼저 낚인 물고기라며
어찌 괴롭게 울었던가?13)

莫將殘艶怨居諸　●○○●●○◎
7 3 1 2 6 4 4　막장잔염원거저
|말라|가지고|시든|꽃|원망하지|세월|

一掬秋香久尙餘　●●○○○●◎
1 2 3 4 5 6 7　일국추향구상여
|한|움큼|가을|향|오래|외려|남는다|

人意不隨時自變　○●●○○●●
1 2 7 4 3 5 6　인의불수시자변
|사람|뜻도|않는데|따라|때|절로|변치|

龍陽何苦泣前魚　○○○●●○◎12)
1 1 3 4 7 5 6　룡양하고읍전어
|용양은|어찌|괴롭게|울었나|앞|물고기라|

예나 지금이나 미녀로 꽃을 비유하는 경우가 많다. 문열공도 미인
고사를 사용하였다. 다만 그 뜻은 정당精當하게 되었으나, 고사 속 사
연은 결국 추구芻狗처럼 버려지고 말았다.14) 미수도 용양군 고사를 사
용하였다. 이는 시인들이 말하는 '뜻밖의 비유[意外之喩]'이다. 가장 경

---

10) 거저居諸는 일거월저日居月諸이다. 세월을 뜻한다. 『시경 백주柏舟』, "해여 달이여,
　어찌 바뀌어 이지러지는가?[日居月諸, 胡迭而微.]"
11) 국화는 꽃이 시들어도 지지 않고 향기를 오래 품고 있음을 말한 것이다.
12) ㅁ평기평수 구식을 사용하였다. 상평성 '어魚' 운에 맞추어 '諸, 餘, 魚'로 압운하
　였다.
13) 용양龍陽은 전국 시대에 위나라 왕이 사랑하던 남자 용양군龍陽君을 이른다. 한번
　은 왕과 함께 배를 타고 낚시하던 용양군이 갑자기 눈물을 흘렸다. 처음에 물고
　기를 낚아 좋아했으나, 더 큰 물고기를 낚자 앞의 물고기가 작아 보였다. 자신
　도 처지가 다르지 않음을 깨닫고 슬퍼진 것이었다. 『전국책 위책魏策』.
14) 추구芻狗는 제사에 쓰려고 풀을 엮어서 만든 개 모형이다. 소중히 다루다가 제사
　가 끝나면 함부로 버리거나 불에 태운다. 『장자 천운天運』, "추구를 진설하기 전
　까지 대나무 상자에 담아 화려한 비단으로 감싼다. 시축尸祝이 몸을 재계하고 이
　를 받들어 진설한다. 진설을 마친 뒤에는 길 가는 자가 그 머리와 등줄기를 발
　로 밟기도 하고, 풀 베는 자가 주워다가 밥 짓는 불에 태우기도 한다."

구警句에 해당하는 것이다.

미수는 또 「앵무새를 읊다[賦鸚鵡]」에서 이렇게 읊었다.

말이 공교할수록 　語言愈巧身愈困 　●○●●○●
　　　　　　　　　　　1 1 　3 4 5 6 7 　어언유교신유곤
　　　　　　　　　　|언어|더|공교하면|몸|더|곤란하니|

몸은 더 곤란해지는지라

한비자도 유세로 곤경에 빠져 　須信韓非死說難 　○●○○●●○
　　　　　　　　　　　1 7 2 2 6 4 5 　수신한비사세난
　　　　　　　　　　|응당|믿는다|한비가|죽었음을|유세|곤란에|

죽었음을 알아야 하네[15]

미수의 수법은 모두 이와 유사하다.

김 한림 시에는 풍인風人(시인)[16]이 자기 처지를 빗대어 읊는 뜻이 들
어 있다. 읽으면 처연한 느낌이 든다. 문순공은 고사를 사용하지 않고
비유도 취하지 않았다. 곧장 하늘 마음을 꿰뚫어서 읊어내었을 뿐이다.

文烈公「菊花」云"一夜秋風萬樹空, 菊花纔發兩三叢. 樊素無情逐春
去, 朝雲獨自伴蘇公."文順公云"靑帝司花翦刻多, 何如白帝又司花?
金風日日吹蕭瑟, 把底陽和放艶葩."金翰林云"芬敷恨不及春風, 露
冷霜凄慘玉容. 歲晚芳心誰獨識, 殘叢尙有愛花蜂."李學士「重九後」
云"莫將殘艶怨居諸, 一掬秋香久尙餘. 人意不隨時自變, 龍陽何苦
泣前魚."古今多以美女比花. 文烈用美人事, 意雖精當, 事則蒭狗. 眉
叟用龍陽事, 此詩家意外之喩最警. 又「賦鸚鵡」云"語言愈巧身愈困,
須信韓非死說難."皆類此. 金詩有風人自寓之意, 讀之悽然有感. 文
順公不用事不取比, 直穿天心而已.

15) 한비자가 진시황에게 유세하여 마음을 얻었으나, 결국 이사李斯의 모함으로 목
　　숨을 잃었다. 『사기 한비전韓非傳』.
16) 풍인風人은 『시경』 국풍國風의 시인들처럼, 자기 삶과 애환을 진솔하게 노래한 고
　　대 민간 시인들을 이른다.

"맑은 향기에 꽃인 줄을 알았어라"

이 학사(이인로)는 「매화梅花」에서 이렇게 읊었다.

봄 신이 애정 쏟아
옥으로 꽃을 만들어내니
정말로 흰옷 입은
서시¹⁾ 같아라²⁾
술 취한 패릉위의³⁾
혼미한 눈을 몇 번이나 속여⁴⁾
숲속에 흰 소매 걸렸다고
착각하게 만드네⁶⁾

青帝含情玉作花 ⊙●○○●●◎
　1　1　4　3　5　7　6　　청제함정옥작화
|봄 신이|품어|정|옥으로|만드니|꽃|

素衣眞箇在施家 ●○⊙●●○◎
　1　2　3　4　7　5　5　　소의진개재시가
|흰 옷이|진짜|한 명|있는 자 같다|시가에|

幾敎醉尉昏昏眼 ●○○●●○●
　1　7　2　3　4　4　6　　기교취위혼혼안
|몇 번|시켜|취한|교위|어두운|눈을|

錯認林中縞袂斜 ●●○○●●◎⁵⁾
　6　6　1　2　3　4　5　　착인림중호메사
|착각 시킨다|숲|속에|흰|소매|걸렸다고|

---

1) 시가施家는 월나라 미녀 서시西施의 집을 이른다. 성이 시施이고, 마을 서쪽에 살아 서시西施로 불린다.
2) 매화의 연분홍 꽃잎을 옥에 빗대고 다시 흰옷에 빗대었다. 흰옷을 입은 듯한 매화가 서시와 같다고 말한 것이다.
3) 패릉霸陵은 한나라 문제의 능이다. 능이 있는 곳에 패릉현을 설치하고 현위에게 능을 지키게 하였다.
4) 한나라 장군 이광李廣이 죄를 얻어 물러났을 때 술을 마시고 귀가하는 길이었다. 술 취한 패릉위가 길을 막았다. "옛날 이 장군이시다.""지금 장군도 밤에 다닐 수 없는데, 옛 장군은 어떻겠는가?" 끝내 보내주지 않아 패릉정 밑에서 밤을 보내고 말았다. 욕을 보인 패릉위는 훗날 이광에게 죽임을 당하였다. 『사기 이장군전李將軍傳』.
5) ☐측기평수 구식을 사용하였다. 하평성 '마麻' 운에 맞추어 '花, 家, 斜'로 압운하였다.
6) 패릉위가 이광을 알아보지 못한 것처럼, 매화꽃을 흰 소맷자락인 줄로 착각했다는 말이다. 소식, 「봉의 양공제의 매화 시에 차운하다[次韻楊公濟奉議梅花]」, "달빛

287

황조皇祖(할아버지 최윤인)[7]는 「김 추밀의 옥매 시에 화답하다[和金樞密玉梅]」에서 이렇게 읊었다.[8]

고야산 신선처럼 얼음 살갗에
눈옷 입었고[9]
향기로운 입술에는
옥구슬 새벽이슬 머금었네[10]
속세의 붉은 봄꽃에
물들까 꺼려서
학을 타고 요대로
날아가려 함이리라[12]

姑射氷膚雪作衣 ○●○○●●○
1 1 3 4 5 7 6　고야빙부설작의
고야처럼 얼음 피부에 눈으로 짓고 옷

香脣曉露吸珠璣 ○○●●●○○
1 2 3 4 7 5 5　향진효로흡주기
향 입술에 새벽 이슬 머금었다 옥구슬

應嫌俗藥春紅染 ○○●●●○○
1 7 2 3 4 5 6　응혐속예춘홍염
응당 꺼려 세속 꽃술 봄에 붉게 물듦

欲向瑤臺駕鶴飛 ●●○○●●○[11]
7 3 1 1 5 4 6　욕향요대가학비
싶어한다 향해 요대 타고 학을 날아가고

문순공文順公은 「배꽃[梨花]」에서 이렇게 읊었다.

어두운 숲속에 흰 소맷자락인가 하여, 술 취한 패릉위처럼 누구냐고 잘못 물어
보네.[月黑林間逢縞袂, 霸陵醉尉誤誰何.]"

7) 황조皇祖는 돌아가신 자기 조부를 일컫는 칭호이다. 최자의 조부는 최윤인崔允仁
(1112~1161)이다. 최윤인은 평장사 최사제崔思齊의 손자이고, 예부 상서 최약崔瀹의
아들이다. 전중내급사殿中內給事에 올랐다.

8) 『동문선』(권20)에 「매화梅花」라는 제목으로 실려있다. 작자가 이인로李仁老로 되어
있다.

9) 매화를 막고야산 신선에 빗대었다. 신선의 피부는 빙설氷雪 같고 처자처럼 곱다
고 한다. 얼음 살갗[氷膚]과 눈옷[雪衣]은 차가운 매화의 흰 꽃잎을 이른다. 『장자
소요유逍遙遊』.

10) 향기로운 입술[香脣]은 매화 꽃잎을 이른다. 매화 꽃잎에 이슬이 앉아 옥구슬을
머금은 듯하다는 것이다.

11) □측기평수 구식을 사용하였다. 상평성 '미微' 운에 맞추어 '衣, 璣, 飛'로 압운하
였다.

12) 봄꽃이 만개하기 전에 먼저 핀 옥매화를 신선에 빗대었다. 봄에 피는 속된 꽃들
이 붉게 물들일까 걱정하여, 서둘러 학을 타고 날아올라서 신선이 사는 요대瑤
臺에 오르려고 움직거리고 있는 듯하다는 것이다.

처음엔 가지 위에
눈꽃이 피었나 하다가
맑은 향기에
꽃인 줄을 알았어라
푸른 나무로 꽃잎 질 땐
금방 보이더니
흰 모래에 떨어져 섞이니
구별하기 어려워라

初疑枝上雪黏華 ○○○●●○○
1 7 2 3 4 6 5 　초의지상설점화
처음 | 의심하다가 | 가지 | 위에 | 눈이 | 맺었나 | 꽃을

爲有淸香認是花 ●●○○●●○
4 3 1 2 7 6 5 　위유청향인시화
때문에 | 있기 | 맑은 | 향기 | 안다 | 임을 | 꽃

飛來易見穿靑樹 ○○●●○○●
1 2 7 6 5 3 4 　비래이견천청수
날아 | 옴에 | 쉽더니 | 보기 | 지나 | 푸른 | 나무

落去難知混白沙 ●●○○●●○13)
1 2 7 6 5 3 4 　락거난지혼백사
떨어져 | 감에 | 힘들다 | 알기 | 섞여 | 흰 | 모래에

김 한림(김극기)은 「오얏꽃[李花]」에서 이렇게 읊었다.

찬 바람 청량한 비가
마른 뿌리 적셔
한 그루 미친 꽃14)
봄에 홀로 피었으니
취굴서 풍기는 신묘한 향을
어쩌지 못해15)
환생한 이씨 부인을16)
한나라 궁에서 재회한 듯하네

悽風冷雨濕枯根 ○○●●●○○
1 2 3 4 7 5 6 　처풍랭우습고근
찬 | 바람 | 찬 | 비가 | 적셔 | 마른 | 뿌리를

一樹狂花獨放春 ●●○○●●○
1 2 3 4 5 6 7 　일수광화독방춘
한 | 나무 | 미친 | 꽃 | 홀로 | 발한다 | 봄빛

無奈異香來聚窟 ○●●○○●●
7 6 1 2 3 3 　무내이향래취굴
못하니 | 어찌 | 기이한 | 향 | 풍김 | 취굴서

漢宮重見李夫人 ●○○●●○17)
1 2 3 7 4 4 4 　한궁중견이부인
한 | 궁에서 | 다시 | 본 듯하다 | 이씨 부인을

---

13) □평기평수 구식을 사용하였다. 하평성 '마麻' 운에 맞추어 '華, 花, 沙'로 압운하
　　였다.
14) 광화狂花는 때에 맞지 않게 피었거나, 무성하게 핀 꽃을 이른다.
15) 취굴聚窟은 신선이 사는 취굴주聚窟洲이다. 이곳에 반혼수返魂樹가 있어 수백 리
　　밖에 향을 풍긴다. 그 향을 맡으면 죽은 것이 되살아난다고 한다. 『태평어람 십
　　주기十洲記』.
16) 이부인李夫人은 한나라 이연년李延年의 누이이다. 무제武帝의 총애를 받았다. 부인
　　이 세상을 떠나 무제가 실의에 빠졌을 때, 술사가 반혼향反魂香으로 부인 혼을 불

학사 이미수李眉叟는 「오얏꽃[李花]」에서 이렇게 읊었다.

옥 사슴을
구름 수레에 멍에 매어[18]

曾將玉鹿駕雲車　○○●●○◎
1　4　2　3　7　5　6　증장옥록가운거
|일찍|끌어|옥|사슴|멍에 매|구름|수레에|

하늘 궁전에 오른 지
십팔여 년에[19]

入處瓊宮十八餘　●●○○●◎
3　4　1　2　5　6　7　입처경궁십팔여
|들어가|머물기|옥|궁전|십|팔|여 년|

오얏나무 아래서 태어나
성씨로 삼았다는데[20]

樹下初生因作姓　●●○○○●●
1　2　3　4　7　6　수하초생인작성
|나무|아래|처음|나서|인해|삼으니|성으로|

신선 이씨가
이로부터 번창했어라[22]

從玆仙李便扶疎　○○○●●○◎[21]
2　1　3　4　5　6　6　종자선리변부소
|부터|이때|신선|이씨가|곧|번창했다|

매화꽃[梅花]을 읊은 두 수는 용사를 비록 다르게 했지만, 모두 색을 가지고 말하였다. 오얏꽃[李花]을 읊은 두 수는 용사의 깊이가 서로 달라서 그 우열이 저절로 나뉜다. 미수는 단지 오얏나무를 말했을 뿐

러냈다고 한다. 『한서 효무이부인전孝武李夫人傳』.
17) □평기평수 구식을 사용하였다. 상평성 '원元' 운과 통운에 해당하는 '진眞' 운에 맞추어 각각 '根'과 '春, 人'으로 압운하였다.
18) 운거雲車는 신선이 타는 수레다. 신선이 구름을 수레처럼 타므로 이렇게 이른다.
19) 경궁瓊宮은 옥 장식하여 옥황상제가 머무는 하늘 궁궐이다. 십팔十八은 이李이다. 이李를 파자하면 십팔자十八子가 된다.
20) 노자의 어머니가 오얏나무[李] 아래에서 노자를 낳아 이李를 성으로 삼았다고 한다. 『신선전 노자老子』.
21) □평기평수 구식을 사용하였다. 상평성 '어魚' 운에 맞추어 '車, 餘, 疎로 압운하였다.
22) 선리仙李는 이씨를 높여 부른 말이다. 당나라 왕족인 농서 이씨가 스스로 노자 자손이라고 하면서, 노자를 태상현원황제太上玄元皇帝에 봉하고 이씨를 선리仙李로 일컬었다. 『사기 노자전老子傳』.

그 꽃을 말하지 않았다. 용사가 비록 심오하지만, 어찌 정교하다고 하겠는가? 문순공은 대체로 용사를 좋아하지 않았다. 신의新意를 숭상했을 뿐이다.

李學士「梅花」云 "靑帝含情玉作花, 素衣眞箇在施家. 幾敎醉尉昏昏眼, 錯認林中縞袂斜." 皇祖「和金樞密玉梅」云 "姑射氷膚雪作衣, 香脣曉露吸珠璣. 應嫌俗藥春紅染, 欲向瑤臺駕鶴飛." 文順公「梨花」云 "初疑枝上雪黏華, 爲有淸香認是花. 飛來易見穿靑樹, 落去難知混白沙." 金翰林「李花」云 "悽風冷雨濕枯根, 一樹狂花獨放春. 無奈異香來聚窟, 漢宮重見李夫人." 李學士眉叟「李花」云 "曾將玉鹿駕雲車, 入處瓊宮十八餘. 樹下初生因作姓, 從玆仙李便扶疎." 梅花二首, 用事雖異, 皆取色言. 李花兩首, 用事有深淺, 優劣自分. 眉叟但言李不言花, 雖用事深, 何工? 文順公率不好用事, 蓋尙新意耳.

중**13.** 재상 기운을 품은 이규보의 시와 맑고 원숙한 김극기의 시

"해 저물어 세찬 바람 나무 끝에 불어"

송나라 하영공(하송)[1]이 아직 한미하던 시절에 문숙공(성도)[2]을 찾아가 인사하였다. 그때 문숙공이 이렇게 말했다.

"그대 문장에 대각臺閣의 기운이 있네. 훗날에 반드시 높은 지위에 오를 것이네."[3]

과연 그 말처럼 되었다.

문순공(이규보)이 완산(전주) 막부의 참군參軍이 되었을 때다.[4] 안렴사에게 부절(신표)을 받아 들고 변산에 가서 작목사斫木使 업무를 수행하였다. 그때 절구로 이렇게 읊었다.[5]

방어군[6]을 이끄는 권세는
자랑할 영광이나
작목사로 불림은
부끄럽게 여길 만하네

權在擁軍榮可詫	○●●○○●● 권재옹군영가타
1 4 2 2 5 7 6	
권세	있어	옹군에	영광	만하나	자랑할

官呼斫木辱堪知	○○○●●○◎ 관호작목욕감지
1 4 2 2 5 7 6	
관직	불려	작목으로	욕됨을	만하다	알

---

1) 하영공夏英公은 북송 하송夏竦(985~1051)을 이른다. 영공英公은 그의 별칭이다.
2) 문숙공文肅公은 북송 성도盛度(968~1041)의 시호이다.
3) 송나라 오처후吳處厚의 『청상잡기靑箱雜記』(권5)에 같은 내용이 보인다.
4) 이규보는 신종 2년(1199)에 전주 사록全州司錄이 되어 2년을 보냈다. 1199년 말에 명을 받아 변산에서 궁실 재목을 벌목하는 일을 감독하였다. 사록은 참군參軍을 겸직하기도 한다. 이규보, 「남행월일기南行月日記」.
5) 이규보의 『동국이상국집』에 「12월 어느 날에 작목의 일로 처음 부령군 변산에 가면서 말 위에서 짓다[十二月日因斫木初指扶寧郡邊山馬上作]」라는 제목의 칠언절구 두 수가 실려있다. 3구 '眞'이 '稱'으로 되어있다.
6) 옹군擁軍은 지역을 방어하는 군대이다.

변산은 예부터
물산이 정말 풍부한 곳⁷⁾

좋은 목재 잘 골라서
용마루 서까래로 쓰게 하리라⁹⁾

邊山自古眞天府　○○●●○○○
1 1 4 3 5 6 6　변산자고진천부
|변산은 | 부터 | 예 | 진실로 | 천부이니 |

好揀長材備棟榱　●●○○○●◎⁸⁾
3 4 1 2 7 5 6　호간장재비동최
|잘 | 가려 | 좋은 | 재목 | 갖춘다 | 용마루 | 서까래 |

또 이렇게 읊었다.¹⁰⁾

찬 새벽 빈 누각에
맑은 바람 소리 들려오고

갠 저녁 높은 하늘에
먹구름 걷힐 때

문밖 여러 사람은
손가락 끊어질 듯 추운데

나는 외려 부끄럽게
따뜻한 비단 감싸고 있어라

曉寒虛閣生淸籟　●○○○○○●
1 2 3 4 5 6 7　효한허각생청뢰
|새벽 | 추운 | 빈 | 누각에 | 나고 | 맑은 | 소리 |

夕霽長天卷駁雲　●●○○○●◎
1 2 3 4 5 6 7　석제장천권박운
|저녁 | 갠 | 높은 | 하늘 | 걷힌다 | 얼룩 | 구름 |

門外幾人皆墮指　○●●○○○●
1 2 3 4 5 7 6　문외기인개타지
|문 | 밖 | 몇 | 사람 | 모두 | 떨어지니 | 손가락 |

媿子猶擁綺羅熏　●○○●●○◎¹¹⁾
7 1 2 4 5 3 6　괴여유옹기라훈
|부끄럽다 | 난 | 외려 | 감싸 | 비단 | 따뜻함 |

또 친구 시의 운에 맞추어 이렇게 읊었다.¹²⁾

---

7) 천부天府는 토지가 비옥하고 물산이 풍부한 지역을 일컫는다.
8) □측기측수 구식을 사용하였다. 상평성 '지支' 운에 맞추어 '知, 榱'로 압운하였다.
9) 훌륭한 국가 인재를 선발하는 재상 역할을, 좋은 용마루와 서까래 재목을 고르
　는 일에 견주어 말한 것이다.
10) 이규보의 『동국이상국집』에 「정월 19일에 다시 부령군에 이르러 짓다[正月十九日
　復到扶寧郡有作]라는 제목으로 실려있다. 칠언율시 중 경련과 미련을 인용한 것이
　다. 마지막 구 '媿'와 '熏'이 '愧'와 '薰'으로 되어 있다.
11) □평기측수 구식을 사용하였다. 상평성 '문文' 운에 맞추어 '雲, 熏'으로 압운
　하였다.
12) 이규보의 『동국이상국집』에 「친구가 화답하여 다시 차운하여 짓다[友人見和復次韻]」
　라는 제목으로 실려있다.

한글	한문	성조
문자 일에 힘쓸 뿐	努力事文字 1 1 5 3 3　노력사문자 |노력하여|일삼고|문자를|	●●●○○
벼슬 낮다고 싫어하진 말아야지	休嫌秩未高 5 4 1 3 2　휴혐질미고 |말라|혐의하지|관등이|않다고|높지|	○○●●◎
응당 알아야 하네 삼족정 주조함도13)	須知三足鼎 1 5 2 3 4　수지삼족정 |모름지기|알아야 한다|세|발|솥도|	○○○●●
작은 쇠로부터 시작함을	鑄自一錐毫 1 5 2 3 4　주자일추호 |주조를|부터 함을|한|송곳|터럭 크기|	●●●○◎14)

공이 품은 재상의 기운이 이 세 수의 시에 일찌감치 드러나 있었다. 내가 우연히 김 한림(김극기)의 시집 첫째 권을 얻어서 읽어보았다. 그 첫머리에 궁사宮詞15) 여덟 수가 실려 있었다. 모두 옛사람이 이미 진술한 뜻을 말하였고 사용한 사어辭語도 얕고 옹색한[淺局] 것이어서, 혼자 속으로 얕잡아 보는 생각이 들었다. 그런데 차츰 두세 폭을 넘김에 이르러 「취시가醉時歌」16)와 「하양산장에서 험운으로 옛정을 읊다[河陽山莊用劇韻敍舊]」 등의 장편이 나왔는데, 사용한 말과 뜻[辭意]이 맑고 환하였다[淸曠]. 나중에 다시 8, 9권도 읽어보았다. 맑은 사어辭語가 호한浩汗하여 아무리 퍼내어도 마르지 않을 듯이 풍부하였다. 진실로 부섬富贍한 재주가 있는 것이었다.

---

13) 삼족정三足鼎은 국가 의식에 쓰는 세 발 달린 큰 솥이다. 국정을 맡는 재상 세 명을 빗대었다.

14) □측기측수 구식을 사용하였다. 하평성 '호豪' 운에 맞추어 '高, 毫'로 압운하였다.

15) 궁사宮詞는 당나라 왕건王建이 창작한 「궁사宮詞」 100수에서 시작된 시체다. 궁정 속 궁녀 생활과 정회를 제재로 삼는다. 대개 칠언절구로 창작한다.

16) 『동문선』에 「취시가醉時歌」라는 제목으로 실려있다.

그렇지 않았다면, 진 보궐(진화)이 「한림을 추억하다[憶翰林]」에서 어찌 아래처럼 읊을 수 있었겠는가?

궁벽한 시골에 누워 시 읊으니	吟詩臥窮巷 ○○●●● 2 1 5 3 4 음시와궁항 |읊으며|시|누우니|궁벽한|골목에|
청량한 기상이 지붕 뚫고서 떠올라	爽氣透屋浮 ●●●●◎ 1 2 4 3 5 상기투옥부 |청량한|기상|뚫고|지붕을|떠올라|
하늘 위에서 이슬로 맺히고	上天結爲露 ●○●●● 2 1 3 5 4 상천결위로 |올라가|하늘로|맺혀|되고|이슬이|
흩어져 인간 세상 가을이 되었어라	散作人間秋 ●●●●◎[17] 1 5 2 2 4 산작인간추 |흩어져|된다|인간 세상의|가을이|

한림은 「도중에 즉사로 짓다[途中卽事]」에서 이렇게 읊었다.[18]

산길 푸른 이끼에 말은 걸음이 더디고	一徑靑笞澁馬蹄 ●●○○●●◎ 1 2 3 4 7 5 6 일경청태삽마제 |한|길|푸른|이끼|더디게 하고|말|발굽|
울다 말다 매미 소리 따라 길이 오르내리는데	蟬聲斷續路高低 ○○●●●○◎ 1 2 3 4 5 6 7 선성단속로고저 |매미|소리|끊고|이음|길|높고|낮다|
벽촌 아낙이 외려 생각이 많아선지	窮村婦女猶多思 ○○●●○○● 1 2 3 3 5 7 6 궁촌부녀유다사 |궁벽한|시골|부녀|외려|많아|생각이|

---

17) □평기측수 구식을 사용하였다. 하평성 '우尤' 운에 맞추어 '浮, 秋'로 압운하였다.

18) 『동문선』에 「도중에 즉사로 짓다途中卽事」라는 제목으로 실려있다. 1구 삽澁이 습濕으로 되어있다.

웃으며 가시나무 비녀[19] 고치고
버들 시내에 비춰보네

笑整荊釵照柳溪 ●●○○○●●○[20]
1 4 2 2 7 5 6   소정형차조류계
| 웃으며 | 정돈해 | 형차 | 비춘다 | 버들 | 시내에 |

「고기잡이 노인[漁翁]」에서는 이렇게 읊었다.[21]

조화옹이 오히려
어부에게 너그럽지 않아서

天翁尚不貰漁翁 ○○●●●○○
1 1 3 7 6 4 4   천옹상불세어옹
| 천옹이 | 외려 | 않아 | 용서하지 | 어옹을 |

일부러 강호 순풍을
적게 했어라

故遣江湖少順風 ●●○○○●○
1 4 2 2 7 5 5   고견강호소순풍
| 일부러 | 시켜 | 강호 | 적게 했다 | 순풍을 |

속세가 험하다고
어부야 비웃지 마시게

人世險巇君莫笑 ○●●○○●
1 1 3 3 5 7 6   인세험희군막소
| 세상 | 험준하다고 | 그대 | 말라 | 비웃지 |

그대도 아직
급류 속에 있으니

自家猶在急流中 ○○○●●○[22]
1 1 3 7 4 4 6   자가유재급류중
| 자신이 | 아직도 | 있다 | 급류 | 속에 |

「새벽에 일어나다[晨興]」에서는 이렇게 읊었다.[23]

하루 내내 「촉도난」[24]을
길게 되뇌다가

竟日長吟蜀道難 ●●○○●●○
1 1 3 7 4 4 4   경일장음촉도난
| 종일 | 길게 | 읊다가 | 촉도난을 |

---

19) 형차荊釵는 빈한한 백성들이 평소에 사용하는 가시나무로 만든 비녀를 이른다.
20) ㅁ측기평수 구식을 사용하였다. 상평성 '제齊' 운에 맞추어 '蹄, 低, 溪'로 압운하였다.
21) 『동문선』에 「고기잡이 노인漁翁」이라는 제목으로 실려있다. 1구 '不'이 '未'로, 4구 '猶'가 '還'으로 되어있다.
22) ㅁ평기평수 구식을 사용하였다. 상평성 '동東' 운에 맞추어 '翁, 風, 中'으로 압운하였다.
23) 『동문선』에 「동선역에서 새벽에 일어나다[洞仙驛晨興]」라는 제목으로 실려있다. 2구 '始'는 '姑'로, 4구 '崎嶇'는 '殷勤'으로 되어있다.
24) 「촉도난蜀道難」은 촉으로 가는 험난한 길을 노래한 이백의 악부시이다. 시인이 힘

잠자리에 눕고야　　　橫眠始得一身閑　○○●●○◎
일신이 한가함을 얻었어라　1 2 3 7 4 4 6 　횡면시득일신한
　　　　　　　　　　　|누워|잠들어|겨우|얻는다|일신의|틈|

베개 위 다정한 나비가　　却嫌枕上多情蝶　●○●●○○●
문득 의심되니　　　　　1 7 2 3 4 4 6 　각혐침상다정접
　　　　　　　　　　　|문득|의심하니|베개|위|다정한|나비|

구불구불 천 리 멀리　　千里崎嶇訪故山　Ŏ●○○●●◎ 25)
고향 산을 찾아가려는가?26)　1 2 3 3 7 5 6 　천리기구방고산
　　　　　　　　　　　|천|리|구불구불|찾아가려나|고향|산|

「동교에서 비를 만나다[東郊値雨]」에서는 이렇게 읊었다. 27)

갠 하늘에 가득　　　　黃塵漠漠漲晴旻　○○●●○◎
누런 먼지가 뿌옇게 끼니　1 2 3 3 7 5 6 　황진막막창청민
　　　　　　　　　　　|누런|먼지|뿌옇게|가득하니|갠|하늘|

서풍에 날려 사람 더럽힐까 봐　擧扇西風厭汚人　●●○○●●◎
부채로 막는데28)　　　　4 3 1 1 7 6 5 　거선서풍염오인
　　　　　　　　　　　|들어|부채|서풍에|싫은데|더럽힐까|사람|

너무나 고맙게도　　　　多謝晚雲能作雨　Ŏ●●○●●◎
저녁 구름이 비를 뿌려　6 7 1 2 3 5 4 　다사만운능작우
　　　　　　　　　　　|많이|감사하니|저녁|구름|능히|뿌려|비|

겨운 여정에 올라 있음을 빗대어 말했다. 이백, 「촉도난」, "아, 높고 높구나. 촉
으로 가는 길이 험난하여 푸른 하늘에 오르기보다 힘드네."

25) □측기평수 구식을 사용하였다. 상평성 '한寒' 운과 통운에 해당하는 상평성 '산
刪' 운에 맞추어 각각 '難'과 '閑, 山'으로 압운하였다.

26) 침상 위 나비가 고향으로 날아가기에 앞서, 내게 와서 소식을 전해주겠다고 아
는 척을 한다는 설정이다.

27) 『동문선』에 「동교에서 비를 만나다[東郊値雨]」라는 제목으로 실려있다. 1구 '塵'이
'埃'로, 2구 '厭'이 '欲'으로 되어있다.

28) 동진의 유량庾亮은 명제明帝의 처남이다. 권세가 높고 따르는 자가 많았다. 그를
싫어한 왕도王導가 어느 날 서풍에 먼지가 날리자, 부채로 가리면서 "유량의 먼
지가 사람을 더럽힌다."라고 했다. 『세설신어 경저輕詆』.

297

옷에 가득한 티끌 먼지를
길에서 씻어주었네

半途湔洗滿衣塵 ●○Ŏ●●○○29)
1 1 6 6 4 3 5　반도전세만의진
중도에｜씻어준다｜가득한｜옷에｜먼지｜

「미륵사 주지에게 주다[贈彌勒寺住老]」에서는 이렇게 읊었다.30)

구불구불 길이 더디고31)
으슥한32) 숲속 끝
외진 이곳을
세상 선비가 어찌 알겠는가?
오직 눈옷 입은 듯한
소나무 위 학이
공이 와서 오두막 짓던
처음부터 보았을 뿐

林端窈眇路逶遲 ○○●●●○○
1 2 3 3 5 6 6　임단요묘로위지
숲｜끝｜으슥하고｜길｜구불구불 더디니｜

境僻寧敎俗士知 ●●○○○●○
1 2 3 6 4 4 7　경벽녕교속사지
장소｜외져｜어찌｜시켜｜속사를｜알게 하랴｜

唯有雪衣松上鶴 Ŏ●●○○●●
1 7 2 3 4 5 6　유유설의송상학
오직｜있어｜눈｜옷의｜소나무｜위｜학이｜

見公初到結廬時 ●○Ŏ●●○○33)
7 1 2 3 5 4 6　견공초도결려시
보았다｜공이｜처음｜와서｜지을｜집｜때부터｜

「늦은 가을 달밤[秋晚月夜]」에서는 이렇게 읊었다.34)

해 저물어 세찬 바람
나무 끝에 불어

日落頑風起樹端 ●●○○○●○
1 2 3 4 7 5 6　일락완풍기수단
해｜지고｜완고한｜바람｜일어｜나무｜끝에｜

---

29) □평기평수 구식을 사용하였다. 상평성 '진眞' 운에 맞추어 '旻, 人, 塵'으로 압운
하였다.
30) 『동문선』에 「미륵사 주지에게 주다[贈彌勒住老]」라는 제목으로 실려있다. 1구 '眇'가
'渺'로 되어있다.
31) 위지逶遲는 구불구불하게 멀리 이어지는 모양이다.
32) 요묘窈眇는 요묘窈渺와 같다. 깊고 그윽한 모양이다.
33) □평기평수 구식을 사용하였다. 상평성 '지支' 운에 맞추어 '遲, 知, 時'로 압운하
였다.
34) 『동문선』에 「늦은 가을 달밤[秋晚月夜]」이라는 제목으로 실려있다.

서리가 흩날리고³⁵⁾

낙엽 소리 바스락하네

飛霜貿貿葉聲乾　○○●●○○
2　1　3　3　5　6　7　비상무무엽성간
날려│서리│어지럽고│잎│소리│말랐다

마루를 열어

맑은 달 반길 것 없어라

開軒不用迎淸月　○○●●○○
2　1　7　6　5　3　4　개헌불용영청월
열어│마루│않으니│쓰지│맞을을│맑은│달

야윈 몸이 가을 들어

밤 추위 겁낸다오

瘦骨秋來怯夜寒　●●○○●●○³⁶⁾
1　2　3　4　7　5　6　수골추래겁야한
야윈│뼈가│가을│이래│겁낸다│밤│추위

「흥해의 길 위에서[興海道上]」에서는 이렇게 읊었다.³⁷⁾

뽕나무 사이 좁은 길로

아낙들이 오가니³⁸⁾

桑間婦女趁微行　○○●●●○◎
1　2　3　3　7　5　6　상간부녀진미항
뽕나무│사이│아낙이│따르고│작은│길

뻐꾸기 날아와

나무에 둘러앉아 우는데³⁹⁾

撥穀飛來繞樹鳴　●●○○●●◎
1　1　3　4　6　5　7　발곡비래요수명
뻐꾸기│날아│와서│에워싸│수목│우니

농가를 위해

할 일을 알려줄 뿐이거늘

只爲田家趨事報　●●○○○●●
1　4　2　2　6　5　7　지위전가추사보
단지│위해│농가│좇아│일│알릴 뿐인데

---

35) 무무貿貿는 어지러이 날리는 모양이다. 한유, 「의란조猗蘭操」, "눈 서리가 어지러
운데, 냉이 보리 무성하네.[雪霜貿貿, 薺麥之茂.]"

36) ☐측기평수 구식을 사용하였다. 상평성 '한寒' 운에 맞추어 '端, 乾, 寒'으로 압운
하였다.

37) 『동문선』에 「흥해의 길 위에서[興海道上]」라는 제목으로 실려있다. 3구 '事報'가 '未
耟'로 되어있다.

38) 뽕잎 따는 여인이 나무 사이로 오가는 모습을 이른다. 미행微行은 뽕나무 사
이 작은 길이다. 『시경 칠월七月』, "아가씨 아름다운 광주리를 들고서, 저 작
은 길을 따라, 이에 부드러운 뽕잎 구하네.[女執懿筐, 遵彼微行, 爰求柔桑.]"

39) 발곡撥穀은 우는 소리를 본뜬 뻐꾸기의 별칭이다. 포곡布穀이라고도 한다. 씨앗
을 뿌리는 봄에 울어 농사를 권하는 새로 알려졌다.

何人寫出管絃聲 ○○●●●○○[40)]
1 2 6 7 3 4 5 하인사출관현성
|어떤| 이가 |묘사해| 냈나| 관| 현| 소리로|

　말과 뜻[辭意]이 맑고 원숙하여[淸熟] 자못 풍소風騷의 기운을 띠고 있
다. 다만 대체로 장편거운長篇巨韻으로 지은 시가 많고, 간혹 드물게
궁궐 안의 부귀한 일을 읊은 시도 섞여 있다. 따라서 여기에는 산과
들에서 읊은 절구만을 기록한다.

　그의 시집을 보면, 마치 다른 산에서 굴러온 돌이 옥돌로 덮인 산
속에 끼어들어 있는 것 같다고 의심되는 시들이 섞여 있다. 시를 수
습하여 엮은 자가 무능해서 그렇다.

┐
　宋夏英公微時, 謁文肅公. 公曰 "子文章有臺閣氣, 異日必顯." 果如
其言. 文順公爲完山幕參軍時, 承按廉符, 爲邊山斫木使, 作絶句云
"權在擁軍榮可詫, 官呼斫木辱堪知. 邊山自古眞天府, 好揀長材備棟
樑." 又云 "曉寒虛閣生淸籟, 夕霽長天卷駁雲. 門外幾人皆墮指, 媿
子猶擁綺羅熏." 和友人云 "努力事文字, 休嫌秩未高. 須知三足鼎,
鑄自一錐毫." 公之宰相之氣, 於此三詩, 早已形矣. 子偶得金翰林集第
一卷觀之, 卷首編宮詞八詠. 皆古人已陳之意, 且復辭語淺局, 私心
竊薄之. 漸披至兩三幅, 見「醉時歌」及「河陽山莊用劇韻敍舊」等長篇,

---

40) □평기평수 구식을 사용하였다. 하평성 '경庚' 운에 맞추어 '行, 鳴, 聲'으로 압운
하였다.
41) 장필張泌,「봄날에 나그네로 계주에 머물다[春日旅泊桂州]」, "시냇가 풍경은 그리기
에 적당하고, 숲 가 꾀꼬리 소리는 관현악기 소리 같네.[溪邊物色宜圖畫, 林畔鶯聲似
管絃.]"

其辭意淸曠. 後復見八九卷, 淸辭浩汗, 酌而不窮, 誠富贍之才華也. 不然, 何以陳補闕「憶翰林」云 "吟詩臥窮巷, 爽氣透屋浮. 上天結爲露, 散作人間秋." 翰林「途中卽事」云 "一徑靑笤澁馬蹄, 蟬聲斷續路高低. 窮村婦女猶多思, 笑整荊釵照柳溪." 「漁翁」云 "天翁尙不貰漁翁, 故遣江湖少順風. 人世險巇君莫笑, 自家猶在急流中." 「晨興」云 "竟日長吟「蜀道難」, 橫眠始得一身閑. 卻嫌枕上多情蝶, 千里崎嶇訪故山." 「東郊値雨」云 "黃塵漠漠漲晴旻, 擧扇西風厭汚人. 多謝晚雲能作雨, 半途瀏洗滿衣塵." 「贈彌勒寺住老」云 "林端窈眇路透遲, 境僻寧敎俗士知. 唯有雪衣松上鶴, 見公初到結廬時." 「秋晚月夜」云 "日落頑風起樹端, 飛霜貿貿葉聲乾. 開軒不用迎淸月, 瘦骨秋來怯夜寒." 「興海道上」云 "桑間婦女趁微行, 撥穀飛來繞樹鳴. 只爲田家趨事報, 何人寫出管絃聲?" 辭意淸熟, 頗帶風騷. 類多長篇巨韻, 或鮮有宮禁富貴之作. 故但錄此山野絶句而已. 觀其集, 疑有他山石來介於群玉崗, 是由編摭者無似耳. ┌

중**14.** 신의로 엮어낸 이규보의 꾀꼬리 시

"천 송이 꽃을 피우고 너를 보며 노래하게 하네"

장원 김신정金莘鼎[1]이 문순공(이규보)의 「유영하는 물고기[游魚]」를 외어 읊었다.[2]

붉은 물고기가 느릿느릿 떴다 잠겼다 하니[3]	圍圍紅鱗沒復浮 ●●○○○●● <u>1 1</u> 3 4 5 6 7 어어홍린몰부부 느릿느릿 붉은 비늘 잠겼다 또 뜨니	
만족하게 잘 유영한다고 사람들이 말하네만	人言得意好優游 ○○●●●○○ 1 7 3 2 4 5 6 인언득의호우유 사람들 말하나 얻어 뜻 잘 실컷 논다고	
잠깐 틈도 꼼꼼히 염려하느라 한가할 겨를 없어라	細思片隙無閑暇 ●○●●○○● 1 4 <u>2 2</u> 7 5 5 세사편극무한가 세세히 걱정해 잠깐도 없으니 한가함	
어부가 돌아가면 해오라기가 노려본다오	漁父方歸鷺又謀 ○○○○●●◎[4] <u>1 1</u> 3 4 5 6 7 어부방귀로우모 어부가 막 돌아가도 백로가 또 꾀한다	

또 「꾀꼬리 소리를 듣다[聞鶯]」를 외어 읊었다.[5]

---

1) 김신정金莘鼎은 고종 1년(1214)에 금의琴儀가 지공거를 맡은 과거에서 장원 급제하였다.
2) 『동국이상국집』에 「유영하는 물고기[游魚]」라는 제목으로 실려있다. 4구 '又'가 '更'으로 되어있다.
3) 어어圍圍는 힘없이 느릿느릿 유영하는 모습이다.
4) □측기평수 구식을 사용하였다. 하평성 '우尤' 운에 맞추어 '浮, 游, 謀'로 압운하였다.
5) 『동국이상국집』에 「꾀꼬리 소리를 듣다[聞鶯]」라는 제목으로 3수가 실려있다.

공경 자제와 왕손은
비단옷 입고
미인 노랫소리 들으며
더욱 흥을 돋우려 하는데
인간의 이런 즐거움을
봄 신도 배웠는지
천 송이 꽃을 피우고
너를 보내 노래하게 하네

公子王孫擁綺羅 ○●○○●●◎
1 2 3 4 7 5 5　공자왕손옹기라
공의 | 자식 | 왕 | 손자는 | 감싸고서 | 비단

要憑嬌唱助歡多 ●○○●●○○
7 3 1 1 5 4 6　요빙교창조환다
요한다 | 기대 | 교창에 | 도움이 | 기쁨을 | 많길

東君亦學人間樂 ○○●●○○
1 1 3 7 4 4 6　동군역학인간락
봄 신 | 또한 | 배워서 | 인간 | 즐거움을

開了千花遣爾歌 ○●○○●●◎ 6)
3 4 1 2 6 5 7　개료천화견이가
피워 | 마치고 | 천 | 꽃을 | 보내 | 널 | 노래한다

이어서 내게 물었다.

"어느 시가 더 낫습니까?"

"꾀꼬리 시는 천근淺近하오. 물고기 시는 웅심雄深하면서 비比와 흥興의 수법7)도 갖추고 있으니, 이것이 훨씬 낫소."

내가 이렇게 답을 하니, 장원이 말하였다.

"그렇지 않습니다. 예나 지금이나 꾀꼬리를 읊은 어떤 시도 이런 뜻을 생각해내지 못했습니다. 오직 문순공이 새롭게 엮어낸[新鑿] 것입니다. 그 뜻이 비록 웅심해도 이미 진부한 것이라면 평범할 뿐이겠지만, 뜻이 비록 천근해도 새롭게 엮어낸 것이라면 경구警句가 될 수 있습니다."

---

6) □측기평수 구식을 사용하였다. 하평성 '가歌' 운에 맞추어 '羅, 多, 歌'로 압운하였다.

7) 비比와 흥興은 시에 적용한 3가지 표현 수법 중 두 가지이다. 비比는 다른 물건을 가지고 이 물건을 비유하는 수법이고, 흥興은 먼저 다른 사물을 말한 뒤에 읊으려는 말을 일으키는 수법이다.

나는 이 말에 답할 수 없었다. 지금 다시 생각해봐도, 김 장원 말이 옳다.

金壯元莘鼎, 頌文順公「游魚」曰"圉圉紅鱗沒復浮, 人言得意好優游. 細思片隙無閑暇, 漁父方歸鷺又謀."「聞鶯」曰"公子王孫擁綺羅, 要憑嬌唱助歡多. 東君亦學人間樂, 開了千花遣爾歌."問予曰"孰勝?" 予曰"鶯詩淺近. 魚詩雄深, 且有比興之趣, 此爲絶勝."壯元曰"不然. 今古鶯咏, 皆不及此意, 唯公新鑿. 夫意雖雄深, 已陳則常也. 雖淺近, 新鑿則可警."予未能答. 今復思之, 金之言然.

"백옥 같은 눈꽃 피워 온갖 나무에 봄이 들었어라"

사인 정지상은 「첫눈[新雪]」에서 이렇게 읊었다.[1]

간밤에 펄펄 서설이 새로 내려	昨夜紛紛瑞雪新 1 2 3 3 5 5 7	●●○○●●◎ 작야분분서설신
	어제 밤 어지러이 서설이 새로 내려	
해오라기 원앙 모양으로[2] 백관이 새벽에 임금[3]께 하례하네*	曉來鵷鷺賀中宸 1 2 3 4 7 5 5	●○◎●●○◎ 효래원로하중신
	새벽 오니 원앙 백로처럼 하례한다 왕께	
가벼운 바람도 불지 않고 흐린 구름 걷히니	輕風不動陰雲卷 1 1 4 3 5 6 7	○○●●○○● 경풍부동음운권
	미풍도 않고 일지 흐린 구름 걷히니	
백옥 같은 눈꽃 피워 온갖 나무에 봄이 들었어라	白玉花開萬樹春 1 2 3 4 5 6 7	●●○○●●◎[4] 백옥화개만수춘
	흰 옥 꽃이 피어 만 그루 나무가 봄이다	

원주* 【첫눈이 내리면 조정에서 하례한다.】

이 시는 온화하고 곱고[和艶] 부귀富貴하다. 동파(소식)가 말한 "시골
학당에서 눈을 읊은 시[村學中雪詩]"와는 다르다.[5]

---

1) 『동문선』에 「첫눈[新雪]」이라는 제목으로 실려있다. 3구 '動'이 '起'로 되어있다.
2) 원로鵷鷺는 원앙과 해오라기이다. 줄지어 날아가는 특성이 있다. 줄지어 늘어선
   조정 백관을 빗댄 것이다.
3) 중신中宸은 조정이나 임금을 이른다.
4) □측기평수 구식을 사용하였다. 상평성 '진眞' 운에 맞추어 '新, 宸, 春'으로 압운
   하였다.
5) 시골 학당에서 지었을 법한 수준 낮은 시가 아니라는 말이다. 소식은 정곡
   鄭谷의 「눈이 내려 우연히 짓다[雪中偶題]」를 시골 학당에서 지은 시[村學中詩]
   라고 헐뜯었다. 『시인옥설 천부불가급天賦不可及』(권15).

김 한림(김극기)은 「눈[雪]」에서 이렇게 읊었다. 6)

높은 등성이 우뚝한 멧부리가　　蠹嶺嵬岑繞郭來　●●○○●◎
성곽을 휘감고 오는데　　　　　　1 2 3 4 6 5 7　촉령외잠요곽래
　　　　　　　　　　　　　　　　｜높은｜고개｜높은｜봉｜돌아｜성곽｜오니｜
허공을 가로질러　　　　　　　　横空萬疊玉成堆　○○●●●○◎
만 겹으로 옥 쌓은 무더기 같네　2 1 3 4 5 7 6　횡공만첩옥성퇴
　　　　　　　　　　　　　　　　｜걸쳐｜허공｜만｜겹｜옥이｜이룬다｜언덕｜
물속 신선은 새벽녘에　　　　　　水仙向曉遊何處　◎○○●●○◎
어디로 갔나?　　　　　　　　　　1 2 4 3 7 5 6　수선향효유하처
　　　　　　　　　　　　　　　　｜물｜신선｜향함에｜새벽｜노나｜어느｜곳에｜
강물에 은 병풍을　　　　　　　　江上銀屏邐迤開　◎●○○●●◎7)
구불구불8) 펼쳐놓았어라　　　　 1 2 3 4 5 5 7　강상은병이이개
　　　　　　　　　　　　　　　　｜강｜위에｜은｜병풍｜구불구불｜펼쳐졌다｜

이미수(이인로)는 「눈[雪]」에서 이렇게 읊었다.

눈발이 살랑살랑　　　　　　　　暮風吹雪弄纖纖　◎○◎●●○◎
저녁 바람에 흩날렸는데　　　　　1 2 4 3 7 5 5　모풍취설롱섬섬
　　　　　　　　　　　　　　　　｜저녁｜바람이｜불어｜눈을｜놀리니｜살랑살랑｜
처마 가득한 달빛인 건가　　　　夜久渾疑月滿簷　●●○○●●◎
밤새 온통 의심했네　　　　　　　1 2 3 7 4 6 5　야구혼의월만첨
　　　　　　　　　　　　　　　　｜밤｜깊어｜온통｜한다｜달빛｜찼나｜처마에｜
서생 뼛속까지　　　　　　　　　須信書生淸透骨　◎●○○○●●
시린 기운 스민다더니9)　　　　　1 7 2 2 4 6 5　수신서생청투골
　　　　　　　　　　　　　　　　｜응당｜믿으니｜서생은｜맑음이｜스밈을｜뼈에｜

----

6) 『동문선』에 「서루에서 눈을 구경하다[西樓觀雪]」라는 제목으로 실려있다. 1구 '蠹'이 '怒'로 되어있다.
7) ㅁ측기평수 구식을 사용하였다. 상평성 '회灰' 운에 맞추어 '來, 堆, 開'로 압 운하였다.
8) 이이邐迤는 구불구불하게 실처럼 이어진 모양이다. 오질吳質, 「동아왕(조식)에 게 답하는 편지[答東阿王書]」, "대저 동악에 오른 자인 연후에 뭇 산이 구불구 불 이어지고 있음을 안다.[夫登東嶽者, 然後知衆山之邐迤也.]"
9) 청투골淸透骨은 청량한 기운이 시인 뼛속에 스민다는 말이다. 이색, 「소년락少年

옥호[10] 같은 허공에
수정 고드름[12] 걸렸구나[13]

玉壺空掛水晶簾　●○○●●○○[11]
　1 2 3 7 4 4 6　옥호공괘수정렴
|옥|병 같은|허공에|걸렸다|수정|발이|

김 한림의 시는 흰색을 비유했고, 이미수의 시는 청량함을 비유했다. 청량함을 비유한 시가 더욱 상쾌하다.

鄭舍人知常「新雪」云“昨夜紛紛瑞雪新, 曉來鴉鷺賀中宸.【新雪, 朝賀.】輕風不動陰雲卷, 白玉花開萬樹春.”此詩和艶富貴, 非東坡所謂“村學中雪詩”也. 金翰林「雪」云“矗嶺嵬岑繞郭來, 橫空萬疊玉成堆. 水仙向曉遊何處, 江上銀屛邐迤開.”李眉叟「雪」云“暮風吹雪弄纖纖, 夜久渾疑月滿簷. 須信書生淸透骨, 玉壺空掛水晶簾.”金詩喩白, 李詩喩淸, 喩淸之詩尤爽.

<hr/>

樂」, “바람 높아 비로소 청량한 기운이 뼈에 스며 기쁘고, 밤 깊어 다시 찬 기운이 피부에 닿음을 느끼네.[風高始喜淸透骨, 夜深又覺寒侵肌.]”

10) 옥호玉壺는 옥으로 제작한 병이다. 눈 덮인 은세계를 이르고, 맑고 고결함을 상징한다.

11) □평기평수 구식을 사용하였다. 하평성 '염鹽' 운에 맞추어 '纖, 簷, 簾'으로 압운하였다.

12) 수정렴水晶簾은 수정으로 만든 발이다. 처마 끝 고드름을 빗대었다. 언 폭포를 이르기도 한다.

13) 몸에 한기가 들어 밖을 보니, 수정 고드름이 줄줄이 맺힐 만큼 추운 날씨였다. 이에 찬 기운이 서생 뼛속에 스민다는 말을 믿게 되었다는 것이다.

"서리끝에 떨어진 번들거리는 붉은 알밤"

이미수(이인로)가 「승원의 찻잎을 가는 맷돌[僧院茶磨]」에서 이렇게 읊었다.

개미 걸음 더뎌도 상관없이	風輪不管蟻行遲	○○●●○○
풍륜1)은 돌아가고2)	1 1 7 6 3 4 5	풍륜불관의행지
		풍륜이 않고 관여치 개미 걸음 늦음
달 도끼를 휘두른 듯3)	月斧初揮玉屑飛	●●○○○●●
옥가루 같은 찻잎 흩날리네	1 2 3 4 5 6 7	월부초휘옥설비
		달 도끼 처음 휘둘러 옥 가루 날린다
불법의 기쁨은4)	法戲從來眞自在	●●○○○●●
본디 정말 자재함에 있는데	1 1 3 3 5 6 6	법희종래진자재
		법희는 본래 진짜 자재함에 있는데
맑은 하늘 우렛소리 울리면서	晴天雷吼雪霏霏	○○○●●○○5)
펄펄 눈이 떨어지네	1 2 3 4 5 6 6	청천뢰후설비비
		맑은 하늘 우레 울리고 눈 펄펄 온다

---

1) 풍륜風輪은 바람에 의해 돌아가고, 또 바람을 일으키는 바퀴이다. 맷돌을 빗대었다.
2) 풍륜은 맷돌, 개미는 찻잎을 빗대었다. 찻잎이 맷돌 사이에서 뒤로 밀려도 상관없이 계속 맷돌을 돌린다는 말이다. 『진서 천문지天文志』, "개미가 맷돌 위를 걸을 때, 맷돌이 왼쪽으로 돌고 개미가 오른쪽으로 가면, 맷돌이 빠르고 개미가 느려서 결국 개미가 맷돌을 따라 왼쪽으로 돌지 않을 수 없다.[蟻行磨石之上, 磨左旋而蟻右去, 磨疾而蟻遲, 故不得不隨磨以左迴焉.]" 운명에 따라야 하는 중생의 처지를 비유한다.
3) 월부月斧는 달을 조각하는 신비한 도끼이다. 옥으로 제작하여 옥부玉斧라고 한다. 달이 칠보七寶로 이루어져 있어, 도끼로 다듬으면 옥가루가 날린다고 한 것이다.
4) 법희法戲는 법희法喜이다. 불법에 의지하여 얻는 절정의 기쁨을 이른다.
5) □평기평수 구식을 사용하였다. 상평성 '지支' 운과 통운에 해당하는 상평성 '미微' 운에 맞추어 각각 '遲'와 '飛, 霏'로 압운하였다.

「밤을 줍다[拾栗]」에서는 이렇게 읊었다.[6]

서리 끝에 떨어진 번들거리는[7] 붉은 알밤	霜餘脫實赤斕斑 ○○●●●○ 1 2 3 4 5 6 6　상여탈실적란반 서리|뒤|떨궈|열매|붉게|번들거리니
새벽 숲에서 주워 이슬 마르지도 않았어라	曉拾林間露未乾 ●●○○●●◎ 1 4 2 3 5 7 6　효습림간로미건 새벽|주워|숲|속에서|이슬|않았다|마르지
아이를 불러 군불[8]을 뒤적여서	喚起兒童開宿火 ●●○○○●● 3 4 1 1 7 5 6　환기아동개숙화 불러|일으켜|아이를|젖히어|묵은|불
옥 껍질을 태워내니 금 구슬 나오네	燒殘玉殼迸金丸 ○○●●●○◎[9] 3 4 1 2 7 5 6　소잔옥각병금환 태워|없애|옥|껍질|솟아난다|금|구슬

글자 하나 시구 하나도 모두 정교하게 다듬어 맑게 음미할 만하다.
어떤 사람이 「기녀의 옥반주라는 이름을 장중주로 고치게 하다[命
妓名玉盤珠改爲掌中珠]」라는 시를 외어 읊었다.

빛나는 구슬 하나 옥 쟁반 위에서	一箇明珠在玉盤 ●●○○●●◎ 1 2 3 4 7 5 6　일개명주재옥반 한|개|밝은|구슬|있으니|옥|쟁반에
은하의 가을 이슬처럼 둥글둥글 방울졌는데	銀河秋露滴團團 ○○◎●●○◎ 1 1 3 4 5 6 6　은하추로적단단 은하의|가을|이슬처럼|방울져|둥근데

---

6) 『동문선』에 「밤[栗]」이라는 제목으로 실려있다. 작가가 '무명씨無名氏'로 되어있다.
1구 '斕'이 '爛'으로 되어있다.
7) 난반斕斑은 난반爛斑과 같다. 밤톨 껍질의 반질거리면서 찬란하고 다채로운 모양
을 이른다.
8) 숙화宿火는 여러 날 계속 태우는 군불 따위를 이른다.
9) ☐평기평수 구시을 사용하였다. 상평성 '산刪' 운과 통운에 해당하는 '한寒' 운에
맞추어 각각 '斑, 乾, 丸'으로 압운하였다.

천 번 만 번
쉼 없이 구르니
손바닥에 올려놓고서
보는 것만 할까?

千回萬轉元無定　○○●●○○●
1　2　3　4　5　7　6　천회만전원무정
|천 번|돌고|만 번|굴러|원래|못하니|서지|

豈若移來掌上看　●●○○●●○10)
1　7　4　5　2　3　6　기약이래장상간
|어찌|같을까|옮겨|와서|손바닥|위로|보는 것|

이 시는 미수의 말이 아닌가 하고 의심이 들지만, 『은대집銀臺集』에서 찾을 수 없다. 아마도 정숙공(김인경)이 지은 시인 듯하다.

「새로 붙은 방에 3등으로 오른 것을 축하한 시에 화운하다[和賀新榜第三人]」에서는 이렇게 읊었다.[11]

푸른 강을 등지고
한신이 깃발 세우자[12]
연나라 성과 조나라 벽이
한꺼번에 항복했어라
공을 논하자면
소하와 장량 밑에 있으나[13]
여전히 천하에 무쌍한
국사인 자라오[15]

韓信旌旗背碧江　○●○○●●○
1　1　3　3　7　5　6　한신정기배벽강
|한신의|깃발이|등지니|푸른|강을|

燕城趙壁一時降　○○●●●○○
1　2　3　4　5　6　7　연성조벽일시항
|연|성과|조|벽이|한|때에|항복했다|

論功縱在蕭張下　○○●●○○●
2　1　3　7　4　5　6　론공종재소장하
|논하면|공|비록|있으나|소하|장량|밑에|

國士從來罕有雙　●●○○●●○14)
1　1　3　3　7　6　5　국사종래한유쌍
|국사로서|예부터|드물다|있음이|짝할 자|

10) □측기평수 구식을 사용하였다. 상평성 '한寒' 운에 맞추어 '盤, 團, 看'으로 압운하였다.
11) 『동문선』에 「3등으로 새로 급제함을 축하하다[賀新及第第三人]」라는 제목으로 실려 있다. 작가는 이인로이다. 2구 '燕'이 '齊'로, 3구 '下'가 '後'로 되어있다.
12) 한신이 조나라와 싸울 때 강물을 등지고 배수진을 친 일을 이른다.
13) 한신은 장량張良·소하蕭何와 함께 고조高祖를 도와 나라를 일으킨 공신 삼걸로 꼽힌다.
14) □측기평수 구식을 사용하였다. 상평성 '강江' 운에 맞추어 '江, 降, 雙'으로 압운하였다.
15) 과거 3등이 소하와 장량에 이어 세 번째로 공이 높은 한신 같지만, 여전히 천하

이 시는 단지 새기고 다듬었을 뿐 아니라, 조의措意와 용사用事가 특
히 절묘하다.

「백작약白芍藥」에서는 이렇게 읊었다.[16]

<table>
<tr>
<td>
못 믿을 천 가지 꽃들은
벌써 꿈에서 깼지만
한 떨기 향기로운 흰 꽃이[17]
춘풍에 홀로 피었어라
온천욕을 막 끝낸
양귀비가[18]
붉게 꾸미지 않아
백옥 피부인 것 같아라
</td>
<td>
無賴千花夢已空 ◑●○○●●◎
2 1 3 4 5 6 7　무뢰천화몽이공
못할｜믿지｜천 가지｜꽃은｜꿈｜이미｜깼으나

一叢香雪獨春風 ●○◑●●○◎
1 2 3 4 5 5　일총향설독춘풍
한｜떨기｜향｜눈꽃｜홀로 폈다｜춘풍에

太眞初罷溫泉浴 ●○◑●○○●
1 1 3 7 4 4 6　태진초파온천욕
태진이｜처음｜마치고｜온천｜목욕을

白玉肌膚不點紅 ●●○●●◎◎[19]
1 2 3 3 7 6 5　백옥기부불점홍
흰｜옥｜피부에｜않음 같다｜바르지｜붉은 분
</td>
</tr>
</table>

문순공(이규보)은 「취한 서시[醉西施(작약)]」에서 이렇게 읊었다.[20]

무쌍이라는 말이다. 소하가 고조에게 한신을 천거하면서 "다른 장수는 쉽게 얻
을 수 있으나, 한신은 국사무쌍國士無雙입니다."라고 하였다. 『사기 회음후열전淮
陰侯列傳』.

16) 『동문선』에 「백작약白芍藥」이라는 제목으로 실려있다. 작가는 이인로이다. 3구 '初'
가 '纔'로 되어있다.

17) 향설香雪은 향기로운 흰색 작약꽃이다. 많은 봄꽃이 진 뒤에 흰 작약꽃이 피었음
을 이른다.

18) 태진太眞은 양귀비楊貴妃(719~756)가 740년에 여도사女道士로 출가했을 때의 도호
道號이다. 745년에 현종玄宗의 귀비貴妃가 되었다. 여산驪山 화청지華淸池에서 온
천욕을 즐겼다.

19) □측기평수 구식을 사용하였다. 상평성 '동東' 운에 맞추어 '空, 風, 紅'으로 압운
하였다.

20) 『동국이상국집』에 「홍작약紅芍藥」이라는 제목으로 실려있다. 2구 '道'가 '導'로 되
어있다.

단단히 화장한 두 뺨에
취기가 고루 번지니
모두 말하길
서시[21] 옛 모습이라고 하네
미소로 오나라 허물고도[22]
아직 부족해서
불현듯이 다시 와서
누구 애를 태우려는 건가?

嚴粧兩臉醉潮勻	○○●●●○○
1 2 3 4 5 6 7	엄장량검취조균
엄히	단장한	두	뺨	취한	홍조	고르니

共道西施舊日身	●●○○●●○
1 7 2 2 4 5 6	공도서시구일신
모두	말한다	서시의	옛	날	몸이라고

笑破吳家猶未足	●●○○○●●
1 4 2 2 5 7 6	소파오가유미족
미소로	허물고	오	아직	않아	족하지

卻來還欲惱何人	●○○●●○○[23]
1 2 3 7 6 4 5	각래환욕뇌하인
문득	와서	또	싶나	애태우고	어떤	이

이미수(이인로)는 「분죽盆竹」에서 이렇게 읊었다.

옥거울처럼 차가운
물결 모양 화분 속에
흰 모래 북돋아
푸른 대나무 기른다오
위수 가와 상강 둑에 모두
천 리 대숲이 있지만[24]

水灩盆中玉鏡寒	●●○○○●◎
1 1 3 4 5 6 7	수렴분중옥경한
물결 모양	화분	속	옥	거울처럼	찬데

白沙培養碧琅玕	●○○●●○◎
1 2 3 7 4 5 5	백사배양벽랑간
흰	모래	북돋아	기른다	푸른	대나무

渭濱湘岸俱千里	●○○●○○●
1 2 3 4 5 6 7	위빈상안구천리
위수	가	상수	둑	다	천	리 대밭이나

---

21) 서시西施는 춘추시대 월越나라 미녀이다. 작약을 서시의 아름다움에 빗대었다.
22) 월왕 구천句踐이 회계에서 오왕 부차夫差에게 패한 뒤에, 미인계를 써서 서시를 오나라에 보냈다. 결국 부차가 아름다운 서시에 빠져 실정을 하다가 멸망에 이르렀다.
23) □평기평수 구식을 사용하였다. 상평성 '진眞' 운에 맞추어 '勻, 身, 人'으로 압운하였다.
24) 위수渭水와 상수湘水 가에 대가 무성하지만, 볼 수 없는 먼 곳에 있다는 말이다. 『사기 화식열전貨殖列傳』, "제와 노에는 천 이랑에 뽕나무와 마가 자라고, 위천에는 천 이랑에 대가 자란다.[齊魯千畝桑麻, 渭川千畝竹.]"

어찌 마루 창에서
마음대로 보는 것만 하랴?[26]

爭及軒窓取次看	○●○○●●◎[25]
1 7 2 3 5 4 6	쟁급헌창취차간
어찌	미칠까	마루	창에서	취해	순서	봄에

문순공이 「박승의 집에 있는 분죽을 읊은 시에 화운하다[和朴丞家盆
竹]」에서 이렇게 읊었다.[27]

대나무 어짊을 논하자면
어찌 한 가지뿐이랴?

欲試君賢豈一端	●●○○●●◎
4 3 1 2 5 6 7	욕시군현기일단
하려면	시험	차군	어짊을	어찌	한	가지랴

사나운 뿌리가
돌 화분 추위도 견디고

悍根又耐石盆寒	○○●●●○◎
1 2 3 7 4 5 6	한근우내석분한
사나운	뿌리	또	견디고	돌	화분	추위

그 속에 여전히
상강 정취를 품고서

箇中尙有湘江意	○○●●○○●
1 2 3 7 4 4 6	개중상유상강의
그	속에	아직	남아 있어	상강의	뜻

곧장 하늘 찌를 듯 솟아
옥 창날처럼 보이네

直作攙天玉槊看	●●○○●●◎[28]
1 6 3 2 7 5 4	직작참천옥삭간
단지	삼아서	찌르는	하늘	옥	창으로	본다

학사(이인로)의 시는 눈을 놀라게 하고, 상국(이규보)의 시는 마음을 놀
라게 한다. 다만 수분水盆과 흰 모래[白沙]는 창포를 기르기에 적당한

---

25) □측기평수 구식을 사용하였다. 상평성 '한寒' 운에 맞추어 '寒, 玕, 看'으로 압운
하였다.
26) 취차取次는 자기가 원할 때 원하는 순서에 따라 마음대로 함을 뜻한다.
27) 『동국이상국집』에 「박내원 집의 화분을 읊은 황 낭중의 시에 화운하여 지은 상
국 최선의 시에, 차운하여 화답하여 6수를 읊다[次韻和崔相國詵和黃郞中題朴內園家盆
中六詠]」라는 제목으로 실려있다. 다섯째 시이다. 「대나무[竹]」라는 소제가 달려 있
다. 2구 '耐'가 '柰'로 되어있다.
28) □측기평수 구식을 사용하였다. 상평성 '한寒' 운에 맞추어 '端, 寒, 看'으로 압운
하였다.

것이지, 대나무를 기르는 것이 아니다. 이는 시를 배우는 자가 단지 운과 말을 청완淸婉하게 하려다가 그 뜻을 망각한 경우이다.

문안공(유승단)은 「박승의 집에서 열린 잔치에서 최 상국이 서상화를 읊은 시에 화운하다[和朴丞家宴崔相國賦瑞祥花]」에서 이렇게 읊었다.[29]

가지 가득한 봄꽃에서
새로운 상서를 보고 기뻐하니
좋은 손님이 오늘 아침에
과연 오셨어라
꽃은 가정의 상서요
어진 이는 나라의 상서라
누가 꽃 사랑을 전부 옮겨서
사람을 사랑할 건가?

新祥喜見滿枝春 ○○●●●○○
1 2 6 7 4 3 5 신상희견만지춘
새 상서를 기쁘게 보니 찬 가지에 봄에서

果向今朝得好賓 ●●○○●●◎
1 4 2 3 7 5 6 과향금조득호빈
과연 와서 오늘 아침 만났다 좋은 손

花瑞一家賢瑞國 ○●●○○●●
1 4 2 3 5 7 6 화서일가현서국
꽃은 상서요 한 집 현자는 상서다 나라

誰收花愛摠移人 ○○○●●○[30]
1 4 2 3 5 6 수수화애총이인
누가 거둬 꽃 사랑을 다 옮길까 사람에

이 시도 마음을 놀라게 만든다.

┐
李眉叟「僧」院茶磨云 "風輪不管蟻行遲, 月斧初揮玉屑飛. 法戲從來眞自在, 晴天雷吼雪霏霏."「拾栗」云 "霜餘脫實赤斕斑, 曉拾林間露未乾. 喚起兒童開宿火, 燒殘玉殼迸金丸." 一字一句巧琢淸玩. 有人頌「命妓名玉盤珠改爲掌中珠」云 "一箇明珠在玉盤, 銀河秋露滴團團.

29) 『동문선』에 「서상화瑞祥花」라는 제목으로 실려있다. 정항鄭沆의 시이다.
30) □평기평수 구식을 사용하였다. 상평성 '진眞' 운에 맞추어 '春, 賓, 人'으로 압운하였다.

千回萬轉元無定, 豈若移來掌上看." 此詩疑眉叟語也. 然於『銀臺集』中未詳, 則殆貞肅公所作也. 「和賀新榜第三人」云"韓信旌旗背碧江, 燕城趙壁一時降. 論功縱在蕭·張下, 國士從來罕有雙." 此詩非徒琢磨, 其措意用事尤妙. 「白芍藥」云"無賴千花夢已空, 一叢香雪獨春風. 太眞初罷溫泉浴, 白玉肌膚不點紅." 文順公「醉西施」云"嚴粧兩臉醉潮勻, 共道西施舊日身. 笑破吳家猶未足, 卻來還欲惱何人?" 李眉叟「盆竹」云"水灩盆中玉鏡寒, 白沙培養碧琅玕. 渭濱湘岸俱千里, 爭及軒窓取次看." 文順公「和朴丞家盆竹」云"欲試君賢豈一端? 悍根又耐石盆寒. 箇中尙有湘江意, 直作擬天玉槊看." 學士詩警於眼, 相國詩警於心. 然水盆白沙, 宜養菖蒲, 非養竹. 學者但取韻語淸婉, 而忘其意. 文安公「和朴丞家宴崔相國賦瑞祥花」云"新祥喜見滿枝春, 果向今朝得好賓. 花瑞一家賢瑞國, 誰收花愛摠移人." 此詩亦警於心.

315

중17. 잠에서 깨어남을 읊은 김극기와 임춘과 이규보의 시
"꿈속에서 다시 꿈꾸는 사람이 되었어라"

김 한림(김극기)이 「잠에서 깨어나다[睡起]」에서 이렇게 읊었다.

작미 향로[1]에 침향 연기 | 鵲尾沈烟一穟靑 ●●○○●●◎
한 줄기로 푸르고 | 1 1 3 4 5 6 7　작미침연일수청
| 작미 향로│침향│연기│한│줄기│푸르고

솔바람 휘감긴 | 松風掠拂紙窓鳴 ○○●●●○◎
종이창이 울어대는데 | 1 2 3 4 5 6 7　송풍략불지창명
| 솔│바람│감아│흔들어│종이│창이│우는데

숲 너머 들녘 새 소리는 | 隔林野鳥呼殘夢 ○●●●○●●
남은 꿈 재촉하여 | 2 1 3 4 5 6　격림야조호잔몽
| 건너에│숲│들│새│불러│깨워│남은│꿈

강남 만 리 여행하다가 | 驚破江南萬里行 ○●○○●●◎[2]
놀라서 깨네 | 6 7 1 1 3 4 5　경파강남만리행
| 놀래│깬다│강남│만│리│여행하는 꿈

임기지(임춘)는 이렇게 읊었다.[3]

쓰러지듯 침상에 누워 | 頹然臥榻便忘形 ○○●●●○○
문득 잠들었다가 | 1 1 4 3 5 7 6　퇴연와탑변망형
| 쓰러지듯│누워│침상에│곧│잊다가│형체

바람 불어와 | 午枕風來睡自醒 ●●○○○●◎
낮잠에서 절로 깨네 | 1 2 3 4 5 6 7　오침풍래수자성
| 낮│베개에│바람│불어│잠에서│절로│깬다

---

1) 작미鵲尾는 손잡이가 까치 꼬리 모양으로 긴 향로를 이른다. 사찰에서 여러 의식에 사용하였다.

2) □측기평수 구식을 사용하였다. 하평성 '청靑' 운과 통운에 해당하는 '경庚' 운에 맞추어 각각 '靑'과 '鳴, 行'으로 압운하였다.

3) 『동문선』에 「찻집에서 낮잠을 자다[茶店晝睡]」라는 제목으로 두 수가 실려있다.

꿈속에서 이 몸이
정처 없어
천지가 온통
하나의 여관5) 같았어라

夢裡此身無處著　●●○○○●●
1 2 3 4 7 6 5　몽리차신무처착
｜꿈｜속에서｜이 몸이｜없어｜곳｜정착할｜

乾坤都是一長亭　○○○●●○○4)
1 2 3 7 4 5 5　건곤도시일장정
｜하늘｜땅이｜모두｜이었다｜한｜장정｜

문순공(이규보)은 「춘면春眠」에서 이렇게 읊었다. 6)

수향과 취향7)은
몹시 이웃한 곳이라
나 혼자서
두 곳을 오가네
석 달 봄날이 온통
꿈결 같아
꿈속에서 다시
꿈꾸는 사람이 되었어라

睡鄉偏與醉鄉隣　●○○●●●◎
1 1 3 6 4 4 7　수향편여취향린
｜수향은｜몹시｜더불어｜취향과｜이웃해｜

兩地歸來只一身　●●○○○●◎
1 2 3 4 5 6 7　량지귀래지일신
｜두 곳｜가고 옴｜겨우｜한｜사람이 한다｜

九十日春都是夢　●●○○○●●
1 2 3 4 5 7 6　구십일춘도시몽
｜구｜십｜일｜봄이｜전부｜이니｜꿈꾸는 날｜

夢中還作夢中人　●○○●●○◎8)
1 2 3 7 4 5 6　몽중환작몽중인
｜꿈｜속에서｜다시｜된다｜꿈｜속｜사람이｜

김 한림의 시는 표현한 뜻이 복잡하다. 즉사卽事로 지어낸 것이다.

---

4) □평기평수 구식을 사용하였다. 하평성 '청靑' 운에 맞추어 '形, 醒, 亭'으로 압운
　하였다.

5) 장정長亭은 큰길에 10리마다 쉴 수 있게 설치한 역참을 이른다. 십리장정十里長亭
　이라고 한다.

6) 이규보의 『동국이상국집』에 「봄날 새벽에 취하여 잠든 일을 읊은 윤학록의 시에
　차운하다[次韻尹學錄春曉醉眠]」라는 제목으로 2수가 실려있다.

7) 수향睡鄉은 잠들어 꿈에 나타나는 세계이고, 취향醉鄉은 술에 취하여 나타나는 세
　계이다.

8) □평기평수 구식을 사용하였다. 상평성 '진眞' 운에 맞추어 '隣, 身, 人'으로 압운
　하였다.

317

임기지와 이 문순공의 두 시는 오로지 잠에서 깨어난 뜻을 표현하였
다. 특히 이 문순공의 시가 경구警句가 될 만하다.

金翰林「睡起」云"鵲尾沈烟一穟靑, 松風掠拂紙窓鳴. 隔林野鳥呼殘
夢, 驚破江南萬里行." 林耆之云"頹然臥榻便忘形, 午枕風來睡自醒.
夢裡此身無處著, 乾坤都是一長亭." 文順公「春眠」云"睡鄕偏與醉鄕
隣, 兩地歸來只一身. 九十日春都是夢, 夢中還作夢中人." 金詩意雜
是卽事, 林·李兩詩意專睡起, 李詩尤可警.

임춘 선생이 이미수(이인로)에게 편지를 보내어 말하였다.

"나와 그대가 비록 아직 소동파를 읽지는 못했으나, 이따금 구법
句法에 이미 대략 서로 비슷한 부분이 있소. 어찌 마음속으로 터
득한 바가 은연중에 서로 일치하는 것이 아니겠소?"

지금 미수 시를 보면, 혹 일곱 글자나 다섯 글자가 『동파집』에서 왔
다. 문순공의 시를 보면, 네 글자나 다섯 글자도 동파 말을 빼앗은
것이 없지만, 호매豪邁한 기운과 부섬富贍한 표현이 곧장 동파와 일
치한다.

세상에서 임춘 문장이 옛사람 형식을 얻었다고 평하지만, 그 문장
을 보면 모두 옛사람 말을 훔친 것이다. 혹 수십 자를 연달아 가져다
엮고서 자기 말로 삼기도 하였다. 이는 그 형식을 취한 것이 아니라,
그 말을 훔친 것이다.

林先生椿贈李眉叟書云 "僕與吾子, 雖未讀東坡, 往往句法, 已略相
似矣. 豈非得於中者, 闇與之合?" 今觀眉叟詩, 或有七字五字, 從『東
坡集』來. 觀文順公詩, 無四五字奪東坡語. 其豪邁之氣富贍之體, 直
與東坡吻合. 世以椿之文得古人體, 觀其文, 皆攘取古人語. 或至連
數十字綴之, 以爲己辭. 此非得其體, 奪其語.

중19. 신의로 시를 지어낸 소식과 이규보

"푸른 연못이 나를 시험하는 듯하고"

내가 일찍이 문안공(유승단)을 찾아뵌 적이 있다. 마침 한 승려가 『동파집東坡集』을 가지고 와서 의심나는 곳을 공에게 묻고 있었다. 이를 읽어나가다가 아래 시에 이르렀다.

푸른 연못이

나를 시험하는 듯하고

碧潭如見試	●○○●●
1 2 5 4 3	벽담여견시
푸른|연못이|듯하고|보이는|시험을|	

흰 탑이

서로 부르는 것 같네[1]

白塔若相招	●●●○○
1 2 5 3 4	백탑약상초
흰|탑이|듯하다|서로|부르는|	

공이 두 번 세 번 거듭하여 음미하더니, 이렇게 말하였다.

"고금 시집에서 이와 같은 신의新意는 찾아보기 힘들다."

근래에 학사 이춘경李春卿(이규보)의 시 원고를 얻어서 보니, 빼어난 경구가 될 만한 신의가 몹시 많았다. 장편 중에는 그 기세가 마지막 시구에 이르러서 더욱 웅장해지는 것도 있다. 마치 한창 넓은 대로를 질주하고 있는 천리마를, 아직 절반도 지나지 않은 길 중간에 억지로 멈춰 세웠을 때의 기세와 같은 것이었다.

---

1) 소식의 「선유담 5수仙遊潭五首」에 보인다. 남사南寺를 읊은 오언율시의 3, 4구다. '若'이 '苦'로 되어있다. 나무다리가 두려워서 연못을 건너지 못하여, 남사의 탑이 좋았으나 가까이 갈 수 없었다.

予嘗謁文安公, 有一僧持『東坡集』, 質疑於公. 讀至"碧潭如見試, 白塔若相招"一聯. 公吟味再三日"古今詩集中, 罕見有如此新意." 近得李學士春卿詩稿見之, 警絕新意頗多. 其長篇中, 氣至末句而愈壯. 如千里驥足, 方展走通衢, 未半途勒止也.

"모연수가 다르게 그린 것이 사실은 충정이었어라"

이미수(이인로)는 「장편으로 명비¹⁾를 읊다[明妃長篇]」에서 대략 이렇게
읊었다.

이른 나이에 황금 집에	早年若貯黃金屋 ●○●●○○●
머물게 했다면²⁾	1 2 3 7 4 4 6 조년약저황금옥
	이른│나이에│만약│됐다면│황금│집에│
그녀 웃음소리에	一笑聲中漢業空 ●●○○●●◎
한나라 왕업도 무너졌겠지	1 2 3 4 5 6 7 일소성중한업공
	한번│웃는│소리│속에│한 나라│왕업│비었다│
제왕 곁에는	不敎尤物留帝側 ●○◑●◑●●
미인³⁾을 두지 말아야 하니	7 3 1 1 6 4 5 불교우물류제측
	말 것이니│시켜│우물을│머물게│제왕│곁에│
모연수가 다르게 그린 것이⁵⁾	延壽錯畫眞是忠 ○●●●◑◑◎⁴⁾
사실은 충정이었어라	1 1 3 4 5 7 6 연수착화진시충
	연수가│잘못│그린 것│정말│이다│충정│

---

1) 명비明妃는 한 원제漢元帝의 후궁 왕소군王昭君이다. 진 문제晉文帝 사마소司馬昭의
   이름 글자를 피해 소昭를 명明으로 바꾸었다. 왕명군王明君이나 명비明妃로 불
   린다.
2) 원제가 일찍 왕소군의 미색을 알아 가까이 두고서 총애했을 경우를 가정하였다.
   한 무제는 어릴 때 고종사촌 진아교陳阿嬌와 가까이 지냈다. 고모가 넌지시 아교
   를 부인으로 삼고 싶냐고 묻자, 무제가 이렇게 말했다. "좋습니다. 아교를 아내
   로 삼게 된다면, 황금 집[金屋]을 지어서 머물게 하겠습니다." 『한무고사漢武故事』.
3) 우물尤物은 절세 미녀나 진기한 물건을 일컫는 말이다.
4) □평기측수 구식을 사용하였다. 상평성 '동東' 운에 맞추어 '空, 忠'으로 압운하
   였다.
5) 원제가 초상을 보고 궁인을 간택하여, 궁인들이 화공에게 뇌물로 청탁했다. 이
   때 뇌물을 주지 않은 왕소군은 화공 모연수毛延壽가 초상을 못나게 그려 원제의
   눈에 들 수 없었다. 훗날 흉노 선우가 미인을 요구했을 때다. 왕소군을 보내라
   고 명한 원제가 그녀를 실제로 보았는데, 초상과는 다른 미인이었다. 이 일로 모

문순공(이규보)은 이렇게 읊었다. 6)

여인 한 명이
이웃과 화친케 한다면
흉노 사막7)에 미인을 보내도
어찌 원망하랴만
이리 같은 그 탐욕
끝내 채울 수 없는지라
헛되이 후궁 빈만 욕보여서
가련할 뿐이어라9)

若將一女使和隣 ○○●●○○   약장일녀사화린
1 4 2 3 5 7 6
|만약|보내어|한|여인|시켜|친하면|이웃과|

何恨胡沙委玉人 Ŏ●○○Ŏ●○   하한호사위옥인
1 7 2 3 6 4 4
|어찌|한하랴|오랑캐|사막에|맡김을|미인|

狼子貪婪終莫厭 Ŏ●○○●●   낭자탐람종막염
1 1 3 3 5 7 6
|이리|탐욕|끝내|못하니|만족시키지|

可憐虛辱後宮嬪 ●○Ŏ●●○○ 8)   가련허욕후궁빈
1 1 3 7 4 4 6
|가련하게|헛되이|욕보였다|후궁|빈|

앞의 시는 천기天機를 가지고 말한 것이고, 뒤의 시는 인정人情으로
말한 것이다.

문순공은 「매미[蟬]」에서 이렇게 읊었다. 10)

늙은 버들에
다가서지 않음은

不敢傍古柳 ●●●Ŏ●
5 1 4 2 3   불감방고류
|않으니|감히|다가서지|옛|버들에|

연수는 극형을 당하였다.『한서 흉노전匈奴傳』.

6) 『동국이상국집』에 「왕명비王明妃」라는 제목으로 두 수가 실려있다. 1구 '使'가 '便'
으로, 3구 '婪'이 '琳'으로 되어있다.

7) 호사胡沙는 흉노가 차지한 북방의 사막 지역이다.

8) ㅁ평기평수 구식을 사용하였다. 상평성 '진眞' 운에 맞추어 '隣, 人, 嬪'으로 압운
하였다.

9) 흉노의 선우가 미인을 요구했을 때, 원제가 왕소군을 보낸 일을 이른다.

10) 『동국이상국집』에 「동산에서 매미 소리 듣다[園中聞蟬]」라는 제목으로 두 수가 실
려있다. 1구 '古'가 '高'로 되어있다.

가지 위 매미가

놀랄까 해서라오

다른 나무로

내쫓지 말게 하여

온전하게 우는 소리

잘 들어보려네

恐驚枝上蟬 ●○○●○
5 4 1 2 3　공경지상선
|두렵다|놀랄까|가지|위|매미를|

莫敎移別樹 ●○○●●
5 1 4 2 3　막교이별수
|말게 해|하여금|옮기지|다른|나무로|

好聽一聲全 ●●●○○[11]
1 5 2 3 4　호청일성전
|좋게|듣는다|한|소리|온전한 것을|

미수는 이렇게 읊었다.

바람 마셔

자신을 진정으로 비우고

이슬 마셔

지극히 결백하거늘

무슨 일로

가을 새벽에

슬프고 슬프게

끝도 없이 우는가?

飮風眞自虛 ●○○●○
2 1 3 4 5　음풍진자허
|마셔|바람을|정말로|스스로|비우고|

吸露亦至潔 ●●●●●
2 1 3 4 5　흡로역지결
|마셔|이슬을|또한|지극히|깨끗한데|

何事趁秋晨 ○●●○○
1 2 5 3 4　하사진추신
|무슨|일로|좇아|가을|새벽을|

哀哀聲不絶 ○○○●●[12]
1 1 3 5 4　애애성부절
|슬프고 슬픈|울음소리|않나|멈추지|

미수의 시는 매미를 매우 자세하게 말했다. 문순공의 시는 말이 간결하고 뜻이 새롭다[言簡意新].

---

11) □측기측수 구식을 사용하였다. 하평성 '선先' 운에 맞추어 '蟬, 全'으로 압운하였다.
12) □평기평수 구식을 사용하였다. 입성 '설屑' 운에 맞추어 '潔, 絶'로 압운하였다.

李眉叟「明妃長篇」略云"早年若貯黄金屋, 一笑聲中漢業空. 不教尤物留帝側, 延壽錯畫眞是忠." 文順公云"若將一女使和隣, 何恨胡沙委玉人? 狼子貪婪終莫厭, 可憐虛辱後宮嬪." 前詩弄天機, 後詩言人情. 文順公「蟬」云"不敢傍古柳, 恐驚枝上蟬. 莫教移別樹, 好聽一聲全." 眉叟詩, "飮風眞自虛, 吸露亦至潔. 何事趁秋晨, 哀哀聲不絶?" 眉叟詩言蟬甚詳, 文順公言簡意新.

중21. 시와 그림의 일치를 구현한 사대부 시인들

"복숭아 붉은 꽃비에 새가 재잘거리고"

비서감[1] 정이안丁而安[2]은 문장이 심오하고 특히 묵죽墨竹이 절묘하다. 예전에 재상의 집에 그림 족자 하나가 걸려 있었다. 여러 화공 누구도 그 속 내용을 이해하지 못하는 그림이었다. 그때 비서감이 그림을 보고서 말하였다.

"유빈객(유우석)[3]의 시를 그린 것입니다."

그 시를 외면서 그림과 대조해보니, 터럭 하나도 차이 없이 뚜렷하게 일치하였다. 이어서 이렇게 말했다.

"사대부는 붓을 들어 그릴 적에, 으레 시를 내용으로 삼게 되오. 그림을 베껴낸다면 화공이 아니겠소?"[4]

사인 정지상鄭知常이 술에 취해서 이런 시를 적었다.[5]

복숭아 붉은 꽃비에
새가 재잘거리고

桃花紅雨鳥喃喃 ○○○●●○○
1 2 3 4 5 6 6 도화홍우조남남
|복숭아|꽃|붉은|비에|새가|지저귀고|

---

1) 비서감秘書監은 비서성의 우두머리 감監을 이른다.
2) 정이안丁而安은 정홍진丁鴻進이다. 이안而安은 자이다.
3) 유빈객劉賓客은 태자빈객太子賓客을 지낸 당나라 유우석劉禹錫(772~842)이다.
4) 사대부와 화공의 그림을 구별하였다. 북송 시대에 궁정 소속 화공畫工의 장식적 회화와 차별화한 사대부 회화가 발전한 사실과 무관하지 않다.
5) 『동문선』에 「술 취한 뒤에 쓰다[醉後]」라는 제목으로 실려있다.

집 둘레 청산 곳곳에

비취색 산안개 끼었는데

오사모[6] 하나를

게으르게 삐뚤어 쓰고서

꽃 언덕에서 취하여 잠들어

강남을 꿈꾼다오

繞屋靑山間翠嵐　●●○○●●◎
2 1 3 3 5 6 7　요옥청산간취람
|감싼| 집 |청산에| 간간이| 비취| 산안개다|

一頂烏紗慵不整　●●○○○●●
1 2 3 3 5 7 6　일정오사용부정
|한| 개| 오사모를| 게을러| 않고| 정돈하지|

醉眠花塢夢江南　●○○●●○◎[7]
1 4 2 3 7 5 6　취면화오몽강남
|취해| 잠들어| 꽃| 언덕에| 꿈꾼다| 강남을|

이 시는 그림으로 그려서 볼 수도 있다.

진 보궐(진화)은 「오대산을 유람하다[遊五臺山]」에서 이렇게 읊었다.[8]

당시에 그림에서

오대산 보니

구름 뚫고 들쑥날쑥

푸른 산이 솟아 있었는데

일만 계곡 다투어 흐르는

그곳에 와보니

구름 뚫고 오르는 길도

낯설지 않아 기뻐라

畫裡當年見五臺　●●○○●●◎
1 2 3 3 7 5 5　화리당년견오대
|그림| 속에서| 그 해에| 보니| 오대산|

掃雲蒼翠有高低　●○○●●○◎
2 1 3 3 7 5 6　소운창취유고저
|헤친| 구름| 푸른 산| 있었다| 높고| 낮게|

今來萬壑爭流處　○○●●○○●
1 7 2 3 4 5 6　금래만학쟁류처
|지금| 와보니| 만| 골짝| 다퉈| 흐르는| 곳|

却喜穿雲路不迷　●●○○●●◎[9]
1 7 3 2 4 6 5　각희천운로불미
|문득| 좋다| 뚫는| 구름| 길| 않아| 헷갈리지|

---

6) 오사烏紗는 검은 비단으로 만든 모자인 오사모烏紗帽를 이른다.

7) □평기평수 구식을 사용하였다. 하평성 '담覃' 운에 맞추어 '嵐, 南'으로 압운하였다.

8) 『동문선』에 「오대산을 유람하다[遊五臺山]」라는 제목으로 실려있다. 4구 '却喜'가 '自覺'으로 되어있다.

9) □측기평수 구식을 사용하였다. 상평성 '회灰' 운과 통운에 해당하는 상평성 '제齊' 운에 맞추어 각각 '臺'와 '低, 迷'로 압운하였다.

이 시는 옛사람이 말한 "풍경을 마주하여 그림을 떠올린다[對境畫]"라는 것에 해당한다.

丁秘監而安, 邃於文章, 墨竹最妙. 嘗於侯家有一畫簇, 衆史皆譽其圖本. 監見之曰 "是劉賓客詩也." 頌其詩, 以校其畫, 歷歷無一毫差. 因曰 "士大夫揮掃, 例以詩爲本. 若杳其圖, 則畫工也." 鄭舍人知常醉題云 "桃花紅雨鳥喃喃, 繞屋靑山間翠嵐. 一頂烏紗慵不整, 醉眠花塢夢江南." 此詩可作畫圖看也. 陳補闕「遊五臺山」云 "畫裡當年見五臺, 掃雲蒼翠有高低. 今來萬壑爭流處, 却喜穿雲路不迷." 此古人所謂 "對境想畫" 也.

^중22. 다른 나라 인물과 지명 사용을 비판한 승려 원담

"가을 서리에 오중의 나무 전부 물들고"

시에 능한 승려 원담元澹이 나에게 말하였다.

"요즘 사대부들은 시를 창작할 때 말입니다. 다른 나라 인물과 지명을 멀리에서 빌려다가 우리나라 사실인 것처럼 사용합니다. 우스운 일입니다. 예컨대 문순공(이규보)은 「남쪽을 유람하다[南遊]」라는 시에서 이렇게 읊었습니다.[1]

가을 서리에
오중의 나무 전부 물들고

秋霜染盡吳中樹　○○●●○○●
1 2 6 7 3 4 5　추상염진오중수
가을｜서리｜물들이길｜다하고｜오｜중｜나무를

저녁 비에
초 땅 바깥 산부터 어둑해지네

暮雨昏來楚外山　●●○○●●○
1 2 6 7 3 4 5　모우혼래초외산
저녁｜비에｜어두워｜온다｜초｜밖｜산이

조어造語가 비록 청원清遠하지만, 오吳와 초楚는 우리나라 땅이 아닙니다. 어느 선배가 창작한 「송경에서 일찍 출발하다[松京早發]」라는 아래 시와는 같지 않습니다.

처음에 마판을 지날 때는
인가에 연기 오르더니

初行馬坂人烟動　○○●●○○●
1 4 2 2 5 6 7　초행마판인연동
처음｜지나니｜마판｜인가｜연기｜오르고

---

1) 『동국이상국집』에 「여주로 돌아와서 이수재에게 보이다[復黃驪示李秀才]」라는 제목으로 실려있다. 칠언율시의 3, 4구이다.

타교[2]를 지나면서
들녘 느낌이 물씬하여라

이 시는 말이 새롭고 정취가 뛰어납니다[辭新趣勝]. 그뿐 아니라 언
사言辭가 매우 적절하게 쓰였습니다."

내가 답하였다.

"대개 시인이 용사用事할 때, 본뜻에 얽매일 필요가 없습니다. 단
지 우의寓意하는 것일 뿐입니다. 더구나 천하가 한 집안 같고, 시
문에 사용하는 문자도 같습니다. 어찌 피차간에 차이가 있겠습니
까?"

원담이 이 말에 수긍하였다.

詩僧元湛謂予云 "今之士大夫作詩, 遠託異域人物地名, 以爲本朝事
實, 可笑. 如文順公「南遊」日 '秋霜染盡吳中樹, 暮雨昏來楚外山.' 雖
造語淸遠, 吳·楚非我地也. 未若前輩「松京早發」云 '初行馬坂人烟動,
及過駝橋野意生.' 非特辭新趣勝, 言辭甚的."子答日 "凡詩人用事,
不必泥其本, 但寓意而已. 況復天下一家, 翰墨同文, 胡彼此之有間?"
僧服之.

---

2) 타교駝橋는 보정문保定門 안쪽 만부교萬夫橋를 이른다. 야교夜橋라고 한다. 태조가
거란에서 보낸 낙타 50마리를 다리 밑에 매어 굶어 죽게 한 일이 있어 탁타교槖
駝橋로 불렸다. 『신증동국여지승람 개성부開城府』.

중23. 꿀을 머금은 듯 맛있고 일기를 갖춘 이규보의 시

"처음에는 울렁울렁한 것이 봄 타는 여인 같더니"

보궐 진화陳澕가 시를 평하였다.

"문순공(이규보)의 「문을 닫아걸다[杜門]」¹⁾라는 아래 시는 마치 어금니 사이에 꿀을 머금은 것[牙齒間眞蜜]처럼 점점 맛이 생겨난다.

처음에는 울렁울렁한²⁾ 것이
봄 타는 여인 같더니
점점 고요해져서
하안거³⁾하는 승려처럼 되네

初如蕩蕩懷春女　○○●●○○○
　　1　7　2　2　5　4　6　　초여탕탕회춘녀
|처음엔|같더니|울렁울렁|타는|봄|여인|

漸作寥寥結夏僧　●●○○○●○
　　1　7　2　2　5　4　6　　점작료료결하승
|점점|된다|고요히|결제하는|여름|승려|

이유지李由之의 「기로 상국⁴⁾의 시에 화운하다[和耆老相國詩]」라는 아래 시는 마치 얼음을 깨물고 눈을 씹는[咀氷嚼雪] 듯하다. 사람 마음을 매이는 것 없이 상쾌하게[爽然無累] 해준다.

졸리면 기대라고
잠깐 청옥 궤안⁵⁾을 드리고

睡倚乍容靑玉案　●●●○○●●
　　1　2　3　7　4　4　6　　수의사용청옥안
|졸리면|기대게|잠깐|드리고|청옥|궤안을|

---

1) 『동국이상국집』에 「문을 닫아걸다[杜門]」라는 제목으로 실려있다. 칠언율시의
   3, 4구이다.
2) 탕탕蕩蕩은 일렁이는 불살처럼 마음이 흔들리는 모양이다.
3) 결하結夏는 승려가 여름 90일 동안 수행하는 하안거夏安居를 이른다.
4) 기로 상국耆老相國은 최당崔讜(1135~1211)을 이른 듯하다. 최당은 치사 후에 동생 최
   선崔詵 및 장백목張百牧, 고영중高瑩中, 백광신白光臣, 이준창李俊昌, 현덕수玄德秀, 이
   세장李世長, 조통趙通 등을 모아 기로회耆老會를 조직하였다.

취해서는 부축하라고
그렇저렁 강사 치마[6]를 보내네

醉扶聊遣絳紗裙	●○○○●○○
1 2 3 7 4 4 6	취부료견강사군
취하면|부축하게|우선|보낸다|강사|치마	

꿀을 머금은 듯한 말이 얼음을 깨무는 듯한 말보다는 못하다."

나는 이 평가에 수긍할 수 없다. 저 얼음을 깨무는 듯하다는 시어
는, 신출내기 시인도 한 달 내내 다듬고 날마다 다듬다 보면, 만 번
가운데 한 번쯤은 얻어낼 수 있는 것이다. 하지만 꿀을 머금은 듯하
다는 시어는, 두문불출하는 은자의 마음을 깊이 이해한 것이어서, 솜
씨가 노련한 시인이 아니면 진실로 생각해낼 수 없다.

진화와 이유지가 당시 시로 명성을 얻은 시인들과 함께 기로 상국
耆老相國의 시에 화운하여 시를 지었다. 그때 가장 강한 운에 해당하
는 '군裙'자 운을 다시 사용해야 해서 모두 난색을 보였는데, 이유지
가 이 연구를 지어내자, 진화가 즉시 깜짝 놀라서 이런 말로 평한 것
이었다.

진 보궐은 「이춘경의 시를 읽다[讀李春卿詩]」에서 이렇게 읊었다.[7]

재잘재잘[8] 말이 많으면
종이 붓 허비하고
세 척 긴 입[9]은
스스로 괴롭힐 뿐이라

啾啾多言費楮毫	○○○ŏ●●○
1 1 3 4 7 5 6	추추다언비저호
재잘재잘|많이|말하면|닳게 하고|종이|붓	

三尺喙長只自勞	ŏ●●○●●○
1 2 3 4 5 6 7	삼척훼장지자로
삼|척|부리|길면|단지|혼자|수고롭다	

---

5) 청옥안靑玉案은 서재에서 사용하는 푸른 옥으로 만든 궤안几案이다.
6) 강사군絳紗裙은 붉은 비단으로 만든 치마이다. 여인을 상징하는 물품이다. 임금
    이 조복朝服으로 착용하던 강사포絳紗袍와 다르다.
7) 『매호유고』에 「이춘경의 시를 읽다[讀李春卿詩]」라는 제목으로 실려있다. 3구 '像'
    이 '象'으로 되어있다.
8) 추추啾啾는 새나 벌레가 우는 소리를 이른다.
9) 부리 길이가 삼 척이라는 말은 변론을 길게 함을 뜻한다. 『장자 서무귀徐无鬼』.

적선[10]의 초월한 기상은
삼라만상 벗어나
천 편 시로 호기 부려도
한마디 말로 꺾을 수 있어라

謫仙逸氣萬像外 ●○●●●●●
1 1 3 4 5 6 7   적선일기만상외
적선 초월한 기운 만 형상 밖에 있어

一言足倒千詩豪 ●○○●●○○[11)
1 2 3 7 4 5 6   일언족도천시호
한 말로 족히 꺾는다 천 수 시의 호기

급제한 오예공吳芮公[12)이 물었다.

"일기逸氣(초월한 기운)와 일언一言(한마디 말)이 어떤 의미인지 말씀을 들을 수 있겠습니까?"

이에 진화가 답하였다.

"소자첨은 그림을 품평하면서 이렇게 말했습니다.[13]

마힐은 형상 밖에서
이루어내어
붓이 닿지 않아도
기운이 벌써 삼키고 있어라

摩詰得之於象外 ○●●○○●●
1 1 7 6 5 3 4   마힐득지어상외
마힐은 얻으니 이를 에서 형상 밖

筆所未到氣已吞 ●●●●●●○
1 4 3 2 5 6 7   필소미도기이탄
붓이 곳을 않는 닿지 기가 이미 삼킨다

시와 그림은 같습니다. 두자미(두보)의 시는 다섯 자에 불과한 속

---

10) 적선謫仙은 당나라 시인 이백의 별칭이다. 하늘에서 귀양 온 신선 같다는 뜻이다.

11) ㅁ평기평수 구식을 사용하였다. 하평성 '호豪' 운에 맞추어 '毫, 勞, 豪'로 압운하였다.

12) 오예공吳芮公은 미상이다.

13) 소식,「왕유와 오도자의 그림[王維吳道子畫]」, "붓을 씀에 비바람치듯이 통쾌하게 몰아치고, 붓이 미치지 않은 곳까지 벌써 기운이 품고 있네. …… 마힐은 형상 밖에서 얻어내어, 신령한 새가 새장을 벗어난 듯하네.[當其下手風雨快, 筆所未到氣已吞. …… 摩詰得之於象外, 有如仙翮謝籠樊.]"

에도, 오히려 형상 밖을 삼킬 만한 기운을 담고 있습니다. 이춘경(이규보)이 주필로 창작한 장편의 시도 형상 밖에서 얻어낸 것입니다. 이를 '일기逸氣'라고 말합니다. '한마디 말[一語]'이라고 말한 것은 말의 무게를 강조하려는 것입니다. 대개 평범한 것을 좋아하고 평범한 것에 현혹되는 세상 사람들과는 함께 시를 논할 수 없습니다. 하물며 붓이 닿지 않은 곳까지 이미 삼키고 있는 기운을 함께 논할 수 있겠습니까?"

陳補闕澕評詩, 以"文順公「杜門」云'初如蕩蕩懷春女, 漸作寥寥結夏僧.' 如牙齒間眞蜜, 漸而有味. 李由之「和耆老相國詩」云'睡倚乍容靑玉案, 醉扶聊遣絳紗裙.' 如咀氷嚼雪, 令人心地爽然無累. 眞蜜之辭未若咀氷之語."僕於此評未服. 彼咀氷之語, 雖新進輩月鍊日琢, 則萬有一得. 眞蜜之辭, 深得杜門之意, 非老手固不可導. 陳與由之及當時鳴詩輩, 共和耆老相國詩. "裙"韻最强, 至於復用, 皆有難色, 而由之導此聯, 陳卽驚動, 故有此語. 陳補闕「讀李春卿詩」云"啾啾多言費楮毫, 三尺喙長只自勞. 謫仙逸氣萬像外, 一言足倒千詩豪."及第吳芮公曰"逸氣一言, 可得聞乎?"陳曰"蘇子瞻品畫云'摩詰得之於象外, 筆所未到氣已吞.' 詩畫一也. 杜子美詩, 雖五字中, 尙有氣吞象外. 李春卿走筆長篇, 亦象外得之, 是謂逸氣. 謂一語者, 欲其重也. 夫世之嗜常惑凡者, 不可與言詩, 況筆所未到之氣也?"

기암거사棄菴居士 안순지安淳之[1]는 세상에 드문 대가로서 다른 사람 문장을 함부로 칭찬하지 않았다. 이미수(이인로)가 한번은 편지와 시를 보내어 급고당汲古堂의 기문을 지어달라고 요청한 적이 있다. 두 번 세 번 요청해도 응하지 않다가, 미수가 강하게 독촉한 뒤에야 어쩔 수 없어서 기문을 지어준 것이었다. 그런데 그 글 속에서 미수가 지어 보낸 급고당 시의 뜻을 논박하면서 그릇되었다고 지적했다.

또 한림 김극기金克己는 안순지와 같은 고을에서 같은 시기에 살았던 분이다. 그러나 안순지 문집 속에 김극기와 주고받은 시가 한 수도 실려 있지 않다. 오직 오세재吳世材 선생에 대해서만큼은, 한번 보고서 탄복을 멈추지 못하였다.

옥당 진화陳澕의 시를 보고서 이렇게 말했다.

"그대 재주는 이미 균계筠溪[2]를 뛰어넘었소. 조금 더 진보하면 동파東坡에 이를 수 있겠네."

문순공(이규보)의 문장 원고를 본 뒤에는 소서小序를 붙여 대략 이렇게 말했다.

"말을 뱉는 대로 문장이 이루어져서 잠깐 사이에도 백 편을 완성해낸다. 하늘이 내어주고 신이 가르쳐준 듯한 솜씨로 청신淸新하

---

1) 안순지安淳之는 상-44 참조.
2) 균계筠溪는 북송 이미손李彌遜(1085~1153)의 호이다. 『균계집筠溪集』이 있다.

고 준일俊逸하다. 사람들이 공을 이태백李太白에 견준 것은, 사실을 말한 것이다. 다만 내 생각을 말하자면, 술 취하여 읊조릴 때 미친 바다가 일렁이는 듯하고 비단 창자[3]가 찬란하게 빛나는 듯이 지어내는 것으로는, 이미 이백과 서로 대등하다. 하지만 율격律格이 엄정하고 대우對偶가 진실하고 적절해서[眞切] 겨를 없이 바쁘게 지어내는 중에도 쌓인 공부가 더욱 드러나게 하는 것으로는, 이백을 뛰어넘은 것 같다."

또 「독아시서讀雅詩敍」에서 이렇게 말했다.

"『시경』 삼백 편이 전부 성현 입에서 나온 것은 아닌데도, 중니仲尼가 모두 기록하여 만세의 경經으로 만들었다. 그 이유가 어찌 찬미하고 풍자한 말들이 진실한 성정을 드러내어 간절히 감동하게 함으로써, 사람의 골수 속으로 깊이 파고들어서가 아니겠는가? 그렇다면 꼴을 베고 땔나무를 하는 천한 노복이 지어낸 것이라도, 그 말이 도에 맞는다면, 성인도 감히 버리지 않을 것이다. 하물며 큰 현인과 군자가 지어낸 것으로서, 문장과 의리가 모두 뛰어나고 형식과 내용이 서로 부응한 것이라면, 어찌 아송雅頌 사이에 끼어들지 못할 이유가 있겠는가? 내가 근래에 백낙천白樂天의 문집을 얻어서 읽어보았다. 종횡으로 자유롭고 온화하고 넉넉하면서도[和裕] 조탁하여 다듬은 흔적이 남아 있지 않았다. 또 비근한 것 같으면서도 심원하고[似近而遠] 화려하면서도 진실하여[旣

---

3) 비단 창자[錦腸]는 금수간장錦繡肝腸이다. 시문에 뛰어나 어렵지 않게 가구佳句를 지어냈기에, 뱃속에 뛰어난 시문이 가득하다고 말한 것이다.

華而實] 『시경』의 육의六義⁴⁾를 갖춘 것이었다."

기암거사 말이 옳다. 백낙천의 시를 풍·아·송의 뜻에 견주면 깊고 얕은 차이가 있겠지만, 교화에 관여한다는 측면에서 보면 서로 같다.

두목杜牧은 자기 문장이 준일俊逸하다고 자부하면서, 백낙천의 시가 방잡尨雜하고 천루淺陋하다고 헐뜯었다. 그러자 당시에 살쾡이 같은 마음을 가지고서 마치 해를 우러러보듯이 두목을 추종하던 자들이, 모두 뒤따라 헐뜯기를 한목소리로 떠들썩하게 하였다. 이 때문에 지금에 와서는 시인들이 옛사람이 말한 "백낙천이 비속하다[白俗]"⁵⁾라는 말의 뜻을 알지도 못하면서, 오히려 아래와 같이 말한다. 가소로운 일이다.

"장경(백낙천)⁶⁾의 잡설雜說을 어찌 볼 것이 있으랴?"

무릇 새롭게 시를 배우는 자가 기력氣力을 강성하게 기르고 싶을 때는, 비록 백낙천의 시를 읽지 않아도 괜찮다. 하지만 진신搢紳이나 선각先覺이 한가롭게 거하여 열람하면서 천명을 즐기고 근심을 잊고 싶어질 때라면, 백낙천의 시가 아니면 할 수 없을 것

---

4) 육의六義는 시의 6가지 체제이다. 표현 방법으로 구분한 풍風·부賦·비比와 내용 성격으로 구분한 흥興·아雅·송頌을 아울러 일컫는다.

5) 백속白俗은 백거이의 시에 대한 평어이다. 소식, 「제유자옥문제柳子玉文」, "맹교는 빈한하고 가도는 수척하고, 원진은 경박하고 백거이는 비속하네.[郊寒島瘦, 元輕白俗.]"

6) 장경長慶은 당나라 목종穆宗이 쓰던 연호(821~824)이다. 여기서는 백거이와 원진이 창작한 시를 이른다. 시풍이 비슷한 원진과 백거이가 이 시기에 교류하면서 창작한 시가 많았다. 이렇게 창작한 시를 모아 원진은 『원씨장경집元氏長慶集』을 엮고, 백거이는 『백씨장경집白氏長慶集』을 엮었다.

이다. 옛사람이 백낙천을 '인재人才'[7]라고 평한 것은, 그의 사어辭語가 온화하고 평이[和易]할 뿐만이 아니라, 풍속風俗을 이야기하고 사물 이치[物理]를 서술한 내용이 몹시 인정人情에 부합했기 때문이다.

지금 문순공의 시를 보면, 기운氣韻이 일월逸越(초월)한 것은 이태백을 닮았지만, 도덕道德을 밝히고 풍유風諭를 진술한 것은 백낙천과 대략 일치한다. 그렇다면 공이 천재와 인재를 겸비한 것이라고 말할 수 있다.

棄菴居士 安淳之, 以曠世大手, 於文章愼推. 李眉叟嘗以書及詩, 求作汲古堂記, 再三猶不應. 李固迫之, 乃不得已作記, 以駁李所著汲古堂詩之意非之. 金翰林克己, 與安同邑又同時, 安之文集中, 未嘗一與金有唱和之作. 唯於吳先生世材, 一見歎服不已. 見陳玉堂澕詩曰"君才已過筠溪, 小進之可至東坡." 見文順公文藁, 作小序略云"發言成章, 頃刻百篇. 天縱神授, 淸新俊逸. 人以公爲李太白, 蓋實錄. 然以僕言之, 其醉吟之際, 狂海蕩然, 錦腸爛然, 卽已相類. 至於律格嚴整, 對偶眞切, 於忽忽不暇中, 尤見功夫, 似過之也." 又作「讀雅詩絞云『詩』三百篇, 非必出於聖賢之口, 而仲尼皆錄爲萬世之經者. 豈非以美刺之言, 發其性情之眞, 而感動之切, 入人骨髓之深耶? 然則雖蒭蕘賤隷, 苟其言中道, 則聖人之所不敢捨. 況大賢君子之所作, 文

7) 북송에서 한림 학사를 지낸 전이錢易(968~1026)는 『남부신서南部新書』에서 "이백은 천재가 빼어나고, 백거이는 인재가 빼어나고, 이하는 귀재가 빼어나다.[李白爲天才絶, 白居易爲人才絶, 李賀爲鬼才絶.]"라고 하였다.

義俱勝, 華實相副者, 獨不入於雅頌之列乎? 余近得樂天集閱之, 縱
橫和裕, 而無鍛鍊之迹. 似近而遠, 旣華而實, 『詩』之六義備矣."棄
菴之言然. 白詩於風雅頌之義, 深淺異耳, 其關於敎化一也. 杜牧自
負文章俊逸, 譏樂天之詩尨雜淺陋. 當時貍德若視日者, 皆從而作謗,
譁然同辭. 故至于今詩人, 雖不及知古人所謂"白俗"之意者, 猶曰
"長慶雜說, 何足看也."笑哉. 凡新學詩, 欲壯其氣力, 雖不讀可矣.
若搢紳先覺, 閑居覽閱, 樂天忘憂, 非白詩莫可. 古人以白公爲人才
者, 蓋其辭和易, 言風俗敍物理, 甚的於人情也. 今觀文順公詩, 雖氣
韻逸越, 侔於太白, 其明道德陳風諭, 略與白公契合. 可謂天才人才
備矣. ⌐

중25. 시와 만사로 좌중을 압도한 이규보

"천 송이 꽃 피운 뒤에 하늘이 비로소 한가해졌어라"

사관 이윤보李允甫가 일찍이 어떤 사람과 시를 평론하면서 이렇게
말하였다.

"내가 지난번에 한림 이춘경李春卿 등 시 친구 서너 명과 함께 시
를 지었습니다. 그때 이춘경이 먼저 이렇게 읊었습니다.

한바탕 비를 뿌리더니
구름 다시 거두고
천 송이 꽃 피운 뒤에
하늘이 비로소 한가해졌어라

送來一雨雲還拆 ●●●●○○
3 4 1 2 5 6 7 송래일우운환탁
보내｜오고｜한바탕｜비를｜구름｜도로｜걷히고｜

開了千花天始閑 ○●●○○●○
3 4 1 2 5 6 7 개료천화천시한
피우길｜마쳐｜천 가지｜꽃｜하늘｜처음｜한가롭다

이에 자리에 있던 모든 사람이 붓을 내던져놓고서 끝까지 한마디
도 꺼내지 못했습니다. 나중에 이춘경과 금림禁林(한림원)에서 함
께 근무할 적에, 강묘康廟(강종)께서 승하하셨습니다. 고원誥院과 한
서翰署에서 모두 만사挽詞를 짓게 되었는데, 이춘경은 이렇게 읊
었습니다.

하늘 손님이 되어
끝내 못 돌아옴 믿지 못하고서
어쩌면 달에서 노닐다가
돌아오겠지 했어라

未信賓天終不返 ●●○○○○●●
7 6 2 1 3 5 4 미신빈천종불반
않고｜믿지｜가서｜하늘에｜끝내｜않음을｜오지

却疑遊月儻還來 ●○○○●○○
1 7 3 2 4 5 6 각의유월당환래
문득｜의심했다｜놀고｜달에｜혹｜돌아｜온다고

고원과 한서의 여러 원로가 공수拱手하여 예를 표하면서 탄복하

였습니다. 그때 한림 진화陳澕도 이렇게 읊었습니다.

하루아침에 구원[1]으로 떠나
천고 역사가 되시니
사해가 삼 년간
팔음 연주를 멈출 것이라[2]

九原一旦成千古	●○●●○○●
1 1 3 4 7 5 6	구원일단성천고
구원에 가서 하루 아침에 되니 천 고가	

四海三年遏八音	●●○○●●○
1 2 3 4 7 5 6	사해삼년알팔음
사 해가 삼 년 동안 끊는다 팔 음을	

이는 이춘경의 시에 훨씬 미치지 못합니다. 또 '구원九原'을 말한
것은 잘못입니다."

李史館允甫, 嘗與人評曰 "吾曩與李翰林春卿等詩友三四人, 同作詩.
李先曰 '送來一雨雲還拆, 開了千花天始閑.' 一座閣筆, 終不吐一辭.
後與李同在禁林, 時康廟大行, 誥院翰署, 皆作挽詞. 李曰 '未信賓天
終不返, 却疑遊月儻還來.' 院署諸老, 拱手歎服. 時陳翰林澕亦云 '九
原一旦成千古, 四海三年遏八音.' 不及李遠矣, 又言'九原'非."

---

1) 구원九原은 죽은 사람의 혼이 가서 머무는 저승의 세상이다. 구천九泉, 황천黃泉
이라고 한다.
2) 팔음八音은 여덟 가지 재료로 만든 악기나, 그 소리를 이른다. 죽음을 애도하기
위해 팔음의 악기를 연주하지 않는다. 『서경 순전舜典』, "요임금이 마침내 승하하
니 백성들이 부모상을 당한 듯이 3년 동안 사해에서 팔음을 끊고 조용하였다.[二
十有八載, 帝乃殂落, 百姓如喪考妣, 三載, 四海遏密八音.]"

중26. 한유의 봄눈 시에 차운한 네 시인의 시
"새로 내린 육각의 서설이 기뻐서"

이 미수李眉叟가 창려의 「춘설春雪」[1] 시에 화운한 최 평장의 시에 차
운하다[次韻崔平章和昌黎春雪詩]」에서 이렇게 읊었다.

새로 내린 육각의 서설이 기뻐서[2]	六出欣新瑞 ●●○○● 1 1 5 3 4 륙출흔신서 육각의│기뻐하여│새로운│서설을
삼장[3]의 옛 노래 떠올라라	三章憶舊謠 ○○●●◎ 1 1 5 3 4 삼장억구요 삼장의│추억한다│옛│노래를
가늘게 틈새로 떨어지는 모습 가련하고[4]	細憐投隙騁 ●○○●● 1 5 3 2 4 세련투극빙 가늘어│가련하고│뚫고│틈을│달여감
연못에 떨어져 빛 사라짐이 아쉬운데	光惜入池消 ̆●●○○ 1 5 3 2 4 광석입지소 빛이│아쉬운데│들어가│못에│사라짐
반악의 귀밑털인가 헷갈리게 새하얗고[5]	皎皎欺潘鬢 ●●○○○ 1 1 5 3 4 교교기반빈 희어서│속이고│반악의│귀밑머리로

---

1) 한유의 「춘설春雪」은 10운 20구로 창작한 오언배율시다. 하평성 '소蕭' 운에 맞추
어 謠, 銷, 腰, 條, 橋, 搖, 朝, 飄, 綃, 饒로 압운하였다. '銷'는 다른 본에 '消'로
되어있다.

2) 육출六出은 눈의 별칭이다. 눈은 결정이 6각형이어서 꽃잎 6개가 나온 듯이 보
인다. 『한시외전』, "보통 초목은 꽃잎이 많아야 5개가 나오지만, 눈꽃은 홀로
6개가 나온다.[凡草木花多五出, 雪花獨六出.]"

3) 삼장三章은 세 단계로 구성된 시가 형식을 이른 듯하다.

4) 가는 눈이 나뭇가지 사이를 지나서 떨어짐을 이른다. 온정균, 「눈[雪]」, "가늘게
빛나며 어두운 틈을 지나고, 가볍고 희게 차가운 가지에 머무네.[細光穿暗隙, 輕白
駐寒條.]" '세광細光'과 '경백輕白'은 눈을 형용한 말이다.

5) 흰 눈을 반악潘岳(247~300) 귀밑머리의 흰 머리에 빗대었다. 반악은 32세 때 흰

초나라 여인 허리와

다툴 만큼 경쾌하여라⁶⁾

영롱하여⁷⁾

밤 어둠 밀어내고

점처럼 엮여⁸⁾

봄 가지에 꽃 틔우니

양왕 동산⁹⁾에 온 듯

부의 흥취를 느끼고

파수 다리¹⁰⁾에 있는 듯

시정이 일어나네

박락한 비늘¹¹⁾처럼

아득하게 떠다니고

輕輕鬪楚腰 ○○●●◎
1 1 5 3 4 경경투초요
| 가볍기로 | 다툰다 | 초 여인 | 허리와 |

玲瓏排夜色 ○○○●●
1 1 5 3 4 령롱배야색
| 영롱하여 | 밀어내고 | 밤 | 색을 |

點綴放春條 ●●●○○
1 2 5 3 4 점철방춘조
| 점으로 | 엮어 | 꽃피우니 | 봄 | 가지에 |

賦興歸梁苑 ●●○○○
1 2 5 3 4 부흥귀량원
| 부의 | 흥이 | 온 듯하고 | 양효왕 | 동산에 |

詩情起灞橋 ○○●●◎
1 2 5 3 4 시정기파교
| 시의 | 정이 | 일어난다 | 파수 | 다리처럼 |

敗鱗浮浩渺 ●○○●●
1 2 5 3 3 패린부호묘
| 떨어진 | 비늘이 | 떠돌고 | 아득한 데서 |

머리가 처음 생긴 일이 널리 알려져, 흰 머리를 대표하는 인물이 되었다. 반악, 「추흥부秋興賦」, "내가 나이 32세에 처음 흰 머리 털이 생겨난 것을 보았다.[余春秋三十有二, 始見二毛.]" '이모二毛'는 희끗희끗한 반백斑白의 머리털을 이른다.

6) 눈이 가볍게 날려 떨어지는 모습을 초나라 여인의 가늘고 날랜 허리에 빗대었다. 『한비자 이병二柄』, "초 영왕이 가는 허리를 좋아하여, 나라에 밥을 굶는 사람이 많았다.[楚靈王好細腰, 而國中多餓人.]"

7) 영롱玲瓏은 눈꽃이나 매화가 맑게 빛나는 모양이다.

8) 점철點綴은 눈꽃이나 매화가 점을 찍어서 얽은 듯이 하나하나 피어나는 모양이다.

9) 양원梁苑은 한 문제漢文帝의 차남인 양 효왕梁孝王 유무劉武가 소유한 동원東苑의 별칭이다. 토원兎園으로 불린다. 양효왕이 이곳에 사마상여, 매승, 추양 등을 불러 내리는 눈을 이야기한 일을 사혜련謝惠連(397~433)이 「설부雪賦」로 엮어내어 세상에 알려졌다.

10) 파교灞橋는 장안 동쪽 파수灞水의 다리이다. 송별 장소이면서 시사詩思가 풍부한 곳으로 유명하다. 정계鄭綮라는 시인에게 근래 얻은 시를 묻자, "시사詩思가 눈보라 치는 파교를 지나는 나귀 위에 있다. 여기서 어찌 얻을 수 있겠는가?"라고 하였다. 주승비朱勝非, 『감주집 시사재파교詩思在灞橋』.

11) 떨어진 비늘[敗鱗]은 눈을 상징한다. 장원張元, 「눈을 읊다[詠雪]」, "삼백만 옥룡이 전투에서 퇴각하여, 떨어지고 부서진 비늘 갑옷이 하늘 가득 날리네.[戰退玉龍三百萬, 敗鱗殘甲滿天飛.]"

<table>
<tr><td>나부끼는 깃털처럼
회오리에 말리니</td><td>飛羽拂扶搖 ○̆●●○◎
1 2 5 3 4 비우불부요
|나는|깃털이|날리니|회오리에|</td></tr>
<tr><td>버들꽃처럼 흩날려
벌써 여름인가 하고</td><td>落絮先迷夏 ●●○○●
1 2 3 5 4 락서선미하
|날린|유서 같아|먼저|헷갈리고|여름을|</td></tr>
<tr><td>구름처럼 떠가는데
이미 아침이 지난 때라[12]</td><td>行雲已失朝 ○○●●◎
1 2 3 5 4 행운이실조
|떠가는|구름인데|이미|놓쳤다|아침|</td></tr>
<tr><td>다투어 빛나니
달빛인가 의심하고</td><td>爭輝嫌月照 ○○○●●
2 1 5 3 4 쟁휘혐월조
|다투니|빛을|혐의하고|달이|비쳤나|</td></tr>
<tr><td>조각조각 흩날려
바람이 날렸나 미운데</td><td>弄片厭風飄 ●●●○◎
2 1 5 3 4 롱편염풍표
|희롱해|조각|싫은데|바람이|날렸나|</td></tr>
<tr><td>볼록한 곳 만나면
높이 옥처럼 쌓이고</td><td>遇凸高堆玉 ●●○○●
2 1 3 5 4 우철고퇴옥
|만나면|볼록한 곳|높이|쌓은 듯|옥|</td></tr>
<tr><td>평지 따르면
비단 펼친 듯 깨끗하여</td><td>緣平淨展綃 ○○●●◎
2 1 3 5 4 연평정전초
|따르면|평지|맑게|펼친 듯하여|비단|</td></tr>
<tr><td>기이한 보화[13]처럼
뜰에 가득 쌓이니</td><td>滿庭奇貨積 ●○○●●
2 1 3 4 5 만정기화적
|가득|뜰에|기이한|보화가|쌓이니|</td></tr>
<tr><td>쇠잔한 생계가
다시 넉넉해지려나 하네</td><td>殘計訝還饒 ○̆●●○◎[14]
1 2 5 3 4 잔계아환요
|기운|생계|의심한다|다시|넉넉할까|</td></tr>
</table>

외할아버지 김예경金禮卿은 이렇게 읊었다.

---

12) 한 무더기 눈이 바람에 휩쓸려 흘러가는 구름처럼 보임을 이른다. 초나라 회왕이 꿈에서 만나 사랑을 나눈 무산巫山 여인이 헤어질 때, 아침마다 구름이 되어 양대陽臺에 온다고 하였다. 조운朝雲은 무산 여인을 뜻한다.(상-43 참조)

13) 기화奇貨는 눈을 은銀과 비단에 빗대어 이른 것이다.

14) ㅁ측기측수 구식을 사용하였다. 하평성 '소蕭' 운에 맞추어 '謠, 消, 腰, 條, 橋, 搖, 朝, 飄, 綃, 饒'로 압운하였다.

따스한 봄에
외려 눈이 내리니

陽春還有雪 ○○○●●
1 2 3 4 5　양춘환유설
|따뜻한| 봄에| 오히려| 있으니| 눈이|

영중의 노래[15]
불러보고 싶어라

欲作郢中謠 ●●●○◎
5 4 1 1 3　욕작영중요
|싶다| 부르고| 영중의| 노래를|

가늘게 떨어져
마른 것은 쌓이고

細落乾相積 ●●○○●
1 2 3 4 5　세락건상적
|가늘게| 떨어져| 마른 것| 서로| 쌓이고|

더디게 날려
젖은 것은 녹으려 하는데

遲回濕欲消 ○○●●◎
1 2 3 4 5　지회습욕소
|더디게| 돌아| 젖은 것| 하는데| 녹으려|

바위는 소금 호랑이[16]처럼
머리 치켜들고

石掀鹽虎頂 Ŏ○○●●
1 2 3 4 5　석흔염호정
|바위| 치켜들어| 소금| 범| 정수리 같고|

성곽은 옥 용[17] 허리처럼
휘감기고

城繚玉龍腰 Ŏ●●○◎
1 2 3 4 5　성료옥룡요
|성이| 휘감아서| 옥| 용| 허리 같고|

버드나무에선
황금 줄기[18] 사라지고

柳失黃金線 ●●○○●
1 5 2 3 4　류실황금선
|버들은| 잃고| 누런| 금| 줄을|

매화나무에는
백옥 가지가 생겼어라[19]

梅添白玉條 ○○●●◎
1 5 2 3 4　매첨백옥조
|매화는| 보탠다| 흰| 옥| 가지를|

한유의 수레가
흰 명주 띠를 끌고 가고[20]

韓車拖縞帶 ○○○●●
1 2 5 3 4　한거타호대
|한유| 수레가| 끌고| 흰 비단| 띠를|

---

15) 영중郢中의 노래는 초나라 수도 영중에서 불린 「양춘陽春」과 「백설白雪」이라는 고상한 노래를 이른다. 송옥, 「초왕 물음에 답하다[對楚王問]」.

16) 염호鹽虎는 호랑이 모양으로 눈 덮인 바위를 빗대었다.

17) 옥룡玉龍은 하얀 띠처럼 길게 이어진 눈에 덮인 성곽을 빗대었다.

18) 황금선黃金線은 새봄에 물이 오르고 생기가 돌아 금빛을 띠는 버들가지를 빗대었다.

19) 백옥조白玉條는 덮인 눈이 꽃처럼 피어 있는 나뭇가지를 빗대었다.

20) 한거韓車는 한유의 수레이고, 호대縞帶는 비단 띠이다. 길게 이어진 수레바퀴 자국을 빗대었다. 한유, 「눈을 읊어 장적에게 주다[詠雪贈張籍]」, "수레바퀴를 따라 흰 비단 띠 나타나고, 말발굽을 좇아 은 술잔 흩어지네.[隨車翻縞帶, 逐馬散銀栝.]"

나공원 지팡이가	羅杖變銀橋　ㆆ●●○○
은 다리로 변한 듯한데[21)	1 2 5 3 4　라장변은교
	나공원 지팡이가 변했는데 은 다리로

물방울 튈까 싫어서	惡洒窓深閉　●●○○○
창문을 깊이 닫고	2 1 3 4 5　오쇄창심폐
	싫어하여 물 튈까 창을 깊이 닫고

소매에 묻은 건가 하여	疑霑袖數搖　○○●●○
자꾸 터네	2 1 3 4 5　의점수삭요
	의심하여 묻었나 소매 자주 턴다

추위의 위세	寒威猶當臘　○○○ㆆ○
섣달 날씨 같고	1 2 3 5 4　한위유당랍
	추운 위세 오히려 당한 듯하고 섣달

새벽빛이 벌써	曙色已先朝　●●●○○
아침 전에 빛나니	1 2 3 5 4　서색이선조
	새벽 빛이 이미 앞서니 아침보다

급한 바람에 얼굴 스쳐	風急俄驚打　ㆆ●○○●
순간 놀랄 뿐	1 2 3 5 4　풍급아경타
	바람 급해 갑자기 놀라고 눈 스침에

에워싼 안개가 나부낀 눈인 줄	烟籠未省飄　○○●●○
알지 못하네	1 2 5 4 3　연롱미성표
	안개처럼 감겨 못한다 알지 나부낌

시를 적으려니	題詩難下筆　○○○●●
붓을 쓰기도 힘겨워	2 1 5 4 3　제시난하필
	적음에 시 어려워 내려 쓰기 붓을

풍경을 그리려고	寫景欲煩綃　●●●○○
비단 펼치고자 하네[22)	2 1 5 4 3　사경욕번초
	그리려 풍경 한다 번거롭게 비단을

좋게 마음에 들어와	好入心懷潔　●●○○●
깨끗하게 해주고	1 2 3 3 5　호입심회결
	좋게 들어와 마음을 깨끗하게 하고

---

21) 당나라 도사 나공원羅公遠이 중추 저녁에 현종玄宗을 모시고 궐내에서 달구경을
할 때였다. 나공원이 계수나무 지팡이를 허공에 던져 은빛의 큰 다리로 바꾸더
니, 현종과 함께 다리를 건너 월궁月宮에 다녀왔다고 한다. 『고금사문류취 은교
승천銀橋升天』.

22) 눈이 시를 지어 붓으로 적기는 어려워서, 풍경을 그리려고 땅 위에 흰 비단을 펼
쳐놓았다고 말한 것이다.

귀밑털에 붙어　　　　　　休粘鬢髮饒　○○●●◎ 23)
백발을 늘리지는 말게나　　5 3 1 1 4　휴점빈발요
　　　　　　　　　　　　　｜말라｜붙어｜귀밑털에｜백발 넉넉하게｜

동문 황보항皇甫抗은 이렇게 읊었다.

　　　【4구 생략】　　……

차가워 꾀꼬리 혀를　　　冷噤鶯兒舌　●●○○●
멈추게 하고　　　　　　1 5 2 2 4　랭금앵아설
　　　　　　　　　　　　｜서늘함이｜멈추게 하고｜꾀꼬리 새끼｜혀｜

그 빛이 봉새24) 허리에　　光凝鳳子腰　○○●●◎
어리어 비칠 때　　　　　1 5 2 2 4　광응봉자요
　　　　　　　　　　　　｜빛이｜엉기니｜봉새 새끼｜허리에｜

영 땅의 노래　　　　　　郢歌聞一曲　○̆○○●●
한 곡조 들어보고25)　　　1 2 5 3 4　영가문일곡
　　　　　　　　　　　　｜영 땅의｜노래｜듣고｜한｜곡조를｜

장씨가 읊은　　　　　　張咏琢三條　○̆●●○○
삼장의 시가를 다듬는데　1 2 5 3 4　장영탁삼조
　　　　　　　　　　　　｜장씨가｜부른｜다듬는데｜세｜가닥 노래｜

매화 꽃잎이　　　　　　粉葉飄梅嶺　●●○○●
대유령26)에 나부끼고　　1 2 5 3 3　분엽표매령
　　　　　　　　　　　　｜분홍｜꽃잎이｜나부끼고｜매령에서｜

은빛 파도가　　　　　　銀濤卷五橋　○○●●◎
오교27)를 삼키는 듯하네　1 2 5 3 3　은도권오교
　　　　　　　　　　　　｜은빛｜물결이｜말아서 삼킨다｜오교를｜

---

23) ☐평기측수 구식을 사용하였다. 하평성 '소蕭' 운에 맞추어 '謠, 消, 腰, 條, 橋, 搖, 朝, 飄, 綃, 饒'로 압운하였다.

24) 봉자鳳子는 아마도 겨울 산을 지키는 새를 이른 듯하다. '박쥐처럼 큰 나비'나 '제비의 알'도 봉자鳳子라고 한다. 최표, 『고금주 협접蛺蝶』.

25) 영가郢歌는 초나라 수도 영중郢中에서 불린 노래를 이른다. 이곳에서 한 사람이 평범하게 「하리파인下里巴人」을 부르자 수천 명이 따라 부르고, 「양아陽阿」와 「해로薤露」를 부르자 수백 명이 따라 부르고, 격조 높은 「양춘陽春」과 「백설白雪」을 부르자 수십 명이 따라 불렀다고 한다. 심괄, 『몽계필담 악률樂律』.

26) 매령梅嶺은 매화로 유명한 대유령大庾嶺의 별칭이다.

27) 오교五橋는 미상이다. 당나라 장안 위곡韋曲의 제오교第五橋가 송별 장소로 유명

【2구 생략】   ……

기와를 뒤덮어 ┃ 瓦覆溝平壠 ●●○○●
　　　　　　　　1 2 3 4 5　와부구평롱
고랑이 기왓등과 평평하고 ┃기와가┃덮여┃고랑이┃평평하고┃기왓등과┃

창을 밝혀 ┃ 窓明夜自朝 ○○●●◎
　　　　　　1 2 3 4 5　창명야자조
밤이 절로 아침 같은데 ┃창이┃밝아┃밤이┃절로┃아침 같은데┃

무지개치마[28]처럼 ┃ 霓裳凌日舞 Ŏ○○●●
　　　　　　　　　1 1 4 3 5　예상릉일무
해를 희롱하며 춤추고 ┃무지개치마처럼┃올라타┃해┃춤추고┃

버들개지처럼 ┃ 柳絮逐風飄 ●●●○◎
　　　　　　　1 1 4 3 5　류서축풍표
바람을 좇아서 나부끼네 ┃버들개지처럼┃좇아┃바람┃나부낀다┃

【2구 생략】   ……

풍년의 상서를 ┃ 預道豊年瑞 ●●○○●
　　　　　　　1 5 2 2 4　예도풍년서
미리 말해주는 것임을 ┃미리┃말해줌을┃풍년의┃상서를┃

이미 붓끝으로 ┃ 毫端舌已饒 ○○●●◎[29]
　　　　　　　1 2 3 4 5　호단설이요
충분히 말했어라 ┃붓┃끝┃혀로┃이미┃충분하게 말했다┃

대제 양남일梁南一은 이렇게 읊었다.

─────────────

하다. 또 재상 배도裴度가 말년에 낙양 남쪽 오교午橋에 녹야당綠野堂을 짓고 백거
이와 유우석 등과 매일 시와 술을 즐겼는데, 오교午橋가 오문교五門橋로 불렸다.
『신당서 배도전裴度傳』.
28) 예상霓裳은 무지개치마처럼 바람에 날리는 눈보라를 이른다. 본래 구름으로 만
든 신선의 예상우의霓裳羽衣를 이른다.
29) ☐측기식 구식을 사용하였다. 하평성 '소蕭' 운에 맞추어 '腰, 條, 橋'와 '朝, 飄'와
'饒'로 압운하였다.

【4구 생략】 ……

비취색 쪽 찐 머리를
산 위에 묻어두고

翠鬟埋嶽頂 ○○○●●
1 2 5 3 4　취환매악정
|비취색|쪽 찐 머리를|묻고|산|정상에|

흰 명주 띠를
행랑 허리에 묶은 듯하니

縞帶束廊腰 ●●5●○○
1 2 5 3 4　호대속랑요
|흰 명주|띠를|묶은 듯하니|행랑|허리에|

눈에 가득한 대천세계³⁰⁾가
은빛이요

滿眼銀千界 ●●○○●
2 1 3 4 5　만안은천계
|가득한|눈에|은빛|대천|세계이고|

온 숲에는
온갖 가지가 옥이라네

渾林玉萬條 ○○●●◎
1 2 3 4 5　혼림옥만조
|온|숲에|옥빛의|만|줄기 나무이다|

【4구 생략】 ……

응당 정오까진
성에꽃 피우겠지만

成凘應及午 ○○○●●
2 1 3 5 4　성시응급오
|피운 채로|성에를|응당|미치나|정오에|

좋은 구경거린
아침녘에 사라지리라

寄賞不終朝 ●●●○○
2 1 5 4 3　기상불종조
|보여줌|볼거리|못한다|마치지|아침을|

서늘하게 하여
시 읊는 어깨 치키게 만들고

冷助吟肩聳 ●●○○●
1 4 2 3 5　랭조음견용
|서늘함|도와|시 읊는|어깨를|솟게 하고|

춤추는 소매를 따라
가볍게 나부끼는데

輕隨舞袖飄 ○○●●◎
1 4 2 3 5　경수무수표
|가벼워|따라|춤추는|소매|나부끼니|

시로 읊자니
버들개지인가 하고

入詩■■絮 ○○○●●
2 1 3 5 4　입시■■서
|넣자니|시에|■|■|버들개지와|

---

30) 천계千界는 삼천대천세계三千大千世界이다. 끝없이 넓은 세계를 일컫는다.

그림에 그리자니
비단색과 헷갈리네
사방 들녘이
바둑판처럼 희어서
도리어 검은 줄이
많은 건가 착각하노라

上畫色迷綃	●●○○◎
2 1 3 5 4	상화색미초
넣자니	그림에	색이	헷갈린다	비단과

四野如枰白	●●○○○
1 2 4 3 5	사야여평백
사방	들녘이	같이	바둑판	희니

還疑黑路饒	○○●●◎[31]
1 5 2 3 4	환의흑로요
도리어	의심한다	검은	길	많은가

앞의 시 두 수는 시구마다 모두 아름답고, 뒤의 시 두 수는 오직 열두 구만 청고清苦하다.

李眉叟次韻崔平章和昌黎「春雪」詩云 "六出欣新瑞, 三章憶舊謠. 細憐投隙騁, 光惜入池消. 皎皎欺潘鬢, 輕輕鬪楚腰. 玲瓏排夜色, 點綴放春條. 賦興歸梁苑, 詩情起灞橋. 敗鱗浮浩渺, 飛羽拂扶搖. 落絮先迷夏, 行雲已失朝. 爭輝嫌月照, 弄片厭風飄. 遇凸高堆玉, 緣平淨展綃. 滿庭奇貨積, 殘計訝還饒." 外王父金禮卿云 "陽春還有雪, 欲作郢中謠. 細落乾相積, 遲回濕欲消. 石掀鹽虎頂, 城繚玉龍腰. 柳失黃金線, 梅添白玉條. 韓車拖縞帶, 羅杖變銀橋. 惡洒窓深閉, 疑霑袖數搖. 寒威猶當膈, 曙色已先朝. 風急俄驚打, 烟籠未省飄. 題詩難下筆, 寫景欲煩綃. 好入心懷潔, 休粘鬢髮饒." 皇甫同文抗云 "冷嚛鶯兒舌, 光凝鳳子腰. 郢歌聞一曲, 張詠琢三條. 粉葉飄梅嶺, 銀濤卷五橋. 【云云】瓦覆溝平壠, 窓明夜自朝. 霓裳凌日舞, 柳絮逐風飄. 預道豐年瑞,

---

31) ㅁ평기식 구식을 사용하였다. 하평성 '소蕭' 운에 맞추어 '腰, 條'와 '朝, 飄, 綃, 饒'로 압운하였다.

毫端舌已饒."梁待制南一云"翠鬟埋嶽頂, 縞帶束廊腰. 滿眼銀千界, 渾林玉萬條. 成澌應及午, 寄賞不終朝. 冷助吟肩聳, 輕隨舞袖飄. 入詩□□絮, 上畫色迷綃. 四野如枰白, 還疑黑路饒."前兩詩句句皆佳, 後二首唯十二聯淸苦. 「

※ 한유의 「춘설春雪」이라는 시에 차운하여 읊은 이인로, 김예경, 황보항, 양남일의 시를 소개하였다. 이인로의 시는 최 평장崔平章이 화운한 시를 다시 차운하여 지은 것이다. 최 평장은 1199년에 평장사로 치사한 최당崔讜(1135~1211)을 일컬은 듯하다. 최당은 치사 후에 쌍명재를 마련하고 최선과 조통 등 8명의 문인과 기로회를 결성하여 시와 술을 즐겼다. 그렇다면 위에 소개한 시 4수는 쌍명재 모임에서 지어진 것일 수 있다.

중27. 최충헌 집에서 천엽 석류꽃을 읊은 시

"비단 장막으로 아침 해 가려주고, 금방울로 새벽 새 깨우네"

기미년(1199) 여름 5월에 진강공晉康公(최충헌) 저택에 천엽 석류꽃이 만개하였다. 공이 한림 이인로, 한림 김극기, 유원 이담지, 사직 함순, 선달 이규보를 초대하여 시를 청하였다. 그 자리에서 가장 강운強韻에 해당하는 '금禽' 자를 운으로 정하였다. 이 한림은 이렇게 읊었다.

비단 장막으로
아침 해 가려주고
금방울로
새벽 새 깨우네[1]

錦幄朝遮日	●●○○●
1 2 3 5 4	금악조차일
비단 장막이 아침에 가리고 해를	

金鈴曉起禽	○○●●○
1 2 3 5 4	금령효기금
금 방울이 새벽에 일으킨다 새를	

이 선달은 이렇게 읊었다.[2]

향을 살라서
맑은 날에 나비 부르고

爇香晴引蝶	●○○●●
2 1 3 5 4	설향청인접
태워서 향 맑은 날에 이끌고 나비	

---

1) 석류꽃 꽃잎과 꽃받침을 비단 장막과 금방울에 빗대었다.

2) 『동국이상국집』에 「기미년 5월 어느 날에 지주사 최공[뒤에 진강공이 되었다]댁 천엽 석류꽃이 만개한 것이 세상에서 보기 드문 풍경이므로 특별히 내한 이인로, 내한 김극기, 유원 이담지, 사직 함순 및 나를 불러 운을 정하여 시를 짓다[己未五月日知奏事崔公宅[後爲晉康公]千葉榴花盛開世所罕見特喚李內翰仁老金內翰克己李留院湛之咸司直淳及予占韻命賦]」라는 제목으로 실려있다. 오언율시의 5, 6구 경련을 인용하였다. 끝에 "내가 늦게 현달한 것을 스스로 빗대었다.[自況予晚達.]"라는 저자 주석이 있다. 석류꽃이 늦게 핀 것을 이른다.

불을 내뿜어
밤에 새를 놀래네

散火夜驚禽 ●●●○○
2 1 3 5 4 　산화야경금
|뿜어서|불|밤에|놀라게 한다|새를|

다음 사람은 이렇게 읊었다.

가볍게 내려앉는
날랜 나비는 예쁘지만
짓궂게 밟는
한가한 새를 금지하네

輕投憐巧蝶 ○○○●●
1 2 5 3 4 　경투련교접
|가볍게|날아든|예쁘나|공교한|나비|

惡踏禁閑禽 ●●●○○
1 2 5 3 4 　악답금한금
|짓궂게|밟는|금한다|한가한|새를|

다음 사람은 이렇게 읊었다.

꽃술이 무성하여
열매 맺기 어렵고
가지가 약하여
새를 견디지 못하네

蘂繁難結子 ●○○○●
1 2 5 4 3 　예번난결자
|꽃술이|무성해|어렵고|맺기|열매를|

枝弱不勝禽 ○●●○○
1 2 5 4 3 　지약불승금
|가지가|약해|못한다|견디지|새를|

다음 사람은 이렇게 읊었다.

바람 부는 난간의 객은
향기를 쐬고
낮 뜰의 새는
그림자 희롱하네

襲香風檻客 ●○○○●
2 1 3 4 5 　습향풍함객
|쐬는|향기|바람 부는|난간의|객이고|

弄影午庭禽 ●●●○○
2 1 3 4 5 　롱영오정금
|희롱하는|그림자|낮|뜰의|새이다|

다음 사람은 이렇게 읊었다.

푸른 복숭아3) 같아

공연히 학이 찾게 하고

푸른 오얏인 척하여

괜스레 새를 부르네

碧桃空伴鶴 ●○○●●
1 2 3 5 4　벽도공반학
푸른|복숭아 같아|괜히|짝하고|학을

青李謾來禽 ○●●○○
1 2 3 5 4　청리만래금
푸른|오얏 같아|괜히|오게 한다|새를

이 가운데 "비단 장막[錦幄]"을 읊은 시가 가장 뛰어나서, 도성에 전하여 불렸다. 어떤 사람이 이렇게 말하였다.

"이 시는 부귀富貴하면서 순하고 곱다[婉艶]. 하지만 대우를 맞춘 것이 서로 비슷하고 고사를 사용한 것도 서로 가깝다. 시인들의 한 가지 병통에서 벗어나지 못하였다."

진강공은 나중에 남산南山 마을에 있는 저택 북쪽 동산의 작은 봉우리 위에 특별히 누각 하나를 세우고 흰 띠로 지붕을 얹어 "모정茅亭"이라고 이름 붙였다.4) 그리고 다시 이인로와 이규보 및 김군수金君綏, 이공로李公老, 김양경金良鏡, 이윤보李允甫에게 기記를 지어달라고 청하였다. 이들은 모두 당시의 명성이 높은 선비들이다. 이규보가 지은 기문이 가장 뛰어나서, 마침내 이를 판에 새겨 정자 위에 걸었다.

┐ 己未仲夏, 晉康公第, 千葉榴花盛開. 公邀致李翰林仁老·金翰林克己·李留院湛之·咸司直淳·李先達奎報, 請賦之. 席上占韻, "禽"字最强.

---

3) 벽도碧桃는 관상용 복숭아 천엽도千葉桃, 혹은 서왕모西王母가 한 무제에게 준 선도仙桃를 이른다.

4) 최충헌은 1205년에 남산리南山里 저택에 모정茅亭을 세우고, 소나무 한 쌍을 심었다. 이때 최이崔頤라는 자가 쌍송시雙松詩를 지었고, 양제兩制의 문사들이 화답하는 시를 지었다고 한다. 『고려사 최충헌전崔忠獻傳』.

李翰林云"錦幄朝遮日, 金鈴曉起禽."李先達云"熱香晴引蝶, 散火夜驚禽."次曰"輕投憐巧蝶, 惡踏禁閑禽."次曰"藥繁難結子, 枝弱不勝禽."次曰"襲香風檻客, 弄影午庭禽."次曰"碧桃空伴鶴, 靑李謾來禽."以"錦幄"聯爲第一, 笙簟於都下. 或曰"此聯雖富貴婉艶, 其立對相似, 使事相近, 未免詩家一病."後於南山里第北園小峰上, 別開一閣, 以白茅爲崢嶸, 命之曰"茅亭". 又請李仁老·李奎報, 及金君綏·李公老·金良鏡·李允甫作記. 皆當時名儒, 以李公奎報所述爲最, 遂勒板于亭上.「

중28. 타인의 시에 감동하여 눈물 흘린 박춘령의 시

"하늘 이치란 아득하여 알 길 없어라"

정숙공貞肅公이 예전에 이렇게 말하였다.

"옛적에 대제 박춘령朴椿齡은 다른 사람이 창작한 뛰어난 작품을 보면, 즉시 감동하여 눈물을 흘렸었다. 나도 그렇다."

나는 이 말을 듣고서 박군朴君을 사모하게 되었다. 하지만 그가 창작한 문장은 어떤지 알지 못했기에, 보고 싶은 마음이 간절했었다. 마침내 지금 그의 시 한 수를 얻어서 보니, 과연 시에 깊이가 있는 자다.

그가 보성寶城의 공관에 적어놓은 「태수 김유를 생각하다[思金太守儒]」에서 이렇게 읊었다.[1]

유하혜처럼 낮은 벼슬을
사양치 않았더라도[2]
소 잡는 칼을
닭 잡는 데 쓴단 말인가?[3]

下惠官卑尙不辭 ●●○○●●◎
1 1 3 4 5 7 6 하혜관비상불사
유하혜|벼슬|낮음|외려|않으나|사양

牛刀焉用割鷄爲 ○○○●●○○
1 2 3 6 5 4 7 우도언용할계위
소|칼을|어찌|씀을|베는 데|닭|할까

---

1) 『동문선』에 「영광군에서 태수 김유를 추억하다[靈光郡憶金太守儒]」라는 제목으로 실려있다. 1구 '尙'이 '自'로, 2구 '焉用'이 '誰使'로, 4구 '岫'가 '首'로, 5구 '能談'이 '空言'으로, 6구 '爭頌'이 '讙誦'으로, '留'가 '題'로, 7구 '嘗'이 '曾'으로, 8구 '不'이 '未'로 되어있다.

2) 유하혜柳下惠는 춘추시대 노나라 대부 전획展獲이다. 『맹자 만장萬章』, "유하혜는 더러운 군주 섬김을 부끄러워하지 않고, 작은 벼슬을 사양하지 않았다.[柳下惠不羞汚君, 不辭小官.]"

3) 김유가 사양하지 않았더라도, 그런 큰 인재에게 작은 일을 맡김이 적절하냐고 반문한 것이다. 『논어 양화陽貨』, "공자가 빙그레 웃으며 '닭을 잡는 데에 어찌 소 잡는 칼을 쓰는가?'라고 하였다.[夫子莞爾而笑曰'割鷄, 焉用牛刀.']"

사람을 그립게 만들던
감당 나무도 있고⁴⁾

현산 꼭대기에
타루비⁵⁾도 의연하듯이

공도 사랑과 교화 베풀어
부로들이 얘기하고

생전에 남긴 시를
아이들까지 다투어 외거늘⁶⁾

도척⁷⁾도 장수했다는데
안회⁸⁾처럼 요절하고 마니

하늘 이치란 아득하여
알 길 없어라¹⁰⁾

甘棠正是思人樹 ○○●●○○●
1 1 3 7 5 4 6 감당정시사인수
|감당은|정말|이고|추억한|사람|나무|

峴岫依然墮淚碑 ●●○○●●◎
1 1 3 3 6 5 7 현수의연타루비
|현산에|의연히|떨구는|눈물|비 있듯|

父老能談遺愛化 ●●○○○●●
1 1 3 7 6 4 5 부로능담유애화
|부로들|능히|말하고|끼침|사랑|교화|

兒童爭頌舊留詩 ○○○●●○○
1 1 3 7 4 5 6 아동쟁송구류시
|아이들|다투어|외는데|옛날|남긴|시|

嘗聞跖壽顔回夭 ○○●●○○○
1 7 2 3 4 4 6 상문척수안회요
|일찍|들었으니|도척|장수|안회|요절함을|

天理茫茫不可知 ○●○○●●◎⁹⁾
1 2 3 3 7 6 5 천리망망불가지
|하늘|이치는|아득하여|없다|수|알|

---

4) 감당甘棠은 주나라 소백召伯이 문왕의 정사를 도와 남방을 순행할 때 잠시 머문 나무다. 백성들이 덕을 베푼 소백이 그리워 이 나무를 아꼈다고 한다. 『시경 감당甘棠』.

5) 타루비墮淚碑는 진晉나라 양호羊祜의 빗돌이다. 양양襄陽에서 어진 정사를 베푼 그가 세상을 떠나자 백성들이 그가 즐겨 찾던 현산峴山에 빗돌과 사당을 세우고 해마다 제사를 지냈는데, 그 빗돌을 보는 자들이 모두 눈물을 흘렸다고 한다. 두예杜預가 이 비를 타루비墮淚碑라고 일컬었다. 『진서 양호전羊祜傳』.

6) 김유를 소백과 양호에 견주었다. 소백과 양호의 백성처럼 보성 백성들도 김유의 어진 정사를 잊지 못해, 그가 베푼 사랑과 교화를 주저 없이 얘기하고, 아이들도 서로 질세라 그가 남긴 시를 외우고 있다는 말이다.

7) 도척盜跖은 춘추시대 노나라 출신 도적이다. 많은 악업을 짓고도 장수하였다.

8) 안회顔回는 공자의 뛰어난 제자이다. 안빈낙도하다가 단명하여 40세에 세상을 떠났다.

9) □측기평수 구식을 사용하였다. 상평성 '지支' 운에 맞추어 '辭, 爲, 碑, 詩, 知'로 압운하였다.

10) 김유가 기대와 다르게 안회처럼 일찍 세상을 떠났음을 아쉬워한 것이다.

貞肅公嘗言, "昔朴待制椿齡, 嘗見人佳作卽感泣, 我亦如之." 子聞其言, 嘗慕朴君, 不知其爲文何如也, 切欲見之. 今得一詩, 果深於詩者也. 題寶城公館「思金太守儒」云 "下惠官卑尙不辭, 牛刀焉用割雞爲? 甘棠正是思人樹, 峴岫依然墮淚碑. 父老能談遺愛化, 兒童爭頌舊留詩. 嘗聞跖壽顔回夭, 天理茫茫不可知."

중29. 팔전산 꼭대기 누에서 읊은 권적의 시

"천지가 위아래로 펼쳐진 한 봉우리에 누대 솟아 있어라"

팔전산八顚山[1] 가장 높은 꼭대기에 높은 누가 있다. 학사 권적權適이 영남 관찰사가 되었을 때, 이 누에 시를 적었다.

해와 달이 동에서 서로 흐르고
삼면이 물인 곳
천지가 위아래로 펼쳐진
한 봉우리에 누대 솟아 있어라

> 日月東西三面水　●●○○○●●
> 1　2　3　4　5　6　7　　일월동서삼면수
> 해│달이│동│서로 흐르고│세│면이│물이고
>
> 乾坤上下一峰樓　○○●●○○
> 1　2　3　4　5　6　7　　건곤상하일봉루
> 하늘│땅│위│아래에 있는│한│봉의│누대다

후인들은 이를 '하늘과 대지의 위아래로[乾坤之上下]'라는 뜻으로 읽었다. 시구의 의미를 이해하지 못한 것이다. 두자미杜子美는 누에 올라서 이렇게 읊었다.[2]

맑은 하늘과 탁한 땅이[3]
또한 높고 낮게 펼쳐졌어라[4]

> 二儀淸濁還高下　●○○●○○●
> 1　1　3　4　5　6　7　　이의청탁환고하
> 양의가│맑고│탁하면서│또│높고│낮다

---

1) 팔전산八顚山은 전남 고흥의 동쪽에 있는 팔영산의 옛 이름이다.
2) 두보의「다시 지어 이를 위왕에게 올린다[又作此奉衛王]」라는 칠언율시의 3구이다. 「강릉 절도사 양성군왕의 새 누대가 완성되어, 왕이 엄시어 판관에게 칠언시를 지으라고 청하기에 함께 짓다[江陵節度使陽城郡王新樓成王請嚴侍御判官賦七字句同作]」를 이어서 지은 시이다.
3) 이의二儀는 양의兩儀이다. 양의는 음양으로 천지天地를 이른다.『주역 계사繫辭』, "역에 태극이 있다. 이것이 양의를 낳는다.[易有太極, 是生兩儀.]"
4) 맑은 양陽은 하늘이 되고, 탁한 음陰은 땅이 된다고 한다.『태평어람 천부 하天部下』, "천지가 개벽함에 양은 맑아서 하늘이 되고 음은 탁하여 땅이 된다.[天地開闢, 陽淸爲天, 陰濁爲地.]"

八嶺山絶頂上, 有危樓. 權學士適爲嶺南觀察, 題此樓云"日月東西
三面水, 乾坤上下一峰樓." 後人讀作'乾坤之上下', 不知其句有味. 杜
子美登樓詩云"二儀淸濁還高下." 上下亦高下, 當作'乾坤還上下'讀
之, 則其句妙矣. '日月東西'亦然.

※ 우주의 자연 만물이 저마다 스스로 운행하는 속에서 어우러져 우
뚝하게 솟아 있는 누를 관조하고 있다. 해, 달, 물, 하늘, 땅이 저마
다 우주 운행 원리에 따라 대자연의 주체로서 스스로 존속하는 모습
이 나타나고, 그 속에서 한 봉우리 위의 지점을 점하여 솟아올라 막
힌 곳 없이 광활한 시야를 갖는 누를 발견하도록 시선이 전환되었
다. 땅에서 하늘까지 높이 누가 솟았다고 강조한 것이라기보다, 아
래에서 광활하게 펼쳐진 땅과 위에서 드높게 펼쳐진 하늘 사이에 한
점의 방해도 없이 대자연을 관망할 수 있는 우뚝한 누가 놓여있다는
점에 주목한 것이라고 이해할 수 있을 듯하다.

중30. 삼각으로 높이 솟은 영곡사 누

"반 허공에 누대 한 칸이 솟아 있어라"

중원中原 영곡사靈鵠寺는 가파른 절벽에 기대어 있으면서 푸른 강물을 굽어본다. 예스러운 짜임새로 지어진 사찰이다. 세로 2칸으로 건물을 올리면서, 가로 1칸을 터서 그 위 허공에 누를 얽어서 올렸다. 아래에서 바라보면 매달려 있는 듯이 보이는 것이었다. 세 각으로 높이 솟아올라서 하늘까지 거리가 한 움큼에 불과할 정도다.

이름은 알지 못하나 최씨崔氏 성을 가진 한 사신이 시를 적어놓았다.[1]

천 길 바위 꼭대기	千仞巖頭千古寺 ○●○○○●●	
천 년 사찰	1 2 3 4 5 6 7 천인암두천고사	
	천│길│바위│머리의│천 년│옛날│사찰	
강물 앞에 임하여	前臨江水後依山 ○○○●●○	
산을 뒤에 기대었어라	1 4 2 3 5 7 6 전림강수후의산	
	앞에│임하고│강│물│뒤에│기댔다│산	
위로 북두성에 닿을 듯이	上磨星斗屋三角 ●○○●●○●	
삼각 건물 우뚝하니	1 4 2 2 5 6 7 상마성두옥삼각	
	위로│닿은│북두성│집이│삼│각이니	
반 허공에 누대 한 칸이	半出虛空樓一間 ●●○○○●○[2]	
솟아 있어라	1 4 2 2 5 6 7 반출허공루일간	
	반이│솟은│허공에│누대│한│칸이다	

---

1) 『역옹패설櫟翁稗說』에는 3, 4구가 정지상이 남긴 시로 인용되어 있다. 『신증동국여지승람 충주목忠州牧』에도 전체가 정지상의 시로 인용되어 있다.

2) □측기측수 구식을 사용하였다. 상평성 '산刪' 운에 맞추어 '山, 間'으로 압운하였다.

이 절의 모습을 곡진하게 시에 형용하였다. 그의 뒤를 이어서 시를 지을 자가 있다면, 무슨 말을 더 할 수 있을지 모르겠다.

中原靈鵠寺, 倚峭壁俯蒼流, 結構古遠. 立屋縱二間, 橫折一間, 架空爲樓, 自下望之若懸. 其三稜高啄, 去天一握. 有一使臣姓崔亡名題云 "千仞巖頭千古寺, 前臨江水後依山. 上磨星斗屋三角, 半出虛空樓一間." 是寺形容, 曲盡於此. 未知他後續題者, 更導得何語.

중31. 대장도량과 소재도량 후에 부처를 찬미한 음찬시
"깨끗하고 깨끗하여 물에서 나온 연꽃 같았어라"

매해 봄가을에 대장경을 전경轉經[1]하고 소재도량消災道場[2]에 참여한 뒤에, 매번 고원에 근무하는 사신詞臣에게 명하여 4운의 음찬시音讚詩[3]를 짓게 하였다. 이인로가 처음 고원에 들어갔을 때 이렇게 말하였다.

"음찬시는 곧 부처의 덕을 찬미하는 시이다. 대체로 도량의 장엄과 관람한 풍경을 읊는 것이다. 간혹 군주에게 아름다움을 돌리거나 일을 서술하거나 정감을 말하는데, 이는 모두 잘못이다."

이어서 아래 시를 지어 올렸다.

당시 영취산[4]에서
까치가 어깨에 둥지 틀었을 때
깨끗하고 깨끗하여
물에서 나온 연꽃 같았어라

靈山當日鵲巢肩 ○○○●●○○
1 1 3 3 5 7 6　령산당일작소견
|영취산|당일|까치가|둥지 트니|어깨에|

濯濯還如出水蓮 ●●○○●●○
1 1 3 7 5 4 6　탁탁환여출수련
|깨끗해|외려|같았다|나온|물에서|연|

---

1) 전경轉經은 불법을 찬미하고 복을 빌기 위해 불경을 읽으면서 행하는 불가의 의식이다. 전독轉讀이라고 한다. 대장경大藏經을 읽는 것을 특별히 전장轉藏이라고 한다.
2) 소재도량消災道場은 국가의 재난을 극복하고 예방하기 위해서 마련하는 법회이다.
3) 음찬시音讚詩는 부처의 공덕을 소리 내어 염송하면서 찬미하기 위한 시이다.
4) 영산靈山은 석가모니가 설법하던 인도 영취산靈鷲山의 약칭이다. 고대 인도 마갈타국摩竭陀國의 도성 동북쪽 산이다. 독수리 모양의 검은 바위가 정상에 있어 붙은 이름이라고 한다.

이 시구는 말에 힘이 있으나, "까치가 어깨에 둥지 틀었다[鵲巢肩]"는 부처가 고행할 때의 일을 말한 것이다. 부처의 만덕萬德과 장엄莊嚴을 찬미한 것이 아니다.

정숙공 김인경金仁鏡은 이렇게 읊었다.

천 년 전 부처5)의 일 아득하건만	千古金仙事杳茫 1 2 3 3 5 6 6 　Ŏ●○○●●◎ 천고금선사묘망 천|고의|부처|일이|아득하지만
오늘날 해동에선 더욱 성대해졌어라6)	海東今日更張皇 1 1 3 3 5 6 6 　●○○Ŏ●●○◎ 해동금일갱장황 해동에서|오늘날|더욱|성대하다
푸르른 부소산7)은 정말 영취산 같고	扶蘇蒼翠眞靈鷲 1 1 3 3 5 6 6 　○○○Ŏ●●● 부소창취진령취 부소산|푸르니|진실로|영취산이고
장엄한 선경전8)은 보광전 같네	宣慶莊嚴是普光 1 1 3 3 5 6 6 　Ŏ●○○●●◎9) 선경장엄시보광 선경전|장엄하니|이것이|보광전이다

이 시는 옛일을 용사하여 지금의 일을 말했다. 경구驚句로 삼을 만하다.

습유 채보문蔡寶文은 이렇게 읊었다.

---

5) 금선金仙은 부처를 이른다.
6) 장황張皇은 기세가 성대한 모양을 이른다. 유종원, 「세 어진 사람을 읊다[詠三良]」, "패업을 이룬 기초가 쇠하여 떨치지 못하거늘, 진나라와 초나라는 더욱 성대하네.[霸基弊不振, 晉楚更張皇.]"
7) 부소산扶蘇山는 개경 송악산의 옛 이름이다. 『신증동국여지승람 개성부開城府』.
8) 선경전宣慶殿은 인종 16년(1138)에 회경전會慶殿을 개칭한 이름이다. 『고려사』.
9) □측기평수 구식을 사용하였다. 하평성 '양陽' 운에 맞추어 '茫, 皇, 光'으로 압운하였다.

허공[10]에 달빛 가득하더니
천지에 새벽 이르고
보리수[11]에 꽃 피니
온 세상에 봄이 들었어라

性空月滿乾坤曉	●○○●●○○●
1 1 3 4 5 5 7	성공월만건곤효
허공에 달빛 차니 천지가 새벽 되고	
覺樹花開世界春	●●○○○●●○
1 1 3 4 5 5 7	각수화개세계춘
보리수에 꽃이 피니 세계가 봄 된다	

이는 진짜로 부처를 찬미한 것이다. 또 불법을 찬미했다고도 말할 수 있다. 다만 신의新意를 생각해낸 것은 아니다.

대개 음찬音讚의 방법은, 불보佛寶[12]만을 오로지 찬미할 수 없을 때는, 삼보三寶[13]를 함께 아울러서 찬미하는 것도 괜찮다.

진 보궐陳補闕은 이렇게 읊었다.

두 손에 파초 줄기 속처럼
둘둘 말린 경전을 들고
산 빛깔 장삼 옷을
한쪽 어깨에 겹겹이 걸쳤어라

兩手蕉心經卷卷	●●○○○●●●
1 2 3 4 5 6 6	량수초심경권권
두 손에 파초 속처럼 경전이 둘둘 말렸고	
半肩山色衲層層	●○○○●●○○
1 2 3 4 5 6 6	반견산색납층층
반 어깨에 산 빛의 가사가 겹겹 얹혔다	

이는 승보僧寶[14]를 찬미하였다.

문순공文順公은 이렇게 읊었다.

---

10) '성공性空'은 우주 간의 일체 사물이 인연에 따라 임시로 존재할 뿐, 그 당체當體는 공空하다는 이치를 이른다. '각수覺樹'에 상대하여 텅 빈 허공을 일컬은 말이다.

11) '각수覺樹'는 보리수菩提樹이다. 사유수思惟樹, 패다貝多라고 한다. 석가가 보리수 아래에서 수행하여 도를 깨우쳤다고 하여 이렇게 이른다. '각覺'은 범어로 '보리菩提(Bodhi)'이다.

12) 불보佛寶는 3보 가운데 하나이다. 부처를 이른다.

13) 삼보三寶는 불보佛寶, 법보法寶, 승보僧寶 세 가지를 이른다.

14) 승보僧寶는 3보 가운데 하나이다. 불법을 실천하고 수행하는 승려를 이른다.

용이 받들고 온 옥 책함[15]에
안개 젖었고[16]
코끼리가 밟고 간
감색 방석에 바람이 이네

琅函霧濕龍擎到	○○●●○○●
1 2 3 4 5 6 7	랑함무습룡경도
옥 함에 안개 습하니 용이 받들고 왔고	

紺席風生象踏行	●●○○●●○
1 1 3 4 5 6 7	감석풍생상답행
감석에 바람 이니 코끼리 밟고 갔다	

이는 법보法寶[17]와 승보를 함께 찬미하였다.
김 정숙공金貞肅公(김인경)은 이렇게 읊었다.

옥 눈물은 꽃 사이로 떨어져
조계에 지고[18]
햇살 비친 구슬발은
제석 그물처럼 겹겹 빛나네[19]

穿花玉漏曹溪滴	○○●●○○●
2 1 3 4 5 5 7	천화옥루조계적
지나친 꽃을 옥 눈물 조계에 방울지고	

映日珠簾帝網重	●●○○○●○
2 1 3 4 5 6 7	영일주렴제망중
비친 해 구슬 발이 제석 망처럼 겹쳤다	

이는 궁중의 일을 가지고서 법보를 찬미한 것이다. 직강 조문발趙
文拔이 이렇게 평하였다.

---

15) 낭함琅函은 책을 보관하는 옥으로 제작한 책갑冊匣이다.
16) 용이 용궁에 보관하고 있던 불경을 받들고 왔다는 말이다. 석가가 세상을 떠난
지 6백 년이 지난 뒤에 용수龍樹가 용궁에 들어가 그곳에 보관된 『화엄경』을 가
져왔다는 전설이 있다.
17) 법보法寶는 3보 가운데 하나이다. 부처가 남긴 교법을 이른다.
18) 조계적曹溪滴은 모든 사물 경계에 도가 있음을 빗댄 말이다. 조계曹溪는 당나라 혜
능慧能이 머물던 조계산이다. 선종의 별칭으로 쓰인다. 오대의 소국사紹國師가 고
승 법안法眼을 찾아가서 물었다. "무엇이 조계의 한 방울 물입니까?[如何是曹溪一
滴水?]" "이것이 조계의 한방울 물이다.[是曹溪一滴水.]" 소국사는 이 말을 듣고 크
게 깨달았다고 한다. 본각本覺, 『석씨통감 소국사紹國師』.
19) 제망帝網은 제석帝釋이 머무는 도리천 궁전 위에 매달아놓은 구슬로 이루어진 그
물이다. 구슬마다 다른 구슬이 낱낱이 비쳐 나타나고, 비친 구슬 안에 다시 다
른 일체 구슬이 비쳐 나타나 중중무진重重無盡한 구슬이 찬란하게 빛났다고 한다.

"'꽃을 지나서[穿花]'를 '바람에 날려서[風傳]'로 바꾸면 더욱 좋을 것이다."

평장사 최석崔奭은 윤원綸院에 있을 때 이렇게 읊었다.[20]

종소리 멀리 울려
삼계[21] 중생을 꿈 깨우고
장엄한 높은 전각은
오천 허공을 압도한다네
대지를 전부 갈아서
먹물로 만들어도
우리 임금님 큰 뜻과 소망을
다 기록하기 어려우리

鍾吼遠醒三界夢　○●●○○●●
１２３７４４６　종후원성삼계몽
｜종이｜울려｜멀리｜깨우고｜삼계의｜꿈을｜

殿嚴高壓五天空　●○○●●○◎
１２３７４４６　전엄고압오천공
｜전각이｜엄해｜높이｜압도한다｜오천｜허공을｜

雖將大地硏爲墨　○○●●●○●
１４２２５７６　수장대지연위묵
｜비록｜가지고｜대지를｜갈아｜삼아도｜먹물｜

難盡吾皇志願洪　○●○○●●◎[22]
７６１２３４５　난진오황지원홍
｜어렵다｜다 쓰기｜우리｜왕｜뜻｜기대｜큰 것을｜

이 시는 문종이 흥왕사興王寺[23]에 삼층대전三層大殿을 창건하고, 특별히 경찬도량慶讚道場[24]을 개설했을 때 지은 것이다. 이런 까닭에 일을 서술하여 지은 것이니 괜찮다.

문순공은 이렇게 읊었다.

---

20) 『동문선』에 「흥왕사 경찬도량 음찬시興王寺慶讚道場音讚詩」라는 제목으로 실려있다. 칠언율시의 후반부 네 구를 인용한 것이다. 2구 '高壓'이 '全寫'로, '空'이 '功'으로, 4구 '吾皇'이 '高王'으로 되어있다.

21) 삼계三界는 일체중생이 생사 유전하는 세 가지 세계를 이른다. 욕계欲界, 색계色界, 무색계無色界이다.

22) □측기측수 구식을 사용하였다. 상평성 '동東' 운에 맞추어 '空, 洪'으로 압운하였다.

23) 흥왕사興王寺는 덕적산 남쪽에 창건한 사찰이다.(상-14 참조)

24) 경찬도량慶讚道場은 불상과 경전을 새로 맞이하거나 불당과 불탑 등을 조성한 일을 경축하는 법회이다.

지형 좋은 곳에
새로 백옥경²⁵⁾을 설치하니

形勝新開白玉京	○●○○●●○
1 2 3 7 4 4 4	형승신개백옥경
지형 좋은 곳에 새로 여니 백옥경을	

강산의 왕 기운이
명당²⁶⁾을 옹위하고

江山王氣擁明堂	○○○●●○○
1 2 3 4 7 5 5	강산왕기옹명당
강 산의 왕 기운이 옹위하고 명당을	

다시 부처 힘에 의지하여
금성²⁷⁾처럼 견고하니

更憑佛力金城固	○○●●●○●
1 4 2 3 5 5 7	갱빙불력금성고
또 기대 부처 힘 금성처럼 견고하니	

오랑캐의 강한 철갑 기병인들
어찌 두려울까?

寧畏胡雛鐵騎强	○●○○●●◎
1 7 2 2 4 5 6	녕외호추철기강
어찌 두렵나 오랑캐 철갑 기병 강함	

이 학사李學士는 이렇게 읊었다.

탄식하고 경계하기를
사당에서 울던 새처럼 하고²⁹⁾

譆譆出出如鳴社	○○●●○○●
1 1 3 3 6 5 5	희희출출여명사
탄식 경계함이 듯하고 우는 사당에서	

살얼음을 밟는 듯이
전전긍긍하노라³⁰⁾

戰戰兢兢若履氷	●●○○○●○
1 1 3 3 7 6 5	전전긍긍약리빙
전전하고 긍긍함이 듯하다 밟는 얼음	

---

25) 백옥경白玉京은 새로 옮긴 강화 도성을 빗댄 말이다. 본래 천제가 머무는 하늘 위
궁성을 이른다.

26) 명당明堂은 제왕이 조회를 받고 정령을 내고 제천 의식 등을 행하는 곳이다. 『맹
자 양혜왕梁惠王』, "명당은 왕이 된 자의 당이다.[夫明堂者, 王者之堂也.]"

27) 금성金城은 쇠로 만든 듯이 견고한 성을 이른다.

28) ㅁ측기평수 구식을 사용하였다. 하평성 '양陽' 운에 맞추어 '堂, 强'으로 압운하였다.

29) 희희譆譆와 출출出出은 화재를 당하여 피신하라고 경계하는 소리를 형용한 말이
다. 명사鳴社는 사당 화재에 새가 울어 사람을 경계한 것을 이른다. 『좌전 양공襄
公』 30년 5월, "어떤 사람이 송나라 태묘에서 외치기를 '불이오[譆譆], 나가시오
[出出]'라고 했다. 또 새가 은나라 사당에서 울기를 '불이오[譆譆]'라고 했다.[或叫于
宋太廟曰'譆譆出出', 鳥鳴于亳社, 如曰'譆譆'.]" 소재도량消災道場의 일을 읊기 위해 위 고
사를 인용한 것이다.

30) 전전戰戰은 두려워하는 모양이고, 긍긍兢兢은 경계하는 모양이다. 『시경 소민小
旻』, "전전하고 긍긍하여, 깊은 못에 임한 듯하고, 얇은 얼음을 밟는 듯하네.[戰戰

문순공은 새 도읍으로 천도할 때 적병狄兵을 물리쳐 달라고 기원하였고, 이 학사는 창름에 화재가 발생한 뒤에 행한 초갱招梗(기원제)[31]을 읊었다. 따라서 이렇게 일을 서술한 것은 마땅하다.

진 보궐陳補闕은 이렇게 읊었다.

선정에 든 아침에
향 찌꺼기 책상에 쌓이고

禪朝案上香堆燼　○○●●○○●
1 2 3 4 5 6 7　선조안상향퇴신
선정의 아침 책상 위에 향은 쌓이고 재

강경하는 밤
처마 끝에는 달빛이 줄어드네

講夜簷頭月減稜　●●○○●●○
1 2 3 4 5 6 7　강야첨두월감릉
강경한 밤 처마 머리에 달은 줄었다 빛

비록 어격語格이 청상淸爽하기는 하지만, 풍경을 읊은 것은 잘못되었다.

첫째 연에서 법석의 설치를 말하고, 함련과 경련에서 모두 삼보三寶를 찬미하고, 낙구에서 복리福利를 말하는 것이 음찬시의 규범이다. 홍유鴻儒나 거필巨筆도 오히려 이러한 이전 규범에 구속되어 환골換骨[32]을 하는 데서 벗어나지 못하는 것이다.

그런데 문순공이 「천변소재天變消災」에서 이렇게 읊었다.

오랑캐 입에 군침 흘린 일도
이미 기억 생생한데

虜吻流涎已足徵　●●○○●●◎
1 2 4 3 5 7 6　로문류연이족징
오랑캐 입 흘림 침 이미 족한데 증험하기

_____

兢兢, 如臨深淵, 如履薄氷.」"

31) 초갱招梗은 재해가 발생하지 않기를 기원하는 제사 의식을 이른다. 『주례 여축女祝』, "때에 재해를 막고 없애는 의식을 담당하여 병과 재앙을 제거한다.[掌以時招梗檜禳之事, 以除疾殃.]"

32) 환골換骨은 옛사람 뜻을 바꾸지 않고 말을 새로 지어냄을 뜻한다.(『파한집』하-20 참조)

천문33)으로 꾸짖어
또 무엇을 징계하려 하나?34)
하늘 마음은 물속 같아서
알기 어렵지만
산 같은 부처 힘은
참으로 기댈 수 있어라

乾文見謫又何懲　○○●●○◎
1 2 4 3 5 6 7　건문견적우하징
|하늘|무늬로|뵈니|꾸중|또|뭘|징계할까|

天心似水雖難測　○○●●○○●
1 2 4 3 5 7 6　천심사수수난측
|하늘|마음|같아|물|비록|힘드나|알기|

佛力如山信可憑　●●○○●●◎35)
1 2 4 3 5 7 6　불력여산신가빙
|부처|힘|같아|산|정말|만하다|기댈|

「적병 물리칠 것을 기원하다[禳狄兵]」에서는 이렇게 읊었다.

쇠잔한 적들은 굶주리고서도36)
허세 부리는데
우리 임금께선 오로지
존귀한 옥호37)에 기대시네
용이 울듯이
범패38) 소리 울린다면

殘寇虛張菜色軍　ŏ●○○●●○
1 2 3 4 5 6 7　잔구허장채색군
|쇠한|적이|속여|부풀리나|나물|빛|군인을|

吾皇專倚玉毫尊　○○ŏ●●○◎
1 2 3 7 4 4 6　오황전의옥호존
|우리|왕|오로지|기댄다|옥호|존귀함에|

若敎梵唱如龍吼　●○●●○○●
1 2 3 4 7 5 6　약교범창여룡후
|만약|시켜|범패|울게하길|듯하면|용이|울|

---

33) 건문乾文은 천문天文이다. 해, 달, 별 등이 운행하는 천체 현상을 이른다.

34) 오랑캐가 입에 군침을 흘리면서 나라를 어지럽힌 전란이 불과 얼마 전에 벌어졌다. 그 상흔들이 여전히 상처로 남아 있기에 하나하나 증거를 들어서 말할 수도 있다. 그런데 하늘이 천문을 통해 다시 흉한 조짐을 보이니, 또 무슨 일로 혼을 내리려고 그러는 건가 하고 안타까워한 것이다.

35) ㅁ측기평수 구식을 사용하였다. 하평성 '증蒸' 운에 맞추어 '徵, 懲, 憑'으로 압운하였다.

36) 채색菜色은 굶주려 나물을 뜯어 먹는 자의 안색을 이른다. 『예기 왕제王制』, "비록 극심한 가뭄이 들거나 홍수가 나도, 백성에게 굶주린 기색이 없다.[雖有凶旱水溢, 民無菜色.]"

37) 옥호玉毫는 부처의 32상 중 하나다. 두 눈썹 사이에 있는 희고 빛나는 가는 터럭이다. 이것이 끊임없이 빛을 내어 옥호광명玉毫光明이라고 일컫는다.

38) 범창梵唱은 불교 의식인 범패를 이른다. 사찰에서 재齋를 지낼 때 부르는 석가의 공덕을 찬미하는 노래다.

어찌 오랑캐가
사슴처럼 달아나지 않으랴?

寧有胡兒不鹿奔 ○●○○●●③⁹⁾
1 7 2 2 6 4 5 녕유호아불록분
|어찌|있나|호가|않을 수|사슴|뛰듯이|

말이 호방豪放하고 구속되어 있지 않다. 그래서 평범하고 속된 것
에 얽매이는 자들이 간혹 그를 지적하여 오만하다[倨蹇]고 한다.
조 직강趙直講(조문발)은 「대장도량大藏道場」에서 이렇게 읊었다.

금장⁴⁰⁾을 찬 관리들은
나아가서 임금께 절을 권하고
가사 수놓은 승려는 좇아가서
걸어오는 임금님 맞이하네

金章進勸宸躬拜 ○○●●○○●
1 1 3 7 4 5 6 금장진권신궁배
|금장은|나아가|권하고|임금|몸소|절함|

繡衲趨迎御步巡 ●●○○●●○
1 1 3 7 4 5 6 수납추영어보순
|수납은|뛰어|맞는다|임금|걸어|순행함|

군주의 거둥을 말한 것은 잘못이다. 『주관周官(주례)』에 이런 말이 있다.

"사의는 예를 도와서 읍하고 사양하는 절차를 고하는 일을 맡는
다.[司議掌相以詔揖讓之節]"

그 주注에서 이렇게 말했다.

"예를 도움을 '상相'이라 한다. 읍하고 사양하는 절차를 임금에게
고하는 것이다.[贊禮曰相 以揖讓之節告王]"

【후한 시대에는 알자謁者인 복야僕射가 절하는 것을 도왔고, 또 창창唱을 하
여 백관이 절하는 것을 도왔다. 지금의 '갈喝' 같은 것이다. 위나라 때에 비로

---

39) □측기평수 구식을 사용하였다. 상평성 '문文' 운과 통운에 해당하는 '원元' 운에
맞추어 각각 '軍'과 '尊, 奔'으로 압운하였다.
40) 금장金章은 금으로 제작한 관인官印을 이른다. 지위 높은 관리를 상징한다.

소 통사사인通事舍人을 두었다.】지금은 여러 도량에 임금이 친히 거둥하여 배례拜禮를 할 적에, 추밀樞密이 왼편에 나아가서 돕는다. 이를 세속에서 "권배勸拜"라고 일컫는다. 조 직강이 속어俗語를 쓴 것이다.

每歲春秋, 轉大藏經及與消災道場, 皆命誥院詞臣, 作四韻音讚詩. 李公仁老, 初登誥院以謂 "音讚詩乃讚佛德也, 大抵賦道場莊嚴觀覽景致. 或歸美君主, 敍事說情, 皆非也." 及製呈云 "靈山當日鵲巢肩, 濯濯還如出水蓮." 此雖句語有力, "鵲巢肩"是苦行時事, 非讚萬德莊嚴也. 金貞肅公仁鏡云 "千古金仙事杳茫, 海東今日更張皇. 扶蘇蒼翠眞靈鷲, 宣慶莊嚴是普光." 此用古事, 卽今事, 可警. 蔡拾遺寶文云 "性空月滿乾坤曉, 覺樹花開世界春." 此眞讚佛也, 亦可云讚法. 然非出新意. 夫音讚之法, 若不能專讚佛寶, 通讚三寶亦得. 如陳補闕云 "兩手蕉心經卷卷, 半肩山色衲層層." 此讚僧寶也. 文順公云 "琅函霧濕龍擎到, 紺席風生象踏行." 此通讚法寶僧寶也. 金貞肅公云 "穿花玉漏曹溪滴, 映日珠簾帝網重." 此卽禁中事, 讚法寶也. 趙直講文拔云 "改'穿花'爲'風傳', 則尤佳." 崔平章䚞在綸院時, 云 "鍾吼遠醒三界夢, 殿嚴高壓五天空. 雖將大地硏爲墨, 難盡吾皇志願洪." 此詩當文廟創立興王寺三層大殿, 特開慶讚道場, 故雖敍事可也. 文順公云 "形勝新開白玉京, 江山王氣擁明堂. 更憑佛力金城固, 寧畏胡雛鐵騎强?" 李學士云 "譆譆出出如鳴社, 戰戰兢兢若履氷." 文順公當遷新都日, 禳狄兵, 李學士當虜災後招梗, 宜敍事如此. 陳補闕云 "禪朝案上香堆燼, 講夜簷頭月減稜." 雖語格淸爽, 賦景致非也. 第一聯言設席, 頷聯景聯皆讚三寶, 落句言福利, 此音讚詩之範也. 雖鴻儒巨筆, 猶局其前範, 未免換骨. 而文順公天變消災云 "虜吻流涎已足徵, 乾文見謫又何懲? 天心似水雖難測, 佛力如山信可憑."「禳狄兵」云"殘寇虛張菜色軍, 吾皇專倚玉毫尊. 若教梵唱如龍吼, 寧有胡兒不鹿奔?" 其語豪放不局, 故拘凡滯俗者, 或議其偃蹇. 趙直講「大藏道場」云"金章進勸宸躬拜, 繡衲趨迎御步巡." 言君主舉動, 非也. 『周官』"司議掌相以詔揖讓之節", 注"贊禮曰相, 以揖讓之節告王."【後漢, 謁者僕射贊拜. 又唱贊百官拜, 若今之喝. 至魏始置通事舍人.】今諸道場, 親幸拜禮, 樞密詣左相之, 俗稱爲"勸拜". 趙用俗語.　┌

373

중32. 배우 농담처럼 즐겁게 장난삼아 지은 시

"옛 역 이름이 진부인데, 진부라고 부른 뜻 무엇일까?"

학사 권적權適이 진부역珍富驛에 시를 적어놓았다.

옛 역 이름이 진부인데	古驛名珍富 ●●○○● 1 2 5 3 3 고역명진부 |옛| 역을| 이름 지었는데| 진부로|	
진부라고 부른 뜻 무엇일까	名珍富意何 ○○●●◎ 3 1 1 4 5 명진부의하 |이름 지은| 진부로| 뜻이| 무엇일까|	
눈 쌓여 산에 옥 가득하고	雪堆山玉滿 ○○○●● 1 2 3 4 5 설퇴산옥만 |눈이| 쌓여| 산에| 옥이| 가득하고|	
버들가지 흔들려 길에 황금 많아라	柳拂路金多 ●●●○○ 1 2 3 4 5 류불로금다 |버들가지| 흔들려| 길에| 황금이| 많다|	
시내 잉어는 붉은 비단처럼 뛰고	溪鯉跳紅錦 ○●○○● 1 2 5 3 4 계리도홍금 |시내| 잉어는| 뛰고| 붉은| 비단처럼|	
촌 연기는 푸른 비단처럼 흩어지는데	村烟散碧羅 ○○●●○ 1 2 5 3 4 촌연산벽라 |촌| 연기는| 흩어진다| 푸른| 비단처럼|	
눈앞에 계신 두 호장¹⁾도	眼前雙戸長 ●○○●● 1 2 3 4 4 안전쌍호장 |눈| 앞의| 두| 호장도|	

---

1) 호장戸長은 983년에 향직鄕職을 개혁하면서 설치한 관직이다. 지방 호족의 조직
인 관반官班에서 우두머리가 되는 당대등堂大等과 대등大等을 호장과 부호장으로
바꾸었다. 호장은 수령이 없는 지역에서 행정을 전담하고, 수령이 있는 지역에
서 수령의 지시에 따라 향리들이 수행하는 말단의 실무행정을 총괄하였다.

은 실이 ｜ 銀縷鬢毛華 ○●●○◎²⁾

은 실이 　銀縷鬢毛華 ○●●○◎ ²⁾
귀밑머리에서 빛난다오 　1 2 3 4 5　은루빈모화
　｜은 ｜실처럼 ｜귀밑 ｜머리가 ｜빛난다 ｜

권 학사가 이렇게 말하였다.

"내가 특별히 장난삼아 지어본 것이다. 배우들이 하는 농담과 비슷하다."

학사 이 미수李眉叟는 홍천사興天寺 주지가 땔나무를 보내준 것에 감사하는 시를 읊었다.

불꽃 좇을³⁾ 계책을 　平生不解趨炎計 ○○●●○●
평생 알지 못하시더니 　1 1 7 6 4 3 5　평생불해추염계
　｜평생 ｜못하더니 ｜알지 ｜좇는 ｜불꽃 ｜계책 ｜

진중하신 우리 선사님께서 　珍重吾師惠也愚 ○●○○●●○
바보처럼 불을 베푸시네 　1 1 3 4 5 6 7　진중오사혜야우
　｜진중한 ｜우리 ｜선사 ｜은혜 ｜어사 ｜바보 같다 ｜

이는 늙은 선비가 한가한 때 좋게 장난으로 말한 것일 뿐이다. 당나라와 송나라 사람들도 이런 형식으로 창작한 시가 있기는 하지만, 후진들이 본받을 것은 되지 못한다.

權學士適題珍富驛云 "古驛名珍富, 名珍富意何? 雪堆山玉滿, 柳拂

---

2) □측기측수 구식을 사용하였다. 하평성 '가歌' 운과 통운에 해당하는 하평성 '마麻' 운에 맞추어 각각 '何, 多, 羅'와 '華'로 압운하였다.

3) 추염趨炎은 따뜻함을 좋아하고 불꽃을 좇음을 이른다. 권세를 좇는 추염부세趨炎附勢의 뜻이 있다. 땔나무가 불을 피우는 재료이므로 이렇게 빗대어 말한 것이다.

路金多. 溪鯉跳紅錦, 村烟散碧羅. 眼前雙戶長, 銀縷鬓毛華." 學士曰 "我特戲作也, 類於俳談." 李學士眉叟, 謝興天堂頭惠柴云 "平生不解趨炎計, 珍重吾師惠也愚." 此語, 老儒閑中善戲耳. 雖唐·宋人有此體, 然後進不可效之. ┌

중33. 같은 부류로 비유하는 '유유'와 글자를 빌려 비유하는 '차자위유'

학사 이미수李眉叟가 「봄날에 강을 지나다[春日江行]」에서 이렇게 읊었다.[1]

날 세운 붓 꽂아놓은 듯
푸른 산은 뾰족하고
아득한 푸른 강은
솔 연기처럼 일렁이는데
뭉게뭉게 먹구름이
기이한 글자 만들어내니
만 리 푸른 하늘이
한 폭 시전지 같아라

碧岫巉巉攢筆刃	●●○○○●●
1 2 3 3 7 5 6	벽수참참찬필인
푸른 봉 뾰족뾰족 꽂은 듯하고 붓 날	

滄江杳杳漲松烟	○○●●●○○
1 2 3 3 7 5 6	창강묘묘창송연
푸른 강 아득아득 이는 듯한데 솔 연기	

暗雲陣陣成奇字	●○●●○○●
1 2 3 3 7 5 6	암운진진성기자
어둔 구름 뭉게뭉게 이루니 기이한 자	

萬里靑天一幅牋	●●○○○●●[2]
1 2 3 4 5 6 7	만리청천일폭전
만 리 푸른 하늘 한 폭 시전지 같다	

이 시는 담아낸 뜻이 크다. 그러나 같은 부류의 사물로 비유하는 유유類喻[3]의 수법에 구애되어, 거침없이 말하지는 못했다.

---

1) 『동문선』에 「이른 봄에 강을 지나다[早春江行]」라는 제목으로 실려있다. 2구 '滄'이 '蒼'으로 되어있다.

2) □측기측수 구식을 사용하였다. 하평성 '선先' 운에 맞추어 '烟, 牋'으로 압운하였다.

3) 유유類喻는 비슷한 성질이나 모양을 가진 사물로 비유를 삼아서 대상을 표현하는 수법이다. 위 시에서 봉우리를 날 선 붓에 빗댄 뒤에, 강을 먹의 원료인 솔 연기로, 먹구름을 붓과 먹으로 쓴 글자로, 하늘을 글자를 적는 시전지로 비유한 것을 이른다.

문순공은 「고열苦熱」에서 이렇게 읊었다. [4]

한글	한문	성조	독음	풀이
해 속 까마귀가[5]	金烏自吐炎	○○●●● 1 1 3 5 4	금오자토염	금오가│스스로│토하더니│불꽃을
스스로 불꽃 토하느라				
숨을 헐떡여	呀喘反難翥	○●●○● 1 1 3 5 4	하천반난저	헐떡이랴│되레│힘든데│날아오르기
외려 날기도 버거워선지				
해의 운행도	自此日行遲	●●●○○ 2 1 3 4 5	자차일행지	부터│이로│해의│운행도│더뎌져서
이로부터 더뎌져서				
지체하며 사람 태우는	留作煎人火	○●○●● 1 5 3 2 4	류작전인화	머물러│되었다│태우는│사람을│불이
불꽃 되었어라				
하늘에 닿는 부채	安得亙空扇	○○●○● 1 5 3 2 4	안득긍공선	어떻게│얻어│이르는│허공에│부채를
어떻게 얻어서				
천하를 두루	搖簸遍天下	○●●○●[6] 1 2 5 3 3	요파편천하	흔들어│부치길│두루 할까│천하에
부쳐줄 수 있을까?				

유유의 수법을 근사하게 구사하면서도,[7] 말을 거침없이 하였고 담아낸 뜻도 크다.

학사 최효저崔孝著는 「북조(금나라)[8]의 척서정을 읊은 시에 화운하다 [和北朝滌暑亭詩]」에서 이렇게 읊었다.

---

4) 『동국이상국집』에 「괴로운 더위에 성중에서 짓다[苦熱在省中作]」라는 제목의 6구시로 실려 있다. '성중省中'은 상서성을 이른다.

5) 금金는 태양 속에 있다는 전설 속 삼족三足를 이른다. 태양의 별칭으로 쓰인다.

6) □6구시이다. 2구 '翥'는 거성 '어御' 운에 속하고, 4구 '火'는 상성 '가哿' 운에 속하고, 6구 '下'는 상성 '마馬' 운에 속한다. '가哿'와 '마馬'는 통운에 해당한다.

7) 태양을 금오金烏에 빗대고, 긴 낮에 뜬 태양을 금오가 헐떡이며 버겁게 날갯짓하는 모습에 빗대었다.

8) 북조北朝는 송나라를 강남으로 밀어내고 북방을 차지한 금나라를 이른다.

산허리 돌아가는 긴 강은
　　　　　　　푸른 띠이고[9]
구름 위로 솟아오른 먼 산은
　　　　　비취색 눈썹이어라[10]

> 靑回山腹長江帶　○○○●○○●
> 　1　4　2　3　5　6　7　　청회산복장강대
> 푸르게｜도는｜산｜허리｜긴｜강은｜띠요
>
> 翠揷雲頭遠岫眉　●●○○●●○
> 　1　4　2　3　5　6　7　　취삽운두원수미
> 비취처럼｜꽂힌｜구름｜위｜먼｜산은｜눈썹이다

유유의 수법을 이렇게 구사하는 것은, 시를 배우는 신진의 시체에
해당한다.[11]

　　문순공은 「포구 마을[浦口村]」에서 이렇게 읊었다.[12]

깨끗한 호수는 절묘하게
중심에 이른 달을 비추고[13]
　　넓은 포구는 욕심내어
어귀로 밀려든 조수 삼키네

> 湖淸巧印當心月　○○○●●○●
> 　1　3　7　5　4　6　　호청교인당심월
> 호수｜맑아｜정교히｜비추고｜당한｜중심에｜달
>
> 浦闊貪呑入口潮　●●○○●●○
> 　1　2　3　7　5　4　6　　포활탐탄입구조
> 포구｜넓어｜탐해｜삼킨다｜든｜어귀에｜조수

　　"삼킨다[呑]"라고 말하고 "입[口]"이라고 말한 것은, 유유의 수법을

---

9) 산 아래로 돌아서 흐르는 푸른 강이 마치 배에 두른 띠처럼 보인다는 말이다. 한
유, 「계주로 부임하는 엄 대부를 전송하다[送桂州嚴大夫]」, "강은 푸른 비단 띠가 되
고, 산은 벽옥 비녀 같네.[江作靑羅帶, 山如碧玉簪.]"

10) 옛 여인들이 눈썹에 푸른빛 먹으로 화장했다. 이 먹을 취대翠黛라고 하고, 이를
칠한 눈썹을 취미翠眉라고 한다. 최표崔豹, 『고금주 잡주雜注』, "위나라 궁인들은
눈썹을 길게 그리기 좋아했다. 지금은 비취색으로 눈썹을 칠하고 놀란 학 모양
으로 머리를 장식하는 자가 많다.[魏宮人好畫長眉, 今多作翠眉驚鶴髻.]"

11) 산자락을 배에, 긴 강을 허리띠에, 구름을 사람 머리에, 구름 위로 솟은 먼 산을
눈썹에 빗대었다.

12) 『동국이상국집』에 「포구의 작은 마을에 적다[題浦口小村]」라는 제목으로, 『동문선』
에 「부령포구扶寧浦口」라는 제목으로 실려있다. 칠언율시의 3, 4구 함련을 인용했다.

13) 심心은 '중심'을 뜻하나, 인印과 호응하여 '마음'이란 뜻을 내포한다. 심인心印이란
말을 활용한 것이다.

근사하게 구사한 것이다. 그러나 신진들이 생각해낼 수 있는 말이 아니다. 대체로 시를 창작할 때는 글자를 빌려와서 비유로 삼는 것[借字爲喻]보다 좋은 방법이 없다. 그러나 노련한 시인이 이렇게 하면 말이 원숙해지고[語熟] 뜻이 공교해지지만[意巧], 새로 배우는 신진이 이렇게 하면 말이 생경해지고[語生] 뜻이 엉성해진다[意疎].

양 대제梁待制(양남일)는 「홀로 즐김을 읊은 시에 화운하다[和獨樂詩]」에서 이렇게 읊었다.

안개 용수로 걸러	霧篘山釀雨 ●○○●●
산은 비를 빚어내고	1 2 3 5 4　무추산양우
	안개	용수로	산은	빚고	비를
바람 평미레 밀어	風概谷量烟 ○●●○○
계곡은 안개를 측량하네[14]	1 2 3 5 4　풍개곡량연
	바람	평미레로	골짜기는	측량한다	안개를

뜻이 정교하면서도[意巧] 말이 크게 생경하지는 않다[語不大生].
염동수閻東叟가 이렇게 말하였다.

"시를 생각나는 대로 즉시 지어내는 것이 있다. 이태백의 아래 시가 그렇다.[15]

버드나무 색은	柳色黃金嫩 ●●○○○
여린 황금빛이요	1 2 3 4 5　류색황금눈
	버들	색은	누런	금빛으로	여리고

---

14) 산에서 안개 사이로 비 내리는 풍경을 술독에 용수를 받쳐 술을 걸러내는 모습에 빗대고, 계곡에 잠긴 안개를 바람이 밀어내는 풍경을 말이나 되에 곡식을 담고 그 위를 평미레로 밀어 평평하게 만드는 모습에 빗대었다.
15) 이백이 오언율시로 창작한 「궁중행락사宮中行樂詞」라는 연작 8수 시 중에서 둘째 수의 1, 2구 수련이다.

배나무 꽃은
향기로운 흰 눈 같아라

梨花白雪香 ○○●●●
1 2 3 4 5 리화백설향
|배|꽃은|흰|눈 같으면서|향기롭다|

순하고 아름답고[婉麗] 정교精巧하면서도 거의 생각을 지체하거나 애써서 지어낸 데가 없다. 하지만 반공潘公[16)은 「오래된 거울[古鏡]」에서 이렇게 읊었다.

전서로 새긴 경문이
천고에 난해한데[17)

篆經千古澁 ●○○●●
1 2 3 4 5 전경천고삽
|전서|경문은|천|고에|난해한데|

그림자 비추어
온 집안이 서늘하여라

影瀉一堂寒 ●●●○○
1 2 3 4 5 영사일당한
|그림자|쏟아내어|온|집이|서늘하다|

이는 정밀하게 생각하고 극도로 고민하여 가장 애써서 지어낸 시이다."

그렇다면 지금 세상에서 경구警句라고 일컫는 시들은, 아마도 고심하고 애써서 지어내는 수고를 면하지 못한 것들이다. 하지만 용렬한 재주를 가지고서 생각나는 대로 즉시 지어내려고 한다면, 그 말이 속되고 잡스러워질[俚雜] 것이다. 속되고 잡스러운 시를 빠르게 지어내는 것은, 잘 조탁하여 더디게 지어내는 것보다 좋지 못하다. 다만 잘 조탁하려고 하다가 극도로 고민하는 지경에 이르게 된다면, 최융崔融처럼 골수를 빌려서 쓰다가 죽음에 이르고 마는 꼴이 될까 두렵다.[18)

---

16) 반공潘公은 당나라 시인 반위潘緯이다. 10년 동안 구상하여 「고경古鏡」 시를 완성했다고 한다.
17) 전경篆經은 옛 거울에 전서 글씨로 새긴 경전 문구를 이른다.
18) 최융崔融(653~706)은 측천무후 애책문을 짓기 위해 지나치게 몰두하다가 병을 얻어 세상을 떠났다고 한다.

문순공은 「북산잡제北山雜題」에서 이렇게 읊었다.[19]

산 사람이	山人不出山 ○○●●○
	1 2 5 4 3　산인불출산
산을 나서지 않아	산 사람이 않아 나오지 산에서
옛길이 거칠게	古徑荒苔沒 ●●○○◎
	1 2 3 4 5　고경황태몰
이끼에 묻혔어라	옛 길이 거친 이끼에 묻혔다
티끌세상 사람들이	應恐紅塵人 ○●○○○
	1 5 2 3 4　응공홍진인
찾아와서	응당 두려워하니 붉은 티끌 사람을
내 초록 넝쿨 달님을	欺我綠蘿月 ○●●○◎[20]
	5 1 2 3 4　기아록라월
해칠까 걱정해서라	속일까 한다 나의 초록 넝쿨의 달을

이 시를 이백李白의 시집 속에 넣어두면, 어느 시가 진짜인지 구분하지 못할 것이다.

진 보궐陳補闕이 어떤 사람을 만났더니, 그가 문선사文禪師[21]가 읊은 아래의 시 한 연을 외면서 경구警句라고 평하는 것이었다.

파초 베어내니	剪蕉窓減雨 ●○○●●
	2 1 3 5 4　전초창감우
창문에 빗소리 줄고	베니 파초를 창에 줄고 비가
대나무 가꾸니	裁竹砌添秋 ○●●○○
	2 1 3 5 4　재죽체첨추
섬돌에 가을 보태어지네	기르니 대를 섬돌에 늘어난다 가을

---

19) 『동국이상국집』과 『동문선』에 「북산잡제北山雜題」라는 제목으로 실려있다. 『동문선』에 1구 '出山'이 '浪出'로, 2구 '荒'이 '蒼'으로 되어있다.

20) □평기평수 구식을 사용하였다. 입성 '월月' 운에 맞추어 '沒, 月'로 압운하였다.

21) 문선사文禪師는 이규보와 교유하던 승려 혜문惠文이다. 자는 빈빈彬彬이고, 속성은 남씨南氏이다. 이규보, 「문선사애사文禪師哀詞」.

진 보궐이 웃으며 말하였다.

"이는 아이들이 하는 말이다. 노숙한 선비는 이렇게 말하지 않는다. 내가 예전에 산사에 적은 시의 낙구에서 이렇게 읊었다.[22]

푸른 섬돌에 떨어진 꽃 한 치나 쌓였는데	碧砌落花深一寸 ●●●○○●● 1 2 3 4 5 6 7 벽체락화심일촌 푸른｜섬돌에｜진 꽃｜깊이｜일｜촌인데
봄바람에 날려 갔다가 또 날려서 오네	東風吹去又吹來 ○○○●●○○ 1 2 3 4 5 6 7 동풍취거우취래 동녘｜바람｜불어｜가고｜또｜불어｜온다

이 정도 시구 격식을 갖추어야 노숙한 선비의 말이다."

김 한림金翰林(김극기)이 이렇게 읊었다.

곤히 잠든 북쪽 마루에 꽃 그림자 지나가고	北軒睡足花陰轉 ●○○●●○○ 1 2 3 4 5 6 7 북헌수족화음전 북쪽｜마루에서｜잠｜족한데｜꽃｜그늘｜지나고
들보 위 제비는 새끼 데리고 왔다 갔다 하네	梁燕將雛去又來 ○●○○●●○ 1 2 3 4 5 6 7 량연장추거우래 들보｜제비는｜데리고｜새끼｜갔다｜또｜온다

비록 진 보궐의 시에는 못 미치지만, 그 말이 화려하고 긴밀한[華緊] 것으로는 서로 비슷하다.

李學士眉叟「春日江行」云 "碧岫巉巉攢筆刃, 滄江杳杳漲松烟. 暗雲陣陣成奇字, 萬里靑天一幅牋." 此詩遣意雖大, 拘於類喩, 言不得肆. 如

---

22) 『매호유고』에 「늦은 봄에 산사에 적다[春晩題山寺]」라는 제목으로 실려있다. 칠언 절구의 3, 4구를 인용했다.

文順公「苦熱」云“金烏自吐炎, 呀喘反難翥. 自此日行遲, 留作煎人火. 安得亘空扇, 搖簸遍天下.”近於類喩, 而言肆意大. 崔學士孝著,「和北朝滌暑亭詩」云“靑回山腹長江帶, 翠挿雲頭遠岫眉.”如此類喩, 新進學詩者之體也. 文順公「浦口村」云“湖淸巧印當心月, 浦闊貪呑入口潮.”言呑言口, 雖近於類喩, 非新進輩所得導. 凡作詩, 莫善於借字爲喩. 然老手用之, 則語熟而意巧, 新學用之, 則語生而意疎. 如梁待制「和獨樂詩」云“霧篶山釀雨, 風槪谷量烟.”意巧而語不大生. 閣東叟曰“詩率意立成者, 如李太白, ‘柳色黃金嫩, 梨花白雪香.’ 婉麗精巧, 略無留思苦求者, 如潘公「古鏡」云‘篆經千古澁, 影瀉一堂寒.’ 此精思極慮, 最爲辛苦.”以此觀之, 今世之爲警句者, 殆未免辛苦之病也. 然庸才欲率意立成, 則其語俚雜. 俚雜之捷, 不如善琢之爲遲也. 善琢苟至於極慮, 恐見崔融借髓而死. 文順公「北山雜題」云“山人不出山, 古徑荒苔沒. 應恐紅塵人, 欺我綠蘿月.”此詩置李白集中, 未知孰是. 陳補闕聞人頌文禪師詩一句云“剪蕉窓減雨, 裁竹砌添秋”, 以爲警句. 陳笑曰“此乃兒曹語, 老儒不道也. 予嘗題山寺落句云‘碧砌落花深一寸, 東風吹去又吹來.’此等句格, 乃老儒語也.”金翰林云“北軒睡足花陰轉, 梁燕將雛去又來.”雖不及陳詩, 其語華緊相近.

중**34. 의종 어진에 쓴 안순지의 찬과 묵죽에 쓴 이유지의 찬**

"제왕 모습이라 하기에는"

의종이 물러나 남황南荒(남녘)에 있을 때다.[1] 그림에 능한 이기李琪라는 자가 진영을 그렸다. 칭위稱謂를 표기하지는 않았다. 이를 동도(경주)의 초당에 봉안하고 아침저녁으로 예를 갖추어 섬겼다. 기암거사棄菴居士[2]가 우연히 이를 목격하고 찬을 지었다.

제왕 모습이라	以爲帝王之像 ●○●○○●	
하기에는	1 6 2 2 4 5 이위제왕지상	
복건[3]에 학창의[4] 차림이	이로써 하기엔 제왕 어사 모습이라	
여옹[5] 같고	幅巾鶴氅如呂翁 ●○○●●○○	
	1 1 3 3 7 5 5 폭건학창여여옹	
은둔한 자 모습이라	복건과 학창의 차림이 같고 여옹	
하기에는	以爲隱逸之姿 ●○●●○○	
콧대 풍성한 용안[6]이	1 6 2 2 4 5 이위은일지자	
패공[7] 같은데	이로써 하기엔 은일의 어사 모습이라	
	豊準龍顔如沛公 ○●○○○●○	
	1 2 3 4 5 5 풍준룡안여패공	
	풍성한 콧대 용 얼굴이 같은데 패공	

1) 의종은 1170년 9월에 무신정권에 의해 폐위되어 거제에 유폐되었고, 1173년에 김보당 등 복위 세력을 따라 경주로 갔다. 진영이 그려진 것은 경주에 있을 때로 보인다.
2) 기암거사棄菴居士는 경주 안강 출신 안치민安置民의 호이다. 자는 순지淳之이고, 다른 호는 취수선생醉睡先生, 수거사睡居士 등이다.
3) 복건幅巾은 유생들이 도포 차림에 머리에 쓰던 건이다.
4) 학창鶴氅은 소매가 넓고 뒤 솔기가 갈라진 흰옷에, 검은 천으로 가장자리를 넓게 댄 학창의이다.
5) 여옹呂翁은 신선이 되었다는 당나라 여동빈呂洞賓을 이른다. 자칭 회도인回道人이다.
6) 융준隆準은 콧대가 높은 모양이고, 용안龍顔은 미골眉骨이 원만하게 일어난 모양

385

궁궐 붉은 단8)의
옥좌9)에 모시려 해도
운수가
다시 통하지 않고
긴 소나무와
괴석 사이에 모시기는
제왕 기운이
아직 다하지 않았네
처음엔 쇠한 봉황 같은
공자인가 하고10)
혹은 용을 닮은
노자인가 했어라11)
아니면 분명 하늘이 보낸
신령한 분으로
백년하청의
운수를 만나서

却推之於丹墀玉座之上 ●○○○○○○●●●
1 10 9 8 2 2 4 4 6 7 각추지어단지옥좌지상
문득|모심은|그를|에|단지|옥좌|어사|위

命不再通 ●●●○
1 4 2 3 명불재통
명이|않고|다시|통하지

欲引之於長松怪石之間 ●●○○○○○●●○
10 9 8 7 1 1 3 3 5 6 욕인지어장송괴석지간
싶어도|모시고|그를|에|장송|괴석|어사|속

氣尚不窮 ●●●○
1 2 4 3 기상불궁
기운이|아직|않았다|끝나지

初疑孔衰鳳 ○○●●●
1 5 2 3 3 초의공쇠봉
처음|의심하고|공자의|쇠한 봉 모습인가

或恐李猶龍 ●●●○○
1 5 2 3 3 혹공리유룡
혹|걱정했다|노자의|용 닮은 모습인가

不然此必自天降靈 ●○○●●●○●
1 1 3 4 6 7 5 8 불연차필자천강령
아니면|이는|분명|에서|하늘|온|신령이니

數會河淸 ●●○○
1 4 2 3 수회하청
운수가|만나|하수가|맑을 때를

이다. 모두 제왕 모습을 상징한다. 『사기 고조본기高祖本紀』, "고조는 위인이 콧대
가 높고 미골이 풍성하다.[高祖爲人, 隆準而龍顔.]"

7) 패공沛公은 패沛 땅에서 일어나 한나라를 세운 고조高祖 유방劉邦을 이른다.

8) 단지丹墀는 궁전에 진영을 봉안하기 위해 단을 설치하고 그 바닥까지 붉은색으
로 칠해놓은 공간을 이른다. 『송서 백관지百官志』, "전에 호분으로 벽을 칠한 뒤
에 옛 현인과 열사를 그리고, 붉은 주사로 바닥을 칠한다. 이를 단지라고 한다.
[殿以胡粉塗壁, 畫古賢烈士, 以丹硃色地, 謂之丹墀.]"

9) 옥좌玉座는 진영을 봉안하기 위해 옥으로 장식한 좌대이다.

10) 『논어 미자微子』, "초나라 광인 접여가 공자 앞을 지나면서 '봉이여, 봉이여. 어
찌 덕이 쇠하였는가?'라고 노래하였다.[楚狂接輿, 歌而過孔子曰'鳳兮鳳兮, 何德之衰?']"

11) 이李는 노자老子를 이른다. 노자가 오얏나무 아래에서 태어나 이李를 성으로 삼
았다고 한다. 공자는 노자를 만나보고 나서, 마치 용 같았다고 말하였다. 갈홍,
『신선전 노자老子』; 『사기 노자한비전老子韓非傳』.

백성이 봄에	民登春臺 ○○○○
누대에 올라[12]	1 4 2 3 민등춘대
	백성이 올라서 봄의 누대에

우리 태평을	享我大平 ●●●○
누리게 하다가	4 1 2 2 향아태평
	누리게 하다가 우리의 태평을

다만 높이 오른 용은	龍亢悔作 ○●●●
후회가 생기기에[13]	1 2 3 4 룡항회작
	용이 끝까지 오름에 후회가 생기니

한바탕 꿈에서	一夢方驚 ●●○○
놀라 깨어	1 2 3 4 일몽방경
	한바탕 꿈을 막 깨어

결국 묘명[14]한 데로	遂復返於杳冥者乎 ●●○○●○○●[15]
돌아간 것이리라	1 2 6 5 3 3 7 8 수부반어묘명자호
	결국 또 돌아간 에 묘명 것이다 어사

예전에 스스로 취수선생 진영[醉睡先生眞] 을 그리고서, 그 뒤에 이렇게 썼다.[16]

도가 있으나 쓰지 못하면	有道不行不如醉 ●●●○●○◉
취함만 못하고	2 1 4 3 7 6 5 유도불행불여취
	있어도 도 못하면 쓰지 않고 같지 취함

---

12) 봄에 누대에 오른다[登春臺]는 말은 태평성대의 화평하고 즐거운 기상을 상징한다. 『노자』, "뭇사람들이 즐거워하면서 태뢰의 제사 고기를 흠향하는 듯하고, 봄 누대에 오르는 듯하다.[衆人熙熙, 如享太牢, 如春登臺.]"

13) 가장 높이 올라간 용은 뉘우칠 일이 생긴다는 것이다. 물러설 때임을 의미한다. 『주역 건괘乾卦』, "상구는 끝까지 올라간 용이니, 뉘우침이 있을 것이다.[上九, 亢龍, 有悔.]"

14) 묘명杳冥은 아무런 작용도 꾸미지 않는 원시적인 혼몽한 상태를 이른다.

15) □송찬頌讚에 해당한다. 상평성 '동東' 운과 통운에 해당하는 '동冬' 운에 맞추어 각각 '翁, 公, 通, 窮'과 '龍'으로 압운하고, 환운하여 하평성 '경庚' 운과 통운에 해당하는 하평성 '청靑' 운에 맞추어 각각 '淸, 平, 驚'과 '冥'으로 압운하였다.

16) 취수선생醉睡先生 안치민이 자화상을 그리고, 자찬 형식으로 시를 지어 기록한 것이다.

입만 있고 말할 수 없다면	有口不言不如睡 ●●○Ŏ●○○
	2 1 4 3 7 6 5　유구불언불여수
	있어도 입 못하면 말 않다 같지 잠

잠자는 것만 못하네	

살구꽃 그늘에서	先生醉睡杏花陰 ○○●●○○
	1 1 6 7 3 4 5　선생취수행화음
	선생이 취해 자니 살구 꽃 그늘에

선생이 취하여 잠자는데	

그 뜻을 아는 자가	世上無人知此意 ●●○○○●◎[17]
	1 1 7 6 5 3 4　세상무인지차의
	세상에 없다 사람이 아는 이 뜻을

세상에 없어라	

　대체로 '송頌'은 공덕功德을 기리고 칭송하는 것이다. '찬讚'도 같은 부류이다. '부賦'는 시에 근원을 두면서, '사詞'로 갈라져 나간 것이다. 정미精微하게 이치를 분석하는 것을 '논論'이라고 하고, 근거를 밝혀 어려운 문제를 풀어내는 것을 '책策'이라고 한다. 글을 수식하면서도 진실에 맞게 하는 것을 '비碑'라고 하고,[18] 사실을 맑고 윤택하게[淸潤] 서술하는 것을 '명銘'이라고 한다. '표表'는 성의를 전달하는 것이고, '소疏'는 뜻을 드러내 밝히는 것이고, '책冊'은 공적을 기록하는 것이고, '뇌誄'는 죽은 이를 찬미하는 것이다. '잠箴'은 부족한 허물을 보완하는 것이고,[19] '격檄'은 전하여 알리는 것이다. 글에는 저마다 문체가 있다.

　찬讚의 문장은 준일俊逸하면서 한 가지 격식에 구애되지 않음을 요구한다. 오직 기암거사가 이를 터득하였다. 거사는 또한 글씨와 그림에도 능하였다. 매번 대나무를 그릴 때마다, 시를 지어서 그 뒤에 써 놓았다.

---

17)　□측기측수 구식을 사용하였다. 거성 '치寘' 운에 맞추어 '醉, 睡, 意'로 압운하였다.
18)　육기陸機, 「문부文賦」, "비는 문장을 수식하면서도 진실에 맞추고, 뇌는 절절함이 이어지면서 애달프다.[碑披文以相質, 誄纏綿而悽愴.]"
19)　소명태자, 「문선서」.

한번은 복야 이세장李世長 댁에 들른 적이 있다. 몇 무더기 수죽脩竹이 있었는데, 새로 돋아난 줄기 끝이 난간 위로 솟아있었다. 공이 병풍 하나를 꺼내어놓고 그림을 청하자, 거사가 즉시 몇 줄기 대나무 끝의 모습만을 그려놓았을 뿐이다. 이어서 이런 시를 적어놓았다.[20]

누 아래 대나무 숲이 백 척 높인데	樓下篁林百尺脩 ○●○○●●◎ 1 2 3 4 5 6 7　루하황림백척수 누｜아래｜대｜숲이｜백｜척 높이로｜긴데
누대가 높아서 겨우 몇 줄기 꼭대기만 보이니	樓高只見數梢頭 ○○●●●○◎ 1 2 3 7 4 5 6　루고지견수초두 누대｜높아｜겨우｜뵈니｜몇｜가지｜머리
땅에서 솟은 대나무 천 줄기 보고 싶다면	要看拔地千竿玉 ●○●●○○● 7 6 2 1 3 4 5　요간발지천간옥 바라면｜보길｜솟은｜땅에｜천｜줄기｜옥을
충계 밟고서 누대 아래로 내려가야 하리라	須踏層梯下此樓 ○●○○●●◎[21] 1 4 2 3 5 6　수답층제하차루 응당｜밟고｜층｜사다리｜내려간다｜이｜누

동문원 이유지李由之가 시를 지어 이를 찬讚하였다.

진정한 대나무 모습을 잘 그리기 힘드니	此君眞態畫難工 ●○○●●○◎ 1 1 3 4 5 7 6　차군진태화난공 차군｜진짜｜모습｜그려｜힘드니｜능하기
아교와 분을 쓰면 기운도 벌써 사라지네	膠粉纔施氣已空 ●●○○●●◎ 1 2 3 4 5 6 7　교분재시기이공 아교｜분｜겨우｜쓰면｜기운｜벌써｜빈다

---

20) 『동문선』에 「이 복야가 작은 병풍을 내놓고 묵죽을 그리라고 하는데, 화폭이 좁아 뜻을 펼 수 없어 몇 줄기 대나무 꼭대기를 그리고 그 뒤에 쓴다[李僕射出小屛命作墨君地窄未能展意只寫竹頭數梢仍題其後]」라는 제목으로 실려있다. 2구 ‘見’이 ‘得’으로, 3구 ‘千竿’이 ‘凌凌’으로, 4구 ‘須’가 ‘且’로, ‘下此’가 ‘暫下’로 되어있다.

21) □측기평수 구식을 사용하였다. 하평성 ‘우尤’ 운에 맞추어 ‘脩, 頭, 樓’로 압운하였다

거사는 붓질이
달빛처럼 맑아선지
성근 그 모습을
요술처럼 병풍에 옮겼어라

居士手痕淸似月　○●●○○●●
　1 1 3 4 5 7 6　거사수흔청사월
　거사│손│자취가│맑기가│같아서│달

幻移疎影上屛風　●○○●●○◎22)
　1 4 2 3 7 5 5　환이소영상병풍
　요술로│옮겨│성근│모습│넣었다│병풍에

안安(기암거사)의 시는 호방하고, 이李의 시는 맑다. 모두 사람들에게
전해져 입에 오르내리고 있다.

毅王遜于南荒, 有李琪者善畫, 寫眞, 不題稱謂, 安於東都草堂, 朝夕
禮事. 棄菴居士偶覩之, 乃作讚曰 "以爲帝王之像, 幅巾鶴氅如呂翁;
以爲隱逸之姿, 豊準龍顔如沛公. 却推之於丹墀玉座之上, 命不再通;
欲引之於長松怪石之間, 氣尙不窮. 初疑孔衰鳳, 或恐李猶龍. 不然
此必自天降靈, 數會河淸, 民登春臺, 享我大平. 龍尤悔作, 一夢方驚,
遂復返於杳冥者乎." 嘗自寫「醉睡先生眞」, 書其後曰 "有道不行不如
醉, 有口不言不如睡. 先生醉睡杏花陰, 世上無人知此意." 夫頌者, 褒
美功德, 讚亦其流也. 賦者, 原於詩派於詞. 精微析理曰論, 明據開
難曰策, 披文相質曰碑, 序事淸潤曰銘. 表以達其誠, 疏以宣其志. 冊
以紀功, 誄以美終. 箴是補闕, 檄是傳諭. 其文各有體. 讚之文要其俊
逸, 而不拘一格, 惟棄菴得之. 居士亦工於書畫. 每掃竹, 作詩書其後.
嘗過李僕射世長宅, 有脩竹數叢, 新梢出檻. 公出一屛命畫, 卽寫數
梢頭而已. 題云 "樓下篁林百尺脩, 樓高只見數梢頭. 要看拔地千竿

---

22) □평기평수 구식을 사용하였다. 상평성 '동東' 운에 맞추어 '工, 空, 風'으로 압운
하였다.

玉, 須踏層梯下此樓." 李文院由之以詩讚之日 "此君眞態畫難工, 膠
粉纔施氣已空. 居士手痕淸似月, 幻移疎影上屛風." 安豪李淸, 皆播
在人口.

※ 1170년에 무신들에 의해 폐위된 신분으로 거제를 거쳐 1173년에
경주로 가서 머물던 의종의 진영이 경주에 남아 있었다. 이기라는
자가 그린 것이다. 이 진영에 기암거사 안순지가 남긴 찬시讚詩를 소
개하였다. 아울러 안순지가 자신의 진영에 남긴 자찬시自讚詩와 안
순지의 대나무 그림에 이유지가 남긴 찬시도 함께 소개하였다. 아
울러 찬讚의 문체 특징을 소개하였는데, 흥미롭게도 송頌, 찬讚, 부
賦, 논論, 책策, 비碑, 명銘, 표表, 소疏, 책冊, 뇌誄, 잠箴, 격檄 등 여러
문체의 특징까지 함께 소개하였다.

중35. 불 속에서 주인을 살려낸 김개인의 개
"주인이 위태할 때 목숨 걸지 않는다면"

김개인金蓋仁은 거녕현居寧縣[1] 사람이다. 개 한 마리를 기르면서 몹시 어여삐 여겼다. 언젠가 하루는 외출하는 길에 개도 함께 따라나섰다. 그때 김개인이 술에 취하여 길가에 누워 잠이 들었다. 그런데 들불이 번져 장차 미치려고 하는 것이었다. 이에 개가 곁에 있는 시내로 가서 몸을 적시더니 김개인 곁 둘레를 빙 둘러 오가면서 풀에 물을 적셔 불길이 끊어지게 하였다. 개는 결국 기운이 다하여 죽고 말았다.

김개인은 술에서 깬 뒤에 개의 자취를 발견하고 비통한 마음이 들었다. 마침내 노래를 지어서 애달픈 심경을 토로하고, 이어서 봉분을 쌓아서 장사 지내고 지팡이를 세워 표시하였다. 이 지팡이가 자라서 수목으로 성장하였다. 이에 따라 그 지역을 "오수獒樹"[2]라고 이름 부르게 되었다. 악보樂譜에 실려 있는 "견분곡犬墳曲"이 바로 이것이다.

나중에 어떤 사람이 이런 시를 지었다.

짐승으로 불리길	人恥呼爲畜 ⊙●○○●
사람들은 싫어하면서	1 5 2 4 3　인치호위축
	ㅣ사람들은ㅣ싫어하지만ㅣ불러ㅣ함을ㅣ짐승이라ㅣ
큰 은혜를	公然負大恩 ○○●●◎
버젓이 저버리니	1 1 5 3 4　공연부대은
	ㅣ버젓이ㅣ저버리니ㅣ큰ㅣ은혜를ㅣ

---

1) 거녕현居寧縣은 남원과 임실 사이에 있던 옛 지명이다.
2) 오수獒樹는 임실군 오수면을 이른다.

주인이 위태할 때	主危身不死 ●○○●●
목숨 걸지 않는다면	1 2 3 5 4　주위신불사
	|주인|위태함에|자신이|않으면|죽지|
어찌 이 개와	安足犬同論 Ŏ●●○◎3)
견줄 수 있으랴?	1 5 2 3 4　안족견동론
	|어찌|족할까|개와|함께|논하기에|

진양공晉陽公이 문객門客에게 명하여 전傳을 지어 기록해서 세상에 전하게 하였다. 남에게 은혜를 받은 적이 있는 세상 사람에게, 보답할 줄을 알게 하려는 의도였다.

金蓋仁 居寧縣人也. 畜一狗甚憐. 嘗一日出行, 狗亦隨之. 蓋仁醉臥道周而睡, 野燒將及. 狗乃濡身于傍川, 來往環繞, 以潤著草茅, 令絶火道, 氣盡乃斃. 蓋仁旣醒, 見狗迹悲感. 作歌寫哀, 起墳以葬, 植杖以誌之. 杖成樹, 因名其地爲"獒樹". 樂譜中有"犬墳曲"是也. 後有人作詩云"人恥呼爲畜, 公然負大恩. 主危身不死, 安足犬同論?" 晉陽公命門客, 作傳記, 行於世. 意欲使世之受恩者, 知有以報也.

---

3) □측기측수 구식을 사용하였다. 상평성 '원元' 운에 맞추어 '恩, 論'으로 압운하였다.

"여름 불꽃을 바람이 휩쓸어 가더니"

십이공도十二公徒[1]에 속한 관동冠童[2]들이 매년 여름에 산림山林에 모여서 학업을 익히다가 가을에 이르러 파한다. 이때 많은 사람이 용흥사龍興寺[3]와 귀법사歸法寺[4] 두 사찰에 머물렀다.

어느 가을 저녁에 허공에 달이 밝고 시원한 기운[爽氣]이 사람에게 엄습할 때였다. 사직 함순咸淳과 선달 이담지李湛之와 선달 옥화우玉和遇가 관동 6, 7명을 거느리고 귀법사 석교石橋에 모여 작은 술자리를 열었다. 그리고 옛사람의 운을 써서 시를 읊었다.

이담지가 이렇게 읊었다.

여름 불꽃을	夏炎風掃去 ●○○●●
바람이 휩쓸어 가더니	1 2 3 4 5 하염풍소거
	|여름|불꽃을|바람이|쓸고|가더니|
가을 정취를	秋意月含來 ○●●○○
달님이 머금고 왔어라	1 2 3 4 5 추의월함래
	|가을|뜻을|달이|머금고|왔다|

---

1) 십이공도十二公徒는 고려 문종 시기 이후로 개경에 설치된 사학私學 열두 곳을 이른다. 문헌공도文憲公徒, 홍문공도弘文公徒, 광헌공도匡憲公徒, 남산도南山徒, 서원도西園徒, 문충공도文忠公徒, 양신공도良愼公徒, 정경공도貞敬公徒, 충평공도忠平公徒, 정헌공도貞憲公徒, 서시랑도徐侍郎徒, 귀산도龜山徒이다. 『고려사 최충전崔冲傳』.

2) 관동冠童은 어린아이와 관을 쓴 어른이다. 관례를 치르고 관을 쓰기 시작하는 나이는 20세다. 『논어 선진先進』, "늦봄에 봄옷이 완성되었거든 관을 쓴 어른 5, 6명과 어린아이 6, 7명과 함께 기수에서 목욕하고 무우에서 바람을 쐬고 노래하면서 돌아오겠습니다.[莫春者, 春服旣成, 冠者五六人, 童子六七人, 浴乎沂, 風乎舞雩, 詠而歸.]"

3) 용흥사龍興寺는 개경의 동문에 해당하는 탄현문炭峴門 밖에 있던 사찰이다.

4) 귀법사歸法寺는 용흥사 곁에 있던 사찰이다.

함순과 옥화우가 모두 깜짝 놀라서 스스로 굴복하고 말았다. 듣고 있던 사람들이 웃으면서 말하였다.

"이는 임춘林椿 선생의 시구이다. 취한 이담지[醉李]가 몰래 훔친 것인지, 아니면 우연히 일치된 것인지 모르겠다. 어찌하여 독한 옥화우[毒玉]가 이를 모르고서 스스로 굴복한 것인가? 【이담지는 주사를 부리며 자제하지 못하였고, 옥화우는 강경해서 남과 틀어지곤 하였다. 이 때문에 당시에 사람들이 이들을 '취리醉李'와 '독옥毒玉'으로 불렀다.】"

十二徒冠童, 每夏會山林肄業, 及秋而罷, 多寓龍興·歸法兩寺. 一夕秋空月朗, 爽氣襲人. 咸司直淳·李先達湛之·玉先達和遇, 率童冠六七人, 會歸法石橋, 開小飮, 用前人韻賦詩. 李曰 "夏炎風掃去, 秋意月含來." 咸·玉皆愕然自屈. 聞者笑曰 "此林椿先生句也, 不知醉李潛竊耶, 暗合耶. 何毒玉不知而自屈也? 【李使酒不檢, 玉耿介忤物, 故時號 '醉李' '毒玉'.】"

중37. 최충헌에게 인정받은 진정한 주필 시인 백득주

"무정한 푸른 풀도 원망하거늘"

장원 백득주白得珠가 완산完山에서 서기書記로 있었을 때다. 입궐하러 올라가는 안렴사가 절구로 시 한 수를 남겼다. 백득주가 즉시 화답하였다.

사신1)이 조정으로 간 뒤로는	星使朝天後　ｏ●ｏｏ●	성사조천후
	1　1　4　3　5	
	사신이 향한 조정으로 뒤에	
유영2)의 봄도 절로 부질없기에	柳營空自春　●ｏｏ◎	류영공자춘
	1　1　3　4　5	
	유영에 부질없이 절로 봄이 들어	
무정한 푸른 풀도 원망하거늘	無情靑草怨　ｏｏｏ●●	무정청초원
	2　1　3　4　5	
	없는 정이 푸른 풀도 원망하는데	
하물며 유정한 사람임에랴?	況乃有情人　●●●ｏ◎3)	황내유정인
	1　2　4　3　5	
	하물며 이에 있는 정이 사람이랴	

안렴사가 상床에서 내려와 손을 잡고 사례하였다.

나중에 벼슬을 그만두고 한가롭게 지내고 있었을 때다. 진강공晉康

---

1) 성사星使는 제왕 명을 받드는 사신이다. 하늘에 사신 일을 주관하는 사성使星이 있다고 하여 이렇게 불린다.
2) 유영柳營은 세류영細柳營이다. 서한의 장군 주아부周亞夫가 세류細柳라는 곳에 설치한 군영軍營이다. 엄격한 군율로 명성을 얻으면서, 군영을 일컫는 일반적 칭호가 되었다. 여기에서는 안렴사가 집무하던 곳을 일컬었다.
3) □측기측수 구식을 사용하였다. 상평성 '진眞' 운에 맞추어 '春, 人'으로 압운하였다.

公(최충헌)이 그가 재주 있다는 말을 듣고 불러서 단선團扇 한 자루에 글씨를 쓰게 하였다. 백득주는 필적이 단정하고 고우면서도[端麗] 붓을 쓰는 속도가 번개처럼 빨랐다. 부채를 받아서 들자마자 즉시 이렇게 썼다.

강과 산이	江山非魏寶 ○○○●●
	1 2 5 3 4 강산비위보
위나라 지킬 보배 아니라4)	|강과|산이|아니라|위나라|보배가|
신릉군5)에	只倚信陵君 ●●●○○
	1 5 2 2 2 지의신릉군
기댈 뿐이었으니	|단지|의지하니|신릉군에|
이문 노인6)을	爲禮夷門老 ●●○○●
	5 4 1 1 3 위례이문로
예우하여	|행하여|예를|이문의|노인에게|
십만 군사를	能提十萬軍 ○○○●●7)
	1 5 2 2 4 능제십만군
거느릴 수 있었어라	|능히|이끌었다|십만의|군사를|

공이 좌우를 돌아보며 말하였다.

---

4) 강과 산의 험한 지형이 위나라를 지켜주는 보배가 되지 못한다는 말이다. 전국 시대 위나라 무후武侯가 배를 타고 서하西河의 중류를 지나다가 "아름답구나, 산과 강의 견고함이여. 이것이 위나라 보배이다."라고 하자, 오기吳起가 "덕에 달렸지, 험한 지형에 달리지 않았습니다. 임금께서 덕을 닦지 않으면, 이 배 안의 사람이 모두 적국이 될 것입니다."라고 하였다. 『사기 손자오기전孫子·吳起傳』.
5) 진강공을 신릉군信陵君에 빗댄 것이다. 신릉군은 위나라 소왕昭王의 아들 무기無忌이다. 문하 식객이 3천 명에 달하여, 제후들이 감히 위나라를 도모하지 못했다고 한다. 『사기 신릉군전信陵君傳』.
6) 진강공에게 인정받은 백득주를 후영侯嬴에 빗대었다. 이문夷門은 위나라 도성 동문東門이고, 노인은 후영이다. 70세에 이문을 지키는 일을 하던 후영은 신릉군에 의해 발탁되었다. 『사기 위공자전魏公子傳』.
7) □평기측수 구식을 사용하였다. 상평성 '문文' 운에 맞추어 '君, 軍'으로 압운하였다.

"진정한 주필走筆이다."

白壯元得珠, 爲完山書記. 按廉使方赴闕, 留一絶. 白卽和云 "星使朝
天後, 柳營空自春. 無情靑草怨, 況乃有情人?" 按廉下床, 執手而謝.
及罷仕投閑, 晉康公聞其才, 召致命書一團扇. 白手蹟端麗, 用筆電
速. 得扇立書曰 "江山非魏寶, 只倚信陵君. 爲禮夷門老, 能提十萬
軍." 公顧左右曰 "眞箇走筆也."

중38. 금나라 사행길의 명승 어양과 십삽산을 읊은 시

"무산 열두 봉우리를 이름만 듣다가"

학사 이미수李眉叟가 금나라에 사신으로 갔을 때, 「어양회고漁陽懷古」
에 차운하여 이렇게 읊었다.

무궁화꽃 밑에서 빛나는	槿花低映碧山峰 ●○○●●○○	
푸른 산봉우리에	1 1 3 4 5 6 7 근화저영벽산봉	
	무궁화 밑에서 비추는 푸른 산 봉우리에	
새벽 술에 막	卯酒初酣白玉容 ●●○○●●○	
백옥 얼굴 발개졌는데	1 1 3 4 5 6 7 묘주초감백옥용	
	묘시 술에 처음 발개진 흰 옥 얼굴	
충분히 즐기지 못한	舞罷霓裳歡未足 ●●○○●●●	
예상의 춤¹⁾을 그만 멈추니	1 4 2 2 5 7 6 무파예상환미족	
	춤추던 멈추니 예상을 기쁨 않으니 충분치	
하루아침 뇌우 속에서	一朝雷雨送猪龍 ●○○●●○○²⁾	
돼지 용(안녹산)³⁾을 보내었어라	1 2 3 4 5 5 일조뢰우송저룡	
	하루 아침 우레 비에 보냈다 돼지 용을	

나중에 사성 이백전李百全도 서장관으로 금나라에 들어갔다가, 이
곳에 이르러 이 시에 화답하였다.⁴⁾

---

1) 당 현종이 꿈에서 본 달나라 선녀 모습을 본떠서 만들었다는 예상우의무霓裳羽衣
舞를 이른다. 양귀비가 잘 추었다.
2) ㅁ평기평수 구식을 사용하였다. 상평성 '동冬' 운에 맞추어 '峰, 容, 龍'으로 압운
하였다.
3) '저룡猪龍'은 안녹산安祿山을 이른다. 당 현종이 연회에서 취하여 잠든 안녹산의
모습을 보고 "이 자는 저룡猪龍이다. 할 수 있는 일이 없다."라고 하였다. 악사樂
史, 『양태진외전楊太眞外傳』.
4) 『동문선』에 「어양을 지나며 이미수 시에 차운하다[過漁陽次李眉叟韻]」라는 제목으로
아래 시 두 수가 실려있다. 칠언절구이다. 작가는 이백순李百順으로 되어있다. 뒤
시 1구 '峰'이 '宮'으로 되어있다.

아모사 뒤편 봉우리에
한번 올라서 보니
안녹산이 예전에
군용5)을 단련하던 곳이라네
닭 벗6)을 빼앗아보려고
그랬을 뿐이지
신하가 임금 되려고7)
다툰 것이랴?

一上鵝毛寺後峰	●●○○○●●
1 7 2 2 2 5 6	일상아모사후봉
한번|오르니|아모사|뒤|봉우리에	

祿山曾此鍊軍容	●○○̆●●○○
1 1 3 4 7 5 6	록산증차련군용
안녹산|일찍|여기서|익혔다|군|위용	

只因欲奪鷄頭肉	●○●●○●●
1 7 6 5 2 2 2	지인욕탈계두육
단지|때문이니|바랄기|빼앗길|닭 벗	

豈是爭爲月化龍	●●○○●●○8)
1 7 2 6 3 5 4	기시쟁위월화룡
어찌|일까|다투어|한 것|달이|됨을|용	

또 이렇게 읊었다.

여산 옥예봉에서
연회 벌일 때9)
취기 오른 그녀 얼굴은
부용꽃인들 어찌 비슷하랴?10)
명타를 달리던 사신11)이
아직도 있어서

宴會驪山玉蘂峰	●●○○○●●
6 6 1 1 3 3 3	연회려산옥예봉
연회 벌이니|여산의|옥예봉에서	

芙蓉那似酒酣容	○○●●●○○
1 1 3 7 4 5 6	부용나사주감용
부용인들|어찌|같을까|술 오른|얼굴	

不知今有明駝使	●○○̆●●○●
7 6 1 5 2 2 4	부지금유명타사
못하니|알지|아직|있나|명타|사신이	

---

5) 군용軍容은 군대나 군인이 갖춘 위용이나 창과 검 따위의 장비를 이른다.

6) 계두육鷄頭肉은 닭 벗이다. 양귀비를 이른다. 당 현종이 양귀비의 속살을 빗대어 "부드럽고 붉어서 새로 나온 닭 벗 같다.[軟紅新剝鷄頭肉.]"라고 희롱한 적이 있다.

7) 월月은 임금을 상징하는 일日에 상대하여 신하를 뜻한다. 용龍은 임금을 뜻한다. 반고班固, 『백호통 일월日月』, "해는 임금이고, 달은 신하이다.[日爲君, 月爲臣也.]"

8) □측기평수 구식을 사용하였다. 상평성 '동冬' 운에 맞추어 '峰, 容, 龍'으로 압운하였다.

9) 당나라 현종의 여산驪山 별궁에서 양귀비가 온천溫泉을 즐겼다고 한다.

10) 부용꽃이 아무리 아름다워도 취기가 올라 붉어진 양귀비의 얼굴보다 곱지 못하다는 말이다.

11) 명타사明駝使는 명타를 타고 우편 업무를 수행한 관리이다. 명타明駝는 하루에 3백

천 리 밖에서 부지런히
서룡을 보내주나 모르겠네[13]

千里殷勤寄瑞龍 ○●○○●●◎[12]
1 2 3 3 7 5 5 천리은근기서룡
|천|리| 밖에서|힘껏| 보내는가| 서룡을|

미수는 용사用事할 때, 반드시 사어辭語를 청신淸新하게 구사한다. 다만 무궁화꽃 고사를 사용한 것은, 말은 새로워도 뜻이 절실하지 못하다. '봉峰'과 '용龍' 두 자를 차운한 것은 매우 훌륭하다.

옥당 진화陳澕와 봉산蓬山(사관)[14] 이윤보李允甫가 밤에 함께 금림禁林[15]에서 숙직할 때였다. 이전에 서장관으로 금나라에 다녀온 아무개가 그 자리에 있다가 이런 말을 하였다.

"광녕廣寧이라는 부府[16]로 이어진 도로 곁에 십삼산十三山[17]이 있습니다. 오가는 나그네가 이 산을 읊은 시가 매우 많은데, 모두 천근淺近하여 정곡을 찌르진 못했습니다. 두 분께서 지어주십시오."

리를 달리는 낙타다.

12) □측기평수 구식을 사용하였다. 상평성 '동冬' 운에 맞추어 '峰, 容, 龍'으로 압운하였다.

13) 서룡瑞龍은 서룡뇌瑞龍腦이다. 향기가 10보 밖까지 풍긴다는 용뇌향龍腦香을 이른다. 당나라 현종 때 교지에서 명타사를 통해 용뇌향을 진상하여 양귀비에게 제공했다고 한다. 양귀비는 또한 남해南海에서 재배되는 싱싱한 여지荔枝를 좋아했다. 이에 현종이 밤낮으로 역마를 달려 수천 리 먼 곳에서 빠르게 진상하라고 명했다. 악사樂史, 「양태진외전楊太眞外傳」.

14) 봉산蓬山은 봉래산蓬萊山이다. 동관東館, 곧 사관史館의 별칭이다. 『파한집』, "동관은 봉래산이다. 옥당은 오정으로 부른다. 모두 신선의 관직이다.[東館是蓬萊山, 玉堂號鼇頂, 皆神仙之職.]"

15) 금림禁林은 한림원의 별칭이다.

16) 광녕부廣寧府는 의무려산醫巫閭山이 있는 요하 서쪽 지역이다. 금나라가 광녕廣寧, 망평望平, 여양閭陽, 종수鐘秀 4현을 통합하여 설치한 행정구역이다.

17) 십삼산十三山은 의무려산의 서남쪽 끝자락에서 평지가 되었다가 다시 돌출한 석산石山이다. 봉우리 13개가 나란히 있어 이렇게 불린다. 초목이 없는 앙상한 석산이 뾰족하게 솟아있어, 물고기들이 나란히 위를 향하여 뻐끔거리고 있는 듯이 보인다고 한다. 『계산기정薊山紀程』.

진화가 즉시 붓을 들어서 이렇게 썼다.

무산 열두 봉우리를[18)   巫山十二但聞名 ○○●●○○◎
이름만 듣다가   1 1 3 4 5 7 6   무산십이단문명

|무산|열|두 봉|단지|듣다가|이름만|

역참 한가한 틈에   驛路偸閑午枕凉 ●●○○●●◎
시원하게 낮잠이 들어   1 2 4 3 5 6 7   역로투한오침량

|역|길에서|훔친|틈|낮|잠|시원하다|

뼈대 앙상한 한 봉우리에서   剩骨一峰雲雨惱 ●●●○○●●
운우지정을 나누었네   2 1 3 4 5 5 7   잉골일봉운우뇌

|남은|뼈만|한|봉에서|운우로|번뇌하니|

주변 사람들이   傍人應笑夢魂長 ○○○●●○◎[19)
좋은 꿈이라고 웃겠지[20)   1 2 3 7 4 4 6   방인응소몽혼장

|곁|사람이|응당|웃겠다|꿈이|좋다고|

이렇게 읊었다.

여섯 일곱째 산이   六七山抽碧玉簪 ●●○○○●◎
푸른 옥비녀 뽑은 듯 솟아   1 2 3 7 4 5 6   륙칠산추벽옥잠

|육|칠 번째|산|뽑은 듯|푸른|옥|비녀를|

파랗게 어린 아름다운 기운이   蔥籠佳氣射朝驂 ○○○●●○◎
사신 수레를 비추니*   1 2 3 4 5 6 7   총롱가기사조참

|푸르게|어린|좋은|기|쏘니|조정|참마를|

숭산[21)의 아름다운 명성도   從今嵩嶽嘉名減 ○○○●●○●
이로부터 줄어서   2 1 3 3 5 6 7   종금숭악가명감

|부터|이제|숭산|아름다운|명성|줄어|

---

18) 십삼산을 무산십이봉巫山十二峯에 빗대면서, 꿈에서 무산의 신녀神女를 만나 운우의 정을 나누었다는 옛 고사를 활용하였다. 무산십이봉은 사천 중경重慶의 무산 위에 솟은 12개 봉우리를 이른다.(상-43 참조)

19) □평기평수 구식을 사용하였다. 하평성 '양陽' 운에 맞추어 '凉, 長'으로 압운하였다.

20) 역참에서 즐긴 낮잠 꿈속에서 말로만 듣던 십삼산을 찾아가 무산 신녀와 운우의 정을 나누었다고 말한 것이다.

21) 숭산嵩山은 오악 중 중악中嶽에 해당한다. 하남의 등봉登封의 북쪽에 있다.

십삼산 두 기이한 봉우리를
손꼽을 뿐이라오

只數奇峰二十三	●●○○●●22)
1 7 2 3 4 5 5	지수기봉이십삼
단지 꼽는다 기이한 봉의 두 십삼산	

원주*【산이 사신과 나그네가 오가는 길가에 있다.】

또 이렇게 읊었다.

밀랍 나막신23) 신고
젊어서 등산하길 좋아해서
형산 무산 태산 화산 사이를24)
전부 다녔어도
오로봉25)과 팔공산26)까지
두루 가진 못했는데
이곳에 감추어두고서
여기서 아끼는 줄 몰랐어라28)

少年蠟屐好登山	●○○●●○○
1 1 3 4 7 5 5	소년랍극호등산
소년에 밀 나막신으로 좋아해 등산	

踏盡衡巫岱華間	●●○○●●○
6 7 1 2 3 4 5	답진형무대화간
밟길 다했으나 형 무 태 화 사이를	

五老八公遊未遍	●●○○○●●
1 1 3 3 5 7 6	오로팔공유미편
오로 팔공은 노닐길 못했는데 두루	

不知藏此此中慳	●○○●●○27)
7 6 2 1 3 4 5	부지장차차중간
못했다 알지 감춰 여기 이 속에 아낌을	

22) □측기평수 구식을 사용하였다. 하평성 '침侵' 운과 통운에 해당하는 '담覃' 운에 맞추어 각각 '簪'과 '驂, 三'으로 압운하였다.

23) 납극蠟屐은 밀랍을 바른 나막신이다. 산수 유람을 즐긴 사영운謝靈運이 늘 나막신을 신고 산에 올랐다. 오를 때는 나막신 앞굽을 빼고 내려갈 때는 뒷굽을 빼서 신었다고 한다. 『남사 사영운전謝靈運傳』.

24) 형산衡山, 대산岱山(태산), 화산華山은 오악에 속하는 명산이다. 각각 남악, 동악, 서악에 해당한다.

25) 오로五老는 여산廬山 동남쪽에 우뚝하게 솟은 오로봉五老峰을 이른다. 다섯 개 봉우리를 바라보면, 마치 노인 5명이 나란히 있는 듯이 보인다고 한다. 이백,「여산 오로봉에 오르다[登廬山五老峰]」, "여산 동남쪽 오로봉, 푸른 하늘을 뚫고 솟은 황금 부용꽃 같네.[廬山東南五老峰, 靑天削出金芙蓉.]"

26) 팔공八公은 안휘의 회남淮南에 있는 팔공산八公山을 이른다. 한나라 회남왕 유안劉安이 공경 여덟 명과 함께 오른 적이 있어 이렇게 불린다.

27) □평기평수 구식을 사용하였다. 상평성 '산刪' 운에 맞추어 '山, 間, 慳'으로 압운하였다.

28) 오로五老와 팔공八公을 모두 감추어놓아 봉우리가 13개인 십삼산이 되었다고 말

진화의 시는 뜻[意]을 위주로 짓고, 이윤보의 시는 말[言]을 위주로
지었다. 두 수의 말이 한 수의 뜻보다 못하다.

李學士眉叟使大金, 次韻「漁陽懷古」云"槿花低映碧山峰, 卯酒初酣
白玉容. 舞罷霓裳歡未足, 一朝雷雨送豬龍."後李司成百全, 爲書狀
官入大金, 抵此和之云"一上鵝毛寺後峰, 祿山曾此鍊軍容. 只因欲
奪鷄頭肉, 豈是爭爲月化龍?"又"宴會驪山玉蘂峰, 芙蓉那似酒酣容?
不知今有明駝使, 千里殷勤寄瑞龍?"眉叟用事, 必以辭語淸新. 然槿
花事, 語新而意不切. 其次韻'峰·龍'兩字, 甚佳. 陳玉堂澕·李蓬山允
甫, 同夜直禁林. 時有前入大金書狀官某言, "廣寧一府道傍, 有十三
山. 往來客子題詠頗多, 皆淺近未能破的. 請兩君賦之."陳卽援筆云
"巫山十二但聞名, 驛路偸閑午枕凉. 剩骨一峰雲雨惱, 傍人應笑夢魂
長."李云"六七山抽碧玉簪, 葱籠佳氣射朝驂.【臨使客往來程.】從今嵩
嶽嘉名減, 只數奇峰二十三."又"少年蠟屐好登山, 踏盡衡·巫·岱·華
間. 五老·八公遊未遍, 不知藏此此中慳."陳詩以意, 李詩以言. 兩首
之言, 不如一首之意.

한 듯하다. 이를 여기에 감추어두고 여기에서만 아끼고 있었기에, 사영운도 미
처 구경하지 못했다는 것이다.

"한 가문의 번창함이 천고 으뜸인데, 누가 다시 그 뒤를 이어가려냐?"

낭관 최인전崔仁全이 국자 박사로 있을 때다. 성이 같은 사촌 아우가 보내준 시에 화운하여 이렇게 읊었다.

앞뒤로 장원에 오른 상국이 셋이요	先後龍頭三相國 ○●○○○●●
	1 2 3 3 5 6 6 선후룡두삼상국
	|앞|뒤로|장원에 오른|세|상국이요|
나란히[1] 기린각[2]에 오른 공신도 넷이라오	聯翩麟閣四功臣 ○○○●●○○
	1 4 2 2 5 6 6 연편린각사공신
	|잇달아|날아오른|인각에|네|공신이다|
한 가문의 번창함이 천고 으뜸인데	一門盛事傾千古 ●○●●○○●
	1 2 3 4 7 5 5 일문성사경천고
	|한|가문|성대한|일이|휩쓰니|천고를|
누가 다시 그 뒤[4]를 이어가려냐?	更有何人繼後塵 ●●○○●●○[3]
	1 4 2 3 7 5 5 갱유하인계후진
	|다시|있어|어떤|사람이|이을까|뒤를|

대개 문헌공文憲公(최충)은 용두(장원 급제)로서 정종의 묘정에 배향되어 공신이 되었고, 아들 문화공文和公(최유선)도 용두로서 문종의 묘정에 배향되었다. 손자 중서령 최사추崔思諏도 숙종의 묘정에 배향되었

---

1) 연편聯翩은 여러 마리 새가 서로 잇대어 날개를 퍼덕이며 날아가는 모양이다. 나란히 연속함을 뜻한다.
2) 인각麟閣은 서경의 기린각麒麟閣이다. 공신의 공적을 기록하던 곳이다. 인종이 여러 차례 이곳에서 경서를 강론하였다. 『고려사 인종仁宗』.
3) □측기측수 구식을 사용하였다. 상평성 '진眞' 운에 맞추어 '臣, 塵'으로 압운하였다.
4) 후진後塵은 길을 갈 때 뒤에서 일어나는 먼지이다. 남의 뒷자리에 있거나 뒤따라감을 뜻한다.

고, 현손 평장사 최윤의崔允儀도 의종의 묘정에 배향되었다. 잉손인 평장사 최홍윤崔洪胤[5]도 용문 상객(장원)이 되었다. 이들 외에 용두가 되지는 못했어도 재상 지위에 오른 자가 또한 10여 명에 이른다. 최인전도 문헌공의 자손이다.

崔郎官仁全爲國博時, 和同姓從弟見贈詩云"先後龍頭三相國, 聯翩麟閣四功臣. 一門盛事傾千古, 更有何人繼後塵?"蓋言文憲公, 以龍頭, 配饗靖廟爲功臣. 其子文和公, 亦以龍頭, 配饗文廟. 其孫中書令思諏, 配饗肅廟. 玄孫平章事允儀, 配饗毅廟. 仍孫平章事洪胤, 亦是龍門上客. 其餘非龍頭, 而位宰相者十餘人. 仁全亦文憲之孫也.

※ 해주파海州派로 분류되는 최자의 선대 관력을 소개하였다. 최온崔溫을 시조로 삼아 분파한 해주 최씨海州崔氏가 이에 해당한다. 최온의 아들이 곧 최충崔冲이다. 최윤의의 친형 최윤인崔允仁이 최자의 증조부이다.

---

5) 최홍윤崔洪胤(1153~1229)은 1173년 과거에서 장원 급제하였다. (상-48 참조)

"삼성을 매만지며 북두성에 올랐다가 은하수 아래서 견우 어깨 두드리고"

사관 이윤보李允甫가 밤에 숙직할 때, 옥당 진화陳澕와 함께 「월궁을 노닐다[遊月宮]」라는 시를 읊었다.[1]

달이 긴 바람을 멍에 매어	月駕長風轉虛碧 ●●○○●●●
	1 4 2 3 7 5 6　월가장풍전허벽
푸른 하늘 지날 때	달이 몰아 긴 바람 도는데 허공 푸른 곳
유리를 깎아	劚出瑠璃作飛轍 ●●○○●○◎
	3 4 1 1 7 5 6　촉출류리작비철
날아가는 바퀴 만들었어라	깎아 내 유리 만들었다 나는 바퀴
천 리의 둥근 달 속[2]	廣寒宮殿千里圓 ●○○●●○○
	1 1 1 1 5 6 7　광한궁전천리원
광한궁전에	광한궁전이 천 리 둥근 달에 있고
난새를 탄 옥녀가[3]	玉女乘鸞庭下列 ●●○○○●◎
	1 1 4 3 5 6 7　옥녀승란정하렬
뜰 아래 줄지어 있는데[4]	옥녀가 타고 난새 뜰 아래 늘어섰는데

---

1) 『동문선』에 「월궁을 노닐다[遊月宮]」라는 제목으로 실려있다. 1구 '虛碧'이 '碧虛'로, 2구 '劚'이 '斸'으로, '璃'가 '琉'로, '轍'이 '轍'로, 7구 '搗'가 '擣'로, 13구 '條'가 '餱'로, 16구 '飮'가 '厭'으로, '瓢'가 '飄'로 되어있다.

2) 달은 지름 길이가 1천 리라고 한다. 고사손, 『위략緯略 일월성日月星』, "달은 지름이 1천 리, 둘레가 3천 리이다.[月徑千里, 周圍三千里.]"

3) 춘추시대 농옥弄玉의 고사를 이른다. 난새는 봉황의 일종이다. 진 목공秦穆公의 딸 농옥이 소사蕭史와 결혼했다. 소사는 퉁소를 불어 봉황이 이르게 할 수 있었는데, 두 사람은 신선이 되어 봉황을 타고 승천했다고 한다. 유향, 『열선전 소사蕭史』.

4) 왕안석, 「부채에 쓰다[題扇]」, "옥도끼로 수리하여 달이 둥그런데, 달가에 내내 난새를 탄 여인이 있네. 바람 불고 이슬 내린 푸른 하늘은 인간 세상이 아니고, 엉클어진 귀밑머리 기운 비녀가 유난히 서늘하네.[玉斧修成寶月團, 月邊仍有女乘鸞. 靑冥風露非人世, 鬢亂釵橫特地寒.]"

하늘 높은 신선 음악 소리에 　天高仙樂咽笙簫 ○○○●●○○
생황 피리 울리고 　　　　　1 4 2 2 7 5 5 　천고선악인생소
　　　　　　　　　　　　하늘에 | 높아 | 선악 | 울리고 | 생황 피리 |

무지개치마 바람에 흔들려 　風動霓裳響環玦 ○●●○○●◉
패옥⁵⁾ 소리 울리네 　　　　1 4 2 2 7 5 5 　풍동예상향환결
　　　　　　　　　　　　바람이 | 흔들어 | 예상 | 울린다 | 패옥을 |

흰 토끼는 몇 년 동안 　　白兎搗藥經幾秋 ●●●●○○
약을 찧었나? 　　　　　　1 2 4 3 7 5 6 　백토도약경기추
　　　　　　　　　　　　흰 | 토끼 | 찧으며 | 약 | 지냈나 | 몇 | 가을 |

만든 약을 항아에게 　　藥成不被姮娥竊 ●○●●○◉
빼앗기지 않고서 　　　　1 2 7 6 3 3 5 　약성불피항아절
　　　　　　　　　　　　약 | 만들어 | 않고 | 당하지 | 항아 | 훔침 |

이슬⁶⁾에 섞어 　　　　調和沆瀣供仙眞 ○○●●●○○
신선 진인에게 먹이고 　　3 4 1 1 7 5 5 　조화항해공선진
　　　　　　　　　　　　섞어 | 타 | 이슬에 | 제공하고 | 신선에게 |

하늘의 목으로 씹어 내리길 　嚼下天喉若氷雪 ●●○○○●◉
얼음과 눈처럼 하니 　　　3 4 1 1 7 5 6 　작하천후약빙설
　　　　　　　　　　　　씹어 | 내려 | 하늘 목에 | 같으니 | 얼음 | 눈 |

하늘 위 신선이 　　　仙居天上得長生 ○○○●●○○
긴 생명을 얻고 　　　　1 4 2 3 7 5 6 　선거천상득장생
　　　　　　　　　　　　신선은 | 거하여 | 하늘 | 위 | 얻고 | 긴 | 생명 |

인간 세상에도 뿜어내려 　噴向人間除酷熱 ●●○○○●●
무더위 식힌다오 　　　　1 4 2 2 7 5 6 　손향인간제혹열
　　　　　　　　　　　　뿜어 | 향해 | 인간 | 없앤다 | 심한 | 열기 |

솜씨 좋은 장인들이 　　妙手修宮八萬條 ●●○○○●○
팔만 가지로 월궁 수리하느라 　1 2 4 3 5 6 7 　묘수수궁팔만조
　　　　　　　　　　　　묘한 | 솜씨가 | 수리함 | 궁을 | 팔 | 만 | 가지니 |

옥도끼⁷⁾ 빼곡하여 　　玉斧森羅守局鐍 ●●○○○●◉
문빗장 걸어 지키고서 　　1 2 3 4 7 5 6 　옥부삼라수경휼
　　　　　　　　　　　　옥 | 도끼 | 빼곡히 | 벌여 | 지켜 | 빗장 | 걸쇠로 |

---

5) 환결環玦은 둥근 고리 모양의 옥 패물이다. 의복에 매달아 장식한다. 환環은 터진 곳이 없고, 결玦은 한쪽이 터져있다.
6) 항해沆瀣는 북방의 밤기운이 맺힌 맑은 이슬이다. 신선이 마신다고 한다.
7) 옥부玉斧는 달을 보수하는 데 사용한다는 옥으로 만든 전설 속 도끼이다.

푸른 하늘 소요하며
저마다 실컷 놀고
하늘 바가지로
흰 옥가루 실컷 마시네
부럽게도 저 나공원8)은
은 다리를 타고 올라
삼성을 매만지며
북두성9)에 올랐다가
은하수 아래서
견우10) 어깨 두드리고
경수 꽃11) 찾아 구경하면서
한 움큼을 따 먹네
저 하늘 궁궐12)은
볼 수 있어도 오를 수 없어

逍遙各飽青冥遊 ○○●●○○○
1 3 7 4 5 6　소요각포청명유
|노닐며|각자|실컷 하고|푸른|하늘|높을|

厭飫天瓢白玉屑 ●●○○●●◉
1 7 2 3 4 5 6　염어천표백옥설
|실컷|먹는다|하늘|바가지|흰|옥|가루를|

羨他公遠緣銀橋 ●○○●○○○
7 1 2 2 6 4 5　선타공원연은교
|부러우니|저|공원이|타고 오름|은|다리|

捫參陟過北斗舌 ○○●●●●◉
2 1 3 7 4 4 6　문삼척과북두설
|만지고|삼성|올라|지나서|북두|혀를|

星河下拍牛郎肩 ○○●●○○○
1 1 3 7 4 4 6　성하하박우랑견
|은하수|아래서|두드리고|견우|어깨|

踏掬瓊華親手掇 ●●○○○●◉
1 4 2 3 5 6 7　답국경화친수철
|다니며|움켜|경수|꽃을|친히|손에|딴다|

清都可望不可攀 ○○●●●●○
1 1 4 3 7 6 5　청도가망불가반
|청도는|수 있고|볼|없어|수|오를|

---

8) 당나라 도사 나공원羅公遠이 계수나무 지팡이를 허공에 던져 은빛의 큰 다리로 바꾸어 현종과 함께 다리를 건너 월궁月宮에 다녀왔다고 한다.(중-26 참조)
9) 북두설北斗舌은 하늘의 후설喉舌(목과 혀)에 해당하는 북두를 이른다. 『후한서 이고전李固傳』, "지금 폐하에게 상서가 있음은 하늘에 북두가 있음과 같습니다. 북두가 하늘의 후설이듯이 상서도 폐하의 후설에 해당합니다.[今陛下之有尚書, 猶天之有北斗也. 斗爲天喉舌, 尚書亦爲陛下喉舌.]"
10) 우랑牛郎은 견우를 이른다. 견우성을 빗댄 것이다. 견우성은 은하수를 경계로 직녀성과 마주하고 있다.
11) 경화瓊華는 신선 세계에 자라는 경수瓊樹의 꽃이다. 이를 먹으면 장수한다고 한다. 사마상여, 「대인부大人賦」, "항해를 호흡하고 아침노을을 먹으며, 지초의 꽃을 씹어 먹고 경수의 꽃을 먹는다.[呼吸沆瀣兮餐朝霞, 咀噍芝英兮嘰瓊華.]"
12) 청도淸都는 천제가 머무는 하늘 위 궁전이다. 여기서는 월궁인 광한 궁전을 이른 듯하다.

밤마다 돌아보며
애가 타서 끊어진다오

夜夜轉頭心斷絶 ●●○○○●13)
1 1 4 3 5 6 6   야야전두심단절
밤마다 돌리며 고개 마음 끊어진다

관각에 근무하는 여러 사람이, 진화의 시에 대해서는 청장淸壯하여
우수하다고 평하였다. 이윤보의 시에 대해서는 말이 비록 청한淸寒하
지만, 자질구레하여[瑣屑] 그보다 못하다고 평하였다. 진화의 시는 잃
어버렸다.

李史館允甫夜直, 與陳玉堂澕, 賦「遊月宮」篇云 "月駕長風轉虛碧, 剛
出瑠璃作飛轍. 廣寒宮殿千里圓, 玉女乘鸞庭下列. 天高仙樂咽笙簫,
風動霓裳響環玦. 白兎搗藥經幾秋? 藥成不被姮娥竊. 調和沆瀣供仙
眞, 嚼下天喉若氷雪. 仙居天上得長生, 嗟向人間除酷熱. 妙手修宮
八萬條, 玉斧森羅守局鐍. 逍遙各飽靑冥遊, 厭飫天瓢白玉屑. 羨他
公遠緣銀橋, 捫參陟過北斗舌. 星河下拍牛郞肩, 踏掬瓊華親手掇. 淸
都可望不可攀, 夜夜轉頭心斷絶." 館閣諸君, 以陳詩淸壯爲優, 李詩
語雖淸寒, 瑣屑爲劣. 陳詩逸.

※ 옛 전설에 따르면 달은 칠보七寶로 이루어져 있고, 솜씨 좋은 장
인들이 옥도끼를 써서 늘 이곳저곳을 보수한다고 한다. 이때 장인
들이 옥가루로 지은 밥을 먹으며 일하였다. 이 밥을 먹으면 장생長

---

13) □칠언고시이다. 입성 '설屑' 운에 맞추어 '轍, 列, 玦, 竊, 雪, 熱, 鐍, 屑, 舌, 掇,
絶'로 압운하였다.

生할 수 있다는 것이다. 이와 관련한 당나라 정인본鄭仁本의 이야기가 전한다.[14] 정인본이 표제 왕수재王秀才와 함께 숭산을 유람하다가 보자기를 베고 잠든 사람을 발견했다. 그를 깨우자 그가 이렇게 말했다고 한다.

"그대는 달이 칠보가 결합한 것임을 아는가? 둥근 달그림자는 볼록한 곳을 해가 비추어서 생기는 것이오. 8만 2천 가구 사람들이 살면서 늘 보수하는데, 나도 그중 한 명이오."

그가 곧이어 보자기를 펼치니 도끼와 끌 등 몇 가지 공구와 옥가루로 지은 밥 두 덩어리가 나왔다. 그가 두 사람에게 밥을 건네주며 다시 말했다.

"나눠 드시오. 장생하는 데는 부족해도 평생 병 없이 살 수 있소."

---

14) 단성식段成式, 『유양잡조 천지天咫』.

중41. 승려 운지에게 지어 준 이윤보의 전별시

"부처가 곧 이 마음이요 마음이 부처라오"

운지雲之는 어떤 상인上人(승려)인지 알지 못한다. 그는 곧 강남으로 돌아가기로 하여 이유지李由之에게 시를 청하였다. 이어서 사관과 옥당을 두루 찾아다니면서 몹시 부지런하게 화운하여 시를 지어달라고 청하였다. 이에 봉래蓬萊(사관)와 영주瀛洲(옥당)¹⁾에 근무하던 여러 사람이 저마다 화운하여 한 수씩을 지어주었다.

사관 이윤보李允甫는 이렇게 차운하였다.

한 조각 뜬구름	一片浮雲安所宅 ●●○○○●●
머무는 곳 어디인가?	1 2 3 4 5 7 6 일편부운안소택
	한 조각 뜬 구름 어디가 바인가 머물
무심히 골짜기에 들었다가	入壑無心忽復出 ●●○○●●○
홀연히 다시 나와	2 1 3 3 5 6 7 입학무심홀부출
	들어가 골짜기에 무심히 문득 다시 나와
아침에 대화²⁾를 떠나서	朝從大華度軒丘 ○○●●○○○
헌구³⁾로 건너가고	1 4 2 2 7 5 5 조종대화도헌구
	아침에 에서 대화 건너가고 헌구로
저녁에 회계⁴⁾를 향해서	暮向會稽歸羽窟 ●●○○○●●
우굴⁵⁾을 지나니	1 4 2 2 7 5 5 모향회계귀우굴
	저녁에 향해 회계 가니 우굴로

1) 봉영蓬瀛은 신선이 머무는 봉래산蓬萊山과 영주산瀛洲山이다. 사관과 옥당의 별칭으로 쓰인다.(중-38 참조)
2) 대화大華은 태화산太華山으로 불리는 서안西安 동쪽의 화산華山을 이른다.
3) 헌구軒丘는 황제 헌원씨가 머물던 곳의 옛 지명이라고 한다.『사기 황제본기黃帝本紀』, "황제가 헌원의 언덕에 거하면서 서릉 여인을 아내로 맞았다.[黃帝居軒轅之丘, 而娶於西陵之女.]"
4) 회계會稽는 절강 소흥 일대의 옛 지명이다. 이곳에 회계산이 있다.
5) 우굴羽窟은 우산羽山의 연못에 있다는 굴이다.

바람 따라 만 리를	隨風萬里蕩無垠 수풍만리탕무은
끝없이 떠돌다가	따라｜바람｜만 리｜떠돌길｜없다가｜끝
큰비를 뿌리지 않은 채로	不作霶霈還沒滅 부작방타환몰멸
도로 사라지네	않고｜만들지｜큰비를｜도로｜사라진다
성품도 행실도 구름 같은	雲師雲性亦雲身 운사운성역운신
운지 선사도	운사는｜구름｜성품에｜또｜구름｜몸으로
지겨운 서울6)을 떠나	厭却京華將適越 염각경화장적월
남녘7)으로 가려고 하는데	싫어｜버리고｜서울｜곧｜가려는데｜월로
나는 비록 강남 유람을	我雖未識江南遊 아수미식강남유
알지 못하지만	내가｜비록｜못하나｜알지｜강남｜유람
강남 좋은 경치를	江南勝致遙能說 강남승치요능설
멀리서 말할 수는 있어라	강남｜좋은｜경치｜멀리서｜능히｜말한다
대나무는 벽옥 새순 돋아나	筠抽碧玉留春色 균추벽옥류춘색
봄빛을 머금고	대가｜뽑아내｜푸른｜옥｜남기고｜봄｜빛
귤은 황금빛을 압도하면서	橘壓黃金涉冬月 귤압황금섭동월
겨울을 보내니	귤이｜눌러｜황금을｜건너니｜겨울｜달
젊을 때 실컷 찾아 놀라고	請師少壯恣尋遊 청사소장자심유
선사에게 권하니	청하니｜선사가｜젊어｜실컷｜찾아｜놀길
노쇠하면 방 한 칸에서	老大秪堪安一室 로대지감안일실
머물 뿐이어라	늙으면｜겨우｜만하다｜안주할｜한｜방에
훌륭한 시를 가져와서	手持傑句來示予 수지걸구래시여
내게 보이기에	손수｜들고｜좋은｜시구｜와｜뵈니｜내게

6) 경화京華는 고려의 서울인 개경을 이른다.

7) 월越은 본래 중국 남방의 백월百越을 이른다. 고려 남방의 강남 지역을 빗댄 것이다.

413

속세 붓을 휘둘러서
하나하나 화답한 것인데
붓끝으로 전한 말을
아시겠는가?[8]
부처가 곧 이 마음이요
마음이 부처라오

爲拂塵毫賡一一	○●○○○●●	
1 4 2 3 7 5 5	위불진호갱일일	
위해 휘둘러 속세 붓 응하니 일일이		

毫端有口會也無	○○●●●○○	
1 2 4 3 5 6 7	호단유구회야무	
붓 끝에 있음 입 아는가 어사 아닌가		

佛卽是心心卽佛	●●○○○●○[9]	
1 2 4 3 5 6 7	불즉시심심즉불	
부처가 곧 이고 마음 마음이 곧 부처다		

학사 이미수李眉叟(이인로)가 이 시를 보고서, 이윤보의 시가 가장 뛰어나다고 평하였다.

┘ 雲之, 不知何許上人也. 將歸江南, 乞詩於李由之. 歷謁館翰, 求和甚勤. 蓬瀛諸君, 各和一篇以贈之. 李史館允甫次韻云 "一片浮雲安所宅, 入壑無心忽復出. 朝從大華度軒丘, 暮向會稽歸羽窟. 隨風萬里蕩無垠, 不作霧雹還沒滅. 雲師雲性亦雲身, 厭却京華將適越. 我雖未識江南遊, 江南勝致遙能說. 筍抽碧玉留春色, 橘壓黃金涉冬月. 請師少壯恣尋遊, 老大秖堪安一室. 手持傑句來示予, 爲拂塵毫賡一一. 毫端有口會也無? 佛卽是心心卽佛." 李學士眉叟見之, 以李詩爲最云. ┌

---

8) 붓을 휘둘러 화답한 시에서 자기 생각을 드러냈는데, 그 뜻을 알겠느냐고 말한 것이다.

9) ▢측기측수 구식을 사용한 칠언배율시이다. 입성 '질質' 운과 통운에 해당하는 입성 '월月, 설屑, 물物' 운에 맞추어 각각 '出, 月, 一'과 '窟, 滅, 說'과 '室, 越'과 '佛'로 압운하였다.

중42. 말이 평범하고 시구가 서툰 보궐 이양의 시격

"새벽 종소리 들리는 골짜기 어귀 서늘하네"

조계曹溪(선종)[1]의 장로長老 한 분이 찾아와서 물었다.

"보궐 이양李陽의 시격詩格을 문선사文禪師(혜문)[2]에 견준다면, 누가
더 낫겠습니까?"
"서로 대등합니다."

또 이렇게 물었다.

"이 보궐은 시에서 이렇게 읊었습니다.

새벽 종소리 들리는
골짜기 어귀 서늘하네

曉鍾聲出洞門寒	●○○●●○○
1 2 3 4 5 6 7	효종성출동문한
새벽 종 소리 들리는 골짝 문 춥다	

문선사는 이렇게 읊었습니다.

경쇠 소리 맑게 울려 퍼지는
봉우리에 달 밝았네

磬聲淸度月明峰	●○○○●○○
1 2 3 4 5 6 7	경성청도월명봉
경쇠 소리 맑게 퍼진 달 밝은 봉이다	

이 평장李平章(이규보)은 이렇게 읊었습니다.[3]

---

1) 조계曹溪는 선종 남종을 일컫는 말이다.
2) 문선사文禪師는 승려 혜문惠文을 이른다.(중-33 참조)
3) 「저녁에 절에 이르러 작은 술자리를 갖고 피일휴의 시를 차운하여 각자 짓다[日
晩到寺小酌用皮日休詩韻各賦]」라는 제목으로 『동국이상국집』에 실려있다. 칠언율시의
6구이다. '門'이 '窓'으로 되어 있다.

어느 시가 더 뛰어납니까?"

"모두 청한淸寒한 한 가지 정수를 얻었습니다. 그러나 보궐의 시
를 오히려 평장의 시와 함께 견줄 수 있겠습니까?"
"그의 시가 천이淺易(얕고 평이함)하다 생각하십니까?"
"용렬한 말과 졸렬한 시구라서, '천이'라는 말로 부족합니다."

장로가 말하였다.

"보궐의 문집은 이미 세상에 전하고 있습니다. 문장이 보궐보다
우수한데도, 가집家集이 아직 전하지 않는 자로는 누가 있습니까?"
"중고中古 시대 이전에는 명현이 헤아릴 수 없이 많았습니다. 지
금에는 오 선생 형제(오세공, 오세문, 오세재), 안 처사(안치민), 진 보궐
(진화), 유승단, 김극기, 이담지, 이윤보 등 많은 사람이 보궐에 견
주어 하늘과 땅 차이만큼 현격히 뛰어납니다. 그런데 당시에 원
고를 수습해주는 벗이 없어서 유고가 전부 흩어져 사라지고 말았
습니다."

장로는 여전히 개운하게 풀리지 못한 것이 있는 듯하였다.

有一曹溪長老來問曰 "李陽補闕詩格, 孰與文禪師?" 曰 "相上下." 曰
"李補闕詩云 '曉鍾聲出洞門寒.' 文禪師 '磬聲淸度月明峰.' 李平章
'磬聲淸斷石門寒.' 孰優?" 曰 "皆得淸寒一髓. 然補闕尙與平章, 同

日而評?"曰"謂其詩淺易耶?"曰"庸言拙句, 不足言淺易."長老曰
"補闕集已行於世. 其有文章優於補闕, 而家集未行者有誰?"曰"中
古已上名賢, 不可勝數. 今世吳先生兄弟·安處士·陳補闕·俞·金·二李
許多輩, 比於補闕, 霄壤懸絕. 時無知己捃拾, 遺稿皆散亡."長老猶
未釋然. ┌

^중43. 송악의 운세를 예언한 이순목의 시참

"꽃 너머 저 안개와 달은 누가 주인인 건가?"

대제 이순목李淳牧[1]이 옥당에서 숙직할 때였다. 한림에 근무하는 여러 명과 운각芸閣(보문각)에서 모임을 가졌다. 술기운이 오르자, 여러 사람이 주필走筆로 시 짓기를 청하고, "인鱗"자를 운자로 정하였다.

이순목이 즉시 흰 병풍에 이렇게 썼다.

봉황 연못에
푸른 비늘처럼 물결 이는데
송악 기슭은 천 년 명운 중에
몇 번째 봄인가?
임금 수레[2]가 삼십 년간
순행치 않으시니
꽃 너머 저 안개와 달은
누가 주인인 건가?

鳳池波影碧鱗鱗	●○○●●○○	봉지파영벽린린
1 2 3 4 5 6 6		
봉황 못 물결 모습 푸른 비늘 같은데		
松麓千年第幾春	○●○○●●○	송록천년제기춘
1 2 3 4 5 5 7		
송악 기슭 천 년 운세에 몇 번째 봄인가		
玉輦不巡三十載	●●●○○●●	옥련불순삼십재
1 2 4 3 5 6 7		
옥 수레 않음이 순행 삼 십 년이니		
隔花烟月屬何人	●○○●●○○[3]	격화연월속하인
2 1 3 4 7 5 6		
너머 꽃 안개 달 속할까 어떤 이에게		

자리에 있던 어떤 사람도 그 뜻을 이해하지 못하였다. 술이 깬 뒤

---

1) 이순목李淳牧은 합천 향리 출신이다. 부친을 따라 상경하여 응운주필應韻走筆로 명성을 얻었다. 1212년에 급제하여 금성관기錦城管記가 되었고, 곧 옥당으로 옮겼다. 이후 보문각 대제와 판비서성사 등을 지냈다. 최항崔沆(1209~1257)의 스승이다. 최항이 1249년에 실권을 잡은 이후 상서 좌복야에 제수했으나, 부임 전에 세상을 떠났다.
2) 옥련玉輦은 제왕이 타는 옥으로 장식한 수레이다.
3) □평기평수 구식을 사용하였다. 상평성 '진眞' 운에 맞추어 '鱗, 春, 人'으로 압운하였다.

에 이순목 자신도 의도한 뜻이 무엇인지 기억하지 못하였다. 6년이 지난 뒤이다. 화산花山(강화 남산)으로 도읍을 옮긴 뒤에야, 이 시의 내용이 비로소 사실로 증명되었다. 신이 그의 손을 빌려서 이렇게 지어 낸 것인가? 오직 '삼십 년[三十載]'이 뜻하는 바를 아직 알지 못한다. 훗날을 기다려야 마땅하겠다.

李待制淳牧直玉堂時, 與翰林諸君, 會芸閣. 及酒酣, 諸君請走筆, 得 '鱗'字. 卽書于素屛風云 "鳳池波影碧鱗鱗, 松麓千年第幾春? 玉輦不 巡三十載, 隔花烟月屬何人?" 一座未曉其義. 及酒醒, 李亦不知所導 之意. 後六年, 遷都花山, 此詩乃驗. 豈神物假手使然耶? 唯"三十載" 之義未識, 當竢後日.

※ 보문각 대제 이순목이 창작한 시가 시참詩讖이 되었던 사실을 소개하였다. 개경에서 강화로 천도하기 6년 전에 지어졌다고 한다. 1226년에 창작한 것으로 계산된다. 시를 짓는 지금은 중서성 봉황 연못에 푸른 물결이 일렁이며 아무 일이 없다. 그러나 송악의 명운이 곧 뒤바뀔 것임을 느끼고 그 햇수를 헤아려본 것이라고 할 수 있다. 임금 수레가 30년 기간 동안 송악 기슭을 순행하지 않는다는 것은, 개경 도성에 임금이 머물지 않을 것임을 암시한다. 고종 19년 (1232)에 개경에서 강화로 천도하고, 원종 11년(1270)에 개경으로 환도했다. 실제로 도성의 꽃, 안개, 달은 38년 동안 제 주인을 찾지 못하였다.

중44. 성명 속 글자로 사물에 빗댄 시

"얼음 골에 오직 오얏나무 남아서 봄을 못 만나 초췌하여라"

낭관 이담지李湛之가 문 상국(문극겸)에게 이런 시를 지어 올렸다.

달빛 아래	月下賢桃艶 ●●○○● 1 2 3 4 5　월하현도염	
어진 복숭아꽃 곱고	｜달｜아래｜어진｜복숭아｜곱고｜	
성스러운 살구꽃도	風前聖杏新 ○○●●○ 1 2 3 4 5　풍전성행신	
바람 앞에 싱그러운데	｜바람｜앞에｜성스러운｜살구｜새로운데｜	
얼음 골에 오직	唯餘氷谷李 ○○○●● 1 5 2 3 4　유여빙곡리	
오얏나무[李] 남아서	｜오직｜남아서｜얼음｜골｜오얏나무가｜	
봄을 못 만나	憔悴未逢春 Ŏ●●○○[1] 1 1 5 4 3　초췌미봉춘	
초췌하여라	｜초췌하게｜못했다｜만나지｜봄을｜	

정숙공貞肅公은 어릴 적 이름에 '송松'자가 있고, 급제 김태신金台臣은 어릴 적 이름이 '죽竹'이다. 공이 재상에 오르자 김태신이 이런 시를 헌상하였다.

듣자니	聞道山中十八公 Ŏ●○○●●○ 2 1 3 4 5 6 7　문도산중십팔공	
산속 십팔공(소나무)[2]이	｜들으니｜말을｜산｜속에｜십｜팔｜공이｜	
근래에 이미	年來已受大夫封 ○○●●●○○ 1 2 3 7 4 4 6　년래이수대부봉	
대부에 봉해졌다 하는데	｜근년｜이래｜이미｜받았다｜대부에｜봉해짐을｜	

---

1) □측기측수 구식을 사용하였다. 상평성 '진眞' 운에 맞추어 '新, 春'으로 압운하였다.
2) 십팔공十八公은 '송松'자를 파자한 것이다.

차군(대나무)의 지기는
당신뿐이니
부지런히 아뢰어
임금께 추천해주시게[4]

此君知己唯君在	●○ŏ●●○○
1 1 3 3 5 6 7	차군지기유군재
차군의 지기는 오직 그대가 있으니	

爲報殷勤薦祖龍	ŏ●○○●●○[3]
1 2 3 3 7 5 5	위보은근천조룡
위해 알리기를 힘껏 하여 추천하라 조룡에	

근래에 급제 유보柳葆가 사인 박훤朴暄에게 이런 시를 지어 올렸다.[5]

자미화[6] 아래 신선이
이슬에 붓을 적셔
인간 세계 온갖 나무를
붉게 물들이건만
오직 동문 밖
버드나무 한 줄기는
해마다 좋은 봄바람 불어도
덧없이 지나치게 하네

紫薇花下僊毫露	●○ŏ●○○●
1 1 1 4 5 7 6	자미화하선호로
자마화 아래 신선이 붓 적셔 이슬에	

化出人間萬樹紅	●●○○●●◎
6 7 1 1 3 4 5	화출인간만수홍
바꿔 내는데 인간의 만 그루 나무를 붉게	

唯有東門一條柳	ŏ●○○●ŏ●
1 7 2 3 4 5 6	유유동문일조류
오직 있어 동쪽 문의 한 줄기 버들	

年年虛度好春風	○○ŏ●●○◎[7]
1 1 6 7 3 4 5	년년허도호춘풍
매년 헛되이 지나친다 좋은 봄 바람을	

---

3) ▯측기평수 구식을 사용하였다. 상평성 '동東' 운과 통운에 해당하는 '동冬' 운에 맞추어 각각 '公, 封, 龍'으로 압운하였다.

4) 조룡祖龍은 제왕을 일컫는다. 본래 진시황을 이른 말이다. '조祖'는 '시始'를 뜻하고, '용龍'은 '인군人君'을 상징한다. 시황始皇을 가리킨다고 한다. 배인裴駰, 『사기집해』.

5) 『동문선』에 「사인 박훤에게 올린다[上朴舍人暄]」라는 제목으로 실려있다.

6) 자미紫薇는 배롱나무의 별칭이다. 중서성을 상징한다. 박훤이 중서사인이므로 이렇게 말했다. 중서성을 자미성紫薇省이라 하고, 중서사인을 자미사인紫薇舍人이라 한다. 천제가 거하는 자미궁紫微宮을 일컫기도 한다.

7) ▯평기측수 구식을 사용하였다. 상평성 '동東' 운에 맞추어 '紅, 風'으로 압운하였다.

예나 지금이나 성명 속 글자를 사물에 빗대어 지어낸 시가 매우 많다. 이는 비록 이미 진부한 시체이지만, 처음에 보면 마치 새로운 뜻을 지어낸 듯이 보인다. 김태신이 말한 '조룡祖龍'은 함께 나열하기에 적당한 것은 아니다.

李郎官湛之, 上文相國詩云 "月下賢桃艶, 風前聖杏新. 唯餘氷谷李, 憔悴未逢春." 貞肅公小名有'松'字, 及第金台臣小名是'竹'. 及公入相, 台臣獻詩云 "聞道山中十八公, 年來已受大夫封. 此君知己唯君在, 爲報殷勤薦祖龍." 近有及第柳葆, 上朴舍人暄云 "紫薇花下偓毫露, 化出人間萬樹紅. 唯有東門一條柳, 年年虛度好春風." 古今以姓名字, 喩物爲詩頗多. 是雖已陳之體, 始見之, 如有新構意. 台臣言"祖龍", 非所宜列.

^중45. 문한을 담당하는 육관 관원들이 부채를 읊은 시
"무소뿔 단풍나무 부채를 부치려 함에"

보궐 진화가 옥당에서 처음 근무할 때였다. 한림 손득지孫得之, 사관 이윤보李允甫, 동문 이백순李百順, 전 한림 윤우일尹于一 등 육관六官[1]에 근무하는 재주 있는 인재들이 모두 한자리에 모였다. 이 자리에서 운자를 내어 '부채[扇]'를 시로 읊게 하였다.

진화가 즉시 붓을 들어 이렇게 썼다.

무소뿔 단풍 부채를	欲風犀楓扇 ●○○○●
부치려 함에	5 4 1 2 3　욕풍서풍선
	하니 바람 부치려고 무소뿔 단풍 부채
뜨거운 하늘이	自氷火雲天 ●○●○◎
벌써 절로 얼어붙으니	1 5 2 3 4　자빙화운천
	절로 얼게 하니 불타는 구름 하늘을
더위 물러나	暑退蠅難近 ●●○○●
파리도 얼씬 못하고	1 2 3 5 4　서퇴승난근
	더위 물러나 파리 힘들고 다가오기
가을 돌아와	秋回雁莫先 ○○●●◎
기러기 맨 먼저 날아올 듯하네	1 2 3 5 4　추회안막선
	가을 돌아와 기러기 날아옴 없다 더 먼저가
작은 연잎처럼	小荷飜掌上 ●○○●●
손 위에서 부치고	1 2 5 3 4　소하번장상
	작은 연이 뒤집히고 손바닥 위에서

---

1) 육관六官은 궐내에서 문한文翰을 담당한 한림원, 사관, 비서성, 보문각, 동문관, 유원으로 보인다. 이곡, 「금내청사중흥기禁內廳事重興記」, "국초에 관직을 설치할 때 궐내에 6국을 두어 문학의 일을 맡게 하였다. 한림원, 사관, 비서성, 보문각, 동문관, 유원이다. 사관과 한림이 으뜸이었다.[國初設官, 置六局禁中, 爲文翰職. 曰翰林, 曰史館, 曰秘書, 寶文, 同文, 留院, 而史翰爲之冠.].

둥근달처럼

옷깃 앞에 내려놓으니

團月墮襟前 ○●●○○
1 2 5 3 4 　단월타금전
|둥근|달이|떨어지니|옷깃|앞에|

평소 군사 지휘하는

장군에게 걸맞고[2]

雅稱麾軍將 ●●○○●
1 5 3 2 4 　아칭휘군장
|평소|걸맞고|지휘하는|군|장군에게|

강물 가르던 신선을

따르기도 했었어라[3]

曾隨畫水仙 ○○●●○
1 5 3 2 4 　증수화수선
|일찍이|따랐다|긋는|물을|신선을|

눈을 잘라놓은 듯

비단이 새롭고[4]

紈新如剪雪 ○○○●●
1 2 3 5 4 　환신여전설
|비단|새로워|마치|자른 듯하고|눈을|

여전히 안개 머금은 듯

손잡이 예스러운데

柄古尙含烟 ●●●○○
1 2 3 5 4 　병고상함연
|자루|예스러워|아직|품었는데|안개|

사안은 이로써

멀리 어진 바람 일으키고[5]

安石仁風遠 ○●●○●
1 1 3 4 5 　안석인풍원
|안석이|어진|바람을|멀리 보내고|

왕희지는 취한 붓 휘둘러

여기에 썼다오

羲之醉墨顚 ○○●●○
1 1 3 4 5 　희지취묵전
|희지가|취한|먹으로|휘둘러 썼다|

어둑해진 그림 속에

궁녀 모습이 남아

畫昏餘綵女 ●○○●○
1 2 5 3 4 　화혼여채녀
|그림|어두운데|남아|비단|여인이|

---

2) 진晉나라 진민陳敏이 난을 일으키자 고영顧榮이 깃털 부채[羽扇]로 지휘하며 진압했다고 한다. 『진서 고영전顧榮傳』.

3) 동진의 오맹吳猛이 제자들을 데리고 예장豫章으로 가는 길에 거센 강물을 만나자 깃털 부채로 강물을 가른 뒤에, 그 바닥을 걸어서 건넜다고 한다. 『수신기 오맹吳猛』.

4) 한나라 성제의 총애를 조비연趙飛燕에게 빼앗긴 반첩여班婕妤가 자신을 상자에 담긴 가을 부채에 빗대어 지은 「원가행怨歌行」에서 "제나라 흰 비단을 새로 잘라서 만드니, 희고 깨끗하여 서리와 눈 같네.[新裂齊紈素, 皎潔如霜雪.]"라고 하였다.

5) 안석安石은 사안謝安(320~385)이다. 동양 태수로 부임하는 원굉袁宏에게 부채 한 자루를 선물하자, 원굉이 "인풍仁風을 일으켜 백성을 위로하겠다."라고 하였다. 『진서 원굉전袁宏傳』.

은혜 박함을 원망하는
가을 매미[6] 같은데
손에 쥐고 부치면서
찬 대자리에 앉으니
백만 전을 얻은
양주 자사 같아라[8]

恩薄怨凉蟬　○●●○○
1 2 5 3 4　은박원량선
|은혜|박함을|한한다|가을|매미처럼|

把翫臨寒簟　●●○○●
1 2 5 3 4　파완림한점
|쥐고|흔들며|임하니|추운|대자리에|

楊州百萬錢　○○●●○[7]
1 1 3 4 5　양주백만전
|양주의|백|만|전 얻은 자사이다|

　자리에 있던 사람이 모두 진 보궐의 시가 아름답지 못하다고 하였
다. 그래서 마침내 저마다 시를 지어서 입으로 읊은 뒤에 서로 바로
잡아 가다듬고 품평하기로 약속하였다.
　한림 손득지는 이렇게 읊었다.

어찌 잠시라도
손에 들지 않으리오?
출입 때마다
앞세워 들고서
노래할 땐
세워 입술 가리고
취했을 때는
무릎 앞에 내던져두니

携持寧暫歇　○○○●●
1 2 3 4 5　휴지녕잠헐
|들고|쥐기를|어찌|잠시라도|멈추랴|

出入每相先　●●●○○
1 2 3 4 5　출입매상선
|나가고|들어옴에|매번|서로|앞세워|

竪障歌唇外　●●○○●
1 5 2 3 4　수장가순외
|세워|가리고|노래하는|입술|바깥을|

橫抛醉膝前　○○●●○
1 5 2 3 4　횡포취슬전
|멋대로|던져두니|취한|무릎|앞에|

---

6) 양선凉蟬은 가을의 매미를 이른다.
7) □평기측수 구식을 사용하였다. 하평성 '선先' 운에 맞추어 '扇, 天, 先, 前, 仙, 烟,
顚, 蟬, 錢'으로 압운하였다.
8) 옛날에 여럿이 각자 소원을 말하였다. 한 사람은 양주 자사를 원하고, 한 사람
은 많은 재물을 원하고, 한 사람은 학을 타고 하늘에 오르길 원하였다. 그런데
한 사람은 "허리에 십만 꿰미 돈을 차고 학을 타고 양주 하늘에 올라서 세 가지
를 겸하고 싶다."라고 하였다. 『사문류취 후집 기학상양주騎鶴上揚州』.

425

구운 대나무 살9)은
가짜 달처럼 둥글고
푸르게 물든 그 모습은
진짜 신선 닮았어라

汗靑輪假月　◉○○●●
1 1 3 4 5　한청륜가월
|구운 푸른 대|둥글어|가짜|달 같고|

沫碧貌眞仙　●●●○◎10)
1 1 3 4 5　말벽모진선
|푸르게 물든|모습이|진짜|신선 같다|

자리에 있던 사람들이 모두 장난으로 말하였다.

"'손에 들다[攜持]'의 한 연은 평범하면서 원숙[常而熟]하고, '구운 대
나무[汗靑]'와 '푸르게 물든[沫碧]'의 시구는 특별하면서 생경[別而生]
하다."

동문 이백순은 이렇게 읊었다.

조비연이
품격을 높여주고11)
계룡12) 때부터
그림을 그려 넣었는데

品因飛燕重　◉○○●●
1 4 2 2 5　품인비연중
|품격은|인해|조비연으로|중후해지고|

畫自季龍先　●●●○◎
1 4 2 2 5　화자계룡선
|그림은|부터|계룡으로|먼저 그렸는데|

---

9) 한청汗靑은 푸른 대나무에 불을 쏘여 수분을 배출시켜 가공한 것이다. 보통 죽간
竹簡을 이른다.
10) ▢평기측수 구식을 사용하였다. 하평성 '선先' 운에 맞추어 '先, 前, 仙'으로 압운
하였다.
11) 섭정규葉廷珪, 『해록쇄사 선익선蟬翼扇』, "한나라 성제가 조비연에게 오명선五明扇,
칠화선七華扇, 운모선雲母扇, 적선翟扇, 선익선蟬翼扇을 하사하였다."
12) 계룡季龍은 후조後趙 무제武帝인 석호石虎(295~349)의 자이다. 부채를 좋아하여 화
려한 부채를 제작하고 소유하였다. 운모오명금박막난선雲母五明金薄莫難扇이라는
부채를 제작했는데, 순금을 얇게 두드려 펴서 매미 날개처럼 만든 뒤에 채칠彩
漆로 열선列仙, 기조奇鳥, 이수異獸를 그려 넣고 운모雲母를 붙인 것이었다. 육홰陸
翽, 「업중기鄴中記」.

비단 장막에서 흔들어	繡幕搖飜浪 ●●○○●
풍랑 일으키고	1 2 3 5 4　수막요번랑
	비단	장막에	흔들어	일렁이고	물결

신선 부엌13)에서 부쳐	琅庖鼓颺烟 ○○●●◎
연기 날린다오	1 2 3 5 4　랑포고양연
	옥	부엌에서	흔들어	날린다	연기를

냉기를 뿜어내어	擺冷醒炎鼠 ●●○○●
더운 쥐를 깨우고	2 1 5 3 4　파랭성염서
	뿌려서	서늘함을	깨우고	더운	쥐를

청량함 뿌려서	揚冷飫潔蟬 ○○●●◎14)
고결한 매미15) 먹이네	2 1 5 3 4　양령어결선
	날려	청량함	배 불린다	고결한	매미

윤우일은 이렇게 읊었다.

지금도 옛날처럼	月圓今似古 ◑○○●●
둥근 달 같은데	1 2 3 5 4　월원금사고
	달이	둥근 것은	지금이	같은데	옛날

후진이 선진의 시에	詩對後連前 ○●●○◎
짝 맞춰 읊어내네	1 2 3 5 4　시대후련전
	시의	대구는	후배가	잇는다	선배를

흔들어 부쳐서	飄拂身無垢 ○●○○●
몸의 먼지 털어내고	1 2 3 5 4　표불신무구
	흔들어	떨어서	몸에	없고	먼지가

서늘한 기운에	凄凉意欲仙 ○○●●◎
신선이 될 듯하니	1 2 3 5 4　처량의욕선
	서늘	서늘해	마음에	될 듯하다	신선

뛰어난 고개지16) 그림	畫宜留顧絕 ●○○●●
남겨야 어울리고	1 5 4 2 3　화의류고절
	그림은	알맞고	남겨야	고개지	묘필을

---

13) 낭포琅庖는 부엌의 미칭이다.

14) ■평기측수 구식을 사용하였다. 하평성 '선先' 운에 맞추어 '先, 烟, 蟬'으로 압운하였다.

15) 결선潔蟬은 맑은 이슬을 마시는 매미를 고결한 인품에 빗대어 말한 것이다.

16) 고개지顧愷之(348~409)는 동진의 화가다. 인물화와 도석화에 능하였다. 「낙신부

미친 장욱 글씨[17]는 　書不要張顚 ○●●○○[18]
　　　　　　　　　1 5 4 2 3　　서불요장전
필요치 않아라 　　|글씨는|않는다|요하지|장욱|미친 글씨를|

자리에 있던 사람들이 이렇게 말하였다.

"'냉기를 뿜다[擺冷]'와 '청량함을 일으키다[揚冷]'의 시구는 말과 뜻
[辭意]이 청신淸新하다. 윤우일의 시에서 세 연은 원숙圓熟하면서
힘이 있다."

이 비서李秘書는 이렇게 읊었다.

담소하는 자리에 　　碧月談筵上 ●●○○●
　　　　　　　　　　1 2 3 4 5　　벽월담연상
푸른 달처럼 떠 있고 　|푸른|달|담소하는|자리|위에 뜨고|

효도하는 잠자리에 　清風孝枕前 ○○●●◎
　　　　　　　　　　1 2 3 4 5　　청풍효침전
맑은 바람 일으키네[19] |맑은|바람|효자의|베개|앞에 분다|

약 아궁이[20]에선 　丹竈催龍火 ○◐○◖●
　　　　　　　　　　1 2 5 3 4　　단조최룡화
용화[21]를 재촉하고 　|단약|아궁이서|재촉하고|용 같은|불|

도권洛神賦圖卷」과 『여사잠도권女史箴圖卷』이 전한다.

17) 장전張顚은 장욱張旭의 별칭이다. 취하면 머리카락에 먹물을 적셔 미친 듯이 광
　초狂草를 썼다고 한다.

18) ▫평기측수 구식을 사용하였다. 하평성 '선先' 운에 맞추어 '前, 仙, 顚'으로 압운
　하였다.

19) 효성이 지극한 후한의 황향黃香이 여름에는 아버지 잠자리에서 부채질하여 시원
　하게 하고, 겨울에는 이불에 들어가 체온으로 잠자리를 따뜻하게 데웠다고 한
　다. 『동관한기 황향黃香』.

20) 단조丹竈는 도사가 단사丹砂를 불에 달여 선약을 만들어내던 부엌이다.

21) 용화龍火는 선약을 만들 때 피우는 불을 이른다. 장조張潮, 『우초신지虞初新志』, "왕
　허주가 '모래와 돌을 태우는 불이 용화이고, 금과 쇠를 태우는 불이 불화이고, 사
　람을 태우는 불이 욕화이다.'라고 하였다.[王虛舟曰 '焚砂石爲龍火, 焚金鐵爲佛
　火, 焚人之火, 是爲欲火.']"

푸른 누대에선　　青樓用麝烟　ŎŎ●●◎
사향 연기 피우니　　1 2 5 3 4　청루용사연
　　　　　　　　　　|푸른|누대에서|쓰니|사향|연기에|

소반 위 파리는　　盤蠅遀影散　ŎŎŎ●◎
그 그림자 따라 흩어지고　1 1 4 3 5　반승수영산
　　　　　　　　　　|소반의|파리|따라|그림자|흩어지고|

아지랑이도　　　　野馬觸風顛　●●●ŎŎ◎
그 바람에 밀려 뒤집힌다오　1 1 4 3 5　야마촉풍전
　　　　　　　　　　|아지랑이가|닿아|바람에|뒤집힌다|

갈대밭 오리를　　　畫好安蘆鴨　●●ŎŎ●
그려 넣어야 좋고　　1 5 4 2 3　화호안로압
　　　　　　　　　　|그림은|좋고|그려야|갈대밭|오리를|

버들 매미 읊은 시　　詞宜謝柳蟬　ŎŎ●●◎[22)]
적지 말아야 하리라[23)]　1 5 4 2 3　사의사류선
　　　　　　　　　　|시는|마땅하다|거절해야|버들|매미를|

한 유원韓留院은 이렇게 읊었다.

비낀 노을 너머에서　　蝶舞橫霞外　●●ŎŎ●
춤추는 나비요　　　　1 5 2 3 4　접무횡하외
　　　　　　　　　　|나비는|춤추고|비낀|노을|밖에서|

잔물결 앞에서　　　魚跳細浪前　ŎŎ●●◎
뛰노는 물고기 같으니　1 5 2 3 4　어도세랑전
　　　　　　　　　　|물고기는|뛰니|가는|물결|앞에서|

이곳이 도리어　　　地還淸暑殿　ŎŎŎ●●
청서전[24)]이요　　　1 2 3 3 3　지환청서전
　　　　　　　　　　|땅이|도리어|청서전이고|

---

22) ㅁ측기측수 구식을 사용하였다. 하평성 '선先' 운에 맞추어 '前, 烟, 顛, 蟬'으로 압
　운하였다.

23) 갈대밭 오리는 날씨가 서늘한 가을 겨울을 상징하고, 버드나무 매미는 더위가 가
　시지 않은 여름과 초가을을 상징하므로 이렇게 읊은 듯하다.

24) 청서전淸暑殿은 진晉나라 궁궐이다. 주옹합周應合, 『경정건강지 고궁전古宮殿』, "진
　나라 효무제孝武帝가 지었다. 전 앞의 중루重樓와 복도複道가 화림원華林園으로 통
　한다. 상쾌하고 기이하고 아름답기로 천하에 견줄 곳이 없다. 더운 여름에도 항

<table>
<tr><td>내가 바로</td><td rowspan="2">人卽廣寒仙　ㆆ●●○◎
　1 2 <u>3</u> 3 5　인즉광한선
｜사람은｜곧｜광한궁｜신선이다｜</td></tr>
<tr><td>광한궁 신선²⁵⁾ 같아라</td></tr>
</table>

내가 바로

광한궁 신선²⁵⁾ 같아라

나방 드는 저녁에

등촉 불꽃²⁶⁾ 가리고

바람 부는 아침에

혜초 향연 지켜주네²⁸⁾

人卽廣寒仙　ㆆ●●○◎
　1 2 3 3 5　인즉광한선
｜사람은｜곧｜광한궁｜신선이다｜

蛾暮遮蘭焰　ㆆ●○○●
　1 2 5 3 4　아모차란염
｜나방 나는｜저녁｜가리고｜난초｜불꽃을｜

風朝護蕙烟　○○●●◎²⁷⁾
　1 2 5 3 4　풍조호혜연
｜바람 부는｜아침｜보호한다｜혜초｜연기를｜

자리에 있던 사람들이 이렇게 말했다.

"이 비서가 시에서 말한 '갈대밭 오리[蘆鴨]'가 어떻게 작은 부채에 그리기 적당한 것이겠는가? 세 연에서는 모두 벌레와 새를 써서 읊었다. 오직 '푸른 달[碧月]'을 읊은 한 연이 구법(句法)이 맑고 아름답다[淸勝]. 한 유원이 시에서 사용한 '나비[蝶]'와 '물고기[魚]'는 달을 형용하는 것이다. 이를 부채를 읊는 데에 끌어온 것은 실정에 맞지 않는다. '청서전[淸暑]'을 말한 한 연에서 곧바로 '사람[人]'과 '장소[地]'를 들어서 말한 것은, 말한 내용이 사실과 거리가 멀다."

상 맑은 바람이 불어서 이렇게 이름 붙였다.[晉孝武帝造, 殿前重樓複道通華林園, 爽塏奇麗, 天下無比, 雖暑月, 常有淸風, 故以爲名.]"

25) 광한廣寒은 달에 있다는 전설 속 월궁月宮인 광한궁廣寒宮을 이른다. 항아嫦娥가 예羿가 보관하던 불사약을 훔쳐 달로 달아나 이곳에 머문다고 한다.『회남자 남명훈覽冥訓』.

26) 난염蘭焰은 난초꽃 모양의 등촉의 불꽃을 이른다.

27) ㅁ측기측수 구식을 사용하였다. 하평성 '선先' 운에 맞추어 '前, 仙, 烟'으로 압운하였다.

28) 혜연蕙烟은 혜초처럼 향기로운 향 연기를 이른다. 나방이 불꽃을 향해 날아드는 저녁에는 등촉의 불꽃을 부채로 가려주고, 바람 부는 아침에는 부채로 바람을 막아서 향기로운 혜초 연기가 흩어지지 않게 지켜준다는 말이다.

동관[29] 이윤보는 이렇게 읊었다.

사관[30]의 땅에 바람을 일으키고	風生紬史地 ○○○●● 1 5　2 2 4　풍생주사지 바람이 일어나고 사관의 땅에서
고원[31] 하늘에서 달처럼 움직이네	月動演綸天 ●●●○○ 1 5　2 2 4　월동연륜천 달이 움직인다 고원의 하늘에서
복희씨 헌원씨 이후로 제작한 것이나	制作羲軒下 ●●○○● 1 2 3 4 5　제작희헌하 짓고 만듦이 복희 헌원 이후지만
덥고 추운 이치는 천제보다 먼저 있었으니[32]	炎凉象帝先 ○○●●◎ 1 2 3 3 5　염량상제선 덥고 서늘함은 상제보다 앞선 이치니
송백도 시드는 겨울엔 믿음 사라져[33]	信疎松栢後 ●○○●● 1 5 2 3 4　신소송백후 믿음이 소원해져 송 백 시든 뒤에
쭉정이 겨보다 그 공로가 작아진다오[34]	功小粃糠前 ◯●●○○ 1 5 2 3 4　공소비강전 공이 적다 쭉정이 겨가 앞인 것보다
가볍게 물러 쥐고서 길게 부치면	輕却携長拂 ◯●○○● 1 2 3 4 5　경각휴장불 가볍게 물러서 쥐고 길게 흔들면

---

29) 동관東觀은 사관史館의 별칭이다. 후한 때 낙양의 남궁南宮에 동관을 설치하여 도서를 보관하고 국사國史를 엮는 공간으로 사용하였다.

30) 주사紬史는 사관史館에서 국사를 편수하는 일을 이른다.

31) 연륜演綸은 고원誥院에서 제왕의 윤음綸音을 기초하여 작성하는 일을 이른다.

32) 상제象帝는 천제天帝이다. 『노자老子』, "나는 도가 누구의 자식인지 모르겠으나, 천제보다 앞선다.[吾不知誰之子, 象帝之先.]"

33) 공자孔子가 "날씨가 추워진 뒤에야 소나무와 잣나무가 늦게 시듦을 안다.[歲寒然後, 知松柏之後凋也.]"라고 하였다. 추운 겨울에 내내 푸름을 유지하는 소나무와 달리, 부채는 쓸모가 사라져 버림받기에 이로써 빗댄 듯하다. 『논어 자한子罕』.

34) 겨와 쭉정이가 앞에 있다는 말은 작은 재주로 앞에 섬을 빗댄 것이다. 동진의 왕문도王文度와 범영기范榮期가 함께 걸으며 서로 앞을 양보하였다. 뒤에 서게 된 왕문도가 "키질하여 날리니 겨와 쭉정이가 앞에 놓이네."라고 농담하자, 범영기가 "쌀을 일어 흔드니 모래 자갈이 뒤에 놓이네."라고 받아쳤다. 『세설신어 배조排調』.

그네 놀이[35]보다	凉於戲半仙 ○○●●◎
시원하니	5 4 3 1 1 　량어희반선
	|시원하니|보다|노는 것|반선으로|
파초잎 잘라서	剪蕉疑鳳雨 ●○○●●
봉황 비 뿌리나 착각하고	2 1 5 3 4 　전초의봉우
	|베어|파초|의심하고|봉황|비 뿌리나|
깃털 휘저어	揮羽掃狼烟 ŏ●●○◎
진한 연기[36] 쓸어내나 하네	2 1 5 3 4 　휘우소랑연
	|휘저어|깃털|쓰는 듯하다|이리|연기|
열기를 없애	破熱肌如濯 ●●○○●
살갗이 씻은 듯 시원하고	2 1 3 5 4 　파열기여탁
	|부수어|열을|피부가|같고|씻은 것|
청량함 뿜어내	揚泠手似顚 ○○●●◎
손이 시린 듯하니	2 1 3 5 4 　양령수사전
	|뿜어|청량함을|손이|같으니|떠는 것|
허리춤에 부치면	簸腰搖帶鳳 ŏ○○●●
띠에 매단 봉황 흔들리고	2 1 5 3 4 　파요요대봉
	|부치면|허리에|흔들고|띠의|봉황을|
머리에 부치면	拂首側冠蟬 ●●●○◎
관의 매미[37]가 기우뚱하네	2 1 5 3 4 　불수측관선
	|흔들면|머리에|기울이네|관의|매미|
진정한 맑은 힘을	願借眞淸力 ●●○○●
빌려서	1 5 2 3 4 　원차진청력
	|바라건대|빌려서|진짜|맑은|힘을|
냄새 나는 속세 돈[38]을	驅除俗臭錢 ○○●●◎[39]
몰아내고 싶어라	4 5 1 2 3 　구제속취전
	|몰아|없애고 싶다|속세|냄새 나는|돈을|

---

35) 반선半仙은 그네 놀이이다. 그네로 공중에 오르면 절반은 신선이 된 것 같아, 이를 반선희半仙戲라고 한다. 『고금사문류취 전집 한식寒食』.

36) 낭연狼烟은 이리 똥을 태워서 피운 진한 봉화烽火 연기나, 전란에 불타 여기저기 피어오르는 연기를 이른다.

37) 관선冠蟬은 고결함을 상징하는 매미 모양으로 장식한 관을 이른다.

38) 취전臭錢은 의롭지 못하게 얻은 돈을 이른다.

39) □평기측수 구식을 사용하였다. 하평성 '선先' 운에 맞추어 '天, 先, 前, 仙, 烟, 顚, 蟬, 錢'으로 압운하였다.

"앞의 세 연이 더욱 절묘하다."

자리에 있던 사람들이 이렇게 말하면서 이 시를 으뜸으로 꼽았다. 윤우일은 이렇게 말하였다.

"이 시는 뜻이 앞부분은 깊고 뒷부분은 얕다. 이는 도격倒格이다."

당시에 한림으로 근무하던 문순공文順公이 가장 늦게 도착하여 주 필로 이렇게 읊었다.

내가	我欲洗煩熱 ●●○○○
무더위 씻으려고	1 5 4 2 3 아욕세번열
	나는| 바라서|씻기를|번다한| 열을|
우물 속 같은 세계에	潛投井裡天 ○○●●◎
숨어 지내다가	1 5 2 3 4 잠투정리천
	몰래|들어갔다가|우물|속|하늘에|
두 손이 붙들려	捉來雙手後 ○○○○●●
나온 뒤로	3 4 1 2 5 착래쌍수후
	붙들려|나온|두|손을|뒤에|
이를 부치면서	搖入六官前 ○●●○◎
육관으로 들어오니	1 5 2 2 4 요입륙관전
	부채 흔들며|들어오니|육관|앞으로|
요임금 주방40)에	已近高廚下 ●●○○●
다가선 듯 시원하고	1 5 2 3 4 이근고주하
	이미|가까운 듯하고|요의|주방|아래에|

---

40) 고주高廚는 요주堯廚, 곧 요임금 주방을 이른다. 반고班固는 『백호통 봉선封禪』에서, 효도가 지극한 자의 주방에 삽보萐莆라는 식물이 자란다고 하였다. 문선門扇보다 큰 그 잎이 흔들지 않아도 절로 부채처럼 부쳐주어서 부모에게 음식을 공양할 때 시원하게 해준다는 것이다. 『설문해자 삽萐』, "삽보萐莆는 서초瑞草이다. 요임금 때 포주庖廚에서 자랐는데, 더위에 이를 부채처럼 부쳐서 시원하게 하였다."

한나라 의장[41] 부채로	堪陳漢仗前　○○●●◎
쓸 수도 있겠어라	5 4 1 2 3　감진한장전
	┃만하다┃늘어놓을┃한나라┃의장┃앞에┃

어떤 여인 달아나 숨은	月圓奔底妾　●○○●◎
달처럼 둥글지만[42]	1 2 3 4 5　월원분저첩
	┃달처럼┃둥그니┃달아난┃어떤┃여인 있는데┃

바람 약해서	風弱馭無仙　○●●○◎
타고 오를 신선이 없다오[43]	1 2 3 4 5　풍약어무선
	┃바람┃약하여┃몰고 갈┃없다┃신선이┃

뒤엉킨 안개처럼	飛白書縈霧　○●○○●
비백[44] 글씨를 써놓고	1 1 5 3 4　비백서영무
	┃비백으로┃글씨 쓰고┃얽힌┃안개처럼┃

점 같은 안개를	空青畫點烟　○○●●◎
공청[45]으로 그려놓았네	1 1 5 3 4　공청화점연
	┃공청으로┃그렸다┃점 같은┃안개를┃

모기 몰아내면	驅蚊雷已靜　○○○●●
우렛소리 고요하고	2 1 3 4 5　구문뢰이정
	┃몰아┃모기┃우렛소리┃이미┃고요하고┃

나비 쫓으면[46]	撲蝶雪將顚　●●●○◎
눈이 쏟아질 듯한데	2 1 3 4 5　박접설장전
	┃쫓아┃나비┃눈이┃장차┃떨어질 듯한데┃

---

41) 한장漢仗은 한나라 때 천자가 사용한 의장儀仗의 하나인 장선掌扇을 이른다. 유흠 劉歆, 『서경잡기』, "(천자는) 여름에 우선羽扇을 진설하고, 겨울에 증선繒扇을 진설 한다."

42) 둥근 부채를 둥근 달에 빗댄 것이다. 달로 달아난 여인은 불사약을 훔쳐 달로 달 아난 항아嫦娥를 이른다. 『회남자 남명훈覽冥訓』, "예羿가 서왕모에게 불사약을 청 했더니 상아常娥(항아)가 훔쳐 달로 달아나 몸을 의탁했다." 강엄江淹, 「반첩여班婕妤」, "비단부채가 둥근 달 같으니, 베틀 속 비단에서 나왔어라.[紈扇如圓月, 出自機中素.]"

43) 부채의 바람이 강하지는 못하여, 바람을 타고 다니는 신선이 올라탈 수 없다고 말한 것이다. 『장자 소요유逍遙游』, "열자는 바람을 타고 가서 경쾌하게 잘 다니 다가 15일이 지난 뒤에 돌아온다.[夫列子御風而行, 冷然善也, 旬有五日而後反.]"

44) 비백飛白은 후한 채옹蔡邕이 처음 쓰기 시작했다고 한다. 마른 붓으로 쓴 것처럼 필획 속에 여백이 함께 만들어지는 서체이다.

45) 공청空青은 청록색을 띠는 광물의 한 종류이다. 약이나 채색 물감의 재료로 사용 한다.

46) 박접撲蝶은 음력 2월 보름에 남녀가 모여 손으로 나비를 잡던 놀이이다. 여기서

학처럼 흰 머리에⁴⁷⁾ 서둘러⁴⁸⁾ 부치고

發發供頭鶴 ●●○○●
1 1 5 3 4 발발공두학
|빠르게 부쳐|제공하고|머리|학발에|

매미 같은 귀밑머리⁴⁹⁾ 가볍게 희롱하네

輕輕弄鬢蟬 ○○●●◎
1 1 5 3 4 경경롱빈선
|살살 부쳐|희롱한다|귀밑|매미 머리|

사관과 옥당⁵⁰⁾에서 시 짓기를 겨루니

蓬瀛爭賦詠 ○○○●●
1 2 5 3 4 봉영쟁부영
|봉래|영주에서|다투니|짓고|읊기를|

누가 가장 청전학사⁵²⁾로 불릴까?

誰最號靑錢 ○●●○◎⁵¹⁾
1 2 5 3 3 수최호청전
|누가|가장|불릴까|청전학사로|

자리에 있던 사람들이 모두 탄복하여 더는 지적하는 말이 없었다. 문순공이 이렇게 말하였다.

"동관 이윤보가 읊은 '바람을 일으킨다[風生]', '제작하다[制作]', '믿음이 사라지다[信疎]' 등의 세 연은 진짜 노두老杜(두보)의 시와 같

는 부채를 나비에 빗대었다. 『형초세시기』, "장안에서 2월에 남녀가 서로 모여 나비를 잡는 놀이를 한다. 이를 박접회라고 한다.[長安二月間, 士女相聚, 撲蝶爲戲, 名曰撲蝶會.]"

47) 두학頭鶴은 학의 깃털처럼 흰 머리카락을 이른다. 학발鶴髮이라고 한다.

48) 발발發發은 바람이 빠르게 부는 모양이다. 『시경 요아蓼莪』, "남산은 높고 큰데, 폭풍이 빠르고 빠르네.[南山烈烈, 飄風發發.]"

49) 빈선鬢蟬은 귀밑머리를 얇은 매미 날개처럼 꾸민 것을 이른다. 최표, 『고금주古今注』, "경수는 매미 날개처럼 귀밑머리를 꾸몄다. 바람에 날려 매미 날개 같아서, '선빈'이라고 한다.[瓊樹乃製蟬鬢, 縹眇如蟬翼, 故曰蟬鬢.]"

50) 봉영蓬瀛은 사관과 옥당을 이른다.(중-41 참조)

51) �□측기측수 구식을 사용하였다. 하평성 '선先' 운에 맞추어 '天, 前, 前, 仙, 烟, 顚, 蟬, 錢'으로 압운하였다. 두세 번째로 압운한 글자가 모두 '前' 자이다. 앞에 실린 여러 시로 볼 때, 제4구에 쓰인 '前' 자는 '先' 자를 오기한 것일 듯하다.

52) 당나라 장작張鷟이 8차례 제거制擧에서 급제하고 4차례 판책判策에서 선발되자, 원외랑 원반천員半千이 "장작의 문장은 청동전靑銅錢 같아서 만 번 선발해도 만 번 뽑힌다."라고 칭찬하여 청전학사靑錢學士로 불렸다. 『신당서 장천전張薦傳』.

소. 내 시는 한참을 미치지 못하오."

사관 이윤보가 이렇게 말하였다.

"그대가 우물로 부채를 비유한 것은 더욱 절묘하오. '요임금의 주
방[高廚]'과 '한나라 의장[漢仗]'을 인용하여 궁중에 있는 부채를 말
한 것도 절묘하오. 내 시가 어떻게 상대가 되겠소."

陳補闕初直玉堂時, 孫翰林得之·李史館允甫·李同文百順·前翰林尹于
一六官才俊, 皆在席上, 占韻令賦扇. 陳卽抽筆書之曰 "欲風犀楓扇,
自氷火雲天. 暑退蠅難近, 秋回雁莫先. 小荷飜掌上, 團月墮襟前. 雅
稱麾軍將, 曾隨畫水仙. 紈新如剪雪, 柄古尙含烟. 安石仁風遠, 羲之
醉墨顚. 畫昏餘綵女, 恩薄怨凉蟬. 把翫臨寒簟, 楊州百萬錢." 一座
以陳詩不佳, 乃相約各自賦口吟, 相切磨品第. 孫翰林, "携持寧暫歇,
出入每相先. 竪障歌唇外, 橫抛醉膝前. 汗靑輪假月, 沫碧貌眞仙." 一
座皆戱曰 "携持'一聯常而熟, '汗靑'·'沫碧'別而生. 李同文云 "品因
飛燕重, 畫自季龍先. 繡幕搖飜浪, 琅庖鼓颺烟. 擺冷醒炎鼠, 揚泠飫
潔蟬." 尹云 "月圓今似古, 詩對後連前. 飄拂身無垢, 凄凉意欲仙. 畫
宜留顧絶, 書不要張顚." 座曰 "擺冷'·'揚泠'之句, 辭意淸新. 尹之三
句, 圓熟有力." 李秘書云 "碧月談筵上, 淸風孝枕前. 丹竈催龍火, 靑
樓用麝烟. 盤蠅隨影散, 野馬觸風顚. 畫好安蘆鴨, 詞宜謝柳蟬." 韓
留院云 "蝶舞橫霞外, 魚跳細浪前. 地還淸暑殿, 人卽廣寒仙. 蛾暮遮
蘭焰, 風朝護蕙烟." 座曰 "李詩'蘆鴨', 豈宜圖於小扇? 三句皆用虫
鳥, 唯'碧月'一聯, 句法淸勝. 韓蝶魚賦月, 傾扇失實. '淸暑'一聯, 直

舉人地, 言事疎遠."李東觀云"風生紬史地, 月動演綸天. 制作羲·軒下, 炎涼象帝先. 信疎松栢後, 功小粃糠前. 輕却携長拂, 涼於戲半仙. 剪蕉疑鳳雨, 揮羽掃狼烟. 破熱肌如濯, 揚泠手似顚. 簸腰搖帶鳳, 拂首側冠蟬. 願借眞淸力, 驅除俗臭錢."座曰"前三聯尤妙", 以此詩爲第一. 尹曰"此詩之意, 先深後淺, 是爲倒格."時文順公爲翰林, 最後至. 走筆云"我欲洗煩熱, 潛投井裡天. 捉來雙手後, 搖入六官前. 已近高廚下, 堪陳漢仗前. 月圓奔底妾, 風弱馭無仙. 飛白書縈霧, 空靑畫點烟. 驅蚊雷已靜, 撲蝶雪將顚. 發發供頭鶴, 輕輕弄鬢蟬. 蓬瀛爭賦詠, 誰最號靑錢."一座歎服, 無復間言. 文順公曰"李東觀'風生''制作''信疎'三聯, 眞老杜詩也. 吾詩不及遠矣."史館曰"君井扇之喻, 尤妙. 引'高廚''漢仗', 言禁中扇, 又妙. 吾詩安能抗?"

중46. 어떤 노성한 자의 해박한 시문 비평

"임금 마음이 한창 양귀비만을 사랑할 때도"

학사 이미수李眉叟가 말하였다.

"내가 문을 닫고 들어앉아서 황정견과 소식의 문집을 읽고 난 뒤에, 말이 단단해지고 운이 쇳소리처럼 쟁쟁하게 되었다. 시 짓는 삼매[作詩三昧]를 얻은 것이었다."

문순공文順公은 이렇게 말하였다.

"나는 옛사람 말을 답습하지 않고, 신의新意를 만들어낸다."

당시에 사람들은 이 말을 듣고서, 이렇게 생각했다.

"두 분이 시로 들어간 입구가 서로 다르다."

사실은 그렇지 않다. 두 분이 성취한 심오한 경지는 서로 달랐어도, 모두 같은 문을 입구로 삼아 들어간 것이다. 그 문은 무엇인가?

배우는 자가 경서, 역사서, 백가서를 읽을 때는 그 뜻을 이해하고 그 도를 전수하는 정도로 끝나지 않는다. 장차 그 말을 익히고 형식을 본받아서 마음에 쌓고 그 공교함에 익숙해지는 데까지 이르는 것이다. 그래서 스스로 시를 지을 때 마음이 입과 서로 호응하면서 이것이 말로 발현되어 문장을 이루어내는 것이다. 이 때문에 매번 생삽生澁하지 않은 말을 쓸 수 있다. 옛사람 말을 답습하지 않고 새로운 뜻의 경책警策을 지어낸다는 것도, 사실은 어떻게 그 뜻을 얽어내고 문장을 구사하느냐 하는 차이에 달렸을 따름이다. 두 사람이 서로 같지 않다는 것은 거의 이 차이에서 비롯되었을 뿐이다.

　시문은 기氣를 위주로 한다. 기가 성性에서 비롯되고, 의意는 기에 올라탄다. 말은 정情에서 나오는데, 정이 곧 의에 해당한다. 그런데 신기新奇한 의意는 말로 지어내기가[立語] 더욱 어려워서 번번이 생경하고 껄끄러워진다[生澁]. 비록 문순공이라 해도 경서와 역사서와 백가서를 두루 열람하여 그 향기에 젖고 그 색채에 물들어 있었기에, 저절로 풍부하고 고운[富艶] 말이 나올 수 있었다. 그래서 지극히 미세하여 형언하기 힘든 신의新意라 할지라도 그 말을 곡진하게 구사하여 모두 정숙精熟하게 드러낼 수 있었던 것이다.

　예컨대 문순공이 일찍이 「명황의 염노[明皇念奴]」에서 이렇게 읊었다.[1]

임금 마음이 한창	帝意方專眷玉環 ●●○○●●◎
	1 2 3 4 7 5 5 　제의방전권옥환
양귀비[2]만을 사랑할 때도	|임금|뜻이|한창|오직|돌볼 때도|옥환을|
아리따운 염노 얼굴만은	尙知嬌艶念奴顏 ●○◎●●○○
	1 7 2 3 4 4 6 　상지교염념노안
그래도 알아봤어라	|외려|알았다|곱고|예쁜|염노|얼굴|
그 총애를 고루 나눠	若均寵幸分人謗 ●○○●●○○
	1 4 2 2 7 5 6 　약균총행분인방
남들 비방을 줄였더라면	|만약|고루 주어|총애를|나눴다면|남|비방|

---

1) 『동국이상국집』에 「염노念奴」라는 제목으로 실려있다. 4구 '難'이 '艱'으로 되어있다. 제목 밑에 저자의 주가 달려 있다. 왕인유王仁裕가 엮은 『개원천보유사』를 인용한 것이다. "염노는 고운 얼굴에 가창을 잘해서 하루도 임금(현종) 곁을 벗어나지 않았다. 판板을 들고 자리에 나가 좌우를 돌아보면, 그때마다 임금이 귀비에게 말했다. '이 아이는 요염한 눈빛이 사람을 미혹시키오. 목청을 돋워 노래할 때마다 아침노을 위까지 소리가 퍼지는데, 종과 북과 쟁과 피리로 아무리 시끄럽게 해도 막아낼 수 없소.' 궁녀 중 그녀에게 임금의 총애가 쏠렸다."
2) 옥환玉環은 양귀비楊貴妃가 어린 시절에 쓰던 자字이다.

저 노갈³⁾이 감히 무슨 핑계로
난을 일으켰으랴?

老羯何名敢作難 ●●○○●●◎⁴⁾
1 1 3 4 5 7 6 로갈하명감작난
|노갈이|무슨|구실로|감히|벌일까|난을|

가령 어떤 옛사람이 요행히 이런 신의新意를 생각해냈더라도 지어
낸 말이 아마도 이렇게 공교함에 이르지는 못했을 것이다. 대개 재주
가 정情을 이기면 아름다운 뜻[佳意]은 없어도 그 말은 오히려 원숙圓
熟할 수 있으나, 정이 재주를 이기면 사어辭語가 비루하고 유약해져서
[鄙靡] 아름다운 뜻이 있는 줄도 모르게 된다. 정과 재주를 모두 얻어
야 그 시가 볼만해지는 것이다.

문안공文安公은 이렇게 말하였다.

"오세재吳世才 선생은 재주와 식견이 출중한 분이다. 그가 한번은
『유편類篇』을 얻어서 열람하더니, '이것보다 먼저 급하게 배울 것
은 없다'라고 하면서 손수 베껴서 전부 외어버렸다."

모든 작가는 먼저 자본字本을 살펴보고, 이를 경서와 역사서와 백
가서에서 사용한 글자와 서로 견주어 검토해보아야 한다. 그렇게 하
면 붓을 들어 즉시 말을 구사해도 번번이 정밀하고 강건해져서[精强]
얻기 힘든 공교로운 말을 지어낼 수 있는 것이다. 말이 정밀하지도
강건하지도 않다면, 아무리 탈속한 정[逸情]이 있고 호기豪氣가 있더라
도 표현해낼 수가 없다. 결국 졸렬하고 껄끄러운[拙澁] 시문이 되고 말
뿐이다.

---

3) 노갈老羯은 안녹산安祿山을 일컫은 말이다. 갈羯은 북방의 호胡이다. 안녹산은 '호
추胡雛'라는 비칭으로 불린 바 있다.

4) □측기평수 구식을 사용하였다. 상평성 '산刪' 운과 통운에 해당하는 상평성 '염
鹽' 운에 맞추어 각각 '環, 顔'과 '難'으로 압운하였다.

사관 이윤보李允甫는 학문과 식견이 정밀하고 해박해서 시문에도 모두 근거가 있었다. 한번은 후학들이 글자를 엮어서 말을 지어낸 것을 보더니, 웃으면서 이렇게 말하였다.

"과거장에서 익힌 버릇을 전부 씻어낸 뒤에야 문장을 가르칠 수 있을 것이다."

지금의 후배들은 그때 후학들에게도 훨씬 미치지 못한다. 이들은 으레껏 책을 읽지 않고 속히 성취하는 데만 힘써서 이해하기 쉬운 과기 문체를 익힐 뿐이다. 요행히 급제를 얻은 뒤에도 여전히 학업을 더욱 익히려고 노력하지 않는다. 오직 청색을 취하여 백색에 짝맞추거나[抽靑媲白],5) 하나를 들어서 둘에 상대하거나[立一對二], 생경한 곳을 다듬고 냉담한 곳을 잘라내는 것[琢生斲冷]을 능사로 여길 뿐이다.

이런 까닭에 옛사람이 남긴 시문을 읽다가 아정雅正하고 간고簡古한 부분에 이르면 질박해서 본받기 어렵겠다고 하고, 웅심雄深하고 기험奇險한 부분에 이르면 난해해서 알기 어렵겠다고 하고, 굉섬宏贍하고 화유和裕한 부분에 이르면 오활해서[疎闊] 정교해질 수 없겠다고 할 뿐이다. 이렇게 하여 도무지 마음에 두려고도 하지 않는다.

요즘 사람들이 창작한 시문을 보면, 옛날이나 지금에 이미 사용하여 진부해진 말에서 뜻을 주워 모아 다시 엮어낸 말들이 있다. 그래서 마침내 생경하고 나약하고 비루하고 촌스러운[生弱鄙俚] 지경에 이르면, 모두가 청완淸婉하게 되었다고 말한다. 혹은 세상을 경계하는

---

5) 추청비백抽靑媲白은 청색을 취하여 백색에 짝을 지워 대우를 맞춤을 이른다. 왕오王鏊, 『진택장어震澤長語 문장文章』, "후세에는 청색을 취해 백색에 짝을 짓는 식으로 구구하게 내우를 맞춤을 능사로 여긴다.[後世取靑媲白, 區區以對偶爲工.]"

고심[警苦]이 담겼다고 말하기까지 한다. 이들은 시문 속에서 잘못되고 어색하여 자기 마음에 들지 않는 부분을 찾아내어, 그것이 자기가 아직 미치지 못한 부분임을 깨닫고서, 거듭 자세히 살펴 그 온전한 맛을 얻어내고 말겠다는 생각조차 전혀 하지 못한다.

아, 시문時文이 크게 변하여 비속함에 이르고, 비속함에서 다시 변하여 광대의 농지거리처럼 되었다. 끝내는 어떻게까지 변할지 모르겠다.

근세에 사람들이 동파東坡를 숭상한 것은, 기운氣韻이 호매豪邁하면서 뜻이 깊고 말이 풍부하고 용사用事가 해박한 것을 사랑하여 그 형식을 본받기를 바랐기 때문이었다. 그러나 요즘 후배들이 동파의 문집을 읽는 것은, 본받아 그 풍골風骨을 얻기를 바라서가 아니다. 단지 이를 전거典據로 삼아 용사의 도구로 쓰기 위해서일 뿐이다. 이것이 표절임은 더 말할 나위도 없다. 하물며 이들이 감히 두보杜甫를 배워서 그의 법을 이어받을 생각이나 하겠는가?

문안공文安公이 항상 이렇게 말하였다.

"대체로 우리나라에서 시문을 창작하면서 옛일을 인용할 때는, 문文의 경우는 육경六經[6]과 삼사三史[7]에서 인용하고, 시詩의 경우는 『문선文選』이나 이백, 두보, 한유, 유종원의 시에서 인용한다. 이를 벗어난 제가의 문집은 근거로 삼아 인용하기에 적당하지 않다."

또 이렇게 말하였다.

"지극히 절묘한 말은 오래 있어야 그 맛을 느낄 수 있지만, 비루

---

6) 육경六經은 보통 『시경』, 『서경』, 『역경』, 『예기』, 『춘추』, 『악기』를 이른다.
7) 삼사三史는 『사기』, 『한서』, 『후한서』를 이른다.

하고 천근한 작품은 한번 보는 즉시 좋아진다. 배우는 자가 책을 읽을 때는 익숙하게 읽고 깊이 사색하여 기어이 그 뜻을 이해하는 데에 이르려고 해야 마땅하다."

문순공文順公은 이렇게 말하였다.

"지난번에 나는 구양공歐陽公(구양수)의 문집을 처음 보고서 그 풍부함을 좋아했다. 그런데 두 번째 보고 나서 빼어난 부분이 어디인지를 깨닫게 되었고, 세 번째 보았을 때는 아예 두 손을 모은 채 탄복하게 되었다. 또 매성유梅聖兪(매요신)의 문집을 처음 보았을 때는 마음속으로 은근히 얕잡아 보았었다. 예나 지금이나 사람들이 왜 그를 시옹詩翁이라고 일컫는지 그 이유를 미처 이해하지 못한 것이다. 그런데 지금에 와서 보니, 겉으로는 쇠잔하고 유약한[羸弱] 듯 보여도 그 속에 뼈대[骨鯁]를 품고 있는 것이었다. 참으로 시 중의 정준精雋(정수)이었다. 매성유의 시를 안 뒤에야 시를 이해한다고 말할 수 있을 것이다."

또 이렇게 말하였다.

"옛사람이 시를 평론한 뜻을 늙어가면서 점점 더 자세하게 음미할 수 있어서, 이제 내 마음속에서 이해하지 못하는 것이 없게 되었다. 오직 사공謝公(사영운)의 '연못에 봄 풀이 돋아나네.[池塘生春草]'[8]라는 시구에서 빼어난 곳이 어디에 있는지를 아직 모르겠다."

---

8) 사영운謝靈運이 꿈속에서 동생 사혜련謝惠連을 만난 후에 이 시구가 떠올랐다고 한다. 『남사 사혜련전謝惠連傳』.

공도 오히려 이렇게 말하는데, 누가 이를 알 수 있겠는가? 지금 억측하여 논하는 자가 이렇게 말한다.

"이 시구는 말을 엮어낸 것이 자연스럽다. 새로 생겨나는 봄 뜻과 새로 돋아난 싹의 신록新綠 느낌이 다섯 글자 사이에서 의연하게 드러난다."

어떤 사람은 이렇게 말한다.

"봄빛이 따사롭게 불어나고 만물 형상이 정수를 드러내고 있는 때라서, 온화하고 넉넉한[和裕] 말이 자연스럽게 흘러나와, 이를 취하여 엮은 것이다."

이런 뜻이었다면 어찌 공이 이해하지 못할 것이 있었겠는가? 필시 미칠 수 없는 의意와 기氣 그 사이에 있다고 여긴 것이었다. 그렇지 않은데도 이렇게 말했다면, 지나친 것이다.

이미수가 소년 시절에 창작한 「송춘시送春詩」와 「고석벽라정시기孤石碧蘿亭詩記」는 모두 사람들 입에 널리 오르내린다. 이 때문에 독보적이라는 명성도 얻었다. 그러나 한림에 오른 뒤에는 이전에 창작한 것을 보고 몹시 비루하다고 여기게 되었다. 남들이 이를 언급할 때마다 번번이 부끄럽게 여기더니, 결국에 모두 불태워버리고 가집家集에도 수록하지 않았다.

문순공은 항상 남들에게 이렇게 말하였다.

"나는 평소에 창작한 것이 해가 갈수록 나아졌다. 그래서 지난해에 창작한 것을 올해 다시 보면 가소롭게 여겨진다. 해마다 이와 같았다."

공은 소년 시절에는 대체로 주필로 즉시 지어서 써 내려갔다. 잠시도 멈추어 구상하는 법이 없었다. 그런 가운데 간혹 시체時體에 가깝게 이루어진 말이 있으면, 사람들이 모두 옮기어 베껴 외곤하는 것이었다. 하지만 노년에 귀한 신분에 올라 한가롭게 읊조리고 찬찬히 외면서 깊게 숙고하여 말을 지어낸 것은, 배우는 자 중에서 그 맛을 좋아할 줄 아는 자가 드물다. 그렇다면 시 짓기 어렵다는 것을 여기에서 알 수 있다. 어렵고도 어려운 일이다.

나는 소년일 때 춘방春坊에 입시한 뒤로 지금까지 한 해도 관직 임무를 거른 적이 없다. 그래서 책을 읽을 겨를을 얻지 못하였다. 그런데도 한갓 얄팍한 배움으로 몽매함을 무릅쓰고 빈 관직을 차지하여 벼슬이 학사에까지 이르게 된 것이다. 붓을 들면 버거워서 얼굴이 땀으로 범벅이 될 지경인데,[9] 어떻게 문장 우열을 알아서 함부로 비평하는 글을 지어낼 수 있겠는가? 단지 노성老成한 사람을 만나 해박한 논평을 들이었기에, 그분에게 들은 바를 대강 기록해서 후진들에게 전하여 보이는 것일 뿐이다.

李學士眉叟曰 "吾杜門讀黃·蘇兩集, 然後語遒然韻鏘然, 得作詩三昧." 文順公曰 "吾不襲古人語, 創出新意." 時人聞此言, 以爲 "兩公所入不同", 非也. 其壺奧雖異, 所入皆一門. 何也? 學者讀經史百家, 非得意傳道而止, 將以習其語效其體, 重於心熟於工. 及賦詠之際, 心與口相應, 發言成章, 故動無生澁之辭. 其不襲古人, 而出自新警者, 唯

---

9) 일에 서툰 장인은 손가락을 다쳐서 피를 흘리고 얼굴이 땀투성이가 되도록 고생한다는 말이다. 한유, 「제유자후문祭柳子厚文」.

構意設文耳. 兩公所云不同者, 殆此而已. 詩文以氣爲主, 氣發於性, 意憑於氣, 言出於情, 情卽意也. 而新奇之意, 立語尤難, 輒爲生澁. 雖<u>文順公</u>, 遍閱經史百家, 熏芳染彩, 故其辭自然富艶. 雖新意至微難狀處, 曲盡其言, 而皆精熟. 嘗賦「<u>明皇念奴</u>」云"帝意方專眷玉環, 尚知嬌艶念奴顔. 若均寵幸分人謗, 老羯何名敢作難?"雖使古人幸出此新意, 其立語殆不能至此工也. 夫才勝其情, 則雖無佳意, 語猶圓熟. 情勝其才, 則辭語鄙靡, 而不知有佳意. 情與才兼得, 而後其詩有可觀. <u>文安公</u>曰"<u>吳世才</u>先生, 才識絶倫. 嘗得『類篇』覽之曰'爲學莫此爲急', 乃手寫畢頌."凡作者, 當先審字本, 凡與經史百家所用, 參會商酌. 應筆卽使辭輒精强, 能發難得巧語. 辭若不精强, 雖有逸情豪氣, 無所發揚, 而終爲拙澁之詩文也. <u>李史館允甫</u>學識精博, 詩文皆有根蔕. 嘗笑後學使字屬辭曰"洗盡場屋習氣, 然後文章可敎也." 今之後輩下於彼時, 遠矣. 例不事讀書, 務速進取, 習科擧易曉文. 幸得第, 猶未能勉益學業, 唯以抽靑媲白, 立一對二, 琢生斲冷, 以爲工耳. 故見前人詩文雅正簡古, 則以爲朴質難效, 雄深奇險, 則以爲詰屈難知, 宏贍和裕, 則以爲疏闊未工, 都不容思. 見今人詩文, 有集今古已陳之語之意, 更爲結構其辭. 至於生弱鄙俚, 則皆以爲淸婉, 或以爲警苦. 殊不知見詩文有偃蹇不入我情者, 謂是爲己所未到處, 及反覆詳閱, 至得其味而後已也. 噫, 時文大變, 至於俚, 俚一變, 至於俳, 不知其卒何若也. 近世尚<u>東坡</u>, 蓋愛其氣韻豪邁, 意深言富, 用事恢博, 庶幾效得其體也. 今之後進讀<u>東坡</u>集, 非欲倣效以得其風骨. 但欲證據, 以爲用事之具. 剽竊, 不足導也. 況敢學<u>杜甫</u>, 得其波耶? <u>文安公</u>常言"凡爲國朝制作, 引用古事, 於文則六經三史, 詩則『文選』· <u>李·杜·韓·柳</u>. 此外諸家文集, 不宜據引爲用."又曰"至妙之辭, 久而得味, 鄙近之作, 一見卽悅. 學者看書, 當熟讀之深思之, 期至於得意." 文順公曰"曩余初見歐陽公集, 愛其富, 再見, 得佳處, 至于三, 拱手歎服. 又見梅聖俞集, 心竊輕之, 未識古今所以號"詩翁"者. 及今見, 外若薾弱, 中含骨鯁, 眞詩中之精雋也. 知梅詩, 然後可謂知詩者也." 又曰"古人評詩之意, 老而漸詳味, 無不得於我心者. 唯謝公"池塘生春草", 未識佳處." 公之所云猶若是, 識者爲誰歟? 今有臆論者曰"此句出語天然, 發生春意初茸新綠之想, 依然五字之間也." 或曰"春光漲暖, 物像菁華, 和裕之辭, 自然流出, 是所取者也." 此意, 豈公不識處耶? 必有賽不得之意與氣, 存乎其間. 不然, 言之者過矣. 李眉叟少年時所作「送春詩」·「孤石碧蘿亭詩記」, 無不膾炙人口, 以此名爲獨步. 及爲翰林以後, 見從前所作甚鄙之. 人有言者, 輒慚恧皆焚之, 不編於家集中. 文順公常謂人曰"吾平生所作, 隨歲而進. 去年所作, 今年視之可笑. 年年類此." 凡公少年時, 走筆立書, 略不構思. 其語或有近於時體者, 則人皆傳寫以頌之. 至於老貴, 閑吟徐詠覃思造語之作, 學者罕能悅其味. 然則知詩之難, 難復難矣. 予自少年, 入侍春坊, 至於今日, 無一歲無官責, 不暇事讀書. 徒以膚淺之學冒昧承乏, 官至學士. 秉筆汗顔, 何足知文章之勝劣, 妄爲筆舌哉? 但以及見老成人, 得聞餘論, 故粗記以所聞, 傳示後進云.

※ 어느 노성한 사람에게 시문에 관한 해박한 논평을 듣고 후학에게 전하기 위해 기록해놓았다. 시문을 익히고 구현하는 방법은 다양하지만, 어느 경우건 충분한 독서와 사색이 있어야 높은 성취를 얻을 수 있다. 이인로가 시의 삼매를 얻고 이규보가 신의를 만들어낸 것도 경서와 역사서와 제자서를 충분히 익혀서 가능한 것이었다고 말하였다. 아울러 글자 쓰임을 정확하게 이해하고 적실하게 구사해야

한다. 학문 축적을 통해 근거 있는 말을 구사할 줄도 알아야 한다. 하지만 후학들은 아쉽게도 빠른 성취를 위해 과문에 몰두하고 진부한 말을 주워 모아 표절에 가깝게 시문을 지어낸다. 시와 문의 기초가 되는 전범을 충분히 익히고 그 깊은 맛을 체득하여 시문에 구현할 수 있어야 마땅하다. 이인로도 이렇게 숙련하여 노년에 원숙한 경지에 오를 수 있었다. 하지만 사람들은 그 경지를 이해하지 못한다는 것이다. 그저 함부로 억측하면서 시체時體에 가까운 것만을 좋아하는 세태를 지적하고 있다.

補閑集

보한집

권하

어떤 호사가가 성률聲律에 따라 창작한 칠언 시구를 모아 품평하고 그 우열을 나누었다. 그리고 나에게 부탁하였다.

"저 웅심雄深, 기묘奇妙, 고아古雅, 굉원宏遠한 시구는 반드시 반복해서 꼼꼼하게 음미하기를 오랫동안 하고 나서야 겨우 그 맛을 느낄 수 있습니다. 그래서 배우는 자들이 좋아하지 않습니다. 두 공부(두보)의 시 같은 종류가 그렇습니다. 지금 제가 모은 몇 수의 시는 전부 한 번만 보면 즉시 좋아지는 말로 되어 있습니다. 보한補閑의 재료로 삼을 만하니, 그대는 이를 후편에 수록하십시오."

그가 평론한 내용을 보니, 모두 옛사람 말을 답습하지 않고 자기 생각에 따라 새롭게 논한 것이다. 오히려 취할 점이 있어 아래에 이를 나열한다.

신경新警(새로운 경구)에 해당하는 시로는 문순공文順公의 「만일사[1] 누[萬日寺樓]」가 있다.[2]

몇 사람이나 건넜는지	渡了幾人舟自泛 ●●●○○●●
배가 홀로 덩그렇게 떠 있고	3 3 1 2 5 6 7 도료기인주자범
	건넜는지 몇 사람 배 홀로 떠 있고

---

1) 만일사萬日寺는 부평 계양산桂陽山의 사찰이다.
2) 『동국이상국집』에 「현상인이 화답하였기에 다시 이전 운을 사용하여 짓다[次上人見和復用前韻]」라는 제목으로 실려있다. 칠언율시의 5, 6구 경련이다. 앞 구 '渡'가 '度'로 되어있다.

외로운 범처럼 울어대고도
새들 여태 지저귀네

嘯殘孤虎鳥猶鳴 ●○○○●○○
3 4 1 2 5 6 7　조잔고호조유명
울어 | 지쳐도 | 외로운 | 범처럼 | 새 | 아직 | 운다

함축含蓄에 해당하는 시로는 학사 예낙전芮樂全의 「한거閑居」가
있다.

만 리 멀리 여행하는 길에
봄이 벌써 저무는데
백 년 인생에
밤은 왜 이렇게 긴가?

萬里行裝春已暮 ●●○○○●●
1 2 3 4 5 6 7　만리행장춘이모
만 | 리 | 가는 | 여장에 | 봄 | 이미 | 저물고

百年計活夜何長 ●○●●●○○
1 2 3 4 5 6 7　백년계활야하장
백 | 년 | 꾸리는 | 인생에 | 밤 | 어찌 | 길까

완려婉麗(순하고 아름다움)에 해당하는 시로는 문순공의 「여름날 즉
사[夏日卽事]」가 있다.[3]

성한 잎에 가려진 꽃
봄을 지낸 뒤에도 피어있고
엷은 구름 사이 새어나온 해
빗속에서 밝게 빛나네

密葉翳花春後在 ●●●○○●●
1 2 4 3 5 6 7　밀엽예화춘후재
무성한 | 잎 | 가려 | 꽃을 | 봄 | 뒤까지 | 남고

薄雲漏日雨中明 ●○●●●○○
1 2 4 3 5 6 7　박운루일우중명
엷은 | 구름 | 흘려 | 해를 | 비 | 속에 | 밝다

청초淸峭에 해당하는 시로는 황조皇祖(할아버지 최윤인)[4]의 「북산사
北山寺」가 있다.

---

3) 『동국이상국집』에 「여름날 즉사[夏日卽事]」라는 제목으로 실려있다. 칠언절구의
　3, 4구이다.
4) 황조皇祖는 돌아가신 조부를 일컫는 칭호이다.(중-12 참조)

난간에 떨어지는 솔바람 소리
맑게 밤을 가르고
허공에 기댄 앙상한 산은
서늘하게 가을을 갈아내고 있네

墮檻松聲淸刮夜	●●○○○●●
2 1 3 4 5 7 6	타함송성청괄야
지는 난간에 솔 소리 맑게 가르고 밤	

倚空山骨冷磨秋	●○○○●●○
2 1 3 4 5 7 6	의공산골랭마추
기댄 허공 산 뼈는 차게 간다 가을	

준장俊壯에 해당하는 시로는 한림 김극기金克己의 시가 있다.

천마5)는 발이 날래어
천 리가 가깝고
바다 자라6)는 머리 단단하여
다섯 산7)도 가벼워라

天馬足驕千里近	○●●○○●●
1 2 3 4 5 6 7	천마족교천리근
하늘 말은 발이 날래 천 리 가깝고	

海鰲頭壯五山輕	●○○○●○○
1 2 3 4 5 6 7	해오두장오산경
바다 자라 머리 굳세 다섯 산 가볍다	

부귀富貴에 해당하는 시로는 좨주 조백기趙伯琪8)의 시가 있다.

꾀꼬리 울고 꽃 핀 별원에서
생황 노래 울리고
수레에 멍에 맨 대갓집에서
검과 패물 소리 들려오네

鶯花別院笙歌咽	○○●●○○●
1 2 3 3 5 6 7	앵화별원생가연
꾀꼬리 꽃 별원에 생황 노래 울리고	

車駕高門劍佩鳴	○●○○●●○
1 2 3 3 5 6 7	거가고문검패명
수레 멍에 매는 고귀한 집 검 패물 울린다	

---

5) 천마天馬는 서역 아라비아에서 기르는 천리마이다. 대완마大宛馬, 한혈마汗血馬라
고 한다. 『사기 대완열전大宛列傳』.

6) 해오海鰲는 바다 밑에서 신선이 사는 신산神山을 머리로 떠받들고 있다는 전설 속
큰 자라이다.

7) 오산五山은 발해 동쪽에 있다는 전설 속 다섯 신산이다. 대여岱輿, 원교員嶠, 방호
方壺, 영주瀛洲, 봉래蓬萊이다. 『열자 탕문湯問』

8) 조백기趙伯琪는 문정공 조충趙沖(1171~1220)의 아들이다. 자세한 행적은 전하지 않
는다. 1243년에 우승선 신분으로 국자감시를 주관하였다.

정채精彩에 해당하는 시로는 문순공의 「감로사甘露寺」[9]가 있다.

서리꽃은 햇살 비추어
가을 이슬 맺히고
바다 기운은 구름 침범하여
저녁노을 번지네

霜花照日添秋露 ○○●●○○○
1 2 4 3 7 5 6 상화조일첨추로
서리 꽃 쪼여 해 보태고 가을 이슬

海氣干雲散夕霏 ●●○○●●○
1 2 4 3 7 5 6 해기간운산석비
바다 안개 범해 구름 흩는다 저녁 놀

표일飄逸에 해당하는 시로는 진 보궐陳補闕(진화)의 「강상江上」이 있다.

노인 낚싯배에
바람 불어대어 비 뿌리고
모래밭 갈매기 그림자 뒤로
산이 물든 가을이어라

風吹釣叟帆邊雨 ○○●●○○●
1 2 3 4 5 6 7 풍취조수범변우
바람 부니 낚는 노인 돛 가에 비 오고

山染沙鷗影外秋 ○●○○●●○
1 2 3 4 5 6 7 산염사구영외추
산 물든 모래 백구의 모습 뒤 가을이다

청원淸遠에 해당하는 시로는 황조皇祖(최윤인)의 「북산 성거사北山聖居寺」[10]가 있다.

골짜기 떠나는 흰 구름
침상에 기댄 채로 떠나보내고
산에 찾아온 밝은 달님
발 걷어 맞이하네

別洞白雲欹枕送 ●●●○○●●
2 1 3 4 6 5 7 별동백운의침송
떠난 골짝 흰 구름 기대 침상 보내고

到山明月卷簾迎 ●○○●●○○
2 1 3 4 6 5 7 도산명월권렴영
이른 산에 밝은 달 걷어 발 맞는다

---

9) 감로사甘露寺는 개경 서쪽 예성강의 동편 오봉산五鳳山에 이자연李子淵(1003~1061)이 창건한 사찰이다.
10) 북산 성거사北山聖居寺는 박연朴淵이 있는 성거산聖居山의 사찰로 추정된다.

기교奇巧에 해당하는 시로는 문순공의 「흥성사興聖寺」[11]가 있다. [12]

> 굴곡진 데로 뻗은 등나무
> 지팡이 삼기 힘들지만
> 높은 데 기대어 누운 나무가
> 우연히 사다리 되어준다네

走藤遇曲難成杖 ●○●●○○●
1 2 4 3 7 6 5 주등우곡난성장
뻗은 | 등나무 | 만나 | 굴곡 | 어렵고 | 됨 | 지팡이

臥木因高偶作梯 ●●○○○●○
1 2 4 3 5 7 6 와목인고우작제
누운 | 나무 | 기대 | 높게 | 우연히 | 된다 | 사다리

지우志寓에 해당하는 시로는 사성 이백전李百全[13]의 「동산 시내 정자
[東山溪亭]」가 있다.

> 땅 기울어 역류하면
> 북쪽으로 흘러들지언정
> 질펀한 물[14] 평탄할 때는
> 동쪽을 향한다오[15]

地側逆流雖湊北 ●●●○○●●
1 2 3 3 5 7 6 지측역류수주북
땅 | 기울어 | 역류해 | 비록 | 흘러도 | 북에

時平沔水會朝東 ○○●●●○○
1 2 3 4 7 6 5 시평면수회조동
때로 | 평지 | 질펀한 | 물 | 안다 | 향함 | 동쪽

우유優游에 해당하는 시로는 문순공의 「사직을 청하여 물러난 뒤[乞

---

11) 흥성사興聖寺는 개경 북쪽 오관산의 사찰이다. 고려 초에 창건한 숭복원崇福院을
    인종이 1125년에 흥성사로 개칭했다. 『고려사 인종 3년(1125)』.
12) 『동국이상국집』에 「다음날에 다시 박인범 시의 운을 사용하여 각각 짓다[明日又用
    朴仁範詩韻各賦]」라는 제목으로 실려있다. 칠언율시의 5, 6구 경련이다.
13) 이백전李百全은 대사성 이백순李百順의 동생이다. 사부詞賦에 능하였다. 국자감 대
    사성에 이르렀다.
14) 『시경 면수沔水』, "넘실거리는 저 흐르는 물이여, 바다를 향하도다.[沔彼流水, 朝宗
    于海.]" '면沔'은 물이 질펀하게 흐르는 모양이다. 제후가 천자를 봄에 뵈면 '조朝'
    이고, 여름에 뵈면 '종宗'이다.
15) 중국 지형이 동남쪽으로 낮게 기울어, 순행하는 물이 동쪽으로 향하기에 이렇게
    말한 것이다.

退後]가 있다.[16)]

세계를 주유하고 한가해진
승려마냥 앉았고
사내를 두루 겪은
늙은 기녀처럼 쉬고 있어라

周行世界閑僧坐　○○●●○○
1 4 2 2 5 6 7　주행세계한승좌
|두루|다니던|세계|한가한|중|앉았고|

遍閱夫郎老妓休　●●○○●○
1 4 2 2 5 6 7　편열부랑로기휴
|두루|겪던|사내|늙은|기녀가|쉰다|

감회感懷에 해당하는 시로는 문순공의 「병중病中」이 있다.[17)]

병든 몸이 옛 친구 그리워서
괜히 눈물만 흐르고
늙어서 명군을 생각하자니
이 마음 애틋하여라

病憶故人空有淚　●●●○○●●
1 4 2 2 5 7 6　병억고인공유루
|병에|떠올라|친구|괜히|흘리고|눈물|

老思明主若爲情　○○○○●○○
1 4 2 2 5 7 6　로사명주약위정
|늙어|생각에|명군|마치|주듯 한다|정을|

호이豪易에 해당하는 시로는 이미수李眉叟의 시가 있다.[18)]

숲 사이 많은 집이
보였다 감추어졌다 하고

林間出沒幾多屋　○○●●○○
1 2 3 3 5 6 7　림간출몰기다옥
|숲|사이|출몰하니|얼마나|많은|집이고|

---

16) 『동국이상국집』에 「정유년 12월 28일에 은퇴를 청하는 표를 올려 윤허를 받았기
에 이날 밤에 기뻐서 잠 못 이루고 장구 2수를 완성하여 학사 이백전에게 받들
어 올리다[丁酉十二月二十八日乞退表蒙允可是夜喜不得寐因成長句二首奉寄李學士百全]라는 제
목으로 실려있다. 칠언율시의 5, 6구 경련이다.

17) 『동국이상국집』에 「병중에 문학 송군에게 보이다[病中示文學宋君]라는 제목으로 실
려있다. 칠언율시의 5, 6구 경련이다. 계양도호부에 근무하던 1219년에 52세 나
이로 창작한 것이다.

18) 『동문선』에 「송적 팔경도[宋迪八景圖]」라는 제목으로 실려있다. 연작시 8수 가운데
「산시청람山市晴嵐」이라는 작은 제목이 달린 시이다. 칠언절구시의 3, 4구이다.
두 번째 구 '外'가 '際'로 되어있다.

하늘 밖에서 어떤 산인지

빌 듯 말 듯하여라

天外有無何處山 ○●◐○○○●
　　　　1 2 3 4 5 6 7　천외유무하처산
하늘 밖에 보일 듯 말 듯 어느 곳 산일까

청사淸駛에 해당하는 시로는 문순공의 「북사의 누[北寺樓]」가 있다.[19]

한가한 구름은 순식간에

천 가지로 바뀌는데

閑雲頃刻成千狀 ○○●●○○●
　　　　1 2 3 3 7 5 6　한운경각성천상
한가한 구름 경각에 이루고 천 가지 모양

흐르는 물은 언제라도

같은 소리로 흘러간다네

流水尋常作一聲 ○●○○●◐○
　　　　1 2 3 3 7 5 6　류수심상작일성
흐르는 물 평소처럼 낸다 한 가지 소리

김 한림金翰林(김극기)의 시가 있다.

변방에 뜬 다정한 달

둥그렇다가 다시 기울고

격식 차리지 않는 산속 꽃은

지고 또 피네

多情塞月圓還缺 ○○●●○○●
　　　　2 1 3 4 5 6 7　다정새월원환결
많은 정 변방 달 둥글고 또 기울고

少格山花落又開 ●●○○○●●
　　　　2 1 3 4 5 6 7　소격산화락우개
적은 격식 산 꽃 졌다가 또 핀다

유박幽博에 해당하는 시로는 김 한림의 시가 있다.[20]

비를 예견한 개구리

낡은 못에서 개굴개굴하고

譏雨廢池蛙閣閣 ●●●○○●●
　　　　2 1 3 4 5 6 6　참우폐지와각각
예견한 비 낡은 못 개구리 각각하고

---

19) 『동국이상국집』에 「모춘에 북사의 누 등불 아래에서 짓다[暮春燈下北寺樓]」라는 제
목으로 실려있다. 칠언율시의 3, 4구 함련이다.
20) 『동문선』에 「촌가村家」라는 제목으로 실려있다. 칠언율시의 3, 4구 함련이다. 두
번째 구 '枯'가 '高'로 되어있다.

바람 점친 까치는
마른 나무에서 깍깍 지저귀네

相風枯樹鵲査査 ●○○○●○○
2 1 3 4 5 <u>6 6</u> 상풍고수작사사
|점친|바람|마른|나무|까치|깍깍한다|

문순공의 「흥성사興聖寺」가 있다.[21]

눈이 싫은 추운 노루
메마른 굴을 찾아 다투고
바람을 피하는 그윽한 새는
낮은 가지에 깃드네

厭雪寒麕爭穴燥 ●●○○○●●
2 1 3 4 5 6 7 염설한균쟁혈조
|싫은|눈|추운|노루|다투고|굴|마른 곳|

避風幽鳥擇枝低 ●○○○●○○
2 1 3 4 5 6 7 피풍유조택지저
|피한|바람|숨는|새|택한다|가지|낮게|

명미明媚에 해당하는 시로는 김 한림의 시가 있다.

비가 자색 싹을 보내어
들 고사리 돋아나게 하고
바람이 푸른 열매 재촉하여
강 매화 맺히게 하네

雨送紫茸歸野蕨 ●●●○○●●
1 4 2 3 7 5 6 우송자용귀야궐
|비가|보내|자색|싹|가고|들|고사리로|

風催靑子上江梅 ○○○○●●○
1 4 2 3 7 5 6 풍최청자상강매
|바람이|졸라|푸른|열매를|달린다|강|매에|

문순공의 시가 있다.[22]

비 갠 후 풀빛이
허공에 맞닿아 푸르고

雨晴草色連空綠 ○○●●○○●
1 2 3 <u>3</u> 3 6 5 7 우청초색련공록
|비|갠|풀빛|이어져|허공에|푸르고|

---

21) 『동국이상국집』에 「다음날에 다시 박인범 시의 운을 사용하여 각각 짓다[明日又用
朴仁範詩韻各賦]」라는 제목으로 실려있다. 칠언율시의 3, 4구 함련이다.
22) 『동국이상국집』에 「견포에서 우연히 읊다[犬浦偶吟]」라는 제목으로 실려있다. 칠
언율시의 5, 6구 경련이다.

따스한 바람 속 매화꽃은
고개 너머 향기 풍기네

風暖梅花度嶺香　○○○●●○
　1　2　3　3　6　5　7　　풍난매화도령향
|바람|따뜻해|매화가|건너|재|향기롭다|

이 두 연은 골격이 하나같다. 그러나 '비가 내리다[雨送]'의 한 연은 기세가 표연飄然하다.

상활爽豁에 해당하는 시로는 정사인鄭舍人[23)]의 「영남사의 누[嶺南寺樓]」[24)]가 있다.

온 시내에 명월이 비추는
난간에 기댄 밤
발 걷은 하늘에서
만 리 청풍이 불어오네

一溪明月憑欄夜　●○○○○○●
　1　2　3　3　6　5　7　　일계명월빙란야
|한|시내|명월에|기댄|난간|밤이고|

萬里淸風卷箔天　●●○○●●○
　1　2　3　3　6　5　7　　만리청풍권박천
|만|리|청풍에|걷은|발|하늘이다|

문순공의 「북산사北山寺」가 있다.[25)]

석양 물든 절벽 위로
날아가는 새 그림자가 비치고
가을 달빛 가득한 산에서
추운 원숭이 우네

半壁夕陽飛鳥影　●●●○○●○
　1　1　3　3　5　6　7　　반벽석양비조영
|반벽|석양에|나는|새|그림자|비치고|

滿山秋月冷猿聲　●○○○●○○
　2　1　3　4　5　6　7　　만산추월랭원성
|가득|산|가을|달에|찬|원숭이|소리다|

---

23) 정사인鄭舍人은 중서사인을 지낸 정지상鄭知常을 이른다.
24) 영남사루嶺南寺樓는 영남사에 있는 누이다. 밀양 객관 동쪽 산허리에 있었다고 한다. 터만 남은 것을 1269년에 다시 세우고 영남루로 이름 붙였다. 『신증동국여지승람 밀양도호부密陽都護府』.
25) 『동국이상국집』에 「다시 북산을 노닐다[重遊北山]」라는 제목으로 실려있다. 칠언율시의 5, 6구 경련이다.

「용담사龍潭寺」[26)가 있다. [27)

만 그루 버드나무 그늘 따라	萬柳影中南北路 ●●●○○●●
남북으로 길 이어지고	1 2 3 4 5 6 7　만류영중남북로
	만 그루 버들 그림자 속 남 북의 길이고
한 줄기 시냇물 소리 속에	一溪聲裏兩三家 ●○○○●○○
두세 집 보이네	1 2 3 4 5 6 7　일계성리량삼가
	한 줄기 시내 소리 속 두 세 집이다

모두 골격이 하나같다. 그러나 "만 리 청풍이 불어오네[萬里淸風]"의
시어가 특히 아름답다.

화염華艶에 해당하는 시로는 외왕부(김예경)가 간의 이순우李純祐[28)에
게 올린 시가 있다.

왕명 적는 붓에[29)	誥筆暖霑紅藥露 ●●●○○●●
홍작약[30) 이슬 따뜻이 적시고	1 2 3 7 4 4 6　고필난점홍약로
	고명 붓에 따뜻이 적시고 홍작약 이슬
조복이 자미화 바람에	朝衣輕颺紫薇風 ○○○●●○○
가볍게 나부끼네	1 2 3 7 4 4 6　조의경양자미풍
	조회 옷 가볍게 날린다 자미 바람에

---

26) 용담사龍潭寺는 상주에서 남쪽으로 25리 떨어진 곳에 있던 사찰이다. 『신증동국
   여지승람 상주목尙州牧』.
27) 『동국이상국집』에 「8월 2일[八月二日]」이라는 제목으로 실려있다. 칠언율시의 5,
   6구 경련이다. 두 번째 구 '裏'가 '外'로 되어있다. 이규보가 1196년 6월에 상주
   에 내려간 일이 있다. 이때 병이 있어 잠시 화개사花開寺에 머물다가, 용담사에
   가서 8월 2일에 지은 시이다.
28) 이순우李純祐(?~1196)는 간의대부와 한림 학사 등을 거쳐 대사성에 올랐다.(상-35
   참조)
29) 고필誥筆은 임금의 고명誥命을 작성하는 붓을 이른다.
30) 홍약紅藥은 붉은색 작약꽃을 이른다.

또 기 상국奇相國[31]에게 올린 시가 있다.

옷 가득 꽃 그림자
따뜻한 방으로 비쳐 들고
오솔길 소나무 그늘은
찬 서재에서 물러나네

滿衣花影朝溫室　●○○●○○●
　2　1　3　4　7　5　6　　만의화영조온실
찬│옷에│꽃│그림자│향하고│따뜻한│방

一徑松陰退冷齋　●●○○●●○
　1　2　3　4　7　5　6　　일경송음퇴랭제
한│오솔길│솔│그늘│나간다│찬│서재에서

이미수(이인로)의 시가 있다.

가벼운 바람 따라
자색 궁궐에 패옥 소리 울리고
높은 해에 비친 꽃 그림자
붉은 담장에 오르네

風細佩聲傳紫禁　○●●○○●●
　1　2　3　4　7　5　5　　풍세패성전자금
바람│가는데│패옥│소리│전하고│궁궐에

日高花影上紅墻　●○○●●○○
　1　2　3　4　7　5　5　　일고화영상홍장
해가│높아│꽃│그림자│오른다│붉은│담에

또 이렇게 읊었다.

해는 꽃무늬 전돌을 비추어
취한 걸음 맞이하고
달빛은 연꽃무늬 등촉에 섞여
회랑을 비추네

日照花塼迎醉步　●●○○○●●
　1　4　2　3　7　5　6　　일조화전영취보
해가│비춰│꽃│전돌│맞이하고│취한│걸음

月和蓮燭映回廊　●○○●●○○
　1　4　2　3　7　5　5　　월화련촉영회랑
달이│섞여│연꽃│등촉에│비춘다│회랑

외조부(김예경)의 시가 있다.

---

31) 기 상국奇相國은 누구인지 명확하지 않다. 당시에 재상 기홍수奇洪壽가 글씨에 능하였고, 음악과 독서를 즐겼다고 한다. 『고려사 기홍수奇洪壽』.

비 갠 꽃밭에
붉은 이슬이 눈물짓고
해 떠오르는 대나무 섬돌에
푸른 서리 마르네

花院雨晴紅露泣　○●●○○●●
1 2 3 4 5 6 7　화원우청홍로읍
꽃｜집에｜비｜개니｜붉은｜이슬｜눈물짓고

筠階日午碧霜乾　○○○●●○○
1 2 3 4 5 6 7　균계일오벽상간
대｜섬돌에｜해가｜낮으니｜푸른｜서리｜마른다

이 다섯 연은 모두 골격이 하나같다. "옷에 가득 꽃 그림자[滿衣花影]"의 말의 구격句格이 특히 뛰어나다.

교장俊壯에 해당하는 시로는 황조皇祖(최윤인)가 문열공(김부식)에게 올린 「서경으로 출정하다[西征]」32)가 있다.

한 줄기 북과 나발 소리
청산을 가르고
만 리 이어진 깃발에
밝은 해 가려 흐릿해지네
산하를 청소하여
성군께 돌려드리고
풍월을 씻어내어
시 짓는 노인에게 맡겨주리라
우뚝한 삼오산33)처럼
그 충성 장엄하고

一聲鼓角靑山裂　○●●●○○●
1 2 3 3 5 6 7　일성고각청산렬
한｜소리｜북｜피리에｜푸른｜산｜찢어지고

萬里旌旗白日濛　●●○○●●◎
1 2 3 3 5 6 7　만리정기백일몽
만｜리｜깃발에｜흰｜해가｜흐릿해진다

掃盡河山還聖主　●●○○○●●
3 4 1 2 7 5 5　소진하산환성주
쓸어｜다해｜강｜산을｜돌려주고｜성주께

洗回風月付詩翁　●○○●●○◎
3 4 1 2 7 5 5　세회풍월부시옹
씻어｜되돌려｜바람｜달을｜맡긴다｜시옹에

三鼇山峻忠誠壯　○○○●●○●
1 1 1 4 5 5 7　삼오산준충성장
삼오산｜우뚝하듯이｜충성｜장엄하고

---

32) 서정西征은 1135년에 서경에서 일어난 묘청의 반란군을 진압하기 위해 출정한 일을 이른 듯하다.

33) 삼오산三鼇山은 바다 밑에서 큰 자라가 머리로 떠받들고 있다는 삼신산三神山을 이른다. 방장方丈, 봉래蓬萊, 영주瀛洲이다.

높은 오봉루[34]처럼
천하제일 글솜씨 우뚝하다오

五鳳樓高國手雄	●●○○○●●◎[35]
1 1 4 5 5 7	오봉루고국수웅
오봉루 높듯이 국수 솜씨 뛰어나다	

문순공의 「운을 정하여 진강공(최충헌) 저택에 있는 반송을 읊다[占韻
賦晉康公第蟠松]」가 있다.

온 천지가
보살핌[36] 속에 들어 있으니
돌보는[37] 그 앞에서
초목도 무성하여라

乾坤摠入吹噓內	○○●●○○○
1 1 3 7 4 4 6	건곤총입취허내
천지가 모두 들어가고 입김 안에	

草木猶榮顧眄前	●●○○○●●
1 1 3 7 4 4 6	초목유영고면전
초목도 외려 번성한다 돌보는 앞에서	

승제 최종번崔宗蕃의 「높은 산에 올라 장안[38]을 바라보다[登高望長安]」
가 있다.

십천[39]이 뱀처럼
평장사 마을을 감싸 흐르고

十川蛇遶平章洞	●○○○●○○
1 1 3 7 4 4 6	십천사요평장동
십천이 뱀처럼 감싸고 평장사 마을	

---

34) 오봉루五鳳樓는 낙양 궁성에 세워진 문루門樓이다. 규모가 웅장하고 정치하였다.
솜씨가 뛰어난 대가의 문장을 이에 빗대어 '오봉루수五鳳樓手'라고 하였다. 『고금
사문류취 별집 촉전기제蜀牋寄弟』.

35) □평기측수 구식을 사용하였다. 상평성 '동東' 운에 맞추어 '濛, 翁, 雄'으로 압운
하였다.

36) 취허吹噓는 입김을 불어줌을 이른다. 남을 보살펴 도와주거나 이끌고 추천해줌
을 빗댄 말이다.

37) 고면顧眄은 돌아보고 살펴봄을 이른다. 남을 이리저리 관찰하여 보살펴준다는 말
이다.

38) 장안長安은 개경開京을 이른다.

39) 십천十川은 개경에 속한 한 지명인 듯하다. 십천교十川橋가 판방동板房洞에 있었
다. 십수천교十水川橋라고도 한다. 『신증동국여지승람 개성부開城府』.

삼현[40)]이 용같이
학사의 집에 서리고 있네*

三峴龍蟠學士家	○●○○●●○
1 1 3 7 4 4 6	삼현룡반학사가
삼현이 용처럼 서렸다 학사의 집에	

원주* 【세상에서 말하는 '송경의 다섯 채 집[松京五宅]'이라는 것이 모두 학
사의 집이다. 삼현 안쪽에 있다.】

이 다섯 연은 모두 골격이 하나같다. 문열공에게 올린 세 연이 가
장 청웅淸雄하다.

장려壯麗에 해당하는 시로는 사성 유충기劉冲基의 「새 도읍에 처음
들어가다[初入新都]」가 있다.

바다를 대문으로 삼은
유리 기와 궁궐이요
산에 절로 꽃 핀
비단 수놓은 도읍이라네*

海爲門作琉璃闕	●○○●○○○
1 3 2 4 5 5 7	해위문작류리궐
바다를 삼아 문으로 만든 유리 궁궐이고	

山自花開錦繡都	○●○○●●○
1 2 3 4 5 5 7	산자화개금수도
산에 절로 꽃 핀 비단 수놓은 도읍이다	

원주* 【임진년(1232)에 바다에 있는 화산(강화)으로 거처를 옮겼다.】

한림 김신정金莘鼎의 「신도에서 밤에 숙직하다[新都夜直]」가 있다.

한 줄기 강에 펼쳐진 풍월이
금문[41)]에서 멀리 뵈는데

一江風月金門遠	●○○●○○○
1 2 3 3 5 5 7	일강풍월금문원
한 강 풍월이 금문에서 멀리 뵈는데	

---

40) 삼현三峴은 개경에 속한 한 지명이다. 충선왕이 삼현에 숙비 저택을 짓도록 명한
바 있다. 『고려사 충선왕 4년(1312)』.
41) 금문金門은 한나라 궁궐 금마문金馬門을 이른다. 학사의 관서가 이곳에 있어 '한
림원'의 별칭으로 쓰였다.

온 나라에 안개에 꽃 피어
옥 수레[42]로 봄 순행 가셨어라

萬國烟花玉輦春　●●○○●●○
　　　 1 2 3 4 5 5 7　만국연화옥련춘
온│나라│안개│꽃에│옥 수레로│봄 순행한다

모두 골격이 하나같으나, 유충기의 시가 특히 섬장贍壯하다.

　有一好事者, 集聲律七字聯評之, 第其上下. 屬予曰 "彼雄深奇妙古
雅宏遠之句, 必反覆詳閱, 久而後得味. 故學者不悅, 如工部詩之類
也. 今所集若干聯, 皆一見卽悅之語, 可以資補閑, 君其錄於後編." 觀
其所評, 皆不法古人, 新以臆論之, 尙有可取, 列之于左. 新警如文順
公「萬日寺樓」云 "渡了幾人舟自泛, 噪殘孤虎鳥猶鳴." 含蓄如芮學士
樂全「閑居」云 "萬里行裝春已暮, 百年計活夜何長?" 婉麗如文順公「夏
日卽事」云 "密葉翳花春後在, 薄雲漏日雨中明." 淸峭如皇祖「北山寺」
云 "墮檻松聲淸刮夜, 倚空山骨冷磨秋." 俊壯如金翰林克己云 "天馬
足驕千里近, 海鰲頭壯五山輕." 富貴如趙祭酒伯琪, "鶯花別院笙歌
咽, 車駕高門劍佩鳴." 精彩如文順公「甘露寺」云 "霜花照日添秋露,
海氣干雲散夕霏." 飄逸如陳補闕「江上」云 "風吹釣叟帆邊雨, 山染沙
鷗影外秋." 淸遠如皇祖「北山聖居寺」云 "別洞白雲欹枕送, 到山明月
卷簾迎." 奇巧如文順公「興聖寺」云 "走藤遇曲難成杖, 臥木因高偶作
梯." 志寓如李司成百全「東山溪亭」云 "地側逆流雖湊北, 時平沔水會
朝東." 優游如文順公「乞退後」云 "周行世界閑僧坐, 遍閱夫郞老妓休."
感懷如文順公「病中」云 "病憶故人空有淚, 老思明主若爲情?" 豪易如

---

42) 옥련玉輦은 제왕이 타는 옥으로 장식한 수레이다.

李眉叟, "林間出沒幾多屋, 天外有無何處山?" 淸駿如文順公「北寺樓」
云 "閑雲頃刻成千狀, 流水尋常作一聲." 金翰林云 "多情塞月圓還缺,
少格山花落又開." 幽博如金翰林, "讖雨廢池蛙閣閣, 相風枯樹鵲査
査." 文順公「興聖寺」云 "厭雪寒麕爭穴燥, 避風幽鳥擇枝低." 明媚如
金翰林, "雨送紫茸歸野蕨, 風催靑子上江梅." 文順公, "雨晴草色連
空綠, 風暖梅花度嶺香." 此二聯一骨, 而 "雨送" 之聯其氣飄然. 爽豁
如鄭舍人「嶺南寺樓」云 "一溪明月憑欄夜, 萬里淸風卷箔天." 文順公
「北山寺」云 "半壁夕陽飛鳥影, 滿山秋月冷猿聲."「龍潭寺」云 "萬柳影
中南北路, 一溪聲裏兩三家." 皆一骨也, "萬里淸風" 之語尤佳. 華艶
如外王父上李諫議純祐云 "誥筆暖霑紅藥露, 朝衣輕颺紫薇風." 又上
奇相國云 "滿衣花影朝溫室, 一徑松陰退冷齋." 李眉叟, "風細佩聲傳
紫禁, 日高花影上紅墻." 又云 "日照花塼迎醉步, 月和蓮燭映回廊."
外王父, "花院雨晴紅露泣, 筠階日午碧霜乾." 此五聯皆一骨也, "滿
衣花影" 之語, 句格尤勝. 佼壯如皇祖上文烈公「西征」云 "一聲鼓角靑
山裂, 萬里旌旗白日濛. 掃盡河山還聖主, 洗回風月付詩翁. 三鼇山
峻忠誠壯, 五鳳樓高國手雄." 文順公「占韻賦晉康公第蟠松」云 "乾坤
摠入吹噓內, 草木猶榮顧眄前." 崔承制宗蕃「登高望長安」云 "十川蛇
遶平章洞, 三峴龍蟠學士家.【世稱松京五宅, 皆學士家, 在三峴中.】" 此五
聯皆一骨也, 上文烈公三聯, 最爲淸雄. 壯麗如劉司成冲基「初入新都」
云 "海爲門作琉璃闕, 山自花開錦繡都.【壬辰, 移居海上花山.】" 金翰林
莘鼎「新都夜直」云 "一江風月金門遠, 萬國烟花玉輦春." 皆一骨而劉
尤贍壯.

※ 시속이 좋아할 만한 칠언시 시구를 모아 21가지 품격으로 나누고 그 우열을 구분하였다. 한 호사가가 시도한 평론이다. 이를 최자가 수용하여 기록한 것이다. 21가지 품격은 신경新警, 함축含蓄, 완려婉麗, 청초清峭, 준장俊壯, 부귀富貴, 정채精彩, 표일飄逸, 청원淸遠, 기교奇巧, 지우志寓, 우유優游, 감회感懷, 호이豪易, 청사淸駛, 유박幽博, 명미明媚, 상활爽豁, 화염華艷, 교장佼壯, 장려壯麗이다.

서경 가요와 옛 개경 도성의 마을 가요
"절령 솔바람 소리 만 개 골짜기에서 울리네"

의종이 서도(평양)에 행차했을 때, 황주黃州의 관기管記로 있던 학사
백광신白光臣[1]이 가요를 올렸다.

동선[2] 시냇물은 　　　　洞仙溪水千年色　●○○●○○
천 년의 빛으로 흘러가고 　　1　3 4 5 6 7　동선계수천년색
절령[3] 솔바람 소리 　　　동선은│시내│물이│천│년│색을 띠고│
만 개 골짜기에서 울리네 　　嵒嶺松風萬壑聲　●●○○○●○
　　　　　　　　　　　　　　1　3 4 5 6 7　절령송풍만학성
　　　　　　　　　　　　│절령은│솔│바람이│만│골짝에│소리 낸다│

진양공晉陽公은 손녀[4]가 동궁(원종)의 배우가 되어 아들을 낳은 뒤에,
종실 제왕諸王에게 연회를 베풀고 여덟 동洞의 음악을 공연하게 하여
관람하였다. 【옛 도성의 여러 방坊[5] 중에서 십이동十二洞으로 불리는 열두
동에 저마다 이악里樂이 있었다. 이것이 천도하면서 모두 폐지되고 말았다.

---

1) 백광신白光臣(1138~?)은 판비서성사 한림 학사로 치사하여, 74세에 최당의 기로
   회에 들어갔다.
2) 동선洞仙은 황해도 황주에 속한 지명이다. 동선역洞仙驛이 있다. 후에 절령嵒嶺의
   길이 폐지되어 역을 봉산鳳山으로 옮겼다.
3) 절령嵒嶺은 서경과 개경을 잇는 황해도 봉주의 자비령慈悲嶺을 이른다. 절령역嵒
   嶺驛이 있다.
4) 최우의 외손녀 정순왕후靜順王后 김씨金氏(1222~1237)이다.
5) 방坊은 개경의 행정구역 단위이다. 태조가 개경을 5부部로 나누고 방坊과 리里
   를 둔 뒤로, 몇 차례 변화를 거쳤다. 현종 15년(1024) 기록에 따르면, 5부는 동
   부, 남부, 서부, 북부, 중부이다. 동부에는 7방과 70리가 있다. 남부에는 5방과
   71리가 있다. 서부에는 5방과 81리가 있다. 북부에는 10방과 47리가 있다. 중부
   는 8방과 75리가 있다. 『고려사 지리지地理志』.

진양공이 이때 다시 여덟 동洞에게 공연하게 하여 그 음악을 하나하나 감상한 것이다.】

동산동東山洞은 아래 가요歌謠를 공연하였다.

동산의 노래
'중휘'6)를 네 번 외치고
중악의 소리는
'만세'를 세 번 외치네*

東山曲是重輝四	○○●●○○
1 1 3 7 4 4 6	동산곡시중휘사
동산 곡은 이고 중휘를 네 번 외친 것	

中岳聲爲萬歲三	○○●○○●○
1 1 3 7 4 4 6	중악성위만세삼
중악 소린 이다 만세를 세 번 외친 것	

원주*【견자산見子山이 중악中岳인데, 그 동洞에서도 음악을 공연했다.】

화산동花山洞7)은 아래 가요를 공연하였다.

종실 한 가문의 옛 신하가8)
삼한에서 모이고
여덟 마을이 생황 노래로
'만세'를 외치네

一門簪履三韓會	●○○○●○●
1 2 3 3 5 5 7	일문잠리삼한회
한 가문 옛 신하들 삼한에서 모이고	

八洞笙歌萬壽聲	●●○○●●○
1 2 3 4 5 5 7	팔동생가만수성
여덟 마을 생황 노래로 만수를 외친다	

---

6) 중휘重輝는 제왕의 덕이 빛나고, 왕세자의 덕이 겹[重]으로 빛남을 칭송하는 말이다. 태자 시절의 한 명제漢明帝를 악인樂人이 「일중광日重光」, 「월중륜月重輪」, 「성중휘星重輝」, 「해중윤海重潤」이라는 가시歌詩 네 장章을 지어 찬양한 적이 있다. 『천중기天中記 태자太子』.

7) 화산동花山洞은 국자감이 있는 마을이다.

8) 잠리簪履는 오래 사용한 비녀와 신발이다. 옛 신하를 빗댄 것이다. 공자가 연못가에서 몹시 슬프게 우는 여인을 발견하고, 그 이유를 묻게 하였다. 그 여인은 시초를 캐다가 시초로 만든 오래된 비녀를 잃었다고 답하였다. 『한시외전』. 오나라에 패한 초나라 소왕昭王이 달아나다가 신이 벗겨지자, 30보를 되돌아가서 신을 찾았다. 신하들이 이유를 묻자, 함께 돌아가고 싶어서라고 답하였다. 오래된 물건을 소중하게 여긴 것이다. 『신서 유성諭誠』.

이 세 연이 같은 격식으로 되어있다.

毅廟幸西都時, 白學士光臣, 管記黃州, 上歌謠云 "洞仙溪水千年色,
臣嶺松風萬壑聲." 晉陽公孫女配東宮, 生男後, 公宴宗室諸王, 陳八
洞樂觀之.【舊京諸坊, 號十二洞, 各有里樂, 及遷都皆廢. 晉陽公更爲八洞, 閲
其樂.】東山洞進歌謠云 "東山曲是重輝四, 中岳聲爲萬歲三.【見子山爲
中岳, 其洞亦進樂.】" 花山洞云 "一門簪履三韓會, 八洞笙歌萬壽聲." 此
三聯, 一格也.

※ 서경에 행차한 의종을 위해 백광신이 마련한 자리에서 연주된 서
경 가요와 최우가 자기 외손녀가 원종의 왕자 충렬왕을 낳은 것을
축하하기 위해 마련한 자리에서 연주된 개경 가요를 소개하였다. 최
우의 외손녀는 정순왕후 김씨이다. 1235년에 태자에 책봉된 원종과
혼례를 올려 태자비가 되었으며, 1236년에 충렬왕을 낳고 이듬해 세
상을 떠났다. 이를 근거로 최우가 종실의 제왕을 초대하여 연회를
베풀고 개경 가요를 들려준 시기를 1236년으로 특정할 수 있다. 최
우가 초대한 제왕諸王은 공公, 후侯, 백伯 및 사도司徒와 사공司空을 아
울러 일컫는 호칭이다. 『고려사 종실전宗室傳』 서문에 따르면, 종실
중에서 임금과 관계가 가깝고 존귀한 자가 공에 책봉되고, 그다음
이 후가 되고, 관계가 먼 자가 백이 되고, 어린 자가 사도와 사공이
된다. 이들을 아울러 제왕으로 일컫는다고 한다.

^하3. 옛 고사와 어휘와 문자를 활용하는 여덟 가지 수법

"게으름 많은 두보는 머리 빗지 않았네"

무릇 고사故事를 사용하는 방법은 서로 다르다. 혹은 명호名號를 사용하고, 혹은 언행言行을 사용한다. 대체로 용사를 구사한 시에는 신의新意를 갖춘 경우가 드물다. 오직 가차假借하여 사용한 것이어서, 신의가 있는 듯이 보이지만, 실제로는 사실과 어긋난다.

미수眉叟가 이렇게 읊었다.

도잠은 늙어
비로소 술 끊었고¹⁾
게으름 많은 두보는
머리 빗지 않았네²⁾

老去陶潛方止酒	●●○○○●●
1 2 3 3 5 7 6	로거도잠방지주
늙어	감에	도잠은	비로소	끊고	술		

慵多杜叟不梳頭	○○●●○○
1 2 3 3 7 6 5	용다두수불소두
게으름	많은	두보	않았다	빗지	머리	

이는 옛사람 이름을 사용한 것이다. 또 이렇게 읊었다.

불로 달려드는 빙씨자(우박)
어찌 뒤좇으랴만³⁾

附熱肯追氷氏子	●●●○○●●
2 1 6 7 3 3 3	부열긍추빙씨자
붙는	열기에	기꺼이	좇을까	빙씨자	

---

1) 도잠陶潛의 글자를 풀이하면, 질그릇에 자맥질한다는 뜻이 된다. 곧 이름 때문인지 술독에 빠져 지내다가 늙은 뒤에야 비로소 술을 끊었다고 익살맞게 말한 것이다.

2) 두수杜叟의 글자를 풀이하면, 두문불출杜門不出하는 노인이라는 뜻이 된다. 몹시 게을러 문을 닫아걸고 바깥 출입을 하지 않기에 머리도 빗지 않았다고 익살맞게 말한 것이다.

3) 빙씨자氷氏子는 우박을 의인화한 호칭이다. 불로 뛰어드는 우박처럼 자기 분수를 무시하고 부귀공명을 좇다가 신세를 망치는 자를 뒤따르지 않는다는 말이다.

공방형(돈)과 절교한 건[5]

몹시 안타까워라

絕交偏恨孔方兄	●○○○●○○
2 1 6 7 <u>3</u> <u>3</u> <u>3</u>	절교편한공방형
끊은	사귐	몹시	원망한다	공방형을	

이는 가짜 사람 이름을 사용(의인화)한 것이다. 또 이렇게 읊었다.

동굴에 책을 감춘

진나라 박사가 되어야지[6]

'한나라 정서장군'을 묘에 씀을

어찌 바랄까?[7]

要作洞中秦博士	●●●○○●●
7 6 1 2 3 4 4	요작동중진박사
요하니	됨을	동굴	안	진나라	박사가	

何須墓上漢征西	○○●●●○○
1 7 2 3 4 <u>5</u> <u>5</u>	하수묘상한정서
어찌	요할까	무덤	위에	한	정서라고 씀을	

이는 옛사람 관직명을 사용한 것이다. 황조皇祖(할아버지 최윤인)는 이렇게 읊었다.

빙청은 거울을 걸어두고서

한미한 선비 맞이하고

상서는 기강 세워

등 따신 공경 경계한다네[8]

氷廳掛鏡容寒士	○○●●○○●
<u>1</u> <u>1</u> 4 3 7 5 6	빙청괘경용한사
빙청은	걸어	거울	용납하고	추운	선비	

霜署提綱激暖卿	○●○○●●○
<u>1</u> <u>1</u> 4 3 7 5 6	상서제강격난경
상서는	세워	기강	권한다	따뜻한	공경	

---

4) 공방형孔方兄은 돈을 의인화한 호칭이다. 옛 동전에 네모 구멍이 있어 이렇게 이른다.

5) 절교絶交는 혜강嵇康의 「여산거원절교서與山巨源絶交書」 내용을 빌려, 돈과 인연 없음을 말한 것이다.

6) 학문에 뜻을 둔다는 말이다. 진박사秦博士는 진나라 유학 박사에 오른 복생伏生을 이른 듯하다. 진시황이 서적을 불태우자 『상서』를 벽에 감추었다고 한다.

7) 입신양명에 뜻이 없다는 말이다. 한정서漢征西는 한나라 정서장군征西將軍을 이른다. 조조曹操가 처음에 전군교위典軍校尉가 되었을 때, 역적을 토벌하고 공을 세워 장차 자기 묘비에 "한나라 고 정서장군 조후의 묘[漢故征西將軍曹侯之墓]'라고 쓰고 싶다고 말한 바 있다. 『자치통감 한기漢紀』.

8) 빙청氷廳은 예부의 별칭이고, 상서霜署는 어사대의 별칭이다. 거울처럼 얼어

가짜로 관명官名을 사용한 것이다. 문순공文順公은 이렇게 읊었다.[9]

| 오직 술 때문에 멀쩡한 수레에서 떨어진 취한 자처럼[10] | 墮車醉者只全酒 ●○●●○○
2 1 3 3 5 7 6 타거취자지전주
\|떨어진\|수레\|취객\|단지\|성하니\|술에\| |
| 항아리로 물 긷던 노인에게 무슨 기심 있었으랴?[11] | 把甕丈人寧有機 ●●○○○○●○
2 1 3 3 5 7 6 파옹장인녕유기
\|품은\|옹기\|장인\|어찌\|가졌을까\|기심을\| |

옛사람 말을 사용한 것이다. 황조皇祖(최윤인)는 이렇게 읊었다.

| 낮은 벼슬로 한평생인데 누가 사슴 얻을 수 있으랴?[12] | 薄宦一生誰得鹿 ●●●○○●●
1 2 3 4 5 7 6 박환일생수득록
\|박한\|벼슬\|한\|평생에\|뉘\|얻을까\|사슴\| |
| 천 리 밖 친구 그대여 물고기 같은 내 맘 알겠지[13] | 故人千里子知魚 ●○○○●○○
1 2 3 4 5 7 6 고인천리자지어
\|옛\|친구\|천\|리 밖\|그대가\|안다\|물고기를\| |

붙은 물 위 빙판과 하얗게 내려앉은 찬 서리를 빗댄 듯하나 분명하지 않다.

9) 『동국이상국전집』에 「신유년(1201) 5월에 초당에서 한가하게 일없이 있으면서 동
산을 꾸미고 마당을 쓰는 여가에 두보 시를 읽고 성도 초당에서 지은 시의 운을
써서 한적한 즐거움을 기록하다[辛酉五月草堂端居無事理園掃地之暇讀杜詩用成都草堂詩韻
書閑適之樂]」라는 제목으로 실려있다. 연작시 5수의 마지막 시 경련이다.

10) 술에 취한 자가 수레에서 떨어져도 상처가 적고 멀쩡한 것은, 술에 취한 덕에 생
사를 잊고 정신이 온전하게 지켜졌기 때문이라는 말이다. 항아리로 물을 긷던 한
음 노인처럼 기심이 없어서 가능한 것이다. 『열자 황제黃帝』.

11) 자공子貢이 한음漢陰에서 만난 한 노인이 항아리로 물을 길어 밭에 뿌리는 것을
보고 기계를 쓰라고 권하였다. 이에 노인이 "기계를 쓰는 자는 반드시 기교를 부
리고, 기교를 부리는 자는 반드시 기심機心을 가진다고 한다."라고 하였다. 『장
자 천지天地』.

12) 득록得鹿은 높은 지위에 올라 입신양명함을 뜻하는 말로 썼다. 본래 천하를 얻거
나 제위帝位를 얻음을 뜻하는 말이다. 『사기 회음후열전』, "진나라가 사슴을 잃
자 천하가 모두 이를 쫓았다.[秦失其鹿, 天下共逐之.]"

13) 지어知魚는 친구 마음을 이해함을 뜻하는 말로 썼다. 본래 '물고기 처지에서 물고
기 즐거움을 이해한다'라는 말이다. 대개 천성이 세상일과 어긋나 벼슬을 버리고

473

옛사람 말을 차용借用한 것이다. 【'사슴을 얻다[得鹿]'라는 말은, 본디 '낮은 벼슬[薄宦]'에 호응하는 말이 아니다. '물고기를 알다[知]'라는 말은, 본디 '옛 친구[故人]'와 관계없는 말이다. 모두 차용하여 짝을 맞춘 것이다.】

문순공文順公은 이렇게 읊었다.[14)]

세상살이 얕고 깊은 맛을
이미 맛보고서[15)]

世味淺深曾染指 ●●●○○●●
1 2 3 4 5 6 7　세미천심증염지
|세상|맛|천|심|일찍|묻혀 맛보고|손에|

인생 득실을 낚을 생각
이미 잊었어라[16)]

人生得失已忘蹄 ○○●●○○
1 2 3 4 5 6 7　인생득실이망제
|사람|살이|득|실|이미|잊었다|올가미 생각|

'손가락에 묻혀 맛보다[染指]'는 옛사람 고사를 차용한 것이고, 【위 시에서 '물고기를 알다[知魚]'라는 말을 차용한 것 같다.】 '올가미를 잊다[忘蹄]'는 옛사람 말을 차용한 것이다. 차용借用을 여러 시인이 중시한 것이다. 그러나 정교하게 사용하지 않으면, 반대 뜻이 되고 말도 생경해진다.

직강 윤우일尹于一과 직강 조문발趙文拔이 함께 국학(국자감)에 있을 때, 시위試闈(국자감시)에 응시했다. 조문발이 이런 시를 지었다.

산수에서 유유자적하려는 자의 뜻을 헤아린다는 말로 쓰인다. 『장자 추수秋水』, "그대가 물고기가 아닌데, 물고기 즐거움을 어찌 알겠는가?[子非魚, 安知魚之樂.]"

14) 앞에 인용한 연작시 5수의 셋째 수 경련이다.

15) 염지染指는 솥에 담긴 음식을 손끝에 묻혀서 맛본다는 말이다. 세상살이 맛을 여러 경험을 통해 알았다는 뜻을 빗댄 것이다.

16) 망제忘蹄는 무엇을 얻을 마음조차 잊었음을 이른다. 토끼를 포획하고 나서 사용하던 올가미[蹄]를 잊게 되듯이, 인생 득실을 꾀하려는 욕심이 사라졌다는 말이다. 『장자 외물外物』, "올가미는 토끼를 잡는 도구이다. 토끼를 얻고 나면 올가미를 잊는다.[蹄者所以在兎, 得兎而忘蹄.]"

비가 내릴 듯 말 듯하여

하늘 절반만 웃고

바람도 달빛도 없어

밤이 완전히 귀먹었어라

欲雨欲晴天半笑	●●●○○●●
2 1 4 3 5 6 7	욕우욕청천반소
듯	비	올	듯	갤	하늘	절반이	웃고

無風無月夜全聾	○○○○●○○
2 1 4 3 5 6 7	무풍무월야전롱
없고	바람	없어	달	밤이	완전	귀먹었다

윤우일이 오랫동안 음미하더니, 이렇게 말하였다.

"이는 옛사람이 말한 '차자借字(글자 차용)'라는 것이다. 매우 정교하
게 되었다."

凡用故事不同, 或名號或言行. 大抵用事之聯, 罕有新意. 唯假借爲
用, 如有新意, 然失實. 眉叟云"老去陶潛方止酒, 慵多杜叟不梳頭."
此用古人名. 又云"附熱肯追氷氏子, 絶交偏恨孔方兄."此假用名. 又
云"要作洞中秦博士, 何須墓上漢征西."用古人官. 皇祖云"氷廳掛
鏡容寒士, 霜署提綱激暖卿."假用官名. 文順公云"墮車醉者只全酒,
把甕丈人寧有機."用古人語. 皇祖云"薄宦一生誰得鹿? 故人千里子
知魚."借用古人語.【'得鹿'之語, 非指薄宦, "知魚"之說, 不關故人, 此皆借
用.】文順公云"世味淺深曾染指, 人生得失已忘蹄.""染指", 借用古
人事.【與上"知魚", 借用語同.】"忘蹄", 借用古人語. 詩家貴借用, 然用
之不工, 則意反而語生. 尹直講于一·趙直講文拔, 同在國學, 考藝試
闈. 趙作詩云"欲雨欲晴天半笑, 無風無月夜全聾." 尹吟味良久曰"此
古人所謂'借字', 甚工也."

※ 옛 고사와 어휘와 문자를 활용하는 여덟 가지 수법을 소개하였다. 곧 '옛사람 이름 사용[用古人名]', '가짜 사람 이름 사용[假用名]', '옛사람 관직명 사용[用古人官]', '가짜 관직명 사용[假用官名]', '옛사람 말 사용[用古人語]', '옛사람 말 차용[借用古人語]', '옛사람 고사 차용[借用古人事]', '글자 차용[借字]'이다.

ㅎ4. 경물을 포착하고 묘사하는 여러 가지 수법

"발자국은 승려 지팡이 따라 천태로 들어가네"

황조皇祖(할아버지 최윤인)가 「9월 25일 저녁달[九月二十五日夜月]」에서 이렇게 읊었다.

<table>
<tr><td>시원하게 부치던 부채¹⁾</td><td>已將凉扇藏秋篋 ●○○●○○●
1 4 2 3 7 5 6　이장량선장추협</td></tr>
<tr><td>벌써 가을 상자에 넣어뒀는데</td><td>이미│들어│찬│부채│뒀는데│가을│궤짝에│</td></tr>
<tr><td>점점 찬 갈고리 모양으로²⁾</td><td>漸見寒鉤掛曉簾 ●●○○○●○
1 7 2 3 6 4 5　점견한구괘효렴</td></tr>
<tr><td>새벽 발에 걸려 보이네</td><td>점점│본다│찬│갈고리│걸림을│새벽│발에│</td></tr>
</table>

체물體物(경물 포착)이 정묘精妙하다.

문순공文順公이 「흰색을 읊은 이수³⁾의 시에 화운한 시에 다시 차운하다[再三和李需詠白]」에서 이렇게 읊었다.⁴⁾

<table>
<tr><td>홀처럼 흰 달빛이</td><td>笏光朝未退 ●○○●●
1 2 3 5 4　홀광조미퇴</td></tr>
<tr><td>아침에도 지지 않는데</td><td>홀│빛이│아침에│않으니│물러나지│</td></tr>
</table>

---

1) 양선凉扇은 시원하게 부치는 부채이다. 중의적 표현으로 둥근 모양의 단선團扇과 달을 뜻한다.

2) 한구寒鉤는 걷어 올린 발을 고정할 때 쓰는 갈고리다. 그 모양을 취하여 눈썹달에 빗대었다.

3) 이수李需는 자가 낙운樂雲이고, 초명이 종주宗胄이다. 문학에 능하여 최우에게 총애받았다. 벼슬은 상서예부 시랑에 이르렀다.

4) 『동국이상국집』에 「학사 이백전, 시랑 갈남성, 낭중 임성간이 '흰색을 읊은 시'에 화답한 시에 차운하다[次韻李學士百全葛侍郎南成林郎中成幹和詠白詩]라는 제목으로 실려있다. 18운 36구로 되어있다. 처음에 이수가 '흰색을 읊은 시'를 창작하고, 여러 사람이 차운하여 시를 지은 듯하다.

477

<table>
<tr><td>창문 밝은 빛에
취기가 비로소 걷히네</td><td>窓色醉方醒 ○●●○○
1 2 3 4 5　창색취방성
|창문|빛에|취기가|비로소|깬다|</td></tr>
</table>

또한 기경奇警하다.

강일용康日用이 「어전에서 치른 시험에서 정해진 운을 써서 눈을 읊다[御試占韻賦雪]」에서 이렇게 읊었다.

<table>
<tr><td>눈 밟는 소리는 위포⁵⁾로
어부 도롱이 좇아 돌아가고
발자국은 승려 지팡이 따라
천태⁶⁾로 들어가네</td><td>聲逐漁簑歸渭浦 ○●○○○●●
1 4 2 3 7 5 5　성축어사귀위포
|소리|좇아|어부|도롱이|돌아가고|위포로|
迹隨僧杖入天台 ●○○○●●○
1 4 2 3 7 5 5　적수승장입천태
|자취|따라|승려|지팡이|들어간다|천태로|</td></tr>
</table>

이 시는 강운强韻으로 압운한 것이 매우 정교하다.

내가 북조北朝(금나라)에 들어가 옛 연燕나라 지역 촌가村家의 벽에 적힌 시를 보았다.

<table>
<tr><td>봄에 앞서 비 내려
개화가 빠르더니
가을 뒤에 서리 내리지 않아
낙엽이 더디 지네</td><td>春前有雨花開早 ○○●●○○●
1 2 4 3 5 6 7　춘전유우화개조
|봄|전에|있어|비|꽃|핌이|이르고|
秋後無霜葉落遲 ○●○○○●○
1 2 4 3 5 6 7　추후무상엽락지
|가을|뒤|없어|서리|잎|짐이|더디다|</td></tr>
</table>

---

5) 위포渭浦는 주나라 강태공姜太公이 도롱이 차림으로 문왕을 기다리며 낚시하던 위수渭水를 이른다.

6) 천태天台는 천태종의 본산 천태산을 이른다. 이 산에 주석하던 수나라 지의智顗가 북제 혜문선사慧文禪師의 종지를 이어받아 『법화경』을 토대로 천태종을 개창했다. 천태종은 고려에 전해져 불교의 핵심이 되었다.

곁에 '정확하다[端的]'라고 쓰여 있다. 이는 아마도 서사敍事와 대속對屬이 정확하다는 뜻일 것이다.

정여령鄭與齡이 「갈대를 읊은 문의공[7]의 시에 화운하다[和文懿公葦詩]」에서 이렇게 읊었다.

초록 봄 싹이 돋는 날에	春芽綠日河豚上	○○●●○○●
복어 올라오고	1 2 3 4 5 6 7	춘아록일하돈상
	봄│싹│초록인│날│강│복어│올라오고	
가을 잎에 단풍 들 때	秋葉黃時塞鴈來	○●○○●●○
변방 기러기 날아온다네	1 2 3 4 5 6 7	추엽황시새안래
	가을│잎│누런│때│변방│기러기│온다	

이 시는 부물賦物(경물을 읊음)이 정확하다. 서사敍事가 부물에 미치지 못한다. 세상에 전하기를, 문의공(최선)이 정여령의 이 시구를 보고서 이렇게 말했다고 한다.

"내 시를 감히 이 시와 같은 시판에 놓을 수 없겠다."

이어서 자기 시를 지워버렸다는 것이다. 이는 사람들이 과하게 말한 것일 뿐이다. 정여령의 시를 보면 비록 정확하기는 하지만, 신진新進이 초에 표시한 시간 내에 경물을 읊어내는 '급작急作'이라 불리는 형식으로 지어낸 것과 같다.

예전에 동관童冠[8] 시절에 하과회夏課會[9]에 나갔다가 정해진 운자를

---

7) 문의공文懿公은 최선崔詵(1138~1209)의 시호이다.(상-13 참조)

8) 동관童冠은 어린아이와 관을 쓴 어른을 이른다.(중-36 참조)

9) 하과회夏課會는 매년 여름에 사찰에 가서 경서를 학습하던 모임이다. 최충이 운영한 문헌공도는 여름마다 귀법사歸法寺 승방을 빌려서 하과夏課를 진행했다. 이때 급제한 선배 중에 학문이 뛰어나면서 관직에 있지 않은 자를 교도敎導로 삼아 구경九經과 삼사三史를 가르치게 했다. 『고려사 최충전崔冲傳』.

써서 급작으로 창작한 「토란土卵」에서 이렇게 읊었다.

토란 심을 때 비둘기가
비로소 새끼 먹이고
수확하는 날에는
기러기가 처음 찾아오네

種時鳩始乳 ●○○●●
1 2 3 4 5 종시구시유
|심을|때|비둘기|비로소|새끼 먹이고|

收日雁初賓 ○●●○○
1 2 3 4 5 수일안초빈
|거두는|날|기러기|처음|손님이 된다|

이것도 같은 시체이다.
「앵도櫻桃」에서는 이렇게 읊었다.

여름에 따 온 열매가
천 개 구슬이니
봄에는 가지에 온통
눈송이처럼 꽃 피었었겠지

摘來夏實珠千顆 ●○○●●○○
3 3 1 2 5 6 7 적래하실주천과
|따 오니|여름|열매|구슬이|천|알이고|

想得春花雪一枝 ●●○○○●○
3 3 1 2 5 6 7 상득춘화설일지
|생각하니|봄|꽃|눈처럼|온|가지에 폈다|

이것도 골격은 하나같다. 지어낸 형식이 다를 뿐이다.
어떤 두 서생이 '교상絞床'[10]을 읊었다. 그중 한 서생은 이렇게 읊었다.

아래로 짓눌려 쓰러질까 두려워
기둥을 엇갈려 받치고
중간이 내려앉을까 싫어하여
줄을 많이 얽었어라

下恐壓顚擎柱錯 ●●●○○●●
1 4 2 2 6 5 7 하공압전경주착
|밑이|겁내|뭉개짐|받쳐|기둥|교차하고|

中嫌陷落絡繩多 ○○●●●○○
1 4 2 2 6 5 7 중혐함락락승다
|중간이|꺼려|꺼짐을|얽음|새끼|많다|

---

10) 교상絞床은 노나 끈으로 얽어 만든 걸상이다. 『고려사 군례지軍禮志』, "왕이 소복
차림으로 나와서 교상에 앉는다.[王素服, 出坐絞床.]"

다른 서생은 이렇게 읊었다.

푸른 적삼 선비 곁에선
은혜받을 일 적더니[11]
화각 소리 연주하는 데서
뜻을 이룸이 많아라[12]

靑衫影裏承恩少	○○●●○○○
1 2 3 4 6 5 7	청삼영리승은소
푸른 적삼 그늘 속에서 받음 은혜 적고	

畫角聲中得意多	●●○○●●○
1 2 3 4 6 5 7	화각성중득의다
채색 뿔피리 소리 속에서 얻음 뜻 많다	

"짓눌려 쓰러지다[壓顚]"의 연은 뜻은 정교하나 말이 자잘하다[意巧語瑣]. "푸른 적삼[靑衫]"의 말은 신진이 급작으로 지어낼 수 있는 것이 아니다. 바로 노숙한 선비의 말이다.

시랑 이수李需가 남에게 부탁받아서 주필로 엮은 「칼집[鞘子]」에서 이렇게 읊었다.

씌워놓은 가죽에서 아직
장군 기질 풍기고
옻칠에서 여전히
국사의 위풍 느껴지네
칼을 붙들지 못할까 두려워
중간을 점차 좁히고

裹皮尙有將軍質	◑○●●○○●
1 2 3 7 4 4 6	과피상유장군질
씌운 가죽에 아직 있고 장군의 기질	

著漆猶存國士風	●●○○●●◎
1 2 3 7 4 4 6	착칠유존국사풍
칠한 옻에 아직 남았다 국사의 기풍	

恐管不留中漸窄	●●◑○○●●
4 1 3 2 6 5 7	공관불류중점착
겁내 잡아 못함 붙들지 중간 점차 좁히고	

---

11) 청삼靑衫은 서생이나 낮은 벼슬아치가 입는 푸른 적삼이다. 교상은 서생 곁에서 쓸모가 적다는 말이다.
12) 화각畫角은 채색하여 장식한 뿔피리이다. 주로 군중에서 쓰였다. 뿔피리 연주하는 술자리에서 교상의 쓸모가 더욱 많아진다는 말이다.

많은 먼지 쌓일까 싫어
끝을 가늘게 뚫었어라[14)]

惡塵多滯下微通 ●○⊙◐●○◎[13)]
4 1 2 3 5 6 7　오진다체하미통
싫어｜먼지｜많이｜쌓임｜밑을｜작게｜뚫었다

　　"고정함을 두려워하다[恐錧]"의 연과 "짓눌려 쓰러지다[壓顚]"의 연은
어격語格이 서로 같다. "공恐", "유留", "오惡" 세 글자를 사용한 것은
특히 생소生疎하기는 하지만, 세상 사람에게 칭송받았다. "씌워놓은
가죽[裹皮]"과 "옻칠[著漆]"은 모두 평범한 말이다. 만약 "씌워놓은 가
죽[裹革]"과 "옻칠한 몸체[漆身]"로 바꾼다면, 이 연이 볼만해질 것이다.

　　皇祖「九月二十五日夜月」云"已將涼扇藏秋篋, 漸見寒鉤掛曉簾."體
物精妙. 文順公「再三和李需詠白」云"笏光朝未退, 窓色醉方醒."亦
爲奇警. 康日用「御試占韻賦雪」云"聲逐漁簑歸渭浦, 迹隨僧杖入天
台."此押强韻, 甚工. 予入北朝, 見故燕地村家壁上題, "春前有雨花
開早, 秋後無霜葉落遲."傍書曰"端的", 此殆謂敍事對屬端的也. 鄭
與齡和文懿公葦詩云"春芽綠日河豚上, 秋葉黃時塞鴈來."此賦物端
的也, 敍事不及賦物. 世傳, 文懿公見與齡此句曰"吾詩不敢與此同
板", 遂削之, 此言之者過耳. 觀鄭詩雖端的, 是新進刻燭賦物, 號爲
急作者之體也. 昔爲童冠, 赴夏課會, 占韻急作「土卵」云"種時鳩始乳,
收日雁初賓."亦其體. 「櫻桃」云"摘來夏實珠千顆, 想得春花雪一枝."
此亦一骨而異體. 有二生賦絞床, 一曰"下恐壓顚擎柱錯, 中嫌陷落

13) □평기측수 구식을 사용하였다. 상평성 '동東' 운에 맞추어 '風, 通'으로 압운하였다.
14) 칼집이 칼을 붙들어 고정하지 못할까 하여 중간부터 아래쪽으로 점차 폭을 좁혀
　　조이게 만들고, 또 칼집 끝에 먼지가 고일까 하여 작은 구멍을 뚫어서 통하게 만
　　들었다는 말이다.

絡繩多." 一日 "靑衫影裏承恩少, 畫角聲中得意多." "壓顚"之聯, 意巧語瑣, "靑衫"之語, 非新進急作, 乃老儒語也. 李侍郎需, 被人請走筆賦「鞘子」云 "裹皮尙有將軍質, 著漆猶存國士風. 恐管不留中漸窄, 惡塵多滯下微通." "恐管"之聯與"壓顚"之聯, 語格同. 其使"恐"·"留"·"惡"三字, 尤生且疎, 然爲時俗所尙. "裹皮"·"著漆", 皆常談也. 若改爲"裹革"·"漆身", 此聯有可觀. ⌐

※ 경물 특징을 포착하고 시어로 읊어내는 것을 체물體物과 부물賦物로 나누어 살피면서, 이를 서사敍事에 견주었다. 또 급작急作과 주필走筆로 창작한 시를 소개하여 신진新進과 노유老儒의 성취 차이를 구별하여 보여주었다.

하5. 기운은 생동함을 높이고 시어는 원숙함을 추구한다
"간밤 추운 소식은 병 속 얼음에서 깨닫네"

시 평론에 이런 말이 있다.

"기운[氣]은 생동함[生]을 높이고, 시어[語]는 원숙함[熟]을 추구한다. 처음 배울 때의 기운이 생동하면, 나중에 장년에 이르러 기운이 초일[逸]해진다. 장년의 기운이 초일하면, 나중에 노년에 이르러 기운이 호매[豪]해진다."

문순공文順公이 소년 시절에 주필走筆로 창작한 시가 모두 기운이 생동하여 뭇사람 입에 회자하였다. 예컨대 「문장로가 지어 준 시에 차운하여 짓다[次韻文長老見贈]」에서 이렇게 읊었다.[1]

달게 자는 공부는	睡美工夫深巷雨 ●●○○○●●
깊은 골목 비 내릴 때 하고	1 2 3 3 5 6 7 수미공부심항우
	잠 달콤한 공부 깊은 골목 비에 하고
간밤 추운 소식은	夜寒消息一瓶氷 ●○○○●●○○
병 속 얼음에서 깨닫네	1 2 3 3 5 6 7 야한소식일병빙
	밤 추운 소식 한 병의 얼음에 안다

또 이렇게 읊었다.[2]

---

1) 『동국이상국집』에 「진군이 다시 화답하여 또 차운하여 주다[陳君復和又次韻贈之]」라는 제목으로 실려있다. 칠언율시의 5, 6구 경련이다.
2) 『동국이상국집』에 「동년 윤의·진식과 진화가 찾아왔기에 유 빈객 시의 운을 사용하여 각각 짓다[尹同年儀陳同年湜陳澕見訪用劉賓客詩韻各賦]」라는 제목으로 실려있다. 칠언율시의 5, 6구 경련이다.

시구 몇 편 짓느라
한가한 중에 마음 쫓기고
한판 바둑 두는 소리로
고요 속에 요란하네

數篇詩句閑中迫 ●○○●○○●
1 2 3 4 5 6 7　수편시구한중박
|몇|편|시|구로|한가한|중에|쫓기고|

一局棊聲靜裡喧 ●●○○●●○
1 2 3 4 5 6 7　일국기성정리훤
|한|판|바둑|소리|고요한|속|시끄럽다|

또 이렇게 읊었다.

한 골짜기 안개와 노을은
누리는 부귀요
두 봉우리 솔과 달은
학이 살아가는 터전이라네[*]

一洞烟霞僧富貴 ●●○○○●●
1 2 3 4 5 6 6　일동연하승부귀
|한|골짝|안개|노을은|승려의|부귀이고|

兩峰松月鶴生涯 ●○○●●○○
1 2 3 4 5 6 6　량봉송월학생애
|두|봉우리|소나무|달은|학의|생애다|

원주[*]【이 절이 두 봉우리를 마주하고 있다.】

아침저녁 새 소리
문밖 나무에서 들려오고
예나 지금이나 사람들 그림자
길가 연못에 비추었어라³⁾

朝暮鳥聲門外樹 ○●●○○●●
1 2 3 4 5 6 7　조모조성문외수
|조|석으로|새|소리|문|밖|나무에|있고|

古今人影路傍潭 ●○○●●○○
1 2 3 4 5 6 7　고금인영로방담
|고|금에|사람|그림자|길|곁|못에|비친다|

또 이렇게 읊었다.⁴⁾

---

3) 『동국이상국집』에 「여주 정천사에 있는 의 선사의 야경루에 쓰다[題黃驪井泉寺誼師
野景樓]」라는 제목으로 실려있다. 12운(24구) 칠언시의 7, 8구이다.

4) 『동국이상국집』에 「화답하여 봉성에 유숙함을 읊다[和宿峰城]」라는 제목으로 실려
있다. 12운(24구) 칠언시의 7, 8구이다. 앞 구 '階'가 '溪'로 되어있다. 『동문선』에
는 「봉성현에 유숙하다[宿峯城縣]」라는 제목으로 되어있다.

섬돌 대나무는 그늘에 가려
새순이 크지 않는데
뜰 매화는 비에 젖어
열매에 비로소 살이 오르네

階竹困陰孫未長 ○●●○○●●
1 2 4 3 5 7 6　계죽곤음손미장
|섬돌| 대| 곤해| 그늘에| 자손이| 않고| 자라지|

庭梅飽雨子初肥 ○○●●●○○
1 2 3 4 5 6 7　정매포우자초비
|뜰| 매화| 불러| 비에| 자식| 처음| 살찐다|

또 이렇게 읊었다.

아름다운 술 만난 얼굴
두 뺨 쉽게 붉고
미인을 만난 눈은
한 눈길도 외면하기 힘드네

顔逢美酒雙紅易 ○○●●○●○
1 4 2 3 5 6 7　안봉미주쌍홍이
|얼굴은| 만나| 좋은| 술| 두 뺨| 붉기| 쉽고|

眼爲佳人一白難 ●●○○●●○
1 4 2 3 5 6 7　안위가인일백난
|눈은| 때문에| 좋은| 이| 한 번| 백안시도| 어렵다|

숲에 가득한 하얀 눈꽃은
원숭이 뛰어 부서지고
절벽 비추는 석양빛
우는 새 소리에 잦아드네[5]

滿林白雪猿跳破 ●○●●○●○
2 1 3 4 5 6 7　만림백설원도파
|찬| 숲에| 흰| 눈은| 원숭이| 뛰어| 부서지고|

半壁斜陽鳥喚殘 ●●○○●●○
1 1 3 4 5 6 7　반벽사양조환잔
|반벽에| 기운| 햇볕| 새가| 불러| 쇠한다|

대 뿌리가 땅을 가르며
용 허리처럼 구불구불 뻗었고
섬돌에 너풀거리는 파초 잎은
봉새 꼬리처럼 기다랗네[6]

竹根擘地龍腰曲 ●○●●○○○
1 2 4 3 5 6 7　죽근벽지룡요곡
|대| 뿌리| 가르며| 땅| 용| 허리로| 굽었고|

蕉葉翻堦鳳尾長 ○●○○●●○
1 2 4 3 5 6 7　초엽번계봉미장
|파초| 잎| 엎쳐| 섬돌에| 봉| 꼬리로| 길다|

---

5) 『동국이상국집』에 「저물녘 절에 이르러 술을 조금 마신 뒤에 피일휴 시의 운을
사용하여 각기 짓다[日晚到寺小酌用皮日休詩韻各賦]라는 제목으로 실려있다. 칠언율
시의 3, 4구 함련이다. 뒤의 구 '斜陽'이 '紅暉'로 되어있다.
6) 『동국이상국집』에 「천룡사에 우거하면서 짓다[寓居天龍寺有作]라는 제목으로 실려

두꺼비 배 벼루가 차가워　　蟾腹硯寒書易凍　○●●○○●●
　　　　　　　　　　　　　1 2 3 4 5 6 7　섬복연한서이동
글씨도 쉽게 얼어붙고　　　|두꺼비|배|벼루|추위|글씨|쉽고|얼기|

사자 발 화로 따뜻해　　　狻蹄鑪煖坐慵遷　○○●●●○○
　　　　　　　　　　　　　1 2 3 4 5 6 7　예제려란좌용천
자리 옮김을 게을리한다네　|사자|발|화로|따뜻해|앉아|게을다|옮김|

바둑 구경한 남은 흔적은　觀棋遺迹衣生皺　○○○●○○●
　　　　　　　　　　　　　2 1 3 4 5 7 6　관기유적의생추
옷에 생긴 주름이요　　　|구경|바둑|남은|자취|옷에|생기고|주름|

술 줄인 기특한 공은　　　省酒奇功語減喧　●●○○○●○
　　　　　　　　　　　　　2 1 3 4 5 6 7　생주기공어감훤
시끄러운 말 줄어든 것이네[7]　|줄인|술|기특한|공으로|말에|준다|소란함|

　"절벽에 비추는 석양[半壁斜陽]"은 어격語格이 청상淸爽하고, "술 줄인 기특한 공[省酒奇功]"은 기운이 생동하고 시어가 원숙하다[氣生語熟]. "예나 지금이나 사람들 그림자[古今人影]"는 말이 비록 진부하나, 담아낸 뜻이 신선하다. "한가한 중에 마음 쫓기다[閑中迫]"의 연은 말은 얕지만, 뜻은 얕지 않다.

　무의자無衣子[8]가 태학 학생이었을 때 지은 「밤에 길을 가다[野行]」에서 이렇게 읊었다.

광주리 팔에 낀 뽕 밭 여인은　臂筐桑女盛春色　●○○○●○●
　　　　　　　　　　　　　　2 1 3 4 7 5 6　비광상녀성춘색
봄빛을 주워 담고　　　　　|팔에 든|광주리|뽕밭|여인|담고|봄|빛|

─────────────

있다. 칠언율시의 5, 6구 경련이다. 앞 구 '擘'이 '迸'으로, 뒤의 구 '翻堦'가 '當窓'으로 되어있다.

7) 『동국이상국집』에 「다음 날에 윤군이 다시 화답하였기에 차운하여 답을 보내다[明日尹君復見和次韻寄答]」라는 제목으로 실려있다. 칠언율시의 5, 6구 경련이다.

8) 무의자無衣子는 진각국사眞覺國師 혜심慧諶(1178~1234)의 자호이다. 조계산 보조국사普照國師를 찾아가 출가했다. 속명은 최식崔寔이다.

삿갓 쓴 도롱이 노인은
머리에 빗소리를 얹었어라

頂笠蓑翁戴雨聲	●●○○○●●
2 1 3 4 7 5 6	정립사옹대우성

| 쓴 | 삿갓 | 도롱이 | 노인 | 이었다 | 비 | 소리 |

진 보궐陳補闕은 이렇게 읊었다.

바위에 닿은 나무 허리
구부정히 뒤틀리고
땅에 스미는 시냇물 자락에
잔물결 사그라지네

觸石槎枒成磊碨	●●●○○●●
2 1 3 4 7 5 5	촉석수요성뢰외

| 닿은 | 바위에 | 나무 | 허리 | 되고 | 구부정함 |

入地泉脚失潺湲	●●○○●●○○
2 1 3 4 7 5 5	입지천각실잔원

| 스민 | 땅에 | 샘물 | 자락 | 잃는다 | 잔물결을 |

"광주리 팔에 끼다[臂筐]"의 시구는 기운과 말이 모두 생동하여, 세상
사람에게 칭송받았다. "바위에 닿다[觸石]"의 연은 기운은 비록 생동하
지만, 말은 오히려 원숙하다. 노숙한 시인조차 깜짝 놀라게 만든다.

詩評曰"氣尙生, 語欲熟. 初學之氣生, 然後壯氣逸, 壯氣逸, 然後老
氣豪."文順公少年時走筆, 皆氣生之句, 膾炙衆口. 如次韻文長老見
贈云"睡美工夫深巷雨, 夜寒消息一瓶氷."又"數篇詩句閑中迫, 一
局棋聲靜裡喧."又"一洞烟霞僧富貴, 兩峰松月鶴生涯.【其寺對兩峰.】"
"朝暮鳥聲門外樹, 古今人影路傍潭."又"階竹困陰孫未長, 庭梅飽雨
子初肥."又"顔逢美酒雙紅易, 眼爲佳人一白難.""滿林白雪猿跳破,
半壁斜陽鳥喚殘.""竹根擘地龍腰曲, 蕉葉翻堦鳳尾長.""蟾腹硯寒書
易凍, 猊蹄鑪煖坐慵遷.""觀棋遺迹衣生皺, 省酒奇功語減喧.""半壁
斜陽", 語格淸爽, "省酒奇功", 氣生語熟. "古今人影", 辭雖已陳, 屬
意則新, "閑中迫"聯, 辭淺而意不淺. 無衣子爲大學生時, 「野行」云"臂

筐桑女盛春色, 頂笠蓑翁戴雨聲." 陳補闕云 "觸石樹掛腰成磊磈, 入地
泉脚失潺湲." "臂筐" 之句, 氣與語俱生, 爲時俗所尙. "觸石" 聯, 氣雖
生, 語猶熟, 雖詩老亦驚. 」

※ 원숙한 시어[語]와 생동하는 기운[氣]을 구현한 이규보 및 무의자
와 진화의 시를 소개하였다. 기운을 인생 시기에 따라 초학지기初學
之氣, 장기壯氣, 노기老氣로 구분하고 각각 생生, 일逸, 호豪로 그 특징
을 규정하고 있어 흥미를 끈다.

하6. 성명이 같은 옛사람의 고사를 써서 창화한 시

"잉어를 타던 신선 집안 후손이라네"

무릇 시는 아름다움을 기록[紀美]하거나 자기 일을 서술[自敍]한다. 어느 경우건 간에 모두 사실에 맞게 해야 한다. 간혹 성명이 같은 사람에 얽힌 고사故事를 사용하기도 한다. 이렇게 하면 정밀하고 해박하다[精博]는 평가를 받는다.

문정공 조충趙沖이 최홍윤崔洪胤과 금의琴儀 두 재상이 창화한 시에 화운하여 읊었다.

貴系題鷹後 ●●○○○
1 2 4 3 5 귀계제응후
|귀한|가계니|시 읊은 자|매를|후예고|

仙源駕鯉孫 ○○●●○
1 2 4 3 5 선원가리손
|신선|원류니|탄 자의|잉어|후손이다|

새매를 노래하던
귀한 가문의 후예요[1]
잉어를 타던
신선 집안 후손이라네[2]

성姓이 같은 사람의 고사를 사용하였다.

---

1) 최홍윤이 당나라 최현崔鉉의 후손이라는 말이다. 최현이 어린 시절에 한황韓滉을 만났더니, 한황이 시렁 위 새매를 가리키며 시로 읊게 하였다. 최현이 즉시 한 수를 지어 올리자, 한황이 기특하게 여겨 "이 아이는 전도가 창창하다[前程萬里]" 라고 하였다. 『당시기사 최현崔鉉』.
2) 금의가 전국 시대 선인仙人 금고琴高의 후손이라는 말이다. 금고는 도술로 물에 젖지 않을 수 있었다. 기주冀州와 탁군涿郡 사이에서 2백여 년 동안을 노닐었다. 한번은 탁수涿水 물속으로 들어가면서 용의 새끼를 타고서 나오겠다고 하더니, 과연 붉은 잉어를 타고서 나타났다고 한다. 『열선전 금고琴高』.

<table>
<tr><td>같은 골짝에서</td><td>谷同鸎放手 ●○○●●
 1 2 3 5 4　곡동앵방수
 |골짝|같은 데서|꾀꼬리를|놓고|손에서|</td></tr>
<tr><td>꾀꼬리를 놓아주고[3]</td><td></td></tr>
<tr><td>계수나무 은혜를</td><td>年別桂分恩 ○●●○○
 1 2 3 5 4　년별계분은
 |해가|다른 때|계수나무로|나눴다|은혜|</td></tr>
<tr><td>다른 해에 나눠 받았네[4]</td><td></td></tr>
</table>

이는 아름다움을 기록하면서 사실에 맞게 한 것이다. 최홍윤과 금의가 모두 충숙공忠肅公(문극겸) 문하에서 장원으로 급제했기 때문에 이렇게 말했다.

최상崔相(최홍윤)이 다시 화운하여 읊었다.

<table>
<tr><td>뜰의 난초는</td><td>庭蘭同舊臭 ○○○●●
 1 2 5 3 4　정란동구취
 |뜰의|난초는|같고|옛|냄새와|</td></tr>
<tr><td>옛 향기 여전히 풍기고[5]</td><td></td></tr>
<tr><td>문 앞 죽순은</td><td>門筍接新孫 ○●●○○
 1 2 5 3 4　문순접신손
 |문 앞|죽순은|맞이한다|새|자손을|</td></tr>
<tr><td>새순을 맞이했어라[6]</td><td></td></tr>
</table>

자기 일을 서술하면서 사실에 맞게 하였다.

---

3) 같은 골짜기는 동문同門인 것을 의미하고, 꾀꼬리를 손에서 놓아주었다는 것은 과거에 급제한 것을 의미한다. "깊은 골에서 나와, 높은 나무에 오르네."(『시경 벌목伐木』)에서 비롯된 말이다. 이인로는 한문준이 세 차례 과거를 주관한 일에 대해 "골짜기에서 날아오르는 꾀꼬리를 세 번 놓아주었네.[三回谷口放遷鸎.]"(『한상국문준만사韓相國文俊挽詞』)라고 하였다.

4) 최홍윤은 1173년에 장원 급제하고, 금의는 1184년에 장원 급제하였다. 모두 문극겸의 문생이다. 과거 급제를 계수나무 한 가지를 얻거나 꺾은 것에 빗대어 말한다. 『진서 극선전郤詵傳』.(상-48 참조)

5) 뜰의 난초는 집안 자제를 뜻한다. 최홍윤이 아버지 최관崔灌(?~1152)을 훌륭히 계승하여 옛 향기를 그대로 풍긴다고 말한 것이다.(상-9 참조)

6) 문 앞의 죽순은 문하의 문생을 뜻한다. 새순은 새 문생을 이른다. 최홍윤이 네 차례 과거를 주관하여 선발한 문생이 많아서, 사람들이 "옥순문생玉筍門生"이라고 하였다. 『신증동국여지승람 해주목海州牧 최홍윤』.

붓을 들어
남은 별을 읊조리고[7]
전란에 겨울 햇살처럼
은혜 베풀었네[8]

弄翰殘星詠	●●○○●
2 1 3 4 5	롱한잔성영
놀려	붓을	남은	별을	읊고

臨戎愛日恩	○○●●○
2 1 3 4 5	림융애일은
임해	전란	사랑의	해처럼	은혜롭다

성이 같은 사람의 고사를 사용하면서 아울러 사실에 맞게 하였다.
고원 손득지孫得之가 화운하여 올린 시에서 이렇게 읊었다.

잃음이 많아
'득'자 이름을 저버리고
아이가 적어
'손'자 성에 부끄럽네

失多名負得	●○○○●
1 2 3 5 4	실다명부득
잃음이	많아	이름인	어긋나고	득에

兒少姓慙孫	○●●○○
1 2 3 5 4	아소성참손
아이가	적어	성씨인	부끄럽다	손에

凡詩紀美自敍, 皆要其得實. 或用同姓名故事, 是謂精博. 趙文正公
和崔·琴兩相國唱和詩云"貴系題鷹後, 仙源駕鯉孫." 用同姓事. "谷
同鸎放手, 年別桂分恩." 此紀美得實, 崔·琴皆忠肅公門下, 壯元故也.
崔相復和云"庭蘭同舊臭, 門筍接新孫." 自敍得實. "弄翰殘星詠, 臨

---

7) 당나라 최종崔淙이 일월성신의 변화 현상을 국가 치란治亂에 빗대어 「오성동색부
五星同色賦」를 읊었다. 동성同姓인 최홍윤이 재상으로서 국정을 보좌한 일을 빗댄
듯하다.
8) 애일愛日은 따뜻한 겨울 해를 이른다. 거란과 여진이 저지른 침략을 막아낸 동성
同姓 조충의 인품을 빗대었다. 춘추 시대 가계賈季가 "조최는 겨울 해이고, 조돈
은 여름 해이다[趙衰冬日之日也, 趙盾夏日之日也.]"라고 인물을 평했다. 두예가 "겨울
해는 사랑스럽고, 여름 해는 두렵다[冬日可愛, 夏日可畏.]"라고 풀이했다. 『춘추좌
씨전 문공文公 7년』.

戎愛日恩."用同姓并得實也. 誥院<u>孫得之</u>和進云"失多名負得, 兒少
姓慼孫."此用同姓名之字, 爲自敍也. ⌐

> ※ 성명이 같은 옛사람의 고사를 활용하여 세 시인이 창화한 차운시
> 세 수를 소개하였다. 앞에 있는 두 연은 조충이 측기측수 구식으로
> 지은 시 한 수를 나누어놓은 것이다. 1, 2구와 3, 4구에 해당한다.
> 다음 두 연은 최홍윤이 평기측수 구식으로 지은 시 한 수를 나누어
> 놓은 것이다. 역시 1, 2구와 3, 4구에 해당한다. 마지막 손득지의 시
> 는 평기측수 구식으로 지은 시의 1, 2구에 해당한다. 모두 상평성 '원
> 元' 운에 맞추어 '손孫'과 '은恩'으로 압운하였다.

하7. 대구를 얻지 못한 강일용의 해오라기 시

"푸른 산의 허리를 날아서 가르네"

직강 하천단河千旦이 나를 찾아와서 말했다.

"강일용康日用이 해오라기[鷺鷥]를 이렇게 읊었습니다.[1]

푸른 산의 허리를
날아서 가르네

飛割碧山腰 ○●●○○
1 5 2 3 4　비할벽산요
|날아서|벤다|푸른|산|허리를|

이어서 다시 애를 써서 읊조려보았으나, 걸맞은 대구를 얻어내지 못했습니다. 그런데 나중에 미수眉叟(이인로)가 아래의 대구를 얻어 『파한집』에 실었습니다.

높은 나무 꼭대기를
차지하여 깃드네

占巢喬木頂 ●○○○●●
1 5 2 3 4　점소교목정
|점해|둥지 깃든다|높은|나무|꼭대기에|

무릇 뒤를 이어서 보완하는 것은 좋은 일입니다만, 가구佳句를 얻지 못했다면, 그대로 둬야 합니다. 어째서 미수는 스스로 자기 부족함을 저렇게 드러낸 것입니까? 당신은 이를 삭제하십시오."

내가 대답하였다.

"『파한집』에 실린 이야기 중에, 정사인鄭舍人(정지상)이 도성 문 앞에까지 갔다가 되돌아간 이야기[2]와 황빈빈黃彬彬[3]이 통곡하면서

---

1) 강일용 이야기는 『파한집』 상-22에 보인다.
2) 정지상 이야기는 『파한집』 상-22에 보인다.

누에서 내려간 이야기[4]는 지나친 듯합니다. 하지만 선각의 말을 함부로 잘못되었다고 할 수는 없습니다. 더구나 '점소교占巢喬'를 '비할벽飛割碧'의 대구로 삼은 것은 원숙한 솜씨입니다. 어찌 지울 수 있겠습니까?"

하천단이 내 거절에 노하여 갑자기 나가서 가버렸다. 당시 자리에 손님 두세 명이 함께 있었다. 이들이 한참 음미해보더니 이렇게 말하는 것이었다.

"각자 대구를 지어봅시다."

곧 저마다 대구를 읊었다.

푸른 풀 얼굴에	立拳靑草面 ●○○●●
서서 주먹질하네	1 5 2 3 4　립권청초면
	서서 | 주먹질한다 | 푸른 | 풀 | 얼굴에

푸른 언덕 머리를	起穿靑壠首 ●○○●●
날아올라 지나가네	1 5 2 3 4　기천청롱수
	일어나 | 뚫고 간다 | 푸른 | 언덕 | 머리를

붉은 여뀌 정강이에	睡偎紅蓼脛 ●○○●●
졸면서 기대네	1 5 2 3 4　수외홍료경
	졸면서 | 기댄다 | 붉은 | 여뀌 | 정강이에

맑은 연못 얼굴(수면)을	立窺淸沼面 ●○○●●
서서 엿보네	1 5 2 3 4　립규청소면
	서서 | 엿본다 | 맑은 | 못의 | 얼굴을

---

3) 황빈빈黃彬彬은 김황원金黃元을 오기한 것이다.
4) 김황원 이야기는 『파한집』 중-22에 보인다.

밝은 달 옆구리를
울면서 지나가네

叫穿明月脇　●○○●●
1 5 2 3 4　규천명월협
울면서 ┃뚫고 간다 ┃밝은 ┃달 ┃옆구리를

각자 뛰어남을 다투었다. 내가 장난스럽게 말하였다.

"강일용과 이인로 두 노인이, 어찌 그대들이 읊은 이런 정도의 시
구를 말할 줄을 몰랐겠는가?"

손님들이 껄껄 웃으며 자리를 파하였다.

河直講千旦訪予曰"康日用賦鷺鷥云'飛割碧山腰', 苦吟未得對. 後
眉叟對云'占巢喬木頂', 載之『破閑』. 凡續補是好事, 如未得佳句則
已. 何眉叟自揚己短如彼乎? 君其削去."子對曰"『破閑』所載, 鄭舍
人至都門而返, 黃彬彬慟哭下樓, 似乎過矣. 然先覺之言, 不敢擅非.
況以'占巢喬', 對'飛割碧', 熟矣. 何削?"河怒其拒, 突出便去. 時座
有兩三客, 吟味良久曰"請各對之."曰"立拳靑草面", 或"起穿靑瓏
首", 或"睡偎紅蓼脛", 或"立窺淸沼面", 或"叫穿明月脇", 爭自爲
勝. 子戲曰"康·李兩老, 豈不能道儞輩此等句也?"客呵呵而罷.

"예전에 신친과 함께 계수나무 가지 꺾은 분이라네"

승선 조백기趙伯琪¹⁾는 문정공(조충)의 아들이다. 약관 나이에 과거 급제하였다. 몇 년이 지나지 않았을 때, 허리에 서대犀帶²⁾를 차고 친의사襯衣使가 되어 청풍현淸風縣³⁾을 지나게 되었다. 당시 정종후井宗厚⁴⁾라는 자가 그곳에서 감무監務⁵⁾로 일하고 있었다. 그가 무릎을 꿇어 큰절하고 다가가서 이렇게 말하는 것이었다.

"저는 당신의 부친(조충)과 동방同榜(동년 급제)입니다. 불행하게도 침체하여 있다가 거의 70세가 되어서야 겨우 이 직임을 얻게 되었습니다."

조백기가 깜짝 놀라서 일어나더니, 자리에서 물러서서 재배한 뒤에 시를 지어주었다.

푸른 적삼⁶⁾ 입고	青衫門外白頭翁 ○○ŏ●●○○
문밖에 계시는 백발노인이	1 2 3 4 5 6 7 청삼문외백두옹
	푸른 적삼의 문 밖 흰 머리 노인이

---

1) 조백기趙伯琪는 조충趙沖의 아들이다. (하-1 참조)
2) 서대犀帶는 무소뿔로 장식하여 관복 위에 착용하는 서각대犀角帶이다.
3) 청풍현淸風縣은 제천 일대의 옛 지명이다. 현종 9년(1018)에 충주목에 편입하고 이후 감무監務를 두었다.
4) 정종후井宗厚는 가계와 행적이 전하지 않는다.
5) 감무監務는 현령을 두지 않는 작은 현의 수령을 이른다.
6) 청삼青衫은 서생이나 낮은 벼슬아치가 입는 푸른 적삼이다.

예전에 선친과 함께
계수나무 가지 꺾은⁷⁾ 분이라네
동방들은 전부
경상의 귀인 되었거늘
가련하게 칠십 세에도
청풍에 계시네

曾共先人折桂叢 ○●○○●●○
1 4 2 2 7 5 6 증공선인절계총
일찍 함께 선인과 꺾었다 계수 떨기

同榜盡爲卿相貴 ○●●○○●●
1 1 3 7 4 5 6 동방진위경상귀
동방이 전부 되었는데 경 상 귀인

可憐七十在淸風 ●○●●●○○⁸⁾
1 1 3 4 7 5 5 가련칠십재청풍
가련하게 칠 십에 있다 청풍에

당시는 조백기가 20여 세 때인데도, 시어가 벌써 노련하였다.

趙承宣伯琪, 文正公之子. 弱冠擢第, 不數年腰犀爲襯衣使, 過淸風
縣. 其監務井宗厚, 膝行膜拜而進曰"我是嚴君同榜, 不幸陸沈, 年將
七十, 始得此任." 趙驚起, 避席再拜, 作詩贈之曰"靑衫門外白頭翁,
曾共先人折桂叢. 同榜盡爲卿相貴, 可憐七十在淸風."時趙年二十餘,
詩語已老.

---

7) 과거 급제를 계수나무 가지를 얻은 것에 빗대므로 이렇게 말한 것이다.(중-5 참조)
8) □평기평수 구식을 사용하였다. 상평성 '동東' 운에 맞추어 '翁, 叢, 風'으로 압운
   하였다.

소나무 그림 시에 차운한 선비 황보관의 시
"푸른 수염 한 노인이 구름 봉우리에서 늙었어라"

상국 최보순崔保淳[1]이 성랑省郎[2] 벼슬에 있었을 때다. 선비 황보관
皇甫瓘[3]이 찾아가서 뵈니, 상국이 소나무 그림에 시를 적어넣은 두루
마리 화폭을 꺼내어 보여주었다. 황보관이 즉시 차운하여 시를 지어
적혀 있던 시의 뒤에 붙여서 써놓았다.

푸른 수염 한 노인이	蒼髥一叟老雲峰 ○○●●○○
	1 2 3 4 5 6 7　창염일수로운봉
	푸른│수염│한│노인│늙어│구름│봉에서
구름 봉우리에서 늙었어라	
수묵으로 초상 그리고	水墨傳眞號是松 ●●○○○●○
	1 1 4 3 5 7 6　수묵전진호시송
	수묵으로│옮기니│진영│호가│이다│솔
소나무라 부르네	
끝없는 그 자손	無限子孫今滿洞 ○●●○○●●
	2 1 3 4 5 7 6　무한자손금만동
	없는│끝│자│손│지금│찼는데│골짝에
지금 골짜기에 가득한데	
이 나무[4]가 남긴 음덕을	大夫餘蔭有誰蒙 ●○○○●●○[5]
	1 1 3 4 6 5 7　대부여음유수몽
어느 자손이 입을까?	대부가│남긴│음덕│있어│누가│입을까

---

1) 최보순崔保淳은 최보순崔甫淳(1162~1229)으로 보인다. 예부 상서 최균崔均의 아들이
   다. 이부 시랑, 우간의대부 등을 거쳐 수태사 판이부사守太師判吏部事에 올랐다.
2) 성랑省郎은 문하성門下省, 첨의부僉議府, 도첨의사사都僉議使司 등에 딸린 낭사郎舍
   에서 간관諫官 역할을 맡아 간쟁諫諍과 봉박封駁에 관한 일을 보던 관원이다.
3) 황보관皇甫瓘은 상-49 참조.
4) 대부大夫는 소나무를 이른다. 소나무를 대부송大夫松, 오대부송五大夫松이라고 한
   다. 진시황이 태산에 올라가 빗돌을 세우고 천지에 제사하고 내려올 때였다. 갑
   자기 몰아치는 비바람을 피해서 소나무 아래에서 쉬게 되었다. 이 일로 인해서
   그 소나무를 오대부로 봉했다고 한다. 『사기 진시황본기秦始皇本紀』.
5) □평기평수 구식을 사용하였다. 상평성 '동冬' 운과 통운에 해당하는 '동東' 운에
   맞추어 각각 '峰, 松'과 '蒙'으로 압운하였다.

상국이 깜짝 놀라면서 말하였다.

"이 사람은 반드시 용두龍頭를 차지할 것이다."

나중에 과연 성균시成均試(국자감시)에서 부원副元(2등)을 차지하였고, 얼마 지나지 않아 다시 문과에서 장원을 차지하였다.

崔相國保淳爲省郞時, 措大皇甫瓘往謁, 相國以畫松詩卷子示之. 皇卽次韻聯寫曰"蒼髯一叟老雲峰, 水墨傳眞號是松. 無限子孫今滿洞, 大夫餘蔭有誰蒙." 相國驚曰"此郞必占龍頭." 後果作成均試副元, 未幾又作金榜第一人.

하10. 개경 궁성 옛터에 자란 오동나무를 읊은 안진의 시
"너를 베어 훈풍금을 제작하리라"

기유년(1249) 중춘에 일이 있어서 옛 도성에 갔었다. 모두 황량한 언덕에 빈터만 남아 있었다. 오직 대관전大觀殿[1] 옛터에 외로운 오동나무 한 그루가 자라서 이미 한 아름 굵기가 되어 있을 뿐이었다. 날이 저무니 서쪽 기슭에서 두견새 우는 소리가 들려왔다. 슬픔을 견딜 수 없었다. 새벽에 일어나서 보니, 벽 사이에 절구시 두 수가 적혀 있었다. 중수도감重修都監 서리胥吏에게 물었다.

"누가 지은 시입니까?"
"부사副使 안진安搢이 써놓은 것입니다."

첫 번째 시에서 이렇게 읊었다.

일만 가옥 불타서	萬家煨燼一無遺 ●○○●●○◎
	1 2 3 3 5 7 6 　만가외신일무유
남은 것 하나 없는데	만|집|재 되어|하나|없는데|남은 것
대관전 터 오동나무	殿上生桐自底時 ●●○○●●◎
	1 2 3 4 7 5 6 　전상생동자저시
언제부터 자랐나?	전|위|자라는|오동|부턴가|어느|때
만일 내가 늙어	我老萬分觀再造 ●●○◎○●●
	1 2 3 3 7 5 6 　아로만분관재조
나라 재건함을 본다면	내가|늙어|만일|본다면|다시|세움

---

1) 대관전大觀殿은 상-20 참조.

너를 베어
훈풍금을 제작하리라[3]

薰風琴用汝當支 ○○○●●○○[2]
1 1 1 5 4 7 6　훈풍금용여당지
훈풍금을｜써서｜널｜충당한다｜쓰임에

두 번째 시에서는 이렇게 읊었다.

뜻하지 않게 소쩍새가
옛 도읍에 날아와

不意皇都有子規 ●●○○●●○[2]
2 1 3 3 7 5 5　불의황도유자규
않게｜뜻하지｜도읍에 있어｜자규가

밤새워 달을 향해 울어대어
시름겹게 만드네

終宵啼月使人悲 ○○○●●○○
2 1 4 3 6 5 7　종소제월사인비
새워｜밤｜울어｜달을｜시켜｜사람｜슬퍼진다

가만히 옛일이 생각나서
줄줄 눈물 흘리고

潛思往事汍瀾泣 ○○○●●○○●
1 4 2 3 5 5 7　잠사왕사환란읍
몰래｜생각나｜지난｜일｜줄줄｜눈물 나고

새벽에 외로운 오동나무 곁에서
「서리」[5] 시를 읊어라

曉傍孤桐詠黍離 ●●○○●●○[4]
1 4 2 3 7 5 5　효방고동영서리
새벽에｜곁에서｜외로운｜오동｜읊는다｜서리

이 시가 비록 경책警策은 아니지만, 즉사卽事로 자상하게 읊어내어
마음을 애잔하게 만든다.

---

2) ▢평기평수 구식을 사용하였다. 상평성 '지支' 운에 맞추어 '遺, 時, 支'로 압운하
　였다.
3) 훈풍금薰風琴은 성군이 선정을 베풀어 태평해진 세상에 연주하는 악기를 이른다.
　순임금이 오현금五絃琴을 연주하며 부른 남풍가南風歌에 "남풍이 훈훈하니 우리
　백성이 화를 풀 수 있고, 남풍이 때맞게 부니 우리 백성이 재물을 늘릴 수 있네.[南
　風之薰兮, 可以解吾民之慍兮, 南風之時兮, 可以阜吾民之財兮.]"라고 했다. 『예기 악기樂記』.
4) ▢측기평수 구식을 사용하였다. 상평성 '지支' 운에 맞추어 '規, 悲, 離로 압운하
　였다.
5) 「서리黍離」는 『시경』의 시이다. 낙양으로 천도한 동주 대부가 옛 도읍 호경 궁궐터
　에 기장이 자라는 모습을 목격하고 안타까운 심경을 담아 읊은 것이라고 한다.

己酉仲春, 因事到古京, 皆丘墟, 有孤桐生大觀殿古址, 已拱矣. 及日暮, 子規啼西麓, 不忍潛然. 曉起見壁間有二絶, 問重修都監胥吏"是誰作也?"答云"是副使安撎所書." 其一曰"萬家煨燼一無遺, 殿上生桐自底時. 我老萬分觀再造, 薰風琴用汝當支."二曰"不意皇都有子規, 終宵啼月使人悲. 潛思往事汎瀾泣, 曉傍孤桐詠「黍離.」"此詩雖非警策, 卽事備詳可哀.

하11. 상주의 상원사로가 최자에게 올린 시

"상군이 오신다네 무성한 꽃이어도 기뻐하네"

내가 상락上洛(상주)에서 장서掌書[1]로 일하였고, 나중에 오두遨頭(수령)[2]가 되어서 다시 부임하였다. 이때 거처하던 청사廳事 뒤편의 난간을 터서 작은 연못에 임할 수 있게 만들고, "불로정不勞亭"이라고 이름 붙였다. 그 앞에 화초와 대나무를 심어놓았다.

임기를 마치고 교대한 뒤로 4년째 되는 정미년(1247) 봄에는, 옥으로 제작한 부절을 차고 나가서 동남로東南路를 진무하는 일을 수행하였다. 이때 순행하는 길에 상락을 지나게 되었었다. 그런데 목수牧守를 비롯하여 향교 유생들까지 모두 노래와 시와 인引과 계문을 올리려고 모여들어 거리를 가득 메웠다.

그중에 나이가 칠팔십 남짓 되는 대로大老 4명이, 스스로 "상원사로尙原四老"라고 부르면서 짧은 인引과 함께 절구로 읊은 시 4수를 올렸다.

첫 번째 시에서 이렇게 읊었다.

이전에 낮은 관리가
이젠 높은 관리 되었으니[3]

前	爲	藍	袖	後	朱	轓	○○○●●○○
1	4	2	3	5	6	7	전위람수후주번
전에	이고	남색	소매	뒤에	붉은	수레니	

---

1) 장서掌書는 지방에 파견되어 행정 문서 및 조정에 올리는 문서 등을 담당하였다. 최자는 강종 1년(1212) 문과에 급제하여 상주 사록尙州司錄이 되었다.

2) 오두遨頭는 수령의 별칭이다. 최자는 고종 때 상주 목사로 있다가 갑진년(1244) 봄에 물러났다.(중-5 참조) 송나라 때 성도成都 사람들이 4월 19일에 완화계浣花溪에 나가 연회를 즐겼다. 이때 참석한 수령을 오두라고 불렀다고 한다. 육유陸游,『노학암필기老學菴筆記』

3) 남수藍袖는 낮은 관원의 남색 의상을 이르고, 주번朱轓은 붉은 휘장을 씌운 고관

공처럼 정사가 으뜸인 자는[4]
옛날에도 없었네
풀이 우거진 감옥 문에서[5]
범 새끼 낳았던 일이
지금까지 미담으로
전해진다고 하네

政最如公古未聞 ●●○○●●◎
1 2 4 3 5 7 6　정최여공고미문
|정사|으뜸이|같음|공|전에|못했다|듣지|

草綠圓門虎生子 ●●○○●◔●
1 2 3 3 5 7 6　초록원문호생자
|풀|푸른|원문에|호랑이|낳으니|새끼|

至今傳作美談云 ◔○◔●●○◎[6]
1 1 3 6 4 4 7　지금전작미담운
|지금까지|전해|되었다고|미담|한다|

두 번째 시에서는 이렇게 읊었다.

불로정 가에
온갖 꽃이 피었으니
이 고을 다스리던 예전에[7]
손수 심은 것이라오
떠나신 뒤로는
내내 봄빛도 적막하더니
상군[8]이 오신다니
무정한 꽃이어도 기뻐하네

不勞亭畔百花開 ◔○◔●●○◎
1 1 1 4 5 6 7　불로정반백화개
|불로정|가에|백|가지|꽃이|피었으니|

曾是爲州手自栽 ◔●○●●●◎
1 4 2 2 5 6 7　증시위주수자재
|전에|이어서|수령|손수|직접|심었다|

去後春光猶寂寞 ●●○○○●●
1 2 3 4 5 6 6　거후춘광유적막
|떠난|뒤|봄|빛도|오히려|적막하더니|

無情亦喜相君來 ○○●●●○◎[9]
2 1 3 7 4 4 6　무정역희상군래
|없어도|정|또한|기뻐한다|상군|옴을|

의 수레를 이른다.

4) 정최政最는 관료의 업무 실적을 평가하는 도목정사都目政事에서 최고 성적을 얻었음을 이른다.

5) 원문圓門은 옥문獄門을 이른다. 억울하게 옥에 갇힌 강엄江淹이 건평왕에게 글을 올려 "하관이 원문에서 원통함을 품고 옥호에서 분함을 머금고 있습니다.[下官抱痛圓門, 含憤獄戶.]"(『예건평왕상서詣建平王上書』)라고 하였다.

6) ㅁ평기평수 구식을 사용하였다. 상평성 '원元' 운과 통운에 해당하는 상평성 '문文' 운에 맞추어 각각 '轀'과 '聞, 云'으로 압운하였다.

7) 위주爲州는 고을을 다스리는 수령을 뜻한다. 최자가 예전에 상주 목사로 재임할 때 화초를 심었음을 이른다.

8) 상군相君은 재상이다. 최자를 일컬은 것이다.

내가 이를 열람하고서 말했다.

"호랑이가 새끼를 등에 업고서 하수를 건너 떠난 일을 옛사람들이 칭송하였지만,[10] 지금 호랑이가 새끼를 낳았다는 것은 선정善政에 해당하는 일은 아니다. 감옥이 비었다는 뜻을 취해서 그렇게 말한 것일 뿐이다."

予掌書上洛, 後爲遨頭, 復之任. 闢所居廳事後欄, 臨小池, 名之曰"不勞亭", 種花竹其前. 及瓜代, 第四年丁未春, 帶玉出鎭東南路, 巡歷上洛. 自牧守至于鄕校諸儒, 呈歌詩引啓, 騈塡街路. 有四大老年七八十餘, 自號"尙原四老", 呈短引幷絶句詩四首. 其一曰"前爲藍袖後朱轓, 政最如公古未聞. 草綠圓門虎生子, 至今傳作美談云." 其二曰"不勞亭畔百花開, 曾是爲州手自栽. 去後春光猶寂寞, 無情亦喜相君來." 予覽之曰"虎負子渡河去, 古人美之. 今來生子, 非善政也, 但取空獄云耳."

9) ⊓평기평수 구식을 사용하였다. 상평성 '회灰' 운에 맞추어 '開, 栽, 來'로 압운하였다.
10) 후한 때 유곤劉昆이 홍농弘農의 태수로 부임하여 3년간 선정을 베풀자, 호환이 잦아 통행하지 못하던 효산崤山에서 호랑이들이 새끼를 등에 업고 하수河水를 건너 떠났다고 한다. 『후한서 유곤전劉昆傳』.

하12. 두보의 빼어난 경구와 이를 배운 고려의 시

"한낮 범패 소리는 햇살에 에마르게 들리네"

예부터 지금까지 아주 빼어난 경구驚句는 많지 않다. 예컨대 초당草堂(두보)은 「강상江上」에서 이렇게 읊었다.[1]

공훈을 세워볼까 하여   功業頻看鏡 ○●○○●
자꾸 거울 보다가   1 2 3 5 4 공업빈간경
               공훈 업적 생각에 자주 보다가 거울
진퇴가 고심되어   行藏獨倚樓 ○○●●○
홀로 누에 기대네[2]   1 2 3 5 4 행장독의루
               갈까 물러날까 하며 홀로 기댄다 누에

「번민하다[悶]」에서는 이렇게 읊었다.[3]

발을 걷어 올리니   卷簾唯白水 ●○○○●
흰 물결뿐이요   2 1 3 4 5 권렴유백수
               걷으니 발을 오직 흰 물이고
안석에 기대어도   隱几亦靑山 ●●●○○
푸른 산만 보이네   2 1 3 4 5 은궤역청산
               기대니 안석에 또한 푸른 산이다

진 보궐陳補闕(진화)이 이렇게 말했다.

---

1) 두보가 오언율시로 창작한 「강상江上」의 5, 6구 경련을 인용했다. 앞 구 '功'이 '勳'으로 되어있다.
2) 공훈을 세우고 싶은 마음 간절하지만, 벌써 노년에 이른 자기 처지를 직시하고 망설일 수밖에 없는 안타까운 심경을 노래하였다. 결단하기 어려워 수시로 자기 모습을 거울에 비춰보다가 누대에 기댄 채 시름에 빠진 것이다.
3) 두보가 오언율시로 창작한 「번민하다[悶]」의 3, 4구 함련을 인용했다.

"두자미(두보)의 시는, 비록 다섯 글자로 이루어진 시구라도, 사물 형상 밖까지 집어삼킬 듯한 기운을 품고 있다."

아마도 초당의 이런 시구를 두고서 말했을 것이다. 다만 "흰 물결[白水]"의 연에서 "유唯"와 "역亦" 두 글자를 사용한 절묘한 솜씨의 맛을 느끼고 싶다면, 응당 번민이 있을 적에 음미해보아야 한다.

장원 최기정崔基靜은 「사계절을 읊다[四時詞]」에서 이렇게 읊었다.

눈을 뚫고서	侵雪還萱草 ○●○○●
다시 원추리 돌아나고	2 1 3 4 4　침설환훤초
	침범하여|눈을|다시|원추리 나고
서리를 견디어	占霜有麥花 ●○○●○
보리꽃 피었네	2 1 5 3 4　점상유맥화
	점하여|서리를|있다|보리|꽃이

이 시는 초당의 말을 몰래 훔쳤다.[4]

오세재吳世才 선생은 「자서自敍」에서 이렇게 읊었다.

구학에 있어도	丘壑孤忠赤 ○●●○○
외로운 충정 진실하거늘	1 2 3 4 5　구학고충적
	언덕|골짝에서도|외로운|충정|붉은데
재주 명성 좇느라	才名兩鬢華 ○○○●○
양 귀밑머리만 세었네[5]	1 2 3 4 5　재명량빈화
	재주|명성에|두|귀밑털|희끗하다

---

4) 두보, 「납일臘日」, "눈빛을 뚫고서 다시 원추리 돋아나고, 봄빛을 누설하는 버들가지 있다네.[侵陵雪色還萱草, 漏洩春光有柳條.]"

5) 빈화鬢華는 귀밑머리가 세어서 검은색에 흰색이 뒤섞인 모양이다.

이 시는 몰래 초당의 격格을 훔쳤다.

황조皇祖(할아버지 최윤인)⁶⁾가 처음 금규金閨(금마문)에 들어갔을 때, 사명을 받들고 강남江南에 가서 이런 시를 남겼다.

띠풀 뿌리처럼	雲霄茅下纔連茹 ○○○●○○○
도성⁷⁾은 인재가 잇달아도⁸⁾	<u>1 1</u> 3 4 5 7 6 운소모하재련여
	┃도성은┃띠 풀┃밑처럼┃곧┃이어져도┃뿌리가┃
초야⁹⁾에선 쑥 뿌리처럼	原隰蓬間忽斷根 ○●○○●●○
문득문득 단절되네	<u>1 1</u> 3 4 5 7 6 원습봉간홀단근
	┃원습은┃쑥┃사이처럼┃문득┃끊긴다┃뿌리가┃

시인들이 이렇게 평하였다.

"아래의 두자미 시에 견주어도 시구를 조탁한 정밀하고 공교함이 서로 비슷하다."

해와 달은	日月籠中鳥 ●●○○○
새장 속 새요	1 2 3 4 5 일월롱중조
	┃해와┃달은┃조롱┃속의┃새이고┃
하늘과 땅은	乾坤水上萍 ○○●●○
물 위 부평초라네¹⁰⁾	1 2 3 4 5 건곤수상평
	┃하늘과┃땅은┃물┃위의┃부평초이다┃

---

6) 황조皇祖는 돌아가신 조부를 일컫는 칭호이다.(중-12 참조)

7) 운소雲霄는 도성이나 궁궐을 빗댄 말이다.(상-17 참조)

8) 연여連茹는 인재 한 사람을 발탁하여 쓰면, 그와 교유하는 다른 인재가 눈에 띄어 잇달아 기용하게 됨을 이른다. 본래 띠풀의 뿌리는 서로 이어져 있어, 한 포기를 뽑으면 다른 포기까지 한꺼번에 딸려서 나온다.

9) 원습原隰은 너른 평야와 낮은 습지이다. 도성에서 벗어난 궁벽한 시골을 이른다.

10) 두보의 「형주에서 광주로 부임하는 일곱째 어른 대부 이면을 전송하다[衡州送李大夫七丈勉赴廣州]」라는 오언율시의 5、6구 경련을 인용하였다.

어떤 사람이 이렇게 말하였다.

"이와 같은 구격句格으로 오언을 조탁하여 엮어내면 절묘할 수 있다. 하지만 칠언을 엮으면 정교함에 이르지 못한다."

미수眉叟는 『파한집』에서 이렇게 말하였다.[11]

"예부터 지금까지 시구 조탁의 비법을 터득한 자는 오직 두소릉(두보)뿐이다."

예컨대 "해와 달은 새장 속[日月籠中]"의 시구를 음미해보면, 과연 사탕수수를 씹는 듯한 맛이 느껴진다.
진 보궐은 이렇게 읊었다.

삼 년 나그네 베갯머리에서	三年旅枕庭闈月 ○○●●○○●
고향[12] 달 떠오르고	1 2 3 4 5 5 7 　삼년려침정위월
	삼 년 나그네 침상에 고향 달 뜨고
만 리 떠난 옷자락에	萬里征衣草樹風 ●●○○●●
초목의 바람 불어온다네	1 2 3 4 5 5 7 　만리정의초수풍
	만 리 길 가는 옷에 초수 바람 분다

이 시는 말이 날카롭고 뜻이 깊은[語峭意深] 초당의 아래 시만은 못하다.[13]

---

11) 『파한집』상-21 참조.
12) 정위庭闈는 부모가 계시는 고향 집을 이른다.
13) 두보가 759년 2월에 창작한 「병마를 씻기다[洗兵馬]」이다. 두보는 안녹산이 난을 일으킨 755년에 피난길에 올랐다가 757년에 수복된 장안으로 돌아갔다. 낙양을 수복한 759년에, 난이 평정되어 재발하지 않기를 기대하며 이를 창작한 것이다.

삼 년 전쟁 피리 소리에도 관산의 달[14] 떠오르고 만국 병사 앞에 초목의 바람 불어온다네	三年笛裡關山月 ○○●●○○● 1 2 3 4 <u>5</u> <u>5</u> 7 삼년적리관산월 |삼|년| 피리 소리 |속| 관산의| 달 뜨고| 萬國兵前草木風 ●●○○●○ 1 2 3 4 <u>5</u> <u>5</u> 7 만국병전초목풍 |만|국| 병사 앞에| 초목의| 바람 분다|

사관 이윤보李允甫는 평생 두보의 시를 좋아하여, 때때로 아래의 한 시구를 읊조리고 음미하였다.[15]

전란 속에 늙은 선비 떠나보내네	干戈送老儒 ○○●●○ 1 2 5 3 4 간과송로유 |방패와| 창에| 보낸다| 늙은| 선비를|

그리고 이렇게 말하였다.

"이 시구의 말은 천연天然스럽고 굳세고 엄밀하다[遒緊]. 재주가 평범한 자는 정말 생각해낼 수 없는 말이다."

한림 송창宋昌이 이렇게 물었다.

"공부工部(두보)가 이렇게 읊었습니다.[16]

---

14) 관산월關山月은 고향 달을 이른다. 관산關山은 고향 산이다. 한나라 악곡 중에 고향을 그리는 변방 군사의 마음을 표현한 「관산월關山月」이라는 횡취곡橫吹曲이 있어, 악곡 이름으로 보기도 한다.

15) 두보의 「배로 강릉 남포에 갔다가 소윤 정심에게 부치다[舟出江陵南浦奉寄鄭少尹審]」라는 24구 시의 여섯째 시구이다. 768년에 피란하여 강릉 남쪽 공안公安에서 지었다. 정심鄭審이 강릉 소윤江陵少尹이었다.

16) 두보의 「유자遊子」라는 오언율시의 3, 4구 함련을 인용했다. 764년에 촉에서 남쪽 오吳로 떠날 뜻을 이루지 못하고, 아쉬움을 담아 읊은 것이다. '구강九江'과 '삼협三峽'은 모두 오로 통하는 길목이다.

구강¹⁷⁾은
봄풀 너머로 이어지고
삼협¹⁸⁾은
저녁 돛대 앞에 펼쳐졌네

九江春草外 ●○○●●
1 1 3 4 5　구강춘초외
|구강은|봄|풀|밖에 있고|

三峽暮帆前 ○●●○○
1 1 3 4 5　삼협모범전
|삼협은|아침|돛|앞에 있다|

말이 평이하면서도 그 뜻이 원만하게[辭易意滑] 되었습니다. 이 정도라면 혹시 생각해낼 수 있겠습니까?"

사관(이윤보)이 웃으면서 말했다.

"이 시는 말과 뜻이 활달하고 심원한데[豁遠], 이는 진실로 그대들이 이해할 수 있는 바가 아닙니다. 예컨대 이런 시가 있습니다.¹⁹⁾

옛 담장에
내내 대나무 비치고
빈 누각에 홀로
솔바람 소리 들리네²⁰⁾

古墻猶竹色 ●○○●●
1 2 3 4 5　고장유죽색
|옛|담장에|여전히|대나무|색이고|

虛閣自松聲 ○●●○○
1 2 3 4 5　허각자송성
|빈|누각에|절로|소나무|소리 들린다|

이는 공부가 평범한 말과 형식으로 지어낸 것입니다. 그런데 예

---

17) 구강九江은 상-30 참조.

18) 삼협三峽은 중경重慶에서 의창宜昌 사이에 있는 장강의 세 협곡이다. 구당협, 무협, 서릉협이다.

19) 두보의 「등왕의 정자[滕王亭子]」라는 오언율시 2수의 둘째 수 3, 4구 함련을 인용하였다. 764년에 지었다. 등왕 이원영李元嬰(628~684)이 낭주閬州 옥대관玉臺觀 안에 세운 정자가 등왕정滕王亭이다.

20) 안사의 난 이후로 등왕의 정자도 황량하게 버려졌다. 그러나 비취색 대나무는 내내 변함없이 옛 담장에 비치고, 빈 누각 앞의 소나무도 홀로 바람 따라 소리를 낸다는 것이다. 성대한 옛 영화가 사라지고 남은 쓸쓸한 자취와 변함없는 자연 경물을 대비시켜, 무상한 역사를 대하는 안타까운 감회를 극대화했다.

부터 지금까지 여러 사람이 두보의 형식을 배웠어도, 아무도 이를 방불하게 구현하지 못하고 있습니다. 오직 설당雪堂(소식)이 이렇게 읊었을 뿐입니다.[21]

침상에 기대어보니
꽃잎 져서 몇 잎 남았고
문을 닫아거니
새 대나무가 절로 천 줄기라네

欹枕落花餘幾片	○●●○○●●
2 1 4 3 5 6 7	의침락화여기편
기대니｜베개｜떨귀｜꽃｜남은｜몇｜잎이 있고	

閉門新竹自千竿	●○○○●○○
2 1 3 4 5 6 7	폐문신죽자천간
닫으니｜문｜새｜대가｜절로｜천｜줄기다	

어격語格이 맑고 엄밀한[清緊] 것으로는 대등하지만, 뜻을 담아냄[遣意]이 한가롭고 우아한[閑雅] 것으로는 더 뛰어납니다."

대개 "베개에 기대고, 문을 닫는다[欹枕閉門]"라는 말이 있었던 것이었다.[22]

사관(이윤보)이 일찍이 이 한림李翰林{문순공}과 안화사安和寺[23]에 기숙하면서 시를 남겼다. 이 한림이 읊었다.

흥망성쇠에도
늙은 나무 남았고

廢興餘老木	●○○●●
1 2 5 3 4	폐흥여로목
폐하고｜흥함에｜남았고｜늙은｜나무	

---

21) 소식의 「혜산의 승려 혜표에게 주다[贈惠山僧惠表]」라는 칠언율시의 5, 6구 경련을 인용하였다.

22) '의침欹枕'과 '폐문閉門'으로 짝을 맞춰 대구를 엮어낸 사례가 여러 시에서 보인다. 무원형武元衡, 「비 내리는 여름에 주방 습유에게 부치다[夏日對雨寄朱放拾遺]」, "먼 산을 베개에 기대어보고, 저녁 비에 문을 닫고 근심하네.[遠山欹枕見, 暮雨閉門愁.]"

23) 안화사安和寺는 태조 동생 왕신王信의 원당願堂이다. 930년에 송악산 동남쪽 골짜기 자하동에 창건한 것을, 예종 13년(1118) 5월에 중건하였다. 『선화봉사고려도경 정국안화사靖國安和寺』.

예부터 지금껏
홀로 차가운 시내 흐르네[24]

| 今古獨寒流 ○○●○○ |
| 1 2 3 4 5 금고독한류 |
| 지금껏 예부터 홀로 차갑게 흐른다 |

사관이 말했다.

"'독獨' 자를 '상尙' 자로 고치면 초당의 시구처럼 되겠네."

귀정사歸正寺[25) 벽에 이런 시가 적혀 있다.

새벽 종소리는
구름 밖에서 눅눅하고
한낮 범패 소리는
햇살에 메마르게 들리네

| 晨鍾雲外濕 ○○○●● |
| 1 2 3 4 5 신종운외습 |
| 새벽 종소리 구름 너머에서 습하고 |

| 午梵日邊乾 ●●●○○ |
| 1 2 3 4 5 오범일변건 |
| 낮 범패 소리 해 곁에서 메마르다 |

이는 공부(두보)가 읊은 아래 시구를 훔친 것이다.[26)

새벽 종소리는
구름 밖에서 눅눅하고

| 晨鍾雲外濕 ○○○●● |
| 1 2 3 4 5 신종운외습 |
| 새벽 종소리 구름 너머에서 습하고 |

---

24) 『동국이상국집』에 「6월 1일에 안화사를 유람하여 심방문을 지나 환벽정【의종이 놀던 곳】에 오르니 슬픈 마음이 들어, 밤에 당 선로의 방장에서 자면서 140자로 쓴다【六月一日遊安和寺自尋芳門登環碧亭【毅廟遊賞處】悵然有感夜宿幢禪老方丈書一百四十字】」라는 제목으로 실려있다.

25) 귀정사歸正寺는 전북 남원南原에 있던 사찰이다.

26) 두보의 「기주로 내려가는 배에 머무는데 비가 내리고 습하여 강둑으로 나가서 왕십이 판관을 보내주지 못하였다【船下夔州郭宿雨濕不得上岸別王十二判官】」라는 오언율시의 5, 6구 경련을 인용하였다. 766년 봄에 운안雲安에서 기주夔州로 내려가기에 앞서 운안 성곽 밖에서 하루를 묵을 때, 운안 판관과 작별하면서 지었다. 이때 비가 내리고 습하여 강둑으로 나가서 왕십이 판관을 보내주지 못했다고한다.

勝地石堂烟 ●●●○○
1 2 3 3 5 승지석당연
아름다운│곳│석당에│안개│덮였다│

"새벽 종소리[晨鍾]"에 대해 "습윤하다[濕]"라고 말한 것은 놀랍지만, "범패 소리[梵]"에 대해 "메마르다[乾]"라고 말한 것은 생소하다. 다만 대를 맞춘[對觸] 것은 절실하게 되었다. "석당 안개[石堂烟]"의 시구는 "기운이 사물 형상 밖까지 집어삼킨다[氣呑]"라는 것과 같은 부류이다.

『보한집』에는 단지 우리나라 시만을 수록하였다. 그러나 시를 논하면서 두보를 언급하지 않는 것은, 마치 유학儒學을 논하면서 부자夫子 (공자)를 언급하지 않는 것과 같다. 그러므로 편 끝에 간략히 언급해두는 것이다.

모든 시를 공부(두보)처럼 조탁하고 다듬는다면, 절묘하기는 절묘할 것이다. 하지만 저 솜씨가 서툰 자는 조탁하려고 더욱 고심할수록, 졸렬하고 난삽한[拙澁] 정도가 더욱 심해지는 것이다. 헛되이 간과 신장을 새기는 듯이 괴롭게 만들 뿐이다.²⁹⁾ 어찌 저마다 자기 재국才局에 따라 천연스럽게 토해내어서 갈고 다듬은 흔적을 남기지 않는 것만 하겠는가? 지금 다듬기를 일삼는 자들은 모두 정숙공貞肅公³⁰⁾ 을 스승으로 삼은 자들이다.

---

27) 석당石堂은 두보가 가려고 하는 기주의 아름다운 지역이다.『구가집주두시九家集注杜詩』, "석당은 기주에 있는 아름다운 곳이다.[石堂應是夔州佳處.]"

28) 기주로 내려가기 위해 운안의 성곽 밖에 배를 정박한 채로 배 안에서 하룻밤을 묵은 다음 날에, 새벽 풍경을 읊은 시이다. 밤새 내린 장대비로 구름 덮인 강둑 너머에 땅이 습하고, 저 멀리 기주의 석당 하늘에 덮인 안개가 보인다는 말이다.

29) 허조간신虛雕肝腎은 헛되이 애쓴다는 말이다. 간을 쪼고 신장을 새길 듯이 창작에 신경을 곤두세움을 뜻한다.

30) 정숙공貞肅公은 김인경金仁鏡(1168~1235)의 시호이다.(중-5 참조)

이미수가 말하였다.

"장구章句를 짓는 법도 이와 다르지 않다. 만약 옛사람에게 지금의 장구를 보게 한다면, 어찌 생경하고 졸렬하다[生拙]고 평하지 않겠는가?"

古今警絶句不多. 如草堂『江上』云"功業頻看鏡, 行藏獨倚樓."「悶」云"卷簾唯白水, 隱几亦靑山." 陳補闕云"杜子美詩, 雖五字, 氣呑象外." 殆謂此等句也. 然"白水"之聯, 用"唯""亦"二字爲妙, 欲味其妙, 當悶中咀嚼. 崔壯元基靜「四時詞」云"侵雪還萱草, 占霜有麥花." 白拈草堂語. 吳先生世才「自敍」云"丘壑孤忠赤, 才名兩鬢華." 暗竊草堂格. 皇祖初入金閨, 奉使江南留題曰"雲霄茅下纔連茹, 原隰蓬間忽斷根." 詩人以爲"與杜子美'日月籠中鳥, 乾坤水上萍', 其琢句精工相似." 或云"此等句格, 琢爲五字, 則絶妙, 七言則未工." 眉叟『破閑』云"古今琢句之法, 唯杜少陵得之." 如"日月籠中"句, 吟味果如啖蔗. 陳補闕云"三年旅枕庭闈月, 萬里征衣草樹風." 未若草堂"三年笛裡關山月, 萬國兵前草木風", 語峭意深. 李史館允甫, 平生嗜杜詩, 時時吟賞"干戈送老儒"一句曰"此語天然遒緊, 凡才固不得導." 宋翰林昌問"工部 '九江春草外, 三峽暮帆前', 辭易意滑, 儻可及導?" 史館笑曰"其語意豁遠, 固非汝曹所識. 如 '古墻猶竹色, 虛閣自松聲', 此工部尋常語體. 古今幾人學杜體, 而莫能髣髴. 唯雪堂'欹枕落花餘幾片, 閉門新竹自千竿', 其語格淸緊則同, 遣意閑雅過之. 蓋有'欹枕閉門'之語耳." 史館嘗與李翰林【文順公】, 宿安和寺留詩. 翰林曰"廢興餘老木, 今古獨寒流." 史館曰"改獨爲尙, 則草堂句也." 歸正寺壁題云

"晨鍾雲外濕, 午梵日邊乾." 此奪工部"晨鍾雲外濕, 勝地石堂烟"句
也. 於"晨鍾", 言"濕"可警; 於"梵", 言"乾" 疎矣. 但對觸切耳. "石堂
烟"句, 是氣呑之類也. 『補閑』只載本朝詩. 然言詩不及杜, 如言儒不
及夫子, 故編末略及之. 凡詩琢鍊如工部, 妙則妙矣. 彼手生者, 欲琢
彌苦, 而拙澁愈甚, 虛雕肝腎而已. 豈若各隨才局, 吐出天然, 無礱錯
之痕? 今之事鍛鍊者, 皆師貞肅公. 李眉叟曰"章句之法, 不外是. 如
使古人見之, 安知不謂生拙也?"

※ 두보가 시인으로서 갖는 위상이, 유가에서 공자가 차지하는 위상
과 다르지 않다고 인식했음을 보여준다. 이렇게 특별한 지위를 점
한 두보 시가 고려에 끼친 영향을 소개하려고 특별히 이 장을 구성
한 것이다. "다섯 글자로 이루어진 시구라도 사물 형상 밖까지 집어
삼킬 듯한 기운을 품고 있다."라는 진화의 말을 인용하여 두보의 시
경지를 한마디로 규정한 뒤에, 이어서 두보시를 학습하고 모방하거
나 훔쳐서 사용한 고려의 시를 소개하였다.

"기氣, 골骨, 의意, 사辭, 체體, 성律聲律"

　문文은 기氣를 호매豪邁하고 장일壯逸하게 하고, 골골骨骨을 경준勁峻하고 청사淸駛하게 하고, 의意를 정직正直하고 정상精詳하게 하고, 사辭를 부섬富瞻하고 굉사宏肆하게 하고, 체體를 간고簡古하고 굴강倔强하게 한다.

　만약 생삽生澁, 쇄약瑣弱, 무천蕪淺에 얽매이면 병통이 된다.

　시詩는 신기新奇, 절묘絶妙, 일월逸越, 함축含蓄, 험괴險怪, 준매俊邁, 호장豪壯, 부귀富貴, 웅심雄深, 고아古雅한 것이 상등이다.

　정준精雋, 주긴遒緊, 상활爽豁, 청초淸峭, 표일飄逸, 경직勁直, 굉섬宏瞻, 화유和裕, 병환炳煥, 격절激切, 평담平淡, 고막高邈, 우한優閑, 이광夷曠, 청완淸玩, 교려巧麗한 것이 다음이다.

　생졸生拙, 야소野疎, 건삽蹇澁, 한고寒枯, 천속淺俗, 무잡蕪雜, 쇄약衰弱, 음미淫靡한 것은 병든 것이다.

　대체로 시를 평론하는 자는 기氣와 골골骨骨과 의격意格을 우선하고, 사어辭語와 성률聲律을 다음으로 여긴다. 일반적인 의격意格일 때는, 운韻(성률)이나 시[語](사어)에서 혹 우열이 차이가 나기도 한다. 시 한 수가 여러 가지를 겸하여 갖춘 경우는 드물다. 따라서 평론하는 말도 복잡하게 나뉘어 일정하지 않다.

　시격詩格을 평론한 이런 말이 있다.

　"시구[句]는 노련하면서 글자[字]는 비속하지 않고, 이치[理]는 심오하면서 뜻[意]은 잡스럽지 않고, 재주[才]는 거침없이 발휘하면서 기운[氣]은 성나지 않고, 말[言]은 간결하면서 사실[事]은 모호하지 않아야, 비로소 풍소風騷의 경지에 오른다."

이 말이 본받아 배울 만하다.

文以豪邁·壯逸爲氣, 勁峻·淸駛爲骨, 正直·精詳爲意, 富贍·宏肆爲辭, 簡古·倔强爲體. 若局生澁·瑣弱·蕪淺是病. 若詩則新奇·絕妙·逸越·含蓄·險怪·俊邁·豪壯·富貴·雄深·古雅·上也. 精雋·遒緊·爽豁·淸峭·飄逸·勁直·宏贍·和裕·炳煥·激切·平淡高邈·優閑·夷曠·淸玩·巧麗次之. 生拙·野疎·蹇澁·寒枯·淺俗·蕪雜·衰弱·淫靡病也. 夫評詩者, 先以氣·骨·意格, 次以辭語·聲律. 一般意格中, 其韻語或有勝劣. 一聯而兼得者, 蓋寡. 故所評之辭, 亦雜而不同. 詩格曰"句老而字不俗, 理深而意不雜, 才縱而氣不怒, 言簡而事不晦, 方入於風騷." 此言可師.

※ 문과 시를 비평하는 기준이 되는 요소와 여러 가지 품격을 소개하였다. 문의 비평 요소로 기氣, 골骨, 의意, 사辭, 체體 5가지를 제시하고, 시의 비평 요소로 기氣, 골骨, 의격意格, 사어辭語, 성률聲律 5가지를 제시하였다. 아울러 문의 품격 13가지와 시의 품격 34가지를 성취 단계별로 나누어 제시하였다. 당시의 시문 비평 양상을 이해할 수 있는 흥미로운 정보이다.

'명命'을 기록하는 글은 「필명畢命」과 「경명冏命」[1]에서 시작한다. 진秦
나라가 '명命'을 '제制'로 바꾸고, '영令'을 '조詔'로 바꾸었다. 한나라는
이를 그대로 따랐다.

『주관周官』에 여섯 가지 사辭가 제시되어있다.[2] 그중에 세 번째가 '고
誥'이다. 『춘추』가 나오면서 '고'가 사라졌다가, 원수 6년(기원전 117)에
이르러 처음으로 '고'를 작성하여 대신들에게 알려 보이면서 이를 '교
敎'라고 하였다. 진나라의 '제制'에 해당한다.

'공功'을 기록한 것을 '책册'이라고 한다. 무릇 책봉하여 세울 때 이
를 사용한다. 혹 '애책哀册'도 있다. 그 문사文辭가 반드시 간결하면서
전실典實하다.

위진魏晉과 제량齊梁의 시기에 '왕언王言'을 대신하여 기술하는 글이
지어졌다.[3] 그 문장은 겉으로 화려한 것을 숭상하였다. 당나라가 일
어난 뒤에는 원진元稹[4]이 번다한 말을 잘라내고 옛 '훈訓'을 본받아서
이를 기술했다. 또 제한齊澣[5]이 옛 '모謨'와 '고誥'를 표준으로 삼아서

---

1) 『필명畢命』과 『경명冏命』은 『서경』 편명이다.
2) 『주례 춘관春官』, "(대축은) 여섯 가지 사를 지어 상하, 친소, 원근에 뜻을 통하게
   한다. 첫째는 사祠, 둘째는 명命, 셋째는 고誥, 넷째는 회會, 다섯째는 도禱, 여섯
   째는 뇌誄이다."
3) 대왕언代王言은 신하가 왕언王言을 대신 기술하여 조령詔令 따위를 작성하는 대언
   代言과 같다. 대개 화려한 변려문을 사용한다.
4) 원진元稹(779~831)은 793년 명경과에 급제하여 상서 우승과 절도사에 올랐다. 백
   거이와 함께 신악부新樂府를 발전시켜 원백元白으로 불린다.
5) 제한齊澣(675~746)은 상서 우승과 이부 시랑 등을 지낸 당나라 문인이다.

이를 기술했다. 상곤常袞[6]은 '제서除書'를 기술함에 능하였고, 양염楊炎[7]은 '덕음德音'을 기술함에 능하였다. 모두 '제制'와 '고誥'의 체제를 갖추었다.

우리나라의 '사고詞誥'는 예부터 전칙典則이 있었다. 이것이 예종 때에 이르러 한 차례 변하여 화미華靡하게 되었고, 지금에 이르러 다시 세 번째로 변하여 모두 말이 번다하면서 헛되이 아름답게[繁辭虛美] 되었다. 심한 것은 배우들이 장난으로 칭찬하는 말[俳優戱讚]과 비슷한 지경에 이르렀다.

문의공文懿公(최선)[8]이 예종 때 내외 관서에서 작성한 문서【당나라 제도에는 안에 한림원이 있고 밖에 중서성이 있었고, 우리나라에는 안에 성랑省郎[9]이 있고 밖에 고원誥院이 있다.】 중에서 몇 편을 엮고, "본조제고규식本朝制誥規式"이라고 이름 붙였다.

書命之作, 始於『畢命』·『冏命』. 秦改命爲制, 改令爲詔, 漢因之. 『周官』六辭, 三曰誥. 『春秋』作, 而誥絶. 元狩六年, 初作誥, 告示大臣曰敎, 秦制也. 記功曰冊, 凡封立用之. 或有哀冊, 其文辭必簡而典實. 魏·晉·齊·梁間, 代王言者, 其文尙浮縟. 唐興, 元稹艾繁辭侔古訓, 齊澣以古謨誥爲準的. 常袞長於除書, 楊炎善於德音, 皆得制誥體. 本朝詞誥, 古有典則. 及睿王代, 一變華靡. 今又三變, 皆繁辭虛美, 甚者至類俳優戱讚. 文懿公撰睿代內外制【唐制內翰林外中書, 本朝內省郎外誥院.】若干章, 目爲"本朝制誥規式".

---

6) 상곤常袞(729~783)은 755년 과거에 장원 급제하여 중서 사인 등을 거쳐 재상에 오른 당나라 문인이다.
7) 양염楊炎(727~781)은 중서 사인과 중서 시랑 등을 지낸 당나라 문인이다.
8) 문의공文懿公은 최선崔詵(1138~1209)의 시호이다.(상-13 참조)
9) 성랑省郎은 하-9 참조.

521

하15. 관직에 제수하는 임명장
대관고와 소관고

　한나라 제도에 4가지 '제서帝書'가 있다. '책册', '제制', '조詔', '계칙 誡勅'이다.

　당나라 제도에는 7가지 '왕언王言'이 있다. '책서册書', '제서制書', '칙 서勅書',【지금의 '비답批答'과 '회조回詔' 등 여러 '조詔'가 모두 '칙서'이다.】'칙 첩勅牒' 등이 이것이다.

　무릇 공상公相을 제수하고 장將을 임명하는 것을 '제制'라고 한다. 모 두 백마白麻[1]를 사용한다. 정관 연간에는 간혹 황마黃麻를 사용하였다.

　백료百寮에게 선고宣告하는 일을 선마宣麻[2]라고 한다.【원화 연간 초 에는 쌍일雙日(짝숫날)에 '제制'의 기초를 작성하고, 척일隻日(홀숫날)에 백료가 선정전宣政殿 아래에 반열을 지어 선 뒤에 사인舍人이 '제制'를 받들고서 법도 에 맞게 걸어 나와서 선고한다.】

　우리나라는 1년 사이에 제배除拜하는 수가 비록 많지만, 모두 백마 한 통에 통합해서 선고한다. 이 때문에 '제서制書'의 수장首章과 말장 末章에는 모두 총론을 서술하여 전체에 적용한다.

　말장은 "오희於戱"나 혹은 "희噫"자로 첫머리를 표시한다.

　오직 중간의 여러 장은 제공諸公의 공덕功德을 기록하여 각기 내용 이 다르다.

---

1)　백마白麻는 마로 제작한 흰색 백마지白麻紙이다. 황마黃麻는 황색으로 물들인 황 마지黃麻紙이다.

2)　선마宣麻는 재상이나 장수 등을 임명할 때, 한림 학사가 황마지나 백마지에 제왕 의 조령詔令을 기록하여 조정에서 선포하는 일을 이른다.

각 장의 염률簾律은 수장과 말장 두 장에 맞추어 서로 부합하게 한다.

이를 나누어 묶어서 제공諸公의 '고신告身'이 저마다 1통씩 되게 한다. 이를 '대관고大官誥'라고 한다.

당나라의 '고誥'는 처음에 종이를 사용하고, 간혹 견絹을 사용하다가, 정관 연간 이후부터 능綾을 사용하였다.

'교서敎書'도 전체에 적용하는 것이니, 각 편編의 첫머리에 붙여놓는다.

종실宗室은 비록 '대고大誥'에 해당하더라도, 백료가 모인 조정에서 선고宣告하지 않는다. 따라서 '선마宣麻'에 포함하지 않는다. 옛 제도에 추밀樞密과 복야僕射 등 팔좌八座에 속하는 자와【위나라, 수나라, 당나라는 모두 여섯 상서尙書와 두 복야僕射를 묶어 팔좌八座라고 하였다. 지금은 여섯 상서尙書와 좌우 산기散騎를 묶어 팔좌八座라고 한다.】상장上將은 모두 '소관고小官誥'를 적용하였다. 근래에는 추밀사樞密使도 비로소 '선마宣麻'에 포함한다.

승려의 '관고官誥'는 경상卿相에 비해 크고 작음이 각기 차이가 있다.

문의공文懿公[3]이 엮은 "중서문하총성이병조 급 행원 성명초압규식中書門下摠省吏兵曹及行員姓名草押規式"은 영문令文과 다르다.

중서성에 소장하고 있는 송나라, 요나라, 금나라 세 나라의 고식誥式도 각기 다르다. 마땅히 판본板本으로 제시한 영문令文을 따라야 한다.

---

3) 문의공文懿公은 최선崔詵(1138~1209)의 시호이다. (상-13 참조)

漢制, 帝書有四, 曰册, 曰制, 曰詔, 曰誡勅. 唐制, 王言有七, 册書
制書勅書【今之批答·回詔等諸詔, 皆勅書.】勅牒等是. 凡拜公相命將曰制,
皆用白麻, 貞觀中或用黃麻. 宣告百寮, 謂之宣麻.【元和初, 雙日起草,
隻日百寮立班於宣政殿下, 舍人奉制, 矩步而宣之.】本朝一年除拜雖多, 合
宣一麻. 故其制書首末章, 皆總論通行. 末章以"於戲", 或以"噫"字
標其首. 唯中諸章, 紀諸公功德, 故各異. 每章簾律, 與首尾二章相
協. 分編作諸公告身各一通, 是爲大官誥. 唐誥初用紙, 或用絹. 貞
觀後用綾. 敎書亦通行, 各附其編首. 宗室雖大誥, 不宣告廷會, 故不
預宣麻. 舊制樞密僕射八座,【魏·隋·唐, 皆以六尙書兩僕射, 爲八座. 今以
六尙書左右散騎, 爲八座.】上將, 竝小官誥. 近樞密使, 始預宣麻. 僧官
誥視卿相, 大小各有差. 文懿公所撰"中書門下摠省吏兵曹及行員姓名
草押規式", 與令文不同. 中書所藏宋及遼·金三國誥式, 亦各異. 宜從
板本令文.

하16. 최자가 상주목에서 고종에게 올린 하례 표문
"지금 음악이 옛 음악과 다르지 않습니다"

원정元正(정월 초하루)과 동지冬至와 팔관회八關會와 임금의 절일節日(생일)에 양계兩界[1]의 병마兵馬와 여러 목牧과 도호부都護府에서 하례하는 표문을 올린다. 그러면 이 표문을 중서성에 내려보내 그 솜씨를 평가하여 등수를 나누고 방을 붙인다.

옛적에 상주목尙州牧에서 팔관회 표문을 올려 이렇게 아뢰었다.

"섭현에서 날아
한나라 궁전으로 오던
오리 한 쌍이 없어
부끄럽지만,[2]
소 음악을 듣고
순임금 뜰에 와서 춤추는
뭇짐승과 함께하길
원하옵니다."[3]

自葉飛來於漢殿　●●○○○●●
2 1 3 7 6 4 5　자섭비래어한전
|부터 |섭에서 |날아 |온 |에 |한 |궁전|

愧乏雙鳧　●●○○
4 3 1 2　괴핍쌍부
|부끄럽지만 |없어 |한 쌍의 |오리가|

聞韶率舞於舜庭　○○●●○●○
2 1 3 7 6 4 5　문소솔무어순정
|듣고 |소를 |함께 와 |춤춘 |에서 |순 |궁정|

願同百獸　●○●●
4 3 1 2　원동백수
|원한다 |함께하길 |온갖 |짐승과|

---

1) 양계兩界는 동계東界와 북계北界이다. 병마사를 파견한다. 정종 2년(1036)에 오도五道와 양계兩界를 정하였다. 양계는 다시 동북면東北面과 서북면西北面으로 개칭하였다. 『고려사 지리지地理志』.
2) 후한 왕교王喬가 섭현葉縣 수령으로 있을 때, 매월 삭망에 도술을 부려 신발을 오리로 변화시킨 뒤에 이를 타고 날아가서 임금을 알현했다고 한다. 매월 삭망에 오리를 타고서 임금을 알현하는 왕교 같은 제주와 충심이 부족하여 부끄럽다는 것이다. 『후한서 왕교전王喬傳』.
3) 순임금 음악인 소소簫韶를 아홉 번 연주하자 봉황이 날아와서 춤추고, 석경石磬을 치자 온갖 짐승들이 어울려 춤추었다고 한다. 왕교처럼은 못하지만, 순임금의 뜰에 모인 뭇짐승처럼 팔관회 행사에서 함께 춤추며 경축하길 원한다는 것이

당시에 이를 경책警策이라고 평하였다. 혹자는 이렇게 말하였다.

"쌍부雙鳧의 고사는 현령에 해당하는 것이다. 이를 목수牧守에게 적용한 것은, 매우 잘못되었다."

천도한 이후 신축년(1241)에 올린 팔관회 표문에는 이렇게 아뢰었다.

"의관들이
성대히 모여드니
새 도읍이
옛 도읍보다 오히려 낫고,
퉁소와 피리 소리
쟁쟁하니
지금 음악이
옛 음악과 다르지 않습니다."

| 衣冠雜遝 ○○●● |
| 1 2 3 4 의관잡답 |
| 옷과 | 관 갖춘 자들 | 뒤섞여 | 모여듦은 |

| 新都猶勝於舊都 ○○○●●○ |
| 1 2 3 7 6 4 5 신도유승어구도 |
| 새 | 도읍이 | 외려 | 낫고 | 보다 | 옛 | 도읍 |

| 簫管鏘洋 ○●○○ |
| 1 2 3 4 소관장양 |
| 퉁소 | 피리 소리 | 쟁쟁하게 | 울림은 |

| 今樂不殊於古樂 ○●●○●● |
| 1 2 7 6 5 3 4 금악불수어고악 |
| 지금 | 음악 | 않다 | 다르지 | 에 | 옛 | 음악 |

동지 표문에서 이렇게 아뢰었다.

"목의 덕이
성하여[4]
송악 기슭 제왕 터전을
다시 이었사오며,

| 在木德盛 ●●●● |
| 4 1 2 3 재목덕성 |
| 있어 | 목의 | 덕이 | 성한 때에 |

| 更延松麓之帝基 ●○○○●○○ |
| 1 7 2 2 4 5 6 갱연송록지제기 |
| 다시 | 잇고 | 송악 기슭 | 어사 | 제왕 | 터전을 |

다. 『서경 익직益稷』.

4) 목덕木德은 왕조에 부여된 명운의 성격을 오행으로 분류할 때, 목木의 기운이 승한 경우를 일컫는다. 우리나라는 동방에 있어 목덕이 승하다고 보았다. 조선 태종은 "고려는 명을 내려 회색을 금하였다. 동방을 목덕으로 삼았기 때문이다.[前朝有禁灰色令, 蓋以東方爲木德也.]"라고 하였다. 『태종실록 11년(1411) 12월 15일』.

풀처럼

어짊이 깊어

화산[5]의 제왕 기운이

이미 창성합니다.”

及草仁深 ●●○○
4 1 2 3　급초인심
|이르러|풀의|어짊이|깊은 때에|

已暢花山之王氣 ●●○○○○●
1 7 2 2 4 5 6　이창화산지왕기
|이미|펼친다|화산의|어사|제왕|기운을|

두 차례의 표문에 대해 한 번에 방을 걸었는데, 위의 두 표문이 모두 일등을 차지했다.

또 원정 표문에서 이렇게 아뢰었다.

“천문[6]이

운행 도수 바꾸어

낙수 새 도읍[7]에

경사가 모여들고,

옥과 비단 들고

조회에 달려오니[8]

도산에서의 옛 회합보다

예가 성대합니다.”[9]

璣衡改度 ○○●●
1 1 4 3　기형개도
|기형이|바꾸니|도수를|

慶凝洛水之新都 ○○●●○○
1 7 2 2 4 5 6　경응락수지신도
|경사가|모이고|낙수|어사|새|도읍에|

玉帛趨朝 ●●○○
1 1 4 3　옥백추조
|옥백을 들고|달려오니|조회에|

禮盛塗山之舊會 ●●○○○●●
1 7 2 2 4 5 6　례성도산지구회
|예가|성대하다|도산|어사|옛|모임보다|

또 이렇게 아뢰었다.

---

5) 화산花山은 강화도의 남쪽 남산을 이른다.

6) 기형璣衡은 천문을 관측하는 기준으로 삼는 북두칠성을 이른다.

7) 낙수洛水에 있는 새 도읍은 장안長安 동쪽에 있어 동도東都로 불리던 낙양洛陽을 이른다. 여기에서는 개경을 벗어나 새로 천도한 강화를 이른다.

8) 옥백玉帛은 회맹會盟이나 조빙朝聘에 쓰던 예물이다. 도읍을 강화로 옮긴 뒤에 대소 신료가 예물을 들고 조회한 일을 이른다.

9) 도산塗山은 하나라 우禹임금이 제후와 회합한 곳이다. 『좌전 애공哀公』 7년, “우임금이 도산에서 제후를 회합하니, 옥백을 든 자가 만 개 나라에서 왔다.[禹

"성상의 바람이
온화한 기운을 펴서[10]
우리나라 농사가
봄에 일찍 시작되고,
성상의 해가
멀리까지 비추어
북방 몽고 침략[11]이
눈 녹듯 사라집니다."

皇風布和 ○○●●
1 2 4 3 황풍포화
|임금의|풍교가|펴니|온화함을|

東國農桑之春早 ○●○○○○●
1 2 3̲ 3̲ 5 6 7 동국농상지춘조
|동쪽|나라|농상의|어사|봄이|빠르고|

聖日燭遠 ●●●●
1 2 4 3 성일촉원
|성상의|해가|비추니|멀리|

北蒙兵革之雪消 ●○○●●○○
1 2 3̲ 3̲ 5 6 7 북몽병혁지설소
|북방|몽고의|병혁의|어사|눈이|녹는다|

절일 표문에서 이렇게 아뢰었다.

"비단 같은 강물이
성곽을 에워싸
만세 제왕의
도읍을 이루고,
수놓은 산등성이에
궁궐 세워
천추를 노래하는
절일이 되었습니다."

錦江繞郭 ●○●●
1 2 4 3 금강요곽
|비단|강이|둘러싸|성곽을|

爲帝王萬世之都 ○●○○●●○○
7 3̲ 3̲ 1 2 5 6 위제왕만세지도
|되고|제왕이 될|만|세에|어사|도읍이|

繡嶺開宮 ●●○○
1 2 4 3 수령개궁
|수놓은|산등성이에|열어|궁궐을|

復歌吹千秋之節 ●○○○○○●
7 3̲ 3̲ 1 2 5 6 부가취천추지절
|다시 왔다|가취하는|천|추를|어사|절일이|

방이 걸리니, 위의 두 표문이 모두 일등을 차지했다.

合諸侯於塗山, 執玉帛者萬國.]"
10) 이규보, 「어전춘첩자御殿春帖子」, "성상의 해가 따뜻한 화기를 재촉하고, 성상의 바람이 싹트고 생장함을 돕네.[聖日催和暖, 皇風助發生.]"
11) 병혁兵革은 전투에 사용하는 병기와 갑옷을 병칭한 말이다. 전쟁을 뜻한다.

元正·冬至·八關及聖上節日, 兩界兵馬·諸牧·都護府上賀表. 下中書, 第其高下以勝之. 舊時尙州牧, 上八關表云"自葉飛來於漢殿, 愧乏雙鳧; 聞韶率舞於舜庭, 願同百獸." 當時以爲警策. 或者言"雙鳧, 縣令事也. 用之牧守頗謬." 遷都後辛丑年, 八關表云"衣冠雜遝, 新都猶勝於舊都; 簫管鏘洋, 今樂不殊於古樂." 冬至表云"在木德盛, 更延松麓之帝基; 及草仁深, 已暢花山之王氣." 一時勝出, 二表皆居第一. 又元正表云"璣衡改度, 慶凝洛水之新都; 玉帛趨朝, 禮盛塗山之舊會." 又"皇風布和, 東國農桑之春早; 聖日燭遠, 北蒙兵革之雪消." 節日表云"錦江繞郭, 爲帝王萬世之都; 繡嶺開宮, 復歌吹千秋之節." 勝出, 二表皆居第一.

※ 위에 소개한 표문은 모두 최자가 상주 목사로 있던 시절에 작성한 것이다. 정월 초하루와 동짓날과 팔관회가 열리는 날과 임금 생일에 양계 병마와 여러 목과 도호부에서 임금에게 표문을 올려 하례하는 것이 상례였다. 마찬가지로 상관이나 윗사람에게도 정월 초하루와 동지 및 하례할 일이 있을 때 서장書狀을 작성하여 올렸다. 최자도 상주 목사로 있을 때 당시 최고 집정자 최우가 집무하는 진양부晉陽府에 서장을 올려 하례하였다.[12] 당시에 변려문 형식으로 작성한 표문을 각처에서 올리면, 이를 중서성에 내려보내 그 솜씨의 고하를 평가했다고 한다. 이때 최자가 올린 표문이 번번이 1등을 차지한 것이다.[13]

---

12) 중-1 참조.

13) 이런 의식은 한 세기 전에도 행해지고 있었다. 예종 10년(1115) 10월의 기록에 유사한 사례가 보인다. 태자 생일을 영정절永貞節로 정하여 동궁 관료가 하례하고, 양계兩界·삼경三京·팔목八牧·삼도호부三都護府가 전箋을 올리는 일을 상례로 삼자고 예부에서 요청하였다. 『고려사 가례지嘉禮志』.

하17. 최자가 상주목에서 최종준에게 올린 동지 하례 서장

"끝까지 한 절개로 다섯 임금을 보필했으니"

선숙공宣肅公 최종준崔宗峻[1]은 천성이 맑고 개결하다. 약관 나이(20세)에 벼슬길에 올라서 한 번도 법을 어기지 않았다. 시중侍中에 올라 15년 동안 총재冢宰[2]로 있으면서도 집안이 물처럼 깨끗하였다. 퇴직을 청할 나이에 이르자 임금이 궤장几杖[3]을 하사하였고, 조회에 참석하지 않을 수 있게 하여 예우하였다. 그래도 정사를 보필하는 일은 변함없이 지속하였다.

상주목尙州牧(최자)에서 동지를 축하하는 하장賀狀을 올려 이렇게 아뢰었다.

"부귀하면서도 소탈하고 청렴 담박하면서도 강하고 명석하여, 집안에 티끌조차 묻히지 않으니

富貴瀟洒	●●○○
1 2 3 4	부귀소쇄
부하고	귀하고	탈속	쇄락하며

恬淡剛明	○●○○
1 2 3 4	염담강명
편안하고	담박하고	강하고	밝아서

門庭不雜塵埃	○○●●○○
1 1 6 5 3 4	문정불잡진애
문정에	않으니	섞이지	티끌과	먼지

---

1) 선숙공宣肅公 최종준崔宗峻(?~1246)은 최유청崔惟清의 손자이고, 최선崔詵의 아들이다. 1201년 과거에 장원 급제하여 문하시중에 올랐다. 1242년에 궤장을 하사받았다. 『신집어의촬요방新集御醫撮要方』을 엮었다.
2) 총재冢宰는 6부 장관을 통솔하는 우두머리 재상이다. 이부 상서를 이른다.
3) 궤장几杖은 안석案席과 손잡이 윗부분에 비둘기 모양을 새긴 구장鳩杖이다. 치사하는 신하에게 임금이 예물로 하사한다. (상-7 참조)

얼음과 옥처럼 노복들도 깨끗합니다.	奴隷猶爲氷玉 ○●○○○● 1 1 3 6 4 5　노례유위빙옥 |노예들도|오히려|이다|얼음과|옥|
성내지 않아도 맑은 위엄이 있어서	淸威不怒 ○○●● 1 2 4 3　청위불노 |맑은|위엄은|않아도|성내지|
모든 사람이 바라보고 경외하고,	人皆望而畏之 ○○●○○● 1 2 3 4 6 5　인개망이외지 |사람이|다|보고|어사|겁내고|그를|
몸가짐 빛나 모범이 많으니	華態多儀 ○●○○ 1 2 4 3　화태다의 |빛나는|모습은|많으니|본보기가|
본연의 꾸밈없는 모습입니다.	天然無所飾也 ○○○●●● 1 2 5 4 3 6　천연무소식야 |본디|그렇고|없다|바가|꾸민|어사|
끝까지 한 절개로	終至一節 ○●●● 1 4 2 3　종지일절 |끝까지|이르러|한결같은|절개에|
다섯 임금을 보필했으니,	弼諧五朝 ●○○● 1 4 2 3　필해오조 |보필하여|화합하니|다섯|조정을|
벼슬길에 오른 이후로	自從從仕已來 ●○○●●○ 3 3 2 1 5 5　자종종사이래 |으로부터|좇음|벼슬을|이래로|
유사가 탄핵한 적 없고,	無有有司所劾 ○●●●○● 6 5 1 1 4 3　무유유사소핵 |없고|있음이|유사에게|바가|탄핵된|
네 세대가 평장사에 계속 올랐어도	四世平章之相繼 ●●○○○○● 1 2 3 3.5 6 7　사세평장지상계 |네|세대가|평장을|어사|서로|이어도|
지금 선관4) 벼슬보다 높은 적 없었습니다.	莫高今日之蟬冠 ●○○●○○○ 7 6 1 1 3 4 4　막고금일지선관 |없다|높은 적|지금의|어사|선관보다|

---

4) 선관蟬冠은 고위 관료가 쓰던 매미 날개 모양의 관이다. 담비 꼬리로 장식하여 초
　선관貂蟬冠이라고 한다.

총재로 십 년도
드문 경우인데
하물며 평생의 구장도
하사받았음에랴.”

十年冢宰之罕聞 ●○●●○○
1 2 3 3 5 6 7 　십년총재지한문
|십|년|총재도|어사|드물게|듣는데|

況賜平生之鳩杖 ●●○○○○●
1 7 2 2 4 5 5 　황사평생지구장
|하물며|하사함에랴|평생|어사|구장을|

【아래 생략】 ……

공이 특별히 명하여 답장을 보내주었다.

“청렴 정직하여
사심이 없고
충성과 강직함으로
자부하여,
남포로 베풀던 은혜
자포로 계속 베풀고*5)
영각에서 황각에 오른
전례 이으니,**6)
선정을 베풀었다는
명성 들리고

廉正無私 ○●○○
1 2 4 3 　렴정무사
|청렴|정직하여|없고|사심이|

忠貞自許 ○○●●
1 2 3 4 　충정자허
|충성과|올곧음을|스스로|인정하여|

紫袍繼藍袍之遺愛 ●○●○○○○●
1 1 8 3 3 5 6 7 　자포계람포지유애
|자포로|잇고|남포의|어사|끼친|사랑|

鈴閣尋黃閣之前蹤 ○●○○●○○○
1 1 8 3 3 5 6 7 　령각심황각지전종
|영각에서|이으니|황각의|어사|전|자취|

所聞政理聲 ●○○●○
2 1 3 3 5 　소문정리성
|바|들은|정사 다스려진다는|명성 있고|

---

5) 자포紫袍는 높은 관원이 입는 자주색 옷이고, 남포藍袍는 낮은 관원이 입는 남색 옷이다. 최자가 이전에 상주 서기로 근무하였고, 이때 상주 목사로 근무하여 이렇게 말한 것이다.

6) 영각鈴閣은 지방관이 집무하는 관아이고, 황각黃閣은 재상이 집무하는 중서성이다. 정숙공 김인경金仁鏡이 상주 목사로 좌천되어 “언제쯤에 영각에서 황각에 올라, 태수 지위가 재상 지위로 바뀌려나?[何時鈴閣登黃閣, 太守行爲宰相行?]”라고 했는데, 얼마 후에 부름을 받아 올라가 재상이 되었다고 한다. 최자도 지금은 영각에 있으나, 영각에서 황각에 오른 김인경의 자취를 뒤이어서, 곧 재상 지위에 오를 것이라고 기대한 것이다.

문장 평판도
아울러서 높은데,

친구를
버리지 않고

안부를
기꺼이 전하셨습니다.

상락(상주)7)의
향기로운 매화를

녹야당8) 노인에게
사신 편에 보내셨는데,

중서성
붉은 작약9)도

주인이 없어
자미사인10)을 기다리니,

비단 재단하는
수령11) 일 거두시고

竝重文章價 ●●○○○
1 5 2 2 4　병중문장가
|아울러|중한데|문장의|평판도|

不遺親舊 ●○○●
4 3 1 1　불유친구
|않고|버리지|친구를|

枉示寒暄 ●●○○
3 4 1 2　왕시한훤
|수고롭게|보였다|춥고|따뜻함 물음을|

上洛芳梅 ●●○○
1 1 3 4　상락방매
|상락의|꽃다운|매화를|

隨使來綠野堂老 ○●●●●○
2 1 7 3 3 3 6　수사래록야당로
|따라|사신|보냈는데|녹야당|노인에|

中書紅藥 ○○○●
1 1 3 4　중서홍약
|중서성|붉은|작약도|

無主待紫薇舍人 ○●●●○●○
2 1 7 3 3 3 3　무주대자미사인
|없어|주인|기다리니|자미사인을|

宜收製錦之功 ○○●●○○
1 6 3 2 4 5　의수제금지공
|응당|거두고|재단하는|비단|어사|공을|

---

7) 상락上洛은 상주商州의 별칭이다.

8) 녹야당綠野堂은 당나라 재상 배도裴度(765~839)의 낙양 남쪽 별장이다. 말년에 백거이, 유우석 등과 시와 술을 즐기던 곳이다. 여기서는 최종준이 자기 거처를 빗대어 말했다. 『신당서 배도전裴度傳』.

9) 홍약紅藥은 작약의 별칭이다. 중서성에 작약을 심어, 중서성을 상징하는 꽃이 되었다.

10) 자미紫薇는 배롱나무이다. 자미사인紫微舍人은 중서사인이다.(중-44 참조)

11) 제금製錦은 비단 옷감을 재단한다는 말이다. 고을 수령의 직무를 빗댄 것이다. 정鄭나라 자피子皮가 어린 윤하尹何에게 고을을 맡기려 하자, 자산子産이 "당신에게 좋은 비단이 있다면, 남에게 주어 옷 제작을 연습하라고 하지 않을 것입니다.[子有美錦, 不使人學製焉.]"라고 하였다. 『좌전 양공襄公 31년』.

윤음 다듬는[12] 이곳에
곧장 와야 합니다.”

원주* 【그 수령이 일찍이 서기書記로 이 고을을 맡았었다.】
원주** 【정숙공貞肅公 고사를 사용했다. 이야기가 위에 나온다.】

무릇 재상이 하장賀狀에 답장을 보낼 때는, 으레 단간短簡으로 하고
문장도 한두 줄을 넘기지 않는다. 그런데 지금 이 답장은 여느 때와
다르게 지극히 자상하다. 다른 주목州牧에서 소식을 듣고 놀라 귀를
쫑긋하고 영광스러운 일이라고 하지 않음이 없었다.

崔宣肅公宗峻, 天性淸介. 自弱冠從仕, 無一犯憲, 位侍中, 爲冢宰
十五年, 門庭水淨. 年方乞退, 上賜几杖不朝, 輔政如故. 尙牧賀冬至
狀云 "富貴瀟洒, 恬淡剛明. 門庭不雜塵埃, 奴隷猶爲氷玉. 淸威不怒,
人皆望而畏之; 華態多儀, 天然無所飾也. 終至一節, 弼諧五朝. 自從
從仕已來, 無有有司所劾. 四世平章之相繼, 莫高今日之蟬冠. 十年
冢宰之罕聞, 況賜平生之鳩杖.【云云】"公特命狀答云 "廉正無私, 忠
貞自許. 紫袍繼藍袍之遺愛,【其守曾爲書記, 任此州.】鈴閣尋黃閣之前
蹤.【用貞肅公事出上.】所聞政理聲, 竝重文章價. 不遺親舊, 枉示寒暄.
上洛芳梅, 隨使來綠野堂老; 中書紅藥, 無主待紫薇舍人. 宜收製錦
之功, 直躡演綸之地." 凡宰相答賀狀, 例以短簡, 文不過一兩行. 今
此答至悉異常, 他州牧莫不聳聽榮之.

―――――

12) 연륜演綸은 제왕의 윤음을 기초하여 작성하는 일을 이른다.(중-45 참조)

※ 임금에게 궤장几杖을 하사받고 치사한 선숙공 최종준에게 상주 목사 최자가 동짓날에 올린 서장과 최종준의 답장을 소개하였다. 최종준은 1242년에 벼슬에서 은퇴하였으니, 위의 서장은 이 무렵에 작성한 것으로 볼 수 있다.

하18. 최자가 상주목에서 김창에게 올린 동지 하례 서장
"진양공과 나란히 동시에 상국이 되었습니다"

정당政堂 김창金敞[1]은 대과에 3등으로 급제하였고, 진양공(최우) 문하에서 상객上客이 되어 날마다 어진 인재를 천거하고 국정을 돕는 일에 힘썼다. 이후로 얼마 지나지 않아서 재상 지위에 오르고, 여러 해에 걸쳐 거듭하여 과거를 관장하였다. 이에 동년 진사인 한유선韓惟善[2]이 그의 문하에서 급제하게 된 것이었다.

그해(1242) 동지에 상주목(최자)에서 하장賀狀을 올려 이렇게 아뢰었다.

"흰 베옷 입은 선비[3]로서
성균관에 들어가
동방[4]에 이름 올렸는데
이제 어찌 문생이 되었습니까?
푸른 적삼[5] 시절에
진양공 문객이 된 공은

白布登名於成均 ●●○○○○○
1 2 7 6 5 3 3 백포등명어성균
흰 베옷으로 올리고 이름 에 성균관

牓同牓奈今門生 ●○●●○○○
3 1 2 4 5 6 6 방동방내금문생
방 붙고 같은 방에 어찌 지금 문생인가

青衫爲客於晉陽 ○○○●○●○
1 2 7 6 5 3 3 청삼위객어진양
푸른 적삼으로 되어 객이 에 진양

---

1) 김창金敞(?~1256)의 초명은 김효공金孝恭이다. 신라 경순왕의 후예이다. 희종 때 급제하고, 최우에게 뽑혀 정방政房에서 인재 선발을 맡았다. 이후 문하시랑평장사에 올랐다. 시호는 문간文簡이다.
2) 한유선韓惟善은 김창金敞이 지공거를 맡은 고종 29년(1242) 과거에 을과 2인으로 급제하였다.
3) 백포白布는 흰 베옷을 입은 벼슬 없는 백성을 이른다.
4) 김창과 한유선이 국자감에 들어가 같은 해에 국자감시에 합격했음을 이른다. 성균成均은 국자감을 이른다. 충렬왕 때 국자감을 성균관으로 개칭했는데, 이전에도 '성균'으로 불렸음을 알 수 있다.
5) 청삼青衫은 서생이나 낮은 벼슬아치가 입는 푸른 적삼이다.

진양공과 나란히
동시에 상국이 되었습니다."

公與公竝時相國 ○●●○●●
1 3 2 5 4 6 6 공여공병시상국
공이 과 공 함께하여 때를 상국 되었다

지금 여러 주州와 목牧에서 하례하는 표장表狀을 올릴 때는 대체로
옛것을 본뜨고 베껴서 지어 올리는 경우가 많다. 그런데 상주목에서
올린 이 표장은 호로葫蘆(호리병박) 모양을 베끼듯이 본떠서 엮은 것이
한두 문장도 없고,[6] 모두 즉사卽事로 지어내었다. 다만 말이 원숙하
지는 못하다.

金政堂敞, 以金牓第三人, 爲晉陽門下上客, 日以薦賢助國爲務. 無
幾何拜相位, 連年掌試. 同年進士韓惟善, 登第於門下. 是年冬至, 尙
牧賀狀云 "白布登名於成均, 牓同牓奈今門生. 靑衫爲客於晉陽, 公
與公竝時相國." 今諸州牧賀表狀, 類多模奪舊本. 此尙牧表狀, 無一
二章畫葫蘆, 皆卽事. 但辭不圓熟耳.

---

6) 호로葫蘆를 그릴 적에 본本을 따라 베껴냄을 이른다. 북송의 한림 도곡陶穀이 문
　장을 자부했는데, 태조가 이렇게 말했다. "한림은 초고를 작성할 때, 옛글의 말
　을 고쳐서 바꾼다고 한다. 세상에서 말하는 '본을 따라 호로를 그린다[依樣畫葫蘆]'
　는 것이다." 위태魏泰, 『동헌필록東軒筆錄』.

옛날 사륙문은 본보기가 한유와 유종원이거나, 아니면 송나라 삼
현三賢[1]에 있다. 이에 미치지 못한다면, 문열공(김부식)을 모범으로 삼
아도 괜찮다.

문순공(이규보)은 일기逸氣와 호방한 재능으로 문사文辭를 구사하여
반드시 웅대하고 유장하게 지어내었지만, 전牋과 표表에 있어서는 반
드시 요약된 말과 짧은 문장[約辭短章]으로 지어냈다. 염률簾律도 어기
지 않았다.

그런데 근래에 몽고 임금이 조서를 보내어 우리나라 잘못을 지적
한 일이 있었다. 조목조목 곡진한 내용이었다. 이때 공(이규보)이 표문
을 작성하게 되었는데, 한두 문장으로 답할 수 없는 내용이었기 때문
에, 간혹 말을 풀어서 산사散辭[2]로 작성하였다. 그렇지만 염률은 여
전히 지켰다.[3]

이후로는 몽고에 보내는 표문을 작성할 때 으레 말을 풀어서 산사
로 작성하게 되었다. 심지어 관직을 사양하는 표문을 작성하는 자들
까지 점차 이를 본받게 되면서, 더욱 법에 맞지 않게 되었다.

무릇 전과 표에 대해 사륙문으로 짓고 염률과 대우를 맞추도록 제

---

1) 송나라 삼현三賢은 누구인지 정확하지 않다. 다만 고문 수법으로 사륙문을 변화
시킨 구양수, 왕안석, 소식을 주목할 수 있다.
2) 산사散辭는 4자와 6자의 자수 및 대구 형식을 지키지 않고 서술한 것을 이른 듯
하다. 여전히 염률을 따랐으니, 일반 산문과는 차이가 있다.(하-21 참조)
3) 『동문선』에 「몽고 사자에게 맡겨 황제에게 올리는 표[蒙古行李賚去上皇帝表]」라는 제
목으로 실려있다.

한을 둔 까닭은, 겸손하게 단속해서 지나치지 않게 작성하게 하려는 데에 있다. 말을 간략히 하면서도 그 뜻이 전부 드러나는[辭約義盡] 것을 뛰어나게 여긴 것이었다.

수나라와 당나라 이전에는 거침없이 말하고 염률도 맞추지 않았지만, 당나라 이후로 대려對儷(대우)와 염률을 맞추기 시작하면서, 대려가 거칠고 늘어지면[荒長] 오히려 예가 아닌 것이 되었다. 하물며 말을 풀어서 산사로 작성하고 염률까지 맞추지 않는다면, 공손하지 못한 것이 되었다.

나는 젊은 시절에 일찍이 정숙공(김인경)이 과장에서 창작한 부賦를 칭송하고, 한번 본받아서 창작해보고 싶다고 생각했었다. 또 과거에 급제한 뒤로는 임종비林宗庇와 정지상鄭知常의 사륙문을 흠모하였고, 호랑이를 닮게 그려내듯이 본받고 싶었다. 그런데 지금에 와서 예전에 창작한 것을 돌아보니, 전부 생삽生澁하고 거칠고 공허하다[荒虛]. 호랑이를 그리려다가 도리어 개의 모습처럼 그려낸 경우와 같다.[4]

그때 삼현과 문열공을 본받기를 고니를 베끼듯이 하지 않은 것이 후회스럽다. 그랬다면 비록 진짜처럼 그려내지는 못했더라도, 오리와 비슷하게 그리는 정도는 되었을 것이다.[5]

---

4) 호랑이를 그리려다가 도리어 개처럼 그렸다는 말이다. 『후한서 마원전馬援傳』, "백고를 본받으면, 못해도 오히려 삼가고 조심하는 선비가 될 것이다. 이른바 '고니를 조각하다가 이루지 못해도 오리를 닮는다[刻鵠不成尙類鶩]'라는 것이다. 계량을 본받다가 이루지 못하면, 천하의 경박한 사람이 된다. 이른바 '호랑이를 그리다가 못하여 도리어 개를 닮는다[畫虎不成反類狗]'라는 것이다."

5) 고니를 조각하다가 오리처럼 됐다는 것은, 핍진하진 못해도, 근사하게 됐다는 말이다. 『후한서 마원전馬援傳』.

古四六龜鑑, 非韓·柳則宋三賢. 不及此者, 以文烈公爲模範, 可矣. 文順公以逸氣豪才, 驅文辭必弘長. 至於牋表, 必約辭短章, 不恣簾律. 比者蒙古帝, 詔責我國, 條條意曲. 公爲表, 不可以一二章敍答. 故間或散其辭, 而簾律尙存. 其後爲蒙古表者, 例散其辭. 以至讓謝官職者, 漸效之, 尤爲不法. 凡牋表限四六簾對者, 欲謙檢而不越也, 以辭約義盡爲優. 隋·唐以前, 肆言無簾律. 自唐以降, 有對儷有簾律, 爲對儷荒長, 尙非禮. 況散其辭, 而無簾律, 是不恭也. 子少時嘗頌貞肅公場屋賦, 願一效嚬. 及登第後, 慕林宗庇·鄭知常之爲四六, 竊欲畫虎焉. 逎今反視從前所作, 皆生澁荒虛, 反類狗也. 恨不當時畫鵠於三賢及文烈公, 雖未得寫眞, 庶可彷彿於鶩也.

※ 앞 장(중-14)에서 왕명을 기록한 제制와 고誥 등을 소개하였고, 다음 장(중-15)에서 관료를 임명하는 관고官誥를 소개하였다. 이어서 상주목에서 임금에게 올린 표문(중-16)과 최종준에게 올린 서장(중-17)과 김창에게 올린 서장(중-18)을 소개하였다. 모두 사륙변려문 형식으로 작성하는 문서이다. 이 장에서 사륙문의 본보기와 변천사를 소개한 것은, 앞에서 여러 변려문 형식을 소개한 것과 연관되어 있다. 아울러 뒤에서도 김지대가 상관인 최자에게 올린 서장(중-20)을 소개하고, 다시 사륙문의 문체적 특징(중-21)을 소개하였다. 모두 한 시기에 묶어서 서술하였을 듯하다.

하20. 장원 김지대가 원정에 진무사 최자에게 올린 하례 서장
"두 해 만에 물고기 새도 모두 알아보네"

정미년(1247) 봄에 국가에서 호구胡寇를 방어하기 위해 3품 관원을 진무사鎭撫使로 삼아 세 지방에 나누어 파견하였다. 그때 장원 김지대金之岱[1]가 형부 시랑으로 있다가 동남로 안렴사東南路按廉使 겸 부행副行에 제수되었다. 그(김지대)가 진무사(최자)에게 정조正朝를 축하하는 하장賀狀을 올려 하례하였다.[2]

"초하루 새벽을
계인[3]이 알리니
다투어 초나라처럼 문에
닭 그림 붙이고,[4]
봉황 조서[5]를
봄에 내리려고

鷄人報曉 ○○●●
　1　1　4　3　계인보효
│계인이│알리니│새벽을│

爭糊楚戶之鷄 ○○○●●○
　1　6　2　3　4　5　쟁호초호지계
│다투어│붙이고│초│문의│어사│닭을│

鳳詔頒春 ●●○○
　1　1　4　3　봉조반춘
│봉황 조서를│반사하려고│봄에│

---

1) 김지대金之岱(1190~1266)의 초명은 김중룡金仲龍이다. 1219년 과거에 장원 급제하여 조충趙冲의 문생이 되었다. 전주 사록全州司錄과 전라도 안찰사를 거쳐 1258년에 첨서추밀원사로 북계北界에 파견되었다. 중서시랑평장사로 치사하였다. 시호는 영헌英憲이다.

2) 『동문선』에 「경상 안무사 사성 최자에게 원정을 하례하여 올린 글[上慶尙安撫使崔司成滋賀正狀]」이라는 제목으로 실려있다.

3) 계인鷄人은 주나라 때의 벼슬이다. 희생으로 쓸 닭을 관리하고, 국가의식에 시간을 알리는 일을 맡았다.

4) 초나라 풍속에 정월 초하루를 계일鷄日이라 하고, 문 위에 닭 그림을 붙이고 길대로 엮은 줄과 부적을 설치하여 재앙을 막고 복을 불렀다. 종름宗懍, 『형초세시기荊楚歲時記』(『고문사문류취 화계첩호畫鷄貼戶』).

5) 봉조鳳詔는 임금이 내리는 조서이다. 후조後趙의 임금 석호石虎(295~349)는 조서를 내릴 때, 오색 종이에 작성한 조서를 나무로 만든 봉황 입에 물린 후에 높은

순지[6]의 봉황을
서둘러 씻깁니다.
삼가 생각건대
패도 왕도를 아우른 지략에
천지 이치에
통달한 유자로서,[7]
문화공 문헌공[8]과
같은 가문에서
선함을 쌓아
반드시 경사가 있으리니,
사업에서 사성[9]으로
여섯 달 만에 올라
초월한 승진도
어렵지 않았습니다.
아침까지 시험관 권한[10]을
거두지 않다가

催浴荀池之鳳　○●○○○●
1 6 2 3 4 5　최욕순지지봉
서둘러 씻긴다 순욱 못의 어사 봉새를

恭惟懷霸王之略　○○○●○●
1 2 5 3 3 6 7　공유회패왕지략
삼가 생각에 품은 패왕을 어사 꾀이고

通天地曰儒　○○●●○
3 1 1 5 4　통천지왈유
통달하여 하늘 땅에 불리니 유자로

文和文憲之一門　○○○●●○
1 1 3 3 5 6 7　문화문헌지일문
문화와 문헌의 어사 한 가문에서

積善必有慶　●●●●○
2 1 3 5 4　적선필유경
쌓아 선을 반드시 있으니 경사가

司業司成之六朔　○●○○○●●
1 1 3 3 5 6 7　사업사성지륙삭
사업에서 사성을 어사 여섯 달에 올라

超資曾無難　○○○○○
2 1 3 5 4　초자증무난
초월함도 자급 일찍 없었다 어려움

朝未收選席之權衡　○●○●●○○○
1 8 7 2 2 4 5 5　조미수선석지권형
아침에 않고 거두지 선석의 어사 권형

곳에서 줄에 매달아 날듯이 내려가게 했다고 한다. 육홰陸翽, 『업중기鄴中記』(『태평어람』 권915).

6)　순지荀池는 중서성의 연못이다. 봉황지鳳凰池라고 한다. 서진의 순욱荀勗이 오래 있던 중서성을 떠나 자리를 옮기자 사람들이 축하하니, "내 봉황지를 뺏겼는데도 여러분이 나를 축하하는 것인가?"라고 하였다. 순욱의 중서성 연못을 순지荀池라고 한 것이다. 『진서 순욱전荀勗傳』.

7)　『양자법언 군자편君子篇』, "하늘과 땅과 사람의 도에 통달한 자를 유자라고 한다.[通天地人曰儒.]"

8)　문화공文和公은 최충崔冲의 장남 최유선崔惟善의 시호이고, 문헌공文憲公은 최충의 시호이다.(상-7 참조)

9)　사업司業은 국자감 종4품 벼슬이고, 사성司成은 국자감 종3품 벼슬 대사성大司成을 이른다.

10)　권형權衡은 저울추와 저울대이다. 최자가 대사성을 맡아 인재를 평가하는 일을

문득 군문의 부절 부월[11]을
맡겨도,
외적을 제압하여
위명을 떨쳐
두 해 만에
물고기 새도 모두 알아보니,[12]
변방을 안정시킨
공업을 세워
온 나라가 생황 연주로
태평에 취했습니다.”

暮卽授戎門之節鉞　●●●○○○●●
1 7 8 2 2 4 5 5　모즉수용문지절월
|저녁에|즉시|주어도|군문의|어사|절월|

制外威名　●●○○
2 1 3 4　제외위명
|제압한|외적을|위엄 있다는|명성을|

二年魚鳥渾相識　●○○○●○○
1 2 3 4 5 6 7　이년어조혼상식
|두|해에|물고기|새도|온통|서로|아니|

安邊功業　○○○●
2 1 3 4　안변공업
|안정시킨|변방을|공과|업적을 세워|

萬國笙歌醉太平　●●○○○●○
1 2 3 4 7 5 5　만국생가취태평
|만|나라가|생황|노래로|취한다|태평에|

이틀 뒤에 진무사를 우복야에 제수하는 조서가 내려왔다. 김지대
가 다시 하장을 올려 치하하였다.[13]

“글씨가 마르지도 않은
새로운 조서가[14]

新詔濕鴉之字　○●●○○●
1 2 4 3 5 6　신조습아지자
|새|조서|적신 듯한|까마귀|어사|글자가|

수행한 것을 이른다.
11) 절월節鉞은 군을 통솔하는 자의 신분과 권한을 상징하던 부절符節과 부월斧
鉞이다. 최자가 국자감 대사성에서 경상도 안찰사로 나간 일을 말한 것이다.
12) 소식, 「상주와 윤주의 길에서 전당이 그리워 술고에게 다섯 수를 지어보내
다[常潤道中有懷錢塘寄述古五首]」, “두 해에 물고기와 새도 온통 알아보고, 석 달
에 꾀꼬리와 꽃이 공에게 기대네.[二年魚鳥渾相識, 三月鶯花付與公.]” 전당錢塘은
항주이고, 술고述古는 항주 장관 진양陳襄의 자이다.
13) 『동문선』에 「안무사가 복야에 새로 제수된 일을 하례하는 글[賀安撫使新除僕射
狀]」이라는 제목으로 실려있다.
14) 송 소식, 「동전이 남기고 떠난 시에 화운하다[和董傳留別]」, “황마지에 조서를 쓰니
새로 짖은 글자가 마치 거위 같네.[詔黃新濕字如鵝.]”

천 리 밖에서
내려오니,

千里而來 ○●○○
1 2 3 4　천리이래
|천|리|밖에서|어사|오니|

봉황을 씻긴다고
앞 서장에서 한 말이

前書浴鳳之言 ○○●●○○
1 2 4 3 5 6　전서욕봉지언
|이전|글|씻긴다는|봉황을|어사|말이|

사흘 만에
실현되었습니다.

三日乃驗 ○●●●
1 2 3 4　삼일내험
|삼|일 만에|마침내|증험되었다|

삼가 생각건대
재주와 명성이 세상을 덮고

恭惟才名蓋世 ○○○○●●
1 2 3 4 5 6　공유재명개세
|삼가|생각에|재주|명성이|덮고|세상을|

덕과 행실이
무리 중에 빼어나,

德行絕倫 ●●●○
1 2 4 3　덕행절륜
|덕과|행실이|우뚝하여|무리 중에|

네 임금을
황각15)에서 모셨으니

黃閣四朝 ○●●○
1 1 3 4　황각사조
|황각에서|네|조정을 모시니|

아버지도 재상이고
아들도 재상이요,

父宰相子宰相 ●●●●●●
1 2 2 4 5 5　부재상자재상
|아버지도|재상|아들도|재상이요|

일곱 세대가 급제하여
홍전16)을 받드니

紅牋七世 ○○●●
1 1 3 4　홍전칠세
|붉은 전지를|일곱|세대가 받으니|

조부도 문장이고
손자도 문장입니다.

祖文章孫文章 ●○○○○○
1 2 2 4 5 5　조문장손문장
|할아버지도|문장|손자도|문장이다|

고상한 관직17)에
일찍 올라서

早躡淸班 ●●○○
1 4 2 3　조섭청반
|일찍|올라서|맑은|반열에|

두루 요직을
거쳤으니,

歷遷要地 ●○●●
1 4 2 3　력천요지
|두루|거치니|중요한|자리를|

---

15) 황각黃閣은 재상이 집무하는 곳이다. (상-12 참조)
16) 홍전紅牋은 과거 급제자의 성적과 이름을 적은 붉은 종이 합격증 홍패紅牌를 이른다.

태학[18]에서
경전을 논할 때는
여러 노숙한 선생도
흠잡지 못하고,
옥당에서
붓을 쓸 때는
옛 문인도 이르기 힘든
경지에 올랐습니다.
선정의 명성이
아직 상락에 남아 있고[19]
업무 능력도
내내 서원[20]에 전해지는데,
내외 제술[21]을 맡는
영예를 놓치지 않고
문득 구경[22]의 반열에
오르신 것입니다.
전형을 맡아
인재를 선발하여

談經壁水 ○○●●
4 3 1 1　담경벽수
|이야기할 때|경전을|벽수에서|

諸老先生無間言 ○●○○○●●
1 2 3 3 7 5 6　제로선생무간언
|여러|늙은|선생이|없고|틈 잡는|말이|

揮翰玉堂 ○●●
4 3 1 1　휘한옥당
|휘두르니|붓을|옥당에서|

自古詞人難到處 ●●○○○●●
2 1 3 3 6 5 7　자고사인난도처
|부터|예|문인이|힘든|이르기|경지다|

政聲猶在於上洛 ●○○●●●●
1 2 3 7 6 4 4　정성유재어상락
|정사의|명성이|아직|있고|에|상락|

簿判尙傳於西垣 ●●●○○○○
1 2 3 7 6 4 4　부판상전어서원
|문서|판결 솜씨가|아직|전하는데|에|서원|

不離兩制之榮 ●○●●○○
6 5 1 1 3 4　불리량제지영
|않고|놓치지|두 제술관의|어사|영광|

便陟九卿之列 ●●●○○●
1 6 2 2 4 5　변척구경지열
|문득|올랐다|구경|어사|반열에|

提衡選士 ○○●●
2 1 4 3　제형선사
|들고서|저울을|선발하여|선비를|

---

17) 청반淸班은 학식과 문벌이 높은 자에게 제수하던 옥당이나 사관 등의 문한文翰을
　　다루는 관직이다. 지위가 높지 않지만, 높은 지위에 오르는 관문이 되었다.
18) 벽수壁水는 태학太學, 곧 국자감을 이른다. 벽옹辟雍이라고 한다. 주나라 때 태학
　　의 터를 둥글게 하고 둘레에 반벽半璧 모양으로 못을 판 것에서 유래한다.
19) 상락上洛은 상주尙州의 별칭이다. 최자가 상주 목사尙州牧使를 지낸 일을 말한 것
　　이다.
20) 서원西垣은 중서성中書省의 별칭이다. 궁중 서쪽에 위치하여 이렇게 이른다.
21) 양제兩制는 내외 제술을 담당하는 성랑省郞과 고원誥院을 이른다.(하-14 참조)
22) 구경九卿은 삼공三公 아래의 재신들을 이른다. 3성과 6부의 장長을 꼽는다.

복숭아 오얏나무[23]
봄에 문하에 가득하고,

春開桃李之門 ○○○●○○
1 6 2 2 4 5　춘개도리지문
|봄에|열고|복사 오얏의|어사|문하를|

부월을 짚고
군영에 임하여

仗鉞臨戎 ●●○○
2 1 4 3　장월림융
|짚고|부월을|임하여|군영에|

부용의 막부[24]를
여름에 여니,

夏闢芙蓉之幕 ●●○○○●
1 6 2 2 4 5　하벽부용지막
|여름에|여니|부용꽃의|어사|막부를|

천자께서 이미
남녘 근심을 잊으시고

天子已忘於南顧 ○●●○○○●
1 1 3 7 6 4 5　천자이망어남고
|천자는|이미|잊고|에|남쪽|살피는|근심|

백성들이 다투어
중흥을 기다립니다.

國人爭俟於中興 ●○○○○○○
1 1 3 7 6 4 5　국인쟁혜어중흥
|백성은|다퉈|기다린다|에|중간에|다시|흥함|

과연 누린내 비린내가
원근에 가득하여

果得腥羶彌滿於邇邐 ●●○○○●●○
1 2 3 3 8 8 7 5 5　과득성전미만어이하
|과연|이루기를|누린내|차서|에|원근|

나라 삼면이
온통 소란하더니,

三方盡擾 ○○●●
1 2 3 4　삼방진요
|세|방면이|전부|소란하다가|

담소하고 지휘하면서
진정시켜

談笑指揮而鎭定 ○●●○○●●
1 1 3 3 5 6 6　담소지휘이진정
|담소하고|지휘하며|어사|진정시켜|

온 지역을 홀로
온전하게 했습니다.[25]

一境獨完 ●●●○
1 2 3 4　일경독완
|한|지역이|홀로|온전하였다|

내 공로가
이미 홀로 빼어나니

我勞也旣獨賢 ●○●●●○
1 2 3 4 5 6　아로야기독현
|내|공로가|어사|이미|홀로|어지니|

---

23) 도리桃李는 후배나 문생을 이른다. (상-9 참조)

24) 부용막芙蓉幕은 대신의 막부이다. 연막蓮幕으로 불린다. 위장군衛將軍 왕검王儉이
유고지庾杲之를 장사長史로 삼아 막부에 두자, 소면蕭緬이 "유고지가 푸른 물에 떠
서 부용꽃에 의지하게 되었으니, 얼마나 아름다운가?"라고 하였다. 당시에 왕검
의 막부가 연화지蓮花池로 불렸다. 『남사 유고지전庾杲之傳』.

25) 최자가 경상도 안찰사 임무를 수행한 일을 이른다.

순서를 뛰어넘어
시상해야 마땅합니다.
누차 태학²⁶⁾에
근무하니
맑은 직책이
달이 갈수록 더 맑아지고,²⁷⁾
어사대²⁸⁾에
이어서 들어가니
엄한 법²⁹⁾의 기풍이
더 엄격했습니다.*
다만 중책은
후덕한 자를 우선 추대하고
더구나 인재는
자급도 따를 것 없습니다.
따라서
광록대부를 제수하고
이어 한림 학사를
겸하게 하니,

宜賞之以不次　○●●●●●
1 3 2 6 4 4　　의상지이불차
응당 | 상 주길 | 이를 | 로써 한다 | 불차

累遷芹泮　●○○○
1 4 2 2　　루천근반
여러 번 | 옮겨 가니 | 태학에

氷銜月改而轉淸　○○●●○○
1 1 3 4 5 6 7　　빙함월개이전청
빙함이 | 달 | 바뀜에 | 어사 | 더 | 맑아지고

尋入栢臺　○●●○
1 4 2 2　　심입백대
이어서 | 들어가니 | 어사대에

霜憲風生而更烈　○●○○●○●
1 1 3 4 5 6 7　　상헌풍생이갱렬
상헌이 | 기풍 | 생겨 | 어사 | 더 | 엄해졌다

顧重位當先推德　●●●○○○●
1 2 2 7 4 6 5　　고중위당선추덕
다만 | 중책은 | 옳고 | 먼저 | 추대함 | 덕을

況異人不必徇資　●●○●●●○
1 2 2 7 4 6 5　　황이인불필순자
하물며 | 이인은 | 않는다 | 굳이 | 좇지 | 자급

故除光祿大夫　●○○●●○
1 6 2 2 2 2　　고제광록대부
그러므로 | 제수하고 | 광록대부를

仍帶翰林學士　○●●○○●
1 6 2 2 2 2　　잉대한림학사
이어 | 띠게 하니 | 한림학사를

---

26) 근반芹泮은 태학을 이른다. 태학의 학생은 반수泮水에 자라는 미나리를 뜯어 나
물로 쓴다고 한다. 『시경 반수泮水』, "즐거운 반수에서 잠깐 미나리를 뜯노라.[思
樂泮水, 薄采其芹.]"
27) 빙함氷銜은 청요淸要의 관직을 이른다. 최자가 근무하여 더욱 맑은 기풍이 생겼
다는 말이다.
28) 백대栢臺는 규찰과 탄핵을 담당하는 어사대御史臺의 별칭이다. 사헌대司憲臺, 사헌
부司憲府라고 한다.
29) 상헌霜憲은 법을 서릿발처럼 엄격하게 집행함을 이른다.

국가의 인재 잘 씀을
축하할 뿐 아니라
우리 도가 크게 행해짐을
또한 기뻐합니다."

豈唯賀聖朝之善用	●○●●○○●●
1 2 8 3 3 5 6 7	기유하성조지선용
어찌 오직 축하할까 성조의 어사 잘 씀	

抑亦欣吾道之大行	●●○○●○○
1 2 8 3 3 5 6 7	억역흔오도지대행
아니 또 기쁘다 오도가 어사 크게 행함	

원주* 【1년 사이 좌주, 사성, 지대, 복야30)를 차례로 거쳤다.】

이 하장은 비록 칭송하기를 실정보다 지나치게 한 부분이 있기는
하지만, 입어立語와 서사敍事가 정밀하고 자상하다[精詳]. 다만 "만국생
가萬國笙歌"로 대를 맞춘 부분은 허황하고 가소롭다.

丁未春, 國家因胡寇備禦, 以三品官爲鎭撫使, 分遣三方. 時金壯元
之岱, 以刑部侍郎, 爲東南路按廉使兼副行. 及正朝狀賀鎭撫使云"鷄
人報曉, 爭糊楚戸之鷄; 鳳詔頒春, 催浴荀池之鳳. 恭惟懷霸王之略,
通天地曰儒. 文和·文憲之一門, 積善必有慶; 司業·司成之六朔, 超資
曾無難. 朝未收選席之權衡, 暮卽授戎門之節鉞. 制外威名, 二年魚
鳥渾相識; 安邊功業, 萬國笙歌醉太平." 隔兩日除書到, 以鎭撫使爲
右僕射. 金又修狀致賀云"新詔濕鴉之字, 千里而來; 前書浴鳳之言,
三日乃驗. 恭惟才名蓋世, 德行絶倫. 黃閣四朝, 父宰相子宰相; 紅
牋七世, 祖文章孫文章. 早躍淸班, 歷遷要地. 談經璧水, 諸老先生無
間言; 揮翰玉堂, 自古詞人難到處. 政聲猶在於上洛, 簿判尙傳於西
垣. 不離兩制之榮, 便陟九卿之列. 提衡選士, 春開桃李之門; 仗鉞

---

30) 지대知臺는 지어사대사知御史臺事이고, 복야僕射는 상서 우복야尙書右僕射이다.

臨戎, 夏鬪芙蓉之幕. 天子已忘於南顧, 國人爭俟於中興. 果得腥羶
彌滿於邐迤, 三方盡擾; 談笑指揮而鎮定, 一境獨完. 我勞也旣獨賢,
宜賞之以不次. 累遷芹泮, 氷銜月改而轉淸; 尋入栢臺, 霜憲風生而
更烈.【一年中, 累遷祭酒司成知臺僕射.】顧重位當先推德, 況異人不必徇
資? 故除光祿大夫, 仍帶翰林學士. 豈唯賀聖朝之善用? 抑亦欣吾道
之大行."此狀雖有推美過實處, 其立語敍事精詳. 唯"萬國笙歌"之對,
浮誕可笑.

세상에서 사륙四六과 시詩와 문文을 구별한다. 혹 이렇게 말한다.

"아무개는 시에 능하고, 아무개는 문에 능하고, 아무개는 사륙에
능하다. 겸하여 능할 수는 없다."

이는 문장의 깊은 경지를 맛보지 못한 자가 각자 자신이 도달한 문
을 통해 한 측면을 엿보고서 한 말일 뿐이다. 대가의 솜씨를 갖춘 자
라면 하지 못할 것이 없다. 어찌 따로 능한 것과 졸렬한 것이 있겠는
가? 더구나 사륙은 문에서 따로 벗어난 것도 아니다.

대개 위·진 시대에는 저술하는 자가 문을 지어 윗사람에게 올릴 때
열람하기 쉽게 만들려고 하였다. 장章을 나누고 구句를 끊어서 네 글
자씩 나란히 엮고 여섯 글자씩 짝을 지워서 전牋, 표表, 계啓, 장狀을
작성한 것이었다.[1] 이 또한 대우를 맞춘 문文에 해당하는 것이다.

나중에 변하여 염각廉角과 음률音律을 적용한 부賦가 되면서, 과장
에서 이를 활용하여 대언代言[2]과 주장奏章[3]의 재능을 시험하고자 하
였다. 하지만 왕언王言을 대신 기술할 때는, 여전히 대우가 없는 산사
散辭로도 가능하였다.

---

1) 이규보에 따르면, 계啓는 남에게 축하·사례·청탁하거나, 사정 서술을 위해 작성
   한다. 표表·전牋과 형식이 같다. 임금에게 올리면 표表, 태자와 왕후에게 올리면
   전牋, 진신 사대부에게 올리면 계啓이니, 존비에 따라 다르게 칭할 뿐, 형식은 처
   음부터 같다는 것이다. 이규보, 「수재 김회영에게 보내는 서신[與金秀才懷英書]」.
2) 대언代言은 신하가 왕언王言을 대신 기술함을 이른다.(하–14 참조)
3) 주장奏章은 신하가 제왕에게 진언하기 위해 작성하는 글을 이른다.

지금 사람들은 사륙문을 하나의 전문 영역으로 따로 구별하는데, 옛 사람 말을 베끼고 잘라내어 쓰는 것이, 많게는 7, 8자 혹은 10여 자에까지 이른다. 이렇게 하여 요행히 대우를 맞추고 나면, 스스로 솜씨가 있다고 생각한다. 스스로 엮어낸 말이 전혀 없는데, 하물며 감히 신의新意를 논할 수 있겠는가?

임종비林宗庇가 엮은 "곤륜강상崑崙岡上"의 대구는 미수(이인로)가 『파한집』에 실어놓았다.[4] 내가 여기에 다시 기록하지 않는다.

급제 유화柳和가 남도南島로 유배되었을 때, 도성의 여러 벗에게 보낸 글에서 이렇게 말했다.

"진택[5]에는 바람 불고 송강[6]에 비가 내리니 돛은 점점 붇는 물에 막 배불렀는데,[7]

風生震澤	○○●●
1 4 2 2	풍생진택
바람이 | 불고 | 진택에서	

雨入松江	●●○○
1 4 2 2	우입송강
비가 | 떨어지니 | 송강에	

帆初飽漸肥之水	○○●●○○●
1 6 7 2 3 4 5	범초포점비지수
돛이 | 막 | 부른데 | 점점 | 붇는 | 어사 | 물에서	

---

4) '곤륜강상崑崙岡上'의 대구는 『파한집』에 보이지 않는다. 논란이 있어 나중에 삭제되었을 수 있다. 이규보가 「수재 김회영에게 보내는 서신[與金秀才懷英書]」에서 이를 소개하였다.
5) 진택震澤은 소주 태호太湖의 별칭이다.
6) 송강松江은 상해 서남부 화정華亭 지역의 옛 이름이다.
7) 소식이 고향에 가고 싶은 심경을 읊은 「심 장관의 시에 차운하다[次韻沈長官]」에서 "조물주가 내 오래된 귀향 생각을 알아서, 늙고 병들어 가련하여 어기지 않을 듯하네. 진택에 바람 불어 돛이 비로소 부르고, 송강에 비 내려 물이 점점 차오르네.[造物知吾久念歸, 似憐衰病不相違. 風來震澤帆初飽, 雨入松江水漸肥.]"라고 하였다.

남관[8]에는
눈이 덮이고
진령[9]에
구름이 걸쳐
집은 어디쯤인지
말이 나가지 못하네."[10]

雪擁藍關 ●●○○
1 4 2 2　설옹람관
눈이│뒤덮고│남관을│

雲橫秦嶺 ○○○●
1 4 2 2　운횡진령
구름이│걸쳐 있어│진령에│

馬不前何在之家 ●●○○●○○
1 7 6 2 3 4 5　마불전하재지가
말이│못한다│나가지│어디│있는│어사│집인지│

붓을 든 어린아이들이 이런 형식을 좋아해서 본받아 짓기 시작하였다. 이로부터 말이 길게 늘어져서[辭蔓] 정확하지도 진실하지도 않게 되었고, 뜻이 오활해져서[意迂] 참되지도 절실하지도 않게 되었다.

심지어 한림원에 들어가서 부처나 하늘에 올리는 사詞와 소疏를 짓는 자들도 으레 번다하고 거친 말을 사용한다. 단지 사어辭語가 번다하고 거칠[繁蕪] 뿐이 아니다. 혹 부처가 내리는 인과응보와 국가에 닥칠 길흉과 융적戎狄[11]이 품은 계략 따위에 관한 것들을 제멋대로 추측하여 논하기까지 하면서, 서사敍事를 웅대하고 유장하게[弘長] 꾸미는

---

8) 남관藍關은 서안 남전藍田의 요관嶢關을 이른다. 한나라 유방이 군사를 이끌고 이곳을 넘어가 함양의 진나라 군사와 최후 일전을 벌였다.

9) 진령秦嶺은 서안 남쪽에 병풍처럼 동서로 길게 뻗은 산맥이다. 이 산맥의 요새 중하나가 곧 남관藍關이다.

10) 한유가 좌천되어 남전을 지날 때 읊은「좌천되어 남관에 이르러 질손 한상에게 보이다[左遷至藍關示姪孫湘]」를 인용하였다. 한상韓湘이 도술로 모란을 피웠더니, 꽃잎 위에 이런 시가 있었다고 한다. "구름이 진령에 걸쳤는데 집은 어디에 있는지? 눈이 남관을 뒤덮어 말이 나가지 못하네.[雲橫秦嶺家何在? 雪擁藍關馬不前.]" 나중에 좌천되어 남관을 지나다가 큰 눈을 만난 한유는 비로소 그 뜻을 깨달았다. 마침 찾아온 한상에게 한유가 이렇게 읊었다. "자네가 멀리서 온 뜻이 응당 있음을 알겠으니, 장기 많은 강가에서 내 유골을 잘 거두어주시게.[知汝遠來應有意, 好收吾骨瘴江邊.]"「시인옥설 한상韓湘」.

11) 융적戎狄은 서융西戎과 북적北狄이다.「시경 비궁閟宮」, "융과 적을 막고 형과 서를 징계하니, 우리를 감히 막을 자가 없네.[戎狄是膺, 荊舒是懲, 則莫我敢承.]"

것을 자기 재능이라고 생각한다. 이는 부처를 속이고 사람을 기만하는 것이다.

옛사람들이 사詞와 소疏를 지을 적에 반드시 말을 간략하게[言約] 한 것이, 어찌 웅대하고 유장하게[弘長] 말하는 솜씨가 부족해서였겠는가? 대개 허황한[浮虛] 말을 없애고 진실하고 간절한[悃愊] 말을 취하여, 이로써 사연을 드러내어 알리고자[表宣事由] 했을 따름이었다. 작가들은 이 점에 신중해야 한다.

世以四六·詩·文爲別. 或云 "某工詩, 某工文, 某工四六, 而不可兼得." 是未入文章之室者, 各從門戶窺一班之說耳. 大手之下, 無施不可, 豈別有工拙哉? 況四六非別出於文. 蓋魏·晉間著述者, 爲文上■長, 欲其覽之易也. 章分句斷, 駢四儷六, 以爲牋表啓狀, 此亦文之爲耦對者. 後因變爲簾角音律之賦, 行於場屋, 欲試其代言奏章之才也. 如代王言, 雖散辭無對亦可. 今人以四六, 別作一家. 鈔摘古人語, 多至七八字, 或十餘字, 幸得其對, 自以爲工. 了無自綴之語, 況敢有新意耶? 眉叟以林宗庇 "崑崙岡上" 之對, 載於『破閑』, 吾不取焉. 及第柳和流南島, 寄京洛諸友云 "風生震澤, 雨入松江, 帆初飽漸肥之水; 雪擁藍關, 雲橫秦嶺, 馬不前何在之家?" 秉筆小兒, 樂其體效之. 由是辭蔓而不精實, 意迂而不眞切. 以至入翰林, 詞疏於佛天者, 例以繁言蕪辭. 非特辭語繁蕪, 或臆論佛神報應國家災祥戎狄指趣, 以敍事弘長, 爲己之才. 是欺佛妄人也. 古人詞疏, 必以言約者, 豈其才不足爲弘長? 蓋去浮虛, 取悃愊, 表宣事由而已. 作者愼之.

※ 사람들이 계문啓文을 작성할 때, 대체로 과장된 말을 사용하거나 길고 산만한 옛사람 글을 써서 대구를 맞추는 버릇이 있다고 한다. 이규보는 이것이 임종비에서 비롯되었다고 지적하였다.[12] 이렇게 해야 아름답게 여기고, 그렇지 않으면 침 뱉으며 내버린다는 것이다. 임종비가 계문을 작성할 때 사용한 "곤륜강상崑崙岡上"의 대구가 그 사례이다. "낙락한 높은 재주는 곤륜산 위에 있는, 천금으로도 값을 매기기 어려울 만큼 아름다운 옥이고, 높고 높은 곧은 절개는 아미산 서쪽에 있는, 1만 년 수명도 길게 느껴지지 않을 만큼 고고한 소나무이다.[落落高才, 崑崙岡上千金難價之美玉, 昂昂勁節, 峨嵋山西萬歲不長之孤松.]" 이규보는 이 대구에 대해, 그래도 심하게 길거나 산만하지 않고 말도 아름답지만, 길이가 20여 자에 이르고 난해하여 구두를 떼기 어려운 곳도 많다고 꼬집었다. 유화柳和의 글도 같은 방식으로 작성한 하나의 사례로 소개한 것이다.

---

12) 이규보, 「수재 김회영에게 보내는 서신[與金秀才懷英書]」.

하22. 대각국사 의천이 남긴 시 세 수

"연하에 높이 누워 세상 벗어나 지내고 싶어라"

예전에 문열공(김부식)의 문집을 읽다가 「대각국사비大覺國師碑」를 보았다.[1] 대각국사는 왕자로 태어나 출가를 택하였고, 송나라에 가서 도를 물어 현수賢首[2], 달마達摩[3], 천태天台[4], 자은慈恩[5], 남산南山[6] 등 다섯 종파의 법문法門을 얻었다.

또 사주泗州[7]에 이르러 승가탑僧伽塔[8]에 예배하고 천축사天竺寺[9]에서 관음상에 예배하였는데, 모두 광명光明을 발하였다.[10]

---

1) 김부식이 짓고 오언후吳彦侯가 써서 새긴 「대각국사비」는 1125년에 개경 북쪽 오관산 영통사靈通寺에 세워졌다.
2) 현수賢首(643~712)는 화엄종華嚴宗 제3조이다. 호는 향상香象이고, 이름은 법장法藏이다. 화엄종 체계를 완성하였다.
3) 달마達摩는 선종禪宗의 개조이다. 남인도 출신이다. 중국에 가서 양 무제梁武帝를 만난 뒤에 소림사少林寺에서 9년 동안 면벽 수행하고 혜가慧可에게 법을 전하였다.
4) 천태天台는 천태종天台宗의 개조 지의智顗(538~597)를 이른다. 천태산에 수선사修禪寺를 창건하고, 『법화경』을 기반으로 천태종을 완성하였다.
5) 자은慈恩은 법상종法相宗의 개조 규기窺基(632~682)를 이른다. 규기가 자은사慈恩寺에 머물러 자은종慈恩宗으로 불린다.
6) 남산南山은 남산율종南山律宗의 개조 도선율사道宣律師(596~667)를 이른다. 종남산終南山에 머물러 남산대사南山大師로 불린다.
7) 사주泗州는 강소 우이盱眙의 사주성泗州城과 그 서부와 남부 일대를 아우른 지역이다.
8) 승가탑僧伽塔은 당나라 때 사주성泗州城의 보광왕사普光王寺에 세운 탑이다. 서역의 승려 승가僧伽(624~710)가 묻혀 승가탑으로 불린다.
9) 천축사天竺寺는 항주 천축산天竺山의 영은사靈隱寺 남쪽에 있는 사찰이다. 세 사찰이 함께 있어 천축삼사天竺三寺로 불린다. 법희사法喜寺, 법정사法淨寺, 법경사法鏡寺이다.
10) 김부식, 「대각국사비大覺國師碑」(『대각국사외집』 권12), "국사가 송나라에 갔을 때, 사주에서 승가탑에 예배하니 위에서 등불 같은 광명이 있었다. 또 천축사에

북요北遼[11]의 천우제天祐帝[12]가 명성을 듣고서 대장경大藏經의 제종諸宗 소초疏鈔 6천 9백여 권을 보내주었다. 연경(북경)의 법사 운서雲諝와 고창국高昌國[13]의 사리闍梨(고승) 시라바디尸羅嚩底[14]도 모두 책서策書와 법복法服을 보내어 문안하였다.[15]

사신으로 오는 요나라 사람들은 모두 국사에게 만남을 청하였고, 우리나라 사신이 요나라에 들어가면 저들이 반드시 국사의 안부를 물었다. 일본 사람도 국사에게 비지碑誌의 글을 청하였다. 이처럼 다른 나라 사람들에게 존중받았던 것이다.[16] 국사는 여력이 있을 때는 외학外學(불교 밖 학문)을 익혀서 경서와 역사서와 백가 학설의 근본에 관해 모두 탐색하였다.[17] 그래서 갑자기 붓을 들어도 문사文辭가 평이하고 담박[平淡]하면서도 맛이 있게 되었다. 지금 시 몇 수를 얻어서 음미해보니, "평이하고 담박하다[平淡]"라는 문열공의 말이 사실임을 알

서 관음상에 예배하니 찬란한 흰빛을 발하였다.[師適末時, 泗上禮僧伽塔, 上有光明如燈火. 天竺寺禮觀音, 放素光赫赫然.]"

11) 북요北遼는 중국 서북 지역에서 요遼와 200년가량(1032~1227) 병립한 서하西夏를 이른다.

12) 천우제天祐帝는 1086년에 3세 나이로 즉위하여 54년간 재위한 서하 숭종崇宗(1086~1139)이다. 천우민안天祐民安(1090~1098)이라는 연호를 사용하였다.

13) 고창국高昌國은 투루판(Turfan) 외곽에 있던 코쵸(Khocho) 왕국이다. 실크로드 교역의 중심지이다. 위구르어는 '카라호자(Karakhoja)'이다.

14) 시라바디尸羅嚩底는 계율을 지키는 보살이다. 시라尸羅는 계戒를 뜻하고, 바디嚩底는 보살을 뜻한다.

15) 『대각국사외집』(권8), 「고창국 사문 시라바디가 보낸 서신[高昌國沙門尸羅嚩底書]」, "지금 생신을 축하하러 가는 사신을 통해 대의승가리가사大衣僧伽梨袈裟 1조, 좌구坐具 1조, 합향合香 한 작은 주머니, 방차자方箬子 1통, 황향黃香 한 작은 주머니, 책자 1매를 부칩니다."

16) 김부식의 「대각국사비」에 같은 내용이 보인다.

17) 김부식, 「대각국사비」, "여력이 있을 때는 외학外學을 익혀서 견문이 깊고 해박하였다. 중니仲尼와 노담老聃의 서적부터 자子, 사史, 집록集錄과 백가百家 학설까지 그 정수를 익히고 근본을 탐색하였다."

겠다.[18]

비래방장飛來方丈[19)]에 이르러 보덕성사普德聖師[20)]에 예배하고 이렇게 읊었다.[21)]

열반과	涅槃方等教 ●○○̆●○	
	1 1 3 3 5 녈반방능교	
방등[22)]의 가르침을	열반과 방등의 가르침을	
우리 선사로부터	傳授自吾師 ○̆●●○◎	
	1 2 5 3 4 전수자오사	
전수했으니	전해 받기를 로부터 하니 우리 선사	
두 분 성인이	兩聖橫經日 ●●○○○	
	1 2 3 3 5 량성횡경일	
경을 펼쳐 배우던[23)] 날이*	두 성인이 경을 펼쳐놓던 날이	
고승(선사)께서	高僧獨步時 ○○●●○	
	1 2 3 3 5 고승독보시	
독보하시던 때였어라	고매한 승려가 독보하던 때이다	
인연 따라	隨緣任南北 ○○●̆○̆○	
	2 1 5 3 4 수연임남북	
남북을 오가면서	따를 뿐 인연 맡기고 남이던 북이던	

---

18) 김부식,「대각국사비」, "그 문사가 평담하면서 맛이 있다.[其文辭, 平澹而有味.]"

19) 비래방장飛來方丈은 완주 고대산孤大山의 경복사景福寺에 있던 승방이다. 본래 고구려 반룡산盤龍山 연복사延福寺에 있던 것을 650년에 보덕普德이 신통력으로 옮겨놓았다고 한다.

20) 보덕성사普德聖師는 열반종의 개조인 고구려 승려 지법智法이다. 보장왕이 도교道敎를 중시하고 불법을 폐기하므로 연복사의 방장을 하늘 위로 날려 완주 경복사로 옮겼다고 한다.

21) 『대각국사문집』(권17)에 「고대산 경복사 비래방장에서 보덕성사 진영에 예배하고 짓다[孤大山景福寺飛來方丈禮普德聖師影]」라는 제목으로 실려있다. 5구 '隨'가 '從'으로, 6구 '勿'이 '絕'로, 8구 '古'가 '故'로 되어있다. 『삼국유사 보장봉로보덕이암寶藏奉老普德移庵』에 대안 8년(1091) 신미년에 남긴 시로 기록되어 있다.

22) 방등方等은 대승 경전 가운데『화엄경』,『반야경』,『법화경』,『열반경』 4부 경전을 제외한 다른 경전을 이른다. 방등부方等部라고 한다.

23) 횡경橫經은 경서를 펼쳐놓고서 수업하고 독서를 함을 이른다.

도에 머물 뿐	在道勿迎隨	●●●○◎
바라고 좇지 않았는데[24]		2 1 5 3 4　재도물영수
		있을 뿐│도에│않는데│맞거나│좇거나

아쉽게도	可惜飛房後	●●○○●
방장을 날려 온 뒤로		2 1 4 3 5　가석비방후
		만하니│애석할│날려 온│방을│뒤로

동명왕 옛 나라가	東明古國危	○○●●◎[25]
위태해졌어라**		1 1 3 4 5　동명고국위
		동명왕의│옛│나라가│위태하다

원주* 【원효와 의상이 선사에게 『열반경』과 『유마경』을 수업했다.】
원주** 【선사는 본래 고구려 반룡사盤龍寺 승려였다. 방장을 하늘로 날려서 백제 고대산孤大山으로 내려온 것이다. 나중에 신인神人이 고구려 마령馬嶺에 나타나 사람들에게 "너희 나라가 패망할 날이 얼마 남지 않았다."라고 고하였다.】

금석암錦石庵[26]에 아래 시를 적어놓았다.

묵은 이끼가	老苔斑似錦	●○○●●
알록달록 비단 같고		1 2 3 5 4　로태반사금
		늙은│이끼는│얼룩져│같고│비단

상서로운 바위가	瑞石列如屏	●●●○○
병풍처럼 늘어섰는데[27]		1 2 3 5 4　서석열여병
		상서로운│바위│늘어서│같은데│병풍

때때로	時有高僧倚	○●○○●
고승이 기대어		1 4 2 2 5　시유고승의
		때로│있어│고승이│기대어

---

24) 도는 미래와 과거를 구별함이 없다. 미래를 예측하려 하거나 과거를 거슬러 좇으려 하지 않음을 이른다. 『노자 14장』, "앞에서 맞이해도 그 머리가 보이지 않고, 뒤에서 좇아가도 그 꼬리가 보이지 않는다.[迎之不見其首, 隨之不見其後.]"
25) □평기평수 구식을 사용하였다. 상평성 '지支' 운에 맞추어 '師, 時, 隨, 危'로 압운하였다.
26) 금석암錦石庵은 광주 무등산에 있던 사찰이다.
27) 상서로운 바위는 무등산 서석대瑞石臺 바위를 이른다.

길게 잠자면서
성령을 기른다오

長眠養性靈 ○○●●◎[28]
1 2 5 3 3　장면양성령
길게|자면서|기른다|성령을

용암원龍巖院[29]에 아래 시를 적어놓았다.[30]

남은 꽃을 보면서
푸른 산[31]에 올라가

踏盡殘花上翠微 ●●○○○◎◎
3 4 1 2 7 5 5　답진잔화상취미
돌아봄|다하며|남은|꽃|올라|취미에

서성이며 풍경을 구경하느라
내려갈 생각도 잊었네

徘徊瞻景欲忘歸 ○○○●●○◎
1 1 4 3 7 6 5　배회첨경욕망귀
둘러|보고|경치|한다|잊으려|돌아감

지금껏 품은 뜻을
훗날에 이룰 수 있다면

他年若也酬前志 ○○●●○●◎
1 2 3 4 7 5 6　타년약야수전지
다른|해|만약|어사|이루면|이전|뜻

연하에 높이 누워
세상 벗어나 지내고 싶어라

高臥烟霞與世違 ○●○○●●◎[32]
3 4 1 1 6 5 7　고와연하여세위
높이|누워|연하에|과|세상|멀리한다

┐ 嘗讀文烈公集, 見大覺國師碑. 師以王子求出家, 如宋問道, 得賢首·
達摩·天台·慈恩·南山等五宗法門. 至泗上禮僧伽塔, 天竺寺禮觀音像,
皆放光明. 北遼天祐帝聞其名, 送大藏經諸宗疏鈔六千九百餘卷. 燕

---

28) □평기측수 구식을 사용하였다. 하평성 '청靑' 운에 맞추어 '屏, 靈'으로 압운하였다.
29) 용암원龍巖院은 전남 영암의 월출산에 있던 사찰이다.
30) 『대각국사문집』(권17)에 「보월산 용암원에 남기다[留題寶月山龍巖院]」라는 제목으로
실려있다. 보월산은 월출산의 옛 이름이다.
31) 취미翠微는 푸른 빛이 어우러진 깊고 그윽한 산을 이른다. 두목杜牧, 「9월 9일에
제산에 오르다[九日齊山登高]」, "강물에 가을 그림자 비치고 기러기 처음 날 때, 객
과 더불어 술병을 들고 취미에 오르네.[江涵秋影雁初飛, 與客携壺上翠微.]"
32) □측기평수 구식을 사용하였다. 상평성 '미微' 운에 맞추어 '微, 歸, 違'로 압운하
였다.

京法師雲諝, 高昌國闍梨尸羅嚩底, 亦皆以策書法服爲問. 遼人來聘
者皆請見, 吾使入遼, 則必問師安否. 日本人求師碑誌. 其爲異國所
尊如此. 師餘力外學, 經史百子皆尋其根柢. 率爾落筆, 文辭平淡而
有味. 今得數詩嘗味之, 文烈公"平淡"之言, 信哉. 到飛來方丈, 禮普
德聖師云"涅槃方等敎, 傳授自吾師. 兩聖橫經日,【元曉·義相, 受『涅
槃』·『維摩經』於師.】高僧獨步時. 隨緣任南北, 在道勿迎隨. 可惜飛房後,
東明古國危.【師本句高麗盤龍寺沙門, 飛房至百濟孤大山. 後神人見於句高
麗馬嶺, 告人曰"汝國敗無日."】】題錦石庵云"老苔斑似錦, 瑞石列如屏.
時有高僧倚, 長眠養性靈."題龍嵓院云"踏盡殘花上翠微, 徘徊瞻景
欲忘歸. 他年若也酬前志, 高臥烟霞與世違."「

하23. 무애지국사 계응이 은퇴의 뜻을 밝힌 시

"때로 꿈에서 고향 돌아가, 골짜기 바람을 쐬었네"

무애지국사無导智國師 계응戒膺[1]은 도道를 강론하는 일 외에, 문장에도 솜씨가 뛰어났다. 예종이 대궐 안으로 불러들여 머물러 있으라고 한사코 요청하자, 국사가 이런 시를 읊었다.

엄하고 분명한	聖勅嚴明辭未得 ●●○○○●●
어명을 사양치 못하고	1 2 3 4 5 7 6 성칙엄명사미득
	임금 명 엄하고 밝아 사양을 못해 얻지

바위 원숭이 소나무 학과	巖猿松鶴別江東 ○○○̆●●○○
강동에서 이별했어라	1 2 3 4 7 5 5 암원송학별강동
	바위 원숭이 솔 학을 떠났다 강동에서

모이 받아먹는 물고기 신세를	多年幸免魚吞餌 ○○●●○○●
다행히 여러 해 면하다가	1 1 3 7 4 6 5 다년행면어탄이
	여러 해 다행히 면하고 물고기 먹음 모이

하루아침에 거꾸로	一旦翻爲鳥在籠 ●●○○●●◎
새장에 갇힌 새가 되었으니	1 1 3 7 4 6 5 일단번위조재롱
	어느 날 거꾸로 되니 새 있음처럼 새장에

궁중에서 달을 보며	無限旅愁宮裡月 ○̆●●○○●●
나그네 수심 끝이 없어	2 1 3 4 5 6 7 무한려수궁리월
	없는 끝 객지 수심에 궁궐 속 달뜨고

때로 꿈에서 고향 돌아가	有時歸夢洞中風 ●○○̆●●◎
골짜기 바람을 쐬었네	2 1 3 4 5 6 7 유시귀몽동중풍
	있는 때로 귀향 꿈에 골짜기 속 바람 분다

어느 날에나	不知何日君恩報 ●○○̆○○●
임금님 은혜 갚고서	2 1 3 4 5 6 7 부지하일군은보
	못한다 알지 어느 날 임금 은혜 갚고

---

1) 계응戒膺은 호가 태백산인太白山人, 시호가 무애지국사이다. 의천義天의 화엄종을 전했다.

바리때 지팡이로 다시 돌아가　　瓶錫重回對碧峯　○●○○●◎[2]
푸른 봉우리 대하려나?　　　　　1 2 3 4 5 6　병석중회대벽봉
　　　　　　　　　　　　　　|병|지팡이로|다시|가|대할까|푸른|봉|

　즉시 태백산太白山으로 가서 거처를 정하여 여생을 마치고자 하였
다.[3] 임금이 다시 사신을 보내어 불렀으나, 여러 차례 소명에도 선사
는 응하지 않았다.

無㝵智國師戒膺, 講道外, 游刃於文章. 睿王邀入大內, 苦請留. 師
作詩云 "聖勅嚴明辭未得, 巖猿松鶴別江東. 多年幸免魚呑餌, 一旦
翻爲鳥在籠. 無限旅愁宮裡月, 有時歸夢洞中風. 不知何日君恩報, 瓶
錫重回對碧峯." 卽往太白山卜居將終焉. 上復遣使徵之, 屢詔不受.

2) □측기측수 구식을 사용하였다. 상평성 '동東' 운과 통운에 해당하는 '동冬' 운에
　맞추어 각각 '東, 籠, 風'과 '峯'으로 압운하였다.
3) 계응은 의천의 법을 이어 40여 년 동안 불법을 전하면서 왕의 자문에 응하느라
　도성에서 마음대로 벗어날 수 없었다. 수없는 간청 끝에 태백산으로 물러나 각
　화사覺華寺를 정비하고 주석하였다. 이때 배우려는 자가 사방에서 모여들어 법해
　용문法海龍門을 이루었다고 한다.

^하24. 대감국사 탄연의 시

"처마 기둥에 흰 달님 걸리고 숲 골짝에 서늘한 바람 부네"

대감국사大鑑國師 탄연坦然¹⁾은 서체가 정묘精妙하고 시격이 고담高淡하다. 지나는 곳마다 적어놓은 시가 많은데, 삼각산 문수사文殊寺²⁾에서는 이런 시를 남겼다.

온 방이 얼마나	一室何寥廓 ●●○○◉
쓸쓸히 텅 비었나?	1 2 3 4 4 　일실하료확
	한 방이 얼마나 공허한가
만 가지 인연	萬緣俱寂寞 ◑○○●●
모두 다 적막하네	1 2 3 4 4 　만연구적막
	만 가지 인연이 모두 적막하다
바위 틈새로	路穿石罅通 ◑●●●◉
길 통하고	1 4 2 3 5 　로천석하통
	길은 뚫고서 바위 틈을 통하고
바위 밑에서	泉透雲根落 ○●●○◉
샘물이 떨어지는데	1 4 2 3 5 　천투운근락
	샘물은 뚫고 구름 뿌리 떨어지는데
처마 기둥에	皓月掛簷楹 ●●●○○
흰 달님 걸리고	1 2 5 3 4 　호월괘첨영
	흰 달이 걸리고 처마 기둥에
숲 골짝에	凉風動林壑 ○○◐◉○
서늘한 바람 부네	1 2 5 3 4 　량풍동림학
	서늘한 바람이 울린다 숲 골짝을
저 상인을	誰從彼上人 ○○●●◉
누가 따라서	1 5 2 3 3 　수종피상인
	누가 좇아서 저 상인을

---

1) 탄연坦然(1070~1159)은 1085년 명경과에 급제하였다. 세자의 교육을 돕다가, 1088년에 안적사安寂寺에서 출가하였다. 1146년에 왕사王師가 되고, 1148년에 단속사斷俗寺로 물러났다. 사후에 국사國師로 추증되고, 대감大鑑의 시호를 받았다.
2) 문수사文殊寺는 1109년에 탄연坦然이 서울의 삼각산三角山에 창건한 사찰이다.

맑게 앉아
진짜 즐거움 배울런가?

清坐學眞樂 ○●●○●3)
1 2 5 3 4 청좌학진락
| 맑게 | 앉아 | 배울까 | 진정한 | 즐거움을 |

「사위의송四威儀頌」4)을 지어 송나라 개심선사介諶禪師5)에게 보낸 일
이 있다. 개심선사가 읽어보고 기특하게 생각하여 즉시 멀리에서 의
발을 전해주었다.

안신거사安信居士가 비금산毗琴山6) 백운암白雲庵에 주석할 때, 국사가
방문하여 시판에 시를 써놓았다. 나중에 어떤 자가 이 시판을 훔치려
고 산 아래에까지 가지고 내려간 일이 있다.

하지만 미리 알아차린 현풍玄風7) 관리官吏가 압수하여 관부官府에 놓
아두었다. 그 진적이 아직 남아 있는지는 모르겠다.

大鑑國師坦然, 筆蹟精妙, 詩格高淡. 所過多題詠, 三角山文殊寺詩
曰 "一室何寥廓? 萬緣俱寂寞. 路穿石罅通, 泉透雲根落. 皓月掛簷
楹, 凉風動林壑. 誰從彼上人, 清坐學眞樂?" 作「四威儀頌」, 寄宋朝
介諶禪師. 師見而奇之, 卽以衣鉢遙傳之. 安信居士住毗琴山白雲庵,
師嘗訪之, 題詩于板. 後有人竊此詩板欲去, 已到山下. 玄風官吏逆
知之, 收在官府. 不知其眞蹟今在否.

---

3) □측기측수 구식을 사용하였다. 입성 '약藥' 운에 맞추어 '廓, 寞, 落, 壑, 樂'으로
   압운하였다.
4) 사위의四威儀는 인간의 4가지 몸짓인 행行, 주住, 좌坐, 와臥를 이른다.
5) 개심선사介諶禪師(1080~1148)는 임제종 황룡파黃龍派의 승려이다. 호는 무시無示이
   다. 1124년에 임안臨安(항주) 현녕사顯寧寺에 주석하였다.
6) 비금산毗琴山은 현풍의 비슬산琵瑟山이다.
7) 현풍玄風은 대구시 달성 지역의 옛 이름이다.

하25. 담수선사가 벗에게 보낸 시

"응제한 좋은 시구 많으리니 연달아 엮은 시를 우편으로 부쳐주게"

구산龜山[1] 담수선사曇秀禪師는 처사 곽여郭璵와 두 학사【김부철金富轍·홍관洪瓘[2]】등과 시문으로 사귀는 벗이 되었다.

당시 예종이 서도(평양)에 행차한 일이 있었다. 그때 곽여, 김부철, 홍관 세 분은 모두 임금 어가를 뒤따라 호위하였다. 오직 담수선사가 행재소에 함께 따라갈 수 없었기에, 시를 지어 보내었다.

청운의 길[3]에 오른	靑雲二學士 ○○●●●	1 2 3 4 4 청운이학사
두 학사와		푸른 구름에 있는 두 학사와
밝은 해 같은	白日一仙翁 ●●●○○	1 2 3 4 4 백일일선옹
한 신선 노인이		밝은 해 같은 한 선옹이
함께 붓 들고	竝筆巡遊下 ●●○○●	2 1 3 4 5 병필순유하
어가를 따라가서		나란히 붓을 순행해 노니는 아래
나란히	連裾扈從中 ○○●○◎	2 1 3 4 5 련거호종중
호종하는 사이에		잇대어 옷자락 호위해 따르는 중에
대동강 버드나무에	大同楊柳雨 ●○○○●	1 1 3 3 5 대동양류우
내리는 비와		대동강 버드나무에 비 내리고

---

1) 구산龜山은 송악산 동쪽의 구산사龜山寺를 이른다.

2) 홍관洪瓘은 자가 무당無黨이다. 예종이 1116년에 설치한 보문각에서 학사學士로 근무하였고, 같은 해에 국자 좨주國子祭酒로서 국자감시를 주관하였다.

3) 청운靑雲은 하늘 높이 떠 있는 구름이다. 높은 벼슬을 비유한다.

장락궁[4] 모란꽃에　　　長樂牧丹風　Ŏ●●○○
　　부는 바람을　　　　　1 1 3 3 5　장락목단풍
　　　　　　　　　　　｜장락궁｜모란에｜바람 부는 풍경을｜

응제한 좋은 시구　　　應製多佳句　Ŏ●○○●
　　　　많으리니　　　　1 2 5 3 4　응제다가구
　　　　　　　　　　　｜명에 응해｜지어 많으리니｜좋은｜시구｜

연달아 엮은 시를　　　聯篇寄驛筒　○○●●○[5]
　우편으로 부쳐주시게　1 2 5 3 4　련편기역통
　　　　　　　　　　　｜연작한｜시｜부쳐야 한다｜역｜우체통에｜

龜山曇秀禪師, 與郭璵處士·金·洪兩學士【富轍·洪瓘】等, 爲文會之交. 時睿王幸西都, 郭·金·洪皆扈駕. 唯曇秀不得詣行在, 有詩寄云 "靑雲二學士, 白日一仙翁. 竝筆巡遊下, 連裾扈從中. 大同楊柳雨, 長樂牧丹風. 應製多佳句, 聯篇寄驛筒."

---

4) 장락궁長樂宮은 평양에 있던 궁전이다. 숙종과 예종이 여러 차례 행차하여 연회를 벌였다.

5) □평기측수 구식을 사용하였다. 상평성 '동東' 운에 맞추어 '翁, 中, 風, 筒'으로 압운하였다.

하26. 승려 무기가 무주암에 남긴 시

"이 경계는 본디 머무름 없거늘, 누가 여기에 이런 당을 세웠나?"

승려 무기無己는 스스로 '대혼자大昏子'라고 불렀다. 지리산에 은거하면서 30여 년 동안 승복 한 벌을 벗지 않았다. 매년 겨울과 여름마다 산에 들어가서 나오지 않았는데, 이때는 뱃가죽을 말아서 새끼줄로 엮은 허리띠 안에 밀어 넣고 있었다. 봄과 가을이 되면 배를 두들기며 산에서 노닐었는데, 이때는 날마다 서너 말 밥을 먹었다.

또 한번 앉으면 그 자리에서 반드시 열흘을 넘기었고, 일어나서 오갈 때는 승려의 게송을 낭랑하게 읊조렸다. 산 네 면에 70여 채 암자가 있었다. 한 암자에 머물러 묵을 때마다 번번이 게송 한 수씩을 남겨놓았다. 무주암無住庵[1]에서는 이렇게 읊었다.

이 경계는 본디 머무름 없거늘[2]	此境本無住 ●●○○ 1 2 3 5 4 차경본무주 이 경계에는 본디 없는데 머무름이	
누가 여기에 이런 당을 세웠나?	何人起此堂 ○○●◎ 1 2 5 3 4 하인기차당 어떤 사람이 세웠나 이 당을	
오직 무기가 남아서	唯餘無己者 ○○○●● 1 5 2 2 4 유여무기자 오직 남아서 무기라는 자가	

---

1) 무주암無住庵은 지리산의 암자이다. 『신증동국여지승람 함양군咸陽郡』.

2) 무주無住는 자성自性을 가지지 않고 아무것에도 주착住着하지 않고, 인연을 따라 일어날 뿐인 법의 실상을 이른다. 이 세계는 애초에 머무를 수 없는 곳인데, 누가 '머무름이 없다'라는 뜻의 '무주'라는 이름으로 암자를 세웠는가 하고 반문한 것이다.

가든 머물든
모두 괘념하지 않네

去住兩無妨 ●●●○○3)
1 2 3 5 4   거주량무방
떠나든 | 머물든 | 양쪽에 | 없다 | 거리낌

말이 소략하고 쉬운[疎易] 것 같으나, 담긴 뜻은 높고 깊다[高深]. 거의 한산寒山과 습득拾得4) 같은 무리가 아니겠는가?

僧無己, 自號大昏子. 隱居智異山, 餘三十年, 不釋一衲. 每冬夏入山不出, 卷肚皮在帶索中. 春秋鼓肚遊山, 日食三四斗. 一坐必浹旬, 起行則朗吟山偈. 山四面七十餘庵, 一庵每宿輒留一偈. 無住庵詩曰 "此境本無住, 何人起此堂? 唯餘無己者, 去住兩無妨." 語若疎易, 而寄意高深, 殆寒·拾之流歟?

---

3) □측기측수 구식을 사용하였다. 하평성 '양陽' 운에 맞추어 '堂, 妨'으로 압운하였다.
4) 한산寒山과 습득拾得은 당나라 때 시에 능하여 이름을 알린 승려이다.

하27. 지리산에 은거한 진정한 은자

"내 이름이 세상에 알려진 줄 비로소 알겠어라"

국초에 이름을 알 수 없는 한 선비가 지리산에 은거하면서 처신을 삼가 고결하게 하였고, 세상일에 관여하지 않았다. 마침내 임금이 소문을 듣고서 초대하였으나, 그가 이렇게 사양하였다.

"방외에 있는 신하로서 아는 것이 없으니, 임금님 명을 함부로 받들 수 없사옵니다."

그는 즉시 방문을 걸어 닫고 밖으로 나오지 않았다. 결국 문을 밀치고 들어가서 살펴보니, 벽 위에 오직 시구 하나가 적혀 있을 뿐이었다.

어명[1] 한마디가
골짜기에까지 들어오니
내 이름이 세상에 알려진 줄
비로소 알겠어라

一片絲綸來入洞　●●○○○●●
1　2　3　3　5　7　6　일편사륜래입동
한 조각 왕명 와서 들어오니 골짝에

始知名字落人間　●○○○●●○
1　7　2　3　6　4　4　시지명자락인간
비로소 안다 이름 글자가 떨어짐을 세상에

뒤쫓아 가보았으나, 이미 북쪽 창문을 통해서 달아난 뒤였다. 진정한 은자이다.

---

1) 사륜絲綸은 제왕의 말을 기록한 조서詔書이다. 『예기』 치의緇衣』, "왕의 말은 실처럼 가늘지만, 밖으로 나오면 동아줄처럼 굵어진다.[王言如絲, 其出如綸.]"

569

國初有亡名士, 隱居智異山, 操行高潔, 不涉人間事. 上聞之請迎, 謝
曰"外臣無所知, 王命不可容易受." 卽閉房不出. 排戶入視之, 壁上
唯書一句曰"一片絲綸來入洞, 始知名字落人間." 跡之, 從北牖而遁,
眞隱者也.

시승 가운데 용으로 불린 정사의 시

"옛 부처 바위 앞에 흐르는 물이 슬피 울고 또 목메어 우네"

참정 정국검鄭國儉[1]이 남원南原 수령으로 있을 때다. 어느 날 관할하는 읍으로 봄 순행을 나갔다가 원천동原川洞을 지나게 되었다. 골짜기 왼편 석벽에 송림사松林寺 승려 정사正思가 큰 글씨로 절구시 한 수를 써놓았다.

옛 부처 바위 앞에	古佛巖前水 ●●○○●
흐르는 물이	1 2 3 4 5 고불암전수
	|옛|부처|바위|앞의|물이|
슬피 울고	哀鳴復嗚咽 ○○◐◐○
또 목메어 우네	1 2 3 4 4 애명부오열
	|슬프게|울고|다시|오열한다|
인간 세상으로	應恨到人間 ○◐◐◐○
흘러가서	1 5 4 2 2 응한도인간
	|응당|한탄함이니|도달함|인간 세상에|
영영 구름과 산과	永與雲山別 ●●○○◉[2]
헤어짐을 한탄함이라	1 4 2 3 5 영여운산별
	|영원히|과|구름|산|이별한다|

다음날 늙은 선비 양적중梁積中[3]과 함께 나란히 말을 타고 그 승려를 찾아가 방문하여 산수를 즐기는 벗이 되었다. 이후로는 인물을 논

---

1) 정국검鄭國儉(?~1203)은 명종 때 내시에 속해 있다가 대부소경大府少卿이 되었다. 이부 상서와 어사대부를 거쳐 참지정사에 올랐다.
2) □측기측수 구식을 사용하였다. 입성 '설屑' 운에 맞추어 '咽, 別'로 압운하였다.
3) 양적중梁積中은 예빈 승동정禮賓丞同正 직함을 띠고서 김함金諴(1076~1147)의 묘지명을 작성한 바 있다.

할 때마다 반드시 정사正思를 시승詩僧 가운데 용龍이라고 평하였다.

鄭參政國儉知南原日, 嘗行春屬邑, 過原川洞. 洞左石壁上, 有松林
寺僧正思大書一絶, 曰"古佛巖前水, 哀鳴復嗚咽. 應恨到人間, 永與
雲山別." 翌日與老儒梁積中, 連鑣尋訪, 結爲山水友. 後每論人物, 必
以正思爲詩僧中龍.

"승려 되라고 당시 허락한 일 문득 후회스럽네"

회암사檜巖寺[1]에는 남쪽 누대 동서쪽 벽과 객실 서편 작은 누대 사이에 원경국사圓鏡國師[2]의 친필 글씨가 남아 있다. 이 사찰의 승려가 이런 이야기를 들려주었다.

"대정 갑오년(1174)에 서도(평양)에서 반란이 일어났을 때의 일입니다.[3] 금나라 사신이 우리나라에 왔습니다. 그런데 당시에 서북쪽 길이 가로막혔을까 우려하여, 춘주(춘천)로 경유하는 길을 안내하여 전송했습니다. 이 때문에 일행이 모두 이 절에 들어가서 불상에 예배한 뒤에 모여서 국사의 글씨를 구경할 수 있었습니다. 그 자리에서 한 사람이 말했습니다.

'귀인 글씨다.'

'이는 승려 글씨요. 소순蔬筍(나물과 죽순)의 기운이 몹시 남아 있소.'

또 한 사람이 이렇게 응하여 말한 것입니다. 그때 승통 종려宗呂가 곁에 있다가 사실대로 이야기해주었습니다. 이에 두 사람이 모두 자기 말이 맞았다고 기뻐하면서, 마침내 시를 지어서 적어

---

1) 회암사檜巖寺는 양주 회암동 천보산天寶山의 사찰이다.
2) 원경국사圓鏡國師는 인종과 공예태후 임씨 사이에서 태어난 넷째 아들 왕충희王冲曦(?~1183)이다. 출가하여 승통僧統을 지냈다. 『고려사』에는 원경국사元敬國師로 되어있다.
3) 조위총趙位寵(?~1176)의 난을 이른다. 정중부와 이의방 등을 토벌한다는 명분을 내세워 조위총이 1174년에 거병하였다. 관군에게 공격받은 조위총이 서언徐彦을 금나라에 보내 원조를 요청했는데, 금나라가 도리어 서언을 붙잡아 고려로 압송한 일이 있다. 난은 1176년에 진압되었다.

놓았습니다."[4]

고량진미 즐기던
왕자 기운도 절반이 남았고
나물과 죽순 먹는
승려 흔적도 그대로네
미친 장욱과 취한 회소[5]가
떠나고 없는데
승려 되라고 당시 허락한 일
문득 후회스럽네

王子膏粱氣半存	○●○○○●●○
1 1 3 4 5 6 7	왕자고량기반존
왕자의	고기	곡식	기운	절반	남고

山僧蔬笋尙餘痕	○○○●●●○○
1 2 3 4 5 7 6	산승소순상여흔
산	승려	채소	죽순도	아직	남았다	흔적

顚張醉素無全骨	○○●●○○●
1 2 3 4 7 5 6	전장취소무전골
미친	장욱	취한	회소	없으니	온전한	뼈

却恨當年許作髠	●●○○○●●○[6]
1 7 2 2 6 5 4	각한당년허작곤
문득	한한다	당시	허락함	됨을	승려

檜巖寺有圓鏡國師手蹟, 在南樓東西壁, 及客室西偏小樓間. 寺僧云 "大定甲午歲西都叛時, 大金使至國朝. 患西北路梗, 從春州路導送. 一行擧入寺, 禮像設訖, 聚觀書. 一人曰 '貴人筆也.' 一人曰 '此山人 書, 蔬笋之氣頗存.' 時有僧統宗呂, 在其傍以實告. 二人皆喜其言中, 乃題詩曰 '王子膏粱氣半存, 山僧蔬笋尙餘痕. 顚張醉素無全骨, 却恨 當年許作髠.'"

---

4) 유득공은 『고운당필기』(권1)에서 이 일화를 소개하면서 금나라 사신을 의란국사 儀鸞局使 조사원曹士元으로 추정하였다. 이 시도 조사원이 창작한 것으로 보았다.
5) 전장顚張은 술에 취하면 붓을 휘둘러 변화무쌍한 광초狂草를 써낸 장욱張旭을 이른다. 때로는 머리털에 먹을 적셔서 쓰는 등 기괴한 행동을 하였다. 취소醉素는 술에 취하여 초서를 쓴 승려 회소懷素를 이른다.
6) □측기평수 구식을 사용하였다. 상평성 '원元' 운에 맞추어 '存, 痕, 髠'으로 압운하였다.

^하30. 옛 그림 속에서 문극겸 고사를 알아본 무의자

"누가 벽 위에 이 그림을 그린 건가?"

의종이 성색聲色을 가까이하고 노닐고 즐기기를 좋아했다. 충숙공
문극겸文克謙이 당시에 정언 직책을 맡고 있었기에, 상소를 올려 간절
하게 간언하였다. 그러나 따르지 않았다. 결국 의종은 경인년(1170) 가
을에 무신이 일으킨 난에 가마를 타고 남쪽으로 파천하게 되었다.[1]

계사년(1173) 겨울에 정산현 유구역維鳩驛[2]의 공관을 새로 수리하였
다. 수리를 마친 뒤에 화공을 불러서 벽에 채색하라고 부탁하였다.
그 화공은 당시에 솜씨가 뛰어난 자였다. 성은 박씨朴氏이고 이름은
알지 못한다.【지금 그 역 관리가 이 사실을 갖추어 말해주었다.】

그가 침실 서쪽 벽에 그림 하나를 그려놓았다. 흰옷 차림에 삿갓을
쓰고서 말에 올라탄 한 사람이 산길을 따라 말고삐를 느슨히 하고서
말이 가는 대로 천천히 몰아가는 모습이었다. 그 물색이 처연하였다.
어린 노복들도 서로 부축하면서 구불구불 따라가고 있는 것이 보였
다. 그런데 이를 구경한 어느 사람도 그림 속 사연이 무엇인지 알지
못하였다.

훗날 송광사 무의자無衣子[3]가 임오년(1222) 가을에 요청을 받고서 도
반 천여 명을 이끌고 서원西原[4]에 간 일이 있었다. 가는 길에 이 역에
이르러 유숙하게 되었다. 그때 무의자가 이 그림을 보고 한참을 탄식

---

1) 의종毅宗은 무신정변 직후에 거제현巨濟縣으로 추방되었다.
2) 유구역維鳩驛은 공주公州 유구에 있던 역참이다. 정산현定山縣은 공주 속현이다.
3) 무의자無衣子는 승려 혜심慧諶의 호이다.(하-5 참조)
4) 서원西原은 청주淸州의 옛 이름이다.

하더니, 이렇게 말한 것이었다.

"이는 간언을 하던 신하가 도성을 떠나는 모습을 그린 것이다."

이어서 시를 적었다.

누가 벽 위에 이 그림을 그린 건가? 간언하던 신하가 도성 떠나니 위태한 일이로다 산의 승려도 한번 보고 외려 슬퍼지는데 벼슬하는 사대부 마음은 오죽할 건가?	壁上何人畫此圖 ●●○○○●●◎ 1 2 3 4 5 6 │벽│위에│어떤│이가│그렸나│이│그림│ 諫臣去國事幾乎 ◐○○●●●○◎ 1 1 4 3 5 6 7 │간신이│떠나니│나라│일이│거의│끝났다│어사│ 山僧一見尙惆悵 ○○●●◐○● 1 2 3 4 6 6 │산│승려도│한번│보고│외려│슬픈데│ 何況當塗士大夫 ◐●○○●●◎5) 1 1 4 3 5 5 5 │하물며│당한│벼슬길에│사대부임에랴│

아, 화공이 옛일에 감회가 있어 이 그림을 그려내었고, 선사가 옛
그림의 의도를 깨달아 이 시를 남겨놓았다. 풍류와 운치를 아는 군자
[風雅君子]와 다름이 없다.

나중에 지나가던 두 나그네가 차운하여 벽에 시를 적어놓았다. 한
사람은 이렇게 읊었다.

굴뚝 굽히라고 말해도6) 일찍 꾀하지 않고	曲堗言前不早圖 ●●○○○●●◎ 2 1 3 4 7 5 6 │굽히라│굴뚝│말하기│전에│않아│일찍│꾀하지│

---

5) □측기평수 구식을 사용하였다. 상평성 '우虞' 운에 맞추어 '圖, 乎, 夫'로 압운하
   였다.
6) 곡돌曲堗은 굴뚝을 구들과 다른 방향으로 돌려서 설치한다는 말이다. 옛날 순우

머리 태우고 후회한들
돌이킬 수 있나?[7]
간신 떠나가는 이 모습
누가 그렸나?
벽 가득한 맑은 기풍
게으른 자를 격동시키네

焦頭後悔可追乎	○○●●○○
2 1 3 4 6 5 7	초두후회가추호

| 태운 | 머리 | 뒤 | 참회한들 | 수 있나 | 미칠 | 어사 |

何人畵此諫臣去	○○●●◑○●
1 2 7 3 4 4 6	하인화차간신거

| 어떤 | 이가 | 그렸나 | 이 | 간신이 | 떠남을 |

滿壁淸風激懶夫	●○○●●◎[8]
2 1 3 3 7 5 6	만벽청풍격라부

| 찬 | 벽에 | 청풍이 | 격동한다 | 게으른 | 사내 |

다음 사람은 이렇게 읊었다.

흰옷에 누런 띠
간언하는 신하 그림인데
굴원[9]을 그린 건가?
미자[10]인 건가?
임금 잘못 못 고치고
덧없이 나라를 떠났으니

白衣黃帶諫臣圖	●○○●●○
1 2 3 4 5 5 7	백의황대간신도

| 흰 | 옷과 | 누런 | 띠의 | 간신 | 그림인데 |

是屈原乎微子乎	●●○○◑●○
1 2 2 4 5 5 7	시굴원호미자호

| 이는 | 굴원인가 | 어사 | 미자인가 | 어사 |

未正君非空去國	●●○○●●
4 3 1 2 5 7 6	미정군비공거국

| 못해 | 시정 | 왕 | 잘못 | 덧없이 | 떠나니 | 나라 |

곤이 이웃집의 굴뚝이 구들과 직선으로 설치되어 있고 그 곁에 땔나무를 쌓아놓은 것을 보고서, 굴뚝을 돌려서 설치하고 땔나무를 치워야 화재를 피할 수 있다고 경계하였다. 그러나 이 말을 따르지 않아 불이 났다. 이웃집 주인은 불을 끄다가 머리털을 태우고 화상을 입은 사람에게 극진히 대접하고, 순우곤에게는 아무 말도 하지 않았다. 『예문류취 화부火部』.

7) 의종이 간언을 따르지 않고 도모하지 않다가 반란을 당하여 쫓겨난 일을 말한 것이다.
8) ㅁ측기평수 구식을 사용하였다. 상평성 '우虞' 운에 맞추어 '圖, 乎, 夫'로 압운하였다.
9) 굴원屈原은 초나라 시인이다. 「어부사漁父辭」와 「이소離騷」 등을 창작했다.(상-44 참조)
10) 미자微子는 은나라 주왕紂王의 서형庶兄이다. 주왕의 무도함을 보고 여러 번 간언을 올렸으나 수용되지 않자 떠나가서 종사宗祀를 보존하였다.

공을 들여 붓으로 그릴 필요 없었겠어라	不須毫底費工夫 ●○○●●○◎[11] 7 6 1 2 5 3 3 불수호저비공부 않는다 요하지 붓 끝에 허비함을 공력

毅王近聲色, 好遊豫. 文忠肅公克謙, 時爲正言, 上疏切諫之, 不從. 及庚寅秋, 武臣構亂, 乘輿南遷. 癸巳冬, 定山縣維鳩驛, 新修公館畢. 請工施壁彩, 工當時妙手, 姓朴亡名.【今其驛吏, 具言事實.】寢宇西壁間, 畫一白衣着笠乘馬者, 緣山路信轡徐驅, 物色凄然. 其童僕, 相携持轉行. 人見之, 皆不知是何圖. 後松廣社無衣子, 壬午秋, 受請領道侶千餘人, 將赴西原, 抵宿此驛. 見之咨嗟良久曰 "此是諫臣去國圖." 乃題詩曰 "壁上何人畫此圖? 諫臣去國事幾乎. 山僧一見尚惆悵, 何況當塗士大夫." 噫, 畫工之感前事寫此圖, 禪師之識舊畫留此詩, 與古風雅君子無異也. 後有二過客, 次韻書壁曰 "曲埃言前不早圖, 焦頭後悔可追乎? 何人畫此諫臣去? 滿壁淸風激懶夫." 次曰 "白衣黃帶諫臣圖, 是屈原乎微子乎? 未正君非空去國, 不須毫底費工夫."

『동사강목』에 실린 의종 17년(1163) 8월 기사에 따르면, 문극겸이 의종에 관한 궐내 추문을 언급하면서 간언을 올렸다고 한다. 이에 크게 노한 의종이 상소문을 태우면서 문극겸을 황주 판관黃州判官으로 강등시켰다. 결국 벼슬을 내놓고 돌아가던 문극겸이 공주 유구역에서 남긴 시 한 수가 전해진다. 그 시는 이렇다. "주운이 난간 부

11) ㅁ평기평수 구식을 사용하였다. 상평성 '우虞' 운에 맞추어 '圖, 乎, 夫'로 압운하였다.

숨이 명예를 구해서가 아니듯이, 원앙이 임금 수레 막아선 것이 자신을 위한 것이랴? 일편단심을 하늘이 몰라주어, 야윈 말을 억지로 몰아 주저주저 물러났을 뿐이어라."12)

임금의 실수를 눈감아주지 않고 직언하여 끝까지 바로잡고자 노력했음을 시로써 토로한 것이다. 한나라 주운朱雲은 아첨하는 신하를 죽이라고 성제成帝에게 바른말을 하였다. 이에 노여움을 사서 끌려 나가게 되었을 때, 끝까지 난간을 붙잡고 버티는 바람에 난간이 모두 부서지고 말았다고 한다.13) 원앙袁盎은 한나라 문제文帝가 장안 동쪽 패릉에서 수레를 몰아 험한 언덕을 내달려 내려가려고 하자, 말고삐를 붙들고 만류하면서 간언했다고 한다.14) 문극겸 자신도 주운과 원앙의 심경으로 그렇게 물러서지 않고 간언했다는 것이다. 마침내 수용되지 않아 물러나면서도 아쉬운 마음을 못내 감출 수 없어 주저주저하며 물러난 것이었다. 이런 사연을 알고 있던 화가가 그 내용을 그림으로 남긴 것이다.

---

12) 『파한집』 중-1 참조.
13) 『한서 주운전朱雲傳』.
14) 『한서 원앙전袁盎傳』.

ᵃ31. 혜문선사가 남긴 시

"소나무 늙는 바위 곁에서 예나 지금이나 달이 오르네"

혜문선사惠文禪師¹⁾는 「천수사天壽寺」²⁾에서 이렇게 읊었다. ³⁾

긴 문밖 길에서

남북으로 사람들 오가고

소나무 늙는 바위 곁에서

예나 지금이나 달이 오르네

路長門外人南北　●○○●○○
1 2 3 4 5 6 7　로장문외인남북
|길이 |긴 |문 |밖에 |사람이 |남 |북 오가고|

松老巖邊月古今　○●○●○●○
1 2 3 4 5 6 7　송로암변월고금
|솔 |늙은 |바위 |곁으로 |달이 |고 |금에 뜬다|

「천룡사天龍寺」⁴⁾에서 이렇게 읊었다.

언 땅 풀리니

꽃은 새 소식 전하고

얼음 녹으니

옛 물소리 들리네

地泮花新意　●●○○●
1 2 3 4 5　지반화신의
|땅이 |풀리니 |꽃이 |새 |뜻을 보이고|

氷消水舊聲　○○○●○
1 2 3 4 5　빙소수구성
|얼음 |녹으니 |물이 |옛 |소리를 낸다|

「짚신[繩鞋]」에서 이렇게 읊었다.

---

1) 혜문선사惠文禪師(?~1234)는 자가 빈빈彬彬이고, 속성이 남씨南氏이다. 30대에 승과에 급제하여 대선사大禪師에 올랐다. 「천수사」 시가 알려져 월송화상月松和尙으로 불렸다. 이인로, 이규보 등과 교유하였다.
2) 천수사天壽寺는 장단군 진서면에 있던 절이다.
3) 『동문선』에 「보현원普賢院」이라는 제목으로 실려있다. 칠언율시의 3, 4구 함련이다.
4) 천룡사天龍寺는 전주의 동쪽 성 아래에 있던 사찰이다. 『신증동국여지승람 전주부全州府』.

파란 속은
쪽 밭 이랑처럼 교차하고
흰 둘레는
눈 덮인 성곽처럼 에워쌌네

中靑藍畞錯 ○○○●●
1 2 3 4 5　중청람무착
｜중간이｜파랗게｜쪽풀｜이랑｜교차하고｜

邊白雪城環 ○○●●○
1 2 3 4 5　변백설성환
｜가장자리｜하얗게｜눈 덮인｜성｜둘렀다｜

"소나무 바위 달[松巖月]"의 시구는 사인 정지상의 아래 시를 훔친 것이다.

바위 위 늙은 소나무에
한 조각 달 걸렸네

石頭松老一片月 ●○○○●●●
1 2 3 4 5 6 7　석두송로일편월
｜바위｜머리에｜솔｜늙고｜한｜조각｜달 떴다｜

이는 노련한 도둑질이어서 사람들이 찾아낼 수 없다.

惠文禪師「天壽寺」詩云 "路長門外人南北, 松老巖邊月古今."「天龍寺」云 "地泮花新意, 氷消水舊聲."「繩鞋」云 "中靑藍畞錯, 邊白雪城環." "松巖月"句, 盜鄭舍人 "石頭松老一片月". 此宿盜也, 人莫能擒.

581

하32 개태사 승통 수진의 겨자씨 시

"일상에서 이치를 설하여 부처 은혜에 보답하란 것이리라"

개태사[1] 승통 수진守眞은 학식이 해박하고 정밀하다. 왕명을 받들어 대장경大藏經의 착오를 교감하는 일을 담당하면서 마치 평소에 직접 번역한 책을 다루듯이 수월하게 하였다.

직강 하천단河千旦이 시를 지어 겨자씨 한 봉투와 함께 보내주었다. 이에 선사가 즉시 차운해서 화답하였다.

겨자씨는 우리 불문에서	芥子吾宗所極論 ●●○○○●◎
즐겨 말하니	1 2 3 4 7 5 6 개자오종소극론
	겨자 씨는 우리 종교에서 바니 극히 논한
수미산과 큰 바다도	須彌巨海摠能吞 ○○●●●○○
전부 삼킬 수 있다 하네	1 1 3 4 5 6 7 수미거해총능탄
	수미와 큰 바다도 모두 능히 삼킨다
강경하는 자리에 보내주신	惠來經榻知何意 ●○◎●○○●
그대 뜻 알겠어라	3 4 1 2 7 5 6 혜래경탑지하의
	베풀어 옴 강경 자리에 아니 어떤 뜻임을
일상에서 이치를 설하여	卽事談玄報佛恩 ●●○○○●◎[2]
부처 은혜에 보답하란 것이리라	2 1 4 3 7 5 5 즉사담현보불은
	나가 일에 말해 이치를 갚음이다 불은

참으로 노숙한 자의 도가 있는 말이다. 지금 오교도승통五敎都僧統[3]이 되었다.

---

1) 개태사開泰寺는 태조가 백제를 평정한 뒤에 논산 황산黃山에 창건한 사찰이다. (상-1 참조)
2) ▢측기평수 구식을 사용하였다. 상평성 '원元' 운에 맞추어 '論, 吞, 恩'으로 압운하였다.
3) 오교도승통五敎都僧統은 승록사僧錄司에 설치된 승려 관직이다.

開泰寺僧統守眞, 學博識精, 奉勅勘大藏經正錯, 如素所親譯. 河直講千旦作詩, 并以芥子一帒見寄. 師卽次韻答之曰"芥子吾宗所極論, 須彌巨海摠能吞. 惠來經榻知何意, 卽事談玄報佛恩."眞老宿道談, 今爲五敎都僧統.

하33. 송광사 선지식 충세가 진양공 사신을 꾸짖은 시

"야윈 학은 고요히 소나무 위 달을 우러러보고"

선지식(승려) 충세沖歲는 처음에 예부의 과거에 2등으로 급제하여 금규(한림원)¹⁾에 근무했었다. 그러나 즉시 물러나 송광사松廣社로 가서 수도하였다.

진양공이 지주사知奏事가 되었을 때, 강남으로 가는 중사中使(내관) 편에 서찰을 보내면서 차와 향과 『능엄경』을 함께 보내주었다. 그때 사신이 돌아가기에 앞서 답장을 써달라고 청하였다. 돌아가서 진양공에게 올릴 요량이었다.

이에 선사가 말하였다.

"나는 속세를 끊은 사람이라오. 어찌하여 편지를 써서 주고받는 것을 하겠소?"

그런데도 사신은 굳이 독촉하면서, 시를 지어 주기까지 하였다. 이에 선사가 즉시 차운하여 읊었다.

야윈 학은 고요히	痩鶴靜翹松頂月 ●●●○○●●
소나무 위 달을 우러러보고²⁾	1 2 3 7 4 5 6 수학정교송정월
	야윈 학 고요히 우러르고 솔 머리 달
한가한 구름은 가볍게	閑雲輕逐嶺頭風 ○○○●●○○
고갯마루 바람을 좇아가니	1 2 3 4 4 6 한운경축령두풍
	한가한 구름 가볍게 좇으니 재 바람

---

1) 금규金閨는 전한의 미앙궁未央宮 금마문金馬門이다. 학사들이 대조待詔하는 한림원의 별칭이다.

2) 교翹는 머리를 쳐들어 위로 향하는 모양이다. 한유, 「황제의 즉위를 축하하는 표[賀皇帝即位表]」, "천하가 머리를 쳐들고서 태평을 기대합니다.[天下翹首, 以望太平.]"

箇中面目同千里　●○●●○○●
1 2 3 3 7 5 6　개중면목동천리
그｜속｜면목이｜똑같은데｜천｜리에｜

何更新翻語一通　○●○○●●◎ 3)
1 2 3 4 7 5 6　하갱신번어일통
어찌｜또｜새로｜뒤집어｜말할까｜한｜통에｜

선사는 끝내 답장을 써주지 않았다. 이것이 진정으로 세상을 벗어
난 도인이 평소에 갖춘 고상한 면모이다. 산림에 물러나 있는 것을
수단으로 삼아서, 손쉽게 명성을 얻고 교화를 끼치려고 하는 지금 사
람들과는 같지 않다.

知識沖歲, 初以南省亞元, 籍金閨. 卽脫身, 往松廣社修眞. 晉陽公爲
知奏事時, 因中使往江南者, 以書遺茶香及『楞嚴經』. 使將還, 請書欲
報公. 師曰"子以絶俗, 何修書往復爲?"使强迫之, 且以詩贈. 師卽
次韻云"瘦鶴靜翹松頂月, 閑雲輕逐嶺頭風. 箇中面目同千里, 何更
新翻語一通?"卒不以書答. 此眞謝世道人雅尙, 不似今之以山林爲名
敎捷徑者.

---

3) ☐측기측수 구식을 사용하였다. 상평성 '동東' 운에 맞추어 '風, 通'으로 압운하였다.

온몸이 하얗게 변한 까치를 읊은 천영 선사의 시

"원망이 머리에 쌓여 눈 덮인 산마루처럼 변하고"

수선사修禪社[1] 탁연卓然[2] 선사는 재상 아들로 자랐고 필법이 빼어나다. 갑진년(1244) 봄에 도성에서 강남으로 돌아가는 길이었다. 계룡산 아래의 한 마을을 지날 때였다. 나무 위에 깃든 까치 한 마리가 눈에 띄었는데, 몸통은 희고 가슴팍은 붉고 꼬리는 검었다. 그곳에 사는 장복長福이라는 자가 이렇게 말하였다.

"이 까치가 날아와서 둥지를 튼 지 벌써 7년이 되었습니다. 그런데 그 새끼들이 해마다 이곳 올빼미에게 잡아먹히고 말아서 끊임없이 하소연하며 울었습니다. 이 때문에 슬픈 감정이 쌓여서 그런지, 첫 번째 해에는 머리털이 하얗게 세기 시작하였고, 두 번째 해에는 머리털이 전부 하얗게 세었고, 세 번째 해에는 온몸이 전부 하얗게 세었습니다. 올해는 다행히 곤액을 당하지 않아서 꼬리가 점점 다시 검어지고 있는 것입니다."

탁연 선사가 이를 기이하게 생각하여, 수선사에 함께 있는 천영天英[3] 선사에게 말해주었다. 천영 선사가 이렇게 말하였다.

---

1) 수선사修禪社는 순천 조계산 송광사松廣寺의 옛 이름이자, 결사結社의 이름이다. 보조국사 지눌知訥이 1190년에 대구 팔공산 거조사居祖社에서 결성한 결사 정혜사定慧社를 이곳에 옮기고 수선사로 개칭하였다.
2) 탁연卓然은 재상 최정분崔正份의 아들이다. 고종 때 조계산에서 출가하였다. 법호는 운유자雲遊子이다. 서법에 능하였다. 최자가 상주 목사로 있을 때 수축한 사찰의 현판을 썼다.
3) 천영天英(1215~1286)은 조계산에서 출가하였고, 1236년 승과에 합격하였다. 조계산에서 혼원混元(1191~1271)을 뒤이어 수선사修禪社의 사주社主가 되었다. 시호는 자

"아, 이 까치는 바로 이른바 '머리가 새인 사람'이라는 것이다."

이내 시를 지어 읊었다.

원망이 머리에 쌓여
눈 덮인 산마루처럼 변하고
피눈물 가슴에 맺혀
단전처럼 붉게 변하였어라
올빼미가 남의 자식을
괴롭히지 않는다면
온 세상 하얀 머리가
하루아침에 검게 변하리라

怨氣積頭成雪嶺 ●●◐○○●●
1 2 4 3 7 5 6　원기적두성설령
원망｜기운｜쌓여｜머리에｜되고｜눈｜고개

血痕沾臆化丹田 ●○◐●●○◎
1 2 4 3 7 5 5　혈흔첨억화단전
피｜흔적｜적셔｜가슴｜변했다｜단전으로

渠如不惱他家子 ○○●●○○●
1 2 7 6 3 4 5　거여불뇌타가자
그｜만약｜않으면｜괴롭히지｜남의｜집｜자식

四海霜毛一日玄 ●●○○●●4)
1 3 4 5 5 7　사해상모일일현
사해｜서리｜머리털｜하루에｜검어진다

천영 선사는 진양공晋陽公에게 붙들려 있다가, 마침내 속세 관작을
버리고 물러난 분이다. 당시 선사 나이가 30세 남짓이었다.

修禪社 卓然師, 宰相之子, 筆法絶倫. 甲辰春, 自京師還江南. 道過鷄
龍山下一村, 見有鵲栖于樹, 體皓臆丹尾黔. 居民長福云 "此鵲來巢,
已七年矣. 其雛每歲爲土梟所食, 呼訴不已. 哀感所鍾, 一年頭始白,
二年頭盡白, 三年體渾白. 及今年幸免其厄, 尾漸還黑." 然師異之, 語
同社天英師. 師曰 "噫, 此所謂禽頭人也." 遒作詩曰 "怨氣積頭成雪
嶺, 血痕沾臆化丹田. 渠如不惱他家子, 四海霜毛一日玄." 英師爲晋
陽公所麋住, 斷俗爵, 禪師時年三十餘.

진원오국사慈眞圓悟國師이다.

4) □측기측수 구식을 사용하였다. 하평성 '선先' 운에 맞추어 '田, 玄'으로 압운하였다.

하35. 권적이 송 휘종에게 하사받은 「법화서탑」을 읊은 시

"개미가 꿈쩍이듯 한 자 한 자 생동하고"

학사 권적權適[1]은 송나라에 들어가서 갑과甲科에 급제하였다. 휘종이 이를 가상하게 여겨서 곧장 높은 관직에 제수하였다. 아울러 양구楊球[2]에게 관고官誥를 쓰게 하고, 옥축玉軸과 금방울로 장식하여 내려주었다. 이듬해에 표문을 올려 귀국을 청하니 휘종이 윤허하였다.

장차 떠나려고 할 때, 관상을 보는 자가 이렇게 말하였다.

"그대는 재주가 높지만 명이 박해서 40세를 넘기지 못하고 4품 지위를 넘지 못할 것이네. 마땅히 대승경大乘經[3]을 외어서 수명과 벼슬을 돕게 해야 하네."

학사는 마음속으로 그 말에 수긍하여, 3일 안에 『법화경』을 외겠다고 약속했다. 천자가 앞으로 불러내어 외우게 하니, 한 글자도 헛갈리거나 틀리게 외지 않았다. 천자가 가상하게 여기고 감탄하여 「관음상觀音像」 족자 1폭과 「법화서탑法華書塔」[4] 족자 1폭을 하사하였다.

학사는 2남 1녀를 두었다. 그 따님이 곧 나의 할머니라서 「관음상」

---

1) 권적權適(1094~1147)은 1115년 7월에 송나라 태학에 파견 입학하였다가, 상사급제上舍及第를 얻고 1117년에 귀국하였다.(상-20 참조)

2) 양구楊球는 숭녕 연간에 한림 대조를 지낸 송나라 관료이다. 서법에 능하였다. 홍관洪灌이 송나라에 갔을 때, 김생金生 글씨를 보여주자, 왕희지 친필로 착각하여 깜짝 놀랐다고 한다. 『삼국사기 김생전金生傳』.

3) 대승경大乘經은 대승 사상을 담고 있는 경전을 이른다. 『화엄경』, 『법화경』, 『반야경』, 『열반경』 등이 있다.

4) 법화서탑法華書塔은 『법화경』 경문을 탑 모양으로 서사하여 형상화한 것이다.

이 나의 할아버지(최윤인) 집에 전해졌다. 장남 권돈례權敦禮[5]는 관고官誥를 물려받았고, 차남은 승려가 되어 「법화서탑」을 물려받았다. 그런데 차남이 입적한 뒤로, 이 「법화서탑」이 방외에서 유전되어 어디에 있는지 아무도 알지 못하였다.

내가 상락上洛(상주) 수령이 되었을 때(1242)다. 새로 미면사米麵社[6]를 수축하고 만덕산萬德山[7] 도반들에게 요청하여 법회를 열었다. 그러던 어느 날 저물녘에 문득 어떤 노승이 「법화서탑」을 들고서 문 앞으로 찾아와서 사람을 통해 인사하는 말을 전하였다.

"나는 권 학사의 친손입니다. 수령과는 인척 사이가 됩니다. 제가 이 「법화서탑」을 물려받아 오랫동안 간직하고 있었습니다. 이제 수령께서 사찰을 새로 지었다는 소식을 듣고서 찾아와 이를 바치는 것입니다."

당시에 도반들이 마침 영재鈴齋(관아 정청)[8]에 와 있었고, 만덕사 주지 천인天因[9]도 그곳에 함께 있었다. 이들이 이 말을 듣고서 깜짝 놀라며 일찍이 없던 일이라고 감탄하였다. 마침내 시를 지어 찬미하였다.[10]

---

5) 권돈례權敦禮는 권적權適의 아들이다. 어사御史를 지냈다.(상-46 참조)

6) 미면사米麵社는 문경의 공덕산(사불산) 서남쪽에 있던 백련사이다. 강진 백련사와 구별하여 동백련東白蓮으로 불렸다. 뜰 좌우에 미면정米麵井이 있고, 의상대사가 설법하던 대가 있었다. 『신증동국여지승람 상주목尙州牧』.

7) 만덕산萬德山은 백련사가 있는 강진의 산이다.

8) 영재鈴齋은 고을 수령이 집무하는 곳이다. 상주 관아의 정청政廳을 이른다.

9) 천인天因(1205~1248)은 과거에 낙방하고 만덕산 백련사에서 출가하여 원묘국사圓妙國師 요세了世의 법을 이었다. 나중에 상주 공덕산에 가서 머물 때, 최자가 미면사米麵社를 세운 것이다.

10) 『동문선』에 「제권학사법화탑題權學士法華塔」이라는 제목으로 실려있다.

옛날에 부처가	如來昔在靈鷲山	○○●●●○●
영취산¹¹⁾에서	1 1 3 7 4 4 4	여래석재령취산
		여래가｜옛날에｜있으면서｜영취산에

옛날에 부처가
영취산¹¹⁾에서

如來昔在靈鷲山
1 1 3 7 4 4 4　○○●●●○●
여래석재령취산
여래가｜옛날에｜있으면서｜영취산에

연화 묘법을
세 번 설하시니

蓮華妙法三周宣
1 1 3 3 5 6 7　○○●●○○○
련화묘법삼주선
연화｜묘법을｜세｜번｜펼치니

그때 땅에서
보탑이 솟아올라¹²⁾

是時寶塔從地湧
1 2 3 3 6 5 7　●○●●●●○
시시보탑종지용
이｜때｜보탑이｜부터｜땅에서｜솟아

옛 부처 찬탄하길
얼마나 정성껏 했던가?

古佛讚歎何殷虔
1 2 3 3 6 6 7　●●●○○○○
고불찬탄하은건
옛｜부처｜찬탄이｜얼마나｜성대｜공손했나

누군가 이를
절묘한 필법에 담아

何人幻入筆三昧
1 2 3 7 4 5 5　○○●●●●○
하인환입필삼매
어떤｜사람이｜바꿔｜넣어｜필법｜삼매에

더욱 정치하게
탑 모양으로 베껴내니

寫出塔相尤精姸
3 4 1 2 5 6 7　●●●●○○○
사출탑상우정연
베껴｜냄｜탑｜모양｜더｜정밀하고｜고우니

부처 말씀
육만 구천 글자가¹³⁾

金言六萬九千字
1 1 3 4 5 6 7　○○●●●●○
금언륙만구천자
부처｜말씀｜육｜만｜구｜천｜글자가

개미가 꿈쩍이듯
한 자 한 자 생동하고

字字蠕蠕如蟻旋
1 1 3 3 5 6 7　●●○○○○●○
자자연연여의선
글자마다｜꿈틀대｜마치｜개미｜도는 듯

아계¹⁴⁾ 비단
한 폭 반 길 높이가

鵝溪一幅高半丈
1 1 3 4 5 6 7　○○●●●○●
아계일폭고반장
아계 비단｜한｜폭｜높이｜반｜길이

수미산¹⁵⁾ 봉우리처럼
높이 솟아 보이네

想見高出須彌巓
6 6 1 5 2 2 4　●●○○●○○
상견고출수미전
떠올린다｜높이｜솟음을｜수미산｜마루로

---

11) 영취산靈鷲山은 석가모니가 설법하던 산이다.(중-31 참조)

12) 석가가 영취산에서 설법할 적에 다보여래 사리를 모신 보탑이 땅에서 솟아 나왔다. 그때 탑이 소리를 내어 석가의 설법을 찬탄하고 증명했다고 한다.

13) 금언金言은 부처의 말을 이른다. 『묘법연화경』 경문이 6만 9천여 글자이다.

14) 아계鵝溪는 사천 염정鹽亭의 서북쪽 지역을 흐르는 시내이다. 유명한 비단 산지이다.

그에게 묻기를	問渠何處得此本 ●○○●●●●
"어디에서 이 그림을 얻고	2 1 3 4 7 5 6　문거하처득차본
	묻길 그에게 어느 곳에서 얻고 이 본을
남방 고을에서	流落南州今幾年 ○●○○○●◎
몇 해나 흘러 다녔던가?"	3 3 1 2 5 6 7　류락남주금기년
	유락하여 남쪽 고을 지금 몇 년인가
답하기를	答言學士學西宋 ●○●●●○●
"학사가 서쪽 송에서 유학할 때	1 2 3 3 7 5 6　답언학사학서송
	답해 말하길 학사가 배워 서쪽 송에서
사흘간 전념하여	三日專精誦七篇 ○●○○●●◎
『법화경』7편을 외워	1 2 3 4 7 5 6　삼일전정송칠편
	삼 일 간 전일 정밀하게 외워 일곱 편
황제가 서안 앞에서	玉皇案前試聽誦 ●○●○●●●
외도록 시험 뵈니	1 1 3 4 5 7 6　옥황안전시청송
	황제가 서안 앞에서 시험해 들으니 욈을
낭랑하게 유수처럼	一瀉流水聲泠然 ●●○●○○◎
줄줄 외웠기에	1 2 3 3 5 6 6　일사류수성령연
	한 번 쏟아내 유수 같아 소리 시원해
다보여래와 함께 듣고	意將多寶同證聽 ●○○○●●●
증명한단 뜻으로	1 2 3 3 5 7 6　의장다보동증청
	뜻은 장차 다보와 함께 증명하려 들음
이 서탑 은혜롭게 내려	寵賜此塔嘉其賢 ●●●●○○◎
훌륭함 기렸는데	3 4 1 2 7 5 6　총사차탑가기현
	은혜로 내려 이 탑 기렸는데 그 어짊
학사가 신선 되어	一從學士上仙去 ●○●●●○●
하늘로 떠나신 뒤로	1 7 2 2 4 5 6　일종학사상선거
	한번 부터 학사가 올라가 신선 되어 감
절간에 놓여	置在僧舍無人傳 ●●○●○○◎
전하는 사람 없었거늘	3 4 1 1 7 5 6　치재승사무인전
	놓아 둬 사찰에 없는데 사람이 전함
아, 사군께서	嗟哉使君偶自致 ○○●○●●●
우연히 스스로 찾아오시니	1 2 3 3 5 6 7　차재사군우자치
	아 어사 사군이 우연히 절로 이르니

---

15) 수미산須彌山은 석가가 머물던 도솔천이 있다는 바다 가운데의 높은 산이다.

기이한 이 일을 누가 능히 설명하랴?[16]	此事荒怪誰能詮 ●●○●○○○ 1 2 3 4 5 6 7　차사황괴수능전 이 일|황당|기괴함|뉘|능히|설명할까
나무 밑 가락지 찾아낸 양호를 알아보고[17]	樹下探環認羊子 ●●○○○●● 1 2 4 3 7 5 5　수하탐환인양자 나무|아래서|찾아|가락지|알고|양자임을
옹기 속 그림 찾아낸 영선사를 알았듯이[18]	甕中覓畫知永禪 ●○●●○●○ 1 2 4 3 7 5 5　옹중멱화지영선 옹기|속|찾아|그림|알았듯이|영선사임을
어찌 알았으랴 지금 사람도 옛사람 같아서	那知今人是昔人 ●○○○●●○ 1 2 3 4 7 5 6　나지금인시석인 어찌|알랴|지금|사람도|이니|옛|사람
못 이룬 묵은 소원에 여전히 얽매여 있어	宿願未滿猶在纏 ●●●●○●○ 1 2 4 3 5 7 6　숙원미만유재전 묵은|소원|못해|충족|아직|있어|매어
그래서 이 불법을 더욱 독실히 믿고	故於此法彌篤信 ●○●●○●● 1 4 2 3 5 6 7　고어차법미독신 그래서|에|이|법|더욱|독실히|믿어
사찰 세워 공덕 이루길 원한 것이었어라	願創蓮社功垂圓 ●●○●○○◐ 7 3 1 1 4 6 5　원창련사공수원 원했다|세워|사찰|공|남기길|원만히
용중과 천중[19]도 기쁜 마음 드러내어	龍天亦發歡喜心 ○○●●○●○ 1 2 3 7 4 4 6　룡천역발환희심 용중|천중|역시|발하여|환희의|마음

---

16) 최자가 상주 목사로 부임한 것도 우연이 아니라, 사실은 조물주가 이끈 것이라는 말이다.

17) 서진의 양호羊祜가 다섯 살 때였다. 유모를 시켜 자기의 금가락지를 가져오라고 했다. 금가락지를 가진 적이 없다고 하자, 양호가 즉시 이웃 이씨李氏의 뽕밭에 가서 금가락지를 찾아냈다. 이씨의 죽은 아이가 잃어버린 것이었다. 이 일로 양호가 이씨 아들의 후신인 것을 알게 되었다고 한다. 『진서 양호전羊祜傳』.

18) 당나라 방관房琯이 도사 형화박邢和璞과 어느 절터에 갔을 때, 형화박이 소나무 밑을 가리키며 파게 하였다. 그곳에서 누사덕婁師德이 영선사永禪師에게 보낸 편지 항아리가 나오자, 방관은 즉시 자기가 승려였음을 깨달았다. 방관은 영선사의 후신이었다. 정처회鄭處誨, 『명황잡록明皇雜錄』.

19) 용천龍天은 불법을 수호하는 팔부八部의 신장神將 가운데 우두머리인 용중龍衆과 천중天衆이다.

신령한 복 내려	靈貺仍將舊物還	○●○○●●◎
	1 2 3 6 4 5 7	령황잉장구물환
	영험 내려 곧 들어 옛 물건 돌려줬다
옛 물건 돌려준 것이라		
본래 타인 물건이지	由來外物非我有	○○●●●◎◎
	1 1 3 4 7 5 6	유래외물비아유
	애초 바깥 물건이요 아니라 내 소유
내 것이 아니어서		
조물주가 따로	自有眞宰專其權	●●○●○○◎
	1 4 2 2 7 5 6	자유진재전기권
	따로 있어 조물주 차지하니 그 권한
그 권리 전유하니		
어찌 얻어서 즐겁고	得之何樂失何慼	●○○●●○●
	2 1 3 4 5 6 7	득지하락실하척
	얻어 이를 어찌 좋고 잃어 어찌 슬플까
잃어 슬프랴?		
안개 바람처럼	過眼變化如風烟	●●●●○○◎
	2 1 3 3 6 4 5	과안변화여풍연
	스친 눈에 변화로 마치 바람 안개 같다
눈 스치는 변화일 뿐이라		
그대 보시오	君看此塔別有屬	○○●●●●●
	1 4 2 3 5 7 6	군간차탑별유속
	그대 보게 이 탑 따로 있어 속함이
이 서탑 주인은 따로 있어서		
천지가 뒤바뀐대도	地轉天回曾不遷	●●○○○●◎[20]
	1 2 3 4 5 7 6	지전천회증불천
	땅 돌고 하늘 돌아도 일찍 않는다 변치
영영 변치 않을 것이라		

선사는 17세에 진사과에 합격하여, 곧이어 현관賢關(국자감)에 들어 갔다. 그해 겨울에 시험을 치러 1등을 차지하였다. 그러나 즉시 속세 를 벗어나 만덕사로 들어가 삭발하고서 불도를 수행하더니 날로 발 전하여 일가一家의 법을 이루었다.

---

20) ▯칠언고시이다. 상평성 '산删' 운과 통운에 해당하는 하평성 '선先' 운에 맞추어 각각 '山'과 '宣, 虔, 姸, 旋, 巓, 年, 篇, 然, 賢, 傳, 詮, 禪, 纏, 圓, 還, 權, 烟, 遷'으로 압운하였다.

權學士適入中朝擢甲科. 天子嘉之, 直除華貫, 使楊球書官誥, 粧以玉軸金鈴賜之. 明年表請還, 帝許之. 將行, 相者曰"君才高命薄, 年不過四十, 位不逾四品. 宜頌大乘經, 以資算祿." 學士心然之, 約三日了誦『法華』. 帝呼前令誦, 無一字錯謬. 帝乃嘉嘆, 賜「觀音像」一幀·「法華書塔」一幀. 學士有二男一女, 女卽吾祖母也, 「觀音像」吾祖家傳之. 長子權公敦禮傳官誥. 次子爲浮屠, 而傳「法華塔」, 卽沒, 此塔流傳方外, 人無知在. 予守上洛時, 新修米麵社, 請萬德山道侶設會. 一日昏時, 忽有老僧持「法華塔」, 到門通謁云"吾是權學士內孫, 與使君連戚. 自吾傳此塔, 秘之久矣, 聞君創蓮社, 故來獻之." 時道侶適至鈴齋, 萬德社主天因在其中, 聞之驚愕, 歎未曾有. 乃作詩讚云"如來昔在靈鷲山, 蓮華妙法三周宣. 是時寶塔從地湧, 古佛讚歎何殷虔. 何人幻入筆三昧, 寫出塔相尤精姸? 金言六萬九千字, 字字蠕蠕如蟻旋. 鵝溪一幅高半丈, 想見高出須彌巓. 問渠何處得此本, 流落南州今幾年? 答言學士學西宋, 三日專精誦七篇. 玉皇案前試聽誦, 一瀉流水聲泠然. 意將多寶同證聽, 寵賜此塔嘉其賢. 一從學士上仙去, 置在僧舍無人傳. 嗟哉使君偶自致, 此事荒怪誰能詮? 樹下探環認羊子, 甕中覓畫知永禪. 那知今人是昔人, 宿願未滿猶在纏? 故於此法彌篤信, 願創蓮社功垂圓. 龍·天亦發歡喜心, 靈貺仍將舊物還. 由來外物非我有, 自有眞宰專其權. 得之何樂失何感? 過眼變化如風烟. 君看此塔別有屬, 地轉天回曾不遷." 師年十七擢進士科, 旋入賢關, 其年冬考藝爲第一生. 卽謝世, 投萬德社剃髮, 道行日進, 爲一家之法.

던 금가락지를 찾아내었다. 영선사는 방관의 전생 인물이다. 방관은 도사 형화박의 도움으로 전생에 누사덕에게 받아 항아리에 담아 놓았던 편지를 소나무 밑에서 찾아내었다. 이로써 자신이 영선사였음을 알게 되었다. 모두 전생 인연을 잊지 않았거나 타인 도움이 있어 전생의 물건을 찾아낸 것이다. 최자도 마찬가지로 깊은 인연이 닿아 있어 마침내 「법화서탑」을 얻었다고 생각한 것이다. 최자가 상주에 간 것도, 그곳에 사찰을 세운 것도, 못 이룬 묵은 염원을 이루어주려는 신령한 기운이 작용하고 오래된 인연이 이끌어주어서 성사된 일이다. 그 신령한 기운의 작용은 간절한 염원에 감동한 용중과 천중이 일으켰다. 용중과 천중이 옛 물건을 찾는 매개자가 되어준 것이다.

^하36. 승가의 시격을 벗어나 술병을 읊은 승통 시의

"태평여 취하고 긴 여유 즐기시게나"

직강 윤우일尹于一이 말하였다.

"승가僧家에 세 가지 시격詩格이 있다. 경론이나 게송의 체[經論偈
頌體]에 가까운 말을 사용한 것을 '두탕흔豆湯痕'[1]이라고 한다. 쉰
내 나는[生酸] 말[2]을 즐겨 사용한 것을 '사수적捨水滴'[3]이라고 한다.
【승가에서 공양을 마치고 발우를 씻은 물을 사수捨水라고 한다.】입어立
語가 빈한하고 건조한[寒枯] 것을 '소순기蔬筍氣'[4]라고 한다."

서백사西伯寺 승통 시의時義는 사관 이윤보李允甫[5]의 친동생이다. 형
이윤보는 그가 시에 능하다고 인정하였다. 예전에 귀정사歸正寺[6]에서
주석하고 있을 때의 일이다. 그 사찰 소유 장원莊園에 소속된 도공陶
工에게 안융安戎[7] 태수가 질그릇으로 술병과 항아리를 빚어달라고 요
청하였다. 이에 선사가 시를 지어서 보내었다.

---

1) 두탕흔豆湯痕은 팥죽을 담은 그릇에 흘러내린 끈적한 팥죽 자국을 이른다.
2) 섭몽득은 『석림시화 당시승唐詩僧』에서 승체僧體를 말하면서, 소순어蔬筍語는 산함
   기酸餡氣가 없는 것이라고 하였다. 생산어生酸語는 곧 산함기가 있는 말이다. 산
   함酸餡은 절인 채소를 다져서 만든 만두소이다. 새로운 뜻이 없는 진부하고 범속
   한 말을 이른다.
3) 사수적捨水滴은 씻어낸 발우에서 흘러내린 물방울 자국을 이른다.
4) 소순기蔬筍氣는 나물과 죽순을 먹고 수행하는 자의 기운이다. 이색, 「기사記事」,
   "창자에 소순 기운 가득함을 스스로 기뻐하니, 빙설을 씹어서 새 시를 지어내
   네.[自喜滿腔蔬筍氣, 嚼成氷雪入新聯.]"
5) 이윤보李允甫는 진화, 이규보 등과 시로써 교유하던 인물이다.(상-31 참조)
6) 귀정사歸正寺는 전북 남원南原에 있던 사찰이다.
7) 안융安戎은 평안남도 안주安州의 서남쪽 지역이다.

이것	之二物 ○●●
	1 2 3　지이물
두 물건은	이｜두｜물건이

몸체가	身是瓦 ○●●
	1 3 2　신시와
질그릇이니	몸이｜이니｜질그릇

아버지는	父於土 ●○●
	1 3 2　부어토
흙이요	아버지는｜에 있고｜흙

어머니는	母於火 ●○●
	1 3 2　모어화
불이라네	어머니는｜에 있다｜불

태어나	生與麴生善 ○●●●○
	1 4 2 2 5　생여국생선
누룩과 친하고	태어나서｜더불어｜누룩과｜친하고

그릇으로 쓰지	器使無不可 ●●○●●
	1 2 5 4 3　기사무불가
못할 데가 없으니	그릇으로｜씀에｜없으니｜않음｜옳지

곧고 단단해서	堅貞不似鴟夷滑 ○○●●○○●
	1 1 7 6 3 3 5　견정불사치이활
부드러운 가죽 부대8)가	꼿꼿해｜않으니｜같지｜가죽이｜부드러워

채우면 앉고 비우면 눕는 것	飽則坐飢則臥 ●●●○●●
	1 2 3 4 5 6　포즉좌기즉와
같지 않고	부르면｜곧｜앉고｜굶주리면｜곧｜눕는 것

불룩한 빈 배에	空洞蟠腹容聖賢 ○○●○●●○
	1 1 3 4 7 5 6　공동파복용성현
청주와 탁주9)를 담아	텅 빈｜불룩한｜배｜수용해｜청주｜탁주

평생 함께 성정을 기르고	平生可與陶寫 ○○●●○●
	1 1 6 3 4 5　평생가여도사
근심 풀 수 있다네10)	평생｜만하다｜함께｜도야하고｜쏟아낼

---

8) 치이鴟夷는 술 따위를 담는 가죽 주머니이다.

9) 성현聖賢은 청주와 탁주를 빗댄 말이다. 조조曹操가 금주령을 내렸을 때, 성현을 청주와 탁주의 은어로 썼다고 한다. 청성탁현淸聖濁賢이라 한다. 『삼국지 위지 서막전徐邈傳』, "취객들이 술을 일컬을 때 맑은 술을 성인이라 하고, 탁한 술을 현인이라 한다.[醉客謂酒, 淸者爲聖人, 濁者爲賢人.]"

10) 도사陶寫는 성정을 기르고 근심을 풀어냄을 이른다.

응당 좋은 잔치에서
호걸을 모셔야지

宜當錦筵奉豪士　○○●●○●●
1 1 3 4 7 5 5　의당금연봉호사
응당｜비단｜잔치서｜모시지｜호걸｜선비

어찌 죽도록
나를 따를까?

何抵死隨我　○●●●○
1 3 2 5 4　하저사수아
어찌｜이르도록｜죽음에｜따를까｜나를

승려는 표주박 하나로
이미 족하니

山僧一瓢計已足　○○●●●●●
1 2 3 4 5 6 7　산승일표계이족
산｜중에｜한｜표주박에｜생계｜이미｜족하니

쓸 곳이 없는 너를
어찌 빌리랴?

用無處何汝借　●○●○●●
1 3 2 4 5 6　용무처하여차
쓸｜없는데｜곳이｜어찌｜너를｜빌릴까

하물며 지금은
금주령이 날로 엄해

況今酒禁日來急　●○●○●○●
1 2 3 4 5 6 7　황금주금일래급
하물며｜지금｜술｜금지｜날이｜갈수록｜급해져

네 주린 배를
채울 것도 없고

無物充汝餓　○●○○●●
5 1 4 2 3　무물충여아
없고｜어느 물건도｜채울 것｜네｜굶주림

차를 달여
네게 주려 해도

設茶湯欲供汝兮　●○○○●●○
3 1 2 6 5 4 7　설다탕욕공여혜
갖춰｜차｜탕을｜싶어도｜주고｜네게｜어사

네가 어색하여
삼키지 못할까 두려워라

恐汝未慣喉吻不得過　●●○●○●●○○●
9 1 3 2 4 5 6 6 6　공여미관후문부득과
두렵다｜네｜못해｜익숙｜목｜입에｜못 넘길까

너는 천지간에
입과 배를 가졌을 뿐이니

汝於天地間唯口腹耳　●○○●○●○●●
1 5 2 3 4 6 7 8 9　여어천지간유구복이
넌｜에｜천｜지｜사이｜오직｜입과｜배｜뿐이니

진중하여
내 말을 잊지 말게나

珍重乎不我捨　○●●●●●
1 1 3 6 4 5　진중호불아사
소중히 해｜어사｜말라｜내 말을｜버리지

듣자 하니
융성 태수가 와서

似聞戎城太守來　●○○○●●○
2 1 3 3 5 5 7　사문융성태수래
듯하니｜들은｜융성｜태수가｜와서

백성이 침 흘리며
새 교화 입길 바라는데

萬戶流涎飮新化　●●○●○●○
1 2 4 3 7 5 6　만호류연음신화
만｜집이｜흘리며｜침｜마시는데｜새｜교화

과연 은혜 베풀어
목마른 백성 위로하고

果酌芳恩慰民渴	●●○○●●●
1 4 2 2 7 5 6	과작방은위민갈

|과연|베풀어|은혜|달래고|백성|갈증|

공무 틈에 옥 잔 기울여
빈객과 즐긴다 하네

公餘樂賓傾玉斝	○○●○○●●
1 2 4 3 7 5 6	공여락빈경옥가

|공무|틈에|즐겨|손과|기울인다|옥|술잔|

아, 너는 다행히
무사한 세상에 태어났으니

噫汝幸生天下無事時	○●●○●○●○
1 2 3 4 4 6 6 8	희여행생천하무사시

|아|넌|다행히|났으니|천하|무사할|때|

가서 어진 태수와
무하향에서 술 마시며

往與賢太守飮無何	●●○●●●○○
1 5 2 3 3 7 6 6	왕여현태수음무하

|가서|와|어진|태수|마셔|무하향에서|

태평에
취하고

醉太平	●●○
3 1 1	취태평

|취하고|태평에|

긴 여유
즐기시게나

樂長暇	●○●[11)
3 1 2	락장가

|즐겨라|긴|한가함을|

이 시는 윤공尹公(윤우일)에게 보여주어도, 결코 세 가지 시격을 가지고서 놀리지는 못할 것이다.

┐尹直講于一日 "僧家詩格有三. 語涉經論偈頌體, 謂之'豆湯痕'. 好作生酸語, 謂之'捨水滴'.【僧家飯訖, 洗鉢水名'捨水'.】立語寒枯, 謂之'蔬筍氣'." 西伯寺僧統時義, 李史館允甫之舍弟也, 兄許其能詩. 嘗住歸正寺, 寺莊有陶工, 安戎太守求瓦罇缸. 師以詩寄之曰 "之二物身是瓦,

---

11) □잡언고시이다. 상성 '마馬' 운과 통운에 해당하는 상성 '가哿' 운에 맞추어 각각 '瓦, 寫, 捨, 斝'와 '火, 可, 我'로 압운하고, 운섭에 해당하는 거성 '개箇' 운과 통운에 해당하는 거성 '마禡' 운에 맞추어 각각 '臥, 餓, 過'와 '借, 化, 暇'로 압운하고, 운섭에 해당하는 하평성 '가歌' 운에 맞추어 '何'로 압운하였다.

父於土母於火. 生與麴生善, 器使無不可. 堅貞不似鴟夷滑, 飽則坐飢則臥. 空洞皤腹容聖賢, 平生可與陶寫. 宜當錦筵奉豪士, 何抵死隨我? 山僧一瓢計已足, 用無處何汝借? 況今酒禁日來急, 無物充汝餓. 設茶湯欲供汝兮, 恐汝未慣喉吻不得過. 汝於天地間唯口腹耳, 珍重乎不我捨. 似聞戎城太守來, 萬戶流涎飲新化. 果酌芳恩慰民渴, 公餘樂賓傾玉斝. 噫汝幸生天下無事時, 往與賢太守飲無何, 醉太平樂長暇." 此詩雖使尹公見之, 必無三格之譏.

하37. 반송을 그린 노승의 둥근 부채

"땅에 서린 비취색 교룡이 둥근 모습이어라"

진 보궐이 왕명을 수행하러 가는 길에 치악산 서쪽을 지나게 되었다. 소나무와 삼나무가 빼곡하게 그늘을 이루고, 물과 바위가 그윽하고 기이한 곳이었다. 그 모습이 사랑스러워 골짜기 안으로 들어가보니, 초가집 두세 채가 숲 사이에서 보일 듯 말 듯하였고, 한 노승이 아이를 데리고 시냇가 바위 위에 앉아있었다.

진 보궐이 말에서 내려 더불어 이야기를 나누어보니, 기운이 범속하지 않은 사람이었다. 마침내 마주 앉아서 있다가 반송蟠松(구불구불 서린 소나무)을 그린 종이 부채 하나가 있는 것을 보았다. 진 보궐이 부채를 가져다가 그 뒤에 썼다.

노승이 푸른 수염 노인[1]과
오래 짝했거늘
어찌 둥근 부채에도
그 모습을 옮겨 그렸을까?

老僧長伴蒼髥叟 ●○○○●○○
1 1 3 7 4 5 6　로승장반창염수
노승이 | 오래 | 짝하는데 | 푸른 | 수염 | 노인

何更移眞入扇團 ○●○○●●○
1 2 4 3 7 5 6　하갱이진입선단
어찌 | 또 | 옮겨 | 진영을 | 넣었나 | 부채 | 둥근 데

노승이 즉시 화답하였다.

봄바람 이르지 않은
아미산 고갯마루에

春風不到峨眉嶺 ○○●●○○○
1 2 4 3 5 5 7　춘풍부도아미령
봄 | 바람 | 않은 | 이르지 | 아미산 | 고개에

---

1) 창염수蒼髥叟는 푸른 수염을 한 노인이다. 소나무를 빗댄 말이다.

땅에 서린 비취색 교룡이
둥근 모습이어라

撲地蛟龍翠作團 ●●○○●●○
2 1 3 3 5 7 6　박지교룡취작단

|서린|땅에|교룡|비취색으로|되었다|둥글게|

진 보궐이 깜짝 놀라서 탄복하였다. 또 10운의 시를 지어 주었는데,
시어와 뜻이 모두 청절淸絕한 것이었다. 그가 어떤 사람인지는 알지
못한다.

陳補闕因王事, 行過雉岳西, 松杉蔭密, 水石幽奇. 心愛之入洞中, 有
草屋兩三隱映林間, 一老僧帶兒子坐溪石. 陳下馬與語, 氣韻不凡. 遂
偶坐, 見一紙扇畫蟠松. 陳取扇, 書其背云 "老僧長伴蒼髥叟, 何更移
眞入扇團?" 僧卽和云 "春風不到峩眉嶺, 撲地蛟龍翠作團." 陳驚愕
歎服. 又贈十韻, 語意俱淸絕. 不知何許人.

"청산에 홀로 서서 몇 해를 보냈나?"

삼중대사[1] 공공空空[2]은 행실을 단속하지 않는 성품이었다. 시와 술도 좋아하였다. 사는 곳이 도성에서 벗어나 있지 않았으니, 만년에 이르도록 소년들과 어울려 놀기 좋아하였다. 술에 취하여 시를 읊조리고 꽃과 풀을 희롱하면서 스스로 초탈하게 지내었다.

언제나 포천布川[3]을 지나갔는데, 석미륵石彌勒을 찬미하는 시를 남겼다.

금빛으로 우뚝한 장륙불상아[4]	金色巍巍丈六身 ○●○○●●◎ 1 2 3 3 5 5 7　금색외외장륙신 금 빛으로 우뚝한 장륙의 불신아
청산에 홀로 서서 몇 해를 보냈나?	靑山獨立幾經春 ○○●●●○◎ 1 2 3 4 5 7 6　청산독립기경춘 푸른 산에 홀로 서 몇 번 지냈나 봄을
내가 와서 머리 조아려도 어찌 말이 없는가?	我來稽首何無語 ●○◎○●●○ 1 2 4 3 5 7 6　아래계수하무어 내 와서 숙여도 머리 어찌 없나 말
지난 겁에 함께 수행하던 벗이 왔거늘	曩劫同修是故人 ●●○○●●◎[5] 1 2 3 4 7 5 6　낭겁동수시고인 지난 겁에 함께 수행하던 이다 옛 사람

1) 삼중대사三重大師는 승과에 합격한 승려가 대사大師와 중대사重大師를 거쳐서 오르는 법계法階이다.
2) 공공空空은 무신 집권기에 시승詩僧으로 알려진 경조景照의 자字이다.
3) 포천布川은 연산현連山縣을 경유하는 논산천의 옛 이름이다. 승려 혜명이 968년에 제작했다고 알려진 은진미륵이 이곳의 관촉사에 있다.
4) 장륙신丈六身은 장륙불상丈六佛像을 이른다. 부처의 키가 1장 6척이었다고 하여, 불상을 조각하거나 탱화를 그릴 때 1장 6척 크기로 만들었다.
5) ☐측기평수 구식을 사용하였다. 상평성 '진眞' 운에 맞추어 '身, 春, 人'으로 압운

나중에 장원 유석庚碩[6]이 중도中道[7]의 안렴사가 되어 이곳을 지나다가 이 시를 보았다. 그가 미륵을 대신하여 재미있게 시를 적었다.

허리 위는 승려라도
아래는 속인이라
장안에 핀 복숭아꽃 오얏꽃
봄빛에 눈이 미혹되네
지난 겁에 함께 수행했다고
말하지 마시게
우리 당에는
파계한 사람이 없었어라

腰上僧形下俗身　○●○○●●◎
1 2 3 4 5 6 7　요상승형하속신
허리│위는│승려│형체│아래는│속인│몸이니│

長安桃李眼迷春　○○○●●○◎
1 1 3 4 5 7 6　장안도리안미춘
장안│복사│오얏에│눈이│혹한다│봄빛에│

莫言曩劫同修善　●○●●○○●
7 6 1 2 3 5 4　막언낭겁동수선
말라│말하지│지난│겁에│함께│닦았다│선│

吾黨曾無破戒人　○●○○●●◎[8]
1 2 3 7 4 4 6　오당증무파계인
우리│당에│일찍│없다│파계한│사람│

공공이 이를 듣고서 해조解嘲[9]하는 시를 지어 상국 최공崔公에게 올렸다.

포천 역참을
옛날에 지나다가
한가롭게 시 한 수
남겼더니

昔過布川院　●●●○●
1 5 2 2 4　석과포천원
옛날에│지나다가│포천의│역원을│

閑留一首詩　○○●●○
1 5 2 3 4　한류일수시
한가롭게│남겼더니│한│수의│시를│

하였다.

6) 유석庚碩은 1216년 과거에 장원 급제하고, 내시內侍에 소속됐다. 안동도호부사를 지냈다. 『고려사 유석전庚碩傳』.

7) 중도中道는 충주와 청주를 아우르는 중원도中原道를 이른다.

8) □측기평수 구식을 사용하였다. 상평성 '진眞' 운에 맞추어 '身, 春, 人'으로 압운하였다.

9) 해조解嘲는 남에게 비웃음을 받는 일이 있을 때, 그 진상을 스스로 밝혀 오해를 푸는 것을 이른다.

말 많은	多談彌勒在 ○○○●●
	2 1 3 3 5　다담미륵재
	많이 하는｜말을｜미륵이 있어
미륵이 있어서	
장난처럼 답하여	戲答使人疑 ●●●○◎10)
	1 2 4 3 5　희답사인의
사람을 의심케 만드네	장난처럼｜답해｜시켜｜사람｜의심하게 한다

공이 포복절도하였다. 【시속에서 말을 많이 하는 것을 다담多談이라고
한다.】

三重空空, 性不檢好詩酒. 居不離京師, 雖晚歲喜與少年輩遊. 酩酊
吟哦, 嘲花弄草, 以自放也. 常過布川, 留詩讚石彌勒云"金色巍巍丈
六身, 靑山獨立幾經春. 我來稽首何無語? 曩劫同修是故人."後庾壯
元碩, 以中道按廉, 過此見之. 代彌勒喜書云"腰上僧形下俗身, 長安
桃李眼迷春. 莫言曩劫同修善, 吾黨曾無破戒人."空空聞之, 作解嘲
詩, 上相國崔公云"昔過布川院, 閑留一首詩. 多談彌勒在, 戲答使人
疑."公絶倒.【俗以饒語者, 爲多談.】

---

10) □측기측수 구식을 사용하였다. 상평성 '지支' 운에 맞추어 '詩, 疑'로 압운하였다.

화엄월수좌華嚴月首座[1]는 여사로 하는 일 가운데 문장에도 경지가 깊어서, 문집 초고가 사림 선비들 사이에 전해진다. 또 일찍이『해동고승전』[2]을 엮었다.

당시에 동관東觀[3]의 이윤보李允甫가 이렇게 말했다.

"묵행자默行者라는 승려가 있습니다. 그 가계는 알지 못하지만, 나이는 50세 정도입니다. 어느 때는 삭발하기도 하고, 어느 때는 머리를 기른 채 두타로 지내기도 하는데, 경문을 염송하지 않고 예불도 하지 않고서 온종일 고요히 좌선할 뿐이었습니다. 찾아가서 안부를 묻는 자가 있어도, 그가 귀한 자이건 천한 자이건 간에 고개 들어 반기는 법이 없었습니다. 이름을 물어도 대답하지 않고, 어디에서 왔는가를 물어도 대답하지 않아서, 묵행자라고 이름 불렸습니다. 귀정사歸正寺의 별도 처소에 거처하였습니다.

그때 마침 구성龜城[4]에 머물고 있던 내게, 도인 존순存純이 이런 말을 해주었습니다.

'묵행자는 예전에 겨울에도 좌구座具 하나만을 깔고 가사 한 벌을

---

1) 화엄월수좌華嚴月首座는 화엄종 고승 각훈覺訓을 이른다. 스스로 '고양취곤高陽醉髠'으로 칭하였다. 각월覺月, 화엄월사華嚴月師 등으로 불린다.

2) 『해동고승전』은 각훈이 1215년에 고종의 명에 따라 우리나라 고승들 행적을 전기 형식으로 정리하여 엮은 책이다. 현재 2권 1책만 전한다.

3) 동관東觀은 사관史館을 이른다.(중-45 참조)

4) 구성龜城은 성종 13년(994)에 서희徐熙가 성을 쌓은 구주龜州를 이른다. 현재 평안북도 구성龜城 지역에 해당한다.

입고서 지냈습니다. 그가 입고 있는 가사 안에서는 벼룩과 이조차 살 수 없을 지경이었습니다. 얼음장 같은 구들 위에 앉아서도 추운 기색을 보이지 않았지만, 도를 배우려는 후배들이 책을 들고 찾아가서 궁금한 점을 물으면, 자세히 풀이하여 설명해주지 않음이 없었습니다.

큰 추위가 한창일 때였습니다. 그가 추위에 얼까 걱정이 되어, 마침내 그가 외출한 틈을 타서 방자房子를 보내어 급히 섶나무를 태워 구들을 따뜻이 데워놓고 가게 했습니다. 그런데 묵행자는 정작 돌아와서 이를 보고도 기뻐하거나 성내거나 하는 내색을 하지 않았습니다. 그저 천천히 문밖으로 나가더니 자갈을 주워다가 아궁이를 막고, 회를 개어 틈새를 발라 메우는 것이었습니다. 그리고 올라가서 이전과 다름없이 좌선할 뿐이었습니다. 이후로 다시는 방자를 보내어 온돌을 데우거나 하지 않았습니다. 일찍이 재식(음식 공양)을 할 때는 나물을 먹고 장醬을 사용하지 않았습니다. 또 오후에 먹는 것을 마다하지 않고 다행히 음식이 생기면 먹었지만, 혹 7, 8일에 이르도록 먹지 않을 때도 있습니다. 그가 스스로, 성인의 자취가 전하는 모든 명산 중에 노닐고 구경하지 않은 곳이 없다고 말하였습니다. 내가 찾아가서 그를 만났으나, 서로 한마디도 말을 나누지 않았습니다.'

이후 을축년(1205) 겨울 10월에 굴암사窟巖寺[5]에 가서 노닐 때, 그 절의 승려가 이런 말을 해주었습니다.

'근래에 묵행자가 이곳에 왔다가 매바위[鷗嵓]에 올라가더니 그곳을 좋아하게 되었습니다. 그래선지 석굴에 작은 암자 한 채를 지

---

5) 굴암사窟巖寺는 구성 동북쪽 굴암산窟巖山에 있던 사찰이다.

어놓고, 몸소 돌을 지어 날라서 계단을 쌓아 돌길을 새로 내었습니다. 산 아래에서 석굴까지 쌓은 3백여 개 층계 중에 돌 하나도 흔들리는 것이 없습니다. 때로 재식 시간을 알리는 북소리를 듣고서 내려와 음식을 먹기는 하는데, 이번에는 10여 일이 지나도록 아직 내려오지 않고 있습니다.'

이에 내가 안부를 살피려고 가보니, 편석片石 위에 칠언의 송頌이 적혀 있었습니다. 묵행자가 지어낸 것인데, 그 말이 자못 신선 일에 가까운 것이었습니다.

경오년(1210)에는 내가 정융분도定戎分道[6]가 되어 역마를 타고서 다시 구성에 가게 되었습니다. 그곳에서 묵행자가 지금 어디에 있느냐고 묻자, 구성 사람이 이렇게 말했습니다.

'저번에 봉주奉州 삼각산三角山의 문암門巖에 가서, 그곳에 머물고 있습니다. 지난해 여름에는 굴암사에 주석하고 있었는데, 그때 사찰 승려에게, 귀신이 북방에서 내려와 이 성에 모일 것이라고 말했다고 합니다. 곧이어 산에서 내려가 성으로 들어가더니, 성곽 위로 올라가 빙 돌아 둘러보고 나서 성 밖으로 빠져나갔습니다. 이 광경을 사람들이 모두 보았습니다.

나중에 과연 귀화鬼火가 생겨나서 낮에는 잠복하여 있다가 저녁에 나타났습니다. 색깔이 푸르면서 크고 작은 크기가 서로 다른 것이었습니다. 이것이 혹 인가로 들어가기도 하고, 혹 동산의 나무에 모이기도 하고, 혹 허공 위로 날아다니기도 했습니다. 이에 구성 사람들이 소리 나는 그릇을 두드리고 소리 지르면서 밤새워

---

6) 정융분도定戎分道는 의주義州 흥화진興化鎮 북쪽에 설치한 정융진定戎鎮의 장관을 이른다.

잠자지 않기를 여러 날 동안 하고 나서야 귀화가 겨우 멈추게 되었습니다.'

당시에 저의 처자식이 내려가서 구성에 머물고 있었기에, 이 일을 물어보았더니 과연 그랬다고 합니다.

나중에 승려 익분益奔이 찾아와서 내게 이렇게 말했습니다.

'근래 삼각산에 가서 묵행자를 만났더니, 작은 병도 없이 잘 지내고 있었습니다. 주변에 가까이 거주하는 시골 백성들이 오히려 묵행자가 떠날까 걱정하여, 그가 머무는 초옥을 서로서로 온전하게 수리해주고 밤낮으로 지켜주기까지 했습니다.

내가 장차 떠나려고 하니, 묵행자가 내게, 「대체로 수행하는 자는 춥고 고생스럽다고 하여 그 뜻을 바꾸거나 하지 않습니다. 하지만 지금 수행하는 자들은 반드시 높은 누대와 우뚝한 전각을 마련하여 자기 무리를 보호하고자 하고, 맛난 음식과 부드러운 옷을 마련하여 몸을 봉양하려고 합니다. 또 공경과 사대부 문하에 출입하면서, 절을 짓고 재물을 불려주어야 많은 복을 얻을 수 있다고 타일러서, 결국 평민을 해쳐 죽게 만들고 있습니다. 어디에 수행이 있는 것입니까? 그대는 부지런히 힘쓰고 소홀히 말아야 합니다.」라고 했습니다. 이에 내가 명심하여 실천하고 있습니다.'"

동관이 말한 내용이 이와 같다. 인하여 전傳을 지어서 승사僧史에서 빠진 부분을 보충한다.[7]

---

[7] 묵행자는 화엄월수좌 각훈이 엮은 『해동고승전』에 입전되지 않은 인물이다. 그러나 전할 만한 가치가 있는 특이한 행적을 보인 승려라고 생각하여, 이윤보 말에 기대어 전 형식으로 서술하여 소개한다는 것이다.

華嚴月首座餘事, 亦深於文章, 有草集傳士林. 嘗撰『海東高僧傳』. 時
李東觀允甫言, "有默行者, 不知族氏, 年可五十. 或爲髡或爲頭陀, 不
念經不禮佛, 終日宴坐暝如也. 有候之者, 無貴賤不擧目改觀. 問其
名不應, 問從甚處來亦不應, 故以默行者名焉. 居歸正寺別區. 時予
適在龜城, 道人存純謂予言 '行者, 嘗冬月敷一座具, 着一衲衣, 衲中
無蟣蝨. 坐氷埃上, 寒色不形. 學道後進, 抱册往從質疑者, 無不委細
開說. 方大寒, 恐其凍也. 候出時遣房子, 急爇柴頭, 溫其埃而去. 行
者來觀之, 無喜慍色. 徐出戶, 拾石礫塡埃口, 泥其灰塗隙而上, 宴坐
如初. 自是不復遣溫也. 嘗齋時食菜不用醬, 又不禁午後食. 值幸則
食之, 或至七八日不食. 自言「凡名山有聖蹟, 無不遊觀.」予往見, 不
交一言.' 後乙丑歲冬十月, 遊窟巖寺. 寺僧曰 '近默行者來, 陟巘嵓樂
之. 就石窟構一小庵, 躬負石築階, 新開磴道. 自山下至窟, 置三百餘
層, 無一石動搖者. 時聞齋鼓下來飯食, 至十餘日不下.' 因往候焉, 片
石上有七言頌. 是行者所作, 其言頗涉神仙事. 庚午歲, 以定戎分道
乘傳, 復至龜城. 問行者今在何所, 城人云 '頃往奉州三角山門巖居
焉. 去歲夏月住窟巖寺時, 謂寺僧曰「有鬼自北方來, 萃此城.」因下山
入城, 乘城上巡行而出城, 人皆見之. 後有鬼火晝伏昏起, 其色靑小
大不等. 或入人家, 或聚園樹, 或飛空中. 城人擊鳴器以噪之, 守夜不
眠, 如是過數日, 方止.' 時予之妻息, 下在是城, 問之果然. 後有僧益
芬來告予, '近往三角山見行者, 無小恙好在. 近旁村民, 恐行者之去,
相與修完所住草屋, 日夕供護焉. 將告別, 行者謂芬曰「大都修行者,
不以寒苦易其志. 今之修行, 必欲高樓屹殿庇其徒, 美食細服供其身.
出入公卿士大夫之門, 謅以造寺息利爲得福多, 屠割平民. 烏在其爲
修行者歟? 汝勉之無忽也.」芬佩服焉.'" 東觀言如此. 因撰傳, 以補
僧史之闕遺.

하40. 칠양사 승려 자림이 보여준 궁극의 어리석음
"하늘이 가장 어리석은 모습을 인간에게 보였어라"

칠양사漆陽寺 승려 자림子林은 말할 수 없이 어리석었다. 경도京都(도성)에 와서 놀고 돌아가는 길이었다. 임진강을 건너다가 중류에 이르렀을 때, 다른 배를 타고서 앞서서 건너고 있는 얼굴이 흰 사미승 한명을 보고서 속으로 좋아하는 마음이 생겼다. 그 사미승이 배에서 내릴 무렵에 이르러, 자기 배가 따라잡을 수 없다는 생각이 들자, 아직 먼 거리가 남은 줄도 헤아리지 못하고서 몸을 날려 뛰어넘으려고 강에 뛰어들었다가 가라앉고 말았다.

함께 갔던 사람들이 돌아와서 그가 죽었다고 알려주었다. 이에 그 문인들이 천도재를 행하여 명복을 빌었다. 그런데 삼칠일이 지난 어느 날 저녁이다. 홀연히 자림이 나타난 것이었다. 문인들이 괴이하게 생각하여 사정을 물으니, 자림이 이렇게 말하였다.

"물에 빠져서 바닥에 닿았다가 다시 떠올랐을 때, 마침 지나던 배가 있었소. 배 위에 있던 사람이 나를 건져서 살려준 것이오. 구출된 뒤에는, 사미승이 간 곳을 수소문해서 뒤좇아 삼각산 계성사啓聖寺에 가게 되었소. 마침내 그곳에 들어가서 사미승을 만나고 나니, 너무 기뻐서 차마 놓아두고 떠날 수가 없었소. 그래서 20일 동안 머물렀다가 돌아온 것이오."

사람들이 이 말을 듣고서 포복절도하였다.

또 달이 떠오른 어느 날 저녁이었다. 뜰에 나온 두꺼비가 있어 승려들이 모여 구경하고 있었다. 자림이 나중에 와서 물었다.

"이것이 무슨 벌레인가?"

"이 지역에는 이런 벌레가 나지 않소. 근래 어떤 사람이 송나라 상인 집에서 구매한 것이오. 그가 이를 길러보려고 여기에 와서 풀어놓은 것이오. 비록 두꺼비와 비슷하게 생겼지만, 두꺼비는 아니오. 스님이 사서 기르면서 구경할 수 있을 듯하오만……."

사람들이 이렇게 속여서 말하니, 자림이 은으로 만든 바리를 주고서 바꾸어 왔다. 그러자 따르던 사람이 물었다.

"이것은 두꺼비입니다. 어째서 샀습니까?"

"망령된 말로 나를 막으려고 하지 말게."

자림이 이렇게 대답하더니, 즉시 쑥으로 감싸서 들고 가버렸다. 시랑 정자직鄭子直이 이 이야기를 듣고 시를 지었다.

근래 시속이	俗習年來尙巧姦 ●●○○●●◎
교묘히 속임을 숭상하기에	1 1 3 4 7 5 6 속습년래상교간
	속습이 근년 이래 높이니 교묘 간사를
하늘이 가장 어리석은 모습을	天敎癡絶示人間 ○○○●●○◎
인간에게 보였어라	1 4 2 2 7 5 5 천교치절시인간
	하늘이 시켜 치절을 보였다 인간에
두꺼비 사고 물에 뛰어듦은	買蟾投水雖堪笑 ●○○●○○●
우습더라도	2 1 4 3 5 7 6 매섬투수수감소
	사고 두꺼비를 띔 물로 비록 만하나 웃을
벗 아끼고 재물 경시한 뜻은	愛友輕財意可觀 ●●○○●●◎1)
봐줄 만하다네	2 1 4 3 5 7 6 애우경재의가관
	아끼고 벗 경시한 재물 뜻 만하다 볼

———

1) □측기평수 구식을 사용하였다. 상평성 '산刪' 운과 통운에 해당하는 상평성 '한寒' 운에 맞추어 각각 '姦, 間과 '觀'으로 압운하였다.

漆陽寺僧子林, 愚騃不可言. 來遊京都還, 渡臨津中流, 見一白面沙
彌寄他船而先渡者, 心竊喜之. 比下, 度其不及, 不覺前之遠也, 騰身
超之投江而沒. 偕去人歸以死報, 門人設齋追薦. 過三七日, 忽一夕
子林來至. 門人怪而問之, 子林云 "溺至底浮出, 適有船過, 船上人拯
而活之. 出訖, 問沙彌所之, 追至三角山啓聖寺. 入見喜甚, 不忍捨
去, 留二十日而來." 人聞之絕倒. 又月夜蟾出於庭, 僧徒聚觀之. 子
林後至曰 "是何虫也?" 紿曰 "此土無此虫. 近有人從宋商家就買, 欲
畜之來放耳. 雖類蟾非是, 師可買畜而翫." 子林以銀盂易之. 從者曰
"此蟾也. 何以買爲?" 子林曰 "毋妄言沮我." 卽以蒿裹之去. 鄭侍郞
子直聞之, 作詩曰 "俗習年來尙巧奸, 天敎癡絕示人間. 買蟾投水雖
堪笑, 愛友輕財意可觀."

613

하41. 인주 기녀 백련을 사랑한 김인경

"북녘으로 떠가는 조각구름아 말을 전해주시게"

인주麟州[1]에 백련白蓮이라는 이름을 가진 기녀가 있다. 정숙공(김인경)이 사명을 받들고 이 고을을 지날 때마다 늘 찾았던 여인이다. 헤어진 뒤에 이런 시를 지어서 보내었다.

북녘으로 떠가는 조각구름아

말을 전해주시게

너는 응당

태화봉[2]을 지나가리니

봉우리 위 옥정에서

연꽃을 보거든

그리움에 초췌해진

내 모습을 말해주게나

寄語北飛雲一片	●●○○○●●	
7 6 1 2 3 4 5	기어북비운일편	
맡기니 말 북으로 나는 구름 한 조각에		
汝應行過大華峯	●○○●●●○	
1 2 3 7 4 4 6	여응행과태화봉	
너 응당 가서 지나니 태화산 봉우리		
峰頭若見玉井蓮	○○●●●●○	
1 2 3 7 4 4 6	봉두약견옥정련	
봉우리 위서 만약 본다면 옥정 연꽃		
說我相思憔悴容	●●○○○○◎	
7 1 2 2 4 4 6	설아상사초췌용	
말하라 내가 그리워 초췌한 모습을		

공이 나중에 병마사가 되었을 때, 그 기녀가 시를 지어 올렸다. 이에 공이 다시 절구시 한 수를 지어주었다.

---

1) 인주麟州는 평안북도 의주義州의 옛 이름이다. 1018년에 영제현靈蹄縣을 인주로 개칭하였다.
2) 태화봉大華峯은 태화산太華山 봉우리이다. 그 정상의 옥정玉井에 연이 자란다고 한다. 한유,「고의古意」, "태화산 꼭대기 옥정에 자라는 연은, 핀 꽃이 열 길 크기고 뿌리가 배만 하네.[太華峯頭玉井蓮, 開花十丈藕如船.]"
3) □측기측수 구식을 사용하였다. 상평성 '동冬' 운에 맞추어 '峯, 容'으로 압운하였다.

성 남북으로
푸른 산이 첩첩하여
무산 열두 봉우리⁴⁾인가 하고
착각되는 이곳에서
나는 백발에도
운우의 꿈⁵⁾ 이루지 못했는데
그대 고운 얼굴에는
봄빛이 전혀 줄지 않았어라

城南城北碧重重　○○○●●○○
1 2 3 4 5 6 6　성남성북벽중중
｜성｜남쪽｜성｜북쪽으로｜푸른 산｜겹겹이니｜

疑是巫山十二峯　○●○○●●○
7 6 1 1 3 4 5　의시무산십이봉
｜의심한다｜인가｜무산｜열｜두｜봉우리｜

白髮未成雲雨夢　●●●○○●●
1 1 7 6 3 3 5　백발미성운우몽
｜백발에｜못했는데｜이루지｜운우의 꿈｜

玉顔都不損春容　○○○●●○⁶⁾
1 1 3 7 6 4 5　옥안도불손춘용
｜옥안은｜전혀｜않았다｜줄지｜봄｜모습｜

이미수李眉叟가 「용만⁷⁾ 수령이 기녀 백련을 사모한 일을 희롱하다[戲龍灣使君慕妓白蓮]」에서 이렇게 읊었다.

따뜻한 바람 꾀꼬리 아양 떠는
나그네 길가에
천백 가지 홍색 자색 꽃이
곱다고 다투건만
사군은 외려
요란한 봄이 싫어서

風暖鶯嬌客路邊　○●○○●●○
1 2 3 4 5 5 7　풍난앵교객로변
｜바람｜따뜻하고｜꾀꼬리｜예쁜｜객로｜곁에｜

千紅百紫競爭姸　○○●●●○○
1 2 3 4 6 6 5　천홍백자경쟁연
｜천｜붉은 꽃｜백｜자색 꽃｜다투는데｜고움｜

使君却厭春光鬧　●○○●○○●
1 1 3 7 4 5 6　사군각염춘광뇨
｜사군은｜외려｜싫어해｜봄｜빛｜요란함｜

---

4) 무산십이봉巫山十二峯은 중경重慶 무산巫山에 솟은 12개 봉우리를 이른다.
5) 운우의 꿈은 남녀 간 사랑을 뜻한다. 초왕과 정을 나눈 무산의 신녀神女가 "아침에 구름이 되고, 저녁에 비가 되어 조석으로 양대陽臺 아래에 있을 것입니다."라고 하여 생긴 말이다. 송옥宋玉, 「고당부高唐賦」.(상-43 참조)
6) □평기평수 구식을 사용하였다. 상평성 '동冬' 운에 맞추어 '重, 峯, 容'으로 압운하였다.
7) 용만龍灣은 의주義州의 별호이다.

홀로 가을 연못을 바라보며
백련꽃 감상하네

獨向秋塘賞白蓮 ●●○○●●◎ 8)
1 4 2 3 7 5 6   독향추당상백련
|홀로|향해|가을|못|감상한다|흰|연꽃|

이미수의 시는 화염華艶하다. 김인경의 시가 청완淸婉한 것보다는
못하다.

麟州有妓名白蓮者, 貞肅公常奉使過此州睟之. 別後寄詩云 "寄語北
飛雲一片, 汝應行過大華峯. 峰頭若見玉井蓮, 說我相思憔悴容." 後
爲兵馬使, 妓以其詩進呈. 公復贈一絶云 "城南城北碧重重, 疑是巫
山十二峯. 白髮未成雲雨夢, 玉顔都不損春容." 李眉叟「戲龍灣使君慕
妓白蓮」云 "風暖鶯嬌客路邊, 千紅百紫競爭姸. 使君却厭春光鬧, 獨
向秋塘賞白蓮." 李詩華艶, 未若金詩淸婉.

하42. 부석사에서 만난 귀신과 사랑을 나눈 사천감 이인보

승안 3년 무오년(1198)의 일이다. 사천감司天監[1] 이인보李寅甫[2]가 경주도 제고사慶州道祭告使[3]가 되어 두루 산천에 제사를 올리는 일을 수행하였다. 일을 마치고 돌아가는 길에, 날이 저물어 부석사浮石寺[4]에 이르니, 어떤 승려가 맞이하여 객실로 들어가게 되었다. 좌우에 아무도 없는 쓸쓸한 곳이었다. 그때였다. 문득 한 여인이 낭무廊廡 사이에서 언뜻 보였다. 이에 사천감은 가까운 주목州牧에서 기녀를 보낸 것으로 생각하여 의아하게 여기지 않았다.

그런데 잠시 후에 그 여인이 사뿐사뿐 뜰 아래로 와서 절을 하였다. 구부리고 펴는 몸가짐이 기녀와는 몹시 달랐다. 절을 마치더니 섬돌을 디디고 올라 곧장 방으로 들어오는 것이었다. 자세히 살펴보니, 밥을 익혀 먹는 인간 세계의 사람이 아니었다. 사천감은 비록 괴이하다고 생각하면서도, 세상에 없는 그녀 자색에 이끌려 차마 물리칠 수가 없었다. 이내 옷자락을 추스르고서 문밖으로 나가서 두루 살펴보니, 유독 괴이하게 보이는 오래된 우물 하나가 있었다. 다시 앉아서 놀란 마음으로 한참 있으니, 사미승 한 명이 주지의 명을 받들고 와

---

1) 사천감司天監은 천문天文, 역수曆數 등 일을 당당하던 관청이다. 서운관書雲觀, 관후서觀候署 등으로 불렸다.
2) 이인보李寅甫는 가계와 행적이 전하지 않는다.
3) 제고사祭告使는 봄과 가을에 각지에 파견하여 산천山川 신에게 제사를 올리게 하던 관리이다.
4) 부석사浮石寺는 경북 영주에 있는 사찰이다. 676년에 신라 의상義湘이 왕명에 따라 창건하였다.

서 전하였다.

"대감께서 몹시 노고가 많으십니다. 다행히 오늘 이곳에 이르러 머무시게 되었습니다. 청컨대 방장으로 오시기를 바랍니다. 제가 감히 차를 올려 대접하고자 합니다."

사천감이 부득이 방장으로 갔더니, 한사코 여인을 시켜 시종하게 하였다. 두세 차례 정중하게 사양하고 나서야, 문밖으로 걸어서 나갔다.

사천감이 주지와 마주하여 몹시 즐겁게 있다가 캄캄한 밤이 되어서야 자리를 파하고 돌아왔다. 그런데 잠시 후에 조금 전 그 여인이 다시 찾아왔다. 사천감이 조금 가까이 다가서니, 여인이 말하였다.

"대관大官께서 분명히 이미 저를 알아보셨을 것입니다. 첩은 여기에서 멀지 않은 곳에 살고 있습니다. 마음속으로 당신의 높은 의리를 흠모하여 찾아온 것입니다."

그녀가 응대하는 태도가 총명하고 영리하면서 매우 법도가 있었다. 사천감은 마침내 그녀와 잠자리를 함께하여 애틋한 정을 곡진하게 나누었다. 그렇게 3일 동안 머물러 있다가 떠났다.

길을 가다가 우정郵亭(역참)에 머물러 숙박하게 되었다. 그런데 이전의 여인이 사뿐사뿐한 걸음으로 찾아왔기에 사천감이 말하였다.

"이미 떠났거늘 어째서 다시 찾아온 것이오?"

"뱃속에 당신 자식 하나가 있습니다. 다시 하나를 보탤 것을 청하려고 왔습니다."

여인이 이렇게 답변하였다. 이어서 이전처럼 함께 잠자리에 들었다. 새벽에 이르러 이별을 고하면서도 서로 연모하는 마음이 몹시 애틋하였다.

그런데 길을 떠나 흥주興州5)에 이르러 유숙하려 할 때도, 그 여인이 다시 찾아와서 방으로 들어왔다. 사천감은 혼자 생각에, 만약 이전처럼 다정하게 그녀를 대하면 훗날 우환이 생길까 봐서 걱정스러워졌다. 마침내 얼굴을 마주하여 보면서도 아는 척을 하지 않았다. 그러자 그녀가 한참 동안 놀란 눈으로 바라보다가 성난 얼굴로 말하였다.

"정말 좋습니다. 이후로 다시는 나타나지 않겠습니다."

즉시 문을 나가니, 돌풍이 땅을 휘감아 불어서 청사에 있는 문짝 하나를 쳐서 부서트렸다. 또 수목 끝을 끊어트리고 지나갔다. 마치 도끼로 베어서 자른 것 같았다.

이에 대해 대략 논하자면 이렇다. 사천감 이인보는 이미 그녀가 사람이 아닌 줄을 알고 있었다. 어찌하여 그녀와 즐거움을 나누고 애틋한 정을 곡진하게 나눈 것인가? 사람이 신물神物과 사귀어 뱃속에 자식을 갖기까지 했으니, 괴탄함이 얼마나 심한 것인가?

한자韓子(한유)가 이렇게 말하였다.6)

"형체도 없고 소리도 없는 것이 귀신이다. 사람이 하늘을 거역하고 백성을 어기고 만물과 어긋나면서, 인륜을 거스르고 외물에 이끌리게 된다. 바로 이때 귀신이 형체에 의탁하고 소리에 기대어 감응해오는 것이다. 모두 백성이 자초하는 일이다."

그렇다면 귀신에게 홀린다는 것은, 스스로 속이는 것일 뿐이다.

---

5) 흥주興州는 영주시 순흥면順興面 일대의 옛 지명이다.
6) 한유韓愈의 「원귀原鬼」에 보인다.

承安三年戊午, 司天監<u>李寅甫</u>, 以<u>慶州</u>道祭告使, 歷祀山川. 既畢將
還, 暮抵<u>浮石寺</u>, 有僧迎入客宇. 蕭然無左右, 忽有女乍見廊廡間. 監
謂爲近方州牧送妓, 未之訝也. 少選蹁躚來庭下拜之, 屈伸頗不類倡.
拜訖, 升自階, 徑就室入焉. 細視之, 非烟火食者. 監雖怪之, 以其姿
色絕代, 不忍拒也. 乃攝衣出戶周覽, 獨有一古井可怪. 復坐愕然久
之, 有一沙彌將主公命來報曰"大監甚勞苦, 幸今戾止. 請臨丈室, 敢
以茶湯奉之." 監不得已往, 强以女侍從, 牢讓再三, 躡出於戶. 監與
主公接殷勤之歡, 至昏夜乃罷歸. 俄而向女復來, 監稍近狎焉. 女曰
"大官旣悉我無疑也. 妾所居去此不遠, 竊慕高義以是來爾." 其應對
慧利甚閑. 遂同衾曲盡綢繆之意, 爲留三日而出. 止郵亭宿焉, 向之
女苒苒來至. 監曰"已去矣, 何復來爲?" 女曰"腹有君之息一矣, 乞
復添一, 所以至耳." 仍薦枕如故, 比曉告別, 雲情雨意甚繾綣然. 行
入<u>興州</u>將宿, 女復來入. 監自念若以舊好接之, 恐爲後患, 遂面之而
不省. 女瞪目良久, 怫然作色曰"甚善. 後當不復見也." 卽出戶, 回
風卷地, 擊毀廳事間一扉, 截樹杪而去, 如以斤斧斫之. 略論曰 <u>李監</u>
旣知其非人, 何便與合歡, 曲盡綢繆? 人與神物交, 至有腹息, 胡怪
誕之甚? <u>韓子</u>曰"無形與聲者鬼也. 人有忤於天, 有違於民, 有爽於
物, 逆於倫, 而感於物. 於是鬼有托於形憑於聲以應之, 皆民之爲也."
然則惑鬼者, 自欺也.

^하43. 변산 승려와 환생하여 승려가 된 고창현 호랑이

변산邊山에 어떤 노숙老宿한 한 승려가 있었다. 그가 스스로 말한 이야기이다. 예전에 고창현高敞縣¹⁾ 사람이 연등회를 열었다는 말을 듣고 가서 구경한 적이 있었다고 한다. 그곳에서 보통 사람과는 다른 한 소년을 보게 되었다. 주변 사람에게 물어보니, 모두 이렇게 답하였다.

"뉘 집 자식인지 모르겠소."

모임이 끝나 헤어질 때, 소년의 뒤를 쫓아 산기슭까지 따라갔더니, 그 소년이 이렇게 말하였다.

"저를 따라오지 마세요. 제가 사는 거처는 누추해서 기숙할 만한 곳이 되지 못합니다."
"날이 저물었소. 장차 어디로 갈 수 있겠소."

노승이 이렇게 대답하자, 소년이 다시 말했다

"이미 여기까지 함께 오고 말았으니, 궁벽하고 누추하다는 이유로 사양할 수 없겠습니다."

따라가니 한 노파가 나와서 맞이하며 말하였다.

"아이고, 아가야. 네 두 형이 보기라도 한다면, 이 스님이 잡아먹

---

1) 고창현高敞縣은 전북 고창 지역에 있던 현이다. 고부군古阜郡의 속현이다.

히지 않겠느냐?"

노승은 이에 이르고 나서야 그곳이 호랑이 굴인 줄을 알고서 빠져
나가려고 하였다. 노파가 말하였다.

"두 아들이 이미 돌아왔습니다. 무리해서 나가면 분명히 위험에
빠질 것입니다."

즉시 손을 끌고서 안으로 들어갔다. 소년이 말하였다.

"저는 몹시 두렵습니다. 부디 스님을 어머니 뒤편에 있게 하십시오."

잠시 후에 두 호랑이가 토끼 한 마리를 물고서 들어왔다. 노파는 그
들이 오래 머물지 못하게 하려고 이렇게 말했다.

"내가 너희들과 토끼 한 마리를 나누면, 어떻게 요기가 되겠느냐?
속히 먼 곳에 나가서 다시 먹을 것을 구해오거라."

호랑이가 사람 말로 대답하였다.

"어머니는 드실 것이 있으신데, 어째서 더 구하려 하십니까?"

말을 마치고 즉시 밖으로 나갔다. 그리고 한참 뒤에 다시 와서 말
하였다.

"내가 산주山主(산신령)가 계신 곳에 가서 각자 먹을 것을 얻게 해
달라고 빌었으니, 작은누이도 따라가면 좋겠다. 어찌 배고픔을
견디면서 스스로 괴롭힐 것이 있겠느냐?"

이어서 다시 밖으로 나갔다. 얼마 후에 누군가 와서 이렇게 외쳤다.

"당신의 자녀가 마을에 나타나 들쑤셔서 산주께서 벌하라고 명하셨소. 아침이 되거든 마땅히 고창현으로 가서 파놓은 함정 안에 들어가 죽음을 맞이해야 마땅할 것이오."

이에 소년이 말하였다.

"산주의 명이라니 피할 수 없겠습니다. 지금 다행히 스님을 만난 것도 운명인가 봅니다. 제가 함정에 들어가면 뭇사람이 와서 저를 제압하려고 할 것입니다. 그렇게 되면 제가 성나는 마음을 참지 못할까 걱정입니다. 마땅히 스님께서 오셔서 뭇사람에게 차분히 물러나라고 고하신 뒤에, '내가 혼자서 죽일 수 있다'라고 하시면서 짧은 창을 들고서 앞으로 오십시오. 그러면 제가 한마디 말을 하고서 죽을 것입니다. 그것이 스님께서 은혜를 베푸시는 것입니다."

다음 날 아침에 현縣으로 가니, 함정에 호랑이가 있다는 말을 들을 수 있었다. 노승은 가서 소년이 말한 대로 뭇사람을 물리친 뒤에, 짧은 창을 들고서 곧장 앞으로 다가섰다. 호랑이가 말하였다.

"저는 아무 마을 아무개 집에 가서 목숨을 얻어 사내아이로 태어날 것입니다. 나이가 열 두세 살이 되면 스님을 찾아가 뵙겠습니다. 머리를 깎아서 저를 출가하게 해주십시오."

이어서 즉시 칼날을 당겨 스스로 가슴을 찔러서 쓰러져 죽고 말았다. 15년이 지난 뒤이다. 노승이 우연히 산문 밖으로 나갔다가 길 왼편에서 절하는 한 어린아이를 만나게 되었다. 그 아이에게 물으니, 이렇게 대답하였다.

"제가 곧 아무 마을의 그 사내아이입니다."

노승은 예전에 함정에서 호랑이가 남긴 말을 기억하고서, 삭발시켜 사미[2]가 되게 하였다. 매우 영특하고 사랑스러운 아이였다. 그런데 어느 순간에 달아나서 어디로 갔는지 알 수 없었다.

나중에 들으니, 일엄사日嚴寺 승려가 신비한 주문을 외어 이로써 가지력加持力[3]을 얻어 날마다 사람들을 감복시키더니, 마침내 명을 받아 기내畿內에 있는 사찰에 갔다는 것이었다.[4] 이에 노승이 가서 살펴보니, 바로 지난번 사미승이었다고 한다.

이 이야기는 매우 괴이하고 허황하다. 세상 사람들이 이렇게 말한다.

"참언讖言[5]에 호랑이와 승려에 관한 이야기가 있다. 오직 일엄사 승려가 이에 해당한다."

이 말도 믿기는 어렵다.

┐ 邊山有一老宿, 自言往時聞高敞縣人設燃燈會, 往觀焉. 有一少年異
於尋常者, 問諸左右, 皆曰 "不知誰之子." 及罷去, 躡其後, 追至于
山麓. 少年告曰 "莫我追. 我居陋, 不堪寄宿." 師曰 "日暮矣, 將安適

---

2) 사미沙彌는 출가하여 십계를 받았으나 아직 구족계를 받지 못하고 수행하는 남성 승려를 이른다.
3) 가지력加持力은 부처가 중생을 가호하는 불가사의한 힘을 이른다.
4) 일엄사日嚴寺 승려는 전주全州에 있던 일엄日嚴을 이른다. 그가 보지 못하는 자를 보게 하고 죽은 자를 살린다고 알려져서 임금의 부름을 받고 상경하여 보현원普賢院에 머물렀다고 한다. 『고려사 임민비전林民庇傳』.
5) 참언讖言은 미래의 길흉화복에 관한 예언을 이른다.

歸?"日"業已俱來, 不可辭以僻陋."行有老嫗出迎日"咄爾兒子. 若汝兩兄見之, 此師其爲食乎?"師至是, 知其爲虎窟, 欲出去. 嫗日"二子已回來, 若强去必殆矣."因携持而入. 少年日"吾恐甚, 請以師置母之後."須臾二虎將一兔入來, 嫗欲其不久滯也, 日"我與汝等共一兔, 其何以療飢? 速遠出, 更求食來."虎作人語而對日"母有食, 何更求爲?"卽出去. 良久復來日"我從山主所, 乞禱各得食, 小妹可從來. 何能忍飢自苦?"復出去. 俄有來呼者日"以若之子女, 婆娑於州里間, 主命罰之. 詰朝當往入<u>高敞縣</u>檻穽中就死."少年日"主命也, 不可逃. 今幸逢師, 亦命也. 方我入檻中, 衆來制我, 恐不忍生嗔. 師宜來告衆寧却, 日'我能獨斃之', 持短槍而前. 吾出一言而死, 師之惠也."明旦至縣, 聞檻中有虎. 師往如其言却衆, 持短槍以直前. 虎日"我向某村某家, 受生爲男子. 至年十二三時往謁師, 剃髮以度我."卽接刃, 自穴其胸而斃. 後十五年, 師偶出洞門, 見一童子, 拜於道左. 問之, 日"我乃某村男子也."師憶向檻虎之言, 而髡爲沙彌. 頗穎悟可愛, 忽遁去不知所之. 後聞日嚴寺師修秘呪, 以加持力日服人, 承命赴畿內蘭若. 師往省之, 乃向沙彌也. 此說甚怪誕. 世謂"讖有虎僧之說, 惟<u>日嚴</u>師當之."此亦難憑. ┌

하44. 광화현 순채 연못에서 조개에 놀라 달아난 금동

"어찌 평지에서 겁버어 달아났나?"

광화현光化縣[1] 북쪽에 순지蓴池라는 연못이 있다. 그곳에서 순채蓴菜를 채취하던 사람들이 이따금 해를 당하곤 하였다. 이에 금동今同이라는 이름의 한 백성이 낫을 들고서 연못 속으로 뛰어 들어가 바닥까지 수색한 일이 있다.

그가 물이 없이 눅눅한 한 방에 들어가보니, 대략 용마루를 얹은 건물 같았고 모래와 자갈을 헤아릴 수도 있을 정도로 밝았다. 그곳에서 불룩한 모양으로 쌓인 무더기 하나를 발견하고 떠들어보니 주먹만 하게 큰 조개들이었다. 그가 이를 주워 물 밖으로 나와서 연못가 밭에 던져놓았다. 그리고 다시 들어가서 조개를 줍고 있을 때였다. 별안간 둑 위에서 쇠가 부딪는 듯이 쨍쨍거리는 소리가 들리는 것이었다. 이에 몸을 솟구쳐서 물 밖으로 나가보니, 갑자기 우레가 치고 비가 쏟아졌다. 이 때문에 마침내 두려운 마음이 들어서 낫을 휘두르며 달아나버렸다고 한다.

이 이야기는 진사 양국원梁國元이 직접 그 사람을 만나서 들은 것이다. 그런데 이 일을 이야기해주면, 사람들이 모두 이상하게 생각하였다. 한번은 자리 끝에 앉아 있던 선비 한 사람이 웃으며 절구로 시 한 수를 지어 양 진사에게 주었다.

---

1) 광화현光化縣은 평안북도 태천泰川 지역의 옛 이름이다. 태주泰州로 개칭했다. 영삭寧朔, 연삭連朔 등으로 불렸다.

푸른 바다에 있는

교룡 굴이

순채 연못에도

있었는진 모르지만

바닥까지 더듬어

해를 없애려 했다면서

어찌 평지에서

겁내어 달아났나?

蛟龍窟穴在蒼海 ○○●●ŏ○○
1 1 3 3 7 5 6　교룡굴혈재창해
|교룡의|굴이|있는데|푸른|바다에|

不知亦在蓴池非 ●ŏ●ŏ○○○
6 6 1 4 2 3 5　부지역재순지비
|모르지만|또|있나|순채|못에|아닌가|

旣能探底欲除害 ●ŏ○ŏ●ŏ○
1 2 4 3 7 6 5　기능탐저욕제해
|이미|능히|뒤져|밑을|싶더니|없애고|해|

何事平地怖畏歸 ○●ŏ○●●ŏ2)
1 2 3 3 5 5 7　하사평지포외귀
|무슨|일로|평지에서|겁나|돌아갔나|

이 선비는 뜻과 절개를 갖추어 허황하고 기괴한 일에 미혹되지 않는 자였다. 나중에 어느 벼슬에까지 올랐는지는 모르겠다.

光化縣北有蓴池, 採蓴者往往見害. 有一民名今同, 操鎌躍入, 至底探焉. 入一室津然無水, 槩如棟宇, 明可數沙石. 見一堆穹豊然, 撥之有蛤大如拳, 掇之而出, 棄於池之濱田. 復入掇, 忽聞岸上錚錚聲, 跳身而出, 雷雨暴作, 遂怖懼, 揮鎌而去. 進士梁國元, 親見其人聞其言, 傳說, 衆皆異之. 有一措大在座末笑之, 作絶句贈梁進士云 "蛟龍窟穴在蒼海, 不知亦在蓴池非. 旣能探底欲除害, 何事平地怖畏歸?" 此措大有志節, 不爲浮怪所■, 後不知至何官.

---

2) □평기측수 구식을 사용하였다. 상평성 '미微' 운에 맞추어 '非, 歸'로 압운하였다.

하45. 화엄 종장 서백이 전한 세 가지 신이한 이야기

"밤 깊으니 장차 파하시겠지 호리병 속 손님들"

서백사西伯寺의 승통 시의時義[1]가 학자이던 시절에, 진사 박인후朴仁厚 및 두세 사람과 함께 봉령사奉靈寺에 머물렀었다. 밤에 술을 마시고 연구聯句로 시를 짓고 있는데, 갑자기 창문 밖에서 읊조리는 소리가 들려왔다.

밤 깊으니 장차 파하시겠지
호리병 속 손님들[2]

更	深	將	罷	壺	中	客	○○○●○○●
1	2	3	7	4	5	6	경심장파호중객
시간	깊어	장차	마친다	병	속	객모임	

그 소리가 어찌나 엄하던지, 자리에 있던 사람들이 모두 머리카락을 누군가 손으로 잡아당기는 듯이 쭈뼛해지는 것을 느꼈다.

또 이식李植이라는 이름의 한 사인士人이 있었다. 그가 불갑사佛岬寺[3]로 가는 길에 몸집이 장대한 한 노인을 만났다. 두 사람은 짝이 되어 몇 리를 가는 사이에, 서로 시를 읊조리며 몹시 즐겁게 어울렸다. 마침내 사찰 가까운 곳에 이르렀을 때, 그 노인이 헤어져 산으로 들

---

1) 시의時義는 사관 이윤보李允甫의 동생이다.(하-36 참조)
2) 호중壺中은 맛있는 술과 안주가 가득하다는 전설 속 호중천壺中天을 이른 듯하다. 후한 때 시장을 관리하던 비장방費長房이라는 자가, 약을 팔던 한 노인이 일과를 마친 뒤에 가게에 매달아둔 호리병 속으로 뛰어들어가는 것을 발견하였다. 이 상하여 다음날 노인을 따라 병에 들어가보니, 화려한 건물에 맛있는 술과 안주가 가득하였다. 두 사람이 이를 다 마시고 나왔다고 한다.『후한서 비장방전費長房傳』.
3) 불갑사佛岬寺는 384년에 인도 승려 마라난타摩羅難陀가 영광靈光 모악산母岳山에 창건한 사찰이다.

어가기에 앞서 이렇게 읊조렸다.

온종일 솔바람 부니	松風吹永日　○○○●● 1 2 5 3 4　송풍취영일 |솔|바람이|부니|긴|낮에|
끝없이 쓸쓸하여라	蕭蕭無盡時　○○○●◎ 1 1 5 3 4　소소무진시 |쓸쓸하여|없다|끝나는|때가|
천 년 묵은 복령4)이 그 밑에 있거늘	其下茯苓千古在　○●●○○●● 1 2 3 3 5 6 7　기하복령천고재 |그|아래|복령이|천|고에|있는데|
오가는 나무꾼들도 알지 못하네	往來樵子未曾知　●○○●●○◎5) 1 2 3 3 7 5 6　왕래초자미증지 |가고|오는|나무꾼|못한다|일찍|알지|

　일찍이 이 시를 음미해보았다. 그 뜻은 비록 청완淸婉하지만, 유독
군幽獨君6)의 경지에는 미치지 못한다. 하지만 이 또한 속세를 벗어난
자의 말이다.

　또 이름이 기억나지 않는 법천사法泉寺 승려가 있다. 그가 밤에 누
대 위에서 소동파 시를 읊조리고 있을 때였다. 문득 누군가 문을 두
드리는 소리가 있어, 문을 열고 내다보았다. 관을 쓴 한 사람과 머리
를 풀고 있는 한 사람이 있었다. 이들이 마치 오래전부터 이미 알고
있었다는 듯이 악수하고 누대 위로 올라오는 것이었다. 관을 쓴 자가
이렇게 읊었다.

---

4)　복령茯苓은 소나무 뿌리 등에 기생하는 둥근 모양 버섯이다. 약재로 쓰인다.
5)　□상평성 '지支' 운에 맞추어 時, 知로 압운하였다.
6)　유독군幽獨君은 속세를 벗어나 홀로 은둔하며 평생을 보내는 사람을 일컫는 말
　이다.

초승달 한쪽 눈썹처럼
높이 떠서 바라볼 수 있는데

新月一眉高可見	○●●○○●● 신월일미고가견
1 2 3 4 5 7 6	새 달이 한쪽 눈썹처럼 높아 만한데 볼

이에 그 승려가 오랫동안 곰곰이 음미하고 있는데, 머리를 푼 자가 말하였다.

"어째서 이렇게 말하지 않소?"

벗은 천 리 먼 곳에 있어
만날 기약하기 어려워라

故人千里遠難期	●○○○●○○ 고인천리원난기
1 2 3 4 5 7 6	옛 친구 천 리 멀어 어렵다 기약하기

이렇게 한참 동안 수창을 하다가 그들이 문득 보이지 않았다. 화엄華嚴의 종장宗匠 서백西伯이 이 일을 몹시 자세하게 말해주었다. 그러나 선사는 본디 사리에 어두운 자도 아니고 귀신에게 홀리는 자도 아니다.

西伯寺僧統時義, 爲學者時, 與進士朴仁厚及二三子, 寓奉靈寺. 夜飮聯句, 忽窓外唱曰 "更深將罷壺中客." 其聲■厲, 一座皆若以手撮毛髮而上也. 又有一士人名李植, 詣佛岬寺, 道逢一叟狀貌魁梧. 伴行數里, 嘯咏相得懽甚. 比至寺側, 將捨去入山, 吟曰 "松風吹永日, 蕭蕭無盡時. 其下茯苓千古在, 往來樵子未曾知." 嘗味其詩, 意雖淸婉, 不及幽獨君, 亦出塵語也. 又法泉寺僧失其名, 夜於樓上, 讀東坡詩. 忽有人叩門, 開視之, 冠者一人被髮者一人, 如舊相知, 握手登樓. 冠者曰 "新月一眉高可見." 僧沈吟良久, 被髮者曰 "胡不道 '故人千里遠難期.'" 酬唱良久, 忽不見. 西伯華嚴宗匠也, 語此事甚悉. 然師本是不迂不神者也.

하46. 진양공 최우를 놀라게 한 5세 신동 유원

"화로에 봉황 숯을 쌓으니 공후의 집이 따뜻하네"

급제 유공기柳公器의 아들 유원柳源은 5세에 연구聯句를 지을 수 있었다. 진양공晉陽公이 불러서 만나보고 '노爐' 자를 운자로 내주자, 유원이 명에 응하여 즉시 읊었다.

화로에 봉황 숯[1]을 쌓으니
공후의 집이 따뜻하네

爐堆鳳炭侯家暖 ○○●●○○●
1 4 2 3 5 6 7　로퇴봉탄후가난
화로에|쌓아|봉황|숯|공후|집|따뜻하다

진양공이 가상하게 여겨 비단을 하사하고, 원하는 바가 있느냐고 물었다. 그러자 이렇게 답하였다.

"원하건대, 아비에게 벼슬을 제수해주소서."

이에 즉시 임명하여 보주甫州[2] 수령으로 삼게 하였다. 유원은 나중에 선원사禪源寺[3]에 들어가 삭발하고 승려가 되었다.
법명은 여수汝髓이다. 일찍 세상을 떠났다.

┐
及第柳公器子源, 五歲解聯句. 晉陽公召見占"爐"字, 卽應命曰"爐堆鳳炭侯家暖." 公嘉之賜繒帛, 問所欲. 曰"願除父官", 卽署爲甫州倅. 後投禪源剃髮, 法名汝髓. 殤. ┌

---

1) 봉탄鳳炭은 봉황 모양으로 만든 숯을 이른다.(중-2 참조)
2) 보주甫州는 경북 예천醴泉의 옛 이름이다.
3) 선원사禪源寺는 강화에 있던 사찰이다.

하47. 절의를 소중하게 여긴 팽원 기녀 동인홍

"그대 부르려고 고운 손을 흔든다오"

동인홍動人紅은 팽원(평북 안주)[1]의 기녀이다. 자못 시문을 알았다. 어떤 병마분도兵馬分道[2]가 태수와 바둑을 두다가, 아직 숙취가 풀리지 않았는지 이렇게 말하였다.

"도호부사(병마분도)[3]가 박주(박천)[4]의 천 잔 술에 취해서 동서를 분간하지 못하겠네."

동인홍이 곁에 있다가 이렇게 말하였다.

"태수는 분영(병마분도)[5]과 한판 바둑을 두면서 몽롱하여 생사를 깨닫지 못하시네."

일찍이 한 서생에게 한유 문장을 배우려고 한 적이 있다. 그 서생이 말하였다.

"시를 짓지 않으면, 가르쳐주지 않겠네."

이에 그녀가 마침내 8운의 시를 지었다.

---

1) 팽원彭原은 평안북도 안주安州의 옛 이름이다. 식성息城, 영주寧州 등으로 불렸다.
2) 병마분도兵馬分道는 병마사 관할 구역 내에 속한 분도分道의 장관을 이른 듯하다. 의주분도義州分道, 정주분도靜州分道 등이 있었다.
3) 도호부사都護府使는 태수와 함께 바둑을 두던 병마분도를 이른다.
4) 박주博州는 평안북도 박천博川의 옛 이름이다. 안주 서쪽에 접해 있다. 별호는 박릉博陵이다.
5) 분영分營은 병마분도를 이른다.

술을 사려고

비단 치마 풀어놓고

그대 부르려고

고운 손을 흔든다오

買酒羅裳解 ●●○○●
2 1 3 4 5　매주라상해
|사려고|술을|비단|치마를|풀고|

招君玉手搖 ○○●●○
2 1 3 4 5　초군옥수요
|부르려|그대를|옥 같은|손을|흔든다|

또 거자擧子(과거 응시자) 조씨趙氏에게 지어 준 시에서 이렇게 읊었다.

진수와 유수 모임에서

다행히 만났으니

작약을 선물함이

어떠하오?

幸逢溱洧會 ●○○○●
1 5 2 3 4　행봉진유회
|다행히|만나니|진수|유수|모임에서|

芍藥贈如何 ●●●○○
1 1 3 4 4　작약증여하
|작약을|주면|어떠한가|

자기 뜻을 기술하여 이렇게 읊었다.

기녀와

양갓집 여인이

그 마음이

얼마나 다르랴?

잣나무 배 여인의

절개 예쁘니

죽어도 딴마음 없기로

스스로 맹세하네⁷⁾

倡女與良家 ◑●●○○
1 1 5 3 3　창녀여량가
|창녀는|과|양갓집 여인|

其心間幾何 ○○●●○
1 2 3 4 4　기심간기하
|그|마음|차이가|얼마인가|

可憐栢舟節 ◑○◑●●
5 4 1 2 3　가련백주절
|만하니|사랑할|잣나무|배 여인|절개를|

自誓死靡他 ●●●◑◎⁶⁾
1 5 2 4 3　자서사미타
|혼자|맹세한다|죽어도|없기로|딴맘|

6) □측기평수 구식을 사용하였다. 하평성 '마麻' 운과 통운에 해당하는 '가歌' 운에
　맞추어 각각 '家'와 '何, 他'로 압운하였다.

7) 자신도 양가 여인처럼 절의를 소중히 여겨, 상대를 향한 마음을 절대로 바꾸지

스스로 기술한 그녀의 뜻이 정렬貞烈에 가까운 듯하다

動人紅彭原倡妓也, 頗知文句. 有一兵馬分道, 與太守圍棋. 因宿醒未解曰"都護博州千杯酒, 醉未分東西."動人紅在傍曰"太守分營一局棋, 蒙不知生死."嘗從一書生, 欲學韓文. 書生曰"不作詩, 不敎授."遂作八韻曰"買酒羅裳解, 招君玉手搖."又贈趙擧子曰"幸逢溱·洧會, 芍藥贈如何?"自敍云"倡女與良家, 其心間幾何? 可憐栢舟節, 自誓死靡他."自敍之意, 似乎貞烈.

※ 진수溱水와 유수洧水는 하남성 정주 남서쪽에서 각각 발원하여 흐르는 강이다. 곧 합류하여 동쪽으로 흘러간다. 3월 상사일에 남녀가 모여 난초를 캐면서 불어난 강물에 부정한 액운을 씻어내는 풍속이 이루어지던 공간이다. 이는 『시경』에서 「진유溱洧」라는 시의 내용을 빌려서 이야기한 것이다. 이 시는 정풍鄭風에 속한다. 시는 이렇다. "진수와 유수에 봄물이 성하니, 사내와 여인이 난초를 들고 있네. 여인이 '구경 가자'라고 하니, 사내가 '이미 했노라'라고 하네. '다시 가서 볼 것이니, 유수 밖은 진실로 넓고 즐겁소'라고 하여, 사내와 여인이 서로 희롱하며 작약을 선물하네." 따뜻한 3월 봄날에 남녀가 강가로 모여들어 서로 마음을 얻으려고 달콤한 말로 유혹하고 있는 풍경을 읊었다. 난초는 액운을 털어내는 의식의 도구이지만, 작약은 남녀가 마음을 전하는 사랑의 징표이다.

않겠다고 에둘러 맹세한 것이다. 『시경 백주栢舟』, "둥둥 떠 있는 잣나무 배[栢舟], 저 황하 가운데 있네. 늘어뜨려 두 갈래로 머리한 분이 실로 내 짝이니, 죽을지언정 맹세코 다른 마음 없으리[矢靡他]."

하48. 학사 송국첨을 흠모한 용성 관기 우돌

"풍월을 도와 읊어 좋은 인연을 맺고 싶었어라"

학사 송국첨宋國瞻[1]이 찰원察院에 근무할 때, 서북西北의 군막으로 나가서 보좌하는 일을 맡게 되었다. 그때 용성龍城[2]의 관기 중에 우돌于咄이라는 가명家名을 가진 여인이 매번 사객使客들에게 사랑받았다. 연회 술자리에서 시와 노래를 주고받는 것을 잘하여, 모두 기뻐하고 즐거워한 것이었다.

그러나 송국첨은 홀로 함께 노닐거나 가까이하지 않았다. 이에 우돌이 시를 지어 올렸다.

광평[3]처럼 마음이 쇠 같아
굳센 줄 벌써 알았기에
저는 애초부터
침소 모실 생각 없이
단지 하룻저녁
시 짓는 술자리에서

廣平腸鐵早知堅　●○○●●○
1 1 3 4 5 7 6　광평장철조지견
광평처럼｜내장이｜쇠라서｜벌써｜알아｜굳셈

兒本無心共枕眠　○●○○●●○
1 2 7 6 4 3 5　아본무심공침면
나는｜본디｜없고｜마음｜함께｜침상에｜잘

但願一宵詩酒席　●●○○●●●
1 7 2 3 4 5 6　단원일소시주석
단지｜원한다｜하루｜밤｜시｜술｜자리에서

---

1) 송국첨宋國瞻(?~1250)이 감찰어사로 있던 1226년에 금나라 장수 우가하于哥下가 의주 등 지역을 거쳐 침입하였다. 이에 우군장右軍將이 되어 용성의 석성石城을 공격하여 전투를 벌였다.
2) 용성龍城은 용주龍州의 별칭이다. 용주는 평북 용천龍川의 옛 이름이다.
3) 광평廣平은 당나라 현종 때 명신으로 알려진 송경宋璟(663~737)을 이른다. 광평군공廣平郡公에 봉해졌다. 아첨하는 말을 하지 않고 강직한 것으로 명성을 떨쳤다.

풍월을 도와 읊어   助吟風月結芳緣   ●○̆○●●○◎ 4)
좋은 인연을 맺고 싶었어라   3 4 1 1 7 5 6   조음풍월결방연
                          |도와| 읊어 |풍월을| 맺기를 |좋은| 인연|

宋學士國瞻爲察院時, 出佐西北戎幕. 龍城官妓家名于咄, 每爲使客
所寵. 燕飮中, 善唱和共歡樂. 宋獨不與遊狎. 妓乃作詩呈云 "廣平
腸鐵早知堅, 兒本無心共枕眠. 但願一宵詩酒席, 助吟風月結芳緣."

하49. 음란 기괴한 이야기를 수록한 최자의 변

당나라 이조李肇[1]는 「국사보서國史補序」에서 이렇게 말했다.

"귀신을 서술한 내용이거나 유박帷箔(내실內室)[2]의 일에 가까운 내용은 전부 삭제했다."

구양공(구양수)이 『귀전록歸田錄』[3]을 지을 때도, 이조의 말을 법으로 삼았다. 이것이 예부터 지금까지 유자들이 찬술할 때 적용하던 통상의 법이다.

지금 이 책은 감히 문장을 가지고 나라를 더욱 빛내려고 엮은 것이 아니다. 또 성조盛朝의 유사遺事를 찬술하려고 엮은 것도 아니다. 그저 새기고 다듬어서 전하는 것을 모아, 웃고 이야기할 거리를 보태려는 것일 뿐이다.

그래서 마지막 편에 몇 가지 음란하고 기괴한 일도 기록해놓았다. 학문에 지친 신진들이 이로써 즐기고 쉬면서 긴장을 풀기를 바란다.[4]

---

1) 이조李肇는 당나라의 인물, 고사, 제도 등에 관한 이야기를 채록하여 『당국사보唐國史補』 3권을 엮었다. 정사를 보완하기 위해 집필했다고 한다.
2) 유박帷箔은 장막과 발을 설치한 내실內室을 가리킨다. 여인이 거처하는 공간이다.
3) 『귀전록歸田錄』은 구양수가 벼슬에서 물러나 영주潁州에 머물면서 『국사보』의 형식을 본떠 엮은 2권 분량의 저술이다. 이전에 자신이 경험하고 견문한 115가지 이야기를 필기 형식으로 기록했다.
4) 유종원, 「한유가 지은 '모영전'을 읽고 뒤에 적다[讀韓愈所著毛穎傳後題]」. "그래서 '이에 쉬고 이에 노닌다'라는 말이 있다. 현을 다루는 법을 익히지 않으면 현을 편안히 연주할 수 없다. 억누름이 있으면 풀어놓음도 있는 것이다.[故有息焉游焉之說, 不學操縵, 不能安絃, 有所拘者, 有所縱也.]"

아울러 그 몇 글자 사이에 거울 삼고 경계로 삼을 만한 내용도 담겨 있다. 열람하는 자가 자세히 살펴야 한다.

⌐ 唐李肇「國史補序」云 "敍鬼神近帷箔, 悉去之." 歐陽公作「歸田錄」, 以 肇言爲法. 此古今儒者撰述之常也. 今此書, 非敢以文章增廣國華, 又 非撰錄盛朝遺事. 姑集雕篆之餘, 以資笑語. 故於末篇, 紀數段淫怪 事, 欲使新進苦學者, 游焉息焉, 有所縱也. 且有鑑戒存乎數字中, 覽 者詳之. ⌐

보한집서補閑集序

문文은 도道에 들어가는 문門이다. 따라서 불경한 말을 섞지 않는다. 그러나 기운을 북돋고 말을 시원하게 해서 듣는 사람을 놀래주려고, 가끔 험괴險怪한 말을 섞기도 한다. 하물며 본디 비比와 흥興과 풍유諷諭에 뿌리를 두고서 창작하는 시詩는 어떻겠는가? 따라서 꼭 기궤奇詭한 말을 빌려서 의탁해야, 그 기운은 웅장해지고 그 뜻은 심오해지고 그 말은 뚜렷해져서, 이로써 사람 마음을 감응시켜 깨닫게 하고 희미한 뜻을 밝혀 드러나게 하여, 마침내 올바른 데로 귀결하게 할 수 있는 것이다.

하지만 표절하여 새기고 꾸미거나 과장하여 윤색하는 것은, 유자儒者가 진실로 하지 않는다. 시인이 사격四格(자구, 압운, 평측, 대우)을 다 듬기는 해야 하겠지만, 시구를 가다듬고 그 뜻을 안배하는 정도를 구할 뿐이다. 요즘 후배들은 성률聲律과 장구章句를 숭상한다. 그래서 기어코 새로운 글자로 고치려고 하다가 그 말이 생경해지고, 기어코 같은 유類로 대우를 맞추려고 하다가 그 뜻이 졸렬해진다. 웅걸雄傑하고 노성老成한 기풍은 이로부터 사라져버리고 말았다.

우리나라는 인문人文으로 교화가 이루어졌기에 뛰어난 인재가 때때로 나타나서 풍화風化를 찬양하곤 한다. 광종이 현덕 5년(958)에 처음으로 과거를 시행하여 현량賢良과 문학文學으로 인재를 선발하니, 검은 학이 내려와서 춤을 추었다고 한다.[1] 이때 선발한 왕융王融, 조익

---

1) 광종 9년(958) 5월에 현학玄鶴이 함덕전含德殿에 모여들었다. 『고려사 오행지五行志』.

趙翼, 서희徐熙, 김책金策은 재주가 웅걸한 자들이다. 경종 시기(975~981)에서 현종 시기(1009~1031)에 이르기까지 몇 세대에 걸쳐 선발한 인재 중에서는, 이몽유李夢游와 유방헌柳邦憲이 문文으로 알려지고, 정배걸鄭倍傑과 고응高凝이 사부詞賦로 출세하였다. 또 문헌공文憲公 최충崔沖(984~1068)이 세상에 저명한 인재로서 유학을 흥기하여 우리의 유도儒道가 널리 유행하게 하였다.[2]

문종 시기(1046~1083)에 이르면 성명聲明과 문물文物[3]의 제도가 눈부시게 크게 갖추어졌다. 당시에 총재 최유선崔惟善은 왕을 보좌하는 재주를 갖추고 아울러 저술 솜씨도 정묘하였다. 또 평장사 이정공李靖恭과 최석崔奭, 참정 문정공文正公 이영간李靈幹과 정유산鄭惟産, 학사 김행경金行瓊과 노탄盧坦 등 많은 인재가 즐비하여 주나라 문왕처럼 편안할 수 있었다.[4]

이후로 박인량朴寅亮, 최사제崔思齊, 최사량崔思諒, 이오李顓, 김양감金良鑑, 위계정魏繼廷, 임원통林元通, 황영黃瑩, 정문鄭文, 김연金緣, 김상우金商祐, 김부식金富軾, 권적權適, 고당유高唐愈, 김부철金富轍, 김부일金富佾, 홍관洪瓘, 인빈印份, 최윤의崔允儀, 유희劉羲, 정지상鄭知常, 채보

---

2) 고려의 사립 학교 십이공도十二公徒 중에서 최충의 문헌공도文憲公徒가 가장 성했다고 한다. 최충은 우리나라 학교를 발흥시켜 해동공자海東孔子로 불렸다.『고려사 최충전崔沖傳』.

3) 성명聲明과 문물文物은 국가의 문명 교화와 전장 제도를 뜻한다. 문文은 의복에 수놓는 불[火]·용龍·보불黼黻 등의 문양이고, 물物은 오색을 써서 장식한 의상·수레·기계 등의 제도이다. 성聲은 수레에 매단 석석·난鸞·화和·영鈴 등의 방울 소리이고, 명明은 깃발에 그린 해·달·별 등의 빛이다. 모두 신분에 따라 차등을 두어 기강을 세우게 하는 의물儀物이다.『좌전 환공桓公 2년』, "문과 물로 기록하고, 성과 명으로 드러낸다.[文物以紀之, 聲明以發之.]"

4)『시경 문왕文王』, "많은 여러 선비여, 문왕이 이들 때문에 편안하시네.[濟濟多士, 文王以寧.]"

문 채보문蔡寶文, 박호朴浩, 박춘령朴椿齡, 임종비林宗庇, 예낙동芮樂仝, 최함崔諴, 김정金精, 문숙공文淑公 부자(최유청·최당), 오선생 형제(오세문·오세재), 학사 이인로李仁老, 문안공文安公 유승단俞升旦, 정숙공貞肅公 김인경金仁鏡, 문순공文順公 이규보李奎報, 승제承制 이공로李公老, 한림 김극기金克己, 간의 김군수金君綏, 사관 이윤보李允甫, 보궐 진화陳澕, 두 사성司成 유충기劉冲基·이백순李百順, 함순咸淳, 임춘林椿, 윤우일尹于一, 손득지孫得之, 안순지安淳之 등이 쇠와 돌에 새겨서 전한 작품이 별과 달처럼 서로 빛나고 있다. 한나라 문文과 당나라 시詩가 이에 이르러 크게 발전하였다.

그러나 예부터 지금까지 이름을 떨친 여러 인재 중에 문집을 엮어서 남긴 자는 겨우 수십 명에 불과하다. 그 나머지 뛰어난 문장과 아름다운 시구는 모두 인멸되어서 전하지 않는다. 이에 학사 이인로가 이를 대략 수습하여 엮고서 '파한破閑'으로 명명하였다.

그런데 진양공晉陽公(최우)은 이 책이 널리 망라하지 못했다는 이유로 내게 속편을 엮어 보완하라고 명하였다. 이에 나는 버려지고 잊힌 채로 남은 것을 애써 수습하여 마침내 근체시 여러 수를 찾아낼 수 있었다. 혹 승려와 부녀자가 창작한 시 중에도 담소할 거리가 될 만한 한두 가지 일이 있기에, 그 시는 비록 훌륭하지 않아도 함께 수록하였다. 이를 1부部로 묶고, 3권으로 나누었다. 다만 미처 판목에 올려서 간행하지는 못하고 있었다.

지금 시중으로 있는 상주국上柱國 최공崔公(최항)이 선친의 뜻을 이어서 완성하려고 하여 이 책을 찾기에, 삼가 깨끗하게 필사하여 올린다. 때는 갑인년 4월 아무 날이다. 수 태위守太尉 최자崔滋가 서문을 쓴다.

文者蹈道之門, 不涉不經之語. 然欲鼓氣肆言, 竦動時聽, 或涉於險怪. 況詩之作, 本乎比興諷喻, 故必寓託奇詭, 然後其氣壯, 其意深, 其辭顯, 足以感悟人心, 發揚微旨, 終歸於正. 若剽竊刻畫, 誇耀靑紅, 儒者固不爲也. 雖詩家有琢鍊四格, 所取者, 琢句鍊意而已. 今之後進, 尙聲律章句, 琢字必欲新, 故其語生, 鍊對必以類, 故其意拙. 雄傑老成之風, 由是喪矣. 我本朝以人文化成, 賢儁間出, 贊揚風化. 光宗顯德五年, 始闢春闈, 舉賢良文學之士, 玄鶴來儀. 時則王融·趙翼·徐熙·金策, 才之雄者也. 越景·顯數代間, 李夢游·柳邦憲以文顯, 鄭倍傑·高凝以詞賦進, 崔文憲公冲命世興儒, 吾道大行. 至於文廟時, 聲明文物, 粲然大備. 當時冢宰崔惟善, 以王佐之才, 著述精妙. 平章事李靖恭·崔奭, 參政文正李靈幹·鄭惟産, 學士金行瓊·盧坦, 濟濟比肩, 文王以寧. 厥後朴寅亮·崔思齊·思諒·李顗·金良鑑·魏繼廷·林元通·黃瑩·鄭文·金緣·金商祐·金富軾·權適·高唐愈·金富轍·富佾·洪瓘·印份·崔允儀·劉羲·鄭知常·蔡寶文·朴浩·朴椿齡·林宗庇·芮樂全·崔諴·金精·文淑公父子·吳先生兄弟·李學士仁老·俞文公升旦·金貞肅公仁鏡·李文順公奎報·李承制公老·金翰林克己·金諫議君綏·李史館允甫·陳補闕澕·劉冲基·李百順兩司成·咸淳·林椿·尹于一·孫得之·安淳之, 金石間作, 星月交輝. 漢文唐詩, 於斯爲盛. 然而古今諸名賢, 編成文集者, 唯止數十家, 自餘名章秀句, 皆埋沒無聞. 李學士仁老略集成編, 命曰破閑. 晉陽公以其書未廣, 命子續補, 强拾廢忘之餘, 得近體若干聯. 或至於浮屠兒女輩, 有一二事可以資於談笑者, 其詩雖不嘉, 幷錄之. 共一部分爲三卷, 而未暇雕板, 今侍中上柱國崔公, 追述先志, 訪探其書, 謹繕寫而進. 時甲寅四月日. 守太尉崔滋序.

근체시 평측보 32식

(○평성, ●측성, ◐평성 우선, ◑측성 우선, ◎평성운, ◉측성운)

|오언시 구식|

	1. 평기평수	2. 측기평수	3. 측기측수	4. 평기측수
절구시 평성운	○○◐●◎ ●●●○○ ●●○●◐ ○◐●●◎	●●◐○○ ○○●●◎ ○◐●●● ●●◐○◎	◐●○○● ○○●●◎ ○●○○● ◐○●●◎	◐○○●● ●●●○○ ●●○○● ○○●●◎

	5. 측기측수	6. 평기측수	7. 평기평수	8. 측기평수
절구시 측성운	●●○○◉ ●○○●◉ ○○●●● ○●○○◉	◐○○●◉ ◐●○○● ○●●○○ ◐○●●◉	○○●●◉ ○●○○● ○●●○○ ◐○●●◉	●●○○◉ ◐○●●● ○○○●● ◐●○○◉

	9. 평기평수	10. 측기평수	11. 측기측수	12. 평기측수
율시 평성운	○○◐●◎ ●●●○○ ●●○○● ○○●●◎ ○◐●●● ●○○●○ ●●○○● ○●●○◎	●●◐○○ ○○●●◎ ○◐○○● ●○●●◎ ○●●○○ ●○○●● ●○○○● ○●●○◎	◐●○○● ○○●●◎ ○●○○● ◐○●●◎ ○◐○○● ◐○●●◎ ○●○○● ●○●●◎	◐○○●● ●●●○○ ●●○○● ○○●●◎ ○○○●● ●●●○○ ●●○○● ○○●●◎

	13. 측기측수	14. 평기측수	15. 평기평수	16. 측기평수
율시 측성운	●●○○◉ ●○○●◉ ○○●●○ ○●○○◉ ●○○●● ○●○○◉ ●●○○● ○○○●◉	◐○○●◉ ◐●○○● ○●●○○ ◐○●●◉ ○○○●● ●●○○● ●●○○● ◐○●●◉	○○●●◉ ○●○○● ○●●○○ ◐○●●◉ ○○○●● ●●○○● ●○○●● ◐○●●◉	●●●○○ ◐○●●◉ ○○○●● ○●○○◉ ●○○●● ○●●○◉ ●●○○● ●○○●◉

643

| | 칠언시 구식 |

	1. 평기평수	2. 측기평수	3. 측기측수	4. 평기측수
절구시 평성운				

	5. 측기측수	6. 평기측수	7. 평기평수	8. 측기평수
절구시 측성운				

	9. 평기평수	10. 측기평수	11. 측기측수	12. 평기측수
율시 평성운				

	13. 측기측수	14. 평기측수	15. 평기평수	16. 측기평수
율시 측성운				

		1	2	3	4	5	6	7	8	9	10	11	12	13	14	15
평성	상평성	東	冬	江	支	微	魚	虞	齊	佳	灰	眞	文	元	寒	刪
	하평성	先	蕭	肴	豪	歌	麻	陽	庚	靑	蒸	尤	侵	覃	鹽	咸
측성	상성	董	腫	講	紙	尾	語	麌	薺	蟹	賄	軫	吻	阮	旱	濟
		銑	篠	巧	皓	哿	馬	養	梗	迥	有	寢	感	琰	豏	
	거성	送	宋	絳	寘	未	御	遇	霽	泰	卦	隊	震	問	願	翰
		諫	霰	嘯	效	號	箇	禡	漾	敬	徑	宥	沁	勘	豔	陷
	입성	屋	沃	覺	質	物	月	曷	黠	屑	藥	陌	錫	職	緝	合
		葉	洽													

『광여도 개성부』
서울대학교 규장각 소장(古4790-58), 18세기 필사본

색인

651

653

657

659